Pearl S. Buck

Das Land, wo Milch und Honig fließen

Pearl S. Buck

Das Land, wo Milch und Honig fließen

Die schönsten Erzählungen der Bibel

Langen*Müller*

Aus dem Amerikanischen von Ulla Leippe

Das Original erschien 1971 unter dem Titel »The Story Bible«
bei Bartolomew House Ltd.

Besuchen Sie uns im Internet unter:
www.langen-mueller-verlag.de

Sonderproduktion 1. Auflage 2009

Umschlaggestaltung: Wolfgang Heinzel
Umschlagmotiv: Bridgeman Art Library, London
Druck und Binden: GGP Media GmbH, Pößneck
Printed in Germany
ISBN 978-3-7844-6040-6

INHALT

VORWORT

Während meiner Kinderzeit im Hause meiner Eltern in China regte man mich nicht zur Bibellektüre an; mein Vater, der Hebräisch und Griechisch beherrschte, hielt die Übertragungen des Alten und des Neuen Testaments für unzureichende Wiedergaben der alten Texte, und verärgert über das, was für ihn schlechthin Übersetzungsfehler waren, ließ er die englische Fassung beiseite und las die Bibel in den Originalsprachen. Da er mir weder Hebräisch noch Griechisch beibrachte, war ich auf die englische Ausgabe angewiesen, die ich indessen auch nicht las, weil mich niemand dazu anhielt. Naturlich hörte ich kurze Abschnitte, wenn mein Vater morgens und abends die Familie zur Andacht versammelte; morgens las er einige Verse, die er für seine amerikanische Familie ausgesucht hatte, abends ein paar andere auf chinesisch zum Nutzen unserer chinesischen Bedienten. Darüber hinaus beschränkte sich meine Bibelkenntnis auf die Seligpreisung, die Psalmen und Teile aus den alten Propheten, die ich als Sonntagsbeschäftigung auswendig zu lernen hatte. Doch mit ganz besonderem Vergnügen las ich in einem dicken braunen Leinenband, auf dem der Titel *Stories of the Bible* – Erzählungen aus der Bibel – in verschlissenen Goldbuchstaben stand. Meine Mutter, die viel Freude an der englischen Sprache hatte, ließ mich die Stellen der Bibel auswendig lernen, die sie für die schönsten und poetischsten hielt, und um meinen unstillbaren Hunger nach Geschichten zu befriedigen, gab sie mir das dicke Buch in die Hand.

Wie jeder weiß, der in der Bibel gelesen hat, gibt es keine bessere Quelle für Geschichten als diese gewaltige Sammlung von Versen und Prosa, Lied und Klagegesang, Liebe und Tod, Schuld und Strafe.

Wenn ich an das Vergnügen und den Nutzen meiner frühen Lektüre von *Stories of the Bible* denke und sehe, daß es kein zweites Buch dieser Art gibt, hoffe ich, daß meine Zusammenstellung für den Leser von heute den Platz jenes alten Buches einnimmt.

Die Bibel, das Alte und das Neue Testament, kann ja auf sehr unterschiedliche Weise gelesen werden: Während der eine Leser ihr nur die göttliche Lehre entnehmen will, bedeutet die Bibel für den anderen vielleicht die reinste Literatur, die wir in unserer Sprache besitzen, für den nächsten wiederum eine Fülle von Informationen über die leidende, kämpfende und jubelnde menschliche Natur. Für Kinder ist sie ein Buch mit Erzählungen – möchten sie mein Buch so lesen, wie ich vor langer Zeit in einem chinesischen Haus auf einem chinesischen Berghang diese Geschichten in mich aufnahm!

„Wir kamen in ein Land,
in das du uns geschickt hast:
Es ist wirklich ein Land,
in dem Milch und Honig fließen!“
4. Mose 13,27

DIE ERSCHAFFUNG DER ERDE

Am Anfang schafft Gott den Himmel und die Erde.
Vorher gibt es nichts: weder Erde noch Himmel, keine Helligkeit, keinen Ton, nichts Lebendes. Alles ist Dunkelheit und Stille. Dann kommt der Geist Gottes in die Leere, um ihr Formen zu geben und ihr Leben zu bringen.
Gott sagt: »Hell soll es sein«, und die erste Dämmerung der Zeiten bringt das Licht in die Welt. Gott sieht sein Werk an und findet es gut und trennt das Licht von der Dunkelheit: »Die Helligkeit soll Tag heißen«, sagt er, »und die Dunkelheit Nacht.« So endet der erste von allen Tagen der Erde.
Am zweiten Tag sagt Gott: »Es soll einen Himmel geben, der sich wie ein Dach über die Welt spannt.« Und so geschieht es. Gott macht den Himmel und die Regenwolken und gibt ihnen ihren Platz hoch über den Wassern der Tiefe.
Am dritten Tag sagt Gott: »Die Wasser unter dem Himmel sollen sich an einem Ort sammeln und das trockene Land freilegen.« Und so geschieht es. Berge und Ebenen und Täler steigen aus den Wassern auf, so daß große Gebiete von trockenem Land durch weite Flächen tiefen Wassers voneinander getrennt werden. Gott nennt das Land Erde und das Wasser Meer.
Dann sagt Gott: »Die Erde soll Kräuter und Gras hervorbringen, Blumen und Bäume, und jedes Gewächs soll Saat seiner eigenen Art tragen, so daß die Erde nie aufhört, Wachstum zu erzeugen.« Und so wird es. Weiches Gras bedeckt das Land, Pflanzen sprießen aus dem Boden und tragen Blüten und Samen. Bäume wachsen hoch und bringen Früchte, jeder die seiner eigenen Art; und die Saat der neuen Gewächse verbreitet sich über die Erde.
Am vierten Tag sagt Gott: »Es sollen Lichter am Himmel sein, damit sie die Jahreszeiten und die Tage und die Jahre anzeigen und der Erde Helligkeit geben.« Und so geschieht es, Gott macht die Sonne und den Mond und die Sterne, und sie scheinen auf die

Erde herab. Die beiden größten Lichter bestimmt er zur Sonne, die am Tag, und zum Mond, der in der Nacht herrschen soll.
Am fünften Tag sagt Gott: »Die Wasser sollen lebende Wesen hervorbringen, und Vögel sollen unter dem Himmel über die Erde fliegen.« Und so geschieht es. Gott schafft große Wale und winzige Fische, alle die Lebewesen des Meeres, und große Adler und kleine Sperlinge und alle Vögel der Luft. Nun herrscht Leben im Wasser und unter dem Himmel, und die Stille ist aus der Welt gewichen.
Am sechsten Tag sagt Gott: »Die Erde soll Lebewesen hervorbringen, Vieh und kleines Getier und das Wild«, und so geschieht es. Gott macht das Vieh und das Kleingetier und alle anderen Tiere, die auf dem festen Land leben. Doch es gibt noch kein Wesen, das Gott ähnlich ist.
Und Gott sagt: »Ich will den Menschen machen nach meinem Bilde, und er soll über die Fische im Meer, die Vögel unter dem Himmel, über das Vieh und das Wild und über alles Kleingetier und über die ganze Erde herrschen.« So geschieht es, daß Gott den Menschen nach seinem eigenen Bilde schafft. Er formt seine Gestalt aus Erde, und in seine Nase bläst er den Atem des Lebens; der Mensch wird eine lebendige Seele. Gott nennt ihn Adam – Mensch – und gibt ihm alle Gewächse und Früchte der Erde, jede schöne Blume und jeden schattigen Baum, jeden Vogel in der Luft und jedes Wesen, das über die Erde geht oder kriecht.
So endet der sechste Tag.
Am siebten Tag ruht Gott von seinem Werk.

DIE ERZÄHLUNG VOM GARTEN EDEN

Adam durfte alle Früchte der Erde genießen und über all ihre Geschöpfe herrschen. Er sah die Vögel und die Tiere an und gab ihnen allen einen Namen; doch kein Wesen war dabei, das ihm glich und das sein wahrer Gefährte sein konnte.

Da sagte Gott: »Es ist nicht gut, wenn der Mensch allein bleibt. Ich will ihm einen Gefährten geben.« Gott ließ Adam in einen tiefen Schlaf fallen, nahm eine Rippe aus seinem Körper und schloß seinen Leib wieder zu. Und aus Adams Rippe machte Gott ein Weib.

Nun hatte der erste Mensch eine Frau.

Adam nannte sie Eva und liebte sie innig. Sie begannen ihr gemeinsames Leben in einem Paradiesgarten, den der Herr für sie im lieblichsten Teil der neugeborenen Welt angelegt hatte. Es war eine Landschaft mit Flüssen und kostbarem Gestein, mit blühenden Bäumen und Früchten im Überfluß; der Garten hieß Eden.

Gott sah alles an, was er gemacht hatte, und es war gut. Der Himmel und die Erde waren vollendet, und die Lebewesen, die ihm glichen, gingen über die Erde, wie er es gewollt hatte.

Adam und Eva lebten zufrieden in dem Garten, in dem sie zu Hause waren. Der Herr hatte ihnen alles geschenkt, was sie sich zu Nahrung und Freude nur wünschen konnten. Vögel in leuchtenden Farben huschten von Blüte zu Blüte und von Zweig zu Zweig und sangen so süß, daß sich die Rose dem Himmel entgegenreckte. Der Fluß glitzerte und murmelte durchs Land und bewässerte die Erde, so daß alle Pflanzen bis auf das Unkraut und die Disteln in dem fruchtbaren Boden gediehen. Adam hatte nur die leichte Mühe, nach dem Garten zu sehen, denn der Herr hatte ihn nicht dazu bestimmt, seine Tage in schwerer Arbeit zu verbringen.

Es gab Bäume aller Art, die zu jeder Jahreszeit herrlich waren, doch am schönsten im jungen Grün, wenn Blüten an ihren Zweigen schimmerten; und Früchte zum Essen gab es im Überfluß. Mitten im Garten stand der Baum des Lebens und neben ihm der Baum der Erkenntnis von Gut und Böse. Doch Adam und Eva wußten nichts von Gut und Böse. Ihre Welt war ganz und gar gut und sie selbst so frei und so ohne Angst wie die Vögel in der Luft und die Tiere, die Wälder und Felder durchstreiften. Gott ging über die Erde und sprach mit ihnen in der Kühle des nahenden Abends. Dann war ihr Glück vollkommen. Gott verlangte nur eines von ihnen – Gehorsam. »Von jedem Baum im Garten dürft ihr essen, soviel ihr nur wollt«, sagte er zu Adam, doch nicht vom Baum der Erkenntnis von Gut und Böse. An dem Tag, wo ihr doch von dem Baum eßt, werdet ihr sterben.« Adam versprach bereitwillig Gehorsam. Sie brauchten ja nicht von dem Baum zu essen, es gab so viele andere. Und wenn er auch nicht wußte, was Sterben bedeutet, so wußte er doch, daß er gehorchen und den Herrn lieben sollte, der ihn geschaffen hatte.

Auch der Frau hätte es nicht schwerfallen sollen, den Baum zu meiden und nichts von ihm zu pflücken und zu essen. Aber die Schlange, das verschlagenste von allen Tieren des Feldes und eines der schönsten dazu, wußte, daß sie es erreichen konnte, die Früchte dieses Baumes zu den begehrenswertesten zu machen, eben weil sie verboten waren; und sie wußte, daß ihr das am leichtesten gelingen würde, wenn sie es der Frau verführerisch ausmalte. So erschien die Schlange, hoch und schön in ihrer vielfarbigen Haut, vor Eva.

»Hat euch Gott etwa gesagt, daß ihr nicht von jedem Baum im Garten essen dürft?« fragte sie hinterhältig.

»Wir dürfen von jedem Baum essen, nur von einem einzigen nicht«, antwortete Eva. »Von dem Baum in der Mitte des Gartens dürfen wir nichts nehmen, denn Gott hat gesagt, daß wir sonst unweigerlich sterben werden.«

»Ihr werdet nicht unweigerlich sterben«, sagte die Schlange. »Gott hat es nur gesagt, damit ihr euch fürchtet und nicht von der Frucht eßt. Denn er weiß, daß euch dies die Augen öffnen würde und daß ihr so klug wie die Götter selbst wäret und das Gute vom Bösen unterscheiden könntet.«

Eva warf einen Blick auf den Baum. Er war hübsch anzusehen,

seine Früchte verlockend. Wenn es zutraf, daß ihr Genuß sie beide klug machen würde, war es wirklich ein wunderbarer Baum. Eva merkte nicht, wie geschickt sie von dem Tier in Versuchung geführt wurde. Ihre Hand streckte sich aus, ihre Finger pflückten eine Frucht. Sie kostete; sie begann zu essen. Die Schlange überließ sie ihrem Mahl.

Wie Eva alles in der Welt mit ihrem Mann teilte, so jetzt auch das Neue, das sie entdeckt hatte. Die Frucht schmeckte ihr gut, und auch Adam sollte sie versuchen. Eva reichte ihrem Mann ein Stück, und auch Adam aß von der verbotenen Frucht.

Es traf zu, daß sie nicht sofort starben, doch ihr Ungehorsam brachte sie um das ewige Leben. Es stimmte auch, daß ihnen die Augen geöffnet wurden, und nun kamen ihnen Dinge zum Bewußtsein, die sie vorher nicht erkannt hatten. Zum erstenmal merkten sie, daß sie nackt waren, und zum erstenmal fühlten sie Scham. Sie wußten, daß sie ein Unrecht begangen hatten. Sie flochten Feigenblätter zusammen, um ihre Nacktheit zu verhüllen; und als das nicht ausreichte, um sie vor ihrer Scham und ihrer Angst zu schützen, versteckten sie sich zwischen den belaubten Bäumen.

Dann hörten sie die Stimme des Herrn, der in der Kühle des nahenden Abends durch den Garten ging, und sie drangen tiefer in das Gehölz ein, um sich vor ihm zu verbergen.

»Adam, wo bist du?« rief Gott der Herr.

»Hier bin ich, Herr«, antwortete Adam. »Ich hörte deine Stimme im Garten, und ich hatte Angst, weil ich nackt war. Deshalb habe ich mich versteckt.

»Woher weißt du, daß du nackt bist?« fragte der Herr. »Hast du von den Früchten des verbotenen Baums gegessen?«

»Die Frau ist schuld«, sagte Adam. »Sie gab mir ein wenig von der Frucht, und ich habe es gegessen.«

Gott der Herr wandte sich zu Eva: »Was hast du getan?« fragte er bekümmert.

»Die Schlange ist schuld«, sagte die Frau. »Die Schlange hat mich überredet, und deshalb habe ich gegessen.«

Adam und Eva hatten ein Unrecht begangen, als sie nicht gehorch-

ten. Der Herr hatte nur Gehorsam verlangt, und sie hatten versagt. Doch auch die Schlange hatte Unrecht getan, als sie Eva verführte, und die ersten strafenden Worte Gottes galten diesem schönen Tier.
»Weil du das getan hast«, sagte Gott der Herr zu ihr, »sollst du für alles Vieh und alle Tiere des Feldes verflucht sein. Du wirst auf dem Bauch kriechen und an jedem Tag deines Lebens Staub essen. Du und die Frau und deine Kinder und die ihren – ihr sollt Feinde sein für alle Zeiten.«
Die Schlange stand nicht mehr aufrecht und stolz da, sondern wand sich auf der Erde, geringer als jedes andere Tier. Und sie kroch auf dem Bauch durch den Staub.
»Dir stehen Kummer und Leiden bevor«, sagte der Herr zu Eva, »und du wirst deine Kinder unter Schmerzen zur Welt bringen. Du sollst dem Mann nicht mehr gleichberechtigt sein, von nun an wird er über dich herrschen.«
Zu Adam sagte er: »Weil du auf deine Frau gehört und von der Frucht gegessen hast, die dir verboten worden war, wird die Erde künftig nicht nur Gutes hervorbringen, sondern auch Dornen und Disteln. Du sollst dich von den Gewächsen der Felder ernähren, aber du wirst künftig deine Nahrung nicht einfach an dich nehmen können, sondern dir dein Brot in schwerer Arbeit verdienen müssen. Und das wirst du so lange tun, bis du zu der Erde zurückkehrst, aus der du gemacht worden bist.«
Hier zeigte er sich, der angekündigte Tod. Doch er traf noch viele Jahre nicht ein, und in diesen Jahren sollten Adam und Eva Kinder bekommen, und Eva sollte die Mutter der Welt werden. Dann machte Gott der Herr Röcke aus Fellen und hüllte Adam und Eva in seine Großmut. Und er sagte sich: »Es ist gerade genug, daß der Mensch das Gute und das Böse kennt. Wenn er nun hier bliebe, könnte er auch noch die Hand nach dem Baum des Lebens ausstrecken, davon essen und für alle Zeiten am Leben bleiben. Das aber soll er nicht.«
Deshalb vertrieb Gott der Herr Adam und Eva aus dem Garten und schickte sie in die Welt, damit sie sich dort ein neues Leben einrichteten. Östlich von Eden stellte er Engel als Wächter auf,

und einer von ihnen mußte mit einem flammenden Schwert den Weg zum Baum des Lebens nach allen Richtungen hin verteidigen. Weil Adam und Eva nicht gehorcht hatten, hatte die Vollkommenheit in der Welt ein Ende; ein Paradies auf Erden gab es nicht mehr für die beiden. Doch sie verließen Eden mit dem Versprechen Gottes, daß eines Tages zu ihren Kindeskindern ein Retter kommen und alle Sünden fortwaschen werde.

KAIN UND ABEL: MORD

Für Adam und Eva begann ein ganz anderes Leben. Statt einen fruchtbaren Garten zu behüten, wo sie sich Früchte pflücken konnten, wann immer sie Hunger verspürten, mußten sie jetzt hart arbeiten, um dem Boden ihre Nahrung abzuzwingen. Statt sich sicher und frei von Angst zu fühlen, mußten sie sich gegen die wilden Tiere schützen, die einst ihre Freunde gewesen waren. Die Heiterkeit und Schönheit ihres früheren Lebens waren für immer dahin. Wie Gott ihnen angekündigt hatte, erfuhren sie beide jetzt Kummer und Schmerzen; und Gott ging nicht mehr im Gespräch mit ihnen über die Erde.

Dennoch gab es noch die Güte in der Welt; Gott liebte Adam und Eva, und sie liebten ihn auch. Adam lernte, den Boden zu bearbeiten, damit die Ernten gediehen und ihnen Nahrung boten; und Eva lernte, für ihren Mann und sich selbst ein Zuhause zu schaffen. Sie selbst konnte nicht mehr mit dem Herrn sprechen, doch sie durfte sich in seiner Nähe aufhalten, wenn sie ihm die Gaben ihrer Liebe brachte. Auf den Altären von rauhem Stein, die Adam errichtet hatte, legten sie einen Teil ihrer Ernte und Lämmer aus ihrer Herde zum Zeichen ihres Vertrauens nieder. Weil ihre Liebe so groß war, waren es auch ihre Gaben, denn sie sollten zeigen, daß die beiden gern alles, was sie hatten, opfern wollten, nicht nur die Nahrung, die sie aus dem Boden gewannen, sondern auch Geschöpfe von Fleisch und Blut.

Die Zeit verging, und Eva gebar das erste Kind der Welt, einen kräftigen Jungen, den sie Kain nannten. Es dauerte nicht lange, bis ihnen ein zweiter Sohn geboren wurde, der den Namen Abel erhielt. Als die beiden Jungen heranwuchsen, begannen sie ihrem Vater bei der Feldarbeit zu helfen. Kain arbeitete wie Adam gern auf dem Feld, pflügte den Boden und brachte die Ernten ein. Abel nahm sich lieber der Herde an und wurde deshalb Hirte.

Es kam dazu, daß die beiden jungen Männer selbst Altäre bauten, um dem Herrn eigene Gaben zu bringen. Kain opferte, was die Felder hervorgebracht hatten, Abel opferte Lämmer aus seiner Herde. Gott freute sich über Abel und sein Opfer, weil ihm der jüngere der Brüder Geschöpfe darbrachte, die wie er selbst lebten und atmeten, so daß es fast war, als ob er sich selbst Gott zum Opfer brachte. Doch mit Kain war Gott nicht zufrieden, denn der Ältere gab nicht großmütig sich selbst hin und bot also nicht alles dar, was Gott von ihm wünschte.

Kain fühlte Gottes Unzufriedenheit und wurde zornig, weil er glaubte, sein Bestes getan zu haben. Er hatte doch die Früchte und das Getreide dargebracht, das er mit eigener Hand geerntet hatte. Mehr konnte doch wohl nicht von ihm erwartet werden! Sein Blick wurde finster, in ihm tobte der Zorn. Gott sah den verdrossenen Blick und den brennenden Ärger im Innern.

»Warum bist du zornig?« fragte der Herr. »Und warum ziehst du die Brauen zusammen? Wenn du richtig handelst, wirst du auch angenommen werden. Und wenn du es nicht tust, mußt du einsehen, daß du im Unrecht bist. Du mußt die Sünde beherrschen und darfst ihr nicht nachgeben.«

Doch Kain wollte sich nicht bemühen, dem Herrn zu gefallen, sondern ließ seinen Ärger wachsen, bis er ganz von ihm beherrscht wurde. Warum sollte ihm Abel vorgezogen werden, warum wollte der Herr seinem Opfer nicht den gleichen Wert zuerkennen?

Die beiden Brüder gingen miteinander ins Freie. Sie redeten miteinander, doch Kains Ärger stieg immer noch, und aus dem Gespräch wurde ein Streit, bei dem Kains Wut überschäumte. Er sprang Abel an. Als der plötzliche Angriff vorüber war, lag Abel tot auf dem Acker seines Vaters. Kain ließ ihn dort liegen.

Der Herr sprach wieder zu ihm: »Wo ist dein Bruder Abel?« »Ich weiß es nicht«, log Kain. »Warum auch? Bin ich der Hüter meines Bruders?«

Gott wußte, daß Kain log. »Was hast du getan?« sagte er. »Das Blut deines Bruders schreit aus der Tiefe zu mir. Deshalb soll die Erde, die das von deiner Hand vergossene Blut trinkt, für dich verflucht sein. Wenn du den Boden bestellst, wird er dir keine Ernte bringen; von heute an wirst du überall ein Heimatloser und ein Flüchtling sein.« Jetzt endlich begann sich Kain zu fürchten. »Ich kann diese Strafe nicht ertragen!« rief er. »Du hast mich von dir und aus der Gesellschaft der Menschen verstoßen, und nirgends auf der Erde werde ich ein Zuhause finden. Wohin soll ich denn gehen? Ein heimatloser Landstreicher soll ich sein, und jeder wird drohend die Hand gegen mich erheben, wenn ich umherirre. Jeder Mensch, der mich trifft, wird sicherlich versuchen, mich umzubringen.«

Da sagte der Herr zu ihm: »Wer Kain tötet, wird siebenmal härter bestraft werden. Ich will dich mit einem Zeichen versehen, so daß du überall, wohin du auch kommst, als ein Mensch zu erkennen bist, dem kein Leid geschehen darf. Niemand, der dich findet, wird dich töten.«

So verließ Kain das Land seiner Eltern und wanderte in ein fernes Gebiet, das Nod hieß. Er sprach nicht mehr mit Gott, doch Gott verließ ihn nicht. Zwar hatte Kain seinen Bruder getötet, doch Gott ließ ihn am Leben, ließ ihn eine Stadt bauen und eine Frau heiraten; nach und nach wurde Kains Familie groß an Zahl und reich an Besitz. Doch sie ehrte Gott nicht.

NOAH UND DIE FLUT

Nach dem Verlust ihrer beiden ersten Kinder lebten Adam und Eva noch sehr lange, denn als die Welt neu war, blieben die Menschen viele hundert Jahre am Leben. Das Herz war ihnen schwer, wenn sie daran dachten, auf welch schreckliche Weise sie ihre ersten Söhne verloren hatten, doch sie überließen sich nicht dem Kummer. Später bekamen sie noch viele Kinder, und zuerst einen Sohn, der Abel sehr glich. Sie nannten ihn Seth. Als Seth erwachsen war, heiratete auch er und gründete einen Zweig der Familie, der viele Jahrhunderte hindurch blühte, um endlich den Menschen hervorzubringen, der die Welt vom Urteilsspruch Gottes erlösen sollte.

Adam und Eva starben achthundert Jahre nach Seths Geburt und hinterließen einen großen Familienstamm. Die Erde, auf der sie gearbeitet und sich abgemüht hatten, war nicht mehr die einsame Wildnis, sondern ein fruchtbares Land, reich bevölkert von ihren Kindern, Kindeskindern und weiteren Nachkommen, die wieder Kinder hatten. Die Welt hätte schön und gut sein können.

Doch je mehr Menschen es gab, um so mehr schien auch die Gemeinheit anzuwachsen. Nur wenige, die das Gute und Rechte liebten, fanden noch Gnade vor Gottes Augen. Diese wenigen gehörten zu Seths Nachkommen. Einer von ihnen war Enoch, der mit Gott ging und sprach, wie es Adam in den Tagen von Eden getan hatte. Ein anderer war Enochs Sohn Methusalem, der länger als jeder andere Mensch auf der Erde lebte und im Laufe seiner neunhundertneunundsechzig Jahre viele Söhne und Töchter zeugte. Zu Methusalems Söhnen gehörte Lamech, und der wiederum hatte einen Sohn, den besten unter allen Nachkommen Seths. Er hieß Noah.

Die Menschen auf der Erde vermehrten sich, sie arbeiteten und vertrieben sich die Zeit, gründeten Familien und vergaßen ganz und gar ihren Gott. Gott sah hinab und fand nur wenige Menschen, die wie Noah hart auf dem Feld arbeiteten und ehrlich mit ihren Mitmenschen teilten; er sah aber viele Menschen, Kains Nachkommen, die in ihren Städten zu Wohlstand gekommen waren und Dinge verehrten, die sie selbst mit eigener Hand hergestellt hatten. Kaum ein Mann oder eine Frau dachte an den Herrn, der sie selbst geschaffen hatte. Die Menschen schienen vergessen zu haben, daß sie gut zueinander sein und vor allem, daß sie Gott lieben sollten. Sie waren so gedankenlos geworden, daß sie nicht mehr wußten, was recht war; aber darum kümmerten sie sich offenbar auch nicht.

Es mußte etwas geschehen. Der Herr warnte sie: »Mein Geist wird sich nicht ständig um die Menschen auf der Erde bemühen. Die Lebenszeit des Menschen soll nicht mehr als hundertzwanzig Jahre betragen, wenn er seine Niedertracht nicht ablegt.«

Doch es war, als hörten sie ihn nicht. Sie achteten nicht auf Gottes Warnung, und statt sich zum Besseren hin zu ändern, wurden sie nur noch bösartiger. Nicht nur das, was der Mensch tat, war böse, sondern auch sein Denken, und die Gemeinheit wich nie aus seinem Herzen.

Den Herrn bekümmerte das, was er sah, und er bedauerte, daß er den Menschen auf die Erde gebracht hatte. Traurig sagte er: »Ich will den Menschen, den ich geschaffen habe, von der Erde vertilgen; aber nicht nur den Menschen, sondern auch die Tiere und das Kleingetier und die Vögel in der Luft; denn es reut mich, daß ich sie geschaffen habe.«

Doch selbst in diesen schlimmen Tagen gab es noch einen Menschen, der Gnade vor Gottes Augen fand, und das war Noah. Wie sein Urgroßvater und sein Urahne Adam war auch Noah ein rechtschaffener Mensch, der mit Gott ging und sprach. Nur er allein mitten in der Niedertracht der Welt war wirklich gut, und er allein versuchte, auch seine Familie auf Gottes Wegen zu halten. Er hatte drei Söhne, Sem, Ham und Japhet, und auch in ihnen war das Gute wirksam.

Gott sprach mit Noah: »Die Zeit ist gekommen, all dieser Gewalt und dieser Gemeinheit ein Ende zu setzen. Ich will alles Lebendige vernichten und die ganze Erde dazu. Doch du, Noah, sollst ein

Schiff bauen, eine Arche aus Holz. Du sollst einzelne Räume in ihr einrichten und sie innen und außen mit Pech ausstreichen, damit kein Wasser eindringen kann. Die Arche soll drei Stockwerke erhalten, ein unteres, eines in der Mitte und ein oberes, und sie soll fünfzehn Meter hoch sein. Ihre Länge soll einhundertfünfzig Meter betragen, ihre Breite zweiundzwanzig Meter.«

Noah hörte Gott in wachsender Verwunderung zu. Er hatte niemals ein Boot gebaut, denn er wohnte weit von der Küste entfernt und hatte nie ein Schiff nötig gehabt. Und niemals hatte er sich vorgestellt, daß man ein Schiff solcher Größe bauen könne. Doch Gott erklärte ihm, wie er es machen sollte: Ein sehr dauerhaft gebautes Schiff mit starken Spanten und einem gedrungenen, kräftigen Dach, damit kein Wasser auf das Deck fließen konnte. Es sollte auch ein Fenster und eine einzige breite Tür in der Mitte haben. Das fertige Schiff würde wie ein großes Hausboot aussehen. Aber wozu sollte es dienen?

Die Antwort kam: »Es wird sich eine Wasserflut über die Erde ergießen«, sagte der Herr, »und alles unter dem Himmel wird sterben. Doch dir, Noah, gebe ich ein Versprechen. Wenn das Schiff fertig ist, geh du hinein, du und deine Frau und deine drei Söhne mit ihren Familien. Ich habe erkannt, daß du ein rechtschaffener Mensch bist, und dich will ich retten. Und von allen lebenden Geschöpfen außer den Menschen sollst du ein Paar in die Arche führen, damit sie wie du gerettet werden. Jedes Paar soll aus einem männlichen und einem weiblichen Tier bestehen. Von jedem Vogel in der Luft und von jedem Getier, das der Mensch dringend braucht wie die Schafe und das Vieh, sollst du sieben Paare mitnehmen, so daß sich diese Arten in ausreichender Zahl vermehren können, wenn sich die Flut verlaufen hat. Und du sollst Nahrung von aller Art an Bord nehmen, für euch und für die vierfüßigen Tiere, die Vögel und auch das Kleingetier, die ja alle bei euch in der Arche sein werden.«

Für Noah waren es ungewohnte Dinge, die er tun sollte, doch er gehorchte, weil er Gott glaubte. Die Arche zu bauen dauerte sehr lange, und langwierig war es auch, alle Tiere einzusammeln, die Nahrung zu beschaffen und zu verstauen, und das alles wurde nicht gerade erleichtert durch den Spott seiner Nachbarn. Er warnte sie vor der drohenden Flut und bat sie, sich reuig zu bessern, damit sie gerettet werden könnten. Doch sie lachten ihn aus, ihn und das gewaltige Schiff, das so weit entfernt vom Meer lag; sie wollten nicht glauben, daß ihnen irgendeine Gefahr von Gott drohe: Sie konnten es nicht glauben, weil sie nicht an Gott glaubten. Und sie konnten sich keine Flut von solcher Gewalt vorstellen, daß sie alles zu zerstören vermochte, was sie besaßen, sogar ihr Leben. Deshalb lachten sie und setzten ihren schlimmen Lebenswandel fort.

Doch Noah baute an seinem Schiff, und seine Söhne sammelten die Tiere und Nahrung für alle.

Der Tag kam, an dem Gott befahl, das Schiff zu beladen. »Nach sieben Tagen«, sagte der Herr, »will ich es auf die Erde regnen lassen, und es soll vierzig Tage und vierzig Nächte lang regnen. Führ nun die Tiere, Paar auf Paar, in die Arche, und deine Familie dazu. Alles Lebendige, das sich nicht in der Arche befindet, wird von der Oberfläche der Erde fortgespült werden.«

Noah ging mit seinen Söhnen, seiner Frau und den Frauen seiner Söhne in die Arche. Von allen Vögeln und vierfüßigen Tieren und allem Kleingetier folgte ihm ein männliches und ein weibliches Tier in die Arche. Dann schloß Noah die Tür und wartete, was geschehen werde.

Er brauchte nicht lange zu warten. Am siebten Tage nach Gottes letzter Warnung kamen die Wassermengen der Flut über die Erde. Noah stand in seinem sechshundertsten Jahr, als am siebzehnten Tag des zweiten Monats die Quellen aus dem tiefsten Grund hervorbrachen und die Fenster des Himmels sich öffneten.

Wasser ergoß sich vom Himmel herab. Die Menschen liefen vom überschwemmten Feld in ihr Haus, um ins Trockene zu gelangen, und als das nicht mehr half, kletterten sie auf Hügel und Berge, um der Flut zu entfliehen. Es gab keine Flucht. Die Flüsse schwollen an, überstiegen die Ufer und fegten durch das Land. Große Teiche rannen zu noch größeren zusammen, und der Wasserspiegel wurde immer höher. Die Arche stand ruhig in dem steigenden Wasser, und der Regen strömte an dem pechverklebten Dach hinab. Noah, der Gerechte, war mit seiner Familie sicher im Trockenen, und mit ihnen die vielen, vielen Paare der Tiere. Sie allein trug die Flut, und wenn sie auch völlig von allem Land abgeschnitten waren, hatten sie ausreichend Nahrung für Monate bei sich, falls so viel gebraucht werden sollte.

Es regnete vierzig Tage und vierzig Nächte.

Draußen um die Arche herum wurden kleine Rinnsale zu rauschenden Flüssen, die Flüsse zur Wand aus Wasser, die das Land in einen ungeheuren See verwandelte; kleine Inseln sahen hervor, die einstmals Hochland gewesen waren. Die Regenfluten vereinigten sich mit dem Meer und wuschen Küsten und Täler fort, und die Hügel verschwanden unter der steigenden See. Höher und höher hob sich das Wasser, bis alle Hügel unter dem Himmel und sogar die hohen Berge unter Wasser lagen. Es gab keinen Platz mehr, an den sich jemand flüchten konnte. Jeder Mensch und alles Vieh, alle Vögel des Himmels und alles Kleingetier wurde von den Wasserfluten fortgespült, bis nichts mehr übrig war von der Welt als eine ungeheure Wasserfläche und darauf ein hölzernes Schiff, das über der Tiefe schaukelte.

Und dann hörte der Regen auf. Am Ende der vierzig Tage und Nächte erinnerte sich Gott an Noah und an alle lebenden Geschöpfe, die mit ihm in der Arche waren. Und Gott schickte den Wind über die Erde, der die Wasser beruhigte. Er versperrte die Quellen der Tiefe und schloß die Fenster des Himmels und hielt den Regen vom Himmel fern. Das große Meer über dem Land begann nach und nach zu sinken. Sechs Monate und mehr schwamm die Arche auf der schweigenden See, das einzige Leben in der ganzen Welt. Langsam, Tag auf Tag, in hundertfünfzig Tagen trocknete das Wasser fort. Am siebzehnten Tag des siebten Monats nach dem Regen kam die Arche auf dem Berg Ararat in Mesopotamien zur Ruhe. Und am ersten Tage des zehnten Monats wurden von der Arche aus die Gipfel ferner Berge sichtbar.

Nach vierzig Tagen, in denen das Wasser ablief, sandte Noah einen Raben aus dem Fenster der Arche und beobachtete, wie der Vogel unter dem leeren Himmel hin und her flog, das einzige lebendige Wesen außerhalb der Arche; er suchte nach trockenem Boden und fand keinen. Noah schickte auch eine Taube aus, weil er wußte, daß sie sich niederlassen würde, sobald sie irgendwo Land fände. Doch die Taube kam zurück, und Noah streckte die Hand aus, um sie wieder in die Arche zurückzuholen. Nach sieben Tagen sandte er die Taube noch einmal ins Freie. Diesmal kam sie am Abend mit einem frischen Olivenzweig im Schnabel zurück, und nun wußte Noah, daß die Wasser weit genug abgelaufen waren, um Leben auf der Erde möglich zu machen, und daß irgendwo über dem ungeheuren Meer lebende Bäume ihre Wipfel erhoben hatten. Er wartete weitere sieben Tage ab und schickte die Taube noch einmal aus. Diesmal kam sie nicht zurück.

Und schließlich war die Flut von der Erde verschwunden – am ersten Tag des ersten Monats von Noahs sechshunderterstem Lebensjahr. Er schob das Dach der Arche zurück und sah auf eine seltsame, verheißungsvolle Welt hinaus. Zwar war er fern von seiner Heimat; doch die Oberfläche der Erde war trocken. Gott sprach wieder zu ihm. »Verlaß die Arche und nimm deine Frau mit dir, deine Söhne und die Frauen deiner Söhne und alle Vögel und Tiere und das Kleingetier und bring sie alle auf das Land, so daß sie zeugen und fruchtbar sein können und sich auf der Erde vermehren.«

Da öffnete Noah das große Tor seiner Arche, durch das seine seltsame Schar vor mehr als einem Jahr hineingegangen war, und Paar auf Paar folgte Noah und seiner Familie auf wunderbar trockenes Land. Und jetzt endlich lebte die Welt wieder.

Sobald sie auf festem Boden standen, baute Noah einen Dankaltar, um dem Herrn für die Rettung zu danken. Auf den rauhen Steinen brachte er dem Gott, der ihn liebte, Brandopfer dar und dankte ihm für die neue Hoffnung in der Welt.

Gott roch den angenehmen Duft von Noahs Opfer und freute sich über dessen rechtschaffenes Herz. Er beschloß, niemals wieder um des Menschen willen den Boden zu verfluchen oder alles Leben auf der Erde zu zerstören. »Solange es die Erde geben wird, so lange sollen Saat und Ernte, Kälte und Hitze, Sommer und Winter, Tag und Nacht kein Ende haben.«

Dann segnete Gott Noah und seine Söhne: »Euch gehört die Erde,

Seid fruchtbar, habt viele Kinder und füllt die Erde aufs neue.«
Er schenkte ihnen die Erde mit allem, was auf ihr lebt.
Aus vielen herrlichen Farben formte er einen Bogen, den er über den Himmel spannte. »Er ist ein Zeichen für das Bündnis zwischen uns«, erklärte er. »Euch und allen Lebewesen, die ihr mit euch gebracht habt, und allen euren Nachkommen gebe ich ein Versprechen für alle Zeiten. Ich spanne meinen Regenbogen über den Himmel zum Gedenken an mein Bündnis mit allem, was auf der Erde lebt. Wenn ihr ihn erblickt, erinnert euch an das, was ich euch jetzt sage, und ihr wißt, daß auch ich mich daran erinnere. Und so lautet mein Versprechen für alle Zeiten: Niemals wieder soll das Wasser zu einer Flut werden, die alle Lebewesen fortreißt. Niemals wieder soll eine Flut die Menschen auf der Erde vernichten.«

DER TURM VON BABEL

Noahs drei Söhne sollten die neue menschliche Rasse gründen, die ganz von vorn auf der von der Flut gereinigten Erde beginnen durfte. Als sie die Arche verlassen und Gottes Segen erhalten hatten, schafften sie sich ein neues Zuhause, und es dauerte nicht lange, bis ihre Frauen Söhne zur Welt brachten. Noahs Familie wuchs von Generation zu Generation, so daß die Welt im Laufe der Zeit tatsächlich von Japhet, Sem und Ham wieder gefüllt wurde.

Noah lebte noch dreihundertfünfzig Jahre nach der Flut, und die Tage seines Schiffbaus lagen weit zurück. Er bestellte sein Land, bearbeitete seine Weinberge und sah seine große Familie anwachsen. Als er im Alter von neunhundertfünfzig Jahren starb, wußte er, daß seine Söhne die Väter aller Völker der Welt geworden waren.

Von Japhets sieben Söhnen stammen die nichtjüdischen Völker ab. Sems fünf Söhne wurden die Vorfahren der Semiten oder Hebräer; zu seinen Nachkommen gehörten später auch die beiden aufrechten Männer Abram und Lot. Hams vier Söhne zogen weiter fort und bevölkerten Afrika, doch auch die nichtjüdischen Bewohner Kanaans stammen von ihnen ab. Viele Jahre nach Noahs Tod gerieten Sems Nachkommen, die man später die Israeliten nannte, in ständige Auseinandersetzungen mit den von Ham abstammenden Kanaanitern.

So trennten sich zwar die Familien von Noahs Söhnen, um die Völker der Welt zu bilden, doch die ganze Erde mit allen Völkern hatte nur eine einzige, allen gemeinsame Sprache.

Noahs Nachkommen verließen das Gebiet um den Ararat und zogen nach Süden in das Euphrattal. In einer fruchtbaren Ebene im Lande Sinear, das zu Babylonien gehörte, ließen sie sich nieder. »Laßt uns Ziegel und Mörtel herstellen«, sagten sie zueinander, »und eine Stadt bauen, in der wir zusammen wohnen können. Wir sollten auch einen Turm bauen, so groß und so hoch, daß seine

Spitze die Wolken berührt. Wir werden unseren Namen mit diesem Turm verknüpfen, dann sind wir ein Volk und werden nicht über die ganze Erde verstreut.«
Sie begannen mit der Arbeit und machten sich mit aller Kraft daran. Sie stellten Ziegel und immer mehr Ziegel her und karrten schwere Lasten zum Bauplatz; sie vermauerten Ziegel und Mörtel, bis der Turm so hoch und prächtig wurde wie die Tempel heidnischer Götter. Und sie bauten immer noch weiter. Sie hatten keinerlei Verwendung für einen so prachtvollen und riesigen Turm, doch sie wollten das höchste Gebäude der Welt besitzen und voller Stolz darauf hinweisen können.
Der Herr kam, um die Stadt und den Turm zu betrachten, die sich die Menschen gebaut hatten. Der Turm gefiel ihm so wenig wie das, was er über den Hochmut der Menschen aussagte. »Die Menschen sind jetzt nur ein einziges Volk auf der Erde«, sagte er zu sich, »und sie kennen nur eine einzige Sprache. Trotzdem haben sie diesen Bau unternommen, um sich noch enger zusammenzuscharen. Wenn sie das fertigbringen, wird sie sicherlich auch nichts davon abhalten, alles andere in Angriff zu nehmen, was sie sich wünschen. Doch ihr Hochmut ist Sünde genug.« Offenbar hatten die Menschen wieder Gott vergessen und begannen die Gebilde ihrer eigenen Hände zu verehren. »Ich werde zu ihnen hinunterfahren und ihre Sprache verwirren«, sagte der Herr, »so daß einer nicht mehr die Sprache des anderen verstehen kann.«
Und plötzlich verstanden die Erbauer von Stadt und Turm einander nicht mehr. Die Arbeit hörte auf, weil jeder Arbeiter eine andere Sprache sprach. In der ganzen Stadt herrschte dieselbe Verwirrung. Diejenigen, die sich miteinander verständigen konnten, versammelten sich und zogen fort, um beisammen zu bleiben. Bald erschienen überall auf der Erde kleinere Scharen von Leuten, die ihre besondere Sprache hatten. Wer noch in der Stadt blieb, hörte mit dem Bauen auf, weil sich die meisten Bürger in alle Winde zerstreut hatten. Deshalb heißt diese Stadt Babel; hier war es, wo der Herr die Sprache der Welt verwirrte, und von hier aus zerstreute sich die Menschheit in alle Richtungen, um verschiedene Völker mit eigenen Sprachen zu bilden.

ABRAMS UND LOTS REISE

Tharah, ein Nachkomme Sems, schlug sein Zuhause nicht weit von Babel in der Stadt Ur auf, die im Lande der Babylonier oder Chaldäer lag. Er hatte drei Söhne, Abram, Nahor und Haran.
Zwar war Ur damals eine schöne, blühende Stadt, doch ihre Bewohner beteten nicht zum Gott der Hebräer. Viele Stämme verneigten sich damals vor der Sonne, dem Mond, den Sternen oder beteten große Ströme und Gipfel hoher Berge an. Die Bewohner von Ur hatten sich Götterbilder gemacht, die sie in dem Glauben verehrten, daß ihnen der Mondgott besonders gnädig sei. Auch Tharah hatte vergessen, zum wahren Gott seines Volkes zu beten, doch trotzdem fühlte er sich in Ur nicht recht zu Hause; er war ein einfacher Mann, ein Bauer, der nicht in die Stadt gehörte. Deshalb beschloß er, als seine Söhne erwachsen waren, mit ihnen Ur zu verlassen und nach Kanaan zu ziehen. Sein Sohn Haran war schon gestorben, aber dessen Sohn Lot war zur Reise bereit. Auch Tharahs Söhne Abram mit seiner Frau Sarai und Nahor mit seiner Frau Milka begleiteten den Vater.
Sie zogen am Euphrat entlang auf der Suche nach einem besseren Land, doch statt sich südwärts nach Kanaan zu wenden – das heute Palästina heißt –, gelangten sie nach Norden und ließen sich in dem Ort Haran im Gebiet von Padan-Aram nieder.
Tharah, der schon in Ur große Herden von Vieh und Schafen besessen hatte, wurde hier in Haran bald ein wohlhabender Schafzüchter und das angesehene Oberhaupt einer wachsenden Familie, in der jeder hart arbeitete und zum Reichtum beitrug. Als Tharah starb, wurde Abram das Haupt der Familie und all der Leute, die ihr bei den Herden oder im Hause dienten.
Abram war fünfundsiebzig Jahre alt, als er die Stimme des Herrn hörte: »Verlaß dein Land und deine Stammesgenossen und deines Vaters Haus und zieh in das Land, das ich dir zeigen werde. Ein großes Volk will ich aus dir entstehen lassen, und ich will dich seg-

nen und deinen Namen groß machen. Durch dich sollen alle Geschlechter der Erde gesegnet werden.«
Und wenn auch Abram nicht mehr jung war und keinen Sohn hatte, der ihm helfen konnte, gehorchte er der Stimme des Herrn und holte seine Leute zusammen. Sarai wollte mit ihm ziehen, doch Nahor und die Seinen beschlossen, in Haran zu bleiben. Lot war zu Abrams Freude bereit, mit ihm zu reisen und sich mit ihm in die Führung des Zuges zu teilen. So brach schließlich eine große Karawane vom Euphrat in Richtung Kanaan nach Südwesten auf. Sie hatten alles bei sich; Rinder- und Schafherden, alles Haus- und Ackergerät, alle Hirten und die Diener zogen mit Abram, Lot und Sarai in das Land, von dem Gott gesprochen hatte.
Sie wanderten bis an den Ort Sichem auf der Ebene von More, die im Lande Kanaan lag. Hier erschien der Herr Abram und sagte: »Dir und deinen Kindern gebe ich dieses Land.« Abram ließ die Karawane haltmachen, baute einen Altar, dankte Gott und zog dann mit seiner ganzen Habe weiter bis zum Gebirge östlich von Bethel, wo er die Zelte aufschlug, um Menschen und Vieh eine Ruhezeit zu gönnen; er baute wieder einen Altar, um seinen Herrn zu preisen. Dann aber setzte er die Reise nach Süden fort, denn er war kein Städter und wurde nicht seßhaft, sondern war ein Zeltbewohner und Tierzüchter, der dorthin ziehen mußte, wo er gutes Weideland fand.
Doch es geschah, daß die Flüsse versiegten und das Land in eine Hungersnot geriet. Abram brauchte viel Wasser und frisches Gras für seine Herden, er brauchte auch Nahrung für die vielen Menschen. Deshalb zog er mit allen in das gutbewässerte Ägypten, wo er das Ende der Hungersnot abwartete. Dann aber reiste er mit Sarai, Lot und der ganzen Karawane zurück nach Bethel in Kanaan, wo seine Zelte schon einmal gestanden hatten.
Nun wurde ihnen das Leben leicht in dem Lande, das ihnen Gott gezeigt hatte, und Abrams Reichtum bestand nicht nur in Schafen und Rindern, sondern auch in Silber und Gold aus Ägypten. Seine Herden wurden immer größer, und als die Jahre verflossen, brauchte er neues Weideland und mehr Hirten für Schafe und Vieh. Auch Lot war es so gut ergangen, auch er besaß Herden und Zelte,

und auch für ihn arbeiteten viele Leute. So kam es, daß Abrams Ansiedlung allmählich für diese Landschaft zu groß geworden war, denn die Zelte nahmen nun schon so viel Platz wie eine kleine Stadt ein, während Schafe und Rinder auf der Suche nach Weidegrund weit umherstreiften.

Schließlich kam es zu Auseinandersetzungen zwischen Abrams und Lots Hirten, die alle nach dem besten Weideland für ihre Herden suchten, obwohl die Gegend von Bethel nur noch für eine der beiden Gruppen genügend Nahrung bot. Als sich die Hirten stritten, nahm Abram Lot beiseite, um sich mit ihm darüber zu beraten.

»Ich bitte dich, laß es nicht zwischen uns beiden oder zwischen unseren Hirten zum Streit kommen«, sagte er. »Wir müssen einsehen, daß hier nicht Raum für uns beide ist. Aber liegt denn nicht auch das ganze Land noch zu unseren Füßen?« Sie standen nämlich auf einem Berg, der ihnen freie Sicht auf das weite Land ringsum gewährte. Abram schlug vor: »Ich bitte dich um deine Zustimmung, daß wir uns trennen. Du kannst wählen: Wenn du nach Norden ziehst, will ich nach Süden gehen, möchtest du den Osten, ziehe ich nach Westen. Wähle frei, nur laß uns nicht in Streit geraten.«

Lot betrachtete das Land zu seinen Füßen. Zum Teil war es flach und wüstenhaft, zum Teil abweisendes Gebirge; doch nach Osten zu gab es einen Landstrich, der so grün und fruchtbar, so gut bewässert war wie der Garten des Herrn oder das Land Ägypten, in dem sie die Zeit der Hungersnot verbracht hatten. Das war das Jordantal, und Lot wußte, daß es ihm und seinen Herden dort gutgehen würde. Er wußte ebenso gut, daß Abram das Recht zukam, die Wahl zu treffen und das fruchtbare Gebiet im Osten zu nehmen. Doch Abram hatte ihm ja dieses Recht abgetreten, und Lot machte nun Gebrauch davon.

»Ich werde nach Osten ziehen«, sagte er und wählte damit für sich die ganze liebliche Ebene am Flusse Jordan. Abram blieb in Kanaan, zufrieden mit dem Land, das ihm sein Neffe Lot überlassen hatte. Lot zog mit seiner Familie und den Herden nach Osten, bis er an die großen Städte kam. In der Nähe der Stadt Sodom schlug er seine Zelte auf und ließ die Herden weiden. Es

war gutes Bauernland, und es gefiel Lot, daß eine große Stadt in der Nähe lag. Doch Sodoms Einwohner waren verdorben und sündigten ständig gegen den Herrn.
Als Lot seine Wahl getroffen hatte und aufgebrochen war, sprach der Herr wieder zu Abram.
»Blick auf, Abram, blick von hier aus nach Norden, nach Süden, nach Osten und Westen. Alles Land, das dein Blick jetzt erfaßt, will ich dir und deinen Kindern und Kindeskindern für alle Zeiten geben. Ich will dir viele Nachkommen gewähren, so viele, wie es Staubkörner auf der Erde gibt. Mach dich auf, zieh der Länge und der Breite nach durch das Land, denn alles will ich dir geben.«
Darauf brach Abram seine Zelte ab und zog durch das Land, um kennenzulernen, was ihm Gott gegeben hatte. Als er lange genug gereist war, machte er halt auf der Ebene Mamre; nahe bei der Stadt Hebron schlug er seine Zelte unter hohen Eichen auf. Wieder baute er einen Altar für den Herrn, der ihn geführt und ihm so viel geschenkt hatte. Mit seiner Frau Sarai lebte er hier zufrieden, obwohl sie noch nicht einen einzigen der Nachkommen hatten, die ihnen versprochen worden waren; sie führten ein einfaches, zufriedenes Leben. Lot jedoch fand allmählich Gefallen am Leben in den Städten der Ebene und zog mit seiner Familie nach Sodom.

LOTS GEFANGENNAHME

Die Stadt Ur in Babylonien war ein gottloser Ort, doch Sodom war noch schlimmer. Ihre Bewohner dachten nur an ihr Vergnügen und an Reichtum. Und nicht Sodom allein war so verdorben – die Nachbarstadt Gomorra war nicht besser. Überall im Lande kannte man die üble Lebensweise der Einwohner von Sodom und Gomorra. Diese beiden Städte lagen mit drei anderen im Tal von Siddim, nahe bei einem Binnenmeer, dem Toten Meer, einem Salzsee. Alle fünf Städte waren seit langem mit dem mächtigen König von Elam und seinen drei starken Verbündeten verfeindet; sie hatten eine Schlacht gegen ihn verloren und mußten ihren Besiegern jahrelang Tribut bezahlen. Gewiß war die Abgabe eine Last für sie, doch nicht so schwer, daß sie ihr verschwenderisches Dasein beeinträchtigt hätte. Solange sie ihrem Vergnügen ungehindert nachgehen konnten, wollten sie lieber den Tribut bezahlen als um ihre Freiheit kämpfen.

Als sie sich dann doch endlich gegen den König von Elam auflehnten und sich weigerten, ihm weiterhin Dienste zu leisten, waren sie durch ihr behagliches Dasein so verweichlicht, daß sie das Kämpfen fast verlernt hatten. Die Scharen, die ihnen gegenüberstanden, waren kleiner als ihre eigenen, aber kampfkräftig, so daß der Krieg für die Leute von Sodom und Gomorra verlorenging. Vier Könige kämpften gegen die fünf Könige aus dem Tal von Siddim, und alle fünf flohen mit allen Soldaten in Berge und Täler und überließen ihre Städte ohne jeden Schutz der Gnade ihrer Feinde.

Die siegreichen Soldaten zogen durch die Straßen von Sodom und Gomorra, suchten das Gold und Silber, das sie in den Häusern der Reichen vermuteten, und raubten alles, was ihnen in den Häusern und auf den Märkten in die Hände fiel. Die Schätze, die Nahrungsmittel und die gefangenen Städter nahmen sie mit sich in ihr Lager. Und sie hatten auch Lot, Abrams Brudersohn, bei sich, den sie wie alle gefangenen Frauen und Männer als Sklaven behandelten.

Doch ein Mann entkam den Siegern und floh aus dem Lager. Er lief quer durchs Land, bis er in der Ebene von Mamre Abram fand und ihm von der unglückseligen Schlacht und von Lots Schicksal berichten konnte. Abram war ein friedlicher Schafzüchter und kein Kämpfer, doch als er hörte, was seinem Neffen zugestoßen war, dachte er nur an dessen Rettung. Mit Hilfe seiner benachbarten Freunde stellte er eilig eine Kampftruppe aus seinen Schafhirten und Dienern auf. Es waren insgesamt dreihundertachtzehn Leute, alle in seinem Hause geboren, erfahrene Männer, die wußten, wie man Herden und Weideland gegen Angriffe verteidigt, doch diesmal sollten sie selbst die Angreifer sein. Abram wußte, daß sie in aller Treue, mit ganzer Kraft an seiner Seite zur Befreiung seines Verwandten kämpfen würden.

An der Spitze seiner kleinen Schar machte er sich sofort an die Verfolgung des Heeres, das seinen Neffen gefangenhielt. Weit im Norden, bei Dan, erreichte er das feindliche Lager mitten in der Nacht. Er wagte einen Überfall, der so plötzlich und unerwartet kam, daß der Feind aus dem Lager floh. Abrams Schar verfolgte die Fliehenden in ständigen Angriffen bis Damaskus; von dort aus konnten sich die Reste des elamitischen Heeres in ihre Berge und Täler zurückziehen.

Und Abram rettete die Gefangenen und ihren geraubten Besitz, alle Männer, alle Frauen, alles Gut, dazu seinen Neffen Lot mit all seiner Habe. An diesem Tage war Lot ein dankbarer Mann; dankbar waren auch die Menschen der geplünderten Städte. Abram wäre reich geworden, wenn er die zurückeroberten Besitztümer für sich behalten hätte, doch er wollte nicht einmal eine Belohnung von den Königen annehmen. Er gab vielmehr den Leuten ihre Habe und den Städten ihre Menschen zurück und nahm nur Nahrungsmittel für die jungen Männer seiner kleinen Schar an. Lot zog mit seiner Familie wieder nach Sodom, das sich keineswegs aus Dankbarkeit über die Errettung durch Abram in seinem Lebenswandel besserte. Abram nahm das ruhige Leben im Zelt auf der Ebene von Mamre wieder auf.

GOTTES VERHEISSUNG FÜR ABRAM

Obwohl es Sitte war, daß der Sieger die Kampfbeute behielt, nahm Abram also keine Belohnung von Menschen an. Doch bald nach der Rettung Lots hörte er die Stimme Gottes: »Fürchte dich nicht, Abram, ich werde dich schützen und für deine Rechtschaffenheit reich belohnen.«

Nun besaß Abram alles, was er sich im Leben wünschte, bis auf eines, und das machte ihm immer wieder Kummer.

»Herr Gott, was ist mein Lohn?« fragte er. »Ich habe immer noch kein eigenes Kind. Soll mein Verwalter Elieser von Damaskus, der meinen ganzen Besitz beaufsichtigt, in meinem Hause geboren und ein guter Mann ist, mein Erbe werden?«

»Er soll es nicht«, antwortete der Herr. »Dein eigener Sohn soll dein Erbe sein. Sieh auf zu den Sternen, Abram, versuch, ob du sie zählen kannst. So viele Sterne, wie am Himmel stehen, so viele Kinder wird dein Geschlecht haben. Ich bin der Herr, der euch aus Ur hergeführt hat, um euch dieses Land als Erbe zu geben. Dir und deinen Kindeskindern gebe ich es, und niemandem sonst, wenn er auch in deinem Hause geboren ist.» Abram war zwar alt und immer noch ohne Sohn, doch er glaubte dem Wort des Herrn.

Gott sagte ihm auch manches über ferne künftige Tage voraus, in denen die Hebräer schwere Zeiten durchmachen mußten, ehe sie ihre Leiden überwanden. In weiter Ferne, so sagte Gott dem gläubigen Abram, sollten die Kinder seines Geschlechts vierhundert Jahre lang als Fremde in einem fremden, unfreundlichen Land leben und Sklaven des fremden Volkes sein. Wenn sie aber jenes Land verließen, sollten sie als großes, unabhängiges Volk in Kanaan leben, das ihnen gehören werde.

So ist es denn auch viel später geschehen, daß Abrams Nachkommen Sklaven im Lande Ägypten wurden, dann aber das Reich der Pharaonen verlassen konnten und langsam zurück in das versprochene Land zogen. Doch Abram selbst hat es nicht mehr erlebt.

Als er in der Ebene Mamre bei den großen Eichen von Hebron wohnte, dachte nicht nur er, sondern auch seine Frau Sarai an Kinder, die sie nicht hatten.

Es beschäftigte vor allem Sarais Gedanken, denn sie wünschte sich so sehnlich ein Kind. Sie kannte Gottes Verheißung, doch als die Jahre vergingen, ohne daß sie ein Kind bekam, vermochte sie nicht mehr recht daran zu glauben. Eines Tages sagte sie zu Abram: »Der Herr hat es nicht gewollt, daß ich ein Kind auf die Welt bringe. Geh du zu meiner Dienerin Hagar. Nimm sie.« Hagar war eine Ägypterin, die sich in den Jahren der Hungersnot, als Abram in Ägypten lebte, an seine Familie angeschlossen hatte. Es war damals nicht ungewöhnlich, daß ein Mann mehrere Frauen hatte oder daß eine Frau ihrem Mann die eigene Dienerin übergab. Manchmal baten kinderlose Frauen ihren Mann, mit einer vertrauenswürdigen Dienerin ein Kind zu zeugen, das dann als rechtmäßiges Kind der Ehefrau anerkannt wurde.

Abram ging auf Sarais Vorschlag ein, und Sarai übergab ihm Hagar, damit sie schwanger werde.

Schon bald wußte Hagar, daß sie ein Kind erwartete, was sie mit Stolz erfüllte, so daß sie ihre kinderlose Herrin zu verachten begann. Das hatte Sarai nicht erwartet; sie fühlte sich so unglücklich, als habe sie als Frau versagt, und Hagar schürte ihren Kummer, wenn sie ganz offen verächtlich über Sarai sprach.

»Ich habe einen Fehler gemacht«, sagte Sarai bekümmert zu Abram, »es war falsch, denn jetzt verachtet Hagar mich. Sag mir doch, was ich jetzt tun soll.«

»Sie ist ja deine Dienerin«, antwortete Abram, »mach mit ihr, was du willst.«

Und Sarai war voller Zorn auf die spottende Hagar. Sie behandelte sie so streng, daß Hagar es schließlich nicht mehr ertrug, sondern floh und in die Wildnis ging. Nach kurzer Zeit machte sie erschöpft Rast an einer Quelle auf dem Weg nach Schur. Hier in der Wildnis fand sie der Engel des Herrn.

»Hagar, Sarais Dienerin!« sprach er sie an. »Was tust du hier, und wohin gehst du?«

»Ich fliehe vor meiner Herrin«, antwortete Hagar.

»Kehr zu deiner Herrin zurück«, befahl der Engel des Herrn. »Und gehorche ihr. Gott hat deine Leiden gesehen. Du wirst ein Kind bekommen, das zu einem starken und mächtigen Mann heranwachsen und in der Wüste wohnen wird. Durch ihn wirst du eine eigene große Familie haben. Doch jetzt mußt du zurückkehren, Hagar. Der Herr sieht dich und ist bei dir.«
Hagar kehrte zu den Zelten von Abram und Sarai zurück und gebar nach gehöriger Zeit einen Sohn, der den Namen Ismael erhielt. Der sechsundachtzigjährige Abram war stolz auf den Sohn, wenn er auch nicht Sarais Kind war; doch Sarai konnte sich nie überwinden, Hagar zu verzeihen oder Ismael als ihr eigenes geliebtes Kind anzusehen.
Und Ismael war auch nicht das von Gott verheißene Kind. Er wurde ein starker, wilder junger Mann, den Abram liebte und Sarai verabscheute. Und Abram und Sarai wurden allmählich älter.
Als er neunundneunzig Jahre alt war und Sarai, zwar jünger, auch nicht mehr in einem Alter, in dem eine Frau ein Kind bekommt, erschien wieder der Herr und sagte zu Abram: »Ich bin der allmächtige Gott und will ein Bündnis mit dir schließen. Du bist treu gewesen und hast mir gut gedient. Du wirst der Vater vieler Völker sein, von deinen Kindern und Kindeskindern werden große Männer, werden Könige abstammen, und ihnen soll das ganze Land Kanaan für alle Zeiten gehören.« Weil Abram der Vater vieler Völker werden sollte, gab ihm der Herr einen anderen Namen. Statt »Abram«, »erhabener Vater«, sollte er künftig »Abraham«, »Vater der Menge«, heißen. Auch Sarai mußte ihren Namen ändern, sie sollte künftig »Sara«, »Königin«, genannt werden, weil ganze Völker ihre Kinder sein und weil Könige von ihr abstammen sollten.
Sein Leben lang hatte Abraham Gott geglaubt, aber nun wurde es ihm schwer. Daß er noch einen Sohn haben sollte, schien ihm so unglaubhaft, daß er sich lächelnd sagte: »Soll einem Mann, der fast hundert Jahre alt ist, und einer neunzigjährigen Frau noch ein Sohn geboren werden?« Er dachte an den Sohn, den er schon hatte und liebte, obwohl er nicht Saras Kind war. Ihm wünschte Abra-

ham ein glückliches Schicksal. »O Herr, was ist mit Ismael?« fragte er.

Gott antwortete: »Ich habe Ismael gesegnet. Auch er wird viele Kinder haben, und zwölf Fürsten werden von ihm abstammen. Ich werde ihn zu einem großen Geschlecht machen. Doch mein Bündnis schließe ich nicht mit ihm, sondern mit Saras Sohn. Denn Sara wird ein Kind zur Welt bringen, das du Isaak nennen sollst. Ich sage dir jetzt: Heute in einem Jahr wird Sara einen Sohn gebären.«

Doch Abraham fiel es schwer, daran zu glauben, und Sara vermochte es noch weniger.

DER BESUCH DER FREMDEN

Eines Tages erschien der Herr, als Abraham in der Hitze des Tages im schattigen Eingang seines Zeltes saß. Der alte Mann blickte auf und sah zwischen den hohen Eichen, die dem Zeltlager Schatten gaben, drei Fremde auf sich zukommen. Er spürte sofort, daß sie aus einem sehr fernen Lande kommen mußten, und in seinem Herzen wußte er ganz sicher, daß der Herr selbst in Gestalt eines himmlischen Engels zu ihm trat. Doch ob ihn Engel oder fremde Wüstenwanderer aufsuchten, sie sollten auf jeden Fall bei dem gastfreundlichen Abraham gut aufgenommen werden; er ahnte aber schon, daß es sich nicht um gewohnte Gäste handelte.

Rasch ging er ihnen vor dem Zelteingang entgegen und verneigte sich bis zur Erde. »Ihr Herren«, sagte er, »wenn ich Gnade vor euren Augen gefunden habe, reist nicht gleich weiter. Ich bitte euch, hierzubleiben, ich werde euch Wasser für eure Füße bringen. Ruht euch im Schatten der Bäume aus, und ich will euch einen Bissen Brot holen, damit ihr euch für den Weg stärken könnt.«

Sie dankten ihm und nahmen die Einladung an: »Tu nur, was du versprochen hast, wir werden eine Weile bei dir bleiben.«

Abraham brachte ihnen kühles Wasser, wie es damals Sitte war, damit ein Wanderer seine Füße kühlen und ausruhen konnte. Dann eilte er ins Zelt und sagte zu Sara: »Rasch, nimm drei Maß feines Mehl, knet es und back Kuchen auf dem Herd.« Sara fragte nicht lange, sondern machte sich sofort an die Arbeit, während Abraham ein junges, zartes Kalb aus der Herde holte, das er von einem Diener schlachten und braten ließ. Als es gar war, trug er es mit Butter, Milch und dem Kuchen zu den wartenden Fremden und tischte ihnen im Schatten eines großen Baums auf. Er blieb bei ihnen stehen, während sie aßen. Als sie sich ausgeruht und gestärkt hatten, sprachen sie mit ihm.

»Wo ist deine Frau Sara?« fragten sie, denn sie saßen mit dem Rücken zum Zelt und hatten Sara nicht gesehen.

»Sie ist im Zelt«, antwortete Abraham.
»Der Herr wird sie segnen«, antwortete der Engel, den Abraham für den Herrn selbst hielt. »Deine Frau Sara wird nach angemessener Frist einen Sohn zur Welt bringen, wie ich es versprochen habe.« Sara stand verborgen hinter dem Zelteingang, hörte aber die Worte und lachte still vor sich hin. Sie hatte schon so oft von diesem Versprechen gehört, aber jetzt war es längst für seine Erfüllung zu spät geworden. Abraham war hundert, sie selbst neunzig Jahre alt, also weit über das Alter hinaus, in dem sie ein Kind bekommen konnte. Deshalb lachte sie leise.
Und der Herr, der einer der drei Fremden war, fragte: »Warum lacht Sara? Warum glaubt sie, zu alt zu sein, um ein Kind zu gebären? Gibt es denn irgend etwas, das zu schwierig wäre für den Herrn? Zur angemessenen Frist werde ich wieder zu dir und Sara kommen, und sie soll ganz gewiß ihren Sohn haben.«
Auch Sara hörte diese Worte und fürchtete sich plötzlich. Wie war es möglich, daß jemand ihr geheimes Lachen und ihre innersten Gedanken vernahm? »Ich habe nicht gelacht«, log sie ängstlich.
»Du hast gelacht«, antwortete der Herr, verstand aber voller Nachsicht, daß sie zweifelte.
Dann standen die drei Männer, deren einer der Herr war, unter dem Baum und blickten nach Sodom hinüber, ihrem Reiseziel. Abraham begleitete sie noch eine Weile, um ihnen den richtigen Weg zu zeigen, fragte sich aber fortwährend, was die drei in dieser gottlosen Stadt zu tun haben könnten. Wieder hörte der Herr offenbar die Gedanken. »Sollte ich Abraham verschweigen, was ich tun will?« sagte er. »Nein, denn ich kenne dich, Abraham. Du sollst ein großes und mächtiges Volk werden, und ich weiß, daß du deine Kinder und Kindeskinder lehren wirst, rechtschaffen zu leben und die Wege des Herrn innezuhalten. Deshalb sage ich dir, was ich tun werde. Ich gehe nach Sodom, weil das Volk dort von Sünde erfüllt ist. Die Niedertracht der beiden Städte Sodom und Gomorra schreit zum Himmel. Ich will selbst in Sodom feststellen, wie schlimm es ist, dann sehe ich, ob diese Städte wirklich so verderbt sind, wie sie zu sein scheinen. Ich werde es wissen, sobald ich sie sehe. Und ich weiß, was ich mit ihnen anfangen will.«

Abraham blieb stehen und stellte sich vor den Herrn; er wußte, was dessen Worte bedeuteten, und dachte an Lot und an andere Menschen in Sodom, die vielleicht den Tod nicht verdienten. Die beiden Männer, die bei dem Herrn waren, wandten sich ab und gingen auf die gottlose Stadt zu. Doch Abraham stand noch vor dem Herrn. »Aber du wirst doch nicht die Gerechten mit den Ungerechten zusammen vernichten?« fragte er voller Entsetzen. »Vielleicht leben doch fünfzig gute Menschen in Sodoms Mauern. Würdest du sie mit der ganzen Stadt umbringen? Oder würdest du ihnen zuliebe die Stadt verschonen? Es ist nicht die Art des Herrn, die Guten mit den Schlechten zu vernichten. Es wäre auch nicht recht. Und muß nicht der Richter der ganzen Welt das Rechte tun?«

Der Herr fühlte Mitleid mit Abraham und mit allen Menschen der Stadt. »Wenn ich fünfzig gute Menschen in Sodom finde, will ich die Einwohner und die Stadt nicht vernichten, sondern ihretwegen Sodom verschonen.«

Abraham bedachte die Worte. Er fühlte, daß er sich viel anmaßte, wenn er so mit dem Herrn der Welt sprach, doch er mußte es noch einmal versuchen, denn er fragte sich, ob die Zahl von fünfzig guten Menschen nicht zu hoch gegriffen sei. »Vielleicht sind es ja nicht ganz fünfzig«, wandte er ein, »vielleicht fünf weniger. Würdest du denn die ganze Stadt vernichten, nur weil fünf an der Zahl von fünfzig fehlen?«

Der Herr antwortete: »Finde ich nur fünfundvierzig gute Menschen, werde ich die Stadt nicht zerstören.«

Doch Abrahams Sorgen waren nicht beschwichtigt. Er wünschte sehnlich, daß kein guter Mensch mit den schlechten zusammen umgebracht würde, doch nach allem, was er gehört hatte, fürchtete er, daß in Sodom vielleicht nicht fünfundvierzig rechtschaffene Leute gefunden würden. »Es könnte ja sein, daß es nicht mehr als vierzig sind«, begann er zögernd.

Der Herr hatte Geduld mit ihm, denn er selbst wollte rechtschaffene Menschen nicht ausrotten. »Um vierzig guter Menschen willen werde ich die Stadt verschonen«, versprach er Abraham.

Auch vierzig war eine hohe Zahl, wenn man an eine Stadt wie

Sodom dachte. Abraham blieb beharrlich. »O Herr, sei nicht zornig, aber wie ist es denn, wenn es nicht vierzig sind? Vielleicht nicht einmal mehr als dreißig?«

»Auch dann will ich es nicht tun«, antwortete der Herr. »Finde ich dort dreißig gute Menschen, will ich die Stadt verschonen.«

»Herr«, sagte Abraham, »jetzt, wo ich geringer Mensch es gewagt habe, auf diese Weise zu dir zu sprechen, kann ich nicht anders, ich muß fortfahren. Darf ich dich fragen, was geschieht, wenn zwanzig rechtschaffene Menschen in Sodom gefunden werden?«

»Ich werde die Stadt um zwanzig guter Menschen willen verschonen.«

Vielleicht lebten nicht einmal zwanzig rechtschaffene Leute in Sodom – doch einer von ihnen war ja Lot. »Herr, sei nicht zornig«, bat Abraham, »es ist das letztemal, daß ich es wage. Was geschieht, wenn nur zehn gute Menschen dort zu finden sind?«

»Wenn dort zehn gute Menschen leben, werde ich ihretwillen die Stadt nicht zerstören«, versprach der Herr und wandte sich zum Gehen. Abraham sah, wie er die Richtung auf die gottlose Stadt einschlug, und kehrte dann selbst zu seinen Zelten zurück, um über das Schicksal der Stadt und seines Brudersohnes Lot zu grübeln.

Er konnte nur noch hoffen, daß die Engel des Herrn zehn gute Menschen inmitten all der Niedertracht fänden, damit sie und die ganze Stadt gerettet werden konnten.

SODOMS SCHICKSAL

Unter den fünf Städten des Tals von Siddim am Toten Meer übertrafen Sodom und Gomorra die anderen an Niedertracht. Dennoch war Lot aus freien Stücken nach Sodom gezogen; er rechnete hier mit einem guten Auskommen, weil er die Städter mit frischem Fleisch von seinen Herden versorgen konnte, und er glaubte nicht, daß ihre Verderbtheit ihn beeinflussen werde. Bei aller Gemeinheit hatten die Leute von Sodom doch so viel Achtung vor Lot, daß er für sie ein wichtiger Mann wurde, und nach Jahren sahen sie ihn allmählich als Richter oder als Weisen an. Und als weiser Mann gewöhnte er sich daran, sich am Haupttor der Stadt niederzulassen, wo die Leute, deren Streitigkeiten er schlichten sollte, ihn leicht finden konnten.

Am Abend des Tages, an dem Abraham die beiden Engel und den Herrn bewirtet hatte, saß Lot wieder auf seinem gewohnten Platz am Tor von Sodom. Zwei Fremde näherten sich. Lot wußte, wie die Leute von Sodom mit Fremden umzugehen pflegten: Statt sie freundlich willkommen zu heißen, machten sie sich einen Spaß mit ihnen, und statt ihnen Unterkunft und eine Mahlzeit anzubieten, behandelten sie Fremde grob und roh. Deshalb stand Lot jetzt rasch auf, ging den beiden Männern entgegen und verneigte sich, ohne zu wissen, daß es Engel des Herrn waren, bis zur Erde vor ihnen. »Ich grüße euch, ihr Herren«, sagte er. »Kommt in mein Haus, ich bitte euch darum. Stärkt euch bei mir und ruht über Nacht aus. Morgen früh mögt ihr dann früh aufstehen und die Reise fortsetzen, doch heute abend solltet ihr nicht in die Stadt hineingehen.«

»Wir danken dir«, antworteten die Männer, »doch wir wollen die Nacht auf der Straße zubringen.«

»Nein, ihr Herren«, beharrte Lot, »ihr sollt nicht auf der Straße bleiben.« Lot wußte, daß die Fremden nur in seinem Haus vor den Sodomitern in Sicherheit wären. »Ich bitte euch sehr, mich in mein Haus zu begleiten.« Als sich die Männer umsahen, den Schmutz auf der Straße, die lauernden Gesichter der zusammengelaufenen Menge wahrnahmen, hielten sie es für besser, Lots Einladung zu folgen. Doch sie waren ja gekommen, um Sodom kennenzulernen; nun beobachteten sie scharf die Leute, die sie neugierig anstarrten und aufgeregt miteinander tuschelten, wie sie die Fremden berauben und angreifen könnten.

Lot trieb zur Eile, er bestand auf seinem Vorschlag; sie müßten mit ihm kommen, sagte er. Schließlich nickten sie. Lot führte sie in sein Haus, und die Stadt lag schon im Dunkeln, als sie ihre reisemüden Füße waschen konnten. Lot bereitete ihnen ein Festmahl, das sie dankbar genossen, bevor sie sich schlafen legten.

Doch ehe sie noch Ruhe fanden, wurde laut an die Tür geklopft. In der ganzen Stadt hatte sich die Nachricht verbreitet, daß Lot Fremde beherbergte, und nun versprachen sich die Sodomiter ein Vergnügen, wenn sie die Fremden quälten. Aus allen Stadtvierteln rannte jung und alt zu Lots Haus. Sie verlangten, daß er sie einlassen oder ihnen seine Gäste überantworten sollte, damit sie ihren abscheulichen Spaß mit ihnen treiben konnten. »Wo sind die Männer, die heute abend in dein Haus kamen?« schrien sie und trommelten gegen Türen und Fenster. »Bring sie uns heraus!«

Lot verließ sein Haus, allein. Er stellte sich mit dem Rücken gegen die Mauer.

»Ich bitte euch, meine Brüder«, begann er ruhig, »laßt eure Bosheit. Gönnt diesen Männern Ruhe. Mir und meiner Familie dürft ihr antun, was ihr wollt, doch die Gäste unter meinem Dach müßt ihr schonen. Sie haben sich unter meinen Schutz gestellt, und Schutz sollen sie bei mir haben.« Doch das brachte die Sodomiter nur noch mehr auf. »Du sollst dich heraushalten«, schrien sie. »Du selbst bist ja nur ein Fremder, und dabei hast du dich zu unserem Richter aufgeworfen. Wenn du uns nicht den Weg freigibst, wird es dir noch viel schlimmer gehen als diesen Leuten da!« Sie drangen auf ihn ein, stießen ihn und schlugen gegen die Tür. Da streckten die beiden Männer, die im Hause waren, die Hand aus, zogen Lot hinein und schlossen fest zu.

Die Tür bebte und krachte unter dem wilden Ansturm der Sodomiter. Doch plötzlich schlug ihr Wutgeheul in Wehgeschrei um: Jeder einzelne von ihnen, die Großen, die Kleinen, war plötzlich blind geworden! Eine Macht, die sie nicht erkannten, hatte ihnen das Sehvermögen genommen, und sie fanden nicht einmal die Tür, die sie sprengen wollten. Lot merkte jetzt endlich, daß er Engel beherbergte, deren Kraft die Menge draußen mit Blindheit geschlagen hatte.

Die Boten des Himmels hatten erkannt, daß Lot ein guter Mann war, der auch sein eigenes Leben wagte, um sie zu retten, aber es schien ihnen sehr ungewiß, daß sie neun weitere anständige Menschen in dieser schrecklichen Stadt finden würden.

Sie fragten Lot: »Hast du Angehörige in dieser Stadt, Söhne, Töchter, Schwiegersöhne oder sonst einen Menschen? Dann schick sie fort, denn diese Stadt wird zerstört werden. Sie ist durch und durch verderbt, und der Herr hat uns zu ihrer Vernichtung ausgesandt.«

Lot eilte zu seinen Schwiegersöhnen: »Steht auf! Macht euch fort von hier! Hört auf mich, brecht sofort auf, denn der Herr wird die Stadt vernichten!« Es gelang ihm aber nicht, sie von der drohenden Gefahr zu überzeugen, sie wollten nicht glauben, daß Sodom zerstört werden könne, sie lachten und blieben.

Sehr früh am Morgen, als die Sonne den Saum des Himmels berührte, trieben die Engel Lot zur Eile an. »Steh auf!« drängten sie. »Nimm deine Frau und deine beiden Töchter, die bei dir leben, geh rasch aus der Stadt, wenn du nicht untergehen willst.«

Es kam Lot hart an, Sodom war seine Heimat seit vielen Jahren. Wenn er so unvorbereitet auf die Flucht ging, mußte er vieles aufgeben, Haus, Land, Besitz, sogar einen Teil seiner Familie. Deshalb zögerte er und warf schmerzliche Blicke auf die Dinge, die er nicht verlieren wollte. Während er noch zögerte, nahmen die Engel des Herrn ihn, seine Frau und seine Töchter an der Hand und drängten sie vorwärts, bis sie weit draußen vor der Stadt waren. »Jetzt lauft um euer Leben«, befahl ihnen der Herr durch den Mund seiner Engel. »Seht euch nicht um, bleibt nicht hier im Flachland. Geht ins Bergland, rettet euch ins Gebirge, sonst kommt ihr um mit allen Bewohnern der Ebene.«

»Nicht ins Gebirge«, bat Lot. »Herr, du hast mir große Gnade erwiesen, weil du mein Leben schonst. Ich bitte dich, sei noch einmal gnädig gegen mich. Ich kann nicht ins Gebirge fliehen, denn dort könnte mich eine Krankheit befallen, und ich würde sterben. Hier in der Nähe liegt eine kleine Stadt, in die wir uns flüchten können. Sie ist viel näher als das Gebirge, und sie ist nur so klein, daß sie sicherlich nicht sehr verderbt sein kann und leicht zu retten ist. Ist die Stadt nicht wirklich sehr klein? Verschone die kleine Stadt, Herr, ich bitte dich darum, damit wir uns dahin retten und dort leben können.« Er meinte die Stadt Zoar, die zu den fünf Städten am Toten Meer gehörte. Obwohl auch ihr Treiben nicht gut war, beschloß der Herr, Zoar zu retten, und erleichterte Lot damit die Flucht.

Und durch einen seiner Engel versprach er Lot: »Ich will deine Bitte erfüllen und Zoar nicht vernichten. Doch du mußt dich beeilen. Flieh schnell dorthin, verschwende nicht eine Minute mit einem Blick zurück. Es ist keine Zeit mehr zu verlieren.«

Lot eilte nach der kleinen Stadt. Er erreichte sie mit seinen Töchtern, als die Sonne aufging, und im selben Augenblick begann die Erde zu zittern und zu beben, der Himmel rötete sich in einem schrecklichen Leuchten. Hinter ihnen riß die Erde auf, mit einem Gepolter lauter als der ärgste Donner, und das flache Land bäumte sich auf. Vom Himmel selbst schienen Feuer und Schwefel zu regnen, das Wasser des Salzmeeres schäumte und kochte. Häuser bebten und flogen auseinander, die Erde zersprang in Stücke. Heiße Asche, loderndes Feuer, Schwefel und Ströme von kochendem Wasser ergossen sich über Sodom und Gomorra und ihre Nachbarstädte auf der Ebene, der Herr vertilgte diese Städte mit ihren Bewohnern. Die Ebene selbst wurde so überschwemmt mit Feuer von oben und mit kochenden Wogen, die das schäumende Meer an Land schleuderte, daß alles, was auf ihr lebte und wuchs, vernichtet wurde. Nichts blieb im Flachland am Toten Meer unzerstört außer der kleinen Stadt Zoar, deren Einwohnern nichts geschah. Lot war mit seinen Töchtern in Sicherheit.

Nicht aber Lots Frau! Als die Familie aus der Stadt floh, war Lots Frau die letzte, weil sie sich so schwer von der Stadt losriß, die so lange ihre Heimat gewesen war. Als die Erde zu beben und zu dröhnen begann, lief sie immer noch hinter den anderen – und sie schaute sich um. Einen kleinen Augenblick zu lange blickte sie zurück. Und dort im Tal des Toten Meeres wurde sie von dem Wasser verschlungen, das unter dem finsteren Himmel kochte und quirlte. Auf der Ebene wurde sie erfaßt, sie wurde zur Säule aus Salz.

An diesem Morgen verließ Abraham früh sein Zelt, um den Platz aufzusuchen, wo er vor dem Herrn gestanden und für Lot und die Menschen von Sodom gebetet hatte. In der Ferne zeigte der Himmel eine sonderbare Färbung, der Wind trug ihm Schwefelgeruch zu. Es waren also keine zehn guten Menschen zu finden gewesen, erkannte Abraham.

Doch Gott hatte sich Abrahams erinnert und Lot sicher mitten aus dem schrecklichen Aufruhr herausgeführt, der immer noch über der Ebene wütete. Als Abraham über das flache Land in die Richtung von Sodom und Gomorra blickte, sah er den Rauch vom Land ringsum aufsteigen wie Rauch aus einem Ofen. Sein Herz war schwer wegen all der Menschen, mochten sie auch böse gewesen sein. Traurig sah er eine Weile zu und ging dann zu seinem Zelt unter den Bäumen beim friedlichen Hebron zurück.

Lot war in Zoar nicht wohl zumute; er fühlte sich in dieser zerstörten Landschaft nicht mehr sicher und beschloß voller Angst, die Stadt zu verlassen. Mit seinen beiden Töchtern wanderte er in das Gebirge, das er früher gemieden hatte, und die drei lebten dort in einer Höhle und ohne all die Annehmlichkeiten, an die sie seit langem gewöhnt gewesen waren. Verloren waren Vieh und Schafe, verloren Hab und Gut, verloren auch die Frau und die Schwiegersöhne; und das alles, weil sich Lot vor vielen Jahren einmal entschieden hatte, seine Zelte in der Nähe von Sodom aufzuschlagen. Doch immerhin hatte er das Leben behalten.

Nach Jahren bekam Lots älteste Tochter einen Sohn, den sie Moab nannten und der zum Stammvater der Moabiter wurde; Lots jüngere Tochter gebar ebenfalls einen Sohn. Er bekam den Namen Ben-Ammi, und von ihm stammen die Ammoniter ab. Viel später gerieten Moabiter und Ammoniter in Auseinandersetzungen mit den Hebräern im Lande Kanaan. Doch bis dahin geschah noch viel.

ABRAHAMS SÖHNE
(Die Erzählung von Hagar und Ismael)

Hundert Jahre war Abraham alt, als ihm und Sara der Sohn Isaak geboren wurde. Denn der Herr erfüllte das vor langer Zeit gegebene Versprechen und half Sara. So brachte sie Abraham in ihrem hohen Alter einen Sohn, genau zu der Zeit, die der Herr angegeben hatte.

Sara dachte daran, wie sie gelacht hatte, als sie der Prophezeiung des unter den Bäumen ruhenden Fremden gelauscht hatte. Damals war ihr Lachen bitter vor Ungläubigkeit gewesen, doch nun konnte sie voller Fröhlichkeit lachen. »Gott hat mir Grund zum Lachen gegeben, so daß alle, die davon hören, mit mir lachen werden«, sagte sie heiter. »Wer hätte denn auch gedacht, daß Sara Abraham noch ein Kind schenken würde, wo wir beide so alt sind!«

Isaak gedieh und wurde größer. Als er eben so weit war, daß er die Siedlung mit den großen Zelten und schattigen Bäumen auf eigene Faust erkunden konnte, meinte Abraham, er sei nun groß genug, um den Freunden und Verwandten in den benachbarten Zeltsiedlungen vorgeführt zu werden. Deshalb veranstaltete er ein großes Fest, und die beiden alten Eltern sahen mit gelassenem Stolz auf den kleinen Sohn. Es war ein herrliches Fest, das aber den beiden Leuten, die am meisten Grund zur Fröhlichkeit hatten, verdorben wurde: Sara sah, wie der Sohn der Ägypterin Hagar den kleinen Isaak neckte. Ismael war vierzehn Jahre alt, und Sara gefiel es nicht, wie er mit ihrem kleinen Jungen umging.

Voller Ärger sagte sie zu Abraham: »Schick diese Ägypterin und ihren Sohn fort! Mein Sohn soll nicht mit diesem Jungen zusammen aufwachsen, und der Sohn dieser Frau soll nicht mit Isaak gemeinsam erben. Schick die beiden fort!«

Das war eine harte Forderung an Abraham, der für sich nichts weiter vom Leben verlangte, als daß die Seinen die Wege Gottes nicht verließen und zufrieden lebten. Er liebte seine Frau Sara und wollte gern alles tun, was in seiner Macht lag, um sie glücklich zu machen. Doch er liebte auch seinen Sohn Ismael und mochte ihn nicht fortschicken, vielleicht sogar einer Gefahr entgegen, denn wer damals ohne Schutz lebte und reiste, hatte fast immer mit Gefahren zu rechnen. Und wenn auch keine Gefahr bestanden hätte, so wollte er doch gegen Hagar und ihren Sohn nicht ungerecht handeln. Außerdem wußte er, daß ihm der erstgeborene Sohn fehlen werde; deshalb war Abraham tief unglücklich.

Gott sah seinen Kummer und befahl ihm, sich keine Sorgen zu machen. »Hör auf Sara«, sagte der Herr, »tu alles, was sie sagt. Und mach dir keine Sorgen wegen des Jungen oder wegen der Frau. Mein Bündnis gilt für Isaak, und durch Isaak soll dein Name für alle Zeiten erhalten und soll deine Familie gesegnet sein. Doch auch aus dem Sohn der Ägypterin will ich ein Volk schaffen, weil er dein Kind ist. Darum sollst du dir keine Sorgen um Hagar und Ismael machen.«

Abraham war noch bekümmert, als er am nächsten Morgen früh aufstand, um Ismael und der Ägypterin, die ihn zur Welt gebracht hatte, Lebewohl zu sagen; doch sein Schmerz hatte sich besänftigt, und er hatte keine Angst mehr um die beiden. Er gab Hagar Nahrungsmittel, legte ihr eine Wasserflasche auf die Schulter und schickte sie mit ihrem Kind fort.

Hagar nahm den Jungen an die Hand und wanderte viele Tage lang, quer durch die Wildnis von Beerseba, denn sie wollte versuchen, in ihre Heimat Ägypten zu gelangen. Die beiden waren allein und auf sich angewiesen, niemand bot ihnen Nahrung oder einen Platz zum Ausruhen an. So kam der Tag, an dem ihre Vorräte aufgebraucht waren und die Wasserflasche nicht einen Tropfen mehr enthielt. Sie gingen immer langsamer, immer auf der Suche nach einem Brunnen oder einer Quelle, um wenigstens den Durst stillen zu können. Doch sie fanden kein Wasser. Die Sonne brannte heiß auf sie herunter, über der Wüste flimmerte die heiße Luft, und nur ein paar niedrige Büsche gaben spärlich Schatten, aber keinen Tropfen Feuchtigkeit.

Stolpernd, ohne Hoffnung auf Hilfe, wanderten sie so lange, wie es nur immer ging, aber schließlich konnten sie nicht weiter. Hagar und Ismael waren erschöpft aus Mangel an Essen und Wasser, ermüdet von der endlosen Wanderung ohne Stärkung. Ihre Hoffnung war dahin, ihre Körper schwach, sie fielen hin, wo sie gerade standen, auf den brennenden Sand. Hagar wartete einen Augenblick, um Kraft für das zu sammeln, was sie jetzt tun mußte. Ihr brach fast das Herz, als sie ihren Sohn liebevoll unter einen kümmerlichen Busch legte, so daß ihn dessen Schatten ein wenig erquicken konnte, wenn es schon nichts anderes gab. Dann wandte sie sich und ging so weit fort, wie sie nur konnte – so weit, wie der Pfeil vom Bogen fliegt, weiter nicht, denn sie war zu Tode erschöpft und zu Tode traurig. Sie konnte es aber auch nicht über sich bringen, bei dem kleinen Busch zu bleiben und Ismaels Leiden anzusehen. Sie setzte sich, Tränen liefen ihr über das Gesicht. »Ich kann es nicht ertragen, den Tod meines Kindes anzusehen«, weinte sie und wandte den Kopf ab. Sie glaubte fest, daß es mit ihm nicht mehr lange dauern und daß sie ihm bald in den Tod folgen werde. Doch Gott hatte nicht vergessen, was er ihr und Abraham versprochen hatte; sie waren nicht allein und verloren in der Wildnis. Er hörte ihre Stimmen und antwortete ihnen.

»Hagar! Hab keine Angst, ich habe den Ruf deines Sohnes vernommen. Steh auf! Heb den Knaben auf und nimm ihn an die Hand, denn ihr beide sollt gerettet werden, und ich will ein großes Volk aus ihm machen.«

Gott öffnete ihr die Augen, so daß sie einen Brunnen mit Wasser sah. Mit neuer Kraft erhob sie sich, füllte die Flasche und gab dem Jungen zu trinken. Sie wanderten weiter, die Frau und das Kind, doch nicht bis Ägypten. In der Wüste von Paran beendete Hagar ihre Wanderschaft und schuf ein Zuhause für sie beide mitten im wilden Land. Gott bewachte sie in ihrem einsamen Haus und sorgte dafür, daß ihnen kein Leid geschah. Der Junge wuchs zu einem großen, starken Mann heran, der geschickt mit Pfeil und Bogen zu jagen verstand. Seine Mutter gab ihm eine Frau aus Ägypten, und bald hatte Ismael selbst Kinder. Seine Söhne wurden starke, rauhe Männer, die wie er das Leben im Freien liebten. Und unter ihren Söhnen wiederum waren zwölf Fürsten und zwölf mächtige Stämme. So wurde aus Ismael ein Volk.

ISAAKS OPFERUNG

Isaak entwickelte sich zu einem hübschen Jungen, der seines Vaters tiefe Liebe herzlich erwiderte; und wie Abraham dem Herrn gehorchte, so vertraute und gehorchte Isaak seinem Vater. Gott behütete sie und vergaß nie sein Versprechen, Abraham durch Isaak zum »Vater einer Menge« werden zu lassen.

Doch Gott hatte noch eine überaus schwere Prüfung für Abraham bereit. Er hatte seine Menschen gelehrt, daß er ihren Glauben, ihre Liebe und sogar ihr Leben uneingeschränkt forderte und daß sie bereit sein mußten, ihm alles hinzugeben. Doch gleichzeitig hatte er sie gelehrt, daß kein Mensch das Blut eines anderen Menschen vergießen dürfe. Das Brandopfer eines Tieres aus der Herde eines Mannes, aus freien Stücken und aus vollem Herzen gegeben, genügte Gott als Zeichen, daß der Mensch bereit sei, alles hinzugeben. Gott wünschte nicht, daß ein Mensch sich selbst oder einen geliebten anderen opferte. Und der Herr wollte sicher sein, daß Abraham diese Lehre auch verstände; deshalb stellte er seine Liebe und seinen Glauben auf die Probe.

So prüfte er Abraham, den Stammvater des hebräischen Volkes, aus dem eines fernen Tages der Erlöser kommen sollte:

»Abraham!« rief Gott. »Hier bin ich, Herr«, antwortete Abraham. Und Gott gab ihm einen schrecklichen Befehl, der von Abraham eine besondere Art von Vertrauen und Gehorsam forderte.

»Nimm deinen Sohn«, gebot Gott, »nimm Isaak, deinen einzigen Sohn, und führe ihn in das Land Morija. Dort sollst du ihn mir als Brandopfer darbringen, auf einem Berg, den ich dir zeigen werde.«

Abraham zweifelte nicht an Gott. Er dachte an Gottes Versprechen, seine Familie durch Isaak groß und gesegnet zu machen. Wenn er sich überhaupt über Gottes Befehl wunderte, dann, weil er sich fragte, wie die Verheißung erfüllt werden könne, wenn Isaak geopfert würde. Doch Abraham baute auf das Versprechen. Er glaubte, er gehorchte.

Früh am Morgen stand er auf und machte sich reisefertig. Der Weg nach Morija war so lang, daß er ihn nicht Hand in Hand mit Isaak zurücklegen konnte. Deshalb rief er zwei junge Knechte, sattelte seinen Esel und spaltete Holz zum Feuer, das sie auf dem Berge entzünden sollten. Als der Esel mit dem Holz beladen war, ließ er Isaak holen. Sie machten sich auf den langen Weg.

Am dritten Tag sahen sie von fern den Ort, den ihnen Gott bezeichnet hatte. Als sie ihm näher kamen, befahl Abraham seinen Knechten: »Ihr bleibt hier mit dem Esel stehen, während der Junge und ich in das Gebirge gehen, um Gott anzubeten. Wartet auf uns, wir kommen wieder hierher zurück.« Denn seine Liebe war so groß und sein Vertrauen so stark, daß er selbst in diesem Augenblick, wo er darauf gefaßt war, Isaak für Gott zu opfern, in seinem Herzen sicher fühlte, daß ihm Gott den Sohn auf irgendeine Art zurückgeben werde.

Er legte Isaak die Scheite für das Opferfeuer auf die Schulter und trug selbst die Glut und ein Messer. Vater und Sohn kletterten miteinander auf den Berg, auf dem das Opfer stattfinden sollte. Isaak wunderte sich, daß sie kein Opfertier mitgebracht hatten.

»Vater?« fragte er.

»Hier bin ich, mein Sohn.«

»Ich sehe das Holz und die Glut, doch wo ist das Opfer?«

»Mein Sohn«, sagte Abraham, »Gott selbst wird für das Opfer sorgen.« Das genügte Isaak, denn er vertraute seinem Vater und seines Vaters Gott. Sie stiegen weiter bergan. Auf dem Gipfel des Berges, von dem Gott gesprochen hatte, errichtete Abraham einen Altar aus Steinen und schichtete die Scheite darauf. Isaak blickte sich um, sah aber immer noch kein Lamm.

Sanft zog Abraham seinen Sohn an sich heran und band ihm Arme und Füße. Jetzt stellte Isaak keine Frage mehr. Abraham legte seinen Sohn auf das Brennholz auf dem Altar und faßte nach dem Messer. Langsam hob er es, immer noch bereit, Gott alles zu geben, und immer noch voller Vertrauen, daß ihm Gott den Sohn nicht für immer nehmen werde.

Er hob das Messer, bereit, zuzustoßen.

»Abraham! Abraham!« rief eine Stimme. Er hielt inne. Aus dem

Himmel herab rief der Engel des Herrn. Abraham ließ das Messer sinken und hörte. »Hier bin ich«, antwortete er.

»Leg nicht Hand an den Jungen«, sagte der Engel des Herrn. »Du sollst Isaak nichts antun. Nun weiß ich, daß deine Liebe zu Gott tief und echt ist und daß du gehorsam bist, denn ich sehe, daß du deinen Sohn, deinen einzigen Sohn, Gott nicht vorenthältst. Sieh dich um!«

Und Abraham blickte umher. Da sah er, als er sich umwandte, einen Widder, der sich mit den Hörnern im Gesträuch verfangen hatte. Mit innerem Jubel band er seinen Sohn los, holte den Widder aus dem Dickicht und opferte ihn auf dem Altar anstelle des geliebten Sohnes. Mehr verlangte Gott nicht; Abraham hatte nicht nur Gehorsam, sondern auch Vertrauen bewiesen.

Als er mit dem Jungen die Anbetung beendet und das Opfer vollständig dargebracht hatte, gab Abraham dem Platz, an dem er zur Hingabe seines Sohnes bereit gewesen und seinem Sohn gesagt hatte, Gott selbst werde für das Opferlamm sorgen, einen Namen: Jehova – jireh, das heißt: »Gott sorgt vor.« Noch überzeugter als zuvor wußte er jetzt, daß Gott wirklich für diejenigen sorgte, die ihn aufrichtig liebten. Er wußte aber auch, daß Gott nicht seine Menschen als Opfer auf lodernden Altären sehen wollte, denn diejenigen, deren Glauben und Liebe stark waren, gehörten Gott ja schon mit Herz und Seele.

Vater und Sohn stiegen durch das Bergland hinunter zu den wartenden Knechten, wie Abraham vorher gesagt hatte.

REBEKKA AM BRUNNEN

Als Sara starb, war sie hundertsiebenundzwanzig Jahre alt. Abraham weinte um sie und betrauerte sie, doch ihn tröstete der Sohn, den sie ihm geboren hatte, und ihr gemeinsames Leben war gut und erfüllt gewesen. Weil das Land seiner Vorväter in weiter Ferne lag, kaufte Abraham von seinem hethitischen Nachbarn Ephron ein Stück Land, das Machpela hieß und sich mit vielen Bäumen und einer Höhle gut als Begräbnisplatz eignete. Hier also, in der Höhle von Machpela und nahe der Ebene von Mamre, wo sie so lange Jahre zusammen gelebt hatten, begrub Abraham seine Frau Sara. Sie war die erste der Hebräer, die im Lande Kanaan starben und begraben wurden, in dem Lande, das Gott Abrahams Nachkommen versprochen hatte.

Isaak war ein erwachsener Mann, Abraham sehr alt. Der Herr hatte ihn in allen Dingen gesegnet. Als Abraham Saras Verlust weniger schmerzlich empfand, bemerkte er, wie einsam Isaak jetzt geworden war, und er bedachte, daß es für ihn Zeit sei, eine Frau zu nehmen. Nun hatte Abraham zwar ein gutes Verhältnis zu seinen Nachbarn, die ihn achteten, doch er wünschte keine Vermischung der Seinen mit ihrem Stamm, sondern meinte, seine Schwiegertochter müßte eine Hebräerin sein. Abrahams Bruder Nahor war ja mit seiner Frau Milka in Haran, im Gebiet von Padan-Aram, geblieben, und er hatte gehört, daß Nahors Familie gedieh, daß er Kinder und Kindeskinder hatte. Er hielt es für angebracht, daß Isaak eine Base aus Padan-Aram heiratete, wollte aber nicht, daß Isaak selbst das Land Kanaan verließ und in das Land zurückkehrte, das Abraham nach dem Willen Gottes einst verlassen hatte.

Deshalb rief Abraham eines Tages den ältesten Knecht, der seinen ganzen Besitz verwaltete, und gab ihm den Auftrag, eine passende Frau für Isaak zu suchen. »Gib mir die Hand und schwöre mir bei dem Herrn, dem Gott des Himmels und der Erde, daß du dich nicht unter den Töchtern der Kanaaniter, bei denen ich lebe, nach einer Frau für meinen Sohn umsiehst, sondern daß du in meine alte Heimat ziehen wirst, um unter meinen Verwandten nach einer Frau zu suchen.«

Der Verwalter fand den Auftrag schwierig. »Vielleicht ist die Frau, die ich aussuche, nicht bereit, aus ihrem Land fort und zu uns zu ziehen. Und vielleicht wird meine Wahl deinem Sohn Isaak gar nicht gefallen. Sollte ich ihn nicht lieber in das Land, aus dem du gekommen bist, zurückbringen, damit er sich selbst eine Frau wählen kann?«

Doch gerade das wollte Abraham nicht: »Nein, du sollst meinen Sohn nicht mitnehmen. Gott, der Herr im Himmel, der mich aus dem Hause meines Vaters fortschickte, wird dir seinen Engel als Führer schicken, und nach dessen Rat sollst du die Frau für Isaak aussuchen. Schwöre mir, daß du alles so ausführen wirst, wie ich es anordne. Wenn dir die Frau nicht folgen will, werde ich dich von deinem Eid entbinden und dir keinen Vorwurf machen. Nur sollst du meinen Sohn nicht mitnehmen. Und nun schwöre.«

»Ich schwöre es«, sagte der treue Knecht, reichte Abraham die Hand und bekräftigte noch einmal: »Ich werde reisen, und ich werde es so machen, wie du es haben willst.«

Dann belud er einige Kamele seines Herrn mit Vorräten und Geschenken und nahm Knechte mit, die ihm bei den Kamelen helfen sollten. So zogen sie viele Tage lang durch wüstes Land, bis sie nach Mesopotamien kamen, wo Abrahams Bruder wohnte. Hier machte der Verwalter Rast an einem Brunnen vor der Stadt Haran im Gebiet von Padan-Aram, und hier wollte er warten, bis ihn jemand zu Nahor und seiner Familie und zu einer Frau für Isaak führen werde.

Es war Abend geworden, die Zeit, zu der die Frauen aus der Stadt kamen, um Wasser vom Brunnen zu holen. Der Verwalter sah sie kommen und ließ seine Kamele am Brunnen niederknien. Er wußte nicht, was er jetzt tun sollte, doch er vertraute auf Gott und betete im stillen: »O Gott meines Herrn Abraham, ich bitte dich um Hilfe, um deine Güte für meinen Herrn Abraham. Sieh mich an, hier stehe ich am Brunnen, wo die Töchter der Städter das Wasser für ihr Haus holen. Ich bitte dich, gib mir ein Zeichen! Wenn ich jetzt eine junge Frau bitte, mich Wasser aus ihrem Krug trinken zu lassen, dann leg der richtigen die Antwort in den Mund: ›Trink, und deine Kamele will ich auch tränken.‹ Dann weiß ich, daß es die Frau ist, die du für deinen Diener Isaak auserwählst, und erkenne deine Güte für meinen Herrn Abraham.«

Noch bevor er sein stilles Gebet beendet hatte, kam eine junge Frau mit dem Krug auf der Schulter zum Brunnen, die schöne und unverheiratete Rebekka. Sie ließ ihren Krug in den Brunnen hinab und zog ihn, der von kühlem Wasser überfloß, wieder herauf. Der Verwalter sah ihr zu und fragte sich, ob sie wohl die richtige sei. Er trat zu ihr und fragte, wie er es sich vorgenommen hatte: »Ich bitte dich, laß mich aus deinem Krug trinken.«

Und sie antwortete: »Trink, Herr.« Obwohl er ein Fremder war, begegnete sie ihm freundlich, nahm den Krug von der Schulter und bot ihn dem Mann, so daß er trinken konnte. Dann sagte sie: »Ich will auch für deine Kamele Wasser heraufziehen, damit sie genug zu trinken haben.« Sie leerte den Krug in den Wassertrog und eilte zum Brunnen, um mehr Wasser zu holen, bis alle Tiere ihren Durst gestillt hatten. Der Mann betrachtete sie genau, verriet aber seine Gedanken nicht. Er hatte das erbetene Zeichen erhalten, wußte aber nicht, ob seine Reise wirklich Erfolg haben werde, denn noch kannte er nicht den Namen des freundlichen Mädchens. Als die Kamele getränkt waren, nahm der Verwalter einen goldenen Ohrring und zwei goldene Armreifen aus seiner Tasche, gab sie dem Mädchen zum Dank und fragte: »Wessen Tochter bist du? Und sag mir, ob im Hause deines Vaters genug Platz ist, um uns alle aufzunehmen.«

Sie antwortete: »Ich bin die Tochter von Bethuel, der ein Sohn von Milka und Nahor ist. Wir haben Platz, um dich zu beherbergen, und ausreichend Streu und Futter für die Kamele. Ich will meinem Vater sagen, daß du hier bist.«

Sie lächelte und wandte sich zum Gehen. Abrahams Verwalter beugte den Kopf, um dem Herrn zu danken: Es war das Enkelkind von Abrahams Bruder Nahor! »Gelobt sei der Herr, der Gott meines Herrn Abraham! Du hast meinem Herrn deine Güte erwiesen und mein Gebet erhört, denn du hast mich zum Bruder meines Herrn geführt.«

Rebekka kehrte eilig nach Hause zurück, um der Familie von dem freundlichen Mann am Brunnen zu berichten. Als ihr Bruder Laban den Bericht hörte und den Goldschmuck in der Hand seiner Schwester sah, ging er selbst hinaus, um den Mann zu begrüßen, der mit seinen Kamelen am Brunnen wartete.

»Komm herein, du vom Herrn Gesegneter«, sagte er freundlich. »Warum stehst du hier draußen? Das Haus ist für dich bereit, und für die Kamele gibt es Platz genug. Komm!«

Also kehrte der Verwalter mit den Leuten, die ihn begleiteten, im Hause von Bethuel ein, der ein Sohn von Abrahams Bruder Nahor war. Sie wurden gastfrei aufgenommen, obwohl die Familie nicht wußte, wen sie beherbergte. Laban brachte Wasser für die Füße des Fremden und versorgte eigenhändig die Kamele, schirrte sie ab und gab ihnen Futter und Streu. Danach sorgte er für eine Mahlzeit. Doch Abrahams Verwalter wollte nicht essen, bevor er seinen Auftrag vorgebracht hatte. »Laßt mich euch erst berichten, wozu ich hergekommen bin«, sagte er.

»Gut, dann sprich«, antwortete Laban. Er und sein Vater hörten zuerst höflich, dann immer aufmerksamer zu.

»Ich bin ein Knecht Abrahams«, begann er. »Der Herr im Himmel hat meinen Herrn gesegnet, so daß er ein großer Mann geworden ist. Gott hat ihm Rinder- und Schafherden gegeben, Silber und Gold, Knechte und Mägde, Kamele und Esel. Sara, meines Herrn Frau, brachte ihm einen Sohn, als sie schon alt war, und dieser Sohn Isaak ist der Erbe von Abrahams ganzem Besitz. Doch Isaak hat noch keine Frau, und deshalb hat mich mein Herr ausgeschickt, ihm eine Frau von seinem eigenen Volk zu suchen; er möchte nicht, daß Isaak eine Tochter der Kanaaniter heiratet.«

Dann berichtete der Verwalter, wie er seinem Herrn den Eid schwören mußte und in der Gewißheit auf den Weg geschickt wurde, daß ein Engel zur rechten Zeit seine Wahl leiten werde. Und er erzählte, wie Rebekka als Antwort auf sein Gebet nicht nur ihm, sondern auch seinen durstigen Kamelen Wasser angeboten hatte. »Und nun sagt mir«, schloß er, »ob ihr freundlich und auf-

richtig gegen meinen Herrn handeln wollt oder ob ihr es anders wollt, damit ich weiß, was ich tun soll und was das Richtige ist.«
Laban und sein Vater Bethuel antworteten: »Das ist uns vom Herrn auferlegt worden, und deshalb ist es nicht unsere Sache, hier von gut oder schlecht zu reden. Sieh, hier ist Rebekka. Nimm sie mit dir, geh und laß sie die Frau von deines Herrn Sohn werden, wie es der Herr im Himmel angeordnet hat.« Denn sie vertrauten fest darauf, daß es der Herr selbst war, der ihnen Abrahams Knecht gesandt hatte, daß der Herr also wünschte, Rebekka solle mit ihm ziehen.
Abrahams Knecht war von tiefem Dank an Gott erfüllt, als er diese Worte hörte. Er verneigte sich bis zur Erde und dankte Gott im Herzen für die Hilfe bei der Erfüllung seines Auftrags. Dann holte er die Geschenke, die er ihnen im Namen Abrahams überreichen sollte, Kostbarkeiten aus Silber und Gold, Ohrringe, Armspangen, Becher, Tuch, schöne Kleider aus dem weit entfernten Kanaan; das alles gab er Rebekka. Aber auch ihrem Bruder und ihrer Mutter schenkte er viele kostbare Dinge, die ihnen Freude machten und allen bewiesen, daß Abraham und Isaak Männer von Reichtum und Ansehen waren.
Jetzt war er bereit zu essen. Er und die Männer, die mit ihm gezogen waren, aßen und tranken und verbrachten dann die Nacht im Hause von Bethuel, Rebekkas Vater.
Als sie am anderen Morgen aufgestanden waren, wollte der Verwalter sofort mit dem Mädchen zu seinem Herrn heimkehren. Doch sein Besuch war so überraschend eingetroffen, daß sich Rebekkas Familie noch nicht an den Gedanken gewöhnt hatte, Abschied zu nehmen und sie in ein fernes, fremdes Land ziehen zu sehen. Laban und seine Mutter mochten sie ungern so überstürzt abreisen lassen.
»Laß sie noch ein paar Tage bei uns, wenigstens zehn«, baten sie den Verwalter, »dann soll sie mit dir ziehen.«
Doch er hatte seinen Auftrag ausgeführt und wollte eilig wieder fort. »Haltet mich nicht auf«, bat er. »Der Herr hat meiner Reise Erfolg gegönnt, und jetzt muß ich mit dem Mädchen zu meinem Herrn heimkehren!«

Sie zögerten immer noch, denn sie wußten nicht einmal, wie Rebekka die eilige Abreise aufnehmen werde. »Wir wollen das Mädchen nach seiner Meinung fragen«, schlugen sie vor. Rebekka wurde gerufen und kam sofort. »Willst du mit diesem Mann ziehen?« fragten sie, denn sie liebten sie und wollten sicher sein, daß sie nicht gegen ihre innersten Wünsche handele.

»Ich will gehen«, antwortete Rebekka.

Liebevoll gaben sie Rebekka ihren Segen und halfen ihr, die Sachen vorzubereiten, die sie für die Reise brauchte. Sie ließen sie gehen, ihre Schwester Rebekka, und mit ihr ihre Kinderfrau und einige Mädchen. Der Verwalter ritt voran, hinter sich seine Leute und die Frauen in Rebekkas Begleitung. Bethuel und die Seinen sahen ihnen nach, wie sie auf ihren Kamelen davonritten, bis sie schließlich nur noch als Punkte in der Wüste zu sehen waren.

Sie ritten viele Tage und folgten ungefähr dem Reiseweg, den Abraham vor langer Zeit eingeschlagen hatte, als er seinen Bruder Nahor in Haran verließ und sich mit seinem Neffen Lot ins versprochene Land aufmachte. Rebekka ritt unverschleiert, um die unbekannten Landschaften vom Kamelrücken aus kennenzulernen; ihre Gedanken kreisten um den fremden Mann, der ihr Ehegatte werden sollte.

Schließlich erreichten sie die südliche Landschaft, wo Isaak mit Abraham lebte. Es war Abend, Isaak ging über die Felder. Die Sonne stand tief über dem Land, das ihm und Abraham gehörte. Isaak dachte an vielerlei, doch dann sah er fern in einer Staubwolke eine Karawane, die sich näherte. Er ging ihr entgegen.

Auch Rebekka hatte in die Ferne geblickt und den Mann kommen sehen. Sie stieg vom Kamel, denn sie ahnte, wer es sein könnte, und wollte ihm zu Fuß begegnen.

»Wer ist der Mann, der uns über das Feld entgegenkommt?« fragte sie den Verwalter.

»Es ist Isaak, mein Herr«, gab er zur Antwort.

Rebekka zog den Schleier über den Kopf, wie es Sitte der Frauen in ihrem Volk war. Wenn sie einander auf die geziemende Weise kennengelernt hatten, wollte sie den Schleier abnehmen, damit er sie sehen könne. Doch dazu war es noch zu früh.

In der Nähe seines Wohnplatzes begegnete Isaak der Karawane, und alles machte halt. Der Verwalter erzählte Isaak, was er ausgerichtet hatte, und berichtete, daß der Herr ihn zu Bethuels Tochter geführt habe. Und Isaak war sehr froh darüber.
Bald darauf nahm er Rebekka in das Zelt seiner Mutter Sara und machte es zu ihrem Zuhause. Sie wurde seine Frau, und sie liebten sich sehr. So wurde Isaak nach dem Tode seiner Mutter getröstet.

ESAU VERKAUFT SEIN ERSTGEBURTSRECHT

Abraham war nicht zu alt, selbst nach Trost zu suchen. Er nahm eine zweite Frau, Ketura, die ihm sechs prächtige Söhne schenkte. Der alte Mann liebte sie zärtlich und schenkte ihnen viel, vergaß aber nie, daß Gottes Verheißung durch Isaak erfüllt werden sollte; er war entschlossen, nur Isaak zu seinem Erben zu machen. Seine jungen Söhne schickte er weit nach Osten, während er mit Isaak im Süden blieb, und abgesehen von den Dingen, die er diesen Söhnen geschenkt hatte, erbte Isaak sein ganzes Hab und Gut.

Abraham starb in hohem Alter, nach langer Lebenszeit. Er war hundertfünfundsiebzig Jahre alt, als er zu seinen Vorvätern gerufen wurde. Hagars Sohn Ismael kam aus der Wüste, um Abschied zu nehmen, und begrub mit Isaak den alten Mann in der Höhle von Machpela bei Mamre, wo vor mehr als vierzig Jahren Abrahams Frau Sara schon begraben worden war.

Isaak und Rebekka schlugen ihr Heim in Beerseba auf, wo Abraham einst einen Brunnen gegraben und einen kleinen Wald gepflanzt hatte. Doch die Jahre vergingen, und es sah aus, als sei Rebekka unfruchtbar. Da betete Isaak für sie zum Herrn, und der Herr erfüllte seine Bitte. Rebekka war trotzdem voller Unruhe und fragte Gott den Herrn nach dem Grund.

Und der Herr sagte zu Rebekka: »In dir sind zwei Völker, zwei verschiedene Arten von Menschen. Der eine wird stärker als der andere sein, und der Ältere soll dem Jüngeren dienen.«

Als der Tag der Geburt gekommen war, brachte Rebekka Zwillingssöhne zur Welt. Der erste war rothaarig und sehr behaart und erhielt den Namen Esau; der zweite hatte glatte Haut, war feingliedriger und wurde Jakob genannt.

Die Jungen wuchsen heran.

Esau war rauh und beherzt, stark und schnell zu Fuß, ein geschickter Jäger und ein Mensch der freien Natur, der sich bei den Vögeln und anderen Tieren des Feldes aufhielt. Jakob, nur Sekunden jünger als sein Bruder, benahm sich dagegen sehr gesittet, sehr ruhig, hielt sich bei den Zelten auf und liebte es, sich in der Nähe des Zeltplatzes um die Schafe seines Vaters zu kümmern. Isaak liebte beide Söhne, doch Esau noch mehr, weil er stark und männlich war – und weil er immer, wenn er von der Jagd kam, seinem Vater Wild brachte, das er ganz nach dessen Geschmack zubereitet hatte. Doch Rebekka liebte den ruhigen und würdevollen Jakob. Isaaks Familie war reich, galt viel in der ganzen Gegend und war dazu ausersehen, ein bedeutendes Geschlecht zu werden, so daß Rebekka meinte, Esau sei nicht der rechte Mann, Isaaks Erbe anzutreten.

Es lag an Rebekka, daß Jakob immer häufiger an sein Mißgeschick dachte, als zweiter das Licht der Welt erblickt zu haben. Esau, dem Älteren, war das Erstgeburtsrecht zugefallen, was damals in jenem Land bedeutete, daß Esau beim Tode seines Vaters von allem, was Isaak hinterließ, einen doppelten Anteil erhalten werde. Außerdem aber würde Esau dann das Oberhaupt der Familie mit allen Rechten und der Verantwortung des Patriarchen werden, darunter auch bestimmte priesterliche Vorrechte und Pflichten erben. Für die Familie Abrahams bedeutete das Erstgeburtsrecht aber noch sehr viel mehr: Als ältester Sohn von Abrahams Sohn sollte er große Segnungen Gottes empfangen, denn Gott hatte ja Abraham und Isaak künftige Größe versprochen. Aber Esau schien wenig an der Ehre eines so kostbaren Erstgeburtsrechts zu liegen, er war gern im Freien, liebte die einfachen Dinge des Lebens und wandte keine Gedanken an sein Erstgeburtsrecht und an seine Zukunft als Familienoberhaupt. Daß er der Ältere war, wußte er ja, warum also Zeit an solche Überlegungen verschwenden?

Doch Jakob und Rebekka dachten um so mehr daran. Immer wieder rief sich Rebekka Gottes Worte ins Gedächtnis, die er vor der Geburt der Söhne gesprochen hatte. Sie waren wirklich sehr verschieden, und einer war stärker als der andere – jedenfalls in körperlicher Hinsicht. Vielleicht aber würde sich Jakob auf andere Weise als stärker erweisen? Völlig verwirrend erschien ihr der letzte Satz der Prophezeiung: »Der Ältere soll dem Jüngeren dienen.« Rebekka fragte sich, was das heißen solle.

Jakob dachte immer wieder an das Erstgeburtsrecht, und Esau vergaß es immer wieder.

Eines Tages war Esau wie an so vielen Tagen in Wald und Feld, während sich Jakob bei den Zelten aufhielt. Doch an diesem Tage jagte Esau ohne jeden Erfolg, und nach dem anstrengenden, nutzlosen Tagewerk kehrte er heißhungrig heim. Das erste, was er bemerkte, war wunderbarer Essensduft, denn Jakob hatte sich eine köstliche Linsensuppe gekocht. Esau, der den ganzen Tag kein Wild erbeutet hatte, schnupperte, er war müde und hungrig wie ein Bär. Den ganzen Tag gejagt und nichts zu essen!

»Gib mir bitte etwas zu essen«, bat er seinen Bruder Jakob. »Gib mir von deiner Suppe, denn ich falle um vor Hunger.«

Jakob drehte sich zu ihm um und sah ihn nachdenklich an. »Gut, aber dann verkaufe mir jetzt dein Erstgeburtsrecht.«

»Ich sterbe ja vor Hunger«, sagte Esau auf seine grobe Art, »was nutzt mir denn dann noch ein Erstgeburtsrecht!«

»Schwöre«, verlangte Jakob. »Schwöre, daß du es mir heute verkaufst, wenn ich dir zu essen gebe.«

»Ich schwöre, ich schwöre! Das Geburtsrecht ist deines. Gib mir Suppe, bevor ich umfalle!«

Und er verkaufte Jakob sein Erstgeburtsrecht, und Jakob gab ihm Brot und Linsensuppe im Tausch gegen alle Rechte eines älteren Sohnes. Esau aß und trank und ging davon, zufrieden mit der Mahlzeit; und erst sehr viel später dachte er über den Handel nach, den er da abgeschlossen hatte.

So kam es, daß Esau sein Erstgeburtsrecht wegwarf.

JAKOB TÄUSCHT SEINEN VATER

Isaak wurde immer älter, und Gottes Güte gegen ihn ließ nicht nach. Weite Ländereien gaben ihm reiche Ernten, seine Schaf- und Rinderherden waren groß, zahlreich seine Dienerschaft. Manche kanaanitischen Nachbarn beneideten ihn nicht nur wegen seines Wohlstandes, sondern fürchteten auch seine wachsende Macht; sie konnten ihn aber nie zu einer Auseinandersetzung herausfordern. Besonders unfreundlich zeigten sich die Philister, die den Küstenstreifen Kanaans bewohnten und Isaak öfter Schwierigkeiten bereiteten, wenn er in Zeiten von Dürre und Hunger in der Wüste nach Wasser grub. Nach ihrer Meinung war er in ihr Gebiet eingedrungen, und sie fürchteten seine Macht. Je mehr Brunnen er anlegte, um so besorgter wurden sie, um so neidischer auf seinen Reichtum und seine vielen Knechte. Denn da sie selbst daran gewöhnt waren, sich das, was sie haben wollten, mit Gewalt zu nehmen, fürchteten sie, Isaak könnte mit ihnen ähnlich verfahren. Doch als Mann des Friedens konnte er schließlich die Philister davon überzeugen, daß er weder ihren Landbesitz antasten noch ihnen selbst irgend etwas zufügen wolle. So wurde er am Ende von seinen Nachbarn als friedlicher, Gott liebender und von Gott gesegneter Mann angesehen.

Als er sich mit den Philistern verständigt hatte, verlief sein Leben in Beerseba mehrere Jahre lang friedlich und ohne besondere Ereignisse. Dann aber nahm sich Esau, ohne sich vorher mit seinem Vater zu beraten, zwei Ehefrauen. Rebekka und Isaak waren darüber sehr unglücklich – nicht etwa, weil es zwei Frauen waren, sondern weil es sich um Hethiterinnen handelte, die einer hebräischen Familie nicht willkommen sein konnten. Doch Isaak war zum Verzeihen geneigt und liebte Esau nicht weniger als vorher.

Als er nun immer älter wurde und kaum noch sehen konnte, dachte er an den Tod und daran, daß er seinem Erstgeborenen seinen Segen geben mußte. Der Segen bekräftigte das Geburtsrecht und

sicherte dem Gesegneten Rechte und Reichtümer, war also für den Ältesten außerordentlich wichtig. Deshalb rief Isaak nach ihm: »Komm her, mein Sohn!«, und Esau antwortete: »Hier bin ich, mein Vater.«
»Sieh mich an, ich bin alt«, begann Isaak, »und weiß nicht, wann ich sterbe. Geh du mit einem Köcher voller Pfeile und deinem Bogen hinaus und jag nach einem Hirsch. Dann sollst du mir aus dem Wildbret eines der köstlichen Gerichte zubereiten, die ich so gern esse. Gib es mir, damit ich davon essen kann, so daß dich meine Seele segnet, ehe ich sterbe.«
Esau ging sofort hinaus in Wald und Feld, um einen Hirsch zu suchen, damit er seinem Vater eine Mahlzeit zubereiten konnte, wie sie der alte Mann so gern aß.
Doch Rebekka hatte gehört, was Isaak zu Esau sagte, und sie wünschte nicht, daß der Älteste den Segen, der ihm ja doch zustand, erhalte. Sie rief ihren Liebling Jakob und berichtete ihm, was sie gehört hatte und daß Isaak vor seinem Tode Esau segnen wolle. Dann fuhr sie fort: »Deshalb, mein Sohn, gehorch meinen Worten, tu, was ich dir auftrage. Geh zur Herde, such mir zwei junge Ziegen heraus, gute, zarte Ziegenlämmer. Ich will sie so zubereiten, daß sie wie das Gericht schmecken, das Esau zu kochen pflegt. Du wirst es dann deinem Vater bringen, damit er das Fleisch, das er so schätzt, bekommt, und er wird den Unterschied nicht merken, sondern dich segnen, bevor er stirbt. Er wird nicht sehen, daß du Jakob bist, denn seine Augen sind trübe.«
Doch Jakob fürchtete, Isaak werde nicht so leicht zu täuschen sein. »Gewiß, doch mein Bruder Esau ist so behaart, während ich glatte Haut habe. Was geschieht, wenn mein Vater die Hand ausstreckt und mich berührt? Er wird fühlen, daß ich nicht behaart bin, und ich werde als Betrüger vor ihm stehen, keinen Segen, sondern einen Fluch erhalten.«
»Der Fluch soll mich treffen, nicht dich«, antwortete Rebekka. Gehorch nur meinen Worten, bring mir die Ziegenlämmer.«
Jakob tat es, und sie kochte sie geschickt mit Kräutern und Gewürzen, so daß sie wie das Wildbret schmeckten, das Isaak so gern aß. Die Felle legte sie beiseite. Als das Essen zubereitet war, holte sie

Esaus Kleider und legte sie ihrem jüngeren Sohn an. Seine unbehaarten Hände und seinen glatten Hals umwickelte sie mit dem weichen Fell der Ziegenlämmer. Dann reichte sie ihm das duftende Essen und Brot dazu und sagte: »Geh nun zu deinem Vater.«
Und Jakob in seinen geborgten Fellen und Kleidern trug das duftende Essen zu seinem Vater. »Hier bin ich, mein Vater«, sagte er und versuchte, Esaus Stimme nachzuahmen.
»Wer bist du, mein Sohn?« fragte Isaak, verwirrt durch den Klang der Stimme.
»Esau bin ich, dein Erstgeborener«, antwortete Jakob. »Und ich habe ausgeführt, was du mir aufgetragen hast. Ich bitte dich, komm, setz dich und iß das Wildbret, das ich für dich zubereitet habe, damit deine Seele mich segnet.«
Isaak wunderte sich über die Stimme und die ungewohnt rasche Heimkehr des Sohnes von der Jagd. »Wie hast du das Fleisch denn so schnell gefunden, mein Sohn?« fragte er.
»Der Herr, dein Gott, hat es mir zugeführt«, gab Jakob zur Antwort. Doch Isaak war noch nicht beruhigt. »Ich bitte dich, komm ganz nah heran«, sagte er zu dem Sohn, den er nicht sah. »Ich möchte dich berühren, damit ich gewiß weiß, daß du Esau bist.«
Jakob ging nahe an den alten Mann heran, damit er die Behaartheit seines Körpers fühlen könne. Der blinde Isaak berührte die mit Ziegenfell bekleideten Hände und den Nacken des jüngeren Sohnes und meinte verwundert: »Es ist Jakobs Stimme, doch es sind Esaus Hände.« Und Isaak merkte die Täuschung nicht, weil sich Jakobs Hände rauh wie die seines Brudes Esau anfühlten. Noch einmal fragte Isaak: »Bist du wirklich mein Sohn Esau?«
»Ich bin es«, antwortete Jakob.
»Dann gib mir das Essen«, sagte der alte Mann. »Bring es her, ich will vom Wildbret meines Sohnes essen, damit meine Seele ihn segnen kann.«
Jakob setzte sich vor ihn, Isaak aß davon und fand es schmackhaft und köstlich und trank vom Wein, den Jakob ihm brachte.
Als Isaak von dem Gericht gegessen hatte, um das er Esau gebeten und das er von Jakob erhalten hatte, war er bereit, den kostbaren Segen zu sprechen.

»Komm nahe zu mir heran, küß mich, mein Sohn«, verlangte er. Jakob beugte sich über das Kissen, um den Kuß zu empfangen, der den Segen einleitete. Isaak sog den guten Duft von Esaus Kleidern ein, den Geruch des Jägers. Und Isaak segnete den jüngeren Sohn mit den Worten: »Sieh, der Geruch meines Sohnes ist wie der Geruch des Feldes, das der Herr gesegnet hat. Deshalb gebe dir Gott vom Tau des Himmels und von der Fruchtbarkeit der Erde und gebe dir Korn und Wein im Überfluß. Die Menschen sollen dir dienen, die Völker sich vor dir verneigen. Sei Herr über deine Brüder, laß die Söhne deiner Mutter sich vor dir beugen. Verflucht sei jeder, der dich verflucht, und gesegnet jeder, der dich segnet.«

Es war geschehen. Jakob hatte seinen Vater getäuscht und noch einmal seinen Bruder hintergangen.

Aber schon bald, nachdem Isaak seinen Segen Jakob erteilt und Jakob seinen Vater verlassen hatte, kehrte Esau mit seiner Jagdbeute heim. Auch er bereitete ein köstliches Gericht, das er seinem Vater brachte.

»Steh auf, mein Vater, und iß vom Wildbret deines Sohnes«, sagte Esau. »Und dann laß deine Seele mich segnen, wie du gesagt hast.«

Isaak fuhr in die Höhe: »Dich segnen? Wer bist du denn?«

»Ich bin dein erstgeborener Sohn Esau«, antwortete der behaarte Mann. Und Isaaks alter Körper zitterte vor Schrecken. Irgend etwas war sehr schlimm, sein Entsetzen groß.

»Wer, Esau? Aber wer hat denn das Wildbret zubereitet und mir gebracht, von dem ich gegessen habe, ehe du kamst? Denn ich habe gegessen, und ich habe den gesegnet, der es mir brachte. Und der Segen bleibt sein; er soll gesegnet sein.«

Als Esau seines Vaters Worte hörte, stieß er einen lauten Schrei aus, denn er wußte sofort, daß Jakob den ihm zugedachten Segen erhalten hatte. »Segne auch mich, mein Vater!« flehte er. Isaak war tief verwirrt, denn ein Segen wurde ja nicht leicht erteilt und konnte nicht zurückgenommen werden. »Dein Bruder ist mit Hinterlist zu mir gekommen«, sagte er traurig. »Und er hat dir deinen Segen genommen.«

Esau stöhnte in tiefem Schmerz. »Mein Bruder! Wirklich, er trägt seinen Namen Jakob – der Listige – zu Recht! Zweimal hat er meinen Platz eingenommen, zweimal hat er eine List angewandt, um mir das Meine zu nehmen. Er hat mich um mein Erstgeburtsrecht gebracht, er hat mir meinen Segen gestohlen. O mein Vater! Hast du denn nicht noch einen Segen für mich?«

Und Isaak antwortete: »Wie könnte das sein? Ich habe ihn zum Herrn über dich gemacht, und ich habe ihm all seine Brüder als Knechte ausgeliefert, so daß ihm alle dienen müssen. Mit Korn und Wein im Überfluß habe ich ihn gesegnet, und ich habe ihm jede Art Segen erteilt, den ich geben kann. Was ist nun noch für dich übrig, mein Sohn?«

»Nur ein Segen!« bat Esau. »Hast du wirklich nur einen zu vergeben? Ach segne auch mich, mein Vater.« Und Esau weinte über seinen großen Verlust.

Sein betrübter Vater antwortete: »Einen Segen gebe ich dir, aber es kann nicht der sein, den ich Jakob schon erteilt habe. Dein Eigen soll der Reichtum der Erde und der Felder sein, die du so liebst, und der Tau des Himmels von oben. Du wirst von harter Arbeit und von deinem Schwert leben und wirst deinem Bruder dienen. Doch der Tag wird kommen, an dem die Macht dein ist und du das Joch von deinem Nacken abschüttelst.«

Es war kaum ein Segen zu nennen, eher eine Verheißung für künftige Zeiten. Esau haßte Jakob wegen des verlorenen Segens, und er schwor ihm Rache. »Doch jetzt noch nicht«, sagte er sich, »nicht, solange mein Vater lebt. Isaak aber ist alt und wird bald sterben. Wenn die Trauerzeit vorbei ist, werde ich meinen Bruder Jakob umbringen.«

JAKOBS LEITER

Er sprach nicht zu seinem Vater über seinen Zorn und Haß, doch er hielt seine Gefühle auch nicht geheim, so daß bald von seinem großen Zorn und seinen Rachegelüsten die Rede war und auch Rebekka davon erfuhr.
Sie schickte sofort nach Jakob, um ihn zu warnen. »Hör auf mich, mein Sohn. Dein Bruder Esau hat geschworen, dich zu töten. Deshalb sollst du auf meine Worte hören und fortgehen. Reise zu meinem Bruder Laban in Haran und bleib dort ein paar Tage, bis sich deines Bruders Wut gelegt und er vergessen hat, was du ihm angetan hast. Dann werde ich dir Nachricht schicken, damit du zurückkommst, denn ich will dich nicht verlieren.«
Sie ging zu Isaak, berichtete ihm aber nicht, daß sie um Jakobs Leben fürchtete, sondern sprach von einer anderen Sache, die Isaak sehr am Herzen lag: »Mir macht das Leben keine Freude mehr wegen der Hethiterinnen. Esau hat zwei Frauen aus diesem Volk, und das ist nicht im Sinne unseres Volkes. Wenn auch Jakob sich ein hethitisches Mädchen dieses Landes aussucht, was ist dann mein Leben noch wert?«
Auch ihr Mann wünschte nicht, daß sein zweiter Sohn eine Kanaaniterin zur Frau nähme. Er rief Jakob deshalb zu sich, segnete ihn und sagte: »Du sollst keine Frau unter den Töchtern der Hethiterinnen wählen. Geh du nach Padan-Aram ins Haus Bethuel, aus dem deine Mutter stammt, und such dir eine Frau unter den Töchtern deines Mutterbruders Laban. Gott der Allmächtige möge dich mit Abrahams Segen segnen, so daß du viele Kinder haben und das uns von Gott geschenkte Land besitzen wirst.«
So schickte Isaak seinen Sohn Jakob fort, und Jakob begann die lange, einsame Reise nach Haran. Er konnte nicht wissen, daß er weit länger als ein paar Tage fortbleiben und daß er seine Mutter nie wieder sehen werde.
Als Esau merkte, daß Isaak wieder Jakob gesegnet und ihn nach

Padan-Aram geschickt hatte, damit er sich dort eine Frau wähle und nicht eine Hethiterin heirate, wurde ihm bewußt, daß seine Verbindungen mit den Frauen Kanaans seinem Vater nicht gefielen. Deshalb nahm er noch eine Frau, und diesmal eine Tochter Ismaels, der ja als Sohn von Abraham und Hagar ein Halbbruder seines Vaters Isaak war.

Jakob suchte sich ängstlich und unglücklich seinen Weg durch das Hügelland und die Ebenen von Kanaan. Schließlich erreichte er gegen Abend, als die Sonne unterging, einen Platz, an dem er sich für die Nacht im Schutze von Felsen niederlassen konnte. Er suchte sich einen Stein als Kopfkissen und streckte sich zum Schlaf auf dem harten Bett aus. Als er schlief, hatte er einen Traum.

Er träumte von einer Leiter, deren Füße auf der Erde standen, die aber bis in den Himmel reichte; und Gottes Engel stiegen daran hinab und hinauf. Und er sah Gott den Herrn hoch oben stehen und hörte seine Stimme. Gott sagte: »Ich bin der Herr, der Gott Abrahams und der Gott Isaaks. Das Land, auf dem du liegst, will ich dir und deinen Kindern geben. Deine Nachkommen sollen zahlreich wie die Staubkörner auf der Erde sein; und sie werden sich nach Westen, Osten, Norden und Süden verbreiten, und durch sie sollen die Geschlechter der Erde gesegnet werden. Denke daran, daß ich bei dir bin, und ich werde immer bei dir sein, wohin du auch gehen magst, und ich werde dich wieder in dieses Land zurückführen. Denn ich will dich nicht verlassen, sondern alles, was ich versprochen habe, auch erfüllen.«

Jakob erwachte aus seinem Traum. Er sah hinauf in den sternerhellten Himmel und wußte, daß er allein war; doch einsam fühlte er sich nicht. Er sagte sich: »Sicherlich ist der Herr hier, hier bei mir an diesem Ort, und ich habe es nicht gewußt.« Er empfand tiefe Ehrfurcht. »Wie wunderbar ist es hier. Hier ist Gottes Haus, es ist das Tor zum Himmel.«

Am anderen Morgen, als er sich früh erhoben hatte, stellte er den Stein, auf dem sein Kopf geruht hatte, aufrecht wie einen Denkstein für etwas Heiliges hin. Dann rieb er ihn als Opfer für Gott mit Öl ein, und jetzt war der Stein ein Heiligtum. Obwohl der Platz Luz hieß, gab Jakob ihm den Namen Bethel, »das Haus

Gottes«. Und er legte einen Eid ab: »Wenn Gott bei mir sein und mich behüten wird, wo immer ich gehe, wenn er mir Brot und Kleider gibt und wenn er mich in Frieden zum Hause meines Vaters zurückkehren läßt, dann werde ich wissen, daß der Herr in Wahrheit mein Gott ist. Und dieser Stein, den ich hier als Heiligtum zur Verehrung Gottes hingesetzt habe, wird Gottes Haus sein. Von allem aber, das mir Gott gibt, will ich ihm ganz gewiß ein Zehntel zurückgeben.«

Dann verließ Jakob den Ort, den er Gott geweiht hatte, und reiste weiter nach Haran.

RAHEL UND LEA

Wenn Jakob auch allein unterwegs war, fühlte er sich doch nicht einsam, denn der Herr behütete ihn, als er seinen Weg fortsetzte. Nach einigen Tagen in der Wüste kam er in das Land, in dem die Leute des Ostens wohnten und unter ihnen Rebekkas Familie. Seinen Augen bot sich nach all den wilden Felsen und dem Wüstensand seines Wegs eine willkommene Abwechslung, denn hier lagen fruchtbare Wiesen, wie sie Schafe und Rinder zur Weide brauchen. Jakob sah, daß er wieder in die Gesellschaft von Menschen gelangt war.

Er sah sich um, erkannte einen Brunnen auf dem Feld und drei Schafherden, die in seiner Nähe lagen, während die Hirten müßig miteinander schwatzten. Es war der Brunnen, aus dem alle Schafherden des ganzen Gebietes getränkt wurden; ein großer Stein bedeckte die Öffnung, während er nicht benutzt wurde. Der Stein war sehr schwer, so daß die Hirten erst dann, wenn alle Herden zusammengeholt worden waren, ihn von der Öffnung rollten, um den Schafen Wasser zu geben. Dann packten sie den Stein wieder auf seinen Platz über der Brunnenöffnung.

Jakob grüßte die Männer und fragte sie: »Wo seid ihr zu Hause, meine Brüder?«

»Wir sind aus Haran, dies ist der Brunnen von Haran.«

Jakobs Herz war voller Freude, denn nun war seine Reise zu Ende, und er mußte bald der Familie seiner Mutter begegnen.

»Kennt ihr Laban aus der Familie Nahor?« fragte er weiter.

»Wir kennen ihn.«

»Geht es ihm gut?«

»Es geht ihm gut«, sagten die Hirten. »Sieh dort hin, dort kommt seine Tochter Rahel mit den Schafen.«

Jakob sah sie kommen, und ihm fiel auf, daß der Brunnen noch bedeckt war, obwohl doch die Herden um ihn herum lagen.

»Worauf wartet ihr denn?« wollte er wissen. »Es ist hoher Mittag.

Warum gebt ihr euren Schafen nicht Wasser, damit sie dann auf die Weide laufen und fressen können?«
»Das tun wir erst, wenn alle Herden versammelt sind. Dann rollen wir den Stein von der Öffnung über dem Brunnen und tränken die Schafe. Aber jetzt sind noch nicht alle hier.«
Während Jakob mit ihnen sprach, langte Rahel mit ihres Vaters Schafen an, die sie zu hüten hatte. Als er sie ansah, die Tochter von seiner Mutter Bruder, beschloß er sofort, daß ein so hübsches Mädchen nicht warten solle, bis alle Herden angelangt waren. Rasch trat er an die Brunnenöffnung, rollte ohne jede Hilfe den schweren Stein fort und tränkte dann selbst die Schafe seines Onkels. Danach wandte er sich an das liebliche Mädchen, das ihn verwundert ansah, weil sie von den Hirten der Nachbarschaft eine solche Bevorzugung nicht gewohnt war.
»Du bist meine Base Rahel«, erklärte er ihr, »denn ich bin Jakob, der Sohn von Rebekka, die deines Vaters Schwester ist.« Er küßte sie und wischte sich Freudentränen aus den Augen, denn er war glücklich, nach der langen Reise gleich auf eine Verwandte zu stoßen; daß sie ein so schönes Mädchen war, freute ihn besonders.
Rahel eilte heim, um ihrem Vater von Jakobs Ankunft zu berichten, und Laban lief ihm sofort entgegen. Die beiden Männer umarmten sich herzlich. In Labans Haus berichtete Jakob von Rebekka und von seiner Heimat Kanaan. »Du bist von meinem Fleisch und Blut«, antwortete Laban, »und du sollst uns willkommen sein und bei uns bleiben.«
Wirklich blieb Jakob bei Laban, arbeitete auf dem Feld und betreute die Rinder und Schafe. In seiner Jugendzeit in Kanaan war Jakob bei seinem Vater zu einem erfahrenen Schafzüchter geworden, der mehr von den Tieren verstand als sein Onkel Laban. Laban erkannte bald, wie nützlich ihm der Neffe war. Er meinte: »Sollst du etwa, weil du der Sohn meiner Schwester bist, hier umsonst arbeiten? Nein, deine Dienste sollen bezahlt werden. Sag nur, was du an Lohn forderst.«
Nun hatte Laban zwei Töchter, von denen die ältere, Lea, einfach und nach Jakobs Meinung wenig begehrenswert aussah, während Rahel, die jüngere, so schön war, daß jeder sie gern ansah. Jakob

liebte sie vom ersten Augenblick an und schlug deshalb Laban vor: »Ich will dir sieben Jahre für deine jüngere Tochter Rahel dienen.« Laban nickte zufrieden. »Es ist besser, daß du als irgendein anderer Mann sie bekommt. Die Sache ist abgemacht. Bleib bei mir, dann soll meine Tochter deine Frau werden.«
Als die ausgemachte Dienstzeit um war, trat Jakob vor Laban: »Gib mir jetzt meine Frau, denn ich habe meine Pflicht getan, meine Zeit ist um.« Laban war wiederum einverstanden, lud die Männer des Ortes zusammen, bereitete ein Hochzeitsfest vor und feierte mit den Männern ausgiebig und herzlich. Am letzten Abend des Festes rief Laban seine Tochter mit ihrer Dienerin Silpa zu sich, doch nicht Rahel, sondern Lea, und Lea war es auch, die er unter ihrem dichten Brautschleier in dunkler Nacht Jakob zuführte. Und Jakob heiratete also nach sieben Dienstjahren Labans Tochter. Doch im Morgenlicht sah er das Gesicht seiner Frau und merkte, daß es nicht die geliebte Rahel, sondern Lea war. Er liebte sie nicht, er hatte sie nicht gewollt, und er war tief erzürnt über Labans Betrug.
»Was hast du mir da angetan!« rief er Laban zornig entgegen. »Habe ich dir nicht sieben Jahre gedient, um Rahel heiraten zu können? Warum hast du mich betrogen?«
Laban spielte den Verwunderten und brachte eine Erklärung vor, die er sich schon damals zurechtgelegt hatte, als er den Handel mit Jakob abschloß. »In unserem Land«, sagte er geläufig, »ist es nicht Sitte, die jüngere Tochter vor der erstgeborenen heiraten zu lassen. Das hast du doch sicherlich gewußt?« Er hätte hinzufügen können, daß er glaubte, auf andere Weise keinen Mann für seine reizlose Tochter zu finden, und daß er außerdem Jakob, der ihm so nützlich war, gern bei sich behalten wollte. Doch es war nicht Labans Art, ehrlich zu reden und aufrichtig mit einem Mann umzugehen, wenn er ihn übertölpeln konnte. So fuhr er jetzt fort: »Du hast ja keinen Grund zum Ärger. Bleibe eine Woche mit Lea zusammen, dann heirate auch Rahel. Viele Männer haben mehr als eine Frau, und so wirst du eben Lea und Rahel haben. Und wenn dir das recht ist, wirst du mir weitere sieben Jahre dienen.«
Labans Bedingungen waren hart – vierzehn Jahre Dienst um eine

Frau, die Jakob liebte, und eine zweite, die er nicht liebte! Doch Jakob war einverstanden, denn er wünschte sich nichts sehnlicher in der Welt als ein Leben mit Rahel. So verbrachte er denn, wie es die Sitte verlangte, eine Woche mit Lea und heiratete danach Rahel. Laban gab Rahel die Dienerin Bilha, die sie persönlich bedienen und ihr gehorchen sollte. So wuchs Jakobs Haushalt an.

Daß sich Jakobs Familie auch in den folgenden Jahren erweiterte, in denen Jakob immer noch hart für seinen Onkel arbeitete, lag weniger an der Frau, die er liebte, als an der anderen, die er gar nicht hatte heiraten wollen.

Er war ja der Ehemann beider, liebte aber Rahel viel tiefer, als er die reizlose Lea jemals hätte lieben können; und Lea war sich dessen bewußt. Sie glaubte sich von Jakob und Rahel gehaßt und war sehr unglücklich.

Als aber der Herr ihren Kummer erkannte, schenkte er ihr seine Liebe und Güte, so daß sie Kinder zur Welt brachte, während Rahel keine bekam.

In rascher Folge gebar Lea vier Söhne, die sie Ruben, Simeon, Levi und Juda nannte. Dann wurde sie nicht mehr schwanger. Aber ihre schöne und geliebte Schwester Rahel hatte nicht ein einziges Kind, und Neid erfüllte ihr Herz.

JAKOB UND LABAN

Rahel glaubte, es sei eine Schande und ein Unglück für eine hebräische Frau, kein Kind zu bekommen. Die kinderlose Sara hatte sich viele Jahre verbittert und beschämt gefühlt; Rebekka war vor der Geburt ihrer Zwillinge lange Zeit unglücklich gewesen; und nun machte Rahel den gleichen Kummer durch. Sie beneidete ihre Schwester Lea mit einer Bitterkeit, die schon an Haß grenzte, und schließlich wandte sie sich mit ihren Vorwürfen an Jakob. »Gib mir Kinder, oder ich werde sterben!« flehte sie.

Da aber wurde Jakob zornig, weil es nicht seine Schuld war, wenn Rahel kein Kind bekam. »Meinst du, ich sei Gott, daß ich dir ein Kind vorenthalte?« fragte er aufgebracht.

Und Rahel wußte, daß ihn keine Schuld traf, doch sie wünschte wie einstmals Sara mit verzweifelter Kraft, ihrem Mann ein Kind zu geben, das sie als eigenes bezeichnen konnte, selbst wenn sie es nicht zur Welt gebracht hatte. Sie bat Jakob: »Geh zu meiner Dienerin, geh zu Bilha, damit ich durch sie Kinder habe.«

Jakob tat, was seine Frau ihm vorschlug, und Bilha gebar nacheinander zwei Söhne. Rahel war glücklich darüber und dankte dem Herrn, weil es doch wenigstens ihre eigene Dienerin und nicht die vielbeneidete Lea war, die Jakob diese Kinder geschenkt hatte. Doch Lea folgte ihrem Beispiel und gab Jakob ihre eigene Dienerin Silpa, die ebenfalls zwei Söhne zur Welt brachte. Dann aber wurde Lea selbst wieder schwanger und gebar zwei Söhne und eine Tochter, so daß sie Rahel, die immer noch kein Kind getragen hatte, in jeder Beziehung übertraf.

Doch dann brachte Rahel tatsächlich einen Sohn zur Welt, und nun fühlte sie sich als die glücklichste aller Mütter. »Gott hat die Schande von mir genommen und mir ein Kind gegeben«, sagte sie voller Freude. Sie nannte ihn Joseph. Jakob, dessen Liebe immer noch vor allem Rahel galt, war ebenso glücklich, und so kam es denn auch, daß ihm dieser jüngste Sohn mehr als alle anderen ans Herz wuchs. Jakob hatte jetzt zwölf Kinder, elf Söhne und eine Tochter, Dina.

Bald nach Josephs Geburt waren die vierzehn Jahre um, die Jakob für Laban zu arbeiten hatte. In all dieser Zeit hatte er nichts von seinen Eltern gehört, so daß es ihn jetzt in die Heimat drängte. Er ging zu Laban und sagte: »Laß mich nun gehen, damit ich in meine Heimat ziehen kann. Gib mir meine Frauen und meine Kinder, derentwegen ich dir so viele Jahre gedient habe, denn ich will sie mit mir nehmen. Du weißt ja selbst, daß die ausgemachte Zeit abgelaufen ist.«

Laban wußte es nur zu gut, wußte aber auch, daß Jakob ein überaus tüchtiger Schafzüchter und Viehkenner war, durch dessen Tätigkeit sich Labans Wohlstand außerordentlich vermehrt hatte. Außerdem hatten diese guten Dienste Laban fast nichts gekostet, denn für die beiden Töchter hätte er ohnehin Ehemänner suchen müssen. Wirklich, der Lohn für die vierzehn Jahre Arbeit hatte Laban nicht belastet.

»Ich bitte dich«, sagte er dringlich, »wenn du mich nun schätzengelernt hast, dann sollst du mich nicht verlassen. Solange du bei mir warst, ist es mir gutgegangen, und ich bitte dich zu bleiben. Ich habe erfahren, daß der Herr mich deinetwegen gesegnet hat. Bleib hier. Sag mir, für welchen Lohn du jetzt arbeiten willst – du sollst ihn haben.«

Jakob antwortete mit Bedacht, denn er wußte aus der Erfahrung dieser Jahre, daß Laban verschlagen genug war, um ihn wieder zu betrügen, wenn sich die Gelegenheit dazu bot. Und in Jakob selbst lebte auch noch etwas von der Listigkeit, mit der er damals seinen Bruder Esau betrogen hatte. »Du weißt, wie ich für dich gearbeitet habe«, begann er, »und wie deine Schafe und Rinder sich unter meiner Hand vermehrt haben. Als ich kam, besaßest du nicht viel, und jetzt hast du große Herden. Es ist schon wahr, daß der Herr dich seit meiner Ankunft gesegnet hat. Aber was besitze ich denn? Alles hier gehört dir, und ich habe nichts. Wann soll ich denn für meinen eigenen Haushalt sorgen?«

»Was soll ich dir also geben?« fragte Laban.

Jakobs Antwort überraschte ihn: »Du sollst mir jetzt gar nichts

geben, doch wenn du auf meinen Vorschlag eingehst, will ich hierbleiben, deine Schafe und Rinder weiter versorgen und dabei auch meinen eigenen Besitz aufbauen. Ich werde heute deine Herden durchmustern und alle Schafe und Rinder aussondern, die gefleckt, gesprenkelt, getüpfelt sind, dazu auch die braunen Schafe. Und ebenso will ich die gesprenkelten und gestreiften Ziegen heraussuchen. Was ich mit diesen Tieren an Nachkommen züchten kann, soll der Lohn für meine Arbeit bei dir sein. Und wenn dann die Zeit kommt, daß ich meinen Besitz an mich nehmen werde, kannst du sofort feststellen, ob ein Tier in meinen Herden läuft, das mir nicht gehört: Es wird nicht eines dabei sein, das nicht so gemustert ist, wie ich es dir eben erklärt habe, es wird auch kein Schaf dabei sein, das nicht braun ist; du würdest mit einem Blick sehen, wenn ich dir ein Tier gestohlen hätte. Und ich werde nicht stehlen.«
Laban war sofort mit dem Vorschlag einverstanden, denn er wußte, daß höchstens ein oder zwei Schafe braun und daß nur wenige Tiere gesprenkelt, gestreift, getüpfelt waren. »Es soll so sein, wie du sagst«, meinte er mit freundlichem Lächeln.
Um aber auch ganz sicherzugehen, daß er den Vorteil von diesem Handel habe, ging Laban eilig, noch vor Jakob, zu den Herden und sonderte alle Tiere aus, die gefleckt, gestreift, gesprenkelt waren oder auch nur ein Tüpfelchen Weiß zeigten; auch alle braunen Schafe suchte er heraus. Dann übergab er diese Tiere seinen Söhnen mit dem Auftrag, sie auf eine Weide zu bringen, die drei Tagereisen von Jakobs Weiden entfernt lag.
Jakob sah sich an, was von Labans Herde übrig war, und erkannte, daß er wieder betrogen worden war, wie er übrigens auch erwartet hatte. Doch da er damit gerechnet hatte und ein viel besserer Bauer als Laban oder dessen Söhne war, glückte es ihm bald, mehrere kräftige Tiere zu züchten, die braun oder in dieser ungewöhnlichen Weise gemustert waren. Von diesen ersten gewann er neue Tiere. Dann trennte er sie von Labans Herde, hielt sie sorgfältig für sich, fütterte und tränkte sie mit großer Kunst und sah sie gedeihen und kräftig werden. Die stärksten paarte er dann, so daß seine Herde aus seltsam gemusterten, aber sehr kräftigen Tieren schließlich größer als die Labans war.

Und er ging dabei so geschickt vor, daß seine eigenen Herden nicht nur an Zahl die seines Onkels übertrafen, sondern daß Laban auch nur Herden schwächlicher Rinder und Schafe besaß, während Jakobs eigener gesunder Viehbestand ständig wuchs. Nach und nach vermehrte sich sein Besitz an Tieren, an Dienern und Dienerinnen, an Kamelen, Eseln und Haushaltsgerät aller Art.
Zwanzig volle Jahre hatte Jakob jetzt im Dienst Labans verbracht und sich seinen eigenen Wohlstand dabei mit harter Arbeit erworben. Doch Labans Söhne wurden von Eifersucht gepackt, denn sie besaßen jetzt viel weniger als Jakob. Untereinander murrten sie über diesen Verwandten aus der Fremde.
Jakob wußte wohl, was sie über ihn redeten: »Jakob hat alles genommen, was unserem Vater gehört hat. Aus dem, was einst der Besitz unseres Vater war, hat er sich seinen Reichtum aufgebaut. Mit allerlei Kniffen hat er sich das angeeignet, was eigentlich uns gehören müßte.« Gewiß, er hatte sie übervorteilt, sich dabei aber genau an den Handel gehalten, den er mit Laban abgeschlossen hatte. Doch was kümmerte sie noch dieser Vertrag! Sie hatten ihren Reichtum an Jakob verloren, und nur das interessierte sie.
Dann beobachtete Jakob Labans Blicke, die nicht mehr freundlich wie in den ersten Jahren waren, als Jakob nur arbeitete, um Labans Reichtum zu vermehren. Jetzt war in Labans Miene nichts von Freundlichkeit mehr zu entdecken.
Es wurde Zeit, auf und davon zu gehen, dachte Jakob. Und der Herr sagte ihm: »Ich bin der Gott von Bethel, wo du den Pfeiler geweiht und mir das Gelübde gegeben hast, und ich habe alles gesehen, was dir Laban angetan hat. Mach dich jetzt auf die Reise, verlaß diesen Ort. Du sollst in das Land deiner Väter und zu deiner Familie zurückkehren, und ich werde bei dir sein.«
Jakob rief insgeheim Lea und Rahel, um ihnen zu berichten, wie ihm Gott bei seinem Handel mit Laban geholfen und wie er selbst es angestellt hatte, so viele Schafe und Rinder zu züchten. »Und ihr wißt, daß euer Vater anders zu mir steht als in alten Tagen, weil er nicht mehr so reich ist, wie er es eine Zeitlang war. Doch der Gott meines Vaters hat mir beigestanden, und Gott war es, der eurem Vater die Tiere fortnahm und sie mir gab. Ihr wißt, daß ich

alles, was in meinen Kräften stand, für euren Vater getan habe, während er mich immer nur betrogen hat. Zehnmal hat er meinen Lohn abgeändert, hat das eine gesagt und das andere getan, hat mir falsche Versprechungen gemacht. Doch Gott hat ihm nicht erlaubt, mir zu schaden. Der Wohlstand, den ich jetzt habe und mit euch teile, gehört uns rechtmäßig, und Gott hat mir gesagt, daß ich mich jetzt aufmachen und fortgehen soll. Ich bin ehrlich mit Laban verfahren, trotzdem ist er zornig auf mich. Deshalb wollen wir fort, denn der Herr, mein Gott, hat mir gesagt, daß ich in das Land meiner eigenen Familie zurückkehren soll.«

Da erklärten ihm Rahel und Lea: »Uns hält nichts mehr im Hause unseres Vaters. Du mußt tun, was Gott dir aufträgt, und wir werden dich begleiten.«

Jakob traf seine Vorbereitungen in aller Stille, weil er damit rechnete, daß Laban seine Abreise mindestens verzögern, vielleicht aber auch versuchen werde, den Aufbruch mit den Frauen und den Kindern ganz zu verhindern. Deshalb setzte er auch für die Abreise einen Tag fest, an dem sich Laban wegen der Schafschur an einem weit entfernten Weideplatz aufhielt. Rasch packte Jakob seine Sachen zusammen, wußte aber nicht, daß Rahel etwas mitnahm, was ihr nicht gehörte; denn während er den Zug aus Herden, Dienerschaft und Hausrat aufstellte, stahl Rahel einige Götterbilder aus dem Haus ihres Vaters.

Jakob setzte Frauen und Kinder auf Kamele und verließ Padan-Aram, ohne daß Laban davon erfuhr. Er hatte alles bei sich, seine Schafe und Rinder, alle Diener, jeden Besitz, denn alles wollte er nach Kanaan bringen. Sie gelangten über den Euphrat und wandten sich dem Gilead-Gebirge zu.

Erst drei Tage später hörte Laban von Jakobs Abreise, und sofort prüfte er, was noch übrig und was fort war. In großem Zorn rief er seine Söhne und einen Trupp von Kriegern zusammen, mit denen er hinter Jakob herjagte, bis er nach sieben Tagen seine Beute vor sich sah; Jakob hatte an den Abhängen des Gilead-Gebirges Rast gemacht, ein Lager aufgeschlagen und die Tiere zum Grasen geführt.

Laban schlug sein Lager noch vor dem Gebirge auf. Nachts aber erschien ihm Gott im Traum, um ihn zu warnen, Jakob weder zu schaden noch ihn mit liebenswürdigen Worten zu hintergehen. Am Morgen darauf holte Laban seinen Neffen ein und schlug seine Zelte in dessen Nähe auf einem Berghang auf. Sein Zorn war zwar abgekühlt, doch noch heftig genug, und er machte Jakob bittere Vorwürfe: »Was hast du getan, warum hast du dich davongestohlen und meine Töchter mit dir geschleppt wie eine Kampfbeute? Warum bist du heimlich und verstohlen aufgebrochen? Warum hast du mir nicht gesagt, daß du abreisen wolltest, so daß ich dich mit einem Fest, mit Gesang und Tamburin und Harfe verabschieden konnte? Warum hast du mir nicht einmal erlaubt, Töchter und Enkel zum Abschied zu küssen? Du hast dich sehr töricht benommen. Ich habe die Macht, dir zu schaden, doch der Gott deines Vaters hat in der letzten Nacht zu mir gesprochen: ›Hüte dich, mit Jakob abzurechnen, weder im Guten noch im Bösen.‹ Und dabei bist du es doch, der unrecht getan hat, und ich bin voller Zorn. Und selbst wenn du fort wolltest, um deines Vaters Haus wiederzusehen – warum hast du dann meine Hausgötter gestohlen?«

»Welche Götter?« fragte Jakob. »Ich bin heimlich aufgebrochen, weil ich fürchtete, du würdest deine Töchter zurückhalten wollen. Doch was deine Götterbilder und deine Götter angeht, so weiß ich nichts davon. Du kannst selber meine Zelte durchsuchen und alles mitnehmen, was dir gehört. Und wenn jemand deine Götterbilder gestohlen hat, wird er nicht am Leben bleiben.«

Laban durchsuchte Jakobs Zelte, eins nach dem anderen, fand aber die vermißten Götter nirgends, weder in Jakobs Zelt noch in dem der Dienerinnen, noch bei Lea. Darauf ging er zu Rahel, die von ihrem Zelt aus ihren Vater bei der Suche beobachtet hatte. »Sei nicht ungehalten, mein Vater«, sagte sie, »daß ich mich nicht in deiner Gegenwart erhebe. Ich fühle mich nicht wohl.«

Und Laban erlaubte ihr sitzen zu bleiben, doch die Götter fand er nicht, weil Rahel sie unter den Kamelsattel gelegt hatte, auf dem sie saß.

Als Laban mit leeren Händen die Zelte verließ, empfing ihn Jakob verärgert, weil ihm ungerechtfertigt ein Diebstahl vorgeworfen worden war. »Was habe ich falsch gemacht?« schalt er Laban. »Wo ist das Unrecht, weshalb du mich verfolgst? Nun hast du meinen ganzen Besitz durchstöbert – hast du etwa deine Hausgötter gefunden? Dann leg alles, was du entdeckt hast, hier zwischen mir und den Meinen und dir und den Deinen nieder; unsere Begleiter sollen den Streit schlichten.« Doch Laban hatte nichts gefunden, was er hier hinlegen mußte, weil Rahel immer noch in ihrem Zelt auf den gestohlenen Götterbildern saß.

»Zwanzig Jahre war ich bei dir«, begann Jakob zornig, »und in dieser ganzen Zeit habe ich nichts von dir gestohlen, weder von deinem Vieh noch aus deinem Hause. Deine Mutterschafe und -ziegen sind gesund und kräftig geworden, denn ich habe sie mit Sorgfalt aufgezogen, und von den Widdern deiner Herde habe ich nicht einen gegessen. Wenn bei Nacht oder Tag ein Tier deiner Herde von einem wilden Tier gerissen wurde, war ich es, der den Verlust zu tragen hatte. Ich habe lange und hart gearbeitet; am Tage mußte ich Dürre und Hitze ertragen, nachts die Kälte, die bis ins Mark dringt, und ich verzichtete auf Schlaf, um deine Herden zu hüten. Vierzehn Jahre habe ich um deine beiden Töchter gedient und sechs Jahre um das Vieh; in diesen Jahren hast du meinen Lohn zehnmal geändert. Wenn der Gott meiner Väter, der Gott Abrahams, nicht bei mir gewesen wäre, hättest du mich sicherlich mit leeren Händen ziehen lassen. Doch Gott hat meine Leiden und meine schwere Last erkannt, und als er heute nacht zu dir sprach, hat er dir Vorwürfe gemacht.«

Da antwortete Laban: »Diese Töchter sind meine Töchter, diese Kinder sind meine Kinder, und alles Vieh ist mein Vieh, und alles, was du siehst, gehört mir. Und was kann ich heute für meine Töchter tun oder für die Kinder, die sie geboren haben? Deshalb komm, laß uns einen Bund schließen, der zwischen dir und mir bezeugt werden soll.«

Da stellte Jakob einen Gedenkstein auf, und seine Männer sammelten viele Steine zu einem ganzen Haufen. »Dieser Haufen soll zwischen uns ein Mahnmal sein«, erklärte Laban. »Wenn wir uns getrennt haben, möge der Herr darüber wachen, daß du meinen Töchtern keinen Kummer machst. Gott ist der Zeuge zwischen dir und mir. Sieh hier, dieses Mal und dieser Haufen sollen Zeuge sein, daß ich nicht über diesen Punkt hinaus zu dir gehen will, und du sollst auch nicht über das Mahnmal und den Steinhaufen hinaus gehen, um mir Schaden zuzufügen. Möge der Gott Abrahams und Nahors zwischen uns richten.«

Sie schworen es, einer dem anderen. Den Steinhaufen nannten sie »Mizpa«, das heißt »Wachtturm«, weil der Herr selbst darüber wachen würde, daß Laban und Jakob ihr Abkommen hielten.

Jakob veranstaltete auf dem Berg ein Opfer und rief seine Familie und seine Leute zusammen, um mit ihnen das Brot zu brechen und zu essen; sie alle verbrachten die Nacht auf dem Berge.

Am anderen Morgen in aller Frühe küßte Laban seine Töchter und Enkel zum Abschied und segnete sie, bevor er sich auf die Heimreise machte. Auch Jakob zog weiter.

Und das war die endgültige Trennung zwischen der Familie Abrahams, den Hebräern von Kanaan, und den Menschen in der alten Heimat, denn weder Jakob noch Laban oder ihre Söhne gingen jemals wieder über das Mahnmal und den Steinhaufen hinaus, um den anderen zu begegnen. Durch das Abkommen zwischen Jakob und Laban waren Abrahams Nachkommen frei geworden von der Verbindung mit ihren Vorvätern im Lande Babylonien, und von jetzt an bildeten sie ein eigenes Volk.

DIE BEGEGNUNG ZWISCHEN JAKOB UND ESAU

Während Laban nordwärts nach seinem Heim in Haran zog, reiste Jakob nach Westen und Süden mit seinem gewaltigen Gefolge von Familienangehörigen, Dienerschaft und Herden. Aber ihm war nicht leicht zumute, als er die Karawane heimwärts führte, denn wenn er Esau auch zwanzig Jahre lang nicht gesehen hatte, mißtraute er doch dessen Absichten. Esau hatte ihm Rache angedroht – ob er sich immer noch rächen wollte? Oder ob ihn die Jahre milder gestimmt und er Jakob seine Hinterlist verziehen hatte?

Jakob sehnte sich nach einem Wiedersehen mit seinem Bruder, und gleichzeitig hätte er es gern vermieden. Esau war zwar vor Jahren aus Kanaan fortgezogen und hatte sich in Edom, südlich vom Toten Meer und in einiger Entfernung von Jakobs Reiseziel, niedergelassen, doch eine Begegnung mußte wohl irgendwann stattfinden. Deshalb war Jakob unsicher und voller Sorgen, wenn er auch gut ausgebildete Leute zu seinem Schutz bei sich hatte. Während er so in trüben Gedanken weiterzog, begegnete ihm eine Schar von Engeln, und Jakob gewann neuen Mut aus dem Anblick von Gottes Boten. Er sandte jetzt Leute aus, die seinem Zug voraneilen und Esau benachrichtigen sollten.

»Geht zu meinem Bruder im Lande Edom«, trug er ihnen auf. »Und wenn ihr meinen Herrn Esau sprecht, sagt ihm dies: ›Dein Knecht Jakob läßt dir ausrichten, daß er viele Jahre bei seinem Onkel Laban verbracht hat und jetzt Rinder, Esel, Schafe, Knechte und Mägde besitzt.‹ Sagt ihm außerdem, daß ich ihm meine Ankunft melde, um sein Wohlwollen zu gewinnen.«

Die Boten eilten davon, und Jakob wartete am Nordufer des Flusses Jabbok auf ihre Rückkehr. Sie kamen bald zurück und meldeten, daß Esau seinem Bruder Jakob entgegenzog. Das klang verheißungsvoll, doch die Boten fuhren fort: »Wir sahen, daß dein Bruder vierhundert Mann bei sich hat.«

Da erschrak Jakob sehr, denn ein Gefolge von vierhundert Mann ließ darauf schließen, daß ihn Esau vielleicht angreifen wollte. Deshalb rief er seine Leute zusammen und teilte sie, die Herden und die Kamele in zwei Trupps ein. »Wenn Esau den einen angreift, kann der andere entkommen«, meinte er. Und er betete: »O Gott Abrahams und Isaaks, o Herr, du hast mir gesagt: ›Kehr zurück in deine Heimat, und ich will dir Gutes tun‹ – o Herr, ich bitte dich, rette mich aus den Händen meines Bruders, aus Esaus Händen. Denn ich habe Angst vor ihm, ich fürchte, daß er kommt, um mich zu töten und auch die Mütter mit den Kindern. Doch du hast mir versprochen, daß du für mich sorgen und meine Nachkommen so zahlreich wie die Sandkörner am Meer machen willst, die man nicht zählen kann, weil es viel zu viele gibt. Ich bitte dich, Gott, hilf mir!«

Jakob verbrachte die Nacht am Fluß. Am anderen Morgen suchte er ein üppiges Geschenk für seinen Bruder Esau zusammen: zweihundert Mutterschafe und zwanzig Widder; dreißig milchgebende Kamele mit ihren Jungen; vierzig Kühe und zehn Stiere; zwanzig Eselinnen und zehn Eselfohlen. Er teilte sie in einzelne Herden auf, die er von je einem Knecht treiben ließ, und ordnete an, daß jede Herde für sich und daß alle hintereinander ziehen sollten. »Haltet viel Abstand zwischen den einzelnen Herden, und dann zieht über den Fluß und mir voran.« Jakob wandte sich an jeden einzelnen Herdentreiber mit den Worten: »Wenn mein Bruder Esau auf dich trifft und fragt: ›Wem dienst du? Wohin ziehst du? Und wem gehören die Tiere, die du treibst?‹, dann sollst du sagen: ›Sie gehören deinem Knecht Jakob. Es ist ein Geschenk für seinen Herrn Esau, und Jakob folgt uns.‹«

Er ließ sie ziehen und hoffte, seine Geschenke würden den Zorn seines Bruders besänftigen. »Diese Gabe, die mir voranzieht, soll mein Friedensangebot sein«, dachte er. »Wenn Esau sie annimmt, werde ich mich ihm Auge in Auge gegenüberstellen und erkennen, wie er zu mir steht. Vielleicht hat er mir vergeben; vielleicht wird er mich freundlich aufnehmen.«

Während die Gaben unterwegs waren, blieb Jakob mit den übrigen Leuten im Lager. Er grübelte darüber nach, ob er eine Antwort von Esau oder ein Zeichen von Gott erhalten werde, daß er nicht verlassen sei. In der Nacht stand er unruhig auf, schickte seine beiden Frauen mit ihren Dienerinnen und allen Kindern über den Fluß und ließ auch alles andere, was er besaß und bei sich hatte, über den Fluß schaffen; allein blieb er zurück am Nordufer des Flusses.

Doch wie einst in Bethel war er auch jetzt nicht wirklich einsam. Ihm geschah etwas Seltsames, ohne daß er Angst empfand: Im Dunkeln nahm er eine schattenhafte Gestalt wahr, einen Fremden, der ihn ohne ein Wort angriff und mit ihm rang. Die ganze Nacht hindurch kämpfte Jakob mit dem Fremden, und keiner von beiden sagte auch nur ein einziges Wort. Erst als das frühe Morgenlicht den Himmel färbte, sprach der Fremde: »Laß mich gehen, denn der Tag bricht an.« Da wußte Jakob, was er während der Nacht nur geahnt hatte: Dieser Mann war kein gewöhnlicher, sterblicher Gast, sondern kam vom Himmel und bedeutete die Hoffnung und Hilfe, die Jakob vom Herrn erbeten hatte.

»Ich will dich nicht fortlassen, bevor du mich gesegnet hast«, sagte er.

»Wie heißt du?« fragte der Fremde.

»Jakob.«

»Du sollst nicht mehr Jakob heißen, sondern Israel, denn du bist vor Gott und den Menschen ein mächtiger Fürst.« In der Sprache jener Zeit bedeutete »Israel« »Gottesstreiter« oder »durch Gott ein Fürst«. »Du bist Gottes Streiter«, wiederholte der Fremde, »und du hast deinen Kampf gewonnen.« Er wollte fort, doch Jakob hielt ihn noch einmal zurück: »Ich bitte dich, sag mir deinen Namen.«

»Warum willst du meinen Namen wissen?« fragte der andere. »Du hast um einen Segen gebeten, und du erhältst ihn.« Am Ufer des Flusses segnete ihn der Fremde und war dann plötzlich verschwunden.

Jakob fühlte, daß der Segen von Gott selbst kam, und er nannte den Ort dieser Begegnung »Pniel«, das heißt »Angesicht Gottes«, denn er sagte sich, daß er hier Gott mit eigenen Augen gesehen habe und daß sein Leben gerettet sei. So zog er getrost durch die Furt ans andere Ufer und hatte alle Ängste hinter sich gelassen, als die Sonne aufging. Am anderen Ufer hielt er inne und blickte in die Ferne. Da sah er in einer Wolke von Staub Esau heranziehen mit vierhundert Mann, die genauso behaart und rauh waren wie Esau selbst. Doch Jakob fürchtete sich nicht mehr, denn ihm schien, er habe den schwersten Kampf bereits gewonnen. Ruhig ordnete er die Schar seiner Männer, für den Fall, daß es doch zu einem Kampf mit dem Bruder kommen sollte. Die Kinder schickte er zu ihren Müttern, ließ die Dienerinnen mit ihren Söhnen vorweg, dahinter Lea mit ihren Kindern und schließlich Rahel mit Joseph ziehen. Er selbst wanderte an der Spitze des Zugs gelassen vorwärts, den vierhundert rauhen Männern Esaus entgegen.

Und während er näher kam, beugte er sich siebenmal so tief, daß seine Stirn die Erde berührte, bis er vor seinem Bruder stand. Esau lief ihm mit offenen Armen entgegen, die keinerlei Waffen trugen, denn er hatte längst alle Rachegedanken aufgegeben. Er umarmte den Bruder mit einem Herzen voller Wärme und Freundschaft. Sie fielen sich um den Hals und weinten vor Freude nach so vielen Jahren der Trennung. Auf der einen Seite standen Jakobs Leute und beobachteten das Zusammentreffen der beiden, auf der anderen sahen Esaus Männer zu, wie ihr Herr seinen geliebten Bruder begrüßte. Niemand war gekommen, um zu kämpfen.

Schließlich bemerkte Esau die Frauen und Kinder hinter seinem Bruder. »Wer sind aber all die Leute bei dir?« fragte er.

»Meine Familie und die Kinder, die Gott deinem Knecht Jakob gnädig gegeben hat«, antwortete der jüngere Bruder. Er rief sie alle heran, die Dienerinnen, die Ehefrauen und alle Kinder und nannte ihre Namen. Sie alle verneigten sich und begrüßten den groben und behaarten Mann, vor dem sich Jakob ganz unnötig viele Jahre lang gefürchtet hatte. Dann stellte Esau eine andere Frage: »Was sollen die Herden bedeuten, denen ich unterwegs begegnet bin?«

»Sie waren ein Geschenk für dich, um mir dein Wohlgefallen zu verschaffen«, antwortete Jakob.

Doch Esau schüttelte den Kopf. »Es ist nicht nötig, mein Bruder, ich habe selbst genug. Behalt, was dein ist.«

»Aber ich bitte dich sehr, das anzunehmen, was ich dir schenke, wenn du es gut mit mir meinst«, bat Jakob. »Ich habe dich endlich wiedergesehen und bin voller Freude, weil ich in deinem Gesicht nichts von Zorn sehe. Nimm die Gabe an, denn Gott war sehr gnädig gegen mich, und ich habe reichlich von allem.«
Jakob drang so lange in Esau, bis der Bruder die Gabe schließlich annahm und sagte: »Nun wollen wir uns auf den Weg machen, und ich will dir voranziehen.«
»Ich kann noch nicht weiterwandern«, antwortete Jakob. »Du siehst, daß die Kinder sehr jung und zart sind und Ruhe brauchen. Bei den Herden sind auch viele Jungtiere, und wenn ich sie nur einen Tag zu lange treiben würde, stürben sie mir alle. Zieh du voran, und ich folge langsam, so rasch eben, wie die Kinder und das Vieh es aushalten.«
»Dann will ich dir ein paar meiner Leute dalassen«, schlug Esau vor.
»Warum? Auch das ist nicht nötig. Ich bin zufrieden, wenn du mir freundlich gesinnt bist.«
So nahmen sie Abschied, und Esau zog zurück nach Edom, während Jakob langsam nach Kanaan wanderte und so oft eine Rast einlegte, wie es für die Familie und die Tiere notwendig war. Eine Zeitlang blieb er in Sichem, schlug seine Zelte dort auf und betete seinen Gott an. Und Gott sagte zu ihm: »Brich wieder auf, zieh nach Bethel und bleib dort. Du sollst dort einen Altar für den Gott errichten, der dir erschien, als du auf der Flucht vor deinem Bruder Esau warst.«
Jakob setzte also mit allem Hab und Gut die Reise nach Süden fort. In Bethel baute er einen Altar, und Gott erschien ihm wieder und erneuerte das Versprechen, das er Abraham und Isaak gegeben hatte, das Versprechen, daß von ihnen und von Jakob ein Volk abstammen werde, dem Kanaan gehören solle. Und noch einmal sprach Gott die Worte, die Jakob schon am Fluß Jabbok vernommen hatte: »Jakob heißt du, doch das wird nicht mehr dein einziger Name sein, denn künftig sollst du Israel heißen.« So sind später auch Jakobs Nachkommen das Volk Israels genannt worden.
Endlich beschloß Jakob, die Reise fortzusetzen, doch unterwegs

erkrankte Rahel, die schwanger war und die Anstrengungen nicht ertrug. Zwar machte Jakob halt, um Rahel zu pflegen, doch es war zu spät. Das Kind kam zur Welt, und Jakob nannte es Benjamin, doch seine geliebte Rahel starb bei der Geburt. Jakob begrub sie in Bethlehem und setzte ein Steinmal auf ihr Grab, das für alle Zeiten an Rahel erinnern sollte. In tiefem Schmerz zog er nach Süden weiter, bis er endlich in Hebron ankam. Seine Mutter Rebekka war längst gestorben, sein Vater ein müder, schwacher Mann von hundertachtzig Jahren. Isaak starb bald, nachdem er den Sohn wiedergesehen und die Enkel begrüßt hatte, und Esau kam aus Edom, um mit Jakob den Vater im Familiengrab Machpela zu begraben. Jakob ließ sich mit den Seinen im Lande Kanaan nieder in der Gewißheit, daß es für lange Zeit seine und seiner Nachkommen Heimat sein werde. Er hatte jetzt dreizehn Kinder – eine Tochter, Dina, und die zwölf Söhne, von denen die Stämme Israels abstammen: Es waren Leas Söhne Ruben, Simeon, Levi, Juda, Isaschar und Sebulon; dann Gad, Asser, Dan und Naphtali, die Söhne der beiden Dienerinnen, und schließlich Rahels Kinder Joseph und Benjamin. Joseph war immer noch Jakobs Liebling, und weil er mehr geliebt wurde als die anderen, kam es dazu, daß ihn seine Brüder haßten.

DAS VIELFARBIGE GEWAND

Der alte Israel, den seine Familie immer noch Jakob nannte, bevorzugte Rahels Erstgeborenen auf viele Weise. Benjamin war noch zu jung und hatte keine Erinnerung an seine Mutter. Die zehn älteren Brüder waren handfeste, lebhafte Männer, die oft gedankenlos handelten und zuweilen Unrecht taten, ohne es zu bereuen. Joseph dagegen, der gute und zutrauliche Junge, war allzugern bereit, seinem Vater von den Schandtaten der Brüder zu berichten. Jakob liebte den Jungen so zärtlich, daß er ihm als Zeichen seiner besonderen Zuneigung ein herrliches Gewand in vielen Farben machen ließ. Doch die älteren Brüder hatten niemals so schöne Kleidung erhalten und murrten untereinander über diese Bevorzugung. Schon der Anblick des bunten Gewandes ärgerte sie, weil er sie an Jakobs übergroße Liebe zu Joseph und an die geringere Liebe für sie selbst erinnerte. Ihre Eifersucht steigerte sich bis zum Haß, so daß sie es schließlich nicht über sich brachten, anders als grob und verärgert mit Joseph umzugehen.

Als Joseph siebzehn Jahre alt war, hatte er eines Nachts einen Traum, den er seinen Brüdern erzählte, ohne an die Wirkung zu denken. »Hört zu, was ich geträumt habe«, sagte er eifrig und meinte, daß sie sich dafür interessieren müßten, »ich habe geträumt, daß wir Garben banden, und sofort stand meine Garbe aufrecht in der Mitte, und all eure Garben rundherum beugten sich vor der meinen!«

»Aha, so ist das also!« spotteten seine Brüder, denn sie erfaßten sofort den Sinn dieses Traumes. »Willst du wirklich über uns herrschen? Sollen wir uns vor dir beugen? Glaubst du im Ernst, daß du unser Herrscher sein wirst?« Und sie haßten ihn wegen des Traumes nur noch mehr. Trotzdem erzählte er ihnen einen zweiten: »Ich habe wieder geträumt; und in meinem Traum sah ich, wie sich die Sonne, der Mond und elf Sterne vor mir verneigten.«

Diesmal wurde sogar sein Vater zornig und schalt ihn: »Was hast du da geträumt? Sollen ich und deine Mutter und deine Brüder uns tatsächlich bis zur Erde vor dir verneigen, als wenn du ein König wärst?«

Doch insgeheim dachte Jakob über den Traum nach und fragte sich, ob er vielleicht wirklich bedeuten könne, daß Joseph eines Tages über seine Familie erhoben werden würde. Dieser Gedanke beschäftigte auch die Brüder und steigerte ihren Haß und Neid.

Das Weideland in der Nähe reichte für Jakobs wachsende Herden nicht aus, und wenn es abgeweidet war, schickte er die Söhne mit den Herden in die Umgebung, wo sie frisches Gras und Wasser für die Tiere suchen mußten. Einmal hatte er sie nach Sichem gesandt und Joseph als Hilfe für sich im Haus behalten. Doch die Männer blieben so lange fort, daß es Jakob beunruhigte. Er rief Joseph zu sich und sagte: »Deine Brüder sind in Sichem mit den Herden, und ich möchte dich zu ihnen schicken.«

»Hier bin ich, und was du mir aufträgst, will ich gern tun«, antwortete Joseph, obwohl der Weg lang und einsam war.

»Dann geh, sieh nach, ob alles gut steht bei den Brüdern und den Tieren, und bring mir dann Nachricht.«

Joseph legte sein schönes Gewand an und wanderte aus dem Tal von Hebron nach Sichem, fand dort aber keine Spur von den Brüdern oder den Herden. Doch ein Mann aus Sichem sah ihn und fragte: »Was suchst du denn?«

»Ich suche nach meinen Brüdern aus Hebron. Kannst du mir sagen, wo sie ihre Herden weiden lassen?«

»Hier sind sie wieder aufgebrochen«, antwortete der Mann. »Ich habe sie sagen hören, daß sie nach Dothan ziehen wollten, dort wirst du sie sicher finden.«

So wanderte Joseph weiter durch das Hügelland nach Dothan, um seines Vaters Auftrag zu erfüllen. Nach vielen Stunden anstrengender Wanderung sah er die Herden mit ihren Hirten, seinen Brüdern. Sie selbst sahen ihn auch von weitem, wie er daherkam in seinem verhaßten vielfarbigen Gewand. Und als sie ihn in seiner hübschen Kleidung erkannten, brannte in ihnen der alte Haß und Neid. Sie beobachteten, wie er leichtfüßig und jung daherkam, und sie verabredeten einen Anschlag auf ihn.

»Seht, da kommt der Träumer!« sagten sie zueinander. »Wir wollen ihn umbringen, in ein Loch werfen und unserem Vater erklären, ein wildes Tier müsse ihn gefressen haben. Dann werden wir ja sehen, was seine Träume wert waren!«

Doch Ruben, der älteste Bruder, war weicher als die anderen. »Wir selbst wollen ihn nicht töten«, sagte er. »Wir brauchen nicht sein Blut zu vergießen, wir werfen ihn hier in das Wasserloch in der Wildnis und lassen ihn dort unten, dann brauchen wir nicht Hand an ihn zu legen.« Ruben hatte vor, den Jungen vor den anderen zu retten, und wollte später zurückkommen, ihn aus der Grube befreien und dem Vater zurückbringen.

Joseph kam arglos heran und glaubte, daß sie ihn erfreut begrüßen und mit einer Botschaft für den Vater zurückschicken würden. Zu seinem Schrecken ergriffen sie ihn mit roher Hand, rissen ihm das bunte Gewand vom Leibe und warfen ihn in eine Grube. Sie war tief und leer, nicht einmal ein Tropfen Wasser war darin, so daß er seinen Durst nicht stillen und auch nicht hoffen konnte, andere Wüstenwanderer würden ihn auf der Suche nach Wasser im Loch finden. Dort in der Tiefe ließen die Brüder Joseph um Hilfe schreien, während sie sich in der Nähe ins Gras setzten und aßen. Nach der Mahlzeit gingen einige Brüder zu den Herden zurück, und Ruben machte einen weiten Weg, um seine Pläne zur Rettung des Bruders zu überdenken. Die übrigen standen schwatzend am Brunnen. Da sahen sie eine Karawane von Kaufleuten mit Kamelen durch die Wildnis ziehen und erkannten, daß es sich um Ismaeliter handelte, also um Nachkommen Ismaels, der in der Wüste gelebt hatte; die Kaufleute kamen aus Gilead und hatten ihre Kamele mit Gewürzen, Balsam und Myrrhen für die ägyptischen Märkte beladen. Und Bruder Juda hatte einen neuen Einfall.

»Was haben wir eigentlich davon, wenn wir unseren Bruder umbringen?« fragte er die anderen. »Wäre es nicht viel besser, ihn an diese Ismaeliten zu verkaufen? Wir sollten ihn doch lieber nicht sterben lassen, denn schließlich ist er doch unser Bruder.« Die anderen stimmten Judas Vorschlag zu – sie würden Joseph los sein und bekämen noch Geld dazu.

Als die Karawane der Ismaeliten nahe genug war, riefen die Brüder sie ganz heran, zogen den sich sträubenden Joseph aus dem Loch und verkauften ihn den Kaufleuten für zwanzig Pfund Silber. Die Ismaeliten nahmen ihn gern, denn sie konnten in Ägypten einen kräftigen jungen Mann leicht mit Gewinn an einen wohlhabenden Hausbesitzer verkaufen. Sie setzten ihre Reise fort und hatten Joseph bei sich.

Kurz darauf kam Ruben zurück und hoffte, seine Brüder nicht mehr vorzufinden, damit er Joseph retten konnte. Die anderen waren fort, aber auch die Grube war leer. Ruben starrte hinunter und rief hoffnungslos immer wieder Josephs Namen – der Junge war fort. Und er konnte doch nicht allein herausgeklettert sein! Ruben zerriß vor Schrecken und Kummer seine Kleider, lief zu den Herden und schrie seinen Brüdern zu: »Das Kind ist fort! Und ich, was soll ich jetzt tun, wohin soll ich gehen!« Denn als der Älteste fühlte er die schlimme Tat auf seinen Schultern lasten und konnte den Gedanken nicht ertragen, daß er sie dem Vater gestehen mußte. Die Brüder berichteten ihm, was sie unternommen hatten, er hörte voller Entsetzen zu. Es war geschehen und nicht mehr zu ändern. So nahmen sie das bunte Gewand, das sie Joseph vom Leibe gerissen hatten, töteten eine junge Ziege und tauchten das Kleidungsstück in das Blut. Ruben sah voller Scham zu. Dann brachten sie dem Vater in Hebron das Gewand, das einst so schön gewesen und jetzt auf entsetzliche Weise mit Blut besudelt war.

»Wir fanden es in der Wildnis«, sagten sie. »Es ist zerrissen und blutig, doch wir haben es erkannt. Sieh hin, Vater! Kannst du uns sagen, ob es das Gewand deines Sohnes ist?«

Jakob ergriff das Gewand: »Es ist meines Sohnes Gewand!« rief er unter bitteren Tränen. »Ein wildes Tier hat ihn getötet. Es gibt keinen Zweifel, mein Sohn Joseph ist von wilden Tieren zerrissen worden!«

Und Jakob zerriß seine Kleider in wildem Schmerz und hüllte sich in das Sacktuch der Trauernden. Die Seinen versuchten, ihn zu trösten, auch diejenigen, die sein Leid verursacht hatten, doch Jakob war nicht zu trösten. Nur der kleine Benjamin konnte seinen Schmerz mildern, doch er war nicht sein Bruder Joseph und konnte ihn auch nicht ersetzen. Jakob war das Herz gebrochen.

»Um meinen Sohn trauernd werde ich ins Grab steigen«, seufzte er. So trauerte Jakob um seinen verlorenen Sohn. Es gab keinen Hinweis darauf, daß sein geliebter Joseph nicht unterwegs von wilden Tieren zerrissen worden war. Zehn Brüder wußten zwar, daß ihn kein wildes Tier getötet hatte, doch wagten sie ihre Untat nicht einzugestehen. Und sie wußten ja auch nicht, was aus ihrem verkauften Bruder geworden war.

Joseph stand auf dem Sklavenmarkt in Ägypten.

JOSEPH ALS GEFANGENER IN ÄGYPTEN

Auf dem ägyptischen Marktplatz wurde Joseph von den Sklavenkäufern sehr aufmerksam betrachtet: Hier stand ein kräftiger junger Mann, der sicherlich einen guten Diener abgab. Joseph wiederum blickte sich neugierig um und sah Wunderdinge, die er in seinem kurzen Leben auf Kanaans Ebenen nie gesehen hatte: prachtvolle Tempel für fremde Götter, gewaltige alte Bauten, die ihm als Pyramiden bezeichnet worden waren, geschäftige Straßen, die von dunkelhäutigen Menschen wimmelten; darunter waren stolze Männer in reicher Kleidung und arme Leute in Bettlerlumpen. Und überall sah er Waren aller Art, die auf dem Markt verkauft wurden.

Auch er selbst war eine Ware, ein Ding, von Brüdern, die ihn haßten, für Silber verkauft, an diesen fremden Ort gebracht, um weiterverkauft zu werden.

Rasch fanden die ismaelitischen Kaufleute einen Käufer für ihren Gefangenen. Der Ägypter Potiphar, ein Hauptmann in der Leibwache des Pharao, kaufte den jungen Mann und brachte ihn in sein Haus. Und der Herr behütete Joseph, denn Potiphar war nicht nur reich, sondern auch wohlwollend, ein Mann von Ehre und Rang. Er erkannte rasch, daß Joseph kein gewöhnlicher Sklave sei, daß er rasch lernte und ehrlich war. Alles, was Joseph begann, gedieh unter seinen Händen. In kurzer Zeit wurde er zum Lieblingsdiener, und Potiphar machte ihn bald zum Aufseher über sein Haus und seinen ganzen Besitz. Der Hauptmann der Leibwache traute Joseph so vollständig, daß er alle Angelegenheiten des Hauses in dessen Hände legte und sich bei allem Besitz selbst nur um sein Essen und Trinken kümmerte. Er brauchte einen Mann wie Joseph, denn als Soldat von hohem Rang war er oft abwesend und konnte sich nicht selbst genügend um seine Angelegenheiten kümmern.

Die Jahre vergingen; Joseph arbeitete fleißig, und Potiphars Reichtum wuchs. Zwar war Joseph ein Sklave, wurde aber im Hause des

Ägypters so gut behandelt, als wäre er frei und gleichgestellt, so daß er sich nicht unglücklich fühlte. Doch das angenehme Leben war nicht von Dauer. Joseph war schön und wurde mit den Jahren nur noch hübscher und ansehnlicher. Die Frau seines Herrn sah ihn so wohlgefällig an, daß es Joseph zu verwirren begann. Immer wieder versuchte sie, ihn zur Liebe zu verlocken, doch Joseph widerstand ihr. »Mein Herr hat mir alles anvertraut, was er besitzt, und ich bin für alles verantwortlich, so daß er nicht einmal prüft, was ich unternehme. Er war immer freundlich und großmütig und hat mir nichts vorenthalten außer dir selbst, denn du bist seine Gattin. Wie könnte ich ihn betrügen? Wie könnte ich ihn hintergehen und dazu noch gegen Gott sündigen?«

Doch Potiphars Frau warb um Josephs Liebe, sosehr er auch widerstand. Sie wurde immer hartnäckiger. Eines Tages, als Potiphar abwesend und alle Leute im Hause mit ihrer Arbeit beschäftigt waren, lockte sie Joseph mit einer List in ihr Zimmer, doch Joseph weigerte sich auch jetzt und lief in Verwirrung und Angst davon. Das aber brachte die Frau plötzlich so in Zorn, daß sie laut um Hilfe schrie und rief, Joseph habe ihr Gewalt antun wollen. Ihr Mann kam, und sie wiederholte ihm in gespieltem Zorn ihre Lüge: »Dieser dein hebräischer Diener wollte mir Gewalt antun und hat erst von mir abgelassen, als ich laut um Hilfe rief!«

Josephs Herr war erstaunt und gekränkt. Er ließ seinen Diener in das Gefängnis werfen, in dem die Gefangenen des Pharao festgehalten wurden. Zu ihnen sperrte man den unschuldigen Joseph ein.

Doch der Herr verließ ihn nicht. Joseph blieb, wie er im Hause Potiphars gewesen war, fröhlich, gescheit und ehrlich, und der Herr lenkte die Aufmerksamkeit des Gefängnisaufsehers auf ihn. Nach einer Weile genoß Joseph so großes Vertrauen, daß der Aufseher ihm die Verantwortung für die Gefangenen übertrug, und ebensowenig wie vorher Potiphar prüfte der Aufseher das, was Joseph tat. Joseph enttäuschte sein Vertrauen nicht.

Nach einiger Zeit wurden der oberste Mundschenk und der oberste Bäcker im Hofstaat des Königs in das Gefängnis gebracht, weil sie den Pharao gereizt hatten. Joseph hatte auch für die beiden zu sorgen und nahm sich ihrer an, weil sie sehr unglücklich waren: Sie hatten ihre hohen Ämter verloren und wußten nicht, welches Schicksal ihnen bevorstand.

Eines Nachts hatte jeder von ihnen einen Traum, der sie sehr beunruhigte. Als Joseph am Morgen zu ihnen kam und ihre Unruhe bemerkte, fragte er sie: »Warum seht ihr so trübe aus?« Sie antworteten: »Wir haben heute nacht jeder einen Traum gehabt, und hier ist niemand, der ihn uns deuten kann.« Träume wurden als Voraussagen ernst genommen, und am Hof des Pharao gab es kluge Männer, von denen die richtige Ausdeutung der Träume erwartet wurde. Doch hier im Gefängnis, so glaubten die beiden, mußten sie darauf verzichten.

Aber Joseph war selbst ein erfahrener Traumdeuter, und er glaubte an Gott.

»Ist es nicht Gott, der uns die Auslegung der Träume in den Mund legt?« sagte er. »Ich bin ein Diener Gottes, und sicherlich wird er euch durch mich den richtigen Sinn enthüllen. Erzählt mir eure Träume.«

Der oberste Mundschenk, dessen Amt es war, den Pharao mit Wein zu versorgen, sprach zuerst: »In meinem Traum stand vor mir ein Rebstock mit drei Reben. Vor meinen Augen begannen sie zu knospen, dann öffneten sich die Blüten und wurden zu reifen Trauben. Ich hielt den Becher des Pharao in der Hand, nahm die Trauben und quetschte sie aus in den Becher. Und dann nahm ich den Becher und gab ihn dem Pharao in die Hand, wie ich es früher getan habe, als ich bei Tisch meinem Herrn den Wein einschenkte.«

Und Joseph sagte zu ihm: »Dies ist die Bedeutung deines Traumes: Die drei Reben sind drei Tage. Nach drei Tagen wird der Pharao dein Haupt erheben und dich wieder in dein Amt einsetzen. Dir wird es künftig gut gehen. Doch ich bitte, denk an mich, wenn du dieses Gefängnis verläßt und wieder am Hofe bist. Beweis mir dein Wohlwollen und sprich mit dem König über mich, damit ich befreit werde, denn ich bin zu Unrecht hier eingesperrt worden. Man hat mich aus dem Lande der Hebräer gestohlen, und auch hier habe ich nichts verbrochen, so daß ich schuldlos ins Gefängnis gekommen bin.«

Der Mundschenk freute sich über Josephs Traumdeutung und versprach bereitwillig, mit dem Pharao über ihn zu sprechen. Und als der oberste Bäcker sah, daß die erste Auslegung so günstig war, fühlte er sich ermutigt, auch seinen Traum zu erzählen: »Ich habe geträumt, daß drei weiße Körbe auf meinem Kopf standen, einer über dem anderen, und im obersten lagen Backwaren aller Art für den Pharao. Und die Vögel kamen und fraßen alles Backwerk aus dem Korb auf meinem Kopf. Was bedeutet dieser Traum?«

Ungern trug Joseph seine Deutung vor, doch er sprach sie aus: »Dies ist die Auslegung deines Traumes. Die drei Körbe sind drei Tage. Nach drei Tagen wird der Pharao dein Haupt hoch erheben und dich an einen Baum hängen lassen. Und die Vögel werden dein Fleisch essen.«

Drei Tage später wurde der Geburtstag des Pharao gefeiert, und alle, die ihm dienten, lud er zu einem großen Fest. Es war Sitte, daß an diesem Tag die Urteilssprüche über alle, die im königlichen Gefängnis saßen, geprüft wurden, und der Pharao ließ auch seinen obersten Mundschenk und seinen obersten Bäcker aus dem Gefängnis holen und vor sich bringen. Und er setzte den obersten Mundschenk wieder in sein Amt am Tisch des Königs ein; wie früher reichte der Mann seinem Pharao den Becher mit Wein. Doch den obersten Bäcker ließ der König an einen Baum hängen, wie Joseph es vorausgesagt hatte.

Dem obersten Mundschenk hatte Josephs Auslegung tiefen Eindruck gemacht, aber er war so selig über das Glück, wieder im alten Amt tätig zu sein, daß er sich an sein Versprechen nicht mehr erinnerte. Joseph blieb Gefangener im Gefängnis des Pharao, und Wochen und Monate rannen zu Jahren zusammen.

JOSEPHS BRÜDER BEUGEN SICH

Hätte der Pharao nicht von Kühen und Korn geträumt, wäre Joseph vielleicht noch länger ein Gefangener geblieben. So vergingen zwei volle Jahre, während er auf Befreiung wartete. Dann hatte der Pharao zweimal einen seltsamen Traum. Als der König von Ägypten schlief, sah er fette und magere Kühe am Flußufer; und dann sah er ein Kornfeld mit vollen und mit dünnen Ähren. Nachdenklich rief er am anderen Morgen alle klugen Männer und Magier im Lande Ägypten zusammen und berichtete ihnen von seinen Träumen, doch keiner konnte sie deuten. Da besann sich plötzlich der oberste Mundschenk auf den Traum, den er im Gefängnis gehabt hatte.

»Jetzt fällt mir ein, was ich versäumt habe!« sagte er zu seinem König. »Der Pharao war einst zornig auf seine Knechte, auf mich und den obersten Bäcker, und warf uns ins Gefängnis. Jeder von uns träumte dort eines Nachts einen Traum, den wir uns nicht deuten konnten. Doch im Gefängnis war ein junger Mann, ein Hebräer, der dem Aufseher diente. Wir erzählten ihm unsere Träume, und er hat sie uns ausgelegt. Nach drei Tagen zeigte es sich, daß er recht hatte: Ich wurde in mein Amt wiedereingesetzt und der andere gehängt.«

Eilig sandte Pharao nach Joseph. Der junge Hebräer ließ sich Haar und Bart schneiden, legte saubere Kleider an und wurde vor den Pharao geführt. Der König von Ägypten sah ihn an, diesen fremden jungen Mann aus Kanaan, und fragte sich, ob er wohl helfen könne, wo alle klugen alten Männer versagt hatten. Immerhin hatte der Hebräer schon einmal richtig gedeutet, vielleicht gelang es ihm auch jetzt.

»Ich habe einen Traum gehabt«, sagte der Pharao zu Joseph, »und niemand kann mir sagen, was er bedeutet. Ich habe gehört, daß man von dir behauptet, du verstehst dich auf Träume und kannst ihren Sinn herausfinden. Ist das wahr?«

»Nicht ich kann die Deutung finden«, antwortete Joseph, »doch Gott wird dem Pharao durch mich eine Antwort geben, damit sein Geist zur Ruhe kommt.«

»In meinem Traum«, begann der Pharao, »stand ich am Flußufer. Und als ich da stand, kamen sieben fette, kräftige Kühe aus dem Wasser und begannen auf der Flußwiese zu weiden. Dann aber stiegen sieben andere Kühe aus dem Fluß, und sie waren kümmerlich, knochig, mager und so unansehnlich, wie ich im Lande Ägypten noch niemals Kühe gesehen habe. Die mageren, häßlichen Kühe aber verschlangen die ersten sieben, die fetten und guten, und blieben dabei so mager wie vorher! Ich erwachte, schlief aber noch einmal ein.«

Joseph hörte aufmerksam auf das, was der sorgenvolle Mann in den königlichen Gewändern zu berichten hatte. Ob er für seinen Rat belohnt werden würde, kam ihm nicht einmal in den Sinn. Doch er wußte, daß ihm Gott die richtige Deutung in den Mund legen werde.

»Und dann träumte ich«, fuhr der Pharao fort, »daß ich einen Kornhalm mit sieben vollen, schweren Ähren sah. Aber danach gingen sieben andere Ähren auf, fahl, dünn und vom Ostwind ausgeschüttelt. Und während ich hinsah, verschlangen die sieben dürren die sieben guten Ähren; und ich erwachte wieder. Doch als ich meinen Magiern diesen Traum erzählte, konnten sie seinen Sinn nicht finden.«

»Es ist nur ein einziger Traum«, sagte Joseph. »Gott hat dem Pharao angezeigt, was er vorhat: Die sieben fetten Kühe sind sieben Jahre des Überflusses, und die sieben guten Kornähren sind ebenfalls diese sieben guten Jahre. Die sieben mageren und häßlichen Kühe, die dann erschienen, sind sieben schlechte Jahre; und die sieben leeren Ähren, die der Wind ausgeschüttelt hatte, sind diese selben sieben mageren Hungerjahre. Auf diese Weise zeigt Gott dem Pharao, daß Ägypten sieben Jahre des Überflusses erleben wird, denen sieben Hungerjahre folgen.«

Schweigend und erschrocken hörte der Hofstaat zu.

Joseph sagte aber noch mehr. »Der Hunger wird das Land verzehren und solche Verwüstung anrichten, daß die Jahre des

Überflusses rasch vergessen sein werden, und es wird an Nahrung fehlen. Gott sandte dem Pharao den zweifachen Traum, um ihm zu zeigen, daß sich das alles bald ereignen wird. Es ist eine Warnung, damit sich der Pharao auf die schlechten Jahre vorbereiten kann, die den guten folgen. Er sollte deshalb einen so ehrlichen wie klugen Mann beauftragen, Vorsorge für die Jahre der Not zu treffen. Dieser Mann muß Beamte einsetzen, die in den guten Jahren den fünften Teil aller Ernten einziehen und sammeln; sie sollen in allen Städten Vorräte von Getreide und anderen Nahrungsmitteln anlegen, damit die Menschen nicht am Hunger sterben, wenn die sieben Hungerjahre über Ägypten kommen. Wenn das getan wird, gehen Volk und Land von Ägypten nicht zugrunde in der Notzeit.«

Dem Pharao und seinen Hofbeamten gefiel der Plan. »Finden wir einen solchen Mann?« fragte er seine Umgebung. »Einen Mann, in dem der Geist Gottes ist? Sicherlich kann es keinen klügeren und besser geeigneten Menschen geben als denjenigen, dem Gott das alles offenbart hat.« Und der König von Ägypten wandte sich an Joseph: »Du selbst sollst das Amt übernehmen, und nach deinen Anweisungen soll das Volk handeln. Nur um die Höhe des Throns werde ich über dir stehen. In allem anderen setze ich dich über das Land Ägypten, so wie du es vorgeschlagen hast.« Er zog seinen eigenen Ring mit dem königlichen Siegel ab und streifte ihn Joseph an den Finger, er kleidete ihn in königliche Gewänder von schönstem Leinen, er legte ihm eine goldene Kette um den Nacken und gab ihm einen Wagen, in dem er als zweiter Mann des Reiches unmittelbar hinter dem Königswagen fahren sollte. »Ohne dich soll kein Mensch im Lande Ägypten Hand oder Fuß rühren«, schloß der Pharao.

So wurde Joseph aus Kanaan, der, siebzehnjährig, von seinen zehn älteren Brüdern verkauft worden war, mit dreißig Jahren zum Herrscher über ganz Ägypten. Er fuhr in seinen königlichen Kleidern in seinem Prunkwagen, und das Volk rief: »Beugt euch! Nieder auf die Knie!« Jeder Ägypter wußte, daß er ein mächtiger Mann war. Der Pharao selbst gab ihm die Tochter eines angesehenen ägyptischen Priesters zur Frau.

In den sieben guten Jahren brachte die Erde Nahrung im Überfluß hervor. Joseph reiste durch das Land und zeigte den Leuten, wie sie den Boden nutzen und die Ernte aufbewahren sollten. Mit seinen Beamten sammelte er überall, wohin er kam, Getreide ein, bis sein Vorrat schließlich so reichlich war wie Sand am Meer. Er zählte die Vorräte nicht mehr, sie waren unzählbar. Er sammelte das Getreide der Kornfelder, die rings um die Städte lagen, in die Lagerhäuser, so daß alle Städte schließlich mit Getreide von ihren eigenen nahe gelegenen Feldern versorgt waren. Wohin er auch kam, ordnete er an, daß ein Fünftel jedes Ernteertrags gesondert für die Jahre aufbewahrt wurde, in denen die Ernte ausblieb; er selbst wollte die Vorräte verwalten, sobald die Notzeit anbrach. Es waren gute und glückliche Jahre für Ägypten und für Joseph selbst. Seine Frau gebar ihm zwei Söhne, Manasse und Ephraim. Und Joseph dankte dem Herrn, der das Leid von einst zu so viel Glück gewendet hatte.
Dann befiel die Dürre das Land, der Boden gab zuerst keine dicken Körner mehr her und schließlich nicht einmal leere Ähren, das Vieh wurde mager und elend aus Mangel an Futter und Wasser. In Ägypten selbst war die Dürre zu Anfang nicht so fühlbar wie in den Nachbarländern, denn immer noch befeuchtete Nilwasser die Felder. Doch in anderen Ländern, die nie gut bewässert gewesen waren, wütete die Dürre. Die Felder wurden rissig vor Trockenheit, das Vieh ging langsam zugrunde. In Ägypten hielten sich die Menschen zuerst noch an die Vorräte, die jeder selbst in seinem Haus aufgespeichert hatte, doch als sie verbraucht waren, schrie das Volk zu seinem König nach Brot.
Der Pharao sagte: »Geht zu Joseph, tut, was er euch sagt.« Als die Leute zu Joseph kamen, öffnete er alle Lagerhäuser und versorgte die Ägypter aus den Vorräten, die er in den Jahren der Fülle angesammelt hatte. Bald kamen auch aus den Nachbarländern Menschen, die bei Joseph Korn kaufen wollten.
Die Hungersnot herrschte bald überall und erreichte auch Kanaan, wie zu der Zeit, als Abraham seine Herden weitergetrieben hatte, bis er nach Ägypten kam. Josephs Familie litt Mangel auf ihrem ausgetrockneten, versengten Land.

Als Jakob hörte, daß es in Ägypten Getreide gab, rief er seine Söhne zu sich und sagte: »Was starrt ihr einander an und fragt, wo es Nahrung geben könnte! Ich habe gehört, daß man in Ägypten Korn kaufen kann. Reist also hin und kauft für uns ein, damit wir essen und überleben.«

Die zehn Brüder holten die leeren Kornsäcke, sattelten ihre Esel und brachen auf, um in Ägypten Korn zu kaufen. Doch Benjamin, der jüngste, blieb bei dem Vater, denn Jakob hatte den Kummer über den verlorenen Sohn nie überwunden und fürchtete, daß auch Benjamin ein Unglück zustoßen könne.

Die zehn Männer reisten durch das hungernde Kanaan und andere Gebiete, die ebenso dürr und elend waren wie ihr eigenes. Schließlich erreichten sie Ägypten, ohne freilich zu ahnen, daß ihr Bruder Joseph das Land regierte und daß er es war, der den hungernden Fremden Getreide verkaufte.

Auch als sie ihn sahen, erkannten sie ihn nicht, denn sie hatten ihn zuletzt vor mehr als zwanzig Jahren gesehen, als Jüngling, und jetzt war er ein Mann. Ihm war sein vielfarbiges Gewand vom Leibe gerissen, und er war aus einer Grube in Kanaan heraus an eine Schar reisender Kaufleute verkauft worden, und nun trug er schöne Kleidung und saß auf einem Thron in Ägypten.

Sie traten an den Thron heran und verbeugten sich tief.

Doch Joseph erkannte sie sofort, und als sie sich vor ihm bis zum Boden verneigten, erinnerte er sich an seine Träume von damals. Jetzt war es so gekommen, daß sich seine Brüder vor ihm verneigten, die Brüder, die ihn in die Sklaverei verkauft hatten. In seinem Herzen war kein Bedürfnis nach Rache, doch er fragte sich, ob die zehn wohl noch so gefühllos und roh wie damals seien. Er sprach mit ihnen durch einen Dolmetscher und tat, als könne er sie nicht verstehen und als könne er ihnen nicht trauen.

»Wer seid ihr?« herrschte er sie an. »Woher kommt ihr?«

»Wir kommen aus dem Lande Kanaan«, antworteten sie, »und wir möchten hier Getreide kaufen.«

»Spione seid ihr!« sagte Joseph scharf. »Ihr seid gekommen, um die schwachen Stellen dieses Landes auszukundschaften, und dann schickt ihr ein Heer, das uns den Krieg ins Land bringt!«

»Nein, nein, Herr, gewiß nicht!« beteuerten sie. »Wir sind keine Spione. Nur um Nahrung zu kaufen, sind wir, deine Knechte, hierhergekommen. Wir sind zwölf Brüder, Söhne eines Mannes aus dem Lande Kanaan. Unser jüngster Bruder ist noch bei unserem Vater, und einen Bruder haben wir verloren.«

»Spione seid ihr«, beharrte Joseph, denn er wollte sie durch und durch prüfen. »Und ihr werdet hier nicht entkommen, ehe ich nicht diesen jüngsten Bruder gesehen habe, von dem ihr sprecht. Nur wenn er herkommt, werde ich wissen, daß ihr die Wahrheit sagt.«

Sie antworteten aber immer nur, daß sie ehrliche Leute auf der Suche nach Nahrungsmitteln seien. Joseph, der ein freundlicher Mann war und ihnen nichts Böses antun wollte, stellte sich hart und kalt und ließ sie für drei Tage ins Gefängnis werfen: Nur nach dem, was sie unter solchen unglückseligen Umständen sagen und tun würden, konnte er beurteilen, ob sie sich gebessert hatten.

Am dritten Tag ließ er sie aus dem Gefängnis vorführen.

»Tut, was ich euch auftrage, dann werdet ihr am Leben bleiben«, sagte er, »denn ich ehre Gott und will euch nichts antun, wenn das, was ihr sagt, wahr ist. Seid ihr ehrliche Menschen, dann sollen neun von euch mit Getreide für den Hunger eurer Leute heimkehren, und nur einer wird hierbleiben, bis ihr mit dem jüngsten Bruder zurückkommt. Denn nur damit könnt ihr die Wahrheit eurer Worte beweisen. Dann wird keiner von euch sterben. Doch wenn ihr nicht tut, was ich verlange, weiß ich, daß ihr Spione seid.«

Verstört und erschrocken besprachen sie sich in ihrer eigenen Sprache, ohne zu wissen, daß Joseph jedes Wort verstand.

»Das ist die Vergeltung für das, was wir getan haben«, flüsterten sie. »Wir sahen die Angst in den Augen unseres Bruders Joseph, und als er uns anflehte, wollten wir sein Weinen nicht hören. Deshalb leiden wir jetzt, und es ist gerecht, daß wir leiden.«

»Habe ich euch damals nicht gebeten, dem Jungen kein Leid zu tun?« fragte Ruben. »Doch ihr wolltet nicht auf mich hören. Gott will, daß wir uns verantworten, weil wir das Blut unseres Bruders vergossen haben. Wir haben Böses getan, meine Brüder, und dies ist unsere Strafe.«

Joseph hörte sie reden, und ihre Reue bewegte sein Herz; er wandte sich ab und weinte. Doch immer noch war er nicht sicher, daß sie sich von Grund auf geändert hätten, und er wußte auch nicht, was sie mit ihrem Bruder Benjamin vorhatten.

Deshalb wandte er sich wieder zu ihnen und ließ ihnen seine Befehle durch den Dolmetscher übersetzen. Vor ihrer aller Augen ließ er Simeon wieder ins Gefängnis führen. Dann befahl er, daß die anderen neun nach Hause reisen sollten.

So brachen sie nach Kanaan auf, reichlich mit Reisevorräten versehen, mit Kornsäcken, die prall gefüllt waren; sie wußten aber nicht, daß Joseph seinen Verwalter angewiesen hatte, ihnen das Geld für das Getreide wieder oben in die Säcke zu packen. So zogen sie heim, die Esel schwer beladen, und doch waren die Brüder traurig und verwirrt. Joseph war vor vielen Jahren verlorengegangen, ihr Bruder Simeon saß als Gefangener in Ägypten und mußte dort ausharren, bis sie mit ihrem Bruder Benjamin zurückkehrten; und täten sie es nicht, würde Simeon sicherlich sterben müssen.

Doch der größte Schrecken stand ihnen noch bevor. Als sie bei ihrem ungeduldig wartenden Vater ankamen und die Kornsäcke ausleerten, fand jeder Bruder in seinem Sack das Geld wieder, das er dem grausamen Statthalter in Ägypten für das Getreide übergeben hatte! Zögernd berichteten sie ihrem Vater von der Reise, und alle waren tief besorgt: Nun würde der Ägypter sie nicht nur für Spione, sondern auch für Diebe halten!

»Ich gehe zurück«, sagte Ruben. »Wenn der Mann Benjamin sieht, weiß er, daß wir nicht gelogen haben. Das Geld bringe ich ihm zurück.«

»Das wirst du nicht tun!« rief Jakob. »Ich habe schon Joseph und Simeon verloren, ihr werdet mir Benjamin nicht fortnehmen. Alles ist gegen mich!«

»Ich muß das Geld zurückbringen«, erklärte Ruben, »und Benjamin muß ich mitnehmen. Ich schwöre es dir: Wenn du ihn mir mitgibst, werde ich ihn dir zurückbringen. Ich schwöre es dir beim Leben meiner eigenen beiden Söhne.«

»Niemals lasse ich ihn mit dir ziehen!« sagte Jakob. »Sein Bruder ist tot; soll ich auch ihn noch verlieren? Nein, wenn Benjamin durch eure Schuld etwas zustößt, bringt ihr mein graues Haupt vor Kummer ins Grab.«

Und dabei blieb es.

Doch das Korn aus Ägypten hielt nicht lange vor, und die Notzeit dauerte wirklich so lange, wie Joseph damals vorausgesagt hatte. In Kanaan fiel immer noch kein Regen, immer noch gab es kein Futter für die verhungernden Herden, immer noch standen die Felder kahl, und Jakob, der auch Israel war, konnte seine Familie nicht ernähren.

Den Brüdern war es unmöglich, noch einmal nach Ägypten zu reisen, denn dort würden sie sicherlich Benjamin verlieren. Doch was anderes blieb ihnen übrig?

JOSEPHS FAMILIE IN ÄGYPTEN

Israels Familie in Kanaan umfaßte mit Kindern und Kindeskindern sechsundsechzig Menschen; hinzu kamen viele Leute, die bei ihm in Lohn und Brot standen. Die Nahrung aus Ägypten war bald verbraucht, das kahle Land ernährte sie nicht, jeder einzelne hungerte. Als der Tag kam, an dem alles, was sie aus Ägypten gebracht hatten, aufgezehrt war, mußten sie neuen Vorrat besorgen oder sterben.

Jakob rief seine Söhne zusammen. »Ihr müßt wieder reisen. Zieht nach Ägypten, kauft uns Nahrung.«

Juda erinnerte ihn: »Wir können nur dann noch einmal hinreisen, wenn Benjamin uns begleitet. Der Mann, der dort herrscht, hat gesagt, daß er uns nicht wiedersehen will, wenn wir nicht unseren jüngsten Bruder mitbringen. Wir reisen, wenn du uns erlaubst, ihn mitzunehmen. Sonst hat es keinen Sinn.«

Jakob seufzte tief: »Warum habt ihr dem Mann erzählt, daß ihr noch einen Bruder habt?« fragte er vorwurfsvoll.

»Weil er uns danach gefragt hat«, antwortete Juda. »Er hat uns nach unserer Familie gefragt und wollte wissen, ob unser Vater noch am Leben sei und ob wir noch einen Bruder haben. Warum hätten wir ihm nicht antworten sollen? Wir wußten doch nicht, daß er sagen werde: ›Bringt mir euren Bruder!‹ Doch wir müssen jetzt nach Ägypten, mein Vater. Gib mir den Jungen mit, damit wir den Mann aufsuchen und Nahrung kaufen können. Sonst verhungern wir alle miteinander.« Sie berieten noch eine ganze Weile, die Brüder und der alte Mann, und schließlich willigte Jakob ein, den geliebten Benjamin mit ihnen ziehen zu lassen. »Wenn es denn sein muß, dann muß es eben sein. Nehmt euren Bruder, geht. Aber auch das sollt ihr tun: Nehmt die besten Früchte des Landes mit, überbringt dem Mann ein wertvolles Geschenk, etwas Balsam, etwas wilden Honig, viel Gewürze und Duftwasser, Nüsse, Mandeln, das Beste von allem, was wir haben. Und nehmt doppelt

Geld mit, damit ihr das Getreide, das ihr jetzt kauft, bezahlen und das Geld ersetzen könnt, das ihr in euren Säcken gefunden habt. Vielleicht hat man es euch ja aus Versehen zurückgegeben. Geht jetzt und gebt acht auf Benjamin. Möge euch der Mann dort mit Wohlwollen aufnehmen. Bittet Gott den Allmächtigen darum, daß der Mann in Ägypten gnädig gegen euch ist und beide, Simeon und Benjamin, zurückschickt. Doch wenn es Gottes Wille ist, daß ich meine Kinder verlieren soll, dann ... dann ist es Gottes Wille.«
Die Brüder packten die Geschenke und das doppelte Geld ein, und der junge Benjamin reiste mit ihnen in das Land Ägypten. Wieder standen die Brüder vor Joseph, dem Statthalter in einem fremden Land. Und diesmal stand auch Rahels jüngster Sohn bei ihnen.
Sein Anblick bewegte Josephs Herz. »Bring die Männer aus Kanaan in mein Haus«, wies er seinen Verwalter an. »Bereite ein Fest vor, denn diese Männer sollen heute mittag mit mir essen.« Josephs Diener führte die Brüder fort, und sie merkten voller Schrecken, daß sie in das Haus des Herrschers gebracht wurden, wo sicher eine Bestrafung auf sie wartete. »Gewiß wegen des Geldes, das wir in unseren Säcken gefunden haben«, sagten sie zueinander. »Er glaubt sicherlich, daß wir es gestohlen haben, und wirft uns nun zu Simeon ins Gefängnis. Wir alle werden Sklaven werden.« Als sie Josephs Haus erreicht hatten, konnten sie ihre Furcht nicht länger verbergen.
»Was das Geld in den Säcken anbelangt«, sagten sie zu Josephs Verwalter, »so haben wir es nicht gestohlen. Wir wissen nicht, wie es wieder in unsere Säcke geraten ist. Doch wir haben Geld mitgebracht, um es zu ersetzen, falls ihr meint, daß wir es gestohlen hätten.«
Doch der Verwalter, der sie in Josephs Haus führte, beruhigte sie: »Friede sei mit euch. Habt keine Angst. Euer Gott wird euch das Geld in die Säcke gelegt haben, denn ich habe den Kaufpreis erhalten, und ihr schuldet mir nichts.« Dann holte er Simeon und brachte ihn zu den Brüdern, gab ihnen der Sitte gemäß Wasser für die Füße und ließ ihre Esel versorgen. »Mein Herr wird zur Mittagszeit kommen, und er hat gesagt, daß ihr mit ihm essen sollt.«

Als Joseph am Mittag erschien, hieß auch er die Brüder in seinem Hause willkommen. Sie verneigten sich tief vor ihm, dankbar für die gute Aufnahme und die Freilassung Simeons. Die Geschenke aus Kanaan, die sie ihm überreichten, nahm er freundlich entgegen. Dann erkundigte er sich mit größerem Interesse, als die Brüder ahnen konnten, nach ihrem Ergehen und nach ihrem Vater: »Ist euer Vater wohlauf? Der alte Mann, von dem ihr gesprochen habt – lebt er noch?«

»Er lebt und ist gesund«, erwiderten sie.

Nun aber sah er seinen Bruder Benjamin an, den Sohn seiner eigenen Mutter: »Ist dies der jüngere Bruder, von dem ihr gesprochen habt?«

»Er ist es«, antworteten sie.

»Gott erweise dir seine Gnade, mein Sohn«, sagte Joseph und hielt sich mit Mühe davon zurück, ihn zu umarmen und ihm seine Liebe zu zeigen: Es war noch zu früh für ihn, sich zu offenbaren. Er ging hinaus, weinte, wusch sich die Tränen vom Gesicht und kam zu den anderen zurück.

Sie setzten sich zum Essen. Joseph, der Statthalter, hatte seine Tafel für sich allein, und seine ägyptischen Beamten aßen an ihrem Tisch. Den elf Männern aus Kanaan war ebenfalls ein eigener Tisch gedeckt; sie wunderten sich, daß der Statthalter ihr Alter kannte, denn er hatte ihnen in der richtigen Reihenfolge vom Erstgeborenen bis zum Jüngsten die Plätze angewiesen. Und Joseph sandte seinen angesehenen Gästen Gerichte von seiner eigenen Tafel und ließ Benjamin fünfmal soviel wie allen anderen anbieten.

Sie aßen und tranken in fröhlicher Stimmung. Der seltsame Mann, der das Land regierte, schien ihr Freund zu sein und hatte sie alle zusammengeführt: Simeon war wieder frei und Benjamin nicht gefangengesetzt worden. Alle Ängste schienen vergessen.

Am anderen Morgen brachen die Brüder erleichtert auf. Ihre Säcke waren prall mit dem Korn gefüllt, das Jakob und die Seinen so dringend brauchten. Doch sie wußten nicht, daß Joseph auch diesmal seinem Verwalter einen besonderen Auftrag gegeben hatte, um sie noch einmal zu prüfen.

»Füll die Säcke der Männer mit Getreide, gib ihnen so viel, wie

sie nur tragen können, und leg jedem das Geld wieder oben in den Sack. Doch dem Jüngsten sollst du nicht nur den Kaufpreis, sondern auch meinen silbernen Trinkbecher mit in den Sack legen.«
Der Verwalter tat es; die Brüder machten sich zuversichtlich auf die Reise in die Heimat.
Sie waren noch nicht weit gekommen, als Joseph seinem Verwalter einen neuen Auftrag gab. »Beeil dich!« befahl er. »Reit den Männern nach, und wenn du sie eingeholt hast, sagst du: ›Warum habt ihr Gutes mit Bösem vergolten? Ihr habt meines Herrn Trinkbecher gestohlen. Das war niederträchtig von euch.‹«
Der Verwalter holte die Brüder bald ein und sprach so zu ihnen, wie es ihm Joseph aufgetragen hatte.
»Wir sollten einen Silberbecher gestohlen haben?« sagten die Brüder entsetzt. »Wie kannst du das nur sagen! Gott verhüte, daß deine Knechte je etwas stehlen! Haben wir denn nicht das Geld wiedergebracht, das wir nach unserer ersten Reise in unseren Säkken vorfanden? Wie kann man also annehmen, daß wir im Hause unseres Herrn Silber oder Gold stehlen? Durchsuch uns, wenn du willst. Sollte sich der Becher bei einem von uns finden, dann soll der Mann sterben, und wir anderen werden dem Statthalter von Ägypten als Sklaven dienen.«
»Ich will nachsehen«, sagte der Verwalter, »derjenige, bei dem der Becher gefunden wird, wird mein Knecht, doch nur er. Den anderen soll kein Vorwurf gemacht werden.« Die Brüder hoben die Säcke von den Eseln und öffneten sie ohne Sorge, denn jeder wußte von sich, daß er keinen Becher mitgenommen hatte.
Der Verwalter durchsuchte Sack für Sack, begann mit dem des Ältesten und endete bei Benjamin. Und hier zog er den Becher heraus, den er ja selbst hineingelegt hatte.
Vor Angst und Entsetzen zerrissen die Brüder ihre Kleider, packten ihre Sachen wieder auf die Tiere und kehrten miteinander in die Stadt zurück, wo sie Joseph streng und vorwurfsvoll empfing.
Er sah, daß alle zurückkamen, nicht Benjamin allein, und war froh darüber, daß sie ihn nicht im Stich gelassen hatten. »Was hast du getan?« fragte er in gespieltem Zorn. »Hast du etwa geglaubt, ich würde dich nicht entdecken?«

Dann bewies Juda, der die Hauptschuld daran trug, daß Joseph damals in die Sklaverei verkauft wurde, wie sehr er sich geändert hatte. Er sagte: »Was können wir vorbringen? Wie sollen wir uns rechtfertigen? Wir wissen nicht, auf welche Weise der Becher in den Sack unseres Bruders geraten ist, doch wir wissen, daß Gott unsere Schuld nicht vergessen hat und uns jetzt bestraft. Wenn nun einer von uns schuldig ist, dann sind wir alle miteinander schuldig, und wir alle werden deine Sklaven sein.«

»Das verhüte Gott, daß ich euch alle als Sklaven hierbehalte!« antwortete Joseph. »Nur einer von euch ist schuldig, und der Mann, der meinen Becher nahm, wird mein Sklave. Doch nur er. Ihr anderen zieht in Frieden in eure Heimat.«

Sie alle hätten also entkommen und Benjamin als Sklaven zurücklassen können. Doch die Brüder wollten diese Möglichkeit nicht nutzen. Juda, einst so hart und selbstsüchtig, trat wieder vor den Statthalter Ägyptens.

»O Herr, hör mich an, ich bitte dich. Sei nicht zornig auf uns. Du erinnerst dich, daß du uns nach unserem Vater gefragt hast und wissen wolltest, ob wir noch einen Bruder haben. Wir antworteten dir. Dann hast du angeordnet, daß wir unseren Bruder mitbringen sollten, aber wir wußten, es würde unserem Vater das Herz brechen: Wenn unser Vater Benjamin verliert, wird er vor Schmerz sterben. Doch wir allesamt wären verhungert, wenn wir nicht noch einmal zu dir gezogen wären. Also machten wir uns auf die Reise mit dem Jüngsten, wie du es wolltest. Wenn wir aber zurückkehren ohne diesen Jungen, der unserem Vater seit dem Verlust seines Sohnes Joseph alles bedeutet, dann wird unser Vater an dem Schmerz sterben. Herr, ich habe mich bei meinem Vater verbürgt, daß Benjamin kein Leid geschehen und daß er heil keimkehren wird. Deshalb, Herr, bitte ich dich, laß mich an seiner Statt hier als Sklave bleiben. Ich kann den Schmerz meines Vaters nicht ertragen, wenn ihm sein geliebter Jüngster genommen wird.«

Jetzt aber hielt sich Joseph nicht mehr zurück, denn er sah, daß seine Brüder nicht mehr die grausamen Männer von damals waren. »Ich bin euer Bruder Joseph!« rief er. »Sagt es mir noch einmal, daß mein Vater lebt!«

Die Brüder standen wie vom Donner gerührt und sprachlos da. Der strenge Ägypter hatte sie in ihrer eigenen Sprache angeredet und Unglaubliches gesagt! Vor Angst und Entsetzen sprachen sie kein Wort.

»Ich bitte euch, kommt her!« Mit weit geöffneten Armen stand Joseph vor ihnen.

Schließlich kamen sie zögernd heran.

»Ich bin Joseph, euer Bruder, den ihr nach Ägypten verkauft habt«, erklärte der mächtige Statthalter; und jetzt zitterten sie. »Doch macht euch keine Vorwürfe und habt keine Angst, denn Gott selbst hat mich hierher vorausgesandt, damit das Leben unseres Volkes gerettet werden kann, Gott hat mich hergeführt und zum Statthalter über das Land Ägypten eingesetzt, Gott war es, nicht ihr – und er tat es, um euer Überleben zu sichern. Denn zwei Jahre lang wütet schon der Hunger, und noch fünf Jahre wird es keine Ernten geben. Deshalb eilt jetzt nach Hause und sagt eurem Vater: ›Gott hat Joseph zum Herrn über ganz Ägypten gemacht.‹ Erklärt ihm, daß er sofort mit all den Unseren herkommen und in meiner Nähe in Gosen leben soll. Sagt ihm, daß er Kinder und Kindeskinder, seine Herden und alles Hab und Gut mitbringen soll, denn ich will in dieser Notzeit für euch sorgen. Beeilt euch, berichtet alles meinem Vater und bringt ihn zu mir her.«

Und Joseph umarmte seinen Bruder Benjamin und weinte vor Freude nach all den Jahren der Trennung. Er umarmte aber auch die anderen, um ihnen zu zeigen, daß er ihnen vergeben habe und auch sie liebe. Und sie sprachen miteinander auf eine Art, wie sie es früher niemals getan hatten.

Als der Pharao hörte, daß Josephs Brüder im Lande waren, drang auch er darauf, daß sie ihre ganze Familie nach Ägypten holten, wo es genügend Nahrung für alle gab.

Von der Schuld befreit, zogen die elf Brüder heim nach Kanaan, reich mit Vorräten und Geschenken von Joseph und seinem König versehen. Der Pharao hatte ihnen Wagen mitgegeben, die ihnen bei der Übersiedlung der Ihren dienen sollten.

Daß die Brüder mit Benjamin und Simeon zurückkehrten, sah Jakob erleichtert und voller Freude. Doch unbeschreiblich war sein Gefühl, als ihm die Söhne erklärten: »Joseph lebt! Dein Sohn ist Statthalter im Lande Ägypten, und wir sollen dich und die Unseren zu ihm bringen.«

Der alte Mann konnte die Nachricht kaum fassen, und sein Herz setzte aus, als er sie begriff. Er kam wieder zu Kräften, als er die ganze Geschichte vernahm, zweifelte aber daran, daß Gott ihn wirklich nach Ägypten schicken wolle, denn Kanaan war ja das versprochene Land. Doch der Herr sprach zu ihm: »Ich bin Gott, der Gott deiner Väter. Zieh getrost nach Ägypten, denn ich begleite dich und werde dich zu einem mächtigen Volk machen. Du wirst deinen Sohn Joseph wiedersehen, und zur rechten Zeit will ich dich und dein Volk aus Ägypten nach Kanaan zurückführen.«

Und Jakob, der Stammvater aller, die von den Ägyptern als »Israeliten« bezeichnet wurden, zog mit seiner Familie nach Ägypten und sah den lange verlorenen geliebten Sohn wieder. Mit Tränen der Freude begrüßte Joseph den Vater, und der Pharao selbst nahm die Kinder Israels als willkommene Freunde auf.

In Gosen, einer reichen, fruchtbaren Landschaft Ägyptens, ließen sich die Nachkommen Israels nieder, und dort blieben sie lange Zeit. Der Pharao behandelte sie mit Wohlwollen, und die Ägypter achteten die Nachkommen Israels, weil es sich um die Familie von Joseph handelte, der sie alle vor Elend und Hunger bewahrt hatte. Zusammen mit Joseph und seinen Kindern waren es mehr als siebzig Israeliten, die sich in Gosen niederließen. Allmählich wuchs die Familie, nahm an Zahl und Wohlstand inmitten ihrer ägyptischen Freunde zu. So lebte das Volk Israels ein paar hundert Jahre zufrieden im fremden Land.

MOSE IM SCHILF

Im Lande Gosen wurden die Hebräer groß an Zahl und Wohlstand. Jeder von Josephs Brüdern gründete einen Stamm der Israeliten, und mit einer Ausnahme wurden die Stämme nach Jakobs zwölf Söhnen benannt. Josephs Nachkommen verteilten sich auf zwei Stämme, die nach seinen Söhnen Manasse und Ephraim hießen.

Der alte Jakob, der Vater ganz Israels, starb und wurde von Hebräern und Ägyptern gleicherweise betrauert; dann starben Joseph und seine Altersgenossen, doch das Volk Israels vermehrte sich kräftig, und das Land war voll von ihm. Es war ein Volk von mächtigen Leuten.

Ein neuer König Ägyptens aber, der Joseph und seine Brüder nicht mehr kannte, fürchtete die vielen Fremden in seinem Land und sah voraus, daß ihre Zahl bald die der Ägypter übertreffen werde. Sie arbeiteten fleißig, und er brauchte sie, wünschte aber, daß ihre Zahl nicht noch weiter anwachse. Deshalb sagte er zu seinen eigenen Leuten:

»Achtet darauf, die Nachkommen Israels sind zahlreicher und mächtiger als wir selbst. Wir müssen klug vorgehen, damit sie sich nicht noch weiter vermehren. Denn was geschieht, wenn ein Krieg ausbricht, sie sich vielleicht mit unseren Feinden verbünden und das Land verlassen? Sie dürfen weder Gosen verlassen noch allzu mächtig werden. Ich will ihnen das Leben zur Last machen, sie werden meine Sklaven sein.«

Und die Nachkommen Israels wurden von nun an hart bedrückt. Fronvögte trieben sie zur Arbeit an, sie mußten fast mehr arbeiten, als menschenmöglich ist. Der Pharao wollte Vorratsstädte anlegen, und die Sklaventreiber ließen sie von den Hebräern erbauen. Aber je härter sie arbeiteten und je strenger sie behandelt wurden, um so stärker vermehrten sie ihre Zahl.

»Sie müssen viel härter bedrückt werden!« befahl der Pharao.

»Vervielfacht ihre Arbeit, verdoppelt ihre Lasten. Jeder Mann soll arbeiten, bis er umfällt, und dann geschlagen werden, bis er weitermacht.«
Die ägyptischen Aufseher taten, was ihnen befohlen war, und machten den Nachkommen Israels das Leben auf alle Weise schwer; jeder Hebräer arbeitete bis an die Grenze seiner Kraft. Schwere Lasten von Ziegeln und Mörtel schleppten sie von morgens bis abends; sie bauten die Häuser, sie leisteten die Sklavenarbeit auf dem Felde und beim Vieh; sie gruben und schufteten und schleppten zum Knall der Peitsche und unter dem Gebrüll der Aufseher. Und sie wurden grausam geschlagen, wenn ihre Herren meinten, daß sie nicht schnell und fleißig genug arbeiteten. Doch bei allem Elend nahm die Zahl der Hebräer immer noch zu.
Da ordnete der Pharao an, daß die hebräischen Hebammen alle männlichen Kinder der Hebräerinnen umbringen sollten; doch die Hebammen glaubten an Gott und brachten es nicht über sich, dem König zu gehorchen. Sie retteten die Knaben und erklärten dem Pharao, daß hebräische Frauen nicht auf die Hebamme zu warten pflegten, sondern ihre Kinder allein zur Welt brächten, so daß die Hebamme den Befehl des Pharao nicht ausführen könne.
Darauf änderte der Pharao seinen Plan und befahl seinen Leuten jetzt: »Von heute an soll jeder Sohn, der den Israeliten geboren wird, in den Fluß geworfen werden. Nur Töchter dürfen am Leben bleiben.«
Einem Mann aus dem Stamm Levi, der mit einer Frau seines Stammes verheiratet war und mit ihr einen dreijährigen Sohn Aron und eine kleine Tochter Miriam hatte, wurde zu der Zeit wieder ein Sohn geboren. Als die Mutter das hübsche, kräftige Kind sah, beschloß sie, sein Leben zu retten, und verbarg es drei Monate lang vor den Leuten des Königs. Dann aber merkte sie, daß sie den Jungen nicht länger verstecken konnte, denn überall in der Nachbarschaft suchten die Männer des Pharao nach hebräischen Säuglingen. Da flocht sie ein Körbchen aus Binsen, das wie ein winziges geschlossenes Boot, wie eine Arche, geformt war. Sie kleidete es mit Pech und Lehm aus, um es wasserdicht zu machen, legte das Kind hinein und setzte den Korb zwischen hohe Schilfhalme an der

Flußbiegung. Traurig ging sie heim, doch ihre kleine Tochter Miriam stand im Schilf verborgen, um zu sehen, was mit dem kleinen Bruder geschah.

Da tauchte eine Gruppe von Frauen in kostbarer Kleidung auf, Dienerinnen aus dem Palast des Pharao, die ihre Herrin, die Königstochter, zum Bad an diesen ruhigen, von Schilf geschützten Platz begleiteten. Miriam sah sie am Ufer entlanggehen. Die Prinzessin selbst entdeckte das seltsame, kleine geflochtene Boot zwischen den Schilfhalmen und ließ es sich von den Mädchen holen. Als sie es öffnete, begann das Kind zu weinen. Die Königstochter nahm es zärtlich und mitleidig heraus, denn sie kannte ihres Vaters grausamen Befehl. »Es ist ein hebräisches Kind«, sagte sie sanft. Ihr war der Gedanke unerträglich, das reizende, unschuldige Kind dem sicheren Tod zu überlassen.

Miriam beobachtete alles und las Mitleid und Liebe auf dem Gesicht der Prinzessin. Da verließ sie ihr Versteck und trat zu der Königstochter, die das Kind wie ein eigenes auf dem Arm hielt.

»Soll ich dir unter den hebräischen Frauen ein Amme suchen?« fragte Miriam. »Sie kann das iKnd für dich aufziehen.«

»Ja, geh«, antwortete die Prinzessin.

Und eilig holte Miriam ihre Mutter. Die Frau kam und sah die Prinzessin mit dem Kind, das sie selbst so bedacht in das Binsenkörbchen gelegt hatte.

»Nimm du dieses Kind an dich«, sagte die Königstochter freundlich, »nähr es für mich. Ich will dir Lohn dafür geben.«

Glücklich nahm die Mutter ihr eigenes Kind in Empfang. Sie zog es liebevoll in mütterlicher Fürsorge auf, ohne Angst, denn die Tochter des Pharao selbst war seine Beschützerin.

Als das Kind alt genug war, brachte die Mutter es der Prinzessin in den Palast, in der Gewißheit, daß gut für ihren Sohn gesorgt werde. Pharaos Tochter nannte ihn Mose, »weil ich ihn aus dem Wasser gezogen habe«, erklärte sie. Nun war der Junge ihr Sohn.

Der junge Hebräer Mose wuchs also im Palast des Pharao auf, der die Hebräer fürchtete und haßte. Des harao Tochter liebte ihn und sorgte dafür, daß er wie ein königlicher Prinz erzogen wurde. So lernte er viele ägyptische Künste und Wissenschaften, die seinem eigenen Volk fremd waren; doch aus der ersten Zeit, in der seine Mutter ihn erzogen hatte, wußte er, daß er zu dem Volk Israels gehörte, dessen Gott der einzig wahre Gott war.

Als Mose herangewachsen war, verließ er oft den königlichen Palast und suchte die Angehörigen seines eigenen Volkes auf. Da sah er ihre Leiden und schwere Bedrückung, er sah die Fronvögte, wie sie die Hebräer antrieben und schlugen. Bei einer solchen Gelegenheit beobachtete er einen ägyptischen Aufseher, der unbarmherzig auf einen hebräischen Sklaven einschlug. Da vergaß Mose sich selbst, vergaß, daß er ein Adliger am Hofe des Pharao war – er wußte nur noch, daß ein brutaler Sklavenantreiber einen seiner hebräischen Brüder schlug. Mose sah sich rasch um, merkte, daß ihn niemand beobachtete, und tötete den Ägypter mit einem heftigen Hieb. Sorgfältig verbarg er dann den Leichnam im Sand und ging ruhig davon. Es war ihm bewußt, daß es ein Verbrechen war, einen Mann zu töten, doch er hatte zuviel Unterdrückung gesehen, sein Zorn war zu groß geworden.

Auch am nächsten Tag ging er wieder zu den Leuten seines Volkes. Diesmal sah er zwei Hebräer miteinander kämpfen und fragte den, der im Unrecht war: »Warum schlägst du deinen hebräischen Bruder?«

Der Mann starrte ihn voller Haß an, denn er wußte nicht, daß Mose sein eigenes Volk liebte und nur sein Bestes im Sinn hatte. »Wer hat dich zum Fürsten und Richter über uns erhoben?« fragte er voller Bitterkeit. »Willst du mich umbringen, wie du gestern den Ägypter umgebracht hast?«

Furcht überfiel Mose: Seine Tat war bekannt, es wurde darüber geredet. Es konnte nicht ausbleiben, daß der Pharao sehr bald davon erführe und ihn schwer bestrafte. Mose wandte sich ab und ging rasch davon; er mußte sofort fliehen.

Der König hörte nach kurzer Zeit von dem Mord und befahl, Mose zu suchen und hinzurichten. Doch Mose war schon fort, hatte Ägypten verlassen und sich tief in ödes Land begeben, wo er nach einem Ort suchte, an dem er sicher vor dem Zorn des Pharao leben konnte. Es galt, eine neue Heimat zu finden und die Vergangenheit, den Reichtum und die Bedrückung Ägyptens zu vergessen.

Schließlich gelangte er müde, mit wunden Füßen, in das Land Midian. An einem Brunnen ließ er sich nieder.
Jethro, der Priester von Midian, hatte sieben Töchter. Während Mose am Brunnen ruhte, kamen sie mit den Herden ihres Vaters, um Wasser aus dem Brunnen heraufzuholen, die Tröge zu füllen und die Schafe zu tränken. Doch schon erschienen andere Hirten mit ihren Tieren und versuchten, die Frauen wegzudrängen. Das geschah nicht zum erstenmal, denn es gab nur wenige Brunnen in dem öden Land, aber viele Schafherden, und mit Jethros Töchtern hatten die groben, unfreundlichen Hirten leichtes Spiel. Doch diesmal saß am Brunnen ein Fremder, der wie ein Ägypter aussah, und endlich einmal fanden die Frauen Hilfe. Mose erhob sich, hielt die Hirten gebieterisch zurück, holte selbst das Wasser für die Tröge herauf und tränkte die Schafe des Priesters.
Als die Frauen heimkehrten, fragte ihr Vater, verwundert über die rasche Heimkehr: »Warum seid ihr heute so schnell zurückgekehrt?«
»Am Brunnen saß ein Ägypter«, berichteten sie. »Er hat uns gegen die groben Hirten geholfen, hat für uns Wasser heraufgeholt und selbst unsere Schafe getränkt.«
»Und wo ist er jetzt?« wollte Jethro wissen. »Warum habt ihr den Fremden nicht mitgebracht? Geht, ruft ihn, er soll mit uns essen.«
Sie taten es, und Mose wurde herzlich aufgenommen.
Er schloß rasch Freundschaft mit der Familie und fühlte sich wohl bei ihnen. Auf Jethros Rat blieb er dankbar und zufrieden in Midian, kümmerte sich um die Herden der Familie und befreite damit die Frauen von dieser Arbeit.
Schließlich gab ihm Jethro seine Tochter Zippora zur Frau; sie gebar Mose zwei Söhne. Das Leben blieb friedlich. Der Mann, der so viel von Ägyptens weisen Lehrern gelernt hatte, lebte nun als einfacher Schafhirte in einem öden Land, fern vom Reich des Pharao und fern von den unterdrückten Hebräern. Er konnte die Leiden und die Versklavung seines Volkes nicht vergessen, doch er war ein Ausgestoßener und ein Mörder, der keinen Weg sah, den Seinen zu helfen.

Dann starb der König von Ägypten. Die Israeliten atmeten auf, weil sie hofften, mit ihm habe auch die Grausamkeit ein Ende und ihr Schicksal werde sich ändern.
Doch die Hoffnung wurde schnell zunichte, denn der neue Pharao war noch grausamer als sein Vorgänger, und die Nachkommen Israels wurden härter und unbarmherziger versklavt denn je zuvor. Aus der Not ihrer Knechtschaft schrien sie zum Himmel, und ihr Flehen erreichte Gott.
Er hörte den Schrei des Elends und sah die schweren Lasten und erinnerte sich an seinen Bund mit Abraham, mit Isaak und Jakob. Er beschloß, ihre Kinder zu befreien.
Ein Mann mußte die Israeliten in die Freiheit führen. Mose, der zum Stamm Levi gehörte und Hebräer wie Ägypter gleich gut kannte, konnte ein solcher Führer sein; doch Mose lebte fern in der Verbannung, verbarg sich vor einem König und wußte nichts von den jüngsten Ereignissen in Ägypten.

DER BRENNENDE BUSCH

Tage, Monate, Jahre hütete Mose die Herden seines Schwiegervaters Jethro, des Priesters von Midian, und je mehr Zeit verstrich, um so seltener dachte er an das ferne Ägypten, wenn er es auch niemals ganz vergaß. Er konnte sich nichts anderes vorstellen, als daß er sein Leben lang Schafhirte sein und die Schafe eines anderen Mannes hüten werde.

Eines Tages trieb er die Herde auf der Suche nach frischer Weide immer weiter in die Wildnis, bis er schließlich am Fuße des Berges Horeb, der auch Sinai genannt wird, anlangte; der Sinai war Gottes Berg. Als Mose seine Herde weiden ließ, sah er plötzlich in einiger Entfernung etwas Seltsames: Mitten aus einem Busch schlug eine Flamme hoch; der ganze Busch brannte so hell, daß er im Augenblick zu Asche verzehrt werden mußte. Doch die Flammen loderten unaufhörlich weiter in dem trockenen Wüstenstrauch, und er wurde nicht zerstört.

»Das ist seltsam«, dachte Mose. »Ich muß hingehen und aus der Nähe feststellen, warum der Busch nicht verbrennt.«

Er wußte nicht, daß der Engel des Herrn in der Flamme des Feuers war. Langsam ging er auf den brennenden Busch zu. Da rief ihn der Herr mitten aus dem wunderbaren Feuer heraus an: »Mose! Mose!«

Mose sah verwundert auf: »Hier bin ich.«

Gottes Stimme kam wieder aus dem brennenden Busch. »Tritt nicht näher heran. Zieh deine Schuhe aus, denn hier ist heiliger Boden. Ich bin der Gott deiner Väter, der Gott Abrahams, der Gott Isaaks, der Gott Jakobs, der Gott deines ganzen Volkes.«

Mose streifte die Schuhe ab und verbarg das Gesicht, denn nun wußte er, warum der Busch vom Feuer nicht verzehrt wurde, und fürchtete sich, Gott anzuschauen.

Die unirdische Stimme fuhr fort: »Ich habe die Leiden meines Volkes in Ägypten erkannt, und ich habe es unter der Peitsche der ägyptischen Aufseher schreien gehört. Ich kenne seine Bedrückung und seinen Schmerz, und ich bin gekommen, um es aus der Hand der Ägypter zu befreien. Ich will es aus dem Lande fort in ein anderes Land bringen, ein gutes und geräumiges, in dem Milch und Honig fließen, das Land Kanaan. Deshalb hör mir zu, denn du bist es, den ich zum Pharao schicken will, damit du mein Volk, das Volk Israel, aus Ägypten in das versprochene Land führst.«

Erstaunt und erschrocken dachte Mose nur: »Wie kann ich es aus Ägypten führen?« Er ahnte nicht, wie er die Aufgabe überhaupt anpacken sollte, und sagte zu Gott: »Wer bin ich denn, daß ich zum Pharao gehen und das Volk Israel aus dem Lande führen soll? Ich weiß nicht, wie ich das anfangen könnte.«

»Fürchte dich nicht«, sagte der Herr. »Ich werde bei dir sein, und zum Zeichen, daß ich dich sende, sage ich dir heute: Wenn du mein Volk aus Ägypten geführt hast, werdet ihr mich auf diesem Berg Sinai anbeten.«

»Doch wenn ich zu dem Volk Israel gehe und ihm erkläre, daß mich der Gott ihrer Väter schickt, sie aber ihren Gott nicht mehr kennen – was wird dann geschehen?« Mose wußte, wie rasch sich die Menschen Götzen zuwenden und den wahren Gott vergessen. »Wenn sie mich dann nach dem Namen ihres Gottes fragen – was kann ich antworten?«

Und Gott sprach zu Mose: »Du sollst ihnen sagen, daß ich Jehova bin, der lebt, damit ihr leben könnt. Du sollst sagen, daß dich der Gott sendet, der die ganze Menschheit geschaffen hat. Und auch dies sollst du dem Volk Israel sagen: ›Der Herr, der Gott Abrahams, der Gott Isaaks und der Gott Jakobs hat mich zu euch geschickt.‹ Das ist mein Name für alle Zeiten, und er soll von Geschlecht zu Geschlecht nicht vergessen werden.«

Dann beschrieb Gott, auf welche Weise Mose die Israeliten befreien solle.

»Geh hin, ruf die Ältesten zusammen und sag ihnen, daß ich, der Herr, Gott eurer Väter, dir erschienen bin. Sag ihnen, daß ich gesehen habe, was meinem Volk in Ägypten angetan wird, und daß ich sie aus der Knechtschaft heraus in ein Land führen will, in dem Milch und Honig fließen. Sie werden auf dich hören. Mit den

Ältesten Israels sollst du zum König von Ägypten gehen und ihm sagen: ›Der Herr, der Gott der Hebräer, ist uns erschienen. Wir bitten dich, daß du uns drei Tagreisen weit in die Wüste ziehen läßt, damit wir unserem Herrn und Gott dort Opfer bringen können.‹ Ich weiß, daß der König von Ägypten euch diese drei Tage nicht gewähren, sondern sie euch abschlagen wird. Dann will ich die Hand erheben und Ägypten mit Wundern schlagen, die mitten unter ihnen geschehen sollen. Darauf wird der König euch ziehen lassen. Und ihr sollt auch nicht mit leeren Händen davongehen, sondern das mitnehmen, was euch die Ägypter an schönen Kleidern und Kostbarkeiten aus Gold und Silber geben werden.«

»Aber sie werden nicht auf mich hören, sie werden mir gar nicht glauben«, wandte Mose ein. »Sie werden sagen: ›Dir ist der Herr nicht erschienen, denn wer bist du schon, daß du so etwas behaupten kannst?‹ Wie soll ich sie dann überzeugen?«

»Sie werden dir glauben«, antwortete Gott. »Was hältst du in deiner Hand?«

»Meinen Hirtenstab.«

Und Gott befahl: »Wirf ihn auf die Erde!«

Mose gehorchte, warf den Stab auf die Erde und fuhr entsetzt zurück, denn eine Schlange ringelte sich zu seinen Füßen.

»Fürchte dich nicht. Streck deine Hand aus, ergreif sie am Schwanz.« Widerwillig gehorchte Mose, faßte die Schlange am Schwanz und hielt wieder einen harmlosen Stab in der Hand.

»Sie werden es dir glauben, daß der Herr, der Gott ihrer Väter, dir erschienen ist. Nun faß unter dein Gewand auf deine Brust.« Mose tat es, und als er die Hand wieder hervorzog, war sie weiß wie Schnee und krank, wie von Lepra befallen.

»Tu es noch einmal«, befahl Gott; Mose faßte unter sein Gewand, zog die Hand heraus und sah, daß sie wieder ganz gesund war.

»Und sollten sie diesen Zeichen nicht trauen«, sagte der Herr, »dann gibt es ein anderes, das sie überzeugen wird: Du schöpfst Wasser aus dem Fluß und gießt es auf das trockene Land, dann wird das Flußwasser zu Blut verwandelt sein.«

Doch Mose war immer noch nicht überzeugt, daß er der richtige Mann sei, das Volk zu befreien.

»O mein Gott«, bat er, »ich bin doch kein beredter Mann. Meine Zunge ist schwerfällig, ich spreche stockend. Ich weiß auch nicht, wie ich die Worte setzen muß, um sie zu überzeugen.«

»Wer hat dem Menschen den Mund gegeben?« fragte Gott. »War nicht ich es? Wer hat sie alle geschaffen, die Stummen, die Tauben, die Sehenden, die Blinden? Bin ich es nicht, der Herr? Deshalb geh jetzt und denk nicht mehr über dein stockendes Sprechen nach.«

Doch Mose flehte ihn an: »O Herr, schick einen anderen Mann, nicht mich!«

Nun war der Herr zornig. »Ist nicht der Levit Aaron dein Bruder?« fragte er streng. »Ich weiß, daß er gut spricht. Ich weiß auch, daß er dir entgegenkommen und bei deinem Anblick von ganzem Herzen froh sein wird. Deshalb soll er dein Sprecher sein. Ich werde dich lehren, was du tun und sagen sollst. Du wirst Aaron die richtigen Worte in den Mund legen, denn er soll dein Mund sein. Und diesen Stab wirst du in die Hand nehmen, damit du deine Worte mit den Zeichen bekräftigen kannst, die ich dich gelehrt habe.«

Jetzt fand Mose keine Einwände mehr. Er verließ den heiligen Berg und den Busch, der nicht zu Asche verbrannte, und kehrte zu seinem Schwiegervater Jethro zurück. Was er ihm zu berichten hatte, klang sonderbar, doch Jethro, der Priester, war ein einsichtiger Mann und glaubte es Mose, daß ihm diese große Aufgabe auferlegt worden war. Er solle nach Ägypten zurückkehren, meinte er, und feststellen, ob sein Volk noch am Leben sei.

»Geh in Frieden«, schloß er.

Doch Mose zog nur ungern von dem Ort fort, an den er sich vor langer Zeit geflüchtet hatte. Da sprach Gott wieder zu ihm: »Geh jetzt, kehr zurück nach Ägypten, denn die Leute, die dir nach dem Leben getrachtet haben, sind tot.«

Nun endlich sattelte Mose seine Esel und zog mit seiner Frau und den Söhnen nach Ägypten. Während der ganzen Reise hielt er Gottes Stab fest in der Hand. Der Herr sagte ihm: »Wenn du nach Ägypten kommst, sorg dafür, daß der Pharao die Zeichen sieht, die ich dich gelehrt habe. Sein Herz wird hart sein, und er wird das Volk nicht ziehen lassen. Doch je härter sein Herz, um so strenger die Strafe. Mein Volk wird befreit werden.«

Zu Moses Bruder Aaron in Ägypten sagte er: »Geh in die Wüste, dort wirst du deinen Bruder treffen.«

Aaron machte sich auf den Weg, verließ Ägypten und traf Mose am Berg Gottes. Er begrüßte ihn freudig, vernahm, was Gott zu Mose gesagt hatte, und lernte die Zeichen kennen, die Mose dem Volk in Ägypten zum Beweis geben sollte.

Aarons Glaube und Begeisterung erfüllte Mose mit der Kraft, die er brauchte. Gemeinsam reisten die Brüder aus dem Stamm Levi nach Ägypten zurück, und Zippora und ihre beiden Söhne ritten auf den Eseln neben ihnen. Sobald sie in Ägypten ankamen, riefen sie die Ältesten des Volkes von Israel zusammen und berichteten ihnen, daß Gott Mose schickte, um sie aus dem feindlichen Ägypten zu befreien.

Aaron sprach voller Begeisterung zu ihnen. Beredt und überzeugend berichtete er alles, was der Herr Mose gesagt hatte, und mit den Wunderzeichen bewies er ihnen, daß sein Bruder wirklich Gott gesehen hatte. Und als die Menschen seine Worte gehört und die Zeichen gesehen hatten, glaubten sie aus vollem Herzen, daß der Herr ihr Leiden erkannt habe. Zum erstenmal seit vielen Jahren hofften sie gläubig auf Befreiung. Und sie beugten den Kopf und beteten Gott an.

»LASS MEIN VOLK ZIEHEN«

Dem Pharao machten die beiden bärtigen Hebräer, die ihm da eine sonderbare Geschichte von einem brennenden Busch und einem himmlischen Auftrag berichteten, wenig Eindruck.
Es war nicht viel, was Mose und Aaron zuerst von ihm erbaten: »Dies sind die Worte Gottes, des Herrn von Israel«, erklärten sie dem Pharao. »Er läßt dir sagen: ›Laß mein Volk ziehen, damit es mir in der Wüste ein Fest bereiten kann.‹ Wir bitten dich, daß das Volk Israel jetzt dorthin gehen darf, um Gott seine Opfer zu bringen.«
»Wer ist denn dieser Herr und Gott, auf dessen Befehl ich Israel ziehen lassen soll?« fragte der Pharao hochmütig. »Ich kenne ihn nicht, und ich werde das Volk nicht gehen lassen.«
»Er ist der Gott der Hebräer, und er ist uns erschienen«, gab Aaron zur Antwort. »Wir bitten nur, daß du uns drei Tagereisen weit in die Wüste ziehen läßt, damit wir dort ein Opferfest abhalten können und der Herr uns nicht mit Tod und Pest vernichtet.«
»Opfer!« sagte der Pharao verächtlich. »Ihr wollt nur, daß die Leute nicht arbeiten. Geht ihr an eure eigene Arbeit, Mose und Aaron, mischt euch nicht in diese Dinge. Ich will nicht, daß meine Sklaven ihre Arbeit liegenlassen.«
Und noch am selben Tag gab er seinen Aufsehern neue Befehle: »Die Leute sind faul, sie haben nicht genug zu tun. Ihr sollt ihnen nicht mehr wie bisher Häcksel für die Backsteine geben; sie sollen sich das Stroh dafür selbst suchen. Ihr müßt aber darauf achten, daß sie trotzdem die gleiche Anzahl Ziegel herstellen wie bisher. Nur, weil sie viel zuviel freie Zeit haben, laufen sie herum und jammern: ›Laß uns fortgehen, damit wir unserem Gott opfern können.‹ Gebt ihnen mehr Arbeit, laßt sie mehr schuften und keine Zeit finden, auf das leere Geschwätz von Mose und Aaron zu achten.«
Seine Aufseher erteilten also neue Befehle: »Geht los, sucht Stroh,

wo ihr es findet; doch eure Arbeit darf nicht darunter leiden. Es ist gleich, wieviel Zeit ihr zum Strohsammeln braucht – euer tägliches Maß an Mauersteinen müßt ihr auf jeden Fall abliefern.«
Nun waren die Hebräer gezwungen, sich überall im Lande die nötigen Dinge für die Ziegel selbst zusammenzusuchen, und immerfort wurden sie von den Aufsehern angetrieben und bedrängt. Waren sie zu langsam oder schafften sie nicht die aufgetragene Menge neuer Steine, wurden sie von den Aufsehern angefahren und ausgepeitscht. »Warum habt ihr euer Maß an Ziegeln nicht fertiggestellt? Warum fehlt es an der vorgeschriebenen Menge, gestern schon, heute wieder? Ihr seid faul, faul!« Und die grausame Peitsche sauste auf die nackten Rücken herab.
Da wandten die Nachkommen Israels ihren Haß gegen Aaron und Mose. »Helft ihr uns auf diese Weise?« beklagten sie sich. »Der Herr wird euch strafen! Ihr habt es so weit gebracht, daß der Pharao und seine Aufseher uns für faul halten, und damit hat er eine neue Waffe gegen uns. Das alles wird uns umbringen. Warum konntet ihr uns nicht in Ruhe lassen?«
So rasch wie ihr Glaube entfacht worden war, so schnell schwand er mit der Hoffnung dahin.
Doch auch Mose war unsicher geworden. Er fragte den Herrn: »O Herr, warum gehst du so hart um mit deinem Volk? Warum hast du mich hergeschickt? Denn seit ich vor dem Pharao stand und in deinem Namen zu ihm sprach, ist er noch grausamer als vorher. Herr, du hast dein Volk nicht befreit!«
»Ich habe das Stöhnen des Volkes von Israel gehört«, antwortete der Herr, »und ich habe mich an meinen Bund mit ihm erinnert. Geh zu ihm und sage ihm, daß ich es ganz gewiß aus der Sklaverei befreien und Ägypten bestrafen werde. Du wirst es sehen, was ich dem Pharao antun will. Jetzt läßt er das Volk von Israel nicht ziehen, doch er wird noch froh sein, wenn er es vertreiben kann. Aber zuerst will ich ihm durch Zeichen offenbaren, daß ich Gott bin. Geh zu deinem Volk und sag den Leuten, daß ich der Herr bin, der sie retten will, denn ich werde sie aus Ägypten hinaus und in das Land Kanaan führen, das ihr Land und ihr Erbe sein soll.«
So ging Mose also wieder zu den Nachkommen Israels, um ihnen

die Botschaft des Herrn auszurichten. Er glaubte, sie würden wieder Mut fassen, doch sie waren viel zu bedrückt, um überhaupt auf ihn zu hören.
Wieder sprach der Herr zu Mose und Aaron. »Geht zu Pharao. Wenn er verlangt, ihr sollt mit einem Wunder beweisen, daß ich es bin, der euch schickt, dann soll Aaron den Stab nehmen und Pharao vor die Füße werfen. Der Stab wird zur Schlange werden. Denn ich will dem Lande Ägypten meine Wunder vor Augen führen, und wenn auch das Herz des Pharao jetzt noch verhärtet sein mag, so wird er es doch eines Tages erkennen müssen, daß ich der Herr bin, der sein Volk befreit und die Ägypter, die es versklavt haben, bestraft.«
Zum zweitenmal suchten die Brüder den Pharao auf, und wieder baten sie ihn, ihrem Volk die Erlaubnis zum Verlassen des Landes zu geben. Doch das Herz des Königs war hart. Aaron warf den Stab vor ihn und seinen Hofstaat hin, und der Stab wurde zur Schlange. Doch der Pharao hatte ähnliche Kunststücke schon früher gesehen, so daß sie bei ihm keinen Eindruck machten. Er ließ seine Magier und Zauberer holen und befahl ihnen, Aarons Wunder nachzumachen. Jeder von ihnen warf einen Stock auf die Erde, der sich sofort als Schlange davonringelte, und der Pharao lächelte zufrieden. Doch er hörte zu lächeln auf, als Aarons Schlange alle anderen verschlang; er ärgerte sich und weigerte sich, Aaron weiter anzuhören.
Der Herr gab Mose den Befehl, ein neues Zeichen zu tun. »Morgen früh sucht ihr den Pharao auf, der dann im Nil badet. Nimm deinen Stab und deute damit auf das Wasser, auf alles Wasser im Lande. Sag dem König, der Herr und Gott der Hebräer habe dir die Macht gegeben, das Wasser in Blut zu verwandeln, weil der König nicht auf dich hören und mein Volk nicht gehen lassen will.«
Mose und Aaron begaben sich nach dem Willen des Herrn zum Strom, wo der Pharao badete. Und Aaron hob den Stab und streckte ihn gegen das Wasser des Nils aus. Sofort war der Strom Blut. Die Fische verendeten, der Nil stank nach Blut und Tod, und alles Wasser im ganzen Lande wurde faul und blutig, sogar in den Trinkgefäßen stand Blut statt Wasser, in jedem Wasserloch, jedem

Brunnen und jedem Teich war nichts als Blut. Im Lande Gosen, wo das Volk Israel lebte, floß noch Wasser; doch die Ägypter fanden keinen Tropfen, den sie trinken konnten.
Aber auch das brachten die ägyptischen Magier mit ihrem Zauberwerk fertig, und es machte dem Pharao keinen Eindruck.
Nach sieben Tagen war das Wasser wieder klar.
Gott sprach noch einmal zu Mose: »Sag Aaron, daß er seinen Stab noch einmal über alles Wasser im Lande recken soll, über Strom und Flüsse und alle Teiche.«
Aaron tat es, und im ganzen Land breitete sich eine Froschplage aus. Die Frösche hüpften in die Häuser und in die Schlafkammer des Königs. Sie krochen in sein Bett und schwärmten durch die Küchen, auf den Herd, in die Kochtöpfe, in den eben gekneteten Teig; sie krochen über Edelmann und Diener, sie waren überall.
Aber die Magier des Pharao setzten ihren eigenen Zauber ein, um noch mehr Frösche über Ägypten zu bringen.
Der Pharao ertrug es nicht länger. Er ließ Aaron und Mose rufen und bat: »Sprecht mit eurem Herrn. Er soll mich und mein Volk von der Froschplage befreien, dann lasse ich euch das Opferfest abhalten.«
Zwar glaubte ihm Mose nicht, fragte aber doch: »Und wann soll das geschehen? Sag es mir, damit die Frösche zu dem Zeitpunkt verschwinden, den du mir angibst.«
»Morgen«, antwortete der Pharao, wütend und verzweifelt.
»Morgen wird die Plage verschwinden, und dann wirst du erkennen, daß es keinen anderen Gott gibt als unseren Herrn und Gott.«
Am nächsten Tag starben alle Frösche in den Häusern, den Dörfern, auf den Feldern, und nur im Fluß blieben sie am Leben. Doch als der Pharao sah, daß die Plage vorbei war, verhärtete er sich wieder gegen die Hebräer: »Nein, dein Volk soll nicht in die Wüste ziehen, um dort Opfer zu bringen«, erklärte er und schickte Mose fort.
Der Herr ließ neue Plagen über Ägypten kommen. Aaron streckte seinen Stab über den Staub im Lande, und jedes Staubkörnchen wurde zu einer Laus. Die Läuse befielen Menschen und Tiere und ließen kein Lebewesen aus. Pharaos Magier konnten mit ihren

Zauberkünsten weder Aaron nachahmen noch die Ägypter von der von Gott gesandten Plage erlösen. Und nun erkannten sie, daß alles, was Aaron mit seinem Stab hervorbrachte, etwas anderes war als nur ihre eigenen gewohnten Zauberkunststücke. »Es ist Gottes Werk«, erklärten sie dem Pharao, dessen Sinn sich trotzdem immer mehr verhärtete; er hörte weder auf Aaron und Mose noch auf seine Magier.

Also schickte ihm Gott eine weitere Plage: Riesige Schwärme widerlicher Fliegen erfüllten plötzlich alle Gebäude der Ägypter, summten durch Höfe und Felder und verbreiteten überall Krankheiten. Nur im Lande Gosen, wo die Israeliten lebten, merkte man nichts von ihnen. Das übrige Ägypten wurde durch die fliegenden Schwärme mit Unrat überzogen.

»Aufhören!« schrie der Pharao und schlug nach den Fliegen, die seinen Kopf umschwirrten. »Opfert eurem Gott! Doch tut es hier in Gosen, wo ihr lebt.« Er glaubte, mit Mose handeln zu können, doch er irrte sich.

Mose schüttelte den Kopf. »Nein, wir werden unseren Gott nicht in Gegenwart von Ägyptern anbeten, die ganz andere Bräuche haben als wir und uns vielleicht steinigen würden. Wir wollen drei Tage weit in die Wüste ziehen und dort unser Opferfest so abhalten, wie es unser Herr geboten hat.«

»Dann geht in die Wildnis«, gab der Pharao verdrossen zu, »doch nicht allzuweit. Und bittet euren Gott, die Fliegenschwärme von uns abzuziehen.«

»Ich werde beten, und morgen werden die Fliegen verschwinden«, versprach Mose. »Doch du, Pharao, sollst uns jetzt ehrlich behandeln. Wenn du uns erlaubst, in der Wüste unser Opfer darzubringen, darfst du die Erlaubnis nicht wieder zurücknehmen. Diesmal mußt du uns gehen lassen.«

Am Tage darauf beendete Gott die Plage, und alle Fliegen verschwanden, es blieb nicht eine einzige, die den Pharao gestört hätte. Doch der Pharao brach wiederum sein Versprechen. Sobald die Insekten verschwunden waren, weigerte er sich, die Israeliten gehen zu lassen, und blieb taub gegen Moses Warnungen.

Gott sandte eine neue Plage. Diesmal wütete eine tödliche Krankheit in den Anwesen der Ägypter. Stiere und Kühe wurden krank und verendeten, Pferde, Esel, Kamele und Ochsen fielen um und standen nicht wieder auf; zu Hunderten verendeten die Schafe auf den Weiden, bis von den Herden kaum noch etwas übrig war. Daß den Tieren der Israeliten kein Haar gekrümmt wurde, erfuhr der Pharao bald. Doch sein Herz blieb verstockt, er ließ die Hebräer nicht gehen.

Da befahl der Herr Aaron und Mose: »Nehmt ein paar Hände voll Asche aus dem Herd und werft sie vor Pharaos Augen in die Luft.«

Sie taten es, und die Asche trieb in winzigen Rußteilchen davon und hing wie eine Wolke über Ägypten. Wo immer der feine Aschenstaub Mensch oder Tier berührte, entstand ein Geschwür; in ganz Ägypten wurden Menschen und Tiere von Blattern befallen. Die Magier wußten keine Hilfe dagegen, und ihre eigenen Blattern waren so schlimm, daß sie weder Mose aufsuchen noch vor ihrem König erscheinen konnten.

Doch obwohl ihn Mose noch einmal warnte, lenkte der Pharao nicht ein: »Nein, sie sollen nicht ziehen!«

Und der Himmel dröhnte vom Donner. Hagelkörner, so groß und so dicht, wie man es in Ägypten noch nicht erlebt hatte, sausten durch die Luft und verheerten die Felder. Vieh, das nicht in Sicherheit gebracht worden war, die reifenden Ernten, die Menschen, die in den Schutz von Gebäuden eilten, wurden erschlagen. Blitze flammten zwischen den Hagelgeschossen und glühten in Feuerbächen auf der Erde weiter. Bäume wurden entwurzelt, Flachs und Gerste platt geschlagen, alle Felder verwüstet. Doch die Bewohner von Gosen blieben von dem Unwetter verschont.

Auch das genügte dem Pharao noch nicht. Er flehte um ein Ende der Plage und versprach vieles, doch als der Hagel vorüber war, zeigte sich sein Wesen verstockter als je zuvor.

Der Herr sprach zu Mose.

Mose reckte seinen Stab über das Land Ägypten aus, und eine neue Plage zog heran. Der Ostwind blies durchs Land und brachte Wolken von Heuschrecken mit sich; sie bedeckten die Erde und verzehrten alles, was es an Frucht und an jungem, vom Hagel noch nicht getroffenem Getreide gab. Das Land war dunkel von Heuschrecken, nichts Grünes ließ sich mehr blicken. Die Ratgeber des Königs redeten ihm ins Gewissen: »Wie lange willst du noch durch diesen Mann Leiden über uns bringen? Siehst du denn nicht, daß Ägypten vernichtet wird?«

Der Pharao ließ voller Entsetzen Mose rufen und bat: »Noch einmal vergib mir meine Schuld! Sei gnädig, nimm diesen Tod von uns. Nur darum bitte ich dich!«

Mose bat den Herrn, und der Herr schickte einen kräftigen Westwind, der alle Heuschreckenschwärme ins Rote Meer fegte. Doch als die Plage überstanden war, weigerte sich der Pharao, das Volk Israel ziehen zu lassen.

Wieder reckte Mose seinen Stab hoch in die Luft, und eine furchtbare Finsternis legte sich drei Tage lang auf Ägypten; weder Sonne noch Mond oder Sterne gaben auch nur das geringste Licht. In den Häusern der Israeliten blieb es hell, doch die Ägypter konnten einander kaum erkennen und konnten nichts tun.

Der verzweifelte Pharao rief nach Mose: »Nimm dein Volk, geh fort mit den Leuten. Nimm sie alle mit, die Männer, die Frauen, die Kinder. Nur die Schaf- und Rinderherden läßt du hier.«

»Nein, wir wollen alles mitnehmen, alles, was wir besitzen«, widersprach Mose.

»Dann nehmt ihr gar nichts mit!« brüllte der Pharao. »Ihr geht nicht! Verschwinde aus meinen Augen und laß dich nie wieder blicken, denn an dem Tag, an dem ich dich noch einmal sehe, wirst du sterben.«

Mose ging. Er hörte wieder Gottes Stimme: »Ich werde dem Pharao noch eine Plage schicken, und dann wird er euch gehen lassen, er wird euch sogar aus Ägypten vertreiben. Warne ihn, und dann bereite dich und dein Volk vor auf das, was ich tun will.«

Mose hörte. Die nächste, die letzte Plage sollte die schrecklichste sein und den Pharao mitten ins Herz treffen.

Es war fast unerträglich, sich diese Strafe auszumalen, doch der Pharao hatte sie in seiner Grausamkeit heraufbeschworen.

DIE PASSAHNACHT

Mose rief die Ältesten Israels zusammen, um sie von dem zu unterrichten, was jetzt geschehen sollte. »Diesmal werden wir aufbrechen. Jeder Mann und jede Frau unter uns soll zuerst zu den ägyptischen Nachbarn gehen und sie um goldene und silberne Kostbarkeiten bitten, damit wir nicht mit leeren Händen reisen müssen. Dann bereitet ihr alles vor, so daß wir mit diesen Gaben und mit unseren Kindern, unserem Vieh und der ganzen Habe fortziehen können.«

Die Ägypter gaben gern, als sie um Geschenke gebeten wurden, die den Israeliten auf der langen Reise gestatten sollten, Handel zu treiben. Wenn sich auch ihr Pharao geweigert hatte, auf Mose zu hören, war der hebräische Führer trotzdem unter den Ägyptern ein angesehener Mann; sie hatten ja erlebt, wie sich seine Voraussagen erfüllten, und betrachteten ihn und die Wunder, die er tun konnte, mit tiefer Ehrfurcht.

»Und jetzt hört mir zu«, sagte Mose zu den Ältesten, »und tut genau das, was ich euch jetzt sage. Ich wiederhole euch die Worte des Herrn: ›Zu Mitternacht werde ich durch Ägypten gehen. Und alles Erstgeborene in diesem Land soll sterben, vom ältesten Sohn des Pharao an, der auf dem Thron sitzt, bis zum erstgeborenen Sohn der Dienerin, die am Mahlstein hockt, und dazu jedes erstgeborene Tier im Land. Und durch das Land wird ein Aufschrei gehen, wie ihn noch nie ein Mensch gehört hat oder wieder hören wird. Doch die Nachkommen Israels wird nicht einmal ein Hund anbellen.‹ Das ist es, was mir der Herr gesagt und was ich dem Pharao berichtet habe. Wenn das geschehen ist, was die Härte des Königs heraufbeschworen hat, wird uns das Volk von Ägypten bitten, so rasch wie möglich davonzuziehen und sein Land zu verlassen. Und wir werden aufbrechen.«

Es war Gottes letztes und schrecklichstes Zeichen für den grausamen König von Ägypten.

Mose fuhr fort: »Ihr sollt ein Lamm schlachten, ein männliches, kräftiges, vollkommenes Lamm, eines für jede Familie der Hebräer. Das Lamm soll so groß sein, daß es von der Familie verzehrt werden kann, denn nichts davon darf nach dieser Nacht übrigbleiben. Wenn die Familie zu klein ist, soll sie ihr Lamm mit einer Nachbarfamilie teilen. Das Oberhaupt der Familie selbst muß das Lamm töten und sein Blut in einer Schüssel auffangen. Der Mann soll dann ein Büschel Ysop nehmen, es in das Blut tauchen und damit die Seitenpfosten der Tür und den Türsturz bestreichen, so daß jedes Haus, in dem Hebräer wohnen, durch das Blut des Lamms gekennzeichnet ist. Dann erst sollt ihr das Lamm braten und mit ungesäuertem Brot und bitteren Kräutern verzehren; doch beim Essen müßt ihr angekleidet und reisefertig sein, denn wahrscheinlich werden wir in Eile aufbrechen müssen.

Wenn ihr das Blut an die Tür gestrichen habt, müßt ihr bis zum frühen Morgen in euren Häusern bleiben, denn in dieser Nacht wird der Herr vorübergehen, um die Ägypter zu strafen. Wenn der Herr das Blut am Türsturz und an den Seitenpfosten eurer Häuser sieht, wird er vorübergehen und dem Tod nicht erlauben, euch zu schlagen. Und diesen Tag sollt ihr von nun an in jedem Jahr feiern, als ein Fest für den Herrn, zur Erinnerung an die Nacht, in der er vorüberging.«

Das Volk von Israel beugte den Kopf und betete seinen Gott an, denn jetzt glaubten alle fest daran, daß Mose und ihr Herr und Gott sie nicht nur vor dem furchtbaren Unglück verschonen werde, das die Ägypter treffen sollte, sondern daß sie auch aus ihrer Knechtschaft im Lande Ägypten befreit würden. Nach dem Gebet bereiteten sie alles nach Moses Angaben vor; sie brieten das Lamm, sie rührten den Teig an und strichen Blut rund um die Eingangstür ihrer Häuser.

Um Mitternacht ging der Herr durch Ägypten, und der Tod schlug in die Häuser der Ägypter ein. In jedem Haus starb das älteste Kind, vom Erstgeborenen des Pharao bis zum Erstgeborenen der niedrigsten Gefangenen im Gefängnis und bis zum Erstgeborenen aller Haustiere. Sie alle starben. Und es gab nicht ein einziges ägyptisches Haus, das von diesem Entsetzen verschont blieb. Doch wo

immer das Blut des Lamms den Eingang zu einem israelitischen Haus bezeichnete, ging der Herr vorüber, und die Bewohner blieben verschont.
Ein einziger Aufschrei des Entsetzens gellte in dieser Nacht durch das Land Ägypten. Der Pharao erhob sich in der Dunkelheit von seinem Bett und sah, was er verloren hatte; seine Diener und seine Untertanen standen vom Lager auf und fanden ihr ältestes Kind tot; und in jedem einzelnen Haus Ägyptens tobte der Schmerz.
Der Pharao rief nach Mose und Aaron. »Geht!« schrie er. »Fort mit euch! Geht fort von meinem Volk, ihr beide und alle Nachkommen Israels. Geht, dient eurem Gott, wie ihr es gesagt habt, nehmt alles mit, eure Herden, die ganze Familie, euer Hab und Gut – aber fort mit euch!«
Sein Volk hatte nichts anderes im Sinn, als die Israeliten so rasch wie möglich loszuwerden, denn die Ägypter wußten ja, daß sie ihretwegen so hart heimgesucht wurden. »Es ist unser aller Tod, wenn ihr nicht geht!« riefen sie. »Geht rasch. Nehmt uns, was immer ihr begehrt, nur verlaßt unser Land!«
Die Israeliten waren reisebereit und hatten ihr Hab und Gut zusammengepackt, ihr Passahmahl gehalten und sich so gekleidet, daß sie auch zur späten Stunde und bei dunkler Nacht aufbrechen konnten. Nur der Teig war in den Backmulden noch nicht aufgegangen. Da wickelten sie die Mulden in ihre Kleiderbündel und trugen sie auf den Schultern fort. Die Ägypter trieben sie zur Eile an und brachten ihnen schöne Kleidung und goldene und silberne Kostbarkeiten, gaben ihnen alles, was die Hebräer von Ägyptens Reichtümern begehrten; deshalb verließen die Israeliten das Land ihrer Versklavung nicht mit leeren Händen.
Es war ein langer Zug, der da bei Beginn der Dämmerung aufbrach, um Ägypten zu verlassen. Vor vierhundertdreißig Jahren, zu Josephs Zeit, hatten sich siebzig Hebräer in Gosen niedergelassen; jetzt waren es sechshunderttausend – die Allerjüngsten nicht mitgezählt –, die sich von den Ägyptern trennten und die ersten Schritte in der Richtung auf das versprochene Land hin taten.
Da im Norden gekämpft wurde, war es unklug, den Weg durch jenes Gebiet zu nehmen. Deshalb führte der Herr das Volk Israel

durch die Wüste ans Rote Meer und zeigte ihnen tagsüber durch eine Wolkensäule den Weg, nachts aber durch eine Feuersäule, die ihnen die Straße erhellte.
Sie zogen mehrere Tage ununterbrochen fort, um eine möglichst große Entfernung zwischen sich und den grausamen König von Ägypten zu bringen, bis es dann Zeit wurde, eine Rast einzulegen und ein Lager aufzuschlagen. Sie lagerten sich am Roten Meer, das sie irgendwann überqueren mußten, und sammelten Kräfte für das, was vor ihnen lag.
Doch seine Boten berichteten dem Pharao, daß die Israeliten haltgemacht hatten, und ihm fiel ein, daß er sie dort am Roten Meer in der Wüste überfallen könnte. Denn jetzt, als die Plagen aufgehört hatten, bedauerten der Pharao und sein Hof, daß sie die Israeliten hatten ziehen lassen. Ihre Herzen waren wieder verstockt. »Warum haben wir sie eigentlich laufen lassen?« sagten sie verärgert. »Warum haben wir zugelassen, daß sie uns nicht mehr zu dienen brauchen? Jetzt gibt es keine Israeliten mehr, die uns Ziegel streichen, die unsere Gebäude errichten und die lange Tagesarbeit auf den Feldern leisten. Wie unbedacht haben wir sie ziehen lassen!«
Und der Pharao, grausam und hart wie je, ließ seine Streitwagen kommen und brach mit seinen Soldaten auf: Sechshundert Wagen und viele Reiter verfolgten die einstigen Sklaven, und es dauerte nicht lange, bis er ihr Lager am Meer vor sich hatte.
Die Israeliten sahen die Wolken wirbelnden Staubs, der von den Wagen und Pferden hochstob, und fürchteten sich sehr.
»Gräber gab es doch in Ägypten«, riefen sie Mose zu. »War es wirklich nötig, daß du uns zum Sterben in die Wüste geführt hast? Haben wir dich nicht gebeten, uns in Ruhe zu lassen, damit wir den Ägyptern weiterhin als Sklaven dienten? Alles wäre besser gewesen, als hier in der Wüste zu sterben.«
Sie verzagten, doch Mose war voller Vertrauen. »Fürchtet euch nicht, seht, wie der Herr euch heute retten wird. Nach diesem Tag werdet ihr keine Ägypter mehr sehen; der Herr wird für euch kämpfen. Seid still und seht, was geschehen wird.«
Zitternd hörten sie den Donner der Hufe und der Räder. Nun aber bewegte sich die Wolkensäule, die sie hierher in die Wildnis geführt

hatte, bis sie sich als Wand aus Rauch zwischen den Israeliten und ihren Verfolgern auftürmte; auf der einen Seite legte sie dichte Finsternis auf das Heer der Ägypter, auf der anderen erhellte sie das Lager der Israeliten. Die ganze Nacht verharrte die Mauer an ihrem Platz, so daß niemand von einem Lager ins andere wechseln konnte. Und während die Wolke das Volk Israels schützte, hob Mose den Stab und reckte ihn gegen das Wasser des Roten Meeres, wie ihm Gott befohlen hatte. Ostwind sprang auf und nahm die ganze Nacht hindurch zu, bis seine Gewalt so groß geworden war, daß er die Wassermengen des Meeres teilte und ein trockener Weg vor den Israeliten lag.

»Jetzt zieht durch das Meer!« befahl Mose.

Die Nachkommen Israels sahen den Weg, der offen vor ihnen lag, rafften eilig ihre Habe zusammen und sprangen und stolperten den Weg entlang, den die vom Winde geteilten Wassermassen frei ließen: rechts und links türmte sich eine Mauer aus Wasser auf, die nur durch die Macht des von Gott gesandten Windes zurückgehalten wurde.

Als es dämmerte, hob sich die Wolkenwand, und der Pharao sah die letzten Leute aus dem großen Zug der Israeliten an das andere Ufer des Meeres steigen. »Ihnen nach!« rief er. Mit galoppierenden Pferden und rasendem Wagen stürzte er hinter ihnen her, und mit ihm sein gewaltiges Heer. Der Herr sah auf ihn herab, und als die Wagenräder tief in den feuchten Sand einsanken und mühsam zwischen den hohen Wassermauern fortholperten, befahl er Mose: »Streck deine Hand aus!«

Mose reckte den Stab über das Wasser des Roten Meeres. Langsam, während die Morgendämmerung heller wurde, besänftigte sich der Wind zu einer leichten Brise. Wasser begann um die Füße der Pferde zu lecken, Wasser rann um die Räder. Die Pferde stolperten, die Reiter stürzten ins Wasser, die Wagen überschlugen sich, ihre Fahrer kämpften gegen die Wellen. Während sie um Halt rangen und versuchten, den überfluteten Weg zurück zu ihrem Ufer zu finden, brachen die Wasserwände über ihnen zusammen. Menschen, Pferde, Wagen und der König selbst wurden von dem zurückkehrenden Meer verschlungen. Als sich das Wasser zu seiner gewohnten Höhe verlief, war vom ganzen ägyptischen Heer nichts mehr am Leben.

Am anderen Ufer des Roten Meers standen die Israeliten und beobachteten, wie sich die Wassermassen wieder schlossen; sie sahen tote Ägypter ans andere Ufer treiben. Sie waren gerettet. Der Herr hatte seine Kinder gerettet. Der Herr hatte sie an diesem Tag aus der Hand der Ägypter errettet.

Alle Furcht war vergessen, die Nachkommen Israels erkannten das große Werk ihres Herrn und glaubten an ihn. Ihre Seufzer verwandelten sich in laute Dankbarkeit und Triumphgeschrei, und am Ufer des Roten Meeres stimmten sie mit Mose ein Danklied zu Ehren des Herrn an:

Ich will dem Herrn singen, denn er hat herrlich gesiegt.
Das Pferd und seinen Reiter hat er ins Meer gestürzt.
Der Herr ist meine Kraft und mein Lied,
Und er ist meine Rettung.
Er ist mein Gott, einen Tempel will ich ihm bauen,
Er ist meines Vaters Gott, und ich will ihn preisen!

Und Moses Schwester Miriam ergriff ein Tamburin und führte die Frauen an zu einem verzückten Tanz voll Freude und Freiheitsgefühl. Sie tanzten mit ihren Tamburins hinter Miriam her und nahmen jubelnd Moses Gesang auf:

Singt dem Herrn, denn er hat herrlich gesiegt,
Das Pferd und seinen Reiter hat er ins Meer gestürzt...

So ging es zu, als Mose sein Volk sicher aus Ägypten hinaus und durch das Rote Meer in ein anderes Land geführt hatte.

IN DIE WÜSTE

Viele Generationen des Sklavenlebens in ägyptischen Städten hatten die Nachkommen Israels aus einem Stamm selbstsicherer, kühner Schafzüchter zu einem ängstlichen, unterdrückten Volk gemacht, das gewöhnt war, Befehlen genau zu gehorchen. Wenn die Israeliten auch noch eigene Schaf- und Rinderherden im reichbewässerten Gosen besessen hatten, so war doch längst vergessen, wie man die Herden oder sich selbst unter den harten Lebensbedingungen der Wüste durchbringt. Die Welt, die sie jetzt kennenlernten, war für sie ganz neu.

Sie folgten Mose nach Süden in die Wüste von Schur, wo die große Karawane aus Menschen und Viehherden in der Trockenheit und Hitze nur langsam und mühselig vorankam. Drei Tage lang hindurch fanden sie kein Wasser, und ihre Erleichterung war groß, als sie endlich den Ort Mara erreichten, wo es Wasser gab; es war die Rettung in letzter Minute, wie sie glaubten, denn ohne zu trinken hätten sie es nicht länger ausgehalten.

Doch als sie das Wasser versuchten, schmeckte es bitter und war ungenießbar. Moses Schuld! sagten sie zueinander; in Ägypten hätten sie niemals solche Qualen erleben müssen. Sofort wandten sie sich wieder gegen ihn: »Was sollen wir trinken?« fragten sie herausfordernd; sie waren erst drei Tage in der Wüste nach all den Jahrzehnten der Sklaverei, und schon hatten sie allen Mut verloren.

»Was kann ich tun, Herr?« rief Mose. Der Herr zeigte ihm einen Baum mit süßem Holz, den Mose auf Gottes Anordnung in das bittere Wasser von Mara warf: Es wurde im selben Augenblick süß, so daß sich die Israeliten satt trinken und ihre Tiere tränken konnten.

Und der Herr sagte ihnen: »Wenn ihr an mich glaubt und das tut, was vor mir als recht und richtig bestehen kann, will ich immer bei euch sein. Hört auf meine Stimme, gehorcht, wenn ich euch etwas befehle, dann soll euch keine der Plagen treffen, mit denen ich die Ägypter geschlagen habe. Denn ich bin der Herr, der euch hilft und der euch heilt.«

Mit neuen Kräften wanderten die Nachkommen Israels weiter, jetzt zuversichtlicher, weil sie auf grüne Oasen in der Wüste hofften. Die Wolke des Herrn zog vor ihnen her und führte sie zu einem lieblichen Ort, der Elim hieß, einer großen kühlen Palmenpflanzung mit zwölf Brunnen voll von frischem, süßem Wasser. Sie schlugen ihre Zelte auf, rasteten einige Tage in Elim und wären gern viel länger an diesem schönen Ort geblieben.

Doch die Wolke zog weiter, und sie folgten ihr.

Am fünfzehnten Tag des zweiten Monats nach ihrem Auszug aus Ägypten erreichte das Volk Israel die Wüste Sin, eine weite Landschaft zwischen Elim und dem Berg Sinai, auf dem Gott durch den brennenden Busch zu Mose gesprochen hatte.

Die Israeliten sahen sich um und verabscheuten das Land. Offenbar erstreckte sich die flache Ebene endlose Meilen weit, keine Umrisse hoher grüner Palmen unterbrachen die Einöde. Vielleicht gab es irgendwo Brunnen, aber Nahrung würden sie sicherlich nicht finden. Zweifelnd blickten die Nachkommen Israels auf Mose. Er führte sie weiter. Sie wanderten mühsam durch Hitze und Staub und sahen kein Zeichen von Leben außer dem kleinen Gestrüpp, das in der Wüste wächst, und ab und zu einer Eidechse, die sich sonnte. Während die Tage vergingen, fanden sie nichts zum Essen, und der Hunger quälte sie.

Die ganze Gemeinschaft der Nachkommen Israels begann sich gegen Mose und Aaron aufzulehnen, und aus anfänglichem Murren wurde immer lauterer Zorn. »Es wäre viel besser für uns gewesen, in Ägypten von der Hand des Herrn zu sterben statt hier in der Wüste. Dort hatten wir immerhin große Töpfe voller Fleisch und konnten uns an Brot satt essen. Doch ihr habt uns dazu gebracht, daß wir hier in die Wüste gezogen sind, wo wir alle miteinander Hungers sterben werden!«

Gott hörte sie und sprach zu Mose: »Sie werden nicht verhungern. Du wirst sehen, daß Brot vom Himmel regnen wird, und das jeden Tag, von heute an bis an das Ende eurer Reise. Die Leute sollen jeden Morgen, wenn das Brot heruntergefallen ist, hinausgehen in die Wüste und sich das auflesen, was sie am Tage brauchen. Ich werde dann sehen, ob sie meinen Worten gehorchen oder nicht. Am sechsten Tag sollen sie doppelt so viel sammeln als sonst, weil am siebten keinerlei Arbeit getan werden darf. Heute abend werde ich euch Fleisch schicken und von morgen an euer tägliches Brot vom Himmel fallen lassen.«

Mose und Aaron überbrachten die Botschaft dem murrenden Volk: »Ihr werdet die Herrlichkeit des Herrn sehen. Er hat eure Unzufriedenheit gehört und will euch Fleisch und Brot verschaffen. Doch denkt daran: Ihr lehnt euch gegen uns auf – doch wer sind wir denn schon? Es ist der Herr selbst, gegen den ihr murrt, der Herr, der euch seine ganze Herrlichkeit offenbart.«

An diesem Abend kamen große Schwärme von Wachteln ins Lager; sie ließen sich so leicht und in großen Mengen ergreifen, daß die Israeliten zum erstenmal seit vielen Tagen wieder reichlich Fleisch essen konnten. Und als am anderen Morgen der Tau verschwunden war, lagen seltsame Gebilde auf dem Wüstenboden, eine Unmenge kleiner und runder Dinger, die wie große Hagelkörner aussahen. »Was ist das?« fragten die Nachkommen Israels.

Mose erklärte ihnen: »Es ist das Brot, das der Herr euch schickt. Sammelt es, jeder Mann für sich und für die Bewohner seines Zeltes. Nehmt aber nicht mehr, als ihr heute braucht, und nehmt so viel, daß jeder, für den ihr zu sorgen habt, genug erhält.« Die Israeliten holten ihre Schüsseln aus den Zelten und sammelten eifrig das Brot des Herrn. Manche hoben zuviel auf, andere zuwenig; doch als sie später verglichen, stellte sich zu ihrem Erstaunen heraus, daß jeder genau das hatte, was er brauchte. Sie aßen mit Vergnügen; das neue Brot sah etwa aus wie Koriandersamen, schmeckte aber wie Semmel mit Honig. Sie nannten es »Manna«, und das bedeutet: »Was ist das?«, denn sie wußten nicht, was sie eigentlich aßen, merkten nur, daß es gut war. »Ihr dürft nichts bis morgen übriglassen«, sagte Mose. »Eßt auf, was ihr habt, denn der Rest wird verdorben sein. Morgen wird es neues Brot geben, und das Tag für Tag, nur nicht am siebten.« Manche Leute hörten nicht auf ihn, sondern bewahrten etwas Manna auf, mußten aber einsehen, daß es sinnlos sei, weil es am anderen Morgen verdorben war und schlecht schmeckte. Doch draußen auf dem Wüstenboden lag schon frisches Manna, das sie sammeln konnten. Deshalb waren sie von nun an so vernünftig, nur so viel zu nehmen, wie sie für den Tag brauchten. Sie füllten früh am Morgen ihre Schüsseln, denn wenn das Manna draußen liegen blieb, während die Sonne höher stieg, schmolz es. Am sechsten Tag sammelten sie doppelt soviel wie sonst, denn Mose erklärte ihnen: »Morgen ist der Tag der Ruhe, der heilige Sabbat des Herrn. Was ihr backen wollt, backt heute, was ihr kochen wollt, müßt ihr heute kochen; den Rest bewahrt ihr für morgen auf.« So taten sie, und wirklich war das Manna, das sie diesmal übriggelassen hatten, am siebten Tag noch frisch und gut. Einige Leute hatten allerdings nicht gehorcht und sich am sechsten Tag nicht genügend Manna verschafft; sie gingen am siebten hinaus, um ihren Anteil zu holen, doch kein Manna war zu finden.

Endlich sammelten sie es dann alle auf die Weise, die der Herr vorgeschrieben hatte, und zwar immer an sechs Tagen jeder Woche, während sie durch die Wüste wanderten.

Die Wolke zog weiter, und die riesige Karawane der Israeliten mit ihren Herden und ihrer ganzen Habe zog ihr nach. Es ging ständig nach Süden. Die Wolkensäule führte sie aus der Wüste von Sin dem fernen Berg des Herrn entgegen.

Dann blieb die Wolke stehen und mit ihr die Karawane. Das Volk Israel schlug sein Lager bei Raphidim auf, um auszuruhen und neue Kräfte zu sammeln.

Und schon wieder beklagten sie sich. Der Herr hatte Rast befohlen, aber sie fanden kein Trinkwasser. Die brütende Hitze verbrannte sie, der Durst dörrte sie aus, sie verzweifelten. Wenn Gott sie auch durch das Rote Meer geführt, in Mara bitteres Wasser in süßes verwandelt und sie täglich mit Brot versorgt hatte, so war ihr Glaube doch immer noch nicht stark genug, und sie vertrauten nicht auf Gottes Hilfe.

»Mose!« Wie immer wandte sich ihr Zorn gegen ihn, und diesmal waren sie so aufgebracht, daß sie ihn fast steinigten. »Gib uns Wasser!« forderten sie wild. »Warum hast du uns aus Ägypten geführt – willst du uns und unsere Kinder und unser Vieh durch den Durst umbringen? Ist der Herr nun mit uns, oder ist er es nicht?«

Mose schrie zum Herrn: »Was soll ich mit diesen Menschen anfangen? Sie werden mich noch steinigen!«

Der Herr antwortete: »Hol die Ältesten von Israel und geh mit ihnen bis zu einem Felsen bei Horeb. Auf den Felsen sollst du mit deinem Stab schlagen, dann wird ihm Wasser entspringen, und das Volk mag trinken.«

Mose ging mit den Ältesten nach Horeb. In dem Bergland ließ sich weit und breit kein Wasser sehen, und nichts deutete darauf hin, daß irgendwo eine verborgene Quelle sein könnte. Doch Moses Glauben geriet nicht ins Wanken. Der Herr zeigte ihm den Felsen, Mose schlug darauf, und vor den Augen der erstaunten Männer sprang Wasser unter dem Stein auf und strömte in vielen Rinnsalen den Hang hinunter.

Angst und Zorn waren vergessen; die Nachkommen Israels liefen mit ihren Schöpfgefäßen zur Quelle, tranken, tränkten ihr Vieh und füllten die Wassergefäße für ihre Zelte. Nun vertrauten sie wieder auf Mose und ihren Herrn, jedenfalls so lange, bis ein Mangel sie bereuen ließ, daß sie Ägypten verlassen hatten.

Und dazu gab es schon bald wieder einen Anlaß: In der Gegend, in der sie ihr Zeltlager aufgeschlagen hatten, lebte ein wilder Stamm, der sich nach ihrem Anführer Amalek Amalekiter nannte. Amalek, ein Nachkomme Esaus, hatte das Vieh und den großen Besitz im Lager der Israeliten gesehen und versuchte nun, sich das alles durch immer neue Überfälle anzueignen. Die Israeliten, keine guten Kämpfer, ließen sich durch Amaleks schnelle, kühne Angriffe rasch entmutigen, doch Mose wollte verhindern, daß die wilden Wüstenbewohner sein Volk beraubten und beunruhigten. Er sah sich unter seinen Leuten um und wählte den beherzten jungen Josua aus.

»Such die besten Leute aus, die du finden kannst«, ordnete er an. »Du wirst mit Amalek kämpfen, denn morgen wollen wir ihn angreifen. Du wirst unser Heer anführen, und ich will auf dem Kamm des Hügels stehen und Gottes Stab in der Hand halten, damit wir siegen.«

Josua stellte eilig eine Streitschar aus den stärksten und mutigsten Männern zusammen, die er am nächsten Tag gegen die Amalekiter führte. Sofort entwickelte sich ein heftiger Kampf; Mose, Aaron und der zuverlässige Hur beobachteten ihn vom Kamm des Hügels aus. Die starken und verschlagenen Amalekiter verstanden sich darauf, weniger kriegerische Stämme zu überfallen und auszuplündern, während Josuas Leute im Kämpfen völlig unerfahren waren, so daß sich die Kräfte sehr ungleich verteilten. Doch auf dem Hügel stand Mose, hielt den Stab in der Hand und vertraute auf Gottes Hilfe. Solange er die Hände hochhielt, schlugen sich Josuas Männer sehr tapfer, und die Amalekiter wichen zurück; senkte Mose aber die Hände, um sich auszuruhen, drängten Amaleks Leute vorwärts.

Mose merkte, daß er die Hände ununterbrochen hochrecken mußte, wenn nicht Amalek endgültig siegen sollte. Doch die Arme wurden ihm schwer, die Schultern schmerzten, so daß er immer wieder ausruhen und erleben mußte, daß dann die Amalekiter die Israeliten bedrängten. Schließlich brachten Aaron und Hur einen großen Stein an, auf den sich Mose setzen konnte, stellten sich links und rechts von ihm auf und stützten seine Arme, damit er die Hände den ganzen Tag hindurch hochhalten konnte.

Langsam begannen die Amalekiter zurückzuweichen, und als der Abend nahte, kamen ihre Reihen ins Wanken. Je unsicherer sie wurden, um so kühner kämpften die Israeliten.

Bis die Sonne unterging, hielt Mose die Hände hoch. Im Dämmerlicht sah er dann, daß die Amalekiter flohen, vollständig von Josuas Streitschar und dem Mann auf dem Hügel besiegt. Mose senkte die müden Arme und dankte seinem Gott aus vollem Herzen.

Ohne weiter von räuberischen Banden behelligt zu werden, konnten die Israeliten Raphidim verlassen und dem Berg des Herrn entgegenziehen, wo große Dinge auf sie warteten.

DIE ZEHN GEBOTE

Im dritten Monat nach ihrem Auszug aus Ägypten erreichte das Volk Israel die Wüste von Sinai und schlug seine Zelte in der Nähe des heiligen Berges auf.

Das Land war Mose vertraut, denn als er bei Jethro in Midian lebte, war er auf der Suche nach frischen Weiden für seine Herden oft in diesen entlegenen Teil der Wüste gekommen. Jetzt verließ er sein Volk am Fuße des Berges und stieg den Hang hinauf, wo er einstmals einen Dornbusch in unirdischem Feuer brennen gesehen hatte. Damals hatte ihm der Herr gesagt: »Ich werde bei dir sein, und ich sage dir jetzt: Wenn du mein Volk aus Ägypten geführt hast, wirst du mich auf dem Berge Sinai anbeten.«

Hier stand er jetzt wirklich, hier auf dem Berg Gottes. Und vom Gipfel herab tönte Gottes Stimme:

»Du hast gesehen, was ich den Ägyptern angetan und wie ich euch auf den Flügeln des Adlers getragen und zu mir hergebracht habe. Jetzt sag du dem Hause Jakob, den Nachkommen Israels: ›Wenn ihr der Stimme des Herrn gehorcht und das Bündnis mit ihm innehaltet, werdet ihr vor allen anderen Völkern sein eigen sein. Und ihr werdet für ihn ein Königreich von Priestern und ein heiliges Volk sein.‹ Das sag du dem Volke Israel, dann kehr zu mir zurück.«

Mose rief die Leute zusammen und wiederholte ihnen die Worte des Herrn. Sie antworteten wie aus einem Munde: »Alles, was der Herr von uns fordert, wollen wir tun. Wir werden immer gehorchen und das Bündnis mit ihm halten.« Mose ging zurück zum Herrn und überbrachte ihm diese Antwort.

Es freute den Herrn, und er sagte zu Mose: »Auf dem Berggipfel will ich in einer dichten Wolke zu dir kommen, damit die Menschen selbst hören können, daß ich mit dir spreche, und dir für alle Zeiten glauben. Geh wieder zu ihnen. Sie sollen ihre Kleider waschen und sich heute und morgen reinigen und auf den dritten Tag vorbereiten. Denn an jenem Tage werde ich ihnen auf dem Berg Sinai erscheinen. Gib aber acht, daß keiner von ihnen einen Fuß auf den Berg setzt, denn er ist heiliger Boden. Wenn lang und laut eine Posaune ertönt, sollen sie sich dem Berg nähern, und ich werde nahe sein.«

Mose ging zum Lager und bereitete das Volk vor.

Der dritte Tag brach mit Donner und Blitzen an, und eine schwere Wolke lagerte über der Bergkuppe. Der Klang einer Posaune fuhr durch das Lager, und alles Volk zitterte vor Schrecken. Und Mose führte sie aus dem Lager zur Begegnung mit Gott. Sie standen am Fuße des Berges und sahen den Berg auf schreckliche Weise beben. Er war wie mit Rauch bedeckt, denn der Herr hatte sich in einer großen Flamme auf ihm niedergelassen, und der Rauch des Feuers hob sich himmelwärts wie der wilde, rot angestrahlte Rauch eines riesigen Herdes.

Dann erklang die Posaune wieder, und ihr Klang wurde lauter und lauter. Mose rief den Herrn an, und der Herr antwortete mit einer Stimme, die jedermann vernahm. Und sie alle hörten den Donner durch das Tal rollen und sahen auf den bebenden, rauchenden Berg. Verwirrt und entsetzt starrten sie hin und wichen zurück. »Sprich zu uns«, baten sie Mose. »Sprich, wir hören. Aber laß nicht Gott zu uns sprechen, denn dann würden wir gewiß sterben.«

»Habt keine Angst«, sagte Mose. »Gott will euch seine Größe offenbaren, damit ihr an ihn glaubt und nicht sündigt.«

Die Menschen wichen so weit wie möglich von dem erschreckenden Schauspiel zurück, als der Herr in seiner Wolke auf dem Berg Mose anredete.

Da stieg Mose zum Gipfel und ging in die dunkle Wolke hinein, in der Gott war, und er hörte Gottes Worte.

»Dies sollst du meinem Volk sagen«, begann Gott, »ich bin der Herr, dein Gott, der dich aus dem Lande Ägypten, aus dem Haus der Knechtschaft, geführt hat.

Du darfst keine anderen Götter neben mir haben.

Du darfst dir keine Götterbilder machen und keine Abbildungen von irgend etwas, das oben im Himmel oder unten auf der Erde

oder im Wasser unter der Erde ist: Bete solche Abbildungen nicht an, verehre sie nicht, denn ich, der Herr, dein Gott, bin ein eifernder Gott.
Du darfst den Namen des Herrn, deines Gottes, nicht mißbrauchen.
Denk an den Sabbat, halte ihn heilig. Sechs Tage sollst du arbeiten und dein Werk verrichten, doch der siebte Tag ist der Sabbat des Herrn, deines Gottes, und an diesem Tage darfst du nicht arbeiten, du nicht und die Deinen nicht. Denn der Herr hat Himmel und Erde und das Meer mit allem, was darinnen ist, in sechs Tagen geschaffen und am siebten geruht. Deshalb hat der Herr den Sabbat gesegnet und zum heiligen Tag gemacht.
Ehre deinen Vater und deine Mutter, damit du lange in dem Land lebst, das der Herr, dein Gott, dir gegeben hat.
Du darfst nicht töten.
Du darfst keinen Ehebruch begehen.
Du darfst keine falschen Behauptungen über deinen Nachbarn machen.
Du darfst nicht deines Nachbarn Haus, seine Frau, seine Diener, sein Vieh oder irgend etwas anderes aus seinem Besitz begehren.
»Diese Gebote«, sagte der Herr zu Mose, »sollst du dem Volk Israel bekanntgeben. Doch es gibt noch vieles mehr, und ich werde dir auch die Ordnung bekanntgeben, nach der ihr leben sollt.«
Gott sprach weiter zu Mose und setzte die Rechtsordnung auf, die für sein Volk gelten sollte; er nannte die Vorschriften und die Gesetze, die das Verhalten im täglichen Leben und die Ausführung der religiösen Feiern regeln sollten. »Das alles sollst du ihnen erklären«, sagte der Herr, »damit sie bei allem, was sie tun, wissen, was recht und was falsch ist. Sag ihnen, daß ich sie nach Kanaan führen und ihre Feinde in die Flucht schlagen werde, nicht alle auf einmal, sondern nacheinander, bis ihr euch das Land zu eigen gemacht habt. Jetzt kehr zum Volk zurück und berichte, was ich gesagt habe. Morgen werde ich dich wieder rufen, um dir hier auf dem Berge noch viel mehr Dinge zu sagen.«
Mose ging zurück. Sein Volk hörte ihm ehrfürchtig zu, als er ihm erklärte, was der Herr ihm aufgetragen hatte, seine Worte, seine Gesetze. »Ihr müßt ihm gehorchen«, schloß er.

Wie aus einem Munde antworteten die Leute: »Wir werden alles tun, was der Herr gesagt hat.«

Früh am nächsten Morgen begann Mose mit dem Bau eines Altars am Fuß des Gottesberges; zwölf Steinmale setzte er, je eines für jeden der Stämme Israels; danach schickte er junge Leute aus, Ochsen für das Brandopfer zu holen. Alle Nachkommen Israels beteten gemeinsam zum Herrn, und noch einmal wiederholte ihnen Mose Gottes Worte. Nach dem Gottesdienst hielt er mit den Ältesten ein Festmahl auf dem Berghang ab, bis ihn der Herr rief: »Komm zu mir auf den Gipfel des Berges! Ich will dir Steintafeln geben, auf die ich mein Gesetz und meine Gebote mit eigener Hand schreibe, damit du das Volk belehren kannst.«

Mose verließ das Fest und bat Josua, ihn zu begleiten. »Wartet hier, bis ich wiederkomme«, sagte er zu den Ältesten. »An Aaron und Hur, die bei euch bleiben, kann sich jeder von euch wenden, der eine Entscheidung zu treffen hat.«

Mose stieg den Berg hinauf, und Josua begleitete ihn sehr weit; doch den wolkenverhangenen Gipfel bestieg Mose allein.

Den Isrealiten, die von der Ebene aus zusahen, erschien die glühende Wolke wie die Lohe eines herrlichen himmlischen Feuers; sie wußten, daß ihr Anführer Mose in der Wolke war und mit Gott redete.

Diesmal sprach der Herr zu ihm über die Anfertigung eines Heiligtums, eine Art Zelt, das die Israeliten auf der Reise mit sich führen sollten. In dem Heiligtum wollte der Herr Mose aufsuchen, und die Nachkommen Israels sollten darin ihren Gottesdienst halten. Das Heiligtum sollte aus mehreren Räumen bestehen, deren innerster der heiligste war und eine Truhe aus Akazienholz und Gold enthalten sollte; in dieser Lade sollten die beiden Steintafeln mit Gottes Geboten aufbewahrt und für alle Zeiten verehrt werden. Für die Herstellung und Ausschmückung des Heiligtums mußten Opfer gebracht werden – große und freiwillig dargebrachte Opfer. »Sag ihnen, daß sie Gold, Silber und Kupfer geben sollen, dazu feines Leinen in Blau, Purpur und Scharlach; Akazienholz; Öl für die Lampen; wohlriechende Kräuter und Weihrauch, Onyx-Steine und andere Edelsteine. Das Ziegenhaar soll zu Vorhängen im

Heiligtum verwendet werden, und die aus rotgefärbten Widderfellen angefertigte äußere Zeltbespannung soll an Akazienbrettern befestigt werden...«

Gott sprach, Mose hörte. Stunden rannen zu Tagen, Tage zu Wochen, Mose merkte es nicht; er wußte nichts mehr vom Ablauf der Zeit.

»Mit dem feinen Leinen und den Edelsteinen sollst du das Heiligtum ausschmücken und die Priestergewänder anfertigen lassen. Aaron und seine Söhne werden die ersten Priester sein.«

Aber Aaron, dem Gott eine so hohe Stellung zugedacht hatte, übte schon, doch auf falsche und sündige Weise, ein priesterliches Amt aus, obwohl er sonst ein frommer Mann gewesen war:

Denn als Mose vierzig Tage und vierzig Nächte auf dem wolkenverhangenen Berg mit Gott sprach, begann das Volk zu fürchten, daß er vielleicht nie wiederkäme. »Wir sind verloren!« schrien sie Aaron entgegen. »Was ist Mose zugestoßen, dem Mann, der uns aus Ägypten geführt hat? Mach du uns jetzt Götter, die uns voranziehen, damit wir nicht ganz verlassen sind!« Aaron hatte nicht den Mut, sich ihrer wachsenden Unruhe entgegenzustellen, und niedergeschlagen machte er sich daran, ihnen den Willen zu tun. »Bringt mir euren ganzen Goldschmuck, auch eure Ohrringe«, sagte er traurig.

Sie brachten ihm alles, was sie hatten, auch die Ringe von ihren Ohren. Er schmolz es ein und goß aus dem Gold ein Kalb. Das Volk kannte solche Götterbilder und bewunderte sie insgeheim, denn die Ägypter und andere heidnische Völker beteten oft Stiere oder Kälber an.

»Hier ist er, unser Gott!« riefen sie voller Freude. »O Israel, sieh den Gott, der dich aus Ägypten geführt hat!«

Aaron, der gegen das Verbot, Götterbilder herzustellen, verstoßen hatte, sah das Entzücken des Volkes und beging eine noch schlimmere Gotteslästerung: Er baute einen Altar neben dem goldenen Götzenbild und ließ ausrufen: »Morgen ist das Fest des Herrn! Bringt Opfergaben her und bringt auch Essen, damit wir feiern können!«

Früh am anderen Morgen brachten die Israeliten, so fröhlich und aufgeregt, als lägen keine von Furcht erfüllten Tage hinter ihnen, ihre Opfergaben zum Altar. Sie beteten das Götzenbild an, sie aßen und tranken im Überfluß, sie begannen zu tanzen. Ausgelassen und verzückt sangen und tanzten sie um das Goldene Kalb.

Doch Gott auf dem Gipfel wußte, was sie taten.

»Geh!« sagte er zu Mose. »Geh hinunter zu deinem Volk, das du aus Ägypten hergeführt hast, denn sie sind schon ungehorsam und haben sich ein goldenes Kalb als Götterbild gemacht. ›Dies ist nun dein Gott, o Israel!‹ so singen sie. Sie sind unbelehrbare, hartnäckige Leute. Geh jetzt. Mein Zorn über ihre Schlechtigkeit ist groß. Aus dir werde ich ein großes Volk entstehen lassen, doch die Menschen da unten vernichte ich.«

»Herr, vernichte sie nicht«, bat Mose. »Wirf nicht deinen Zorn auf die Menschen, die deine eigene mächtige Hand aus Ägypten geführt hat. Denn sonst werden die Ägypter sagen: ›Ihr Herr hat sie mit großer Hinterlist aus Ägypten geführt, damit er sie im Gebirge töten und vom Erdboden vertilgen kann!‹ Ich bitte dich, Herr, hab Mitleid mit deinem Volk und denk an das, was du Abraham, Isaak und Israel versprochen hast: daß ihre Nachkommen auf der Erde zahlreich sein und das Land erben sollen.«

Der Herr hörte auf Mose, er ließ ab von seinem Zorn; vernichten wollte er die Israeliten nicht, aber strafen.

Mit den beiden kostbaren Tafeln, auf die der Herr mit eigener Hand seine Gebote geschrieben hatte, stieg Mose den Berg hinab; unterwegs stieß er auf Josua, der die ganze Zeit auf ihn gewartet hatte und jetzt rief: »Das Lager dröhnt von Kampfgeschrei!«

»Das ist kein Kampfgeschrei«, antwortete Mose. »Es ist der Lärm von Gelagen und wildem Tanz.«

Das Lager bot einen noch schlimmeren Anblick, als Mose gefürchtet hatte. Er sah das Kalb, er sah Aaron neben dem Götzenbild stehen; er sah Fleisch und Weinkrüge, er sah die Anbetenden und die ausgelassenen Tanzenden – und heißer Zorn überkam ihn. Fast jedes Gebot war gebrochen worden – dann sollten sie auch buchstäblich zerbrochen werden! Und Mose hob die heiligen Tafeln hoch über den Kopf und schmetterte sie mit aller Kraft auf einen Felsen am Fuße des Berges. Sie zersplitterten in winzige Scherben, und das laute Splittern brachte die Israeliten zum Verstummen. Bleich und zitternd stand Aaron da. Die ganze Versammlung blickte auf Mose, und er starrte sie an.

Nach den vielen Monaten, in denen sie durch die Wüste geführt wurden, nachdem sie einen heiligen Ort erreicht, Gott selbst gehört und seine Befehle und Gesetze für ihr Verhalten und ihr Rechtswesen vernommen, hatten sie sich das hier erlaubt!

DIE WOLKE ZIEHT FORT VOM SINAI

Auf dem Sockel stand das gottlose Abbild eines Kalbes, blind und unansehnlich. Doch viele Israeliten mißachteten immer noch Mose und wollten lieber an ihrem unsinnigen Götzenbild festhalten, als ihrem strengen Führer zu gehorchen.

Wütend griff Mose nach dem Goldenen Kalb. Er schleuderte es ins Feuer und ließ es zerschmelzen. Den häßlichen, geschwärzten Klumpen Gold zerrieb er zu feinem Pulver, das er ins Trinkwasser mischte. Es schmeckte bitter und giftig, doch Mose zwang Mann für Mann und jede Frau, von dem Wasser zu trinken.

Er winkte Aaron heran, der noch immer beschämt und schweigend abseits stand.

»Was hat dir das Volk angetan, daß du es in solche große Sünde gebracht hast?« fragte Mose.

»Sei nicht böse auf mich«, bat Aaron demütig. »Du kennst doch das Volk und die Schlechtigkeit ihrer Herzen. Sie haben mir gesagt: ›Mach uns Götter, die voranziehen, denn wir wissen nicht, was aus Mose geworden ist, der uns aus Ägypten geführt hat.‹ Da habe ich mir ihr Gold bringen lassen, hab' es im Feuer geschmolzen, und daraus wurde dann das Kalb.«

Moses Empörung war groß: Diese rebellischen Leute mußten endlich einsehen, daß sie nicht sündigen konnten, ohne sofort dafür bestraft zu werden. Wenn er auch nicht wollte, daß Gottes Zorn sie allesamt vernichtete, mußte er ihnen doch Gehorsam beibringen, damit nicht die lange Wanderschaft sinnlos wurde. Er stellte sich ans Tor des Zeltlagers und rief laut: »Wer ist auf der Seite des Herrn? Der soll sich hierher zu mir stellen!« Die Götzendiener hielten sich zurück und murrten gegen Gott und ihren Anführer. Doch alle Männer aus dem Stamm Levi, die ja von Gott zu Priestern bestimmt worden waren, sammelten sich um Mose.

Er gab seine Befehle, und an diesem Tage starben durch das Schwert viele Männer, die nicht auf der Seite des Herrn standen.

Am Tage darauf sagte Mose zu seinem Volk: »Ihr habt eine große Sünde begangen, und der Zorn des Herrn hat große Macht. Doch ich will jetzt zu ihm gehen und Verzeihung für euch erbitten.«
Schweren Herzens stieg er noch einmal auf den Berg zu Gott. »O Herr, diese Menschen haben schrecklich gesündigt«, begann er. »Sie haben sich Götter aus Gold gemacht. Ich bitte dich trotzdem um Gnade. Und wenn du ihnen die Sünde nicht vergeben kannst, laß mich sterben, um für sie alle zu sühnen.«
»Nein, du sollst nicht sterben«, antwortete Gott. »Wer gegen mich sündigt, soll selbst die Strafe tragen. Kehr zu deinem Volk zurück und erklär ihnen, daß ich es für seine Gottlosigkeit bestrafen werde. Sag den Menschen, daß du sie zwar in das Land führen wirst, in dem Milch und Honig fließen, daß aber jetzt nur mein Engel ihnen voranziehen wird; ich will nicht bei ihnen sein, denn sie sind so hartnäckig und sündig, daß ich sie unterwegs vielleicht vernichten würde.«
Der Herr schickte dem Volk eine Seuche, weil es sich das Goldene Kalb gemacht hatte, aber mehr als die Krankheit schmerzten die Worte des Herrn. Als die Israeliten hörten, daß der Herr sie nicht mehr führen wolle, trauerten sie aufrichtig und weinten vor Kummer.
Ihre Reue war so echt, ihr Schmerz so tief, daß der Herr Mitleid mit ihnen hatte. Mose sah sie beten, erkannte die Aufrichtigkeit ihrer Gottesverehrung und bat noch einmal den Herrn.
Dem Herrn tat seine Strenge leid. »Ich will wieder bei euch auf eurem Wege sein«, sagte er. »Allenthalben soll bekannt sein, daß du und dein Volk Gnade vor meinen Augen gefunden habt. Denn dieses Volk habe ich mir auserwählt. Jetzt schneid zwei neue Steintafeln, auf die ich wie auf die ersten meine Gebote schreiben werde. Morgen früh sollst du sie mir bringen, und du sollst allein auf den Berg kommen.«
Mose tat, was ihm aufgetragen, und der Herr stieg in einer Wolke herunter und stand wie vorher bei Mose im Gespräch. Es dauerte wieder viele Tage, bis der Anführer der Israeliten aus Gottes Gegenwart zurück zu seinem Volk fand, aber diesmal lehnte sich niemand dagegen auf.

Als Mose vom Berg Sinai herabstieg, brachte er auf den beiden Steintafeln die Gesetze mit; die Grundlagen des Bundes mit dem Herrn – die zehn Gebote – waren auf ihnen eingegraben. Mose wußte nicht, daß er von seiner Unterredung mit Gott leuchtete, doch Aaron und alle Kinder Israels sahen einen seltsamen Schein von Moses Gesicht ausgehen und wagten nicht, in seine Nähe zu kommen.

Mose rief Aaron und die Oberen der Gemeinde heran, legte aber einen Schleier über sein Gesicht, um sie vor dem Schimmer zu schützen, den sie so fürchteten. Später versammelte er alle Israeliten um sich, um ihnen zu berichten, was ihm Gott auf dem Berg mitgeteilt hatte, alles, die allgemeinen Gesetze, die Pflichten, die richtige Art, Opfer darzubringen, und schließlich die Anfertigung des Heiligtums und der Truhe, der Bundeslade.

Jeder Mann und jede Frau, die dazu beitragen wollten, holten aus ihrem Zelt die notwendigen Dinge, und das Heiligtum und seine Ausstattung wurden liebevoll und mit großer Kunstfertigkeit hergestellt. Als es fertig war, stellten sie die Lade hinein, in der die Steintafeln mit den von der Hand des Herrn geschriebenen Geboten aufbewahrt wurden.

Dort in der Wüste feierten sie die erste Wiederkehr des Passa-Tages, und Aaron und seine Söhne nahmen ihr Priesteramt auf. Als das Heiligtum Gottes für den ersten Gottesdienst bereitstand – es war genau ein Jahr, nachdem die Nachkommen Israels ihr Lager am Fuß des Sinai-Berges aufgeschlagen hatten –, ließ sich die Wolke des Herrn auf dem heiligen Zelt nieder. Nun brauchte Mose nicht mehr auf den Berg zu steigen, um mit Gott zu sprechen, und das Volk hatte in der Wolke auf dem Heiligtum ein klares Zeichen, dem es folgen konnte. Die Wolke war immer bei ihnen, tags wie ein dichter Rauch, nachts als feuriger Schein.

Wenn sich die Wolke über dem heiligen Zelt erhob und weiterglitt, setzte das Volk Israel seinen Weg fort, und es machte Rast, wenn die Wolke innehielt und sich auf dem Heiligtum niederließ. Die ganze lange Reise hindurch blieb es dabei, daß sie sich auf Gottes Befehl in ihren Zelten ausruhten und auf seinen Befehl wieder weiterzogen; sie reisten mit der Wolke.

Am zwanzigsten Tag im zweiten Monat ihres zweiten Wanderjahres folgte das Volk Israel der Wolke aus der Wüste Sinai in die Wüste Paran. Nach drei Reisetagen bestimmte die Wolke den Rastplatz.

Täglich hatte ihnen der Herr Manna für ihre Nahrung geschickt; Tag für Tag hatten sie es gesammelt, zu feinem Mehl zermahlen oder im Mörser zerstampft; sie hatten es in Tiegeln als Brot oder Kuchen gebacken; hatten es gekocht, hatten das Brot zerschnitten und geröstet; sie hatten es auf alle erdenkliche Weise zubereitet, und es schmeckte wie frisches Öl und Honig. Und jeden Morgen, wenn der Tau auf das Lager fiel, kam auch das Manna.

Manna! Jede Mahlzeit bestand aus Manna. Die Nachkommen Israels sehnten sich nach anderem Essen, ihnen fehlte der Geschmack von Fleisch und frischem Obst, wie sie es früher gehabt hatten. Und wieder beklagten sie sich und jammerten wie die elendsten und verlassensten Menschen: »Wer gibt uns Fleisch zu essen? Wo ist alles andere, an das wir gewöhnt waren? Wir erinnern uns noch an die Fische, die wir in Ägypten so reichlich hatten; wir erinnern uns an Gurken und Melonen und Lauch und Zwiebeln und Knoblauch. Und jetzt haben wir nichts vor uns als das ewige Manna!«

Aus jedem Zelt drang Jammern und Stöhnen. Der Herr hörte es und wurde ärgerlich über ihre Klagen. Und Mose trat beschämt und bekümmert vor den Herrn.

»Warum, o Herr, strafst du mich so hart? Warum habe ich nicht Gnade vor deinen Augen gefunden, daß du mir solche Last aufgebürdet hast? Es sind doch nicht meine Kinder, daß ich sie wie ein Vater in das Land tragen muß, das du ihnen versprochen hast! Jetzt jammern und weinen sie, sie schreien nach Fleisch. Ich kann die Last dieses Volkes nicht mehr allein tragen, sie wird zuviel für mich.«

Mitleidig sah der Herr ihn an; ja, Mose brauchte Hilfe, seine Bürde war zu groß. »Such dir unter den Ältesten Israels siebzig Männer aus, die du als ihre Anführer kennst«, befahl er. »Ich werde hinuntersteigen und mit dir sprechen, und mein Geist wird diese Männer beseelen, so daß sie dir helfen, mit diesem Volk fertig zu werden.

Dann wirst du nicht allein diese Last zu tragen haben. Und die Leute, die so nach Fleisch jammern, hol zusammen und sag ihnen: ›Ihr sollt Fleisch essen, nicht einen Tag, auch nicht zwei oder fünf oder zehn oder auch zwanzig Tage lang, sondern einen ganzen Monat, bis es euch anekelt.‹ So soll es kommen, weil sie den Herrn mit ihrem Gejammer gekränkt haben.«

»Aber es sind sechshunderttausend Menschen bei mir!« rief Mose aus. »Du sagst, daß du ihnen Fleisch für einen ganzen Monat geben willst – sollen denn die Rinder und Schafe getötet werden? Oder sollen alle Fische aus dem Meer auf einen Haufen gebracht werden, damit sie essen können? Wie sollen sie sonst genug bekommen?«

»Ist meine Macht etwa schwächer geworden?« fragte ihn der Herr. »Du wirst sehen, ob sich meine Worte bewahrheiten oder nicht.«

Mose berichtete dem Volk und wählte siebzig Männer aus, die er in das heilige Zelt führte. Da nahm ein neuer Geist Besitz von ihnen, wie der Herr gesagt hatte, und erfüllte sie mit Kraft und Weisheit, so daß sie Mose bei der schwierigen Aufgabe helfen konnten, sechshunderttausend Menschen auf der langen Wanderschaft zu leiten.

Ein Wind vom Meer trieb riesige Schwärme von Wachteln heran, die sich rings um das Lager niederließen. Die Israeliten ließen alles andere stehen und liegen und sammelten Fleisch, nach dem sie so gejammert hatten. Den ganzen Tag, die Nacht und den folgenden Tag hindurch griffen sie Wachteln auf, und jeder von ihnen hatte schließlich mindestens hundert Scheffel gesammelt. Voller Freude brachten sie ihre Beute ins Lager, gaben jedermann zu essen und hatten wirklich für einen ganzen Monat genug daran.

Doch während sie aßen, schickte ihnen der Herr, ergrimmt über ihre Begierden und ihr Gejammer, eine Seuche, so daß viele krank wurden, viele auch starben. Noch ehe das Fleisch verzehrt war, mußte schon so mancher begraben werden. Für diejenigen, die heil davonkamen, war es wieder eine Lehre – falls sie nicht unbelehrbar waren.

Es wurde Zeit, daß sie die Lehre begriffen, denn in der Wüste Paran waren sie dem versprochenen Land schon sehr nahe. Nur wenn sie sich dessen wert erwiesen, konnten sie nach Kanaan kommen.

DAS LAND, WO MILCH UND HONIG FLIESSEN

Die Wolke auf dem Heiligtum hob sich und trieb durch die Wüste bis zu einem Ort nahe der Südgrenze Kanaans. Hier in Kadesch machte das Volk Israel halt, um sein Vieh zu tränken und den letzten Teil seiner Wanderschaft zu planen. Während sie ihre Zelte aufschlugen, suchte Mose Rat beim Herrn.

Der Herr sagte: »Du sollst Männer aussenden zur Erkundung des Landes Kanaan, das ich den Nachkommen Israels geben will. Nimm einen Mann aus jedem Stamm, und zwar einen, der etwas gilt.«

Mose suchte in jedem Stamm einen Anführer heraus und erklärte den Männern, wie sie das vor ihnen liegende Kanaan erkunden sollten. Josua, der zum Stamm Ephraim gehörte und seit einiger Zeit Moses Heerführer war, leitete die Schar; sein Stellvertreter wurde Kaleb, ein mutiger junger Hauptmann aus dem Stamm Juda.

Ihr Auftrag lautete, in das südliche Bergland zu gehen und festzustellen, wie es beschaffen sei. »Ihr müßt herausfinden, welcher Art die Menschen sind, die dort leben, ob schwach oder stark, zahlreich oder volkarm. Achtet darauf, ob ihre Städte aus Zelten oder aus festen Gebäuden bestehen; seht nach, ob es Holz gibt. Und jetzt geht, habt Mut! Und bringt uns von den Früchten des Landes etwas mit, damit wir alle sie sehen können.«

Es war um die Zeit der Traubenreife, und es konnte nicht schwierig sein, Proben von Kanaans Reichtum zu holen. Die zwölf Kundschafter zogen davon. Von den Höhen Hebrons, die Abraham so vertraut gewesen waren, blickten sie in die Täler und sahen hübsche kleine Dörfer, große Städte mit Mauern ringsum und Felder, die unter einem Teppich frischen jungen Getreides lagen.

Die Männer stiegen in die Ebene und sahen sich sorgfältig um. Der Boden war reich und fruchtbar, an den Berghängen wuchsen Bäume bis zum Gipfel hinauf. Schafe grasten auf frischen, gut bewässerten Weiden. Die Menschen lebten in befestigten Städten. Und all diese Menschen sahen fremdartig und außergewöhnlich stark aus, vor allem die Männer des Stammes Enak.

Vierzig Tage lang führte Josua seine Kundschafter durch das Land, bis sie Hügel und Ebenen, Täler und Küste kannten und wußten, daß es sich um ein sehr fruchtbares Land handelte. Sie merkten aber auch, daß es von mehreren Stämmen bewohnt wurde, die sicherlich nicht die Absicht hatten, es aufzugeben.

Schließlich kamen sie an einen sanft dahinfließenden Bach, an dessen beiden Ufern Wein wuchs. Hier schnitten sie eine Traube von einem Rebstock, und sie war so groß und schwer, daß zwei Männer sie zwischen sich an einem starken Stock tragen mußten. Den Ort nannten sie »Eschkol«, Traube. Sie fanden auch reife Granatäpfel und Feigen, sie sahen Herden aller Art und große Getreidefelder. Vieles kannten sie schon aus Ägypten, manches war ihnen ganz neu.

Nach vierzig Tagen trafen sie wieder im Lager von Kadesch in der Wüste Paran ein. Sie suchten sofort Mose und Aaron auf, um ihnen Bericht zu erstatten, und legten die mitgebrachten Proben vor ihnen nieder. Die Israeliten sammelten sich um die Schar.

»Wir haben das Land erkundet, wie du uns aufgetragen hast«, begann Josua. »Es ist wirklich ein Land von Milch und Honig, wir haben Proben seines Reichtums mitgebracht.« Sie hielten sie hoch, und die Israeliten freuten sich.

Doch nun fiel ihm ein anderer Kundschafter ins Wort: »Die Leute, die dort wohnen, sind stark. Die Städte haben Mauern und sind sehr groß. Wir haben auch Enaks Söhne gesehen. Im Süden leben Amalekiter, in den Bergen Hethiter und andere starke Stämme, und am Meer wohnen die Kanaaniter. Und alle sind kräftige und kriegerische Leute.« Neun andere Kundschafter nickten zustimmend und ergänzten seine Angaben mit ihren eigenen Warnungen vor den Gefahren des Landes.

Die Zuhörer wurden unruhig. Kaleb verlangte das Wort. Er wandte sich an Mose: »Das Land ist gut, und gut wäre es, dort zu leben. Wir wollen sofort hinziehen und es in Besitz nehmen, denn wir sind stark genug für seine Eroberung.«

Doch bis auf Josua schüttelten die anderen Kundschafter bedenklich den Kopf: »Nein, gegen solche Leute können wir überhaupt nichts ausrichten. Sie sind viel stärker als wir, wir haben keine Aussicht auf Erfolg.«

Und sie entwarfen ein düsteres Bild von dem Land, das sie erforscht hatten, und je länger sie redeten, um so weniger berichteten sie von den Schätzen des Landes und um so mehr von seiner Gefährlichkeit. Sie übertrieben, was sie gesehen hatten, und was sie nicht gesehen hatten, ergänzten sie aus ihrer Einbildung. »In diesem Land wohnen Riesen! Alle Leute, die wir getroffen haben, waren von gewaltigem Wuchs, vor allem aber die Enaksöhne, die ja von den Riesen abstammen. Neben ihnen waren wir so klein wie Heuschrecken. Sie hätten uns zertreten können!«

Die Nachkommen Israels waren entsetzt und tief enttäuscht: Nach so langer Wanderschaft durch die Wüste nun ein Land, das sie nicht betreten konnten! Überall im Lager ließ sich in dieser Nacht Weinen vernehmen, aber auch aufsässiges Murren.

»Hätte uns Gott im Lande Ägypten umkommen lassen!« schrien sie Mose und Aaron entgegen. »Oder wären wir doch in der Wüste gestorben! Warum hat uns der Herr an dieses Land herangeführt? Sollen wir jetzt durch das Schwert der Riesen in Kanaan sterben, sollen unsere Frauen und Kinder in Gefangenschaft geraten? Wäre es nicht richtiger, jetzt nach Ägypten zurückzukehren?«

Der Vorschlag verbreitete sich wie Lauffeuer im Lager. Sie sagten untereinander: »Wir wollen uns einen Hauptmann wählen und nach Ägypten zurückkehren. Mose soll uns nicht mehr führen, denn wohin hat er uns gebracht!«

Der Aufruhr drang bis zu den Anführern vor. Mose und Aaron warfen sich vor allem Volk mit dem Gesicht in den Staub und beteten zu Gott, daß das Volk Israel seine Feigheit überwinden möge. Den Leuten riefen sie zu: »Warum könnt ihr nicht gehorchen und auf Gott vertrauen, der euch so viele Male geholfen hat, wenn ihr schon alles verloren gabt?«

Josua und Kaleb zerrissen ihre Kleider vor Entsetzen. Sie waren die einzigen der zwölf Kundschafter, die dem Volk vernünftig zuredeten, denn sie waren tapfer und vertrauten Gott: »Es ist ein gutes, fruchtbares Land! Es fließt über von Milch und Honig. Warum zweifelt ihr denn, wenn ihr doch wißt, daß der Herr mit euch ist und uns dahin führen und uns das Land geben wird? Es ist doch das versprochene Land! Ihr dürft euch nur nicht gegen den Herrn auflehnen, ihr dürft keine Angst vor den Bewohnern Kanaans haben. Wir können sie leicht zerschmettern, denn sie haben keinerlei Schutz, wenn der Herr bei uns ist. Ihr braucht sie nicht zu fürchten!«

Doch die Israeliten waren viel zu entsetzt, um auf die Vernunft zu hören, und ihre Angst schlug um in Wut auf Josua und Kaleb. Schon bückten sie sich nach Steinen, um die beiden und auch Mose und Aaron zu steinigen, als sie plötzlich auf wunderbare Weise abgelenkt wurden.

Die Herrlichkeit des Herrn erschien als heller Schein über dem Heiligtum vor allen Kindern Israels. Und aus dem Leuchten heraus klang die Stimme des Herrn:

»Mose! Wie lange will mich dieses Volk noch herausfordern und mir nicht gehorchen! Wie lange soll es dauern, bis sie an mich glauben – nach all den Zeichen meiner Macht, die ich ihnen gegeben habe! Ich will sie durch eine Seuche vertilgen. Ich will sie enterben. Aus dir, einzig aus dir, werde ich ein großes, mächtiges Volk machen!«

Doch Mose flehte für sie, wie er es schon zahllose Male getan hatte. »Vernichte sie nicht, Herr, ich bitte dich darum. Nicht jetzt, Herr, wo du sie den langen Weg hergeführt hast und als der Herr bekannt bist, der mit Wolke und Feuer führt und Auge in Auge mit seinem Volk spricht. Wenn du sie hier tötest, werden die Völker, die von dir gehört haben, sagen, du seist nicht imstande, dein Volk in das Land zu bringen, das du ihm versprachst, und du habest es deshalb in der Wüste umgebracht. Du bist geduldig, Herr, und von großer Güte. Ich bitte dich, vergib den Leuten ihre Sündhaftigkeit nach dem Maß deiner Gnade – wie du ihnen vergeben hast von ihrem Auszug aus Ägypten bis heute.«

Der Herr hörte auf ihn, und es tat ihm leid. Doch sein Zorn war nicht vergangen: »Ich will ihnen verzeihen, wie du es erflehst, sie sollen nicht vernichtet werden, ich will sie nicht enterben. Doch weil all diese Menschen, die meine Herrlichkeit und meine Wunder in Ägypten und in der Wildnis gesehen haben, trotzdem auf meine Stimme nicht hören und mich nun zehnmal herausgefordert haben, soll keiner von ihnen das Land sehen, das ich ihren Vätern versprochen habe. Nur Josua und Kaleb, die mir die Treue halten, sollen in Kanaan leben dürfen. Und die Kinder, die ihr schon als Gefangene vor euch saht, werden heranwachsen und das von euch verschmähte Land erben. Doch ihr anderen werdet durch die Wüste ziehen, bis ihr sterbt. Und auch eure Kinder sollen vierzig Jahre lang in der Wüste wandern, ein Jahr für jeden Tag, an dem ihr das Land erkundet habt; dann sind eure Kinder reife Männer, und ihr lebt nicht mehr.«

Schmerz ergriff die Nachkommen Israels; der Gedanke, ein Leben lang durch die Wüste ziehen zu müssen, war mehr, als sie ertragen konnten, und sofort änderte sich ihre Meinung über die Gefahren, die in Kanaan auf sie warteten. »Kaleb und Josua haben gesagt, daß wir imstande sind, das Land in Besitz zu nehmen«, sagten sie sich. »Also tun wir es doch. Es war falsch, nicht auf den Herrn zu vertrauen.«

Dabei kam ihnen nicht in den Sinn, daß sie ihr Glück verscherzt hatten und daß ihr neuer Plan neuen Ungehorsam bedeutete. Selbst als alle Kundschafter außer Kaleb und Josua an einer Seuche starben, die ihnen der Herr schickte, weil sie mit ihrem düsteren Bericht Aufruhr unter den Israeliten verursacht hatten, wollte das Volk Israel immer noch nicht einsehen, daß es vor Gottes Zorn kein Entrinnen gab außer in den vollständigen Gehorsam.

Früh am anderen Morgen versammelten sie sich auf dem Berg, der hinter dem Lager anstieg. »Hier sind wir«, sagten sie zu Mose. »Jetzt gehen wir in das Land, das uns der Herr versprochen hat, denn wir haben ja aus Angst gegen ihn gesündigt. Nun ist unsere Angst verflogen.«

»Aber ihr sündigt doch wieder!« sagte Mose. »Warum handelt ihr nun wieder gegen Gottes Gebot? Geht nicht, denn dort werdet ihr durch Waffengewalt umkommen. Der Herr wird nicht bei euch sein, weil ihr euch von ihm abgewandt habt, und die Amalekiter und die Kanaaniter werden euch schlagen.«

Doch sie hörten nicht auf ihn. Sie zogen auf die Höhe des Berglandes, das vom kanaanitischen Volk bewohnt wurde. Ohne Mose, ohne die Bundeslade und das Heiligtum, ohne die Wolke, die sie geführt hatte, und ohne den Herrn hatten sie nicht die geringste Aussicht auf Erfolg. Die blutige Schlacht war bald beendet, viele Israeliten lagen tot, die übrigen flohen und wurden vom Feind verfolgt.

Die Geschlagenen sammelten sich verzweifelt im Lager. Jetzt waren sie bereit, wieder in die Wüste zu ziehen.

»Kehrt um«, sagte der Herr. »Verlaßt diese Gegend, zieht in die Wüste am Roten Meer.«

Traurig wandten sie sich von der Grenze Kanaans ab und nahmen die Wanderschaft wieder auf. Das versprochene Land war immer noch ihr Ziel, aber nun lag eine lange Reise voller Umwege vor ihnen, weil sie nicht auf den Herrn vertraut hatten. Die Meilen und die Jahre schleppten sich dahin. Die Israeliten wanderten, schlugen ihr Lager auf, wanderten weiter. Und es gab viel Grund zum Jammern, es gab Hunger und Durst, sie lehnten sich wieder und wieder auf, und sie kämpften mit feindlichen Stämmen. Jedesmal, wenn sie in Not gerieten, rief der geduldige Mose Gottes Hilfe an. Sein Glaube wankte niemals.

Nach endlosen Entbehrungen und vielen Niederlagen kam das Volk Israel wieder an die Grenze Kanaans, diesmal bei Moab; in der Nähe floß der Jordan und lag das Tal von Jericho. Die vierzig Jahre waren fast um, und all die Menschen, die sich gegen Gott aufgelehnt hatten, waren gestorben und in der Wüste begraben worden. Die Israeliten hatten sich in der langen Zeit gewandelt, sie waren nun erfahrene Schafhirten und Wüstenbauern, abgehärtet durch die Wanderung, geschickt im Kampf mit feindlichen Stämmen, stark im Glauben. Aaron und Miriam lebten nicht mehr; von allen, die damals das Lager bei Kadesch aufgeschlagen und gehofft hatten, Kanaan durch das südliche Bergland zu betreten, lebten nur noch Mose, Josua und Kaleb.

Und Mose war ein sehr alter Mann, und seine Zeit ging zu Ende. Er sammelte noch einmal die Nachkommen Israels um sich, um sie wieder Gottes Gebote und Rechtsordnung zu lehren. Jedem Stamm gab er einen ganz besonderen Segen, und allen prägte er noch einmal die Verheißung Gottes ein, daß Kanaan ihnen gehören solle. »Ihr werdet über den Jordan nach Jericho ziehen«, sagte er. »Und da mir der Herr gesagt hat, daß ich nicht mehr bei euch sein werde, soll Josua euch führen, und ihr sollt Gott vertrauen. Denn der Herr, euer Gott, ist euer einziger Herr, und ihr sollt Gott den Herrn aus ganzem Herzen, aus ganzer Seele und mit aller Kraft lieben.«

Und er wandte sich an ganz Israel: »Hundertzwanzig Jahre bin ich alt. Ich kann euch nicht mehr führen. Doch Gott wird bei euch sein, und ihr werdet das versprochene Land besitzen. Josua soll euer Führer sein und euch über den Jordan bringen.« Zu Josua sagte er so laut, daß alle es hörten: »Sei stark und mutig. Denn der Herr hat dir die Kraft verliehen, dieses Volk in das Land zu bringen, das er seinen Vätern versprochen hat. Du bist es, der die Nachkommen Israels in ihr Erbe einsetzen soll.«

Gott sprach zu Mose: »Geh auf die Höhe des Berges Nebo, der im Lande Moab nahe der kanaanitischen Stadt Jericho liegt. Von dort sollst du in das Land Kanaan blicken, das ich dem Volk Israel als Besitz gebe. Du sollst das Land zu deinen Füßen sehen, aber betreten wirst du es nicht.«

Mose ging von der Ebene von Moab auf den Berg Nebo, den Gipfel des Gebirges Pisga nahe bei der Stadt Jericho. Und der Herr zeigte ihm das versprochene Land, das er den Stämmen Israels geben wollte. Mose sah in der Tiefe die Täler und erkannte die Ebene von Jericho; er hob den Kopf, um die ferne See zu erspähen; er sah die Schönheit der südlichen Landschaften, er blickte nach Zoar, der Stadt der Palmen; und er sah all die grünen Hügel und die fruchtbaren Täler, in denen sein Volk bald wandern würde.

Der Herr sagte: »Es ist das Land, das ich den Kindern Abrahams, Isaaks und Jakobs versprochen habe. Du siehst es mit deinen eigenen Augen, wenn du es auch nicht betreten wirst. Denn das Ende deiner Tage ist da.«

Und Mose, der Knecht des Herrn, tat einen letzten langen Blick in das Land, in dem Milch und Honig flossen. Er starb in Moab und wurde im Tal begraben. Doch bis heute weiß niemand, wo sein Grab lag.

In der Ebene von Moab weinte das Volk Israel dreißig Tage um Mose.

Als die Trauerzeit vorüber war, übernahm Josua sein Führeramt, und Gottes Geist war bei ihm. Doch niemals wieder erhielten die Israeliten einen Propheten wie Mose, der mit dem Herrn Auge in Auge sprach.

JOSUA SCHLÄGT DIE SCHLACHT VON JERICHO

Am Jordanufer breitete sich das Lager der Israeliten aus; gegenüber, am anderen Ufer, lag die kanaanitische Stadt Jericho. Wenn die Nachkommen Israels auf diesem Wege in Kanaan eindringen wollten, mußten sie zuerst die große, befestigte Stadt erobern. Sie wußten es, aber sie vertrauten auf ihren Sieg. Die Bewohner von Jericho fühlten sich immer mehr durch das Lager bewaffneter Männer am anderen Ufer beunruhigt, zumal sie schon von den Wundern, die der Gott Israels getan, und von vielen Siegen der Israeliten über die Wüstenstämme gehört hatten; hinter den starken Mauern ihrer Stadt bebten sie vor Angst.

Jetzt, wo Mose nicht mehr lebte, war es Josua, zu dem der Herr sprach: »Macht euch auf, überquert den Jordan mit dem ganzen Volk. Das Land, das ihr betretet, von der Wüste bis zum Euphrat-Strom und bis an die ferne Meeresküste im Westen, soll das eure sein, ihr sollt es als euer Erbe unter euch teilen. Wie ich mit Mose war, werde ich mit dir sein; ich werde mich dir nicht versagen und dich nie im Stich lassen. Deshalb sei stark und hab Mut und sei mir gehorsam. Dir wird alles gelingen, was du anpackst, denn der Herr, dein Gott, ist mit dir, wohin du auch gehst.«

Josua rief seine Hauptleute zusammen, um ihnen den ersten Befehl im Feldzug gegen die Kanaaniter zu geben. »Sagt überall im Lager Bescheid, daß Essen vorbereitet und alle Habe zusammengepackt werden soll, denn nach drei Tagen wollen wir über den Jordan ziehen und das Land in Besitz nehmen.« Zwei Mann schickte er als Späher ans andere Ufer. »Seht euch das Land und die Stadt Jericho genau an, damit wir die schwachen Stellen der Befestigung kennen und wissen, mit welcher Art von Leuten wir es zu tun haben.«

Verstohlen setzten die beiden Späher über den Fluß. Sie erkundeten die Umgebung der Stadt, und als sie merkten, daß die Stadttore während des Tages geöffnet blieben, schlüpften sie heimlich hinein, mischten sich unter die Städter und sahen sich die Befestigungen genau an. Als es Abend wurde, gingen sie in das Haus einer Frau mit Namen Rahab, um mit ihr wegen einer Unterkunft zu verhandeln. Sie glaubten, Rahab habe sie nicht erkannt, und meinten auch, daß sie von niemandem beobachtet worden seien. Doch während sie noch mit der Frau verhandelten, erhielt der König von Jericho schon die Meldung, daß zwei Spione aus dem Lager drüben in der Stadt seien, um sie für die israelitischen Streitkräfte auszukundschaften. Der König schickte sofort Soldaten zu Rahabs Haus. »Gebt uns die Männer heraus, die hier heute abend angekommen sind«, forderten die Soldaten grob. »Sie sind Spione, die unser Land auskundschaften, damit ihr Heer es erobern kann.«

Doch Rahab hatte von ihrem Haus an der Stadtmauer aus das große Lager drüben erkannt und ihre eigenen Entschlüsse gefaßt. Sie hatte auch rechtzeitig die Soldaten des Königs auf ihr Haus zugehen sehen. Nun tat sie, als ob sie überlegen müßte: »Gewiß, vorhin sind hier zwei Männer gewesen, aber woher sie kamen, weiß ich nicht. Sie sind ja auch schon lange wieder gegangen, etwa zu der Zeit, als die Stadttore geschlossen wurden. Wohin sie sich gewandt haben, weiß ich nicht, aber wenn ihr euch beeilt, könnt ihr sie sicher noch einholen.«

Nun war Rahab nicht gerade als besonders aufrichtiger Mensch bekannt, so daß die Soldaten ihr nicht recht glaubten und in aller Eile das Haus durchsuchten. Sie fanden keine Fremden. Rahab hatte sie auf das flache Dach geführt und dort hinter den zum Trocknen aufgehängten Flachsstengeln verborgen. Rahab sah die Soldaten durch das Tor laufen und beobachtete, daß die Stadttore hinter ihnen fest verriegelt wurden. Sie ging auf das Dach, räumte den Flachs weg und sagte: »Sie sind fort, die Tore geschlossen. Doch ich sorge dafür, daß ihr die Stadt heil wieder verlassen könnt.«

Die beiden Männer fragten sich, warum Rahab sie nicht verraten habe. Sie schien die Frage zu erraten, denn sie sagte: »Ich weiß, daß euch der Herr dieses Land gegeben hat. Alle Leute hier wissen es und sind voller Angst. Wir wissen, daß der Herr für euch das

Rote Meer trockengelegt hat und daß ihr eure Feinde auf dem Weg hierher vernichtet habt. Seit wir das wissen, hat uns aller Mut verlassen, und nicht ein einziger Mann unter uns hat noch das Herz am rechten Fleck. Wir sehen, daß der Herr, euer Gott, der Gott im Himmel und auf der Erde ist. Ich weiß, daß wir nicht gegen euch gewinnen können.«

Zufrieden entnahmen Josuas Kundschafter Rahabs Worten, daß sie mit Menschen von so verzagter Gesinnung sicherlich leicht fertig werden könnten. Doch da die Stadttore verschlossen und die Bewohner Jerichos auf der Suche nach ihnen waren, wußten sie nicht, wie sie Josua die Nachricht überbringen sollten.

Aber Rahab kannte einen Weg. Ihr Haus war in die Stadtmauer hineingebaut, und ein geschickter Mann konnte hinein- und hinausgelangen, ohne das fest verrammelte und bewachte Tor zu benutzen. Doch ehe sie die Kundschafter entließ, verlangte sie: »Schwört mir bei dem Herrn, daß ihr mich und meine Familie ungeschoren laßt, wie ich ja auch hilfsbereit zu euch bin. Ihr sollt mir versprechen, bei der Eroberung der Stadt mein Leben zu schonen, aber auch das meines Vaters, meiner Mutter und meiner Geschwister.«

Sie versprachen es bereitwillig: »Wenn du jetzt unser Leben rettest, werden wir euch verschonen. Du darfst aber keiner Menschenseele ein Wort davon verraten. Wenn der Herr uns dieses Land übergeben hat, wollen wir dir deine Hilfe vergelten.«

Rahab führte die Männer an ein hochgelegenes Fenster, ließ ein starkes Seil an der Außenseite der Stadtmauer herab und sagte: »Wenn ihr euch hinuntergelassen habt, wendet euch ins Gebirge und nicht zum Fluß, wo eure Verfolger euch suchen. Bleibt drei Tage in den Bergen. Inzwischen werden sie die Nachforschungen nach euch einstellen und in die Stadt zurückkehren. Dann könnt ihr euer Lager wieder erreichen.«

Sie dankten ihr, prüften das Seil und versprachen noch einmal: »Wir werden unseren Schwur halten. Wenn du unsere Streitmacht anrücken siehst, knüpf ein scharlachrotes Tuch an dein Fenster, so daß es von draußen zu sehen ist. Sobald wir fort sind, schick heimlich nach deinen Eltern, Geschwistern und anderen Verwandten, sorg aber dafür, daß sie bei dir im Haus bleiben und die Straße nicht betreten. Tun sie es trotzdem, haben sie selbst schuld an ihrem Tode, denn nur wenn sie in deinem Hause bleiben, sind wir für ihre Sicherheit verantwortlich.«

»So soll es sein«, antwortete Rahab.

Die Männer ließen sich an dem Tau aus Rahabs Fenster auf die Erde hinunter und verschwanden in der Dunkelheit. Rahab band das rote Tuch ans Fenster und ließ ihre Verwandten zu sich holen. Die beiden Kundschafter eilten ins Gebirge, wo sie sich drei Tage versteckten, während ihre Verfolger vergebens am Fluß nach ihnen suchten. Nach drei Tagen kamen sie in die Ebene, setzten über den Jordan und brachten Josua ihre Meldung. »Der Herr hat uns wirklich das Land übergeben, denn die Bewohner sind aus Angst vor uns völlig verzagt, weil sie wissen, daß der Herr bei uns ist.«

Das waren willkommene Nachrichten für Josua. Früh am anderen Morgen ließ er das Lager abbrechen und führte alle Kinder Israels an das Ufer des Jordans, wo sie drei Tage lang blieben, damit die Einwohner Jerichos seine starken Streitkräfte sahen. Dann befahl er seinem Volk: »Heiligt euch, denn morgen wird der Herr unter euch Wunder tun.«

Am Tag darauf zogen die Priester mit der Bundeslade zum Fluß. Sobald sie den Fuß in den Jordan tauchten, wich das Wasser vollständig zurück und ließ einen Weg frei, auf dem alle Israeliten ungehindert ans andere Ufer gelangten. Sie schlugen ihr Lager in Gilgal im Osten Jerichos auf.

Unter den Augen der verängstigten Bewohner Jerichos bereiteten sich vierzigtausend Kämpfer auf die Eroberung vor, doch dauerte es wiederum mehrere Tage, bis sie ausrückten. Am ersten Tag feierten sie das Passafest, und am nächsten aßen sie geröstete Körner und ungesäuertes Brot aus den Erträgen des Landes Kanaan. Danach gab es kein Manna mehr. Das Manna, das in mehr als vierzig Jahren der Wanderung an sechs Tagen jeder Woche für sie vom Himmel gefallen war, blieb für alle Zeiten aus: Das Volk Israel war jetzt im verheißenen Land, und von nun an ernährte es sich von dessen Reichtum und nie wieder von dem Wüstenbrot, das es Manna genannt hatte.

Jerichos Mauern waren hoch und stark, die Tore fest verriegelt, denn niemand wagte sich, aus Angst vor den Israeliten, aus der Stadt heraus. Vom Lager in Gilgal aus erkannte Josua die Stärke der Mauern, und er sah auch, daß hinter den steinernen Wällen das Volk von Jericho bewaffnet und zum Kampf gerüstet bereitstand. Gegen solche Befestigung und Verteidigung konnten höchstens die stärksten Waffen etwas ausrichten, aber die Israeliten verfügten nur über einfache Bewaffnung. Da sprach der Herr zu Josua:

»Die Stadt Jericho habe ich dir ausgeliefert, mit ihrem König, mit ihren mächtigen und tüchtigen Männern. Du sollst mit all deinen kriegstüchtigen Männern um die Stadt ziehen und die Bundeslade mitführen. Vor der Lade sollen sieben Priester mit sieben aus Widderhörnern angefertigten Posaunen gehen und vor ihnen wiederum bewaffnete Männer.«

Der Herr beschrieb Josua genau, wie die Stadt eingenommen werden sollte; es war eine sehr ungewöhnliche Art, doch Josua zweifelte nicht an dem ihm vom Herrn versprochenen Sieg.

Er rief die Priester und die Krieger zusammen, um ihnen Anweisungen zu geben. »Ihr müßt still sein«, sagte er, »man darf keinerlei Geräusch von Stimmen hören, nicht ein einziges Wort – bis zu dem Tag, an dem ich euch befehle, ein lautes Geschrei anzustimmen. Dann schreit laut und kräftig! Jetzt aber marschieren wir einmal um die Stadt, und die Bewaffneten ziehen vor der Bundeslade her.«

So geschah es, daß sieben Priester mit sieben aus Widderhörnern hergestellten Posaunen vor der Bundeslade gingen und laut in die Posaunen bliesen. Die Hälfte der bewaffneten Männer zog vor ihnen, die andere hinter der Bundeslade her.

Hinter ihren Mauern hervor beobachteten die Bewohner Jerichos das unerwartete Schauspiel, wie die Streitkräfte der Israeliten rund um ihre Stadt marschierten und nicht einmal den Versuch machten, Mauern und Tore zu erstürmen. Statt dessen bliesen die Priester unausgesetzt auf ihren Posaunen, während man von den vielen Männern, die vor und hinter ihnen gingen, nichts als das Geräusch ihrer Schritte hörte. Als der ganze Aufzug die Stadt einmal umrundet hatte, marschierten die Israeliten schweigend in ihr Lager zurück. Dieser sonderbare Vorgang beunruhigte die Bewohner von Jericho und ängstigte sie sehr, und nur Rahab, die mit ihrer Familie in ihrer Wohnung alles Kommende abwartete, fürchtete sich nicht.

Auch am zweiten Tag und schließlich insgesamt an sechs Tagen zogen die Israeliten schweigend mit der Bundeslade und mit den Posaune blasenden Priestern um die Stadt Jericho.

Am siebten Tag begannen sie ihren Rundgang mit der ersten Morgendämmerung, denn an diesem Tag mußten sie siebenmal um die Stadt ziehen. Wieder gingen die bewaffneten Männer schweigend hinter der Bundeslade und den Posaune blasenden Priestern her. Bei der siebten Runde stießen die Posaunen einen lang hallenden, gewaltigen Ton aus, und Josua befahl: »Jetzt schreit! Der Herr hat die Stadt in unsere Hand gegeben. Verflucht sei die Stadt und alles, was in ihr ist. Alles Lebende soll sterben bis auf Rahab! Schrei laut, o Israel!«

Das ganze Volk brach in einen lauten, langen Schrei aus, die Priester bliesen aus Leibeskräften in ihre Posaunen – da begannen die Mauern zu beben und zu wanken und stürzten schließlich ein. Das Volk Israel stürmte in die Stadt, die es ohne Mühe einnahm; die Israeliten fielen über die schreckerstarrten Bewohner her und töteten alles Lebendige, das sie fanden.

Nur Rahab wurde mit ihrer Familie geschont. Die beiden jungen Kundschafter hielten ihr Versprechen, suchten das Haus mit dem scharlachroten Tuch im Fenster auf und brachten auf Josuas Befehl Rahab und die Ihren in Sicherheit.

Alles Gold und Silber, alle kupfernen und eisernen Gefäße, die sich in der Stadt befanden, wurden eingesammelt und in das Heiligtum des Herrn geschafft. Und Jericho wurde dem Erdboden gleichgemacht, und alle Bewohner der Stadt starben. Nur Rahab lebte mit ihrer Familie bis ans Ende ihrer Tage unbehelligt bei den Israeliten.

So stand der Herr Josua bei, als die erste befestigte Stadt in Kanaan erobert wurde, und der Ruhm Josuas und seines Gottes verbreitete sich im ganzen Land.

In den nächsten Jahren kämpften die Israeliten viele Male gegen Könige und gegen Stämme Kanaans, bis Josua schließlich, wie Gott es Mose versprochen hatte, das ganze Land erobert hatte; er teilte es unter den Nachkommen Israels nach ihren Stämmen auf. Die Israeliten konnten sich nun nach den vielen Jahren der Entbehrungen und des Kämpfens niederlassen, und allmählich erholte sich das Land vom Krieg.

GIDEONS DREIHUNDERT

Josua starb friedlich in hohem Alter und nach erfüllten Aufgaben. Die Nachkommen Israels hatten sich das ganze Land zu eigen gemacht und konnten zufrieden in den ihnen zugewiesenen Gebieten leben. Sie brauchten jetzt keine Propheten oder Heerführer wie Mose und Josua, denn offenbar war die Zeit der Kämpfe ein für allemal abgeschlossen.

Doch in Wohlstand und Behagen vergaßen sie allmählich die Güte Gottes, der sie aus Ägypten geführt hatte, und beugten sich vor den Göttern ihrer Nachbarn, vor den Götzen Baal und Astarte. Ihr Götzendienst war Sünde in Gottes Augen.

Er strafte sie voller Zorn und erlaubte den Feinden, die Israeliten zu besiegen und zu unterdrücken. Doch immer wieder stand aus der Masse des Volkes ein Richter oder ein Befreier auf, der dem Volk in seinem Elend beistand. Und die Menschen bereuten eine Weile lang, was sie falsch gemacht hatten, nahmen aber, wenn der Richter starb, die alte schlimme Lebensweise wieder auf. Und schon kam ein neuer Feind, der sie unterdrückte.

Sie hatten ja viele Feinde: Innerhalb der Grenzen Kanaans lebten immer noch viele Kanaaniter, außerdem die Philister, ein von weither eingewandertes Volk, das jetzt an der Küste wohnte und seine Macht immer wieder ins Landesinnere hinein auszudehnen versuchte. An den Grenzen wohnten die kriegerischen Ammoniter und Midianiter, die Moabiter und Amalekiter, und schließlich drohte von fern immer die gewaltige Macht der Babylonier. Diese Völker alle warteten nur auf ein Zeichen der Schwäche, um über Israel herzufallen. Doch die Israeliten sahen nie ein, daß jeder Abfall von Gott damit bestraft wurde, daß sie den mächtigen Feinden zum Opfer fielen. Weise Richter kamen – Othniel, Ehud, Schamgar und Debora – und setzten alle Klugheit und allen Mut ein, um ihr Volk aus der Unterdrückung zu retten; doch sobald sie starben, fiel das Volk wieder in den Götzendienst zurück.

Und weil sie immer wieder sündigten, lieferte sie Gott der Herr für sieben Jahre den Midianitern aus. Die Strafe traf sie in jedem Frühjahr, nach der Aussaat, wenn das Korn zu reifen begann. Dann erschienen die Midianiter mit den ihnen verbündeten Amalekitern wie die Heuschrecken, verwüsteten die Felder und plünderten die Häuser. Jahr auf Jahr, sieben Jahre lang, erschienen sie, und immer furchtbarer wurden ihre Überfälle. Zuerst plünderten sie von den Grenzen aus das Land, später drangen sie in Israel ein, lagerten auf israelitischem Boden, brachten ihr Vieh auf israelitische Weiden und nahmen sich das Getreide, sobald es reif war. Schließlich besetzten sie mit Rinder-, Schaf- und Ziegenherden, mit Kamelen und Zelten das ganze Land und plünderten es erbarmungslos, wenn sie wieder abzogen. So kam es, daß den Israeliten nicht einmal genügend Nahrung blieb und daß sie keine Schafe, Ochsen, keine Esel und kaum noch Häuser hatten. Verängstigt und hilflos flohen sie ins Gebirge und hausten in Höhlen und Grotten. Aus diesen Zufluchtsstätten krochen sie scheu hervor, um ihre winzigen Kornfelder zu bestellen – und hofften, dabei nicht von Midianitern entdeckt zu werden.

So standen die Dinge in Israel, als im siebten Jahr der Engel des Herrn erschien. Gideon aus dem Stamm Manasse, ein Sohn von Joas, drosch sein bißchen Weizen in einer verborgenen Weinkelter, um das Korn vor den Midianitern zu retten. Da erschien der Engel des Herrn; er setzte sich unter eine Eiche.

»Der Herr ist mit dir, du mächtiger Held!« grüßte er Gideon. Der sah erschrocken auf. Er war kein mächtiger Mann, und er glaubte nicht daran, daß der Herr auf seiten der Israeliten sei. »Herr«, sagte er, »wenn Gott der Herr noch mit uns ist, warum läßt er dann solche Dinge geschehen? Wo sind die Wunder, von denen unsere Väter erzählt haben? Nein, wir sind verlassen. Der Herr hat uns in die Hand der Midianiter gegeben und will seit vielen Jahren nichts mehr von uns wissen.«

»Du sollst Israel retten«, sagte der Engel. »Zieh aus mit deiner ganzen Macht, dann wirst du die Midianiter überwinden, weil der Herr selbst dich schickt.«

»Ich soll Israel retten?« Gideon war erstaunt und erschrocken, denn er war nicht nur ein einfacher Mann, sondern auch ein Bauer, der vom Kriegführen kaum etwas verstand. »Herr, wie soll ich Israel retten? Meine Familie gehört zu den Ärmsten des Stammes Manasse, und ich bin der Letzte im Hause meines Vaters.«

»Der Herr wird mit dir sein«, versprach der Engel. »Du sollst die Midianiter schlagen, als wären sie nur ein einziger Mann.«

»Wenn ich also Gnade vor deinen Augen gefunden habe, gib mir doch ein Zeichen, damit ich sehe, daß du ein Engel des Herrn bist. Ich will dir zu essen holen, bleib hier, ich bitte dich.«

»Ich werde warten«, sagte der Engel.

Gideon ging nach Hause und kam mit Fleisch, ungesäuertem Brot und einem Topf voll Brühe zurück. Er setzte alles vor den Fremden unter der Eiche.

»Nimm das Fleisch und das Brot und leg es auf diesen Felsen«, befahl der Engel. »Dann gieß Brühe darüber.«

Gideon gehorchte. Der Engel des Herrn berührte die Speisen mit der Spitze seines Stabes, und eine wunderbare Flamme schoß aus dem Felsen und verbrannte sie zu Asche.

Als Gideon nun erkannte, daß er wirklich mit dem Engel des Herrn gesprochen hatte, rief er voller Angst: »Ach Herr! Ich fürchte mich sehr, denn ich habe den Engel des Herrn mit eigenen Augen gesehen und werde nun sterben!«

Doch der Herr beruhigte ihn: »Friede sei mit dir! Hab keine Angst, du wirst nicht sterben.«

Gideon errichtete an diesem Platz einen Altar, dem er einen Namen gab: »Der Herr ist Friede.« Es war der erste Altar, der dem wahren Gott nach langer Zeit erbaut wurde, und allmählich nahte sich der Geist Gottes wieder den Kindern Israels.

In der Nacht sprach Gott noch einmal zu Gideon: »Hol einen der jungen Stiere, die deinem Vater gehören. Reiß den Altar ein, den dein Vater für Baal gebaut, und fäll die Bäume, die er ringsum gepflanzt hat. Dann sollst du am Platz des heidnischen Altars dem Herrn einen neuen bauen und den jungen Stier mit dem Holz, das du fällen wirst, als Brandopfer darbringen.«

Noch in dieser Nacht holte Gideon zehn Männer zusammen, mit denen er im Schutz der Dunkelheit den Heidenaltar abriß; er

zerstörte ihn vollständig. Dann fällte er die Bäume und entfachte mit dem Holz ein großes Feuer, von dem er den jungen Stier als Brandopfer auf dem neuen Altar verzehren ließ.
Am anderen Morgen kamen die Männer, um Baal anzubeten. Sie schäumten vor Wut, als sie sahen, was in der Nacht geschehen war: »Wer hat das gewagt?« Sie fragten überall herum und bekamen schließlich die Auskunft: »Gideon, der Sohn von Joas, hat es getan.«
Sofort liefen sie zu Joas, um die Herausgabe seines Sohnes zu verlangen: »Gib ihn heraus! Er hat Baals Altar niedergerissen! Dafür soll er sterben!«
Doch Joas hielt zu seinem Sohn, obwohl er selbst einst den Altar für Baal errichtet hatte: »Braucht Baal eure Hilfe? Warum müßt ihr ihm helfen? Wenn er ein Gott ist, kann er für sich selbst sorgen, mag er Gideon bestrafen!«
Doch nur in ihrer Vorstellung war Baal ein Gott; er konnte den Mann nicht bestrafen, der seinen Altar abgerissen hatte – und jetzt begann das Volk Gideon Achtung entgegenzubringen. Als sich Midianiter und Amalekiter in ihren Kriegszelten im Tal von Jesreel zu einem neuen mörderischen Überfall rüsteten, erhoben die Israeliten Gideon zu ihrem Anführer. Er sandte Boten durch das Land, die seinen eigenen Stamm und die Bruderstämme zu den Waffen riefen. Mehr als dreißigtausend Mann scharten sich um ihn.
Als sie versammelt waren, bat Gideon den Herrn um ein Zeichen seiner Zustimmung: »O Herr und Gott! Gib mir ein Zeichen, daß ich Israel retten werde. Ich lege hier diese abgeschorene Wolle auf die Erde. Wenn sie morgen früh voller Tau, die Erde ringsum aber trocken ist, weiß ich, daß du bei uns bist und uns zum Sieg verhilfst.«
So geschah es, daß Gideon am nächsten Morgen auf der ringsum trockenen Erde die Wolle naß vorfand; er konnte eine Schüssel voll Wasser aus ihr wringen.
Er betete wieder zu Gott: »O Herr, ärgere dich nicht über meine Bitte, doch gib mir noch ein Zeichen! Dann werde ich nicht wieder bitten. Laß diesmal die Wolle allein trocken und die ganze Erde ringsum voller Tau sein.«

Und auch das stellte sich ein, wie er es gewünscht hatte, der Boden war am anderen Morgen naß vom Tau, die Wolle trocken. Jetzt zweifelte Gideon nicht länger an seinem Sieg, sammelte rasch sein Heer und ließ es an der Quelle Harod lagern, vom Heer der Midianiter durch das Tal More getrennt.

Dann aber sagte der Herr: »Du hast zu viele Männer bei dir, als daß ich dir den Sieg geben könnte. Die Israeliten würden sich brüsten, daß sie den Sieg aus eigener Kraft errungen hätten, doch sie sollen einsehen, daß der Herr sie gerettet hat. Deshalb geh zu deinen Leuten, sag ihnen: ›Wer sich fürchtet, soll sofort heimgehen.‹« Daraufhin verließen zweiundzwanzigtausend Mann das Lager. Doch die übriggebliebenen zehntausend waren dem Herrn noch zuviel, und nur die ganz tapferen und umsichtigen sollten in die Schlacht ziehen. »Führe sie ans Wasser«, befahl er Gideon. »Dort will ich sie für dich prüfen. Beobachte, wie sie trinken, und danach teil sie in zwei Haufen ein.«

Gideon zog also mit den zehntausend an die Quelle und beobachtete sie beim Trinken. Die meisten Männer legten die Waffen ab und beugten sich zum Trinken tief hinunter. Doch dreihundert von ihnen hielten die Waffen kampfbereit in einer Hand, und jeder von ihnen schöpfte mit der anderen Wasser und trank es aus ihr, so daß er auch beim Trinken wachsam um sich sehen konnte. Darauf trennte Gideon diejenigen, die das Wasser aus der Hand getrunken hatten, von den anderen; ihre Gruppe war nur klein.

»Dreihundert Mann haben das Wasser mit einer Hand geschöpft«, sagte der Herr. »Die sollst du behalten. Die anderen laß heimgehen.« Gideon gehorchte. Mit seiner kleinen Schar von dreihundert Mann sah er vom Berg hinab auf die gewaltige Streitmacht der Midianiter im Tal. In dieser Nacht aber stahl sich Gideon mit seinem Knecht Pura auf Befehl des Herrn zum feindlichen Lager, um zu hören, was dort geredet wurde.

Die feindlichen Scharen wirkten aus der Nähe noch viel bedrohlicher. Dicht wie Heuschreckenschwärme hatten sich Midianiter, Amalekiter und Krieger aus den östlichen Landschaften über das ganze Tal verteilt; ihre Kamele waren zahlreich wie die Sandkörner am Meer. Gideon und Pura schlichen sich vorsichtig heran

und verbargen sich in der Dunkelheit hinter den äußersten Zelten. Sie hörten eine Stimme in einem Zelt sagen:
»Ich habe geträumt, daß ein Laib Gerstenbrot in unser Lager rollte. Er traf ein Zelt und traf es so hart, daß es umfiel und flach auf der Erde lag.«
»O weh!« sagte eine andere Stimme. »Das kann nur bedeuten, daß Gideon und die Scharen Israels uns im Kampf besiegen werden. Sicherlich hat uns der Herr in ihre Hand gegeben.«
Nun erkannte Gideon den Sinn von Gottes Worten: »Wenn du sie reden hörst, wirst du stark genug sein, dem Feind in der Schlacht standzuhalten.« Er dankte Gott im Gebet und kehrte mit Pura zu seinen wartenden Kriegern zurück. »Der Herr ist mit uns!« sagte er begeistert. »Er hat die Heere der Midianiter in unsere Hand gegeben!«
Er teilte seine dreihundert in drei Scharen ein und erklärte ihnen eilig seinen Plan. Dann erhielt jeder von ihnen eine Trompete und einen tiefen Tonkrug, in dem verborgen eine Fackel glomm. Mit solchen ungewöhnlichen Waffen schlich sich Gideons Heer an das feindliche Lager heran; man hörte keinen Schritt, man sah keinen Schimmer der verborgenen Fackeln, und die midianitischen Wachtposten entdeckten nichts Ungewohntes unter den leisen Geräuschen der Nacht.
Schweigend nahmen die dreihundert Mann ihren Platz rund um das Lager der schlafenden Midianiter ein; sie warteten auf Gideons Signal.
Plötzlich zerriß der schrille Ton einer Kriegstrompete die Stille – das war Gideons Zeichen: Im nächsten Augenblick schmetterten dreihundert Trompeten, und dreihundert leere Krüge zerbrachen mit einem einzigen nachhallenden Klirren auf den Felsen im Tal. Die brennenden Fackeln, die jeder Krieger in der Linken hielt, flammten rings um das Lager. Ein zweiter mächtiger Trompetenstoß und der laute Ruf: »Schwert des Herrn und Gideons!« ertönten zu gleicher Zeit.
Die aus dem Schlaf geschreckten Midianiter stürzten aus den Zelten und sahen überall hellflackernde Fackeln. Von allen Seiten dröhnte Lärm, Siegesgeschrei und Trompetengeschmetter. In gro-

ßer Verwirrung glaubten sie, es mit einem übermächtigen Feind zu tun zu haben, und dachten nur an Flucht. Sie nahmen die Schwerter auf und rannten kopflos durch das Lager.

Doch in der Dunkelheit, die nur durch die flackernden Fackeln erhellt wurde, erkannten sie weder, wohin sie rannten, noch, wer Freund und wer Feind war. Der Herr machte, daß sie sich untereinander mit den Schwertern anfielen, so daß die Midianiter Midianiter töteten, während sie blindlings auf die äußeren Zelte zu stolperten. Doch auch da gab es keine Sicherheit, denn wo auch immer ein Soldat durch den Wirrwarr von schreienden Kriegern und zusammenfallenden Zelten hindurch nach außen gelangte, stieß er auf einen Israeliten mit gezogenem Schwert und flammender Fackel.

Aus dem Versuch, zu entkommen, wurde blindes Drauflosstürmen, und Gideons dreihundert fielen über die Männer von Midian her und verfolgten sie bis an die Grenze ihres Landes. Nun strömten neue israelitische Scharen herbei, um die Unterdrücker aus Kanaan zu verjagen; sie töteten Könige und Fürsten des Feindes und verfolgten ihn bis ans Ufer des Jordans.

So wurden die Soldaten der Midianiter von den Kindern Israels vertrieben. Das dankbare Volk bat Gideon, sein König zu werden, doch er scheute die Versuchungen des Königtums und hielt es auch nicht für richtig, daß Israel von einem König regiert werde. Als Richter wollte er sie leiten und alle Klugheit und Kraft einsetzen, um sie auf dem Wege des Herrn zu halten.

Vierzig Jahre, solange Gideon lebte, hatte das Volk Ruhe. Doch nach seinem Tode hielt der Friede nicht mehr lange, denn schon seit einiger Zeit bereitete sich ein anderer mächtiger Feind in aller Stille auf den Krieg vor.

SIMSON UND DELILA

Die Jahre und die Herrschenden kamen und gingen. An der Küste saßen die Philister, die immer mächtiger wurden, doch das Volk von Israel hatte die Lehren der Vergangenheit viel zu rasch vergessen. Es wandte sich vom Herrn ab, um die heidnischen Götter seiner Nachbarn anzubeten, und weil es in den Augen des Herrn sündigte, fiel es wieder seinen Nachbarn in die Hände.

Vierzig Jahre hindurch unterdrückten die Philister das Volk von Israel; sie beteten einen sonderbaren, fischähnlichen Götzen namens Dagon an. Der Zusammenhalt unter den über das Land verteilten Stämmen Israels war nicht stark, und niemand war Gott nahe genug, um die Kraft zur Befreiung Israels aus den Händen seines neuen Feindes zu finden.

Doch im Stamm Manasse lebte ein Mann namens Manoah, der noch immer dem Herrn anhing und ihm diente. Seine Frau hatte ihm keine Kinder geboren und die Hoffnung auf Nachkommen schon aufgegeben. Aber eines Tages erschien der Engel des Herrn bei ihr, um ihr einen Sohn anzukündigen. »Gib acht, daß du keinen Wein und kein starkes Getränk zu dir nimmst, iß auch keine unreine Speise. Denn sein Sohn wird ein von Gott Begnadeter sein, ein Gott Geweihter; er soll es wagen, Israel aus der Hand der Philister zu befreien. Zeitlebens darf er sein Haar nicht schneiden; würde er es dennoch tun, würde Gott ihm die Gnade entziehen, und Gott der Herr wäre nicht mehr bei ihm.«

Wie der Engel angekündigt hatte, gebar Manoahs Frau einen Sohn. Er wurde Simson genannt, wuchs heran und erlangte außergewöhnliche Kraft. Sein langes Haar, das den Bund mit Gott bezeugte, fiel ihm über die Schultern. Als er zum Mann herangereift war, gab es weit und breit keinen Stärkeren als Simson; Gott hatte ihn gesegnet und zu großen Dingen ausersehen. Doch wenn er auch in manchen Stunden Gottes Geist in sich spürte, handelte er oft unvernünftig: Sein Haß auf die Männer der Philister hinderte ihn nicht, ihre Frauen zu bewundern. Das führte später zu seinem Untergang, aber auch dazu, daß die Philister ihre Vorherrschaft verloren.

Seine Kraft bewies sich oft auf wunderbare Weise. So war er eines Tages unterwegs zu einem Mädchen aus dem Volk der Philister, das er gegen den Wunsch seiner Eltern zu seiner Frau machen wollte, als plötzlich ein junger Löwe brüllend vor ihm stand. Der Geist Gottes kam über Simson, und er riß das Raubtier so leicht entzwei, als sei es ein zartes Ziegenlamm.

Er heiratete das Philistermädchen. Die Philister bewogen die junge Frau, beim Hochzeitsfest ihren Mann zum Narren zu halten. Simson geriet in furchtbare Wut und tötete dreißig ihrer Landsleute. Von nun an folgte ein schrecklicher Zusammenstoß dem anderen. Als die Philister den jungen Mann mit dem wallenden Haar wieder einmal betrogen, dachte er sich eine schlimme Rache aus: Er fing dreihundert Füchse, band je zweien die Schwänze zusammen und befestigte daran ein Strohbündel. Dann setzte er das Stroh in Brand und ließ die Füchse los, die in wildem Schrecken in das hohe, reife Korn der Philister rannten, von einem Feld zum anderen, hin und her. Das Feuer verbrannte alles, die geernteten Garben und das reifende Korn, die Olivengärten und die Weingärten der Philister.

Sie nahmen blutige Rache, zogen vor das Haus von Simsons Frau und brannten es nieder, so daß sie selbst und ihr Vater in den Flammen umkamen.

Simsons Rachedurst loderte wieder auf. Er überfiel die Philister und erschlug sie in großer Zahl. »Und ich werde nicht aufhören, bis ich mich an euch gerächt habe!« brüllte er. Als er ringsum tote Feinde liegen sah, wurde er ruhig, verließ das Land und gründete ein neues Zuhause im Land, das dem Stamm Juda gehörte.

Doch die Philister vergaßen ihn nicht. Ein Heer fiel in das Land von Juda ein, schlug die Zelte in Lehi auf und suchte nach Simson. Die Männer von Juda hatten bis dahin versucht, mit den kriegerischen Philistern im guten auszukommen, und waren sehr beunruhigt durch das Auftauchen des feindlichen Heeres. »Warum seid ihr hergekommen? Warum zieht ihr mit Kriegsmacht gegen uns?«

»Wir wollen Simson haben«, antworteten sie. »Wir wollen ihn fangen und fesseln und dann so mit ihm verfahren, wie er uns behandelt hat.«
Die Männer von Juda kannten Simsons Aufenthaltsort, wünschten zwar nicht, ihn auszuliefern, wollten aber auch nicht seinetwegen die Wut der Philister auf sich ziehen. Sie suchten also sein zwischen Felsen geschützt gelegenes Haus auf und riefen ihm zu: »Weißt du denn nicht, daß die Philister unsere Herren sind? Sollen wir unter dem leiden, was du ihnen angetan hast?«
»Ich habe ihnen nicht mehr angetan als sie mir«, antwortete Simson.
»Trotzdem wollen wir dich fesseln und ihnen ausliefern«, sagten die Männer von Juda, »damit sich ihr Zorn nicht gegen uns richtet.«
»Also fesselt mich«, sagte Simson. »Ihr müßt mir nur schwören, daß ihr selbst mich nicht umbringt, wenn ich gebunden dastehe.«
Das versprachen sie. Sie fesselten ihn mit neuen Stricken, führten ihn aus dem Felsenversteck heraus und übergaben ihn den wartenden Philistern. Als die Feinde ihn gefesselt und offenbar hilflos sahen, schrien sie auf in Triumph und Blutdurst.
Doch Simson war alles andere als hilflos. Kraft durchströmte seinen gewaltigen Körper, Stärke ergoß sich in seine Glieder. Er ließ die Muskeln schwellen und sprengte die Fesseln so leicht, als handele es sich um Flachs, der dem Feuer zu nahe kam. Als er die Hände frei hatte, hob er einen alten, von der Sonne getrockneten Eselskinnbacken auf und holte damit gegen die Männer aus, die ihn abführen wollten. Immer wieder hieb er mit der scharfen Kante des Knochens zu, bis an die tausend Philister tot auf der Erde lagen.
»Mit einem Eselskinnbacken habe ich tausend Mann erschlagen«, dröhnte seine Stimme triumphierend. Das ganze Volk Israel erkannte ihn nun als einen großen Richter an, doch statt sich von den verhaßten Philistern fernzuhalten, ging Simson nach Gaza, einer stark befestigten und für die Israeliten – besonders aber für Simson – sehr gefährlichen Stadt.
Schnell sprach es sich herum: »Simson ist in Gaza!« Die Philister freuten sich über die unerwartete Gelegenheit, sich seiner zu be-

mächtigen, und als der Abend kam, umstellten sie die gewaltigen Stadtmauern und bewachten die gut verrammelten Tore. In aller Stille wollten sie die ganze Nacht auf ihn warten, um ihn morgens aus dem Hinterhalt zu überfallen. Doch wiederum konnten sie nichts gegen ihn ausrichten, denn Simson wartete die Dämmerung nicht ab, sondern ging schon um Mitternacht zum Tor. Seine gewaltigen Arme packten die verriegelten Torflügel und rissen sie aus der Mauer, mitsamt den Pfosten. So trug er das Tor auf den Schultern fort und warf es oben auf einem Hügel bei Hebron ab.
Bald darauf verliebte er sich in eine Frau aus dem Tal von Sorek, in Delila, aus dem Volk der Philister. Seine Feinde fanden bald heraus, daß ihn die Liebe zu Delila völlig verzaubert hatte, so daß er immer wieder zu ihr kam. Die führenden Männer der Philister gingen zu ihr, um ihr einen Handel vorzuschlagen.
»Überrede ihn, setz alle List ein, um den Sitz seiner Stärke zu finden, damit wir ihn besiegen können. Wenn du sein Geheimnis entdeckst, gibt dir jeder von uns elfhundert Silberstücke.«
Die Summe war verlockend, und Delila willigte ein. Als Simson sie wieder besuchte, begann sie sofort, von seiner Stärke zu reden: »Sag mir, was dich so wunderbar stark macht und welche Fesseln deine herrliche Kraft binden könnten!«
Doch so leicht ließ sich Simson nicht ausfragen: »Wenn man mich mit sieben noch frischen, grünen Bastseilen bände, wäre ich schwach wie andere Männer.«
Delila gab den Oberen der Philister sofort Bescheid; sie kamen mit sieben frischen Bastseilen. Als Simson an Delilas Seite in Schlaf gefallen war, fesselte sie selbst ihn mit den frischen Seilen und rief dann: »Simson, wach auf! Die Philister sind über dir!« Er erwachte und dehnte sich – da zerfaserten die Bastseile, als wenn ein Strang Flachs Feuer fängt. »Du hast mich zum Narren gehalten«, sagte Delila schmollend. »Warum lügst du, wenn du doch genau weißt, daß ich dir nie etwas Böses antun würde? Sag mir jetzt die Wahrheit: Womit läßt sich deine gewaltige Kraft binden?«
Diesmal erzählte er ihr von neuen, noch nie benutzten Tauen, mit denen er gefesselt werden müßte.
Delila band ihn also, als er schlief, mit ganz neuem Tauwerk und

weckte ihn wieder mit dem Ruf: »Simson, wach auf! Philister über dir!« Lässig erhob sich Simson, und wie Fäden rissen die dicken Taue.

»Wieder hast du mich getäuscht!« rief Delila vorwurfsvoll. »Du lügst mich an. Sag jetzt endlich, wie es wirklich ist!«

»Wenn du in das Gewebe, das du auf deinem Webstuhl hast, mein Haar mit hineinweben würdest, wäre ich schwach wie die anderen.«

Als er schlief, teilte Delila Simsons langes, dichtes Haar in sieben Locken, die sie nach und nach mit der Wolle verwebte. Sie befestigte das Ganze mit dem schweren Pflock des Webstuhls und rief: »Die Philister sind über dir, Simson!«

Doch die Philister, die im Versteck saßen und Delila zugesehen hatten, erhielten auch diesmal keine Gelegenheit, Simson zu fassen, mühelos erhob er sich. Als er fortging, waren seine Haare noch mit dem Gewebe verflochten, und der schwere Pflock und der Webrahmen hingen daran. Zurück blieb Delila mit einem zerbrochenen Webstuhl und der Überlegung, wie sie wohl an das von den Philistern versprochene Geld kommen könnte.

Doch Simson kam immer wieder zu ihr zurück, und Delila plagte ihn wie vorher: »Dreimal hast du mich jetzt getäuscht. Immer noch weiß ich nicht, worin deine große Kraft liegt. Wie kannst du behaupten, mich zu lieben, wenn mir dein Herz verschlossen bleibt?«

Sie lag Simson täglich mit ihren Klagen in den Ohren, bis er es leid wurde und schließlich das lang gehütete Geheimnis preisgab: »An mein Haar ist nie ein Messer gekommen, denn ich bin Gott dem Herrn von Geburt an geweiht. Wenn ich zuließe, daß mein Haar gestutzt würde, verlöre ich die ganze Kraft und wäre sicherlich nicht stärker als andere Männer auch.«

Delila erkannte, daß er jetzt die Wahrheit sprach, und gab rasch den Philistern Bescheid: »Kommt noch einmal zu mir, denn er hat mir sein Herz geöffnet.«

Sie kamen und hatten das Geld bei sich. Delila verbarg sie und begrüßte dann lächelnd und liebevoll ihren Besucher Simson. Als er schlief, winkte sie einen Philister heran: »Schneid ihm die sieben Locken ab.«

Geschickt fuhr der Mann durch das dichte Haar, eine Locke nach der anderen fiel zu Boden. Und heftig rüttelte Delila Simson wach: »Die Philister sind über dir, Simson!« Ihr Schrei gellte durch das Haus, und sie schlug auf ihn ein. Simson erwachte und wollte wie immer aufstehen und davongehen, wußte aber nicht, daß sein langes Haar abgeschnitten war: Sein Bündnis mit Gott galt nicht mehr, seine siebenfache Kraft hatte ihn verlassen.

Als die Philister aus ihrem Versteck sprangen, holte er aus, um sie zu Boden zu schleudern, fühlte aber sofort entsetzt, daß er keine Kraft mehr besaß. Seine frohlockenden Feinde hatten keine Mühe, ihn zu fesseln. Damit er ihnen nie wieder schaden könne, stachen sie ihm die Augen aus, brachten ihn nach Gaza, fesselten ihn mit metallenen Ketten und warfen ihn ins Gefängnis.

Hier mußte er sich Tag für Tag mit einem schweren Mühlstein abmühen, um Korn für das Brot seiner Feinde zu mahlen.

Und aus allen Himmelsrichtungen strömten die Philister zusammen, um ein großes Opferfest für ihren fischartigen Götzen Dagon vorzubereiten und ihren Triumph über Simson zu feiern. »Unser Gott hat ihn uns übergeben«, riefen sie fröhlich. »Der Zerstörer, der so viele von uns getötet hat, wird uns nie wieder schaden!« Nach langen Vorbereitungen und vielen Gebeten zu Dagon drängten sie sich in dichten Scharen im gewaltigen Tempel Dagons, um das Fest mit Essen und Trinken zu begehen und die Befreiung von dem Starken zu feiern, den sie seit Wochen gefangenhielten.

Als der Trubel auf dem Höhepunkt war, hatte einer der Betrunkenen einen Einfall: »Bringt Simson her, damit wir unseren Spaß mit ihm haben!« Andere nahmen den Ruf auf, und schließlich wurde Simson aus dem Gefängnis geholt. Ein junger Bursche führte den Gefesselten in den Tempel. Da stand er zwischen den Säulen, wo jeder ihn sehen und alle ihn verhöhnen konnten – dreitausend Männer und Frauen, darunter die Herren und die Oberen der Philister, bogen sich vor Gelächter über den geblendeten und machtlosen Riesen.

Niemand achtete darauf, daß sein Haar wieder gewachsen war. Simson hörte schweigend ihre Schmähungen an; er sagte zu dem Jungen, der ihn führte: »Laß mich die Säulen fühlen, die das Haus

tragen, dann kann ich mich daran festhalten.« Wie ermüdet und erschöpft lehnte er sich an eine Säule, und die Leute johlten.
Simson aber betete: »O Herr und Gott, erinnere dich meiner, ich bitte dich! Nur dieses eine Mal gib mir die alte Kraft, o Gott, damit ich mich für meine Augen an den Philistern räche!«
Er faßte die beiden mittleren der Säulen, die den Tempel trugen, spannte sich und schrie zu Gott: »Laß mich mit den Philistern sterben!«
Dann packte er die Säulen und bog sie mit aller Kraft nach vorn. Die Säulen stürzten mit Donnergetöse, der Tempel fiel zusammen und erschlug sie alle, die Ausgelassenen, die Priester Dagons, die Herren der Philister.
So vernichtete Simson mit seinem Tode mehr Philister, als er im Leben umgebracht hatte. Und mit ihrem Tempel war auch die Macht der Philister dahin. Es dauerte viele Jahre, bis sie sich so weit erholt hatten, daß sie aufs neue den Frieden und die Freiheit des Volkes von Israel bedrohten.

RUTHS GESCHICHTE

In der Zeit, als Israel von Richtern regiert wurde, kam es wieder einmal zu einer Hungersnot, die den Mann Elimelech aus Juda veranlaßte, mit seiner Frau Naemi und seinen Söhnen Machlon und Kiljon in das Land Moab zu ziehen, wo das Gras noch grün und die Nahrung reichlich war.

Die Reise führte sie nicht weit, denn Moab lag am entgegengesetzten Ufer des Toten Meeres; das Land war den Israeliten auch nicht unbekannt, denn von einem Berg in Moab aus hatte Mose zum ersten und einzigen Mal das versprochene Land erblickt. Dennoch war Moab fremd für sie, und für eine israelitische Familie bedeutete es ein Wagnis, Heimat und Freunde aufzugeben, um unter Fremden ein neues Leben anzufangen. Die Moabiter waren nämlich Heiden, die zu fremden Göttern beteten, und öfter schon hatte es erbitterte Kämpfe zwischen ihnen und den Israeliten gegeben. Doch jetzt herrschte Friede, so daß sich Elimelech mit seiner Familie ruhig niederlassen und seinen eigenen Glauben behalten konnte. Es ging ihm gut, die neuen Nachbarn nahmen ihn freundlich auf, und das Land war fruchtbar genug, um alle zu ernähren.

Freilich blieb ihnen, vor allem Naemi, Kummer auch hier nicht erspart: Elimelech starb früh, und Naemi mußte allein für die Söhne sorgen. Doch sie wuchsen heran und heirateten schließlich Moabiterinnen, Machlon das Mädchen Ruth, Kiljon Orpa.

Zehn Jahre verliefen friedlich. Ruth und Orpa schlossen sich eng an ihre Schwiegermutter an und gaben sogar ihren Glauben auf, um den Gott der Israeliten anzubeten. Doch dann starben Machlon und Kiljon. Ohne Mann und Söhne begann sich Naemi unter den Moabitern einsam zu fühlen, und sie dachte an Heimkehr nach Israel, wo die Hungersnot längst beendet war und der Herr seinem Volk wieder Brot gab. So verließ sie ihr Heim in Moab und machte sich auf die Heimreise. Ihre Schwiegertöchter begleiteten sie, denn da sie keinen Mann mehr hatten, hielten sie es für richtig, bei ihr zu bleiben; außerdem hingen sie ja an Naemi und wollten sich ungern von ihr trennen.

Naemi aber fürchtete, die beiden Moabiterinnen würden sich in Juda so einsam wie sie sich selbst in Moab fühlen. Deshalb machte sie Rast, als sie eine Weile gewandert waren, und sagte: »Geht jetzt, geht zurück in das Haus eurer Mütter. Möge der Herr so gütig zu euch sein, wie ihr euch gegen meine Söhne und mich erwiesen habt. Ich wünsche euch, daß er euch wieder heiraten läßt, damit ihr Ruhe und Glück im Hause eines Ehemannes findet.«

Sie küßte sie, und die jungen Frauen weinten: »Wir können dich nicht verlassen, wir wollen mit dir ziehen und mit dir bei deinem Volk leben.« Doch Naemi antwortete: »Kehrt um, meine Töchter. Warum solltet ihr mit mir gehen? Kehrt um, meine Töchter, sucht euren eigenen Weg. Ich bin zu alt, zu alt, um wieder einen Ehemann zu finden. Wollt ihr nicht einen anderen Mann in eurem eigenen Land heiraten? Ihr sollt hierbleiben, denn es macht mir große Sorgen, wenn ihr euer Volk verlaßt und mit mir geht.«

Ruth und Orpa weinten, und weinend nahm Orpa Abschied. Mit Tränen küßte sie ihre Schwiegermutter zum letztenmal, bevor sie sich umwandte und langsam zurückging. Ruth aber klammerte sich an Naemi.

»Siehst du denn nicht, daß deine Schwägerin zu eurem Volk und euren Göttern heimkehrt?« sagte Naemi. »Du mußt es machen wie sie, Ruth.«

»Verlange nicht, daß ich dich verlasse. Sag nicht, daß ich dich nicht begleiten darf. Wohin du auch gehst, will ich mit dir gehen; wo du bleibst, bleibe ich auch. Dein Volk soll mein Volk, dein Gott soll mein Gott sein. Wo du stirbst, will auch ich sterben, und dort will ich begraben werden. Der Zorn des Herrn soll mich treffen, wenn ich mich anders als durch den Tod von dir trennen lasse.«

Naemi wandte nichts mehr ein, denn sie sah, daß Ruth fest entschlossen war. Schweigend ging sie weiter, und Ruth folgte ihr; tief im Herzen war Naemi glücklich, daß ihre Schwiegertochter bei ihr blieb.

In Bethlehem wollten sie sich niederlassen. Es war die Zeit der Gerstenernte, das Korn stand üppig auf den Feldern, und das Volk von Israel freute sich über die reiche Ernte, die ihm der Herr gewährt hatte. »Ist es Naemi, die dort kommt?« riefen ihr die Leute fröhlich entgegen. Doch bei aller freundlichen Begrüßung war es ein trauriges Heimkommen, denn vor zehn Jahren war Naemi mit ihrem Mann und ihren Söhnen fortgezogen, und nun kam sie mit leeren Händen und ohne die Männer zurück.

Die beiden Frauen brauchten Nahrung. In Moab hatten sie Land besessen, doch hier in Bethlehem gehörte ihnen nichts, und sie wußten nicht, wie sie sich Geld beschaffen sollten, um Brot zu kaufen. Nun war es Sitte, daß jeder Bauer während der Ernte den Armen und Hungrigen erlaubte, hinter den Schnittern her die übriggebliebenen Ähren nachzulesen. Zu den Bauern gehörte auch ein Verwandter des verstorbenen Elimelech, der reiche und angesehene Boas. Naemi wußte nicht, daß er so wohlhabend war, und sie fragte nicht danach. Auch Boas ließ seine Leute die Gerstenernte einbringen.

Ruth sah sich in dem neuen Land um, sah die reiche Gerstenernte und erfuhr von der Sitte, daß die Armen auf den Feldern nachlesen durften. »Laß mich zum Ährenlesen gehen«, bat sie Naemi; ihre Schwiegermutter war damit einverstanden.

Die Moabiterin ging hinaus, und ihr Glück führte sie auf ein großes Feld, das dem reichen Boas gehörte.

Gegen Abend kam Boas, um seine Schnitter bei der Arbeit zu sehen, und als er langsam durch das hohe Korn ging und sich über die wachsende Zahl der Garben freute, fiel ihm eine junge Frau auf, die er nicht kannte. Er sah, daß sie schön war und eifrig Ähren sammelte. »Wer ist sie?« fragte er seinen Aufseher. »Es ist das Moabiter Mädchen, das mit Naemi herkam. Sie hat mich gebeten, Ähren sammeln zu dürfen, und ich habe es ihr erlaubt. Sie arbeitet seit heute morgen und hat sich kaum eine Pause gegönnt.«

Boas betrachtete die junge Frau mit Teilnahme; er kannte ihre Geschichte und hatte von ihrer Treue zu Naemi, mit der er ja verwandt war, gehört. Nach einer Weile ging er über das Garbenfeld auf sie zu.

»Höre, meine Tochter«, sagte er, und sie hob den Kopf. »Geh nicht auf ein anderes Feld zum Nachlesen, sondern bleib hier bei meinen

Mägden, halt dich zu ihnen. Ich werde dafür sorgen, daß die jungen Männer dir nicht lästig fallen. Und wenn du durstig bist, geh zu den Krügen und trink, soviel du magst, das Wasser, das die Männer aus dem Brunnen geholt haben, ist kühl. Solange die Ernte dauert, kannst du hier so viel Ähren nachlesen, wie du möchtest.«
Ruth verneigte sich tief vor Boas: »Ich danke dir, Herr, doch sag mir, womit ich deine Freundlichkeit verdient habe, denn ich bin hier fremd und habe nicht so viel Güte erwartet.«
»Ich habe gehört, was du nach dem Tode deines Mannes für deine Schwiegermutter getan hast, ich weiß, daß du deine Mutter und deine Heimat verlassen hast, um hier für Naemi zu sorgen. Möge dich der Herr, der Gott Israels, unter dessen Schutz du dich gestellt hast, für alles Gute belohnen, das du tust!«
Sie dankte noch einmal, doch er fuhr fort: »Geh und lies Ähren, komm aber zur Essenszeit wieder und teil das Brot mit den Schnittern.«
Sie tat es und aß mit den Leuten zusammen geröstetes Korn, bis sie satt war. Was übrigblieb, hob sie auf und machte sich dann wieder an das Ährenlesen. Sobald sie es nicht mehr hören konnte, befahl Boas seinen Schnittern: »Laßt so viel Ähren für sie liegen, wie sie braucht, auch zwischen den Garben, die ihr schon gebunden habt. Ihr müßt auch beim Binden absichtlich ein paar Halme fallen lassen, damit das Mädchen sie findet. Was immer sie nehmen mag, ihr dürft ihr keine Vorwürfe machen, denn ich möchte, daß sie so viel sammelt, wie sie nur tragen kann.«
So kam es, daß Ruth am Nachmittag viel mehr Korn fand als am Morgen, und als sie die Ähren ausgeklopft hatte, war es fast ein Scheffel Gerste, den sie heimtrug, ein ungewöhnlich großer Ertrag eines einzigen Tages. Sie gab es ihrer Schwiegermutter, zusammen mit dem für sie gesparten Essen, und Naemi wunderte sich: »Wo hast du heute gesammelt? Und wie kommt es, daß du so viel mitbringst? Gesegnet sei der Mann, der so freundlich zu dir war!«
»Boas heißt er«, antwortete Ruth, und Naemi war sehr zufrieden, daß ihre Schwiegertochter gerade diesem Mann aufgefallen war. »Der Herr möge ihm seine Güte vergelten! Boas ist unser Verwandter, und es gefällt mir, daß du auf seinen Feldern nachliest.«

»Er hat mir erlaubt, bis zum Ende der Erntezeit bei seinen Schnittern und Mädchen zu bleiben«, berichtete Ruth. Das gefiel Naemi, weil sie wußte, daß Boas die Fremde schützen werde.

So erschien Ruth während der ganzen Gersten- und der Weizenernte auf den Feldern von Boas; sie wohnte bei ihrer Schwiegermutter und versorgte sie. Naemi machte sich mehr Gedanken um Ruths als um ihr eigenes Schicksal, denn in ihren Augen führte Ruth ein Leben, das für eine schöne junge Frau zu traurig war – sie sollte wieder einen Mann und ein Zuhause haben. Und eines Tages erklärte sie Ruth: »Meine Tochter, soll ich nicht für dich einen Platz suchen, an dem du Ruhe findest und wo für dich gesorgt wird? Boas ist doch unser Verwandter. Du weißt, daß er heute nacht auf seiner Tenne die Gerste worfeln wird. Bade in gutem Duftwasser, zieh deine schönsten Kleider an und geh zu ihm. Laß ihn erst mit seinen Männern essen und trinken, dann geh zu ihm. Er wird dir sagen, was du tun sollst.«

»Ich werde alles so machen, wie du es willst«, sagte Ruth. In der Nacht, als Boas mit seinen Leuten gegessen und getrunken hatte und in fröhlicher Laune war, legte er sich auf der Tenne zum Schlaf, mit dem Kopf auf einem weichen Kornhaufen. Um Mitternacht erwachte er und spürte sofort, daß er nicht allein war. »Wer ist hier?« rief er.

»Es ist Ruth, deine Magd«, antwortete sie. »Ich bitte dich um deine Hilfe, weil du durch Elimelech mit mir verwandt bist.«

»Der Herr segne dich, meine Tochter«, antwortete Boas. »Es ist mir lieb, daß du nicht den jungen Männern, den reichen oder den armen, nachgegangen, sondern zu mir gekommen bist. Und nun hab keine Angst, meine Tochter. Ich will dir geben, was du möchtest, und dich mit allem versorgen, was du brauchst. In der Stadt kennt man dich als gute und tüchtige Frau, und jeder wird freundlich zu dir sein. Freilich bin ich durch deinen verstorbenen Mann mit dir verwandt, aber es ist noch ein Mann da, der näher mit dir verwandt ist. Ihn werde ich morgen aufsuchen und fragen, ob er als nächster Angehöriger deinen Anteil übernehmen will. Will er es, dann soll er es tun, doch wenn er nicht dazu imstande ist, will ich ihn an seiner Stelle übernehmen.«

Er verriet ihr nicht, daß er sie insgeheim schon liebte, und hoffte, der andere Verwandte werde nicht in der Lage sein, die Familienpflicht zu erfüllen, für die Schwiegertochter des verstorbenen Elimelech zu sorgen; Ruth wiederum ließ ihn nicht merken, daß auch sie ihn liebte und nur ungern an den anderen Verwandten dachte. Beide wollten sich an die Sitte halten, daß der engste Verwandte eines Verstorbenen das erste Anrecht darauf hatte, sein Eigentum zu kaufen und die Witwe zu heiraten. Dabei wurde auch von ihm verlangt, daß er für die Mutter eines Verstorbenen sorgte, falls sie nicht selbst noch einen Mann hatte. Boas konnte Ruth seine Liebe erst dann zeigen, wenn er wußte, daß der engste männliche Verwandte seine Rechte und Pflichten nicht übernehmen wollte.

Am nächsten Tag setzte sich Boas an das Stadttor, an dem sich meistens die Ältesten der Stadt einfanden und wo er auch den Verwandten zu treffen hoffte.

Ruth war mit einem Geschenk von Boas, sechs Scheffeln Gerste, zu Naemi zurückgekehrt. »Geh nicht mit leeren Händen zu deiner Schwiegermutter«, hatte er gesagt. Ruth berichtete Naemi von jedem Wort, das er gesprochen hatte.

Naemi nickte: »Es ist gut. Setz dich hierher und warte ab, denn dieser Mann wird alles daransetzen, die Angelegenheit heute noch zu ordnen.«

Ruth saß wartend bei Naemi, und wartend saß Boas am Stadttor, bis der Verwandte vorbeikam. »Komm her und setz dich zu mir«, rief er den Mann an. Dann bat er zehn Älteste, sich zu ihnen zu setzen und als Zeugen bei der Klärung des Falls dabeizusein. Er wandte sich an den Verwandten: »Naemi, die aus Moab heimgekehrt ist, hat Land zu verkaufen, das Elimelech gehört hat. Ich frage dich jetzt in Gegenwart dieser Ältesten, ob du es erwerben möchtest, wie es dein Recht ist. Wenn du es willst, tu es, wenn nicht, werde ich es kaufen.«

»Gern will ich es erwerben«, sagte der Mann, erfreut über eine günstige Gelegenheit.

»Doch du mußt wissen, daß du an dem Tag, an dem du das Land kaufst, Machlons Witwe, die Moabiterin Ruth, heiraten mußt, damit sie Kinder bekommen und für das Weiterleben der Familie sorgen kann. Du wirst aber auch für ihre Schwiegermutter Naemi sorgen müssen.«

»Das kann ich nicht«, erklärte der andere. »Ich würde mein eigenes Erbe dadurch verlieren, denn ich habe bereits eine Familie. Übernimm du meine Rechte, weil ich sie nicht wahrnehmen kann.«

Boas hatte das vernommen, was er hören wollte. Vor dem Verwandten und den zehn Ältesten erklärte er jetzt seine Absichten: »Ihr seid heute Zeugen, daß ich alles von Naemi kaufen will, was Elimelech, Kiljon und Machlon hinterlassen haben. Außerdem will ich Machlons Witwe, die Moabiterin Ruth, heiraten, damit Elimelechs Familie nicht ausstirbt. Auch für Naemi will ich bis ans Ende ihrer Tage sorgen. Wollt ihr das bezeugen?«

»Wir bezeugen es, dein Haus möge gedeihen!«

Boas ging zu Ruth und nahm sie zur Frau. Glücklich vollzogen sie ihre Hochzeit, und bald schenkte der Herr Ruth ihr erstes Kind.

Die Frauen der Stadt freuten sich mit ihrer Freundin Naemi: »Gepriesen sei der Herr, der dir einen helfenden Verwandten nicht versagt hat! Boas' Familie soll in ganz Israel geachtet werden. Es möge ihm gelingen, dich zu trösten bis in dein Alter hinein. Du bist gesegnet, denn deine Schwiegertochter, die dich liebt und besser als sieben Söhne an dir handelt, hat dem Hause Elimelechs einen Sohn geboren!«

Naemi nahm das Kind auf den Schoß und fühlte sich getröstet. Sie pflegte es so liebevoll, daß die Frauen sagten: »Es ist, als habe Naemi selbst einen Sohn.« Sie liebte ihn wie ein eigenes Kind.

Ruth und Boas nannten den Sohn Obed. Er machte ihnen Freude und wuchs zu einem kräftigen jungen Mann heran, der sich nach dem Willen Gottes richtete.

Später bekam er einen Sohn, den er Isai nannte und der selbst als Erwachsener mehrere Söhne hatte. Einer unter ihnen war David, der singende Hirtenjunge, der zum mächtigen König in Israel wurde. Und aus Davids Haus kam der Erlöser der Menschheit, das Kind von Bethlehem.

So verhalf Ruth, die liebevolle Moabiterin, die an den Gott von Israel glaubte, einer israelitischen Familie zu einem Fortleben, das bis zu Maria, Joseph und Jesus führte.

SAMUEL, DER KÖNIGMACHER

In der kleinen Hügelstadt Rama an den Hängen des Ephraim-Gebirges lebte der Mann Elkana. Nahe bei der Stadt lag Silo, wo der Tempel des Herrn mit der Bundeslade stand, und in jedem Jahr ging Elkana mit seiner Frau Hanna zum Tempel, um den Herrn anzubeten.

Hanna war gut und wurde von ihrem Mann geliebt, doch ihr Herz war wund vor Kummer, weil sie keine Kinder hatte. Jahr für Jahr betete sie zum Herrn, ihr einen Sohn zu geben, doch als die Zeit verging, ohne daß sie jemals schwanger wurde, nahm ihr Kummer so überhand, daß sie vor Tränen nicht einmal mehr essen mochte. Bitterlich weinend betete sie im Tempel des Herrn. Sie tat ein feierliches Gelübde: »O Herr, sieh meinen Kummer, erinnere dich meiner!« flehte sie lautlos, und Tränen liefen ihr über das Gesicht. »Gibst du mir einen Sohn, will ich ihn dir zurückgeben, damit er sein Leben in deinem Dienst verbringt!«

Der alte Priester Eli sah sie weinen und lautlos die Lippen bewegen; sie wirkte so seltsam und verwirrt, daß er glaubte, sie habe wohl Wein getrunken. Streng sprach er mit ihr, sie antwortete demütig: »Nein, Herr, ich habe nicht Wein getrunken. Ich habe dem Herrn mein Herz ausgeschüttet, denn ich bin eine unglückliche Frau. Aus der Tiefe meines Kummers habe ich zu ihm gesprochen.«

Der alte Eli erkannte, daß er sich geirrt hatte: »Geh hin in Frieden, und der Gott Israels möge dir schenken, was du erbeten hast!«

Friede zog ein in Hannas Herz. Sie stand auf und ging fort. Als sie mit Elkana wieder in ihrem Haus in Rama anlangte, weinte sie nicht mehr; sie stieß nicht mehr ungeduldig das Essen zurück, ihr Gesicht war nicht mehr von Tränen und Schmerz entstellt.

Bald darauf erinnerte sich der Herr an sie, und Hanna gebar einen Sohn. Sie nannte ihn Samuel: »Ich habe ihn vom Herrn erbeten, und das sagt der Name Samuel.« Sie war sehr glücklich mit dem kleinen Kind.

Doch als Samuel alt genug war, um den Priestern im Tempel an die Hand zu gehen, brachte ihn Hanna nach Silo. Sie hatte Opfergaben bei sich, überreichte das Mehl, das Fleisch und den Wein dem Priester und gab Samuel in seine Obhut: »Herr, ich bin die Frau, die einst weinend im Tempel betete. Um dieses Kind habe ich gefleht, und der Herr hat meine Bitte erfüllt. Deshalb weihe ich ihn Gott, wie ich es versprochen habe: Solange Samuel lebt, soll er dem Herrn gehören.«

Sie betete mit ihrem Mann und ihrem Sohn und kehrte mit Elkana nach Hause zurück. Der kleine Samuel blieb bei Eli und lernte, wie man dem Herrn dient. Er war sehr glücklich im Tempeldienst. In jedem Jahr kam Hanna mit ihrem Mann, um ihrem Sohn ein neues Gewand zu bringen. Eli hatte nur Gutes über den Jungen zu berichten und segnete die Eltern, dankbar dafür, daß ihm ein solcher Junge zur Hand ging und im Dienst des Herrn aufwuchs. Hanna blieb nicht einsam, denn der Herr schenkte ihr noch drei Söhne und zwei schöne Töchter.

Eli selbst hatte zwei Söhne, die wie er Priester waren, aber den Herrn nicht wirklich liebten, sondern auf manche Art Unrecht begingen und vom Volk Israel verachtet wurden. Viele Male ermahnte Eli die Söhne, ihren Lebenswandel zu ändern, doch sie wollten nicht auf ihn hören. Gott kündigte Eli warnend an, daß er die beiden hart bestrafen und ihnen die Ehre, als Priester im heiligen Tempel zu dienen, nehmen und in würdigere Hände legen werde. Elis Söhne kehrten sich nicht daran, sondern sündigten weiter gegen den Herrn.

Das Kind Samuel wuchs heran und fand Gunst bei Gott und den Menschen. Eli, der ihn leitete und beobachtete, betrachtete ihn voller Hoffnung, denn da das Wort des Herrn so wenig beachtet wurde, brauchte Israel einen Mann starken Glaubens, der das Volk richten und führen konnte.

Eines Nachts, als alles im Tempel ruhig und still war und Eli bereits schlief, rief eine Stimme Samuels Namen.

»Hier bin ich!« sagte Samuel und lief zu Eli. »Du hast mich gerufen, hier bin ich.«

»Ich habe dich nicht gerufen«, antwortete Eli, »leg dich wieder hin.«

Samuel legte sich wieder hin, schlief aber nicht. Die Stimme rief noch einmal: »Samuel«, und der Junge stand auf, um zu Eli zu laufen.

»Hier bin ich, denn du hast gerufen.«

»Ich habe nicht gerufen, leg dich hin.«

Als sich Samuel wieder hingelegt hatte, rief die Stimme noch einmal, und wieder stand der Junge auf, um zu Eli zu laufen: »Hier bin ich, denn du hast gerufen.«

Jetzt erkannte Eli, wer das Kind gerufen hatte: »Nicht ich war es. Leg dich hin. Wenn du die Stimme wieder hörst, antworte: ›Sprich, Herr, denn dein Knecht hört.‹«

Und Samuel legte sich mit klopfendem Herzen auf sein Lager. In der dunklen Nacht sprach der Herr wieder: »Samuel, Samuel!« Und Samuel antwortete: »Sprich, Herr, denn dein Knecht hört dich.«

Der Herr sagte: »Merk es dir: An einem bestimmten Tag werde ich in Israel etwas tun, das jedermann in die Ohren gellt. An jenem Tag werde ich Eli und seinem Haus alles das zufügen, wovor ich ihn gewarnt habe. Denn ich habe ihm angekündigt, daß ich sein Haus für alle Zeiten verurteilen werde, weil seine Söhne soviel Böses getan haben und Eli, der es weiß, sie nicht davon abgehalten hat. Ich habe geschworen, daß Elis Familie ihr Unrecht nicht mit irgendwelchen Opfergaben sühnen, sondern bestraft werden soll. Und wenn ich damit beginne, wird ihr Ende gekommen sein.«

Bis an den Morgen lag Samuel wach in Gedanken an die düstere Vorhersage und die seltsame Stimme in der Nacht. Bei Tagesanbruch stand er auf, um wie immer die Tore des Tempels zu öffnen, doch er ging Eli aus dem Wege, denn sein Herz war schwer, und er wollte dem Priester ungern mitteilen, was er wußte.

Eli wartete vergebens auf ihn und rief schließlich: »Samuel, mein Sohn!« Samuel kam: »Hier bin ich.«

»Was hat dir der Herr heute nacht mitgeteilt?« fragte der alte Priester sanft. »Ich bitte dich, verbirg mir nichts, sag mir jedes Wort.«

Traurig berichtete Samuel und ließ nicht ein Wort des Herrn aus, und traurig senkte Eli den Kopf: »Der Herr hat gesprochen. Es muß also sein. Er tue das, was ihm recht erscheint.«

Doch noch war der furchtbare Tag nicht gekommen, und Elis Haus blieb ungestört, bis Samuel herangewachsen war. Ihn begeisterte der Herr, so daß er Prophezeiungen und Worte echter Weisheit sprach. Ganz Israel von Dan bis Beerseba erkannte in Samuel einen Propheten des Herrn.

Doch wenn die Israeliten Samuel auch vertrauten und wußten, daß er Gottes Worte wahr übermittelte, so gehorchten viele von ihnen dem Herrn nicht mehr und begannen wieder einmal, heidnische Götzen anzubeten. Weil sie sündigten, veranlaßte der Herr, daß sich mächtige, landhungrige Feinde gegen sie wandten.

Nach Simsons Tod hatten die Philister, die an der Küste lebten, ihre Macht allmählich wieder aufgebaut, bis sie die fünf großen Städte Ekron, Asdod, Askalon, Gaza und Gath beherrschten, deren Wohlstand zu ihrer Verfügung stand und ihrer Macht zugute kam. Sie waren gut darauf vorbereitet, die locker verstreuten Stämme Israels anzugreifen – und sie taten es. Mit allen Kräften warfen sie sich gegen die führerlosen Nachkommen Israels und verwüsteten ihr Land. Viertausend israelitische Kämpfer fielen in einer einzigen furchtbaren Schlacht, und Gottes Land war wieder in der Hand von Israels Erzfeind.

Als sich die Überlebenden im Lager sammelten, meinten die Ältesten: »Warum hat uns der Herr von den Philistern besiegen lassen? Wir wollen die Bundeslade aus dem Tempel von Silo holen und mit ihr in die Schlacht ziehen, dann werden wir sicherlich siegen.« Sie wollten nicht einsehen, daß sie wiederum besiegt worden waren, weil sie gesündigt und sich von Gott abgewandt hatten; statt vor der Schlacht ihren Herrn im Gebet anzurufen, glaubten sie in ihrer Blindheit, daß die Bundeslade als Zeichen von Gottes Gegenwart den Feind in Schrecken versetzen würde. Doch sie irrten sich, denn in Wahrheit war Gott nicht bei ihnen, so wie das Volk nicht mehr bei Gott war.

Und die Philister ließen sich nicht einschüchtern. »Habt Mut!« mahnten ihre Anführer. »Seht, in ihrem Lager ist ihr Gott, und er wird hart mit uns verfahren, wenn wir uns heute schwach zeigen. Kämpft als tüchtige Soldaten, ihr Philister! Ihr wollt doch nicht

Sklaven der Hebräer werden, nur weil sie ihre Bundeslade bei sich haben? Seid Männer, kämpft!«

Trompeten riefen zum Kampf, die Schlacht begann. Elis beide Söhne trugen selbst die Bundeslade voran, überzeugt, daß sie allein damit schon den Sieg gewinnen müßten.

Doch die Philister kämpften wie Verzückte, und sie gewannen. Dreißigtausend Israeliten mußten ihr Leben lassen. Elis Söhne wurden getötet, die Bundeslade entführt, und die wenigen israelitischen Soldaten, die übrigblieben, rannten schreiend in ihre Zelte.

Ein Soldat aus dem Stamm Benjamin entkam dem Gemetzel und lief bis Silo. Dort wartete Eli schweren Herzens auf Nachricht von seinen Söhnen und von der Bundeslade.

»Israel flieht vor den Philistern!« schrie der Bote. »Deine beiden Söhne sind tot und viele andere mit ihnen, und die Bundeslade haben sie uns genommen!«

Eli stürzte zu Boden und starb, ein alter Mann mit gebrochenem Herzen. Vierzig Jahre lang hatte er Israel als Richter gedient, und er hatte seine Sache nicht gut gemacht.

Nun wurde an seiner Stelle Samuel oberster Priester und Richter von Israel. Den Philistern, die im Besitz der Bundeslade waren, stießen seltsame Dinge zu, denn wohin sie sich auch mit der Beute wandten, wurden die Leute von allerhand Seuchen befallen; schreckliche Krankheiten verbreiteten sich in Städten und Dörfern, Beulen und Wunden befielen jung und alt, und der fischartige Götze Dagon stürzte von seinem Sockel. Schließlich gaben die geplagten Philister die Bundeslade an das Volk von Israel zurück.

Nun zeigte Samuel seine ganze Macht. »Raff dich auf, du Volk von Israel! Wendet dem Herrn wieder euer ganzes Herz zu, und laßt die fremden Heidengötter! Dient nur dem Herrn, dann wird er euch aus der Hand der Philister befreien!«

Und die Israeliten trennten sich von den Götzen und dienten ihrem Gott. Eines Tages, als Samuel mit einer großen Menschenmenge Gott ein Brandopfer darbrachte, rückten die Heere der Philister kampfbereit heran. Da zog eine Wolke an der Sonne vorbei; der Herr erschütterte mit Donnergrollen die Philister so, daß sie voller Schrecken flohen.

Nun herrschte eine Zeitlang Friede. Samuel wurde älter und allmählich ein alter Mann; er richtete in Israel, er tat es gut und klug, doch wie Eli vordem hatte auch er Söhne, die ungerecht richteten und Bestechung annahmen. Das Volk machte sich Sorgen, als Samuel alt wurde.

Eines Tages trugen die Ältesten ihre Bedenken vor den Richter Samuel: »Du siehst, daß du alt geworden bist. Du wirst nicht immer bei uns sein. Und was kommt dann? Deine Söhne halten sich nicht wie du an die Wege des Herrn, und wir wollen nicht von ihnen gelenkt werden wie heute von dir. Deshalb gib uns einen König, der Recht spricht, so wie ihn andere Völker auch haben.«

Samuel hielt es aber nicht für richtig, daß Israel von einem König beherrscht werden sollte, und betete um Rat zu Gott. »Gib dem Volk, was es will«, antwortete der Herr. »Du bist es ja nicht, der sich gegen mich auflehnt, sondern die anderen sind es, die nicht mehr von mir gelenkt werden wollen. Seit dem Tage, an dem ich sie aus Ägypten führte, haben sie mich um falscher Götter willen verraten. Hör dir an, was sie von dir wollen, warne sie aber vor der Art und Weise, in der Könige herrschen.«

Samuel ging zu den Ältesten zurück: »Ihr werdet künftig einen König über euch haben. Bedenkt aber, daß er eure Söhne fordern und für sich arbeiten lassen wird – sie werden seine Wagen fahren und seine Pferde reiten und vor den Wagen herlaufen müssen! Er wird Knechte aus ihnen machen, die in seinem Heer, auf seinen Feldern, in seinen Waffenschmieden für ihn arbeiten müssen. Eure Töchter wird er in seiner Küche und seiner Backstube arbeiten lassen. Er wird eure Felder und Weingärten und Olivenhaine nehmen, das Beste von allem, was ihr besitzt. Er wird es nehmen und seinen eigenen Beamten und Günstlingen geben. Er wird eure Schafe und Esel fordern, er wird eure tüchtigsten Knechte und Mägde für sich haben wollen. Und ihr werdet über den König weinen, den ihr euch gewünscht habt, doch der Herr wird euch dann nicht hören!«

Doch das Volk weigerte sich, auf Samuels warnende Stimme zu hören. »Wir wollen einen König! Wir wollen wie andere Völker von einem König gerichtet und geleitet und in die Schlacht geführt werden!«

Samuel machte keine Einwände mehr: »Geht heim«, sagte er. Er wußte, daß er nun einen König für sie finden mußte.

Nun schickte eines Tages ein Mann namens Kis, der zum Stamm Benjamin gehörte, seinen Sohn Saul aus, verlaufene Eselinnen zu suchen. Saul gelangte auf der Suche zu dem weisen Samuel, der ihm sagte, wo er die Esel finden könne.

Als Samuel den hochgewachsenen, kräftigen jungen Mann mit dem feingeschnittenen Gesicht betrachtete, hörte er in seinem Ohr die Stimme Gottes: »Sieh hin, denn das ist der Mann! Salbe ihn, denn er wird der König und Herrscher über das Volk von Israel sein!«

Da nahm der alte Prophet einen Krug mit Salböl, goß Saul das Öl über den Kopf, rief das Volk zusammen und ließ alle rufen: »Gott schütze unseren König!«

So wurde der edle Krieger Saul, der alle anderen an Kopf und Schultern überragte, der erste König des Volkes von Israel, das sich einen Herrscher gewünscht hatte.

Es dauerte nicht lange, bis er sich als Krieger bewähren mußte. Tapfer führte er seine Scharen in den Kampf mit den geschworenen Feinden Israels, den Ammonitern, Philistern und Amalekitern. Und wie Saul in allen Schlachten der Sieger blieb, so gewann er auch die Hilfe aller Israeliten.

Darüber verging die Zeit. Sauls Sohn Jonathan wuchs heran und kämpfte mit gleicher Tapferkeit neben dem Vater, so daß sich ganz Israel über den mutigen, starken König und seinen prächtigen Sohn freute. Aber während König Saul einen Sieg nach dem anderen erkämpfte und seinem Volk nur allzu gut gefiel, sah Gott der Herr im Zorn auf ihn herab, denn Saul brach immer wieder die Gebote des Herrn, mißachtete Gottes Befehle und richtete sich zu oft nach dem Willen des Volkes, so daß Samuel viele Male Grund hatte, sich über den Eigensinn des Königs zu grämen. Düstere Stimmungen befielen Saul, und schließlich wandte er sich von Gott ab und begann Streit mit dem Manne, der ihn zum König gemacht hatte.

Da half es nichts, Samuel mußte ihm eine Botschaft des Herrn überbringen: »Du, Saul, hast nicht dem Herrn gehorcht und sein Wort mißachtet. Deshalb hat Gott dich verworfen. Er wird dir dein Königsamt nehmen, und auch dein Sohn soll nicht König werden, weil du so eigensinnig bist und Unrecht tust. Bald wird die Zeit kommen, wo deine Herrschaft ein Ende hat.«

»Ja, ich habe gesündigt!« rief Saul voller Reue. »Ich bitte dich, steh du mir bei, damit ich in den Augen des Volkes meine Ehre bewahre und dem Herrn, deinem Gott, wieder dienen kann!« Der stolze Saul klammerte sich verzweifelt an Samuels Gewand, doch das Tuch riß entzwei.

»Es ist zu spät«, sagte der Prophet traurig. »Wie du heute meinen Mantel zerrissen hast, wird der Herr dich vom Königreich reißen und es einem anderen Mann geben, der besser als du ist. Reue genügt nicht; denn ein Mann, der sündigt und lügt und dann bereut, kann nicht Israels Kraft sein.«

Samuel wandte sich ab und sah Saul niemals wieder. Doch tief im Herzen trauerte er um den tapferen jungen Mann, der sich als so tüchtiger Krieger und als so unzulänglicher König erwiesen hatte.

DAVID, DER HIRTENJUNGE

»Es tut mir leid, daß ich Saul zum König von Israel gemacht habe. Ein so ungehorsamer und eigensinniger Mann eignet sich nicht dazu, mein Volk zu beherrschen«, sagte der Herr.

Samuel vergaß es nicht, doch er liebte den gequälten, sündigen Sohn des Kis fast, als wäre er sein eigener Sohn. Deshalb weinte er um Saul und konnte sich nicht trösten.

Da sagte der Herr zu ihm: »Wie lange willst du noch um Saul weinen, wenn du doch weißt, daß ich ihm sein Amt nehmen will? Füll dein Horn mit Salböl und geh zu Isai in die Stadt Bethlehem, denn unter Isais Söhnen habe ich mir den künftigen König erwählt. Du sollst ihn für die Stunde salben, in der Sauls Herrschaft endet.«

»Wie könnte ich dorthin gehen? Wenn Saul davon hört, wird er mich umbringen lassen!«

»Nimm eine junge Kuh als Opfergabe mit«, befahl der Herr. »Und wenn du nach Bethlehem kommst, sag: ›Ich bin hergekommen, um dem Herrn ein Opfer zu bringen.‹ Du sollst Isai mit seinen Söhnen zu deiner Feier einladen, und wenn sie gekommen sind, will ich dir sagen, was du tun mußt und wen du zum König salben sollst. Saul wird nichts davon erfahren, du brauchst dich nicht zu fürchten.«

Samuel befolgte den Befehl, bereitete das Opfer vor, füllte das Horn mit Salböl und reiste nach Bethlehem, wo Ruths Enkel Isai mit seinen acht starken Söhnen lebte.

Die Ältesten der Stadt erschraken über Samuels Ankunft, denn der Besuch des Hohenpriesters und Propheten deutete meistens auf Gottes Zorn und kommende Strafe. »Kommst du in Frieden?« fragten sie besorgt.

»Ja, ich komme im guten. Ich will ein Opfer bringen. Bereitet euch darauf vor, an dem Fest teilzunehmen.« Auch Isai und seine Söhne ließ Samuel einladen.

Isai war ein Bauer, seine Söhne Hirten. Auf Samuels Einladung

eilten sie herbei, von den Feldern und Wiesen, auf denen sie gearbeitet hatten. Sieben von ihnen, alles prächtige, hochgewachsene Leute, kamen mit Isai, doch einer blieb bei seinen Schafen.
Er war ein Junge, der noch nicht die Kraft und Größe seiner Brüder besaß, aber schon oft Mut bewiesen hatte. Denn wenn es auch meistens auf den Weiden mit dem frischen grünen Gras an den kühlen Bächen friedlich zuging, so kam es doch vor, daß ein Lamm von einem felsigen Abhang stürzte oder hoch hinauf kletterte; dann wagte der Junge sein Leben, um es heil auf sicheren Boden zu bringen. Einmal hatte ein Löwe die Herde überfallen und ein Lamm entführt; da war ihm der Junge nachgelaufen und hatte ganz allein das Raubtier getötet. Und als ein Bär in die Herde einfiel, verjagte ihn der Junge mit den einfachen Waffen des Hirten. So war er ein Tapferer unter anderen Tapferen, denn damals brauchte ein Hirte Mut und Entschlossenheit; wer wie David Tapferkeit und Geschick vereinte, war weithin bekannt.
Doch etwas anderes hob ihn vor den anderen heraus: Er spielte Harfe, spielte sie wie ein Träumender, denn Musik saß ihm im Herzen und in den Händen. Er sang eigene Lieder zum Preise des Herrn. Wenn er die Herde bewachte, Stab und Wurfschlinge griffbereit neben sich, ließ er die Finger über die Saiten gleiten und sang von den Wundern des Herrn und von der sanften Schönheit der Hügel und Felder ringsum. Und weil David ein Hirte war, dachte und sang er wie ein Hirte:
Der Herr ist mein Hirte, mir wird nichts mangeln.
Er weidet mich auf einer grünen Aue
Und führet mich zum frischen Wasser.
Er erquicket meine Seele.
Er führet mich auf rechter Straße um seines Namens willen.
Und ob ich schon wanderte im finstern Tal, fürchte ich kein Unglück;
Denn du bist bei mir, dein Stab und Stecken trösten mich.
Du bereitest vor mir einen Tisch im Angesicht meiner Feinde.
Du salbest mein Haupt mit Öl und schenkest mir voll ein.
Gutes und Barmherzigkeit werden mir folgen mein Leben lang,
Und ich werde bleiben im Hause des Herrn immerdar.

Auch an dem Tag, an dem Isai mit sieben Söhnen fröhlich zum Fest des Propheten Samuel zog, saß David bei seinen Schafen auf der Weide und sang von der Herrlichkeit des Herrn.
Samuel betrachtete die jungen Männer aufmerksam, um den künftigen König unter ihnen zu erkennen. Der Älteste, Eliab, trat als erster vor ihn, er war hoch gewachsen und hübsch. »Das wird der sein, den Gott bestimmt hat«, dachte er.
Doch er vernahm die Stimme des Herrn: »Beurteile ihn nicht nach seinem Gesicht oder seiner Größe, denn nicht ihn habe ich auserwählt. Der Herr sieht mit anderen Augen als der Mensch, denn der Mensch urteilt nach dem Äußeren, doch der Herr blickt in das Herz.«
Dann brachte Isai seinen zweiten Sohn, Abinadab, der ebenfalls kühn und stark war; doch auch diesmal gab der Herr kein Zeichen, und Samuel schüttelte den Kopf: »Nein, diesen hat der Herr nicht bestimmt.«
So erging es auch dem dritten Sohn, Schamma, und nach ihm Isais anderen Söhnen. Keiner von ihnen war der Erwählte des Herrn. »Der Herr hat keinen von diesen bestimmt«, sagte Samuel zu Isai. »Sind das alle deine Kinder? Hast du nicht noch einen Sohn?«
Zögernd antwortete Isai: »Gewiß, da ist noch David, der jüngste. Er hütet die Schafe auf dem Feld.«
»Dann laß ihn holen«, verlangte Samuel. »Bring ihn hierher, denn wir werden uns nicht zum Fest setzen, ehe er bei uns ist.«
Und während der Bote den Jungen holte, wartete Samuel geduldig: Er vertraute auf das Wort des Herrn, daß er den künftigen König unter Isais Söhnen finden werde.
Als er dann den Jungen vom Berghang springen und auf den Festplatz laufen sah, fühlte Samuel, daß die Suche beendet war. David war kräftig und jung und sah gut aus, sein Gesicht war fast schön zu nennen, das Leben im Freien hatte ihn gebräunt. Der Junge blieb vor Samuel stehen und grüßte höflich. Sein klarer Blick und der frische, offene Gruß sprachen für das rechtschaffene Wesen des jungen David.
Der Herr befahl Samuel: »Steh auf, salbe ihn, denn er ist es, der König werden soll.«

Samuel nahm das Horn mit dem Salböl und salbte David vor den Augen seiner Brüder. Der Geist des Herrn beseelte David von diesem Augenblick an, und der Junge wußte, daß er eines Tages ganz Israel beherrschen werde, von Gott selbst geleitet.

Doch die Zeit war noch nicht gekommen. Das Volk verehrte immer noch Saul als seinen König, und David hatte noch viel zu lernen. Mit leichterem Herzen kehrte Samuel aus Bethlehem zurück, und David hütete wieder die Schafe auf den grünen Hügeln, die er so liebte. Und er sang wieder:

Du salbest mein Haupt mit Öl und schenkest mir voll ein.
Gutes und Barmherzigkeit werden mir folgen mein Leben lang,
Und ich werde bleiben im Hause des Herrn immerdar.

Noch nie war David so glücklich gewesen.

Doch Saul war von Gott verlassen; der Herr schickte ihm einen bösen Geist, der ihn quälte. Zwar wußte er nicht, daß in David schon ein künftiger König gesalbt worden war und daß David und seine Söhne aus dem Stamm Juda in Zukunft über Israel herrschen sollten, doch er wußte, daß ihn der Herr verworfen hatte, weil er stolz und ungehorsam war. Saul war bedrückt und verzweifelt, und niemand wußte Rat gegen seine finstere Stimmung. Aber die Leute, die ihn umgaben, liebten ihn und wünschten seine Gesundung, und schließlich sagte einer von ihnen: »Wir sehen, daß Gott einen bösen Geist gesandt hat, der dich quält. Herr, laß uns einen Mann suchen, der Harfe spielen kann; wenn der böse Geist dich wieder plagt, kann er dich vielleicht mit sanfter Musik trösten.«

Saul gefiel der Gedanke. »Dann geht«, sagte er, »sucht einen Mann, der gut spielt, und bringt ihn gleich her.«

Einer seiner Diener wußte Rat: »Isai in Bethlehem hat einen Sohn, der Harfe spielt. Ich selbst habe ihn gesehen. Er ist zwar noch nicht erwachsen, doch ein tapferer Junge und sehr guter Harfenspieler. Und er ist klug, zurückhaltend und bescheiden und angenehm anzusehen, und der Herr ist bei ihm.«

»Er soll für mich spielen«, befahl der König. Isai war stolz darauf, daß der König nach seinem Sohn schickte, ließ David von der Weide holen und trug ihm auf, sich für die Reise vorzubereiten, während er selbst Geschenke für den König aussuchte. »Bring

König Saul die Gaben, und tu alles, was er dir aufträgt.«
So machte sich David mit Wein, Brot und Fleisch für den König auf den Weg nach Gibea. Am Königshof trat er vor Saul, der den Jungen betrachtete und Gefallen an ihm fand. Davids Musik gelang es, die gemarterte Seele des Königs zu beruhigen, so daß Saul ihn allmählich liebgewann wie einen eigenen Sohn. Er ließ Isai bitten, David in seinem Dienst zu lassen, und der Vater, stolz auf den Sohn, ging gern darauf ein.
So war David jederzeit am Hofe willkommen. Saul zeigte ihm seine besondere Gunst dadurch, daß er den Hirtenjungen zu seinem Waffenträger erhob. Und immer, wenn den König trübe Stimmung befiel und sein Herz schwer vor Verzweiflung war, griff David zur Harfe und spielte seine Lieder. Zwar wußte er, daß er eines Tages den Platz des Mannes einnehmen sollte, zu dessen Füßen er jetzt musizierte, doch er diente seinem König treu und voller Liebe. Und Sauls Herz wurde leichter, wenn die klare junge Stimme vom Glauben an Gott sang:
Ich hebe meine Augen auf zu den Bergen. Woher kommt mir Hilfe?
Meine Hilfe kommt vom Herrn, der Himmel und Erde gemacht hat.
Er wird deinen Fuß nicht gleiten lassen,
Und der dich behütet, schläft nicht.
Siehe, der Hüter Israels schläft und schlummert nicht.
Der Herr behütet dich.
Der Herr ist dein Schatten über deiner rechten Hand,
Daß dich des Tages die Sonne nicht steche noch der Mond des Nachts.
Der Herr behüte dich vor allem Übel, der Herr behüte deine Seele.
Der Herr behüte deinen Ausgang und Eingang
Von nun an bis in Ewigkeit!
Und schließlich fühlte sich Saul an Leib und Seele genesen, so daß er glaubte, David entbehren zu können. Er schickte ihn deshalb zu den Schafen seines Vaters zurück und wußte, daß der Junge jederzeit wiederkommen werde, wenn der König ihn brauchte.
David sang auf der Weide wie zuvor, doch jetzt dachte er daran, daß er eines Tages König sein sollte und daß ihn der Herr so vor

allen erheben wollte. Sein Glaube wurde noch stärker, während er immer noch die Herden versorgte und auf den Tag wartete, da ihn der Herr an seine Aufgabe rufen würde.

Jauchzet dem Herrn, alle Welt!
Dienet dem Herrn mit Freuden,
Kommt vor sein Angesicht mit Frohlocken!
Erkennet, daß der Herr Gott ist!
Er hat uns gemacht und nicht wir selbst
Zu seinem Volk und zu Schafen seiner Weide.
Gehet zu seinen Toren ein mit Danken,
Zu seinen Vorhöfen mit Loben;
Danket ihm, lobet seinen Namen!
Denn der Herr ist freundlich,
Und seine Gnade währet ewig
Und seine Wahrheit für und für.

DAVID UND GOLIATH

Während der ganzen Zeit, in der Saul König von Israel war, herrschte erbitterter Krieg mit den Philistern.

Eines Tages erschienen die Küstenbewohner wieder in großer Zahl und schwer bewaffnet, um das Land Juda zu überfallen, auszuplündern und die Städte zu vernichten. Sie schlugen ihr Lager auf einem Berg bei Socho auf.

Saul und sein kriegerischer Sohn Jonathan riefen eilig die Männer Israels zu den Waffen und ließen sie auf einem Berge gegenüber dem feindlichen Lager ihre Zelte aufschlagen, so daß beide Seiten nur durch das Tal von Ela getrennt waren. Saul rechnete damit, daß die Schlacht in diesem Tal stattfinden werde, und stellte seine Leute in kampfbereiten Reihen auf.

Doch statt einer Heeresmacht erschien ein einzelner Mann aus dem Lager der Philister. Höhnisch brüllte er über das Tal hinüber den Israeliten seine Herausforderung entgegen: »Warum stellt ihr euch zum Kampf auf? Ich bin ein einzelner Mann, und ich will mit einem einzelnen Mann kämpfen!« Ein einzelner Mann – aber ein Riese. Israels Männer erschraken.

Der Philister Goliath war fast drei Meter groß, und weder Saul noch Jonathan hatten je in langen Kriegsjahren einen so großen und schrecklichen Menschen gesehen. Goliath trug einen Kupferhelm, und ein schwerer Panzer, wie ihn die Israeliten nicht kannten, bedeckte Schultern und Beine mit Kupferplatten, so daß der ganze gewaltige Körper unter der Rüstung verschwand. Sein Wurfspeer war doppelt so schwer und lang, wie ihn ein gewöhnlicher Mensch überhaupt tragen konnte; vor Goliath ging ein Mann, der schwer an einem riesigen Schild schleppte.

König Saul starrte vom Berg herab auf den Riesen und bereute, daß er sich vom Herrn abgewandt hatte, so daß Samuels Gebet ihm nicht mehr zu Hilfe kam, denn jetzt hätte er es nötig gebraucht: Niemand bei den Israeliten konnte es mit dem Riesen aufnehmen.

Und von nun an stapfte der Riese jeden Morgen und jeden Abend im Tal auf und ab und forderte die Israeliten brüllend auf, mit ihm zu kämpfen: »Wählt irgendeinen aus, der mit mir kämpft! Bin ich denn nicht ein Philister, seid ihr nicht Sauls Knechte? Hier braucht keine Schlacht geschlagen zu werden, ein einziger Mann genügt!« Doch niemand fand sich, und auch Saul selbst wagte nicht, sich Goliath zum Kampf zu stellen. Der Mut seiner Leute sank von Tag zu Tag, wenn sie den Riesen sahen und seine donnernde Stimme hörten: »Ich verachte Israels Krieger! Gebt mir einen einzigen Mann, mit dem ich mich schlagen kann! Wenn er mich tötet, werden wir eure Knechte. Und wenn ich ihn umbringe, müßt ihr euch unterwerfen und unsere Sklaven sein.«

Saul bebte vor ohnmächtigem Zorn, er wußte keinen Rat.

David war daheim in Bethlehem, um wie immer die Schafe seines Vaters zu hüten, während drei seiner Brüder in Sauls Lager auf die Schlacht warteten. Um sie und ihren Hauptmann mit Nahrungsmitteln zu versorgen, schickte Isai schließlich David mit geröstetem Korn, Brot und Käse in das Kriegslager.

Seit vierzig Tagen bedrohte nun der Riese die Männer Israels, und jedesmal, wenn er durch das Tal stelzte, wuchs die Beschämung der Israeliten. David hatte gerade das Lager erreicht und sich zu seinen Brüdern gesellt, als er eine gewaltige Stimme durch das Tal dröhnen hörte: »Wählt einen Mann aus! Ich verachte euch, Männer von Israel!« David sah sich um und erblickte nur bleiche Gesichter, hörte aber keine Antwort; seine Landsleute zogen sich in ihre Zelte zurück.

»Hast du den Riesen gesehen?« fragten sie David. Doch er sagte nur: »Wagt es denn keiner, mit ihm zu kämpfen? Wer ist denn dieser Philister, daß er die Streitschar des lebendigen Gottes verachten dürfte?«

»Es ist Goliath aus Gath«, antworteten sie mit bebender Stimme. »Seit vierzig Tagen fordert er uns heraus, und niemand kann mit ihm kämpfen. Der König verspricht demjenigen, der Goliath tötet, Reichtum, große Ehre und die Hand seiner eigenen Tochter, doch wer will es wagen!«

David wunderte sich. Ihn lockte die Belohnung nicht, doch er verstand nicht, warum sich irgendein Mensch aus Israel vor einem Philister, und sei er ein Riese, fürchten sollte. Goliaths Länge und seine Rüstung schüchterten ihn nicht ein, und das sagte er freiweg zu seinen Landsleuten.

Sein Bruder Eliab hörte es und ärgerte sich: »Warum bist du eigentlich hergekommen? Wer sorgt denn für die Schafe, wenn du einfach davongehst? Du wolltest wohl einmal einem Kampf zusehen?«

»Ich sehe keinen Kampf«, sagte David, »sondern nur einen Mann, der uns alle beschämt. Wenn niemand sonst mit ihm kämpfen will, werde ich diesen Feind des Gottesvolkes besiegen.«

Eliab wandte sich verächtlich von der Prahlerei seines kleinen Bruders ab, doch einige andere Krieger horchten auf, und bald hatte auch Saul von David gehört und ließ ihn zu sich rufen.

Da stand der hübsche Junge mit der klaren Haut vor dem König, der ihn nachdenklich betrachtete. Er war noch nicht erwachsen und doch schon Sauls Waffenträger gewesen; er hatte Sauls gequälte Seele mit Harfenspiel beruhigen können. Doch als Krieger konnte sich Saul den dichtenden Hirtenjungen nicht vorstellen. Er sah ihn zweifelnd an.

David wartete Sauls Entscheidung nicht ab: »Niemand soll sich fürchten vor Goliath. Ich, dein Knecht, werde selbst mit diesem Philister kämpfen.«

Saul lächelte. »Du willst gegen den Riesen kämpfen?« sagte er freundlich. »Du bist noch ein Junge, und er ist ein Kriegsmann mit der Erfahrung vieler Kriegsjahre. Was könntest du wohl gegen ihn ausrichten!«

»Mit Männern habe ich noch nicht gekämpft«, antwortete David, »aber ich habe meines Vaters Schafe gehütet, und wenn der Löwe oder der Bär meine Herde überfielen und sich ein Lamm holten, bin ich hinter ihnen hergelaufen. Ich habe mit meinen eigenen Händen die Raubtiere getötet und die Lämmer gerettet. Auch der Riese ist für mich ein Raubtier, und wie mich der Herr aus den Klauen von Löwe und Bär gerettet hat, wird er mich jetzt vor der Gewalt dieses Philisters retten.«

Saul starrte ihn an. Es schien unmöglich, aber vielleicht konnte es

dem Jungen doch gelingen; es war etwas an ihm, das Vertrauen weckte. Saul nickte schließlich: »Geh also hin, und der Herr möge dir beistehen.«
Er gab David seine eigene Rüstung, einen kupfernen Helm, einen Kettenpanzer und ein großes Schwert, das er sich umbinden sollte. David schwankte unter dem Gewicht; er war an kriegerische Ausrüstung nicht gewöhnt und fand sie unbequem. »Ich kann ja nicht einmal damit gehen! Ich kann überhaupt nur auf meine eigene Weise kämpfen und mit den Dingen, an die ich gewöhnt bin.« Er legte die Rüstung wieder ab.
Mit seinem Hirtenstab, mit fünf glatten Steinen aus dem Bachbett und wurfbereiter Schleuder machte er sich an den Kampf mit dem Riesen. Er ging den Berghang hinunter, der Riese stapfte auf ihn zu, und sie blickten einander über das Tal von Ela hinweg entgegen. Goliath sah, wie zuvor Saul, einen schlanken jungen Mann, aber er erkannte nicht den Mut in seinen Augen und nicht die Schleuder in seiner Hand, sondern nur den Hirtenstab. Voller Verachtung für Israels armseligen kleinen Krieger begann er zu reden: »Bin ich ein Hund, daß du mir mit einem Stock auf den Leib rückst?« Er fluchte bei allen seinen heidnischen Göttern: »Komm her, du! Ich werde den Vögeln unter dem Himmel und den wilden Tieren des Feldes dein Fleisch hinwerfen!«
Gelassen ging David auf den Riesen zu: »Du kommst zu mir mit Schwert und Lanze und Schild, doch ich komme zu dir im Namen des Herrn aller Heere, im Namen von Israels Gott, den du verhöhnt hast. Heute gibt mir der Herr Gewalt über dich. Nicht ich werde den Vögeln und den wilden Tieren zum Fraß dienen, sondern ihr, ihr Philister, und alle Welt wird erleben, daß es in Israel einen Gott gibt. Jeder soll es erfahren, daß der Herr nicht mit Schwert und Lanze rettet, denn auch der Krieg liegt in der Hand des Herrn, und der Herr gibt euch in unsere Gewalt.«
Der Riese brüllte vor Wut und stampfte auf den unverschämten Burschen los; hinter ihm wartete das große Heer der Philister auf den Augenblick, in dem ihr Held den schmächtigen Jungen zerschmettern würde. Hinter David standen Israels Krieger kampfbereit, und Jonathan betete zum Herrn.

David tat noch ein paar Schritte, griff mit der Hand in die Hirtentasche und legte flink einen glatten Stein in den Lederriemen seiner Schleuder. Dann faßte er sein Ziel ins Auge, wirbelte die Schleuder um seinen Kopf und ließ den Stein fliegen.
Der Stein sauste wie ein Pfeil zum Ziel und traf den Riesen zwischen den Augen. Goliath schwankte und stürzte wie ein von der Axt getroffener Baum.
Der Held der Philister, der Riese Goliath, war mit einer Schleuder und einem Kieselstein gefällt worden!
Am Rande des Tales rangen die Philister nach Atem – ungläubig und entsetzt, am anderen sahen die Männer von Israel ebenso atemlos den Mann, der sie vierzig Tage lang in Angst und Schrekken gehalten hatte, tot am Boden, erschlagen durch einen Kiesel aus der Schleuder eines Jungen. Sie sahen ein Wunder.
David rannte zu dem hingestreckten Feind, riß dessen Schwert aus der Scheide, schwang es mit aller Kraft und schlug Goliath den Kopf ab.
Als die Philister sahen, daß ihr Riese sich nie wieder erheben würde, kehrten sie um und flohen. Unter gewaltigem Siegesgeschrei setzten ihnen die israelitischen Krieger nach; sie verfolgten die Feinde bis tief in deren Land, bis nach Gath, Goliaths Heimatstadt. Und nach diesen vierzig Tagen der Scham und der Angst klang Davids Name im Triumph durch das ganze Land. Als die siegreichen Israeliten von der Verfolgung der Philister heimkehrten, kamen ihnen die Frauen tanzend und singend entgegen. Ihr Lied pries Israels beide Helden:
»Saul hat tausend erschlagen«, sangen sie, und Saul gefiel es. »Und David hat zehntausend erschlagen«, fuhr das Lied fort. Aber das gefiel dem König nicht.

SAULS HASS

Nun hatte Israel einen neuen Helden, über den sich das ganze Land freute. Und wenn Saul auch von Eifersucht und düsteren Stimmungen geplagt wurde, liebte und bewunderte er dennoch den jungen David. Er zog ihn ganz an den Königshof und ließ ihn nicht mehr zu seinem Vater heimkehren.

Jonathan, der beobachtet hatte, wie der Junge den Riesen besiegte, brachte dem kühnen und doch bescheidenen David große Achtung entgegen, und als er ihn jetzt am Königshof ganz kennenlernte, begann er ihn wie einen Bruder zu lieben.

»Laß uns einen Bund schließen«, sagte er zu David. »Der Herr möge uns heute und alle Zeiten helfen, daß wir für immer wahre Freunde bleiben.« Und David ergriff Jonathans Hand: »Ich schwöre dir vor Gott, daß wir nie aufhören werden, Freunde zu sein.« Überall im Lande war die Freundschaft des Prinzen mit dem Hirtenjungen bekannt.

Saul beauftragte David mit immer neuen wichtigen Aufgaben, die der Junge so geschickt ausführte, daß Saul ihn schließlich über seine ganze Streitmacht setzte; und auch das gefiel allen, dem Volk und denen, die das Volk im Namen des Königs regierten. Jeder liebte, jeder lobte David. Als Krieger gewann er Kampf um Kampf, als Mensch unzählige Freunde.

Dem König konnte es nur recht sein, daß sein Hauptmann zu siegen verstand, und anfänglich freute er sich über Davids Erfolge. Doch allmählich wuchs in ihm die Eifersucht, bis sie schließlich zum Haß wurde. Es kam der Tag, an dem Saul plötzlich die Siegesfeiern zuviel wurden und an dem er mit Mißtrauen die Frauen tanzen sah und ihr unverändertes Lied hörte:

»Saul hat tausend erschlagen,
und David zehntausend.«

Und Saul sagte sich: »Sie halten ihn also für größer als mich, den König! Denn ihm geben sie zehntausend, mir nur tausend. Wenn er aber zehnmal besser ist als ich, was kann man ihm dann noch geben als mein Königreich selbst?«

Haß und Mißtrauen steigerten sich so, daß schon am nächsten Morgen wieder der böse Geist des Herrn über Saul kam; vor allen Angehörigen des Hofes betrug er sich wie ein Wahnsinniger. Da holte David seine Harfe, um den verwirrten König mit Musik zu besänftigen.

Doch Saul konnte seinen Anblick nicht mehr ertragen, Davids Gegenwart schon steigerte seine Raserei. »Ich werde diesen David umbringen, ich will ihn an die Wand spießen!« schrie er laut. Er langte nach seinem Wurfspeer und schleuderte ihn mit der Kraft des Wahnsinns quer durch den Saal auf David. Doch der Junge wich schnell aus und lief davon. Es kam noch zu einem zweiten Anschlag des Königs, und auch da wich David rechtzeitig aus und rettete sich vor der scharfen Spitze des Speers.

Das erschreckte den König, denn er sah ein, daß der Herr ihn selbst verlassen hatte, aber David beistand. Er dachte nun über andere Wege nach, Israels jungen Helden loszuwerden, nahm ihm sein Amt als oberster Anführer des Heeres und ließ ihn statt dessen nur tausend Mann befehlen; er wies ihn aus dem Palast zum Zeichen seiner Ungnade.

»Jetzt wird ihn das Volk verachten, und vielleicht wird er im Kampf fallen!« dachte Saul.

Doch niemand verachtete David, und er fiel nicht im Kampf. Er nahm auch die Ungnade hin und handelte mit Überlegung wie bisher, denn der Herr beseelte ihn.

Sauls Furcht wuchs; in seinem verwirrten Herzen fühlte er, daß dieser tapfere, kluge junge Mann eines Tages seinen eigenen Platz einnehmen werde. Er sehnte sich danach, David tot zu wissen, wußte aber, daß nicht nur der Stamm Juda, sondern auch die anderen Israeliten David zu gern hatten, um seinem Mörder zu verzeihen. Doch nach langer Überlegung hatte er sich einen listigen Plan zurechtgelegt. Er erinnerte sich daran, daß er einst versprochen hatte, dem Überwinder Goliaths seine älteste Tochter Merab zur Frau zu geben; das Versprechen hatte er niemals eingelöst. Jetzt griff er es wieder auf: »David, kämpfe für mich, erkämpfe

Gott dem Herrn den Sieg, dann soll Merab deine Frau werden.« Insgeheim aber dachte er: »Nicht meine Hand soll sich gegen ihn erheben, doch die Philister werden ihn umbringen.«

Und wieder zog David gegen den Feind, schlug sich tapfer und blieb am Leben. Dann kam der Tag, an dem er die Königstochter heiraten sollte, und an diesem Tag gab ihr Vater sie einem anderen Mann in die Ehe. Auch diese Kränkung ging David nicht zu Herzen, weil er sich nicht würdig fühlte, Schwiegersohn eines Königs zu werden. Doch Saul gefiel es nicht, daß David so gelassen blieb.

Michal, Sauls zweite Tochter, liebte David; des Königs Ratgeber berichteten ihm, daß auch David das Mädchen gern sah. Da glaubte der König an eine neue Gelegenheit, den Helden loszuwerden: »Ich werde David meine Tochter Michal anbieten, sie soll mein Köder sein. Und diesmal werde ich dafür sorgen, daß er von der Hand der Philister fällt.«

Er rief David zu sich und zwang sich, freundlich zu ihm zu sprechen, obwohl der Haß an seinem Herzen fraß. »Du sollst meine zweite Tochter, Michal, haben, du wirst mein Schwiegersohn.«

Auch diesmal wollte David bescheiden ablehnen, doch Saul beauftragte seine Hofleute, sich an David zu machen und ihm einzureden, der König wünsche nichts sehnlicher als eine Heirat zwischen David und Michal. »Sagt ihm: ›Der König schätzt dich, alle seine Leute lieben dich. Daß du arm bist, ist kein Hindernis, denn der König hat keinen Brautpreis nötig. Was er von dir wünscht, ist nur, daß du hundert Philister tötest.‹«

Zufrieden mit seinem listigen Einfall wartete der König ab: Diesmal mußte David im Kampf fallen.

Doch dazu kam es nicht. David, der mit einer Schar tüchtiger Krieger in den Kampf ging, tötete sogar zweihundert Philister, ohne daß ihm etwas zustieß. Sauls Laune verdüsterte sich, denn nun mußte er David seine Tochter zur Frau geben. Noch stärker loderte sein Haß auf, als er bemerkte, wie glücklich Michal an Davids Seite war; er ertrug es nicht. In der sicheren Ahnung, daß David bereits von Gott zum künftigen König ausersehen sei und von ihm geleitet werde, schwor er ihm unauslöschliche Rache. Er hatte nur noch ein Verlangen: David sollte sterben.

Wieder griffen die Philister an, wieder zog David aus, um sie zu schlagen; er kämpfte tapferer und umsichtiger als alle Günstlinge des Königs, und wieder hallte das Land Israel von seinem Ruhm. Sauls Wut wuchs grenzenlos, seine finstere Laune überfiel ihn schlimmer als je. David, der immer noch an seinem König hing, versuchte, ihn mit Harfenklängen zu beruhigen, doch als Saul den Verhaßten sah und die sanfte Musik hörte, die ihn nicht mehr besänftigen konnte, ergriff er den Spieß und schleuderte ihn nach David. Der junge Mann sprang zur Seite, tief bohrte sich die Spitze in die Wand, zitternd blieb der Schaft stecken, während David in die dunkle Nacht hinausglitt.

In blinder Wut schickte ihm der König Männer nach, die ihm auflauern und ihn am nächsten Morgen töten sollten, wenn er aus dem Haus trat. Doch Michal hörte davon und warnte ihren Mann: »Du mußt gehen, heute abend noch, denn sonst bringt man dich morgen früh ums Leben!« Sie ließ ihn an einem Seil aus ihrem Fenster hinab und stopfte dann seine Bettücher so mit Kissen aus, daß es aussah, als ob David noch schlafe. Als Saul von der Täuschung hörte, schäumte er vor Wut, doch seiner Tochter konnte und wollte er nichts antun.

David ging zu Samuel und verbarg sich dort eine Weile. Dann aber kam er in der Hoffnung zurück, den König doch noch zu versöhnen. Er suchte zuerst Jonathan auf: »Was habe ich getan? Welches Unrecht wirft mir dein Vater vor, daß er mir ans Leben will?«

»Ich weiß von keinem Unrecht«, antwortete Jonathan. »Mein Vater würde es mir sagen, wenn er einen Grund hätte, dich ums Leben zu bringen. Sag mir, was ich tun soll – alles will ich für dich tun. Du weißt, daß ich alles einsetze, um dir zu helfen.«

Sie verabredeten, daß Jonathan Sauls Absichten herausfinden und dem Freund darüber berichten sollte, und schworen sich dann unauslöschliche Freundschaft. David versteckte sich wieder, und Jonathan begab sich zu seinem Vater, um ihn über seine Pläne mit David auszuhorchen. Er hoffte aber, mit seinem Vater ruhig sprechen und ihn davon überzeugen zu können, daß der junge Hirte und Krieger keine Gefahr für den König bildete.

Doch es kam nicht dazu. Sauls Ärger wandte sich jetzt gegen den Sohn: »Du Sohn einer ehrlosen und aufrührerischen Mutter! Glaubst du etwa, ich wüßte nicht, daß du Freundschaft mit Isais Sohn geschlossen hast? Das hast du zu deinem eigenen Untergang getan, denn du sollst wissen, daß du niemals König werden wirst, solange er am Leben ist. Bring ihn mir sofort her, er soll sterben!«

»Aber warum soll er sterben?« fragte Jonathan. »Was tat er?«

Sauls Gesicht wurde rot vor Wut. Mit einem Schrei schleuderte er den Spieß gegen den eigenen Sohn. Er traf ihn nicht, weil Jonathan zur Seite sprang. Aber der Sohn wußte nun, daß Saul beschlossen hatte, David umzubringen, und sich darin durch nichts aufhalten ließ. Jonathans Zorn war so stark wie der Haß seines Vaters, als er den Palast verließ, um David zu berichten, daß es keine Hoffnung auf das Wohlwollen des Königs Saul gäbe.

David kam ihm aus seinem Versteck entgegen. Traurig sagte Jonathan: »Er ändert sich nicht. Geh in Frieden, denn wir beide sind Freunde für alle Zeit. Mein Vater wird dir schließlich nichts antun können, und du wirst eines Tages König von Israel sein, wie er es fürchtet. Doch nichts darf zwischen uns beide treten! Wir wollen unseren Bund vor den Augen des Herrn halten.«

Noch einmal reichten sie sich die Hand, dann ging Jonathan langsam zurück, tief betrübt über die furchtbare Wut seines Vaters auf seinen Freund. David suchte Zuflucht in der Wüste, im wilden Gebirge am Toten Meer. Für ihn begann eine ruhelose Zeit, denn Saul ließ nicht ab, David zu verfolgen. Isais Sohn hatte keine andere Waffe als Goliaths großes Schwert, er mußte oft hungern, doch er hatte eine Handvoll tapferer Krieger bei sich. In der Höhle von Adullam fand er ein Versteck. Es wurde bald bekannt, und als seine Brüder und männlichen Verwandten davon hörten, wanderten sie zur Höhle von Adullam und gesellten sich zu David; aber es kamen auch Männer, die mit dem König unzufrieden waren, Schulden hatten oder aus anderen Gründen verfolgt wurden. Doch niemand unter ihnen und auch sonst kein Mensch, der Davids Versteck kannte, berichtete dem König davon. Saul zog unentwegt mit großen Scharen Bewaffneter im Lande umher auf der rastlosen Suche nach dem Verhaßten.

Mehrmals kam er sogar in Davids Nähe, mehrmals bestrafte er die Leute schwer, die ihm das Versteck nicht verraten wollten: »Ihr habt euch alle gegen mich verschworen! Warum sagt mir niemand, wo sich dieser Mann verborgen hält und mir auflauert? Seid ihr denn alle auf seiner Seite?«

Menschen mußten um Davids willen sterben, doch er selbst blieb am Leben. Obwohl ein Gejagter, bewegte er sich doch sicher durch die Wüste, von einem Zufluchtsort zum anderen, sicher vor Saul, weil ihn der Herr schützte. Schließlich kam es so weit, daß Sauls wilde Jagd auf einen Unschuldigen und die ruchlosen Morde, die er an Davids Freunden beging, das Volk Israel gegen ihn aufbrachten; sie begannen auf seinen Untergang zu warten, und nicht nur aus Liebe zu David, sondern auch, weil sie einen König brauchten, der ihre Kampfkraft gegen die Feinde stärkte, statt ihren Freund zu verfolgen.

Auf seiner nie endenden Suche kam Saul eines Tages dem Versteck sehr nahe, in dem David und die Seinen verborgen saßen; Saul wußte, daß David in der Wüste von En-Gedi lebte, aber nicht, an welcher Stelle. Erschöpft vom Kampf gegen die Philister und von der Suche nach Isais Sohn, legte sich der König in einer großen Höhle zur Ruhe. Als er schlief, tauchte aus dem dunklen Hintergrund eine Gestalt auf und beugte sich über ihn: Es war David, und Saul war in seiner Gewalt. David hob das Schwert und ließ es rasch fallen – schnitt aber dem König nur einen Zipfel seines Gewandes weg, denn er konnte es nicht über sich bringen, dem König das Leben zu nehmen. Als Saul erwachte und erkannte, daß er verschont worden war, weinte er aus Reue über die eigene Bösartigkeit; er ging davon mit Scham und Trauer im Herzen. Eine Zeitlang ließ er seine mörderische Nachsuche, und David fand Ruhe.

Doch der Wahnsinn befiel den König aufs neue, und wieder zog er mit einer großen Streitschar gegen David aus. Isais Sohn, der die Wüste kannte, als sei er in ihr zur Welt gekommen, sah Sauls Schar von fern anrücken. Er verbarg seine eigenen Leute, während die Männer des Königs ihr Lager aufschlugen. Doch in der Dunkelheit der Nacht schlich er mit seinem Gefährten Abisai zwischen den Zelten hindurch in die Mitte des Lagerrings, wo Saul zwischen seinen schlafenden Leuten schlief. Neben dem König stak sein Speer in der Erde, ein Wasserkrug war daneben gestellt. Niemand wachte, niemand sah die beiden Fremden, die auf den schlafenden König starrten.

»Gott hat ihn uns ausgeliefert!« flüsterte Abisai triumphierend. »Jetzt bringen wir ihn um, mit einem einzigen Stoß seines eigenen Speeres!«

Doch David schüttelte den Kopf: »Nein, den Gesalbten des Herrn dürfen wir nicht töten. Gott selbst wird die Stunde bestimmen, in der er sterben soll.« Er zog den Speer aus dem Boden und nahm ihn mit sich. Abisai, enttäuscht, aber gehorsam, ergriff den Wasserkrug, der neben Sauls Kopf stand, und unbemerkt, wie sie gekommen waren, verließen die beiden das Lager.

Am anderen Morgen erwachte der König, als vom Berg herüber Davids Stimme klang: »Hör auf, mich wie ein Rebhuhn zu jagen!« Saul sah um sich und entdeckte, daß Speer und Wasserkrug fehlten. Da erkannte er, daß er wieder verschont worden war, und ihm schlug das Gewissen. Er rief zu David hinüber: »Ich habe Unrecht getan! Kehr zu mir zurück, David, mein Sohn! Ich werde dir nichts antun, denn heute war dir mein Leben kostbar. Der Herr segne dich, du wirst große Dinge vollbringen!«

Trotzdem blieb David dem königlichen Palast fern, denn er fürchtete einen neuen Gesinnungswandel des Herrschers. Um ihm aus dem Wege zu gehen, begab er sich nach dem weit entfernten Ort Ziklag. Als Saul dann wirklich wieder begann, nach David zu fahnden, und hörte, daß der Verhaßte in Ziklag sei, beschloß er, seine nachlassenden Kräfte dem Kampf gegen die Streitmacht der Philister zu widmen.

Die Philister wußten längst, daß Israel durch die unzulängliche Führung des unberechenbaren Königs geschwächt war und daß die Untertanen und die Krieger den Glauben an ihn verloren hatten. Deshalb hielten sie den Zeitpunkt für günstig, Israel zu zerschmettern, und sammelten ein gewaltiges Heer auf israelitischem Boden. Saul sah die Streitscharen, und ihm sank das Herz, denn David war fern und Samuel gestorben, sein eigener Kampfgeist aber nach all den Ausbrüchen von Haß und Wahnsinn erlahmt. Trotzdem zog er mit seinen Soldaten und seinen Söhnen dem viel stärkeren feindlichen Heer entgegen. Es kam zum Kampf auf den Hängen des Gilboagebirges.

Er war von Anfang an verloren. Die Pfeile der Philister brachten hundertfach und tausendfach Tod in die Reihen der Israeliten, und Hunderte und Tausende hebräischer Krieger brachen auf dem Berge zusammen oder ließen ihr Leben. Der tapfere Jonathan, der an seines Vaters Seite kämpfte, starb durch einen Pfeil, der sein Herz traf, seine beiden Brüder stürzten sterbend auf die blutgetränkte Erde. Schließlich fiel Saul, von feindlichen Bogenschützen zu Tode verwundet, in sein Schwert und endete sein verworrenes Leben. Und Horden triumphierender Philister ergossen sich ungehindert über israelitisches Land. Die Niederlage war vollständig.

Als David die Schreckensnachricht vernahm, trauerte er so um Saul, als habe der gequälte König ihm nie nach dem Leben getrachtet, sondern sei immer sein Freund geblieben. Er und alle Männer weinten aus Trauer um Saul und Jonathan und um das Volk von Israel. Davids Schmerz formte sich zum Gesang:

Israels Schönheit liegt tot auf deinen Höhen,
Wie sind die Mächtigen gefallen!
Sagt es nicht in Gath,
Erzählt es nicht in Askalons Gassen,
Damit sich die Töchter der Philister nicht freuen,
Damit die Töchter der Heiden nicht jubeln.
Ihr Berge Gilboas, euch treffe kein Tau,
Kein Regen falle, nicht geopfert soll auf euch werden,
Denn hier ist verächtlich der Schild der Mächtigen fortgeworfen,
Sauls Schild, als wenn er mit Öl nicht gesalbt worden wäre.
Saul und Jonathan waren liebenswert und angenehm im Leben,
Der Tod hat sie nicht getrennt.
Sie waren schneller als die Adler,
Sie waren stärker als die Löwen.
Ihr Töchter Israels, weint über Saul!
Wie sind die Mächtigen gefallen im Kampf!

O Jonathan, du liegst erschlagen auf den Bergen,
Ich bin voller Schmerz um dich, mein Bruder Jonathan.
Wie sind die Mächtigen gefallen
Und die Waffen des Krieges vergangen!

So klagte David um seinen unglücklichen König und um seinen lieben Freund Jonathan. Und ringsum lag Israel in Trümmern.

GLANZ UND ELEND DES KÖNIGS DAVID

David konnte sich dem Trauern und Klagen nicht lange hingeben, denn das Land brauchte dringend seine Tatkraft. Er fragte den Herrn, was er tun solle.

»Geh zurück nach Juda«, sagte der Herr. »Geh nach Hebron und bleib dort.«

David reiste also in seine Heimat und nahm alles mit, was zu ihm gehörte, seine Frauen und die Nebenfrauen, die Männer, die die Verbannung mit ihm geteilt hatten, und deren ganze Habe. In Juda wurde er herzlich begrüßt und in Hebron zum König des Hauses Juda gesalbt.

Doch der König von Juda war nicht der Herrscher über ganz Israel, und noch lebten Angehörige von Sauls Familie, die nicht beabsichtigten, ihre Ansprüche aufzugeben. Abner, ein Hauptmann aus Sauls Heer, beschloß, den einzigen überlebenden Sohn Sauls zum König zu machen; es gelang ihm, ihn zum Herrscher über elf israelitische Stämme zu erheben. Sauls Sohn regierte zwei Jahre. Doch das Haus Juda blieb David treu.

Es kam zu einem langen Krieg zwischen Davids und Sauls Anhängern; Abner kämpfte verbissen für seinen König, und Davids Neffe Joab sammelte seine Streitkräfte, um Abners Scharen zu vernichten, doch allmählich wuchs Davids Macht, während die der anderen Seite abnahm.

Schließlich kamen Sauls Sohn und Abner ums Leben, und nun traten die Anführer aller israelitischen Stämme vor David: »Denk doch daran, daß wir Brüder sind. Damals, als Saul noch herrschte, warst du es, der unsere Scharen in Kampf und Sieg führte. Der Herr hat dir damals aufgetragen: ›Du sollst mein Volk Israel schützen und sollst ein Anführer für Israel sein.‹ Deshalb schließ jetzt mit uns vor dem Herrn einen Bund, daß du von heute an über uns herrschen wirst.«

David gelobte vor Gott, daß er mit all seiner Macht und Weisheit

herrschen wolle, und Israels Älteste salbten ihn zum König über alle zwölf Stämme, so daß sie wieder ein Reich wurden.
Als König des ganzen Landes brauchte David eine Hauptstadt, und ihm schien die bewehrte Hügelstadt Jerusalem am günstigsten. Sie war in der Hand der Jebusiter, die aus dem einstigen Kanaan stammten und sich rühmten, ihre Stadt sei so gut befestigt, daß Blinde und Lahme genügten, sie gegen jeden Feind zu verteidigen. Doch sie irrten sich: David vertrieb sie und nahm ihre Stadt ein. Von da an nannte man Jerusalem die Stadt Davids.
Sie wuchs und wurde reich, und David selbst war mächtig und berühmt. Er nahm sich weitere Frauen und Nebenfrauen und hatte viele Söhne. Sein Ruhm verbreitete sich rasch in viele Länder, deren Könige ihm Geschenke schickten. Hiram, der König der phönizischen Stadt Tyrus, sandte ihm mit Geschenken beladene Botschafter, ferner Zimmerleute, Mauerleute und Zedernstämme. Sie bauten Davids Schloß. David dankte dem Herrn für alles Glück, denn er vergaß nie, daß es der Herr selbst war, der ihn zum König über Israel gemacht und seine Hand geführt hatte, damit die Kinder Israels gedeihen konnten.
In vielen Städten Israels hatten aber die Philister noch großen Einfluß, und als sie hörten, daß David zum König von ganz Israel gesalbt worden war, beschlossen sie seine Vernichtung. Sie ließen ihre starken Scharen gegen Jerusalem marschieren und besetzten das Tal Rephaim im Süden der Stadt. David sah hinab auf ihre große Streitmacht und fragte den Herrn: »Soll ich gegen sie ziehen? Wirst du bei mir sein und mir den Sieg verschaffen?«
Der Herr antwortete: »Du sollst ihnen nicht entgegenziehen, sondern sie umgehen, ohne daß sie es wahrnehmen. Deine Leute sollen sich hinter den Maulbeerbäumen verbergen. Wenn du dann den Wind durch die Bäume rauschen hörst, beginn den Kampf, greif sie von hinten an. Das Rauschen in den Bäumen ist das Zeichen, daß der Herr vor dir herzieht, um die Philister zu vernichten.«
David hielt sich an die Anweisungen des Herrn. Sobald er den Wind in den Wipfeln hörte, machte er überraschend einen Angriff gegen die Philister, vertrieb sie ganz aus dem Lande und erreichte, daß sie viele Jahre lang Ruhe gaben.

Nun war Israel eine Nation geworden, die Achtung verdiente, und Jerusalem eine Stadt, die nicht nur eines Königs würdig war, sondern auch Gott aufnehmen konnte. Dankbar beschloß der siegreiche König, die Bundeslade in die Königsstadt zu schaffen. Er ließ ein kleines Heiligtum errichten, in dem sie untergebracht werden sollte, bis der herrliche Tempel, den David im Sinne hatte, fertig war. Dann rief er die Männer Israels zusammen und führte mit ihnen die Bundeslade in einem Siegeszug nach Jerusalem. An diesem Tag vertauschte er die königlichen Gewänder mit einem einfachen Priesterrock, und als sich der Zug auf Jerusalems Hügel zu bewegte, tanzte er fröhlich mit all den Seinen vor dem Herrn. Posaunen, Harfen, Hörner und Zimbeln klangen zusammen, ganz Israel sang zum Preise Gottes, seines Herrn. Davids Priester setzten die Bundeslade ehrfurchtsvoll in das einfache Heiligtum. Und sie alle sangen:

Kommt, laßt uns dem Herrn singen!
Laßt uns mit Danken vor sein Angesicht treten
Und jauchzet ihm mit Psalmen!«

In dem neu erwachten Glauben an Gott, geschart um die Bundeslade, gedieh das Volk von Israel herrlich unter Davids Herrschaft. Die verstreuten Stämme waren ein Volk geworden, und ihre Macht wurde mit den Einfällen der Ammoniter und Syrer und Moabiter leicht fertig. David selbst brauchte nicht mehr die Kämpfe zu leiten, denn Joab, der oberste Anführer der israelitischen Krieger, konnte die Auseinandersetzungen an den Grenzen selbst bewältigen. David herrschte lange und geschickt, und zu seiner Zeit war Israel eine große Nation.

Doch nicht immer handelte David weise. Eines Abends, als er sich auf dem flachen Dach des Palastes erholte, erblickte er eine sehr schöne Frau, in die er sich augenblicklich verliebte. Er fragte nach ihr und erfuhr, daß sie Bathseba hieß und die Frau des Soldaten Uria war. Und jetzt beging der König eine schwere Sünde: Er befahl Joab, Uria in die vorderste Kampfreihe zu stellen, damit er getroffen werde und sterbe. Joab befolgte den Befehl, er schickte Uria an den gefährlichsten Platz des Kampffeldes. Urna, ein Soldat mit Leib und Seele, kämpfte tapfer, bis ihn ein feindliches

Schwert traf und er im Dienste des Königs sein Leben ließ.

Als David die Nachricht von seinem Tode erhielt, heiratete er die Witwe des Mannes, dessen Ende er so grausam geplant hatte. Bald bekam Bathseba ein Kind. Doch der Herr kannte Davids Schandtat und ließ das Kind zur Strafe erkranken und sterben. David war tief bekümmert, doch noch größer war die Reue über seine Sünde. Deshalb verzieh ihm der Herr und gab ihm einen zweiten Sohn von Bathseba, den sie Salomo nannten.

David hatte viele Frauen und Söhne, darunter aber einen besonderen Liebling, Absalom. Niemand in ganz Israel wurde wegen seiner Schönheit so bewundert wie der junge Prinz: Vom Scheitel bis zur Sohle war sein Äußeres vollkommen. Sein besonderer Stolz war das lange Haar, das er nur einmal im Jahr schnitt, nämlich dann, wenn ihm die Last der Haare zu schwer wurde.

David ahnte nicht, daß Absalom davon träumte, König zu werden, daß er bereits Pläne machte, wie er das Volk für sich gewinnen könnte, daß er schon Wagen, Pferde und fünfzig Leute hatte, um Israel seine Bedeutung vor Augen zu führen.

Um sich ins rechte Licht zu setzen, pflegte Absalom morgens früh aufzustehen und an eines der Stadttore zu gehen, damit jeder, der dem König eine Angelegenheit vortragen wollte, zuerst auf ihn stieß. Dann fragte der schöne Prinz freundlich: »Woher kommst du, und was führt dich her?«

Darauf pflegte ihm der Fremde den Streitfall darzulegen, der ihn in die Davidsstadt führte, wo der König ihn entscheiden sollte.

»Deine Ansprüche sind recht und berechtigt«, erklärte Absalom dann. »Wie schade, daß du niemanden hast, der sich beim König für dich verwendet! Wäre ich nur Richter in diesem Land, dann würde jeder, der mit einer Klage oder einem Rechtsstreit zu mir kommt, Gerechtigkeit finden.«

Seine freundlichen Worte und sein angenehmes Wesen machten den Leuten, die den König aufsuchen wollten, tiefen Eindruck. Absalom fand ihre Sache nicht nur gerecht und wollte nicht nur helfen, sondern behandelte auch jedermann überaus höflich. Er hielt sie davon ab, sich vor ihm zu verneigen, ergriff ihre Hände und begrüßte sie mit einem sanften Kuß. So ging er mit allen Leuten um, die er auf ihrem Weg zum König traf, und mit solcher Höflichkeit und Freundlichkeit gewann er die Herzen des Volkes von Israel.

Eines Tages bat Absalom seinen Vater: »Ich bitte dich, laß mich nach Hebron reisen, weil ich das Gelübde einlösen will, dem Herrn in Hebron zu dienen.«

»Geh in Frieden«, sagte der König, ohne zu ahnen, daß Absalom das Gelübde nur als Vorwand benutzte, um Jerusalem verlassen und seine eigenen Pläne zur Erlangung der Königswürde verfolgen zu können.

David wußte nicht, was sein Sohn trieb.

Absalom nahm zweihundert Männer aus Jerusalem mit sich, ahnungslose Leute, die nicht wußten, wozu er sie benutzen wollte. Nach seiner Ankunft in Hebron schickte der Prinz seine Vertrauten zu allen israelitischen Stämmen mit der Botschaft: »Absalom ist König in Hebron!« Denn auch in Hebron hatte Absalom viele Freunde, und er beabsichtigte, seine Anhänger hier zu sammeln und ein großes Heer aufzustellen. Die Verschwörung griff um sich. Die Leute wandten sich immer mehr dem schönen, vielgeliebten Absalom zu und strömten in Scharen zu seiner Unterstützung. Nach kurzer Zeit waren sie bereit, Jerusalem zu stürmen und David vom Thron zu stoßen.

Doch bevor Absalom seinen Plan ausführen konnte, erhielt der König die Nachricht: »Die Herzen der Männer von Israel schlagen für deinen Sohn Absalom!« Er erfuhr, was sich in Hebron zutrug, und fiel in tiefe Verzweiflung: Absalom, sein Liebling! Der Gedanke, gegen ihn zu kämpfen, war unerträglich, aber ebensowenig war es möglich, Absalom gewähren zu lassen. Nur eines stand fest: Sollte die Königsstadt gerettet werden, dann mußte David sie sofort verlassen. Er befahl seinen Getreuen: »Rasch, bereitet euch darauf vor, daß wir fliehen, denn sonst können wir Absalom nicht entkommen. Wir müssen uns beeilen, damit er uns nicht hier überfällt und damit nicht die Stadt im Kampf zerstört wird!«

Bei seinem Auszug nahm der König alle Krieger mit und alle Leute, die zu seinem Haushalt gehörten, bis auf einige Frauen zur

Versorgung des Palastes und die Priester zur Bewachung der Bundeslade. Wenn der Herr mit ihm sei, dachte David, würde er nach Jerusalem zurückkehren; stand der Herr nicht auf seiner Seite, war es besser, die Bundeslade in Sicherheit zu wissen.

David überquerte den Bach Kidron und zog mit allen Menschen in die Wüste. Ganz allein, langsam und weinend bestieg er den Olivenberg und trauerte um den Sohn, der ihn verraten, und um das Volk, das sich mit Absalom zu seinem Untergang verschworen hatte.

Absalom drang mit seinen Scharen in das entvölkerte Jerusalem ein und beriet sich mit den Seinen, wie er David finden und angreifen könne.

David war zwar ins Herz getroffen durch den Verrat, aber ein König und ein Kämpfer war er geblieben; so widerstrebend er auch in den Kampf gegen den Sohn zog, so wußte er doch, daß der Aufstand schnell niedergeschlagen werden mußte, wenn das Land vor schwerem Schaden bewahrt bleiben sollte. Deshalb raffte er sich auf und führte seine Streitmacht nachts über den Jordan zur Stadt Mahanajim. Man nahm ihn dort freundlich auf und versprach ihm jede Unterstützung. Er bereitete sich auf den Kampf vor und teilte seine Männer in drei Abteilungen, die er unter den Befehl der erfahrenen Hauptleute Joab, Abisai und Ittai stellte. Bevor sie zum Kampf aufbrachen, redete David zum Volk und versprach: »Ich werde mit euch ziehen und euch anführen.«

Doch seine Männer antworteten: »Nein, du darfst nicht mit uns kämpfen. Wenn wir fliehen, liegt nicht viel daran, auch nicht, wenn wir fallen. Doch du bist kostbarer als zehntausend von uns, deshalb darfst du weder fliehen noch fallen. Bleib also in der Stadt und hilf uns von hier aus.«

»Ich will tun, was ihr für richtig haltet«, sagte der König niedergeschlagen. Er stellte sich ans Stadttor, und Hunderte und Tausende zogen an ihm vorbei, hörten seine Worte und wollten für ihn kämpfen. Als Joab und Abisai an der Spitze ihrer Abteilungen an ihm vorbeizogen, rief er sie an: »Geht schonend um mit meinem Sohn Absalom!« Alle hörten seinen Befehl.

Er wartete am Stadttor von Mahanajim auf Nachrichten vom

Kampf, der sich an den Abhängen des Ephraimgebirges und im anschließenden Tal entspann, in einem von dichtem Wald bestandenen Gelände. Absalom führte seine Leute voll Selbstvertrauen in die Schlacht. Die beiden Heere stießen in voller Breite aufeinander, doch das eine war von vornherein überlegen: Davids drei Abteilungen ergebener und kampferfahrener Leute gewannen sofort die Oberhand über die schlecht geführten und schlecht beratenen Männer seines Sohnes. Der Kampf zog sich hin durch die großen Wälder, über die Ebene, und Tausende fielen, und Tausende rannten in kopfloser Eile durch das Dickicht der Bäume und verirrten sich in dem riesigen Wald.

An diesem schrecklichen Tag verloren zwanzigtausend Männer ihr Leben, und weitaus die meisten gehörten zu Absaloms Scharen. Der eitle Prinz hatte nicht daran gedacht, seine Haarpracht zu stutzen, bevor er in den Kampf zog. Nun ritt er auf seinem Maultier umher, suchte seine Leute zu sammeln und rief sie zum Sieg auf. Doch sie flohen, und er ritt hinter ihnen her. Bald suchte er verzweifelt nach einem Ausweg aus dem dichten Wald, rings umstellt von den Kriegern seines Vaters. Er peitschte auf das Tier ein, sein langes Haar flog hoch, das erschreckte Maultier stolperte unter einer Eiche mit tiefen, dichtbezweigten Ästen entlang. Und plötzlich schwebte Absalom zwischen Himmel und Erde, mit dem schönen langen Haar im Geäst verfangen, und das Maultier rannte wild unter ihm davon und ließ ihn dort hängen.

Ein Soldat aus Davids Heer sah ihn dort hängen, dachte aber an das Gebot des Königs und tat ihm nichts an, sondern meldete Joab: »Ich habe Absalom an einer Eiche hängen sehen, gefangen durch sein langes Haar!«

»Du hast ihn hilflos schweben sehen und nicht erschlagen?« fragte Joab grob. »Ich hätte dich mit zehn Silberstücken belohnt, wenn du den Verräter Absalom umgebracht hättest.«

»Auch gegen tausend Silberstücke würde ich nicht die Hand gegen den Sohn meines Königs erheben«, sagte der Mann. »Wir alle haben gehört, daß der König dir und Abisai und Ittai aufgetragen hat, den jungen Absalom zu schonen. Du selbst hättest mir als erster Vorwürfe gemacht, wenn ich ihn getötet hätte.«

»Ich kann hier nicht die Zeit mit dir verschwenden«, sagte der bedenkenlose Joab. Er griff drei Pfeile, lief zur Eiche, an der sich Absalom immer noch verzweifelt zu befreien suchte, und stieß dem Königssohn die Pfeile ins Herz. Dann gab er ein Trompetensignal, um seine Leute von der Verfolgung des Gegners zurückzurufen; sie sammelten sich um ihn. Sie nahmen den schlanken Körper vom Baum und warfen ihn in eine tiefe Grube im Wald, schütteten sie zu und errichteten einen hohen Steinhaufen darüber. Für Absaloms Anhänger war alles vorbei, es gab nichts mehr, wofür sie sich einsetzen konnten, ihnen blieb nichts als überstürzte Flucht.

Am Stadttor von Mahanajim wartete David auf Nachricht. Da sah der Wächter oben auf dem Dach von fern einen Mann heranlaufen und meldete es dem König. »Wenn er allein kommt, bringt er Nachricht«, sagte David. Er wartete mit Angst im Herzen.

Dann meldete der Wächter einen zweiten Läufer und fügte hinzu: »Mir scheint, daß der erste Mann Ahimaaz ist, der Sohn des Priesters Zadok.«

»Ahimaaz ist ein guter Mensch, er wird gute Nachrichten bringen«, meinte der König.

Schon von weitem rief Ahimaaz: »Alles steht gut! Wir haben gesiegt!« Er warf sich vor dem König auf den Boden: »Gepriesen sei Gott der Herr, denn er hat die Männer in deine Gewalt gegeben, die sich gegen dich erhoben hatten!«

Der König hatte nur eine Frage: »Ist mein Sohn Absalom in Sicherheit?« Ahimaaz kannte die Wahrheit, hatte aber nicht das Herz, sie seinem geliebten König zu sagen. Er wandte sich ab: »Als mich Joab fortschickte, gab es viel Getümmel und großen Lärm, doch was es zu bedeuten hat, weiß ich nicht.«

Der zweite Läufer war herangekommen.

»Geh beiseite«, bat der König und wandte sich dem anderen zu. Ahimaaz wartete bedrückt auf das, was jetzt kommen mußte. Der Mann begann: »Ich habe gute Neuigkeiten, Herr und König! Denn heute hat dich der Herr an denen gerächt, die sich gegen dich erhoben hatten!«

Der König wollte nur eines wissen: »Ist mein Sohn Absalom in Sicherheit?«

Der Mann zögerte und wog seine Worte sorgfältig ab. Schließlich sagte er: »Möge es den Feinden meines Herrn und Königs und allen, die sich gegen dich erheben, so ergehen, wie es deinem Sohn ergangen ist.«
Da verstand David, daß Absalom tot war, und statt sich über den Sieg zu freuen, trauerte er um den verlorenen Sohn.
Der Aufstand war niedergeschlagen, und David konnte nach Jerusalem zurückkehren, um sein Volk wieder zu vereinen; es brauchte ihn nötiger als je zuvor. Doch er bedeckte sein Gesicht und weinte und rief: O mein Sohn Absalom, mein Sohn, mein Sohn! Wollte Gott, ich hätt an deiner Stelle sterben dürfen!«
Und für alle Leute ringsum verkehrte sich der große Sieg dieses Tages in Trauer, denn alle hörten David weinen und rufen: »O Absalom, mein Sohn, mein Sohn!«

DIE WEISHEIT SALOMOS

König David war alt geworden und seinem Ende nahe. Gelegentliche Aufstände hatten das Land nicht erschüttern können, so daß es ein starkes, achtunggebietendes Königreich geworden war. David sah auf ein erfülltes Leben zurück; außer dem Leid um Absalom gab es nur noch eines, das ihn tief bekümmerte: Der Herr verweigerte ihm den Tempelbau, weil seine Hände vom vielen Kriegführen mit Blut befleckt waren; sein Sohn sollte ihn errichten.
David hatte viele Söhne, doch Bathseba hatte ihn schwören lassen, daß ihr Sohn Salomo sein Nachfolger werden solle, und David ließ ihn zum König salben, als er seinen Tod kommen fühlte. Er erklärte dem Volk von Israel, was Gott der Herr von einem König forderte: »Gott, auf den Israel wie auf einen Felsen baut, sprach zu mir: ›Wer herrschen will, muß gerecht sein und Gott fürchten. Er soll wie das Morgenlicht sein, wenn die Sonne an einem Tag ohne Wolken aufgeht, er soll rein sein wie das Gras, das in der hellen Sonne nach dem Regen sprießt.‹ Laßt Salomo ein solcher König für euch sein, dann ist der Herr für euch eine feste Burg und wird voller Gnade seinen Gesalbten schützen.«
Dann rief er Salomo zu sich, um zum letztenmal zu ihm zu sprechen: »Ich gehe nun den Weg alles Irdischen. Deshalb sei du stark und erweise dich als Mann. Halte die Gebote des Herrn, seine Satzungen und Ordnung, handle nach seiner Offenbarung, wie es im Gesetz von Mose vorgeschrieben ist. Dann wird dir alles gelingen, was du anfängst. Der Herr wird das Versprechen erfüllen, das er mir gegeben hat, als er sagte: ›Wenn deine Söhne auf ihre Wege achten und mir mit ganzem Herzen, aus ganzer Seele die Treue halten, wird zu jeder Zeit ein Mann unter ihnen auf dem Thron von Israel sein.‹ Du weißt außerdem, wer mir treu war und wer nicht, deshalb handle klug: Sei freundlich zu denen, die es zu mir waren, aber verfahre nach deinem Gutdünken mit denen, die mir Unrecht getan haben.«

Als David gestorben war, begrub man ihn in seiner Stadt. Vierzig Jahre lang hatte er Israel beherrscht, davon sieben Jahre in Hebron, die übrige Zeit in Jerusalem.
Nun saß Salomo auf dem Thron seines Vaters David, und unter ihm erstarkte das Reich. Wie sein Vater es geraten hatte, bestrafte er rasch und streng die Leute, die seinem Vater bei dessen Lebzeiten geschadet hatten, und diejenigen, die zu Beginn seiner Herrschaft auch sein Reich gefährdeten. Wer dem Hause Davids mit Treue anhing, wurde mit Güte belohnt. Salomo schloß, um Krieg zwischen Israel und den Nachbarländern zu verhüten, Bündnisse mit fremden Fürsten, unter denen der Pharao von Ägypten der erste und mächtigste war. Salomo heiratete seine Tochter und machte sie zur ersten seiner vielen fremdländischen Frauen; er ließ sie in der Davidsstadt leben. Der große Reichtum, den er von seinem Vater geerbt hatte, erlaubte ihm, Jerusalems Stadtmauer zu verstärken; er richtete Vorratshäuser für Getreide ein, baute sich einen prächtigen Palast und errichtete den Tempel für den Herrn.
Doch bis das Haus des Herrn vollendet war, betete das Volk von Israel auf den Gipfeln der Berge zum Herrn und brachte ihm dort seine Opfer. König Salomo liebte Gott und hielt sich an die Wege, die sein Vater David gegangen war; auch er opferte und verbrannte Weihrauch auf den Höhen des Landes, vor allem in dem hochgelegenen Gibeon, wo er tausend Brandopfer darbrachte.
Hier in Gibeon erschien ihm der Herr des Nachts in einem Traum und sagte: »Bitte mich, um was du willst, damit ich es dir gebe.« Salomo war einsichtig; er wußte wohl, daß er große Weisheit und himmlische Führung brauchte, um sein Reich gut zu regieren.
»Du hast meinem Vater David große Gnade erwiesen, weil er treu und rechtschaffen war«, sagte er. »In deiner Güte hast du ihm einen Sohn als Nachfolger gewährt, und nun, Herr und Gott, bin ich König an Davids Stelle. Doch ich bin wie ein kleines Kind und verstehe nichts vom Herrschen, ich lebe mitten in deinem auserwählten Volk, das so zahlreich ist, daß man es nicht mehr zählen kann. Und sie alle soll ich regieren. Deshalb gib mir ein verständnisvolles Herz, damit ich dein Volk gerecht richte und zu jeder Zeit Gut und Böse voneinander unterscheiden kann. Denn wie

sollte jemand imstande sein, ohne Gottes Weisheit ein so großes Volk wie das unsere zu beherrschen?«

Die Bitte gefiel dem Herrn. Er antwortete: »Weil du dir das erbeten hast und nicht etwa langes Leben oder großen Reichtum oder Gewalt über deine Feinde, weil du also um Einsicht und richtiges Urteil bittest, will ich sie dir geben. Heute schenke ich dir ein weises und verständnisvolles Herz, wie es kein Mensch vor dir hatte oder nach dir haben wird. Und ich gebe dir auch das, was du nicht erbeten hast – Reichtum und Ehre, so daß dir bei Lebzeiten kein anderer König gleicht. Und wenn du meine Wege gehst und meine Gesetze und Gebote so hältst, wie es dein Vater David tat, will ich dir auch ein langes Leben gewähren.«

Salomo erwachte und wußte, daß er geträumt hatte, war aber sicher, daß der Herr durch diesen Traum zu ihm gesprochen hatte. Er reiste nach Jerusalem zurück, um vor der Bundeslade zu opfern, und lud Diener und Gefolge ein, mit ihm zusammen ein großes Dankfest zu feiern.

Bald kam eine Gelegenheit, bei der sich die Erfüllung seiner Bitte aus dem Traum beweisen konnte: Zwei Frauen traten vor ihn, damit er ihren Streit schlichte. Sie hatten ein ganz kleines Kind bei sich.

Die erste begann: »O Herr, diese Frau und ich wohnen im selben Haus, und ich habe in dieser Zeit, wo wir zusammen wohnten, einen Sohn zur Welt gebracht. Drei Tage später bekam auch sie einen Sohn. Nur wir beide und die Neugeborenen waren im Haus. Und in der Nacht starb das Kind dieser Frau, sie stand aber um Mitternacht auf und nahm mir, als ich schlief, mein Kind fort. Sie hat es an ihre eigene Brust genommen und das tote Kind neben mich gelegt. Als ich morgens aufstand, um mein Kind zu stillen, erkannte ich, daß der Junge in meinem Arm nicht mehr lebte, und als ich ihn im Morgenlicht betrachtete, sah ich, daß es nicht mein Sohn war, den ich da im Arm hielt.«

»So war es nicht«, begann die zweite Frau. »Das lebende Kind gehört mir, das tote dir.«

»Nein, das tote Kind ist deines, und mein Sohn lebt!« beharrte die erste. Sie stritten sich heftig vor dem König.

Er hörte aufmerksam zu, und schließlich sprach er: »Eine jede von euch behauptet, das lebende Kind sei das ihre, das tote gehöre der anderen – die aber behauptet das Gegenteil. Wir werden sehen, wer die Wahrheit spricht.«
Er verlangte, daß die Wache ihm ein Schwert bringe, und befahl dann: »Teilt das lebendige Kind in zwei Teile, gebt einen Teil der einen und einen der anderen Frau.«
»O nein, Herr«, rief die wahre Mutter des Kindes, »gib ihr das Kind, doch laß es am Leben!«
Die andere Frau meinte nur: »Es soll weder ihr noch mir gehören, teilt es nur.«
Doch Salomo hatte die Frauen nur prüfen wollen, und eine hatte versagt.
»Gebt das Kind der Frau, die es nicht geteilt wissen will. Tut dem Kind nichts an. Sie ist die Mutter, denn sie will es lieber hergeben als zulassen, daß ihm etwas zustößt.«
Ganz Israel hörte von dem Urteil, und das Ansehen des Königs wuchs. Jeder erkannte, daß ihn Gottes Weisheit durchdrungen hatte und ihm zu gerechten und weisen Urteilen verhalf.
Unter Salomos Hand blühte Israel, und ringsum herrschte Frieden. Jedermann lebte unter seinem Rebstock und seinem Feigenbaum in Sicherheit, von Dan bis Beerseba. Gott hatte Salomo so viel Verstand, Einsicht und Großmut verliehen, wie Sand am Meer liegt, und seine Weisheit übertraf die aller Weisen des Ostens und Ägyptens. Sein Ruhm breitete sich bei allen Nachbarländern aus.
Es schien nichts zu geben, was Salomo nicht wußte, nichts, das er nicht jedermann verständlich erklären konnte. Gelehrt sprach er über Bäume und Kräuter, vierfüßige Tiere und Vögel, Kleingetier und Fische; es wurde sogar behauptet, daß er die Sprache der Tiere verstände und mit ihnen rede. Wie sein Vater David dichtete auch er über die Schönheit unter Gottes Himmel, und in dreitausend Sprüchen gab er seinem Volk Regeln für richtiges Verhalten.
Hier sind einige dieser Sprüche:
Haß weckt Streit, doch Liebe deckt alle Verfehlungen zu.
Der Gute schont das Leben seiner Tiere, doch grausam ist es, der Gnade schlechter Menschen ausgeliefert zu sein.

Der Tor hält nur seinen Weg für richtig, doch der Kluge hört auf Rat.
Eine freundliche Antwort stillt den Zorn, doch ein hartes Wort erregt Ärger.
Wer zugrunde gehen soll, wird vorher stolz; Hochmut kommt vor dem Fall.
Es ist besser, ein Geduldiger als ein Starker zu sein, und wer sich selbst beherrscht, fährt besser als der Eroberer einer Stadt.
Ein fröhliches Herz tut dem Leibe wohl, doch ein bedrücktes Gemüt läßt ihn verdorren.
Schon am Tun eines Kindes erkennt man, ob es lauter und redlich werden wird.
Ein guter Ruf ist besser als großer Reichtum, und anziehendes Wesen besser als Silber und Gold.

Aus allen Städten kamen Gäste zu Salomo, um an seiner Weisheit teilzuhaben; selbst Könige suchten ihn auf.
Hiram, der König von Tyrus, erinnerte sich an seine Freundschaft mit David und schickte Freundesgaben an Salomo; der König von Israel erwiderte sie mit einer Gesandtschaft, die eine Botschaft auszurichten hatte: »Du weißt, daß mein Vater das Haus Gottes nicht bauen konnte, weil er Krieg nach allen Seiten führen mußte. Nun aber hat der Herr mir Frieden gegönnt, und es gibt weder einen Feind noch irgendein Unheil, wodurch der Bau des Tempels verhindert werden könnte. Ich will ihn jetzt bauen. Deshalb bitte ich dich, deine Knechte Zedern auf dem Libanon schlagen zu lassen; ich will sie dafür bezahlen, denn bei uns gibt es niemanden, der sich darauf versteht. Meine Knechte sollen den deinen helfen.«
Hiram ging gern auf Salomos Wünsche ein: »Gesegnet sei der Herr, der David einen so weisen Sohn für sein Land gegeben hat.«
Er ließ so viele Zedern und Zypressen fällen, wie Salomo sie brauchte, und schickte ihm Leute, die sich auf den Bau verstanden; Salomos Dank bestand in großen Lasten von Weizen und Öl. Die beiden Könige versprachen in einem Vertrag, für alle Zeiten Frieden miteinander zu halten.
Salomo begann seinen Tempelbau im vierten Jahr seiner Herr-

schaft; es war das vierhundertachtzigste seit der Befreiung der Israeliten aus der ägyptischen Sklaverei. Den Anfang machten große, kostbare Steinblöcke für den Unterbau. Sie kamen fertig behauen an, denn Salomo wollte die Stille beim Tempelbau nicht durch den Klang von Hammer und Beil stören lassen.

David hatte zwar den Tempel nicht selbst errichten dürfen, doch Gott hatte ihm erklärt, wie sein Sohn ihn einst bauen werde, so daß David viele Dinge dafür sammeln konnte. Er hatte seinem Sohn anvertraut: »Ich habe für das Haus des Herrn hunderttausend Zentner Gold und hunderttausend Zentner Silber bereitgelegt; dazu Kupfer und Eisen in solchen Mengen, daß man sie nicht abwägen kann. Holz und Steine habe ich auch gesammelt, doch du wirst den Vorrat ergänzen müssen. Hier ist reines Gold für Leuchter, Schalen und Becken; hier liegen auch Onyx und andere Edelsteine in vielen Farben, dazu Marmor im Überfluß.« Auch den Entwurf für den Bau hatte Salomo von David erhalten; die Vorhalle, die vielen Gänge und der hinterste, allerheiligste Raum, in dem die Bundeslade stehen sollte, waren bereits in dem Entwurf vorgeschrieben.

Salomo führte seines Vaters Plan aus und verwendete auch die von David angesammelten Kostbarkeiten. Die Außenmauern wurden aus gewaltigen Steinblöcken aufgebaut, Wände, Gänge und Decken aus Zedernplanken, die Böden mit Zypressenbrettern belegt. Das Zedernholz der Innenräume wurde über und über in Form von Knäufen und Blumenwerk geschnitzt; man sah nicht einen Stein mehr, alles war mit Holz verkleidet, mit vielfach verschlungener Holzschnitzerei bedeckt. Zum Schluß überzog Salomo den Altar im heiligen Hauptraum und alle Innenwände mit reinem Gold, so daß die Figuren der Cherubim und der Palmen und blühenden Blumen glänzten und schimmerten.

Als der Tempel nach sieben Jahren fertig war, ließ sich auf der ganzen Welt nichts mit seiner Pracht vergleichen. Salomo schaffte alles hinein, was David gesammelt und dem Herrn geweiht hatte, Gold und Silber, kostbare Gefäße, Leuchter, Edelsteine; das alles häufte er auf den Schatz, der dem Herrn gehörte. Damit war das Werk am Gotteshaus vollendet.

Der König rief die Ältesten Israels und die Oberhäupter der Stämme zusammen, damit sie die Bundeslade in ihr neues Haus bringen sollten. Dankbaren Herzens führten die Priester sie in den Tempel. In der Bundeslade lag nichts anderes als die beiden Steintafeln, die Mose auf dem Sinai hineingelegt hatte, und doch war sie kostbarer und heiliger als alles andere in Salomos Tempel.

Als sie an ihrem Platz im Allerheiligsten stand, erfüllte Gottes Licht den Tempel mit solcher Helligkeit, daß die Priester die Augen abwenden mußten.

Und vor dem Volk von Israel stand Salomo am Altar. Er hob die Arme im Gebet: »Sei gepriesen, Gott Israels! Ich habe dir ein Haus gebaut, in dem du wohnen magst, einen dauernden Ort als deine Wohnung für alle Zeiten. Die Sonne hat der Herr an den Himmel gestellt; er aber hat gesagt, er wolle im Dunkeln wohnen. Gepriesen sei der Herr, der seinem Volk eine Heimat geschaffen hat, wie er es versprach. O Gott von Israel, hör deinen Knecht und hör dein Volk, wenn sie hier zu dir beten! Möchten sie doch Gott alle Tage, die sie hier im Lande leben, vertrauen und ehren!« Dann segnete Salomo die Gemeinde der Israeliten und feierte mit allem Volk ein großes Dankfest.

Als die Feiern vorüber und alle Leute in ihre Wohnorte zurückgekehrt waren, erschien der Herr Salomo noch einmal im Traum, wie schon damals in Gibeon: »Ich habe das Haus, das du gebaut hast, geheiligt und will so lange darin wohnen, wie euer Herz mir gehört. Wenn du auf meinen Wegen gehst, wie es dein Vater David tat, wenn du aufrichtig und treu bist und meine Gesetze und Vorschriften innehältst, will ich dir und deinen Kindern den Thron von Israel für alle Zeiten lassen. Doch wenn du oder deine Kinder sich von mir wenden und andere Götter anbeten, werde ich das Haus verlassen, das du mir gebaut hast. Dann will ich Israel aus dem Lande vertreiben, das ich ihm gegeben habe, und großer Kummer wird das ganze Volk treffen.«

Salomo hätte gut daran getan, diese Worte des Herrn nie zu vergessen, denn sie enthielten nicht nur ein Versprechen, sondern auch eine Warnung.

DIE TEILUNG DES KÖNIGREICHES

Als das Haus des Herrn fertiggestellt war, widmete sich König Salomo der Sicherung seines Reiches und dem Ausbau der Stadt Jerusalem. Er hatte sieben Jahre lang am Tempel gebaut, doch dreizehn verbrachte er mit dem Bau seines eigenen Palastes.

Es wurde ein prächtiges Gebäude aus Zedernholz und Stein. Zu dem elfenbeinernen, goldüberzogenen Thron führten sechs hohe und tiefe Stufen hinauf. An jeder Seite des Thrones reckte sich die gewaltige Figur eines Löwen, und zwölf andere Löwen standen nebeneinander auf den Stufen. In keinem anderen Schloß der Welt war ein so herrlicher Thron zu finden. Salomos Trinkbecher waren aus purem Gold, denn Silber schien nicht gut genug für einen so vornehmen Herrscher. Salomo schickte seine Flotte an viele weit entfernte Küsten und ließ sich Gold und Silber, Elfenbein und Gewürze, Affen, Truthähne und andere Wunder der weiten Welt heranschaffen. Bald übertraf er nicht nur an Weisheit, sondern auch an Reichtum sämtliche Könige der Welt, wie es der Herr versprochen hatte.

Nun lebte in Saba, einem Land jenseits der Arabischen Wüste, eine Königin, die selbst sehr reich und sehr klug war. Als Salomos Ruhm zu ihr drang, als sie von seiner von Gott gegebenen Weisheit und den Herrlichkeiten seines blühenden Landes hörte, beschloß sie, ihn aufzusuchen und mit schwierigen Fragen auf die Probe zu stellen. Die große Königin wollte nicht recht glauben, daß Salomo größer als sie selbst sei, und sie wollte wissen, wie weit seine Gelehrsamkeit reichte.

So reiste sie denn viele, viele Meilen durch die Wüste, von einer Kamelkarawane begleitet, die mit Gewürzen, Gold und Edelsteinen beladen war, reichen Geschenken für einen König, der längst mehr als reich war. Als sie dann bei Salomo eintraf, sprach sie mit ihm von allem, was ihr am Herzen lag, und stellte ihm Fragen, deren Beantwortung sie für unmöglich hielt.

Doch dank Gottes Weisheit wußte Salomo alles, was die Königin von Saba fragte, und konnte alles beantworten, was sie wissen wollte. Sie war erstaunt über sein großes Wissen, weil es unglaubhaft schien, daß ein einziger Mensch über solche Gelehrsamkeit und so viel Verständnis verfügte. Jede neue Frage, die sie vorbrachte, war schwieriger als die voraufgegangene. Es ging um die Geheimnisse der Natur, der Wissenschaft und des Gottesglaubens; und Salomos Weisheit war ohne Ende, und er wußte viel mehr, als sie fragen konnte.

Es verschlug ihr den Atem, als sie den herrlichen Tempel bewunderte; niemals im Leben hatte sie solche Pracht gesehen. Sie bewunderte die großen Säulen aus Zedernholz und den Goldschmelz im Hause des Herrn; sie staunte über Salomos Thron aus Elfenbein und Gold und die riesigen Löwenfiguren; sie bewunderte die schönen Wagen, die vielen Ställe mit feurigen Pferden; sie wunderte sich über die Vielfalt der Speisen auf der königlichen Tafel. Und obwohl sie selbst einen Hofstaat hatte, machten ihr die gewandte Art der Minister und der Diener und ihre reiche Kleidung großen Eindruck, sie bewunderte vor allem die goldenen Becher und die kostbaren Gewänder von Salomos Mundschenken. Sie staunte über die Zahl und die Pracht der Häuser, die Salomo für seine umfangreiche Familie gebaut hatte.

Und als sie nun die Weisheit angehört und die Pracht Jerusalems mit eigenen Augen gesehen hatte, zweifelte die Königin von Saba nicht mehr daran, daß alles zutraf, was man sich von der Unvergleichlichkeit dieses Königs erzählte, der von Gott selbst geführt wurde.

»Alles trifft zu, was ich in meinem Reich über deine großen Taten und deine Klugheit gehört habe«, sagte sie schließlich. »Ich wollte es nicht glauben, bis ich hierherkam und alles mit eigenen Augen und Ohren wahrnahm. Nun weiß ich, daß man mir nicht einmal die Hälfte deiner Macht und deiner Weisheit geschildert hat. Glücklich sind deine Minister, glücklich sind deine Diener, weil sie immer um dich sein und deine Weisheit vernehmen können. Gepriesen sei der Herr, euer Gott, der sich deiner freut und dich auf diesen Thron gehoben hat! Weil der Herr sein Volk Israel liebhat, gibt er ihm einen Mann wie dich zum Herrscher, damit das Volk Recht und Gerechtigkeit findet!«

Sie schenkte dem König hundertzwanzig Zentner Gold und große Mengen an Gewürzen und an Edelsteinen und erhielt von Salomo alles, was sie sich wünschte und wonach sie fragte, und noch vieles mehr. Sie nahm Abschied und reiste zurück in ihr Reich mit größeren Kostbarkeiten, als sie zu Salomo gebracht hatte.

Des Königs Reichtum wuchs beständig, er baute überall im Lande feste Städte, in denen sein ganzer Besitz und seine Ernten Platz haben sollten; er baute ganze Städte für Pferde, Wagen und Pferdeknechte. Vierzigtausend Pferdegespanne hielt der König allein für das gewaltige Heer an Wagen, und zwölftausend Pferdeknechte kümmerten sich um die Tiere. Von den noch im Lande ansässigen Kanaaitern gingen Steuergelder ein, Gold strömte heran von den fernen Städten, mit denen der König Handel trieb. Seine Kaufleute brachten nicht nur Münzen, sondern auch Pferde heim, dazu Leinengarn, Gewürze und Silberarbeiten; seine Schatzkammern flossen fast über. Und doch gab er den ganzen Reichtum wieder aus, weil er immerzu bauen ließ und einen ungeheuer ausgedehnten Haushalt zu versorgen hatte.

Tausende von Israeliten mußten seine Städte bauen, mußten als Krieger in seinen Heeren dienen, brauchten aber nie in den Kampf zu ziehen, weil der König Friedensverträge mit den Nachbarländern geschlossen hatte. Zwölf Beamte waren über ganz Israel gesetzt, um den königlichen Haushalt zu versorgen; jedem unterstand ein bestimmter Bezirk, aus dem er den Herrscher jeweils einen Monat lang beliefern mußte. An einem einzigen Tag verbrauchte Salomo dreihundert Scheffel feines und sechshundert Scheffel Schrotmehl; zehn gemästete Ochsen und zwanzig, die von der Weide geholt wurden; hundert Schafe; Hirsche, Böcke und gemästetes Geflügel; Gerste und Stroh für all die Kamele und Pferde.

Salomo herrschte über alle Länder vom Euphrat bis zum Land der Philister und bis an die ägyptische Grenze. Von überall her empfing er Tribut, und die Könige, die ihn aufsuchten, um teil an seiner Weisheit zu haben, schenkten ihm goldene und silberne Gefäße, wunderbare Stoffe, süßduftende Gewürze; sie brachten Pferde und

Maultiere, Harnische und Waffen, Zedern und Zypressen und Reichtümer aller Art, die Israel zum reichsten Land der Welt und Jerusalem zur großartigsten aller Städte machten. Das Volk von Juda – Salomos eigener Stamm – und das übrige Israel gediehen und nahmen zu an Zahl. Jeder arbeitete lange und schwer, hatte aber seinen Anteil am allgemeinen Wohlstand. Frieden herrschte, Salomo verwaltete sein Reich mit der festen Hand, die es brauchte; sie aßen gut, sie tranken gut, sie feierten ihre Feste.

Doch der König Salomo liebte viele Frauen, die für Israel Fremde waren. Wenn er ein politisches Bündnis schloß, heiratete er oft die Tochter des anderen Herrschers, so daß außer Pharaos Tochter auch Moabiterinnen, Ammoniterinnen, Edomiterinnen, Sidonierinnen und Hethiterinnen seine Ehefrauen geworden waren, obwohl sie heidnischen Völkern angehörten, deren Frauen den Kindern Israels ausdrücklich versagt waren. Der Herr hatte gesagt: »Du darfst dir keine ihrer Frauen nehmen, und deine Frauen sollen keine Männer aus diesen Völkern haben, denn sie würden sonst ihr Herz fremden Göttern zuwenden.« Doch Salomo hatte fremde Frauen.

Er hatte siebenhundert Ehefrauen, alles Prinzessinnen, dazu dreihundert Nebenfrauen. Und wie es der Herr vorausgesagt hatte, überredeten sie ihn zu ihrem Götzendienst, denn als er alt wurde, versuchte er seinen Frauen dadurch zu gefallen, daß er ihnen ihren eigenen Glauben gestattete. Schließlich wandte auch er sich ihren Gottheiten zu. Die Weisheit seiner Jugend hatte ihn verlassen, als er einen Altar für die finstere Göttin Astarte, die Göttin von Sidon in Phönizien, errichten ließ und selbst betend an diesen Altar trat. Auf einem Hügel bei Jerusalem ließ er dem moabitischen Gott Kemosch ein großes Heiligtum errichten, und ein anderes widmete er dem scheußlichen Gott Moloch der Ammoniter. Diese Sünden wogen für Gott den Herrn um so schwerer, weil Salomo die fremden Kulte nicht nur seinen Frauen gestattete, sondern selbst daran teilnahm. Gewiß, er brachte immer noch dreimal im Jahr dem Gott Israels seine Opfer; doch viel öfter verbrannte er Weihrauch und Opfergaben für die Götzen seiner vielen Frauen.

Der Herr sprach zornig: »Weil du meine Gesetze überschritten und das Bündnis mit mir nicht gehalten hast, werde ich dir dein Königtum nehmen und es einem deiner Untertanen geben. Um deines Vaters David willen werde ich es aber nicht zu deinen Lebzeiten tun, sondern erst deinem Sohn die Königswürde entreißen. Er soll um Davids willen, und weil Jerusalem meine auserwählte Stadt ist, einen Stamm behalten, doch alles übrige werde ich dem Hause Davids wieder nehmen.«

Obwohl Israel so machtvoll und wohlhabend unter Salomos Herrschaft gedieh, gab es doch immer mehr Unzufriedene, die mit der Sünde seiner späten Tage und mit der unerhörten Verschwendung nicht einverstanden waren. Sein eigener Palast prunkte ja noch herrlicher als das Gotteshaus; sein Haushalt verbrauchte so große Mengen, daß seine Untertanen sie kaum beschaffen konnten; die kostbaren Bauten und die Heiligtümer für die Götter seiner Frauen mußten vom Volk mit hohen Abgaben bezahlt werden, denn die ungeheuren Schätze wurden gefährlich rasch verbraucht; viel zu viele Menschen mußten einen zu großen Teil ihrer Zeit hingeben, um überflüssige Bauwerke zu errichten oder wiederherzustellen. So kam es, als der Herr dem König Salomo Gegner schuf, daß darunter auch der junge Israelit Jerobeam war, ein Sohn von Salomos wichtigstem Beamten, ein fleißiger und einflußreicher Mann; Salomo selbst hatte Jerobeam wegen seiner Tüchtigkeit ein bedeutendes Amt gegeben. Nun veranlaßte Gott der Herr diesen jungen Mann, sich gegen Salomo aufzulehnen und Gleichgesinnte um sich zu sammeln.

Eines Tages, als Jerobeam aus der Stadt hinausging, begegnete ihm der Prophet Ahia; damals, zu Salomos Zeiten, begann der Herr durch den Mund der Propheten zum Volk zu reden. Als die beiden einander im Freien allein trafen, zerriß Ahia den neuen Mantel, den er trug, in zwölf Stücke. Er sagte zu dem erstaunten Jerobeam: »Nimm zehn Teile davon, denn Gott, der Herr Israels, hat gesagt, daß er das Königtum dem Hause Davids nehmen und dir zehn Stämme geben will, weil Salomo und die Seinen den Weg des Herrn verlassen und heidnische Götter angebetet haben. Einen Stamm will er bei Juda lassen, um Davids willen, und Salomo wird König bleiben, solange er lebt. Du, Jerobeam, sollst danach über zehn

Stämme Israels herrschen, und wenn du dich an Gottes Wege hältst, wird er mit dir sein. Doch handle recht, denn der Herr hat gesagt, daß Davids Haus nicht für alle Zeiten gedemütigt sein soll – es wird eines Tages ein großer, mächtiger König aus dem Hause Isais, Davids und Salomos kommen.«

Jerobeam bedachte die Botschaft des Propheten sehr gründlich, doch auch Salomo erfuhr davon und versuchte, den jungen Aufrührer zu töten. Da floh Jerobeam nach Ägypten und blieb dort, bis die Zeit reif war.

Salomo starb nach vierzigjähriger Herrschaft, ein großer, aber sündiger König, der seine Weisheit schließlich vergeudet hatte wie die Schätze seines Reiches. Er wurde in der Davidsstadt begraben, und sein Sohn Rehabeam trat an seine Stelle.

Doch nun war das ganze Volk von Israel mit seinem Leben unter Salomo so unzufrieden geworden, daß es nach einer weniger harten Hand unter dem neuen Herrscher verlangte. Jerobeam, der die Nachricht vom Tode des Königs erhalten hatte, kam aus Ägypten und trat mit meiner Abordnung des Volkes vor den neuen König. »Dein Vater hat uns schwer gepeinigt«, sprachen die Abgesandten des Volkes zu Rehabeam. »Unsere Arbeit war zu schwer, die Abgaben zu hoch, wir hatten zuwenig für uns selbst. Deshalb erleichtere jetzt die Last, dann wollen wir dir gern dienen.«

Rehabeam antwortete nicht sofort. Er war in Reichtum und Müßiggang aufgewachsen und nicht zu einem König erzogen worden. »Geht, kommt nach drei Tagen wieder zu mir, dann sollt ihr Antwort erhalten«, beschied er sie. Und er fragte die alten Männer, die seinem Vater gedient hatten: »Was meint ihr, was soll ich den Leuten antworten?«

»Wenn du es gut mit deinem Volk meinst, sprich freundlich mit den Leuten und erfülle ihre Forderungen. Was sie verlangen, ist recht und billig, sei du ihr Diener, dann werden sie die deinen sein.« Doch der Rat der alten Männer gefiel dem jungen König nicht, denn er wollte nicht Diener seiner Untertanen sein. Deshalb wandte er sich um Rat an die trägen jungen Männer, mit denen er aufgewachsen war: »Wie soll ich den Leuten antworten, die mich gebeten haben, die Last zu verringern, die mein Vater ihnen auferlegte?«

»Antworte ihnen als echter König, kurz und stolz! Sag ihnen, daß ihr Joch noch viel zu leicht war und daß du es vergrößern willst!« Und als die drei Tage um waren, stand der König vor seinem Volk, führte eine hochfahrende Sprache, mißachtete den Ratschlag der Alten und befolgte den der törichten jungen Müßiggänger: »Wenn mein Vater euer Joch schwer gemacht hat, werde ich es noch schwerer machen. Wenn mein Vater euch mit der Peitsche gestraft hat, werde ich euch mit Skorpionen geißeln!«

Einen Augenblick lang blieb alles still, dann erhob sich drohendes Murren. Jerobeam trat vor und rief: »Was geht uns denn eigentlich das Haus Davids an? Geh nach Hause, o Israel! Trenn dich von Rehabeam, dem Sohn von Salomo, dem König von Juda! Nicht er soll euer König sein! Und ihr, Davids und Judas Leute, seht selbst zu, wo ihr bleibt – wir wollen nichts mehr gemeinsam mit euch haben!« In vollem Aufruhr brachen die zehn Stämme Israels auf; sie verließen Rehabeam, um Jerobeam zu folgen. Nur die Angehörigen von Juda und Benjamin blieben bei dem unwürdigen Sohne Salomos. Israel wurde zerrissen wie der Mantel des Propheten: Jerobeam herrschte im Norden über zehn Stämme, Rehabeam im Süden über die beiden, die nun Juda genannt wurden. Es gab jetzt zwei hebräische Völker, und mit der Teilung des Königreichs begann das Ende jenes Israels, das Mose von fern erblickt, das Josua erobert und David und Salomo geeinigt hatten. Für Land und Volk Juda blieb Jerusalem die Hauptstadt, und alle Menschen, die im Süden noch zu Gott beteten, konnten es an diesem heiligen Ort tun. Doch sie sündigten schlimm unter Rehabeams Herrschaft, weil sie auf allen hohen Bergen und unter jedem grünen Baum Götzenbilder und Altäre aufstellten. Schwere Zeiten brachen über Juda herein, als der König von Ägypten in das Land einfiel, das seine ganze Kraft verloren hatte. Nichts konnte die Ägypter aufhalten, sie plünderten den Tempel und den Palast und schleppten alle Kostbarkeiten als Beute mit sich fort, auch die goldenen Schilde, die Salomo hatte machen lassen. Die schönen unschätzbaren Kostbarkeiten wurden nie ersetzt, denn Rehabeam verfügte nicht über den Reichtum seines Vaters.

Das Königreich im Norden wählte Sichem zur Hauptstadt und

wurde von Jerobeam gut regiert. Der König fürchtete aber, daß seine Untertanen nach Jerusalem ziehen würden, um dort Gott dem Herrn zu dienen, denn immer noch galt Jerusalem als die heilige, die von Gott erwählte Stadt. Und Jerobeam fürchtete, die Pilger könnten sich dann wieder dem Hause Juda anschließen. Um das zu verhindern, ließ er an den beiden wichtigen Orten Bethel und Dan goldene Kälber als Götzenbilder aufstellen und erklärte: »Es ist schwierig für euch, nach Jerusalem zu ziehen, um dort Opfer darzubringen. Hier, o Volk von Israel, sind die Götter, die dich aus dem Land Ägypten geführt haben!« Mit seinen Untertanen zusammen betete er die falschen Götter an.

In den Augen des Herrn gab es keinen großen Unterschied zwischen dem Nordreich und dem Südreich, zwischen Israel und Juda. Unter einem kraftvollen und gottesfürchtigen Herrscher hätten sie vielleicht ein einiges, mächtiges Volk bleiben können, so aber waren sie in zwei schwache Teile zerfallen, nicht nur von außen gefährdet, sondern auch jeder Teil durch den anderen. Bruderkrieg herrschte während der ganzen Herrschaft von Rehabeam und Jerobeam.

Die Jahre vergingen, die beiden Könige starben, ihre Söhne folgten ihnen; und immer neue Herrscher lösten die alten ab. Es gab gute und schlechte unter ihnen, schwache und starke, solche, die den wahren Gott anbeteten, und andere, die Weihrauch vor Götzenbildern verbrannten. Kurze Zeiten des Friedens wurden von Kampfzeiten beendet, ein Krieg folgte dem anderen, eine Niederlage der anderen. Und wenn eine Zeitlang kein Blut vergossen wurde, wenn eine Weile die fremden Götterbilder unbeachtet blieben, so sanken Norden wie Süden doch um so tiefer in Sünde, Verrat und Erniedrigung.

ELIA UND DIE BAALSPRIESTER

Das Königreich Israel war zwar zweimal größer als Juda und hatte dreimal soviel Einwohner, doch es lag mitten zwischen feindlichen Ländern und war ständig ihren räuberischen Einfällen ausgesetzt. Juda wiederum hatte ein ziemlich geschlossenes Gebiet und war gegen Norden einigermaßen durch Israel geschützt, an den anderen Grenzen durch das Tote Meer und die Arabische Wüste. Als die Schätze des Tempels geraubt worden waren, bot das Land mit leeren Schatzhäusern und unfruchtbarem Boden nicht so viel Anreiz für Räuber wie Israels Vorratskammern und frische, grüne Weiden. Obwohl sich das Volk von Juda immer wieder fremden Göttern zuwandte, besaß es doch unveränderlich in Jerusalem eine echte Hauptstadt und einen Mittelpunkt des Glaubens; Israel hatte dagegen keine dauernde Hauptstadt, die das Volk einigen konnte. Jeder neue König erhob seinen Lieblingsort zur Hauptstadt, und jeder Herrscher verfiel auch dann, wenn er als gottesfürchtiger König auf den Thron kam, bald dem Götzendienst.
Ahab, der Sohn Omris, machte während seiner zweiundzwanzigjährigen Herrschaft über Israel Samaria zur Hauptstadt. Mit ihm brach eine schlimme Zeit an, denn Ahab sündigte mehr als alle Vorgänger. Er heiratete die Heidin Isebel, die Tochter Königs Ethbaals von Sidon, und in der ganzen Geschichte Israels hat es vor und nach ihr nie wieder eine so verdorbene, bösartige Frau gegeben. Sie war eine glühende Anbeterin des Götzen Baal und hatte hundert seiner Priester aus Phönizien mitgebracht, um das Volk ihres Mannes zum Baalskult zu zwingen.
Ahab versuchte nicht, Isebel zum wahren Glauben hinzuführen, sondern wandte sich dem ihren mit glühender Inbrunst zu. Mitten in Samaria errichtete er einen Baalstempel mit einem prachtvollen Altar, an dem er neben Isebel dem falschen Gott diente. Doch das genügte noch nicht: Er ließ einen Hain anlegen, in dem andere Gottheiten angebetet werden konnten; so forderte er stärker als

jeder seiner Vorgänger Gottes Zorn heraus. Im ganzen Land baute man neue Altäre, und vierhundertfünfzig Baalspriester und vierhundert andere Götzendiener, die in dem Hain wirkten, hatten vollauf mit ihrem schlimmen Werk zu tun.

Die Gläubigen unter den Israeliten, die dem einzigen, dem wahren Gott treu geblieben waren, prangerten vor aller Welt Ahabs und Isebels Ausschreitungen an. Doch der König hörte sie nicht, und Isebel war fest entschlossen, ihren Glauben durchzusetzen, und wenn es das Leben ihrer Untertanen kostete. Eine furchtbare Schreckensherrschaft setzte ein; ihre Priester und Soldaten zerstörten die letzten Altäre des wahren Gottes, und Hunderte von Israeliten wurden hingerichtet. Da flohen die Priester und Propheten Gottes in Höhlen und Wüsten, und die Untertanen schwiegen, beugten sich und opferten Baal. Der Name Gottes wurde an Ahabs Hof nicht mehr laut, und bald hörte man ihn im ganzen Lande nicht mehr.

Aber eines Tages stand ein seltsamer Mann in zerlumpter Kleidung, mit wüstem Bart und brennenden Augen vor dem König: Elia aus dem Lande Gilead, der einzige Prophet, der Mut genug hatte, Ahab gegenüberzutreten. Er besaß nur diesen einen schäbigen Mantel aus Kamelhaut, er ernährte sich nur von dem, was ihm die Güte des Herrn in der Wildnis zukommen ließ, er hatte kein anderes Dach über dem Kopf als die Baumkronen in Gilead. Doch er war der erste der großen Propheten, die Wunder wirken konnten, wenn Gott es so wollte.

Mit brennenden Augen starrte er den schwächlichen, lasterhaften Ahab an und sagte nur einen einzigen Satz: »So wahr der Gott Israels lebt, der Herr, in dessen Namen ich komme, so gewiß werden weder Tau noch Regen fallen, bis ich es befehle!« Und schon war er fort, wie vom Erdboden verschluckt.

Dann erhielt Elia einen Befehl Gottes: »Geh fort von hier, wende dich nach Osten, verbirg dich am Bach Krith, der in den Jordan fließt. Du sollst aus dem Bach trinken, solange er noch fließt, und ich habe den Raben befohlen, dich mit Nahrung zu versorgen.«

So versteckte sich Elia am Bach Krith, und ringsum im Lande zeigte es sich, daß seine Prophezeiung in Erfüllung ging: Weder Regen noch Tau fielen auf das Land, Dürre und Hunger griffen um sich. Verzweifelt suchte Ahab nach Elia, damit der Prophet dem Unglück ein Ende mache, doch Elia konnte nicht gefunden werden. Der Prophet lebte am Bach, trank dessen Wasser und erhielt jeden Morgen und jeden Abend Brot und Fleisch von den Raben. Monatelang blieb er geborgen in der Einsamkeit, dann aber trocknete der Bach aus. Wieder sprach der Herr zu Elia: »Geh fort, begib dich nach Zarpath in Phönizien. Ich habe einer verwitweten Frau aufgetragen, dort für dich zu sorgen und dir Essen zu geben.«

Elia verließ den ausgetrockneten Bach und wanderte durch das verdorrte Land bis Zarpath bei Sidon. Als er am Stadttor anlangte, sah er eine Frau Strohhalme zusammentragen. Er fühlte, daß es die Witwe sei, die der Herr zu seiner Versorgung bestimmt hatte, erkannte aber auch, daß sie sehr arm und unglücklich war.

Er rief sie an, sie wandte sich um. »Ich bitte dich«, sagte er, »bring mir etwas Wasser, damit ich meinen Durst stillen kann.« Sie nickte und ging. Er rief ihr nach: »Und gib mir bitte ein kleines Stück Brot, denn ich bin schwach vor Hunger.«

Da sah sie ihn an und sagte: »Das kann ich nicht. So wahr Gott lebt, habe ich nicht das kleinste Stück Brot im Hause, sondern nur eine Handvoll Mehl im Topf und ein wenig Öl im Krug. Ich will mit den Strohhalmen Feuer machen und mir und meinem Sohn damit ein bißchen Essen kochen. Es ist nur sehr wenig. Und wir werden es verzehren und dann sterben.«

»Hab keine Angst«, sagte Elia. »Geh heim, tu, was du vorhast, aber mach mir zuerst von den Resten, die du noch hast, einen kleinen Kuchen. Dann sollst du für dich und deinen Sohn backen, denn es wird genug da sein. Der Herr, der Gott Israels, hat versprochen, daß der Topf mit Mehl und der Krug mit Öl nicht leer werden sollen bis zu dem Tage, an dem der Herr wieder Regen schickt.«

Die Frau ging nach Hause und erfüllte Elias Wunsch, und als sie einen kleinen Kuchen für ihn gebacken hatte, merkte sie, daß Mehl und Öl ausreichten, um sie und ihr Kind satt zu machen. Tag auf Tag, wochen- und monatelang gab es im Hause der Witwe immer ausreichend Nahrung für die drei Menschen; das Mehl im Topf, das Öl im Krug versiegten nicht. Niemand verhungerte.

Doch eines Tages erkrankte das Kind so schwer, daß es nicht mehr atmete. Es schien tot zu sein. Der Mutter brach es das Herz, und in ihrem Schmerz wandte sie sich gegen Elia:

»Was habe ich eigentlich mit dir zu tun, du Mann Gottes? Bist du gekommen, um mich an meine Sünden zu erinnern und mich durch den Tod meines Kindes zu strafen?«

»Gib mir das Kind«, sagte Elia sanft und trug den leblosen Jungen in den Bodenraum, in dem er wohnte. Dort legte er das Kind auf sein Bett und betete zum Herrn.

»O mein Herr und Gott! Hast du dieser Witwe das Leid zugefügt, obwohl sie so freundlich gegen mich gehandelt hat? Ich bitte dich, laß die Seele wieder in dieses Kind zurückkehren, gib es dem Leben zurück!« Dreimal legte er sich über das Kind, dreimal betete er. Die Wärme seines Körpers durchdrang den Kindeskörper, der Atem seines Mundes drang in den Kindesmund.

Und der Herr hörte Elias Gebet. Die Seele des Jungen kam in seinen Körper zurück, er atmete tief und regelmäßig, das Kind lebte wieder. Elia trug es zu der weinenden Mutter: »Sieh her! Dein Sohn lebt!«

Sie hörte zu schluchzen auf und umklammerte liebevoll und ungläubig den jungen Körper. »Nun weiß ich ganz sicher, daß du ein Mann Gottes bist«, sagte sie ehrfurchtsvoll und dankbar. »Dieses Wunder zeigt mir, daß der Herr durch deinen Mund redet und daß alles, was du sagst, die Wahrheit ist.«

Drei Jahre lang waren immer genug Mehl im Topf und Öl im Krug, und ringsum herrschte die Dürre. Kein Tau, kein Regen fiel auf Israel. König Ahab konnte kaum die Seinen ernähren und seine Pferde am Leben erhalten. Auf der Suche nach Elia wanderten seine Boten kreuz und quer durch das Land und suchten dabei auch nach entlegenen Bächen, die vielleicht noch ein paar Tropfen Wasser führten, und nach Weiden, die noch frisches Gras boten. Sie fanden nichts. Doch Elend und Hunger des Landes bewogen König Ahab nicht, sich von Baal abzuwenden und zu Gott zurückzukehren. Und Isebel verfolgte die Anhänger des wahren Gottes nur noch erbitterter.

Im dritten Dürrejahr gab Gott Elia den Befehl: »Geh, zeig dich

Ahab. Ich werde Regen auf die Erde schicken.« Elia tat, was ihm aufgetragen war; zwar konnte es durchaus sein, daß der König den Propheten umzubringen versuchte, der ihm die Dürre geschickt hatte, doch Elia fühlte sich stark, weil er auf Gott vertraute.
Ahab blickte voller Abscheu auf die zerlumpte Gestalt des Propheten. »Du bist der Mann, der Israel Unheil gebracht hat?« Elia schüttelte den Kopf: »Nicht ich schade dem Land, sondern du tust es, du und deines Vaters Haus. Denn du hast Gottes Gebote mißachtet, Baal angebetet und damit das Unheil heraufbeschworen.«
Ahab war erstaunt und verärgert, bedachte aber, daß sich drei Jahre zuvor Elias Worte bewahrheitet hatten – und er dachte daran, daß sein Land Regen bitter nötig hatte. Deshalb hörte er dem Propheten schweigend zu und ließ ihn nicht gefangennehmen.
Elia schlug dem König ein Gottesurteil vor: »Schick Boten durch das ganze Land, laß alle Israeliten auf dem Berg Karmel zusammenkommen. Auch die vierhundertfünfzig Baalspriester und die vierhundert Priester von den Altären im Hain, die von Isebels Tisch essen, sollen erscheinen. Dann werden wir sehen, welcher Gott Macht besitzt.«
Ahab schickte Boten aus zum Volk Israel, und eine große Menschenmenge versammelte sich mit den falschen Priestern auf dem Karmel.
Elia stand allein vor ihnen allen, an den Trümmern eines Altars, der dem wahren Gott geweiht gewesen war: »Wie lange wollt ihr zwischen zwei Göttern schwanken? Wenn der Herr Gott ist, folgt ihm ohne Zögern. Wenn Baal Gott ist, folgt Baal.«
Niemand antwortete.
»Ihr müßt euch entscheiden«, fuhr Elia fort. »Seht her, hier steh' ich ganz allein, der einzige Prophet des Herrn, und seht dort die vierhundertfünfzig Männer, die Baals Diener sind! Bringt zwei Stiere als Opfertiere. Baals Priester sollen als erste den ihren wählen, sollen ihn zerteilen und die Stücke auf den Holzstoß legen. Doch sie dürfen kein Feuer entzünden. Diese Heiden sollen zu ihren Göttern beten, aber ich will den Namen des Herrn anrufen. Der Gott, der antwortet, soll euer einziger Gott sein.«
»Das ist recht und billig«, murmelte die Menge. Doch die Baals-

priester schwiegen. Gern hätten sie die Probe abgelehnt, wagten es aber nicht in Gegenwart so vieler Zeugen. Und Ahab, der zu Baal betete, stand ja auch dabei, verlangte Regen und ein Ende der Dürre! Die Baalspriester mußten die Herausforderung annehmen. Die Stiere wurden für diesen Zweikampf unter Göttern vorbereitet. »Wählt ihr euren zuerst«, wiederholte Elia, »ihr seid ja so viele, ich bin allein. Ruft euren Gott, damit er Feuer unter eurem Opfer anzündet!«

Die Baalspriester zerteilten ihren Stier und packten die Stücke auf den Holzstoß über dem Altar. Dann begannen sie, ihren Gott um Feuer anzuflehen, und wußten doch genau, daß sie etwas Unmögliches erzwingen wollten. Sie beteten vom Morgen bis zum Mittag. »O Baal! Erhöre uns!« Doch ihr Götze antwortete nicht, keine Stimme ertönte, kein Blitz fuhr in den Holzstoß. Sie wurden immer wilder, sie schrien immer lauter, sie sprangen auf den Altar, den sie für Baal errichtet hatten. Aber Schreien und Springen erreichten nichts bei Baal.

»Ruft lauter!« spottete Elia. »Er ist ja ein Gott. Aber vielleicht spricht er gerade selbst und kann nicht zuhören, oder er hat andere Geschäfte oder ist auf Reisen! Vielleicht schläft er auch und muß geweckt werden!«

Sie schrien noch lauter und ritzten sich nach ihrer seltsamen Sitte mit Messern, so daß Blut über ihre Priestergewänder rann. Doch kein Feuer schlug auf geheimnisvolle Weise in den Holzstoß. Der Mittag verging und der Nachmittag; der Abend kam. Das wahnsinnige Flehen blieb ohne Antwort, ohne ein Zeichen, daß ihre Stimmen gehört wurden.

»Genug!« sagte Elia schließlich. »Euer Gott tut nichts für euch.« Er wandte sich an die Israeliten: »Kommt her zu mir und seht mir genau zu.« Sie umdrängten ihn und beobachteten jede seiner Bewegungen. Er suchte unter den Trümmern des alten Altars zwölf große Steine, für jeden Stamm Israels einen, und setzte sie im Namen des Herrn zu einem Altar zusammen. Dann grub er ringsum einen sehr tiefen und breiten Graben, zerteilte seinen Stier und legte das Opfer auf das Holz, das er auf den Altar gepackt hatte. Die Menge beobachtete ihn abwartend, doch Elia war noch nicht fertig: »Füllt vier Eimer mit Wasser, gießt es über das trockene Holz und das Opfer, damit es so naß wird, daß kein Feuer es in Brand setzen kann.« Es war schwierig, in dieser Dürrezeit vier Eimer Wasser zu finden, doch sie gehorchten schweigend.

»Noch einmal!« befahl Elia. Wieder gossen sie vier Eimer Wasser aus. »Tut es zum drittenmal!« befahl der Prophet, und sie taten es. Das Wasser floß über den Altar, lief an allen Seiten herab und füllte den Graben bis zum Rand.

»Jetzt«, sagte Elia.

Es war die Zeit des abendlichen Opfers. Elia trat an den triefenden Altar und hob bittend die Hände: »Herr, Gott Abrahams und Isaaks und Israels! Offenbare heute, daß du Gott bist in Israel und daß ich dein Knecht bin und dies alles auf deinen Befehl getan habe. Höre mich, o Herr, hör mich. Hör mich, damit diese Leute erfahren, daß du Gott der Herr bist und damit du ihre Herzen wieder zu dir wendest.«

Er blickte ruhig zum Himmel auf, und die Augen der Tausende folgten seinem Blick. Plötzlich fuhren feurige Pfeile vom Himmel und schlugen in den Altar und das Opfertier. Wasser dampfte. Der Stier, das nasse Holz, die triefenden Steine, der Staub selbst fuhren in zischendem Dampf und langen Feuerzungen hoch, der Geruch brennenden Opfers stieg zum Himmel. Das Feuer des Herrn fraß die Steine, leckte das Wasser aus dem Graben und hinterließ einen Ring ausgebrannter Erde. Schließlich erlosch es. Den Augen der entsetzten Menschenmenge zeigte sich keine Spur von Stier, Wasser, Steinen, Altar.

Das Volk von Israel warf sich voller Schrecken auf die Erde: »Der Herr ist Gott!« schrien sie. »Der Herr ist der einzige Gott!«

Und Elia befahl: »Packt die Baalspriester, laßt keinen entkommen!« Der Augenblick war da, die Macht Baals in Israel zu brechen, und Elia war entschlossen, ihn zu nutzen. Die Leute fielen über die Priester her, die sie verführt hatten, und töteten sie allesamt am Bach Kidron. Danach gab es keine Priester mehr, die den Willen der bösartigen Isebel erfüllen oder falschen Göttern dienen konnten.

Ahab sah allem nur zu und fand keine Worte; es gab auch nichts, was er hätte sagen können. Sogar er sah ein, daß Baal und seine Priester vom Gott Israels vollständig besiegt und gedemütigt worden waren.

Elia wandte sich zu ihm. Obwohl der Tag klar und wolkenlos war, sagte er zu Ahab: »Veranstalte ein Festmahl. In der Luft ist das Geräusch von überreichlichem Regen.«

Ahab hörte nichts, trank und aß aber, wie der Prophet es wollte.

Elia stieg auf den Karmel und warf sich betend auf die Erde. Nur ein Diener war in der Nähe, als Elia Gott anrief.

»Steig höher hinauf, sieh aufs Meer, sag mir, was du siehst.«

Der Diener kletterte auf einen Felsen: »Ich sehe nichts.«

»Steig noch einmal nach oben, tu es siebenmal«, verlangte Elia. »Sag mir, was du siehst.«

Siebenmal kletterte der Diener auf den Felsen und starrte in die Ferne auf das Meer, während der Prophet betete. Beim siebtenmal kam er mit den Worten zurück: »Eine kleine Wolke, wie eine Männerhand groß, steigt vom Wasser auf.«

Auf dieses Zeichen hatte Elia gewartet. »Geh zu Ahab«, trug er seinem Diener auf. »Er soll seinen Wagen besteigen und eilig heimfahren, damit ihn die Wolke nicht überholt.«

Achselzuckend sah der König auf die kleine Wolke, gehorchte aber.

Die kleine Wolke kam rasch vom Meer hoch und wurde immer größer, so daß Ahab sich beeilte, um rechtzeitig in der Stadt zu sein.

Der Himmel wurde schwarz, ein Sturm blies, die ersten Tropfen fielen, als Ahab das Palasttor erreicht hatte. Und nun goß der Regen in Strömen herab auf die durstige Erde und füllte die trockenen Bachbetten, durch die bald wieder lebendige Rinnsale sprangen.

Nun wußten alle Kinder Israels, daß Gott getan hatte, was Baal und seine sündigen Priester niemals tun konnten: Gott der Herr hatte erst Feuer vom Himmel geschickt und danach den ersehnten Regen. Die Jahre der Dürre und der Hungersnot waren vorbei.

ELIA UND ELISA

Isebel geriet in entsetzliche Wut über den Regen. Als Ahab ihr berichtete, was der Prophet bewirkt und daß er befohlen hatte, sämtliche Baalspriester mit dem Schwert umzubringen, schäumte sie vor Wut. Sie schickte einen Boten zu Elia: »Die Götter sollen mich vernichten, wenn ich nicht morgen um diese Stunde mit dir so verfahre wie du mit den Priestern!«

Die Drohung war töricht, weil sie Elia warnte. Er floh. Von einem Engel des Herrn geleitet und ernährt, blieb er vierzig Tage und vierzig Nächte in der Wildnis. Aber während er sich vor Isebel verbergen mußte, verzweifelte er an dem Zustand des Landes Israel: Nichts schien sich geändert zu haben! Baals Priester lagen tot, doch dort, wo sie herkamen, gab es immer noch mehr von ihnen; und Isebel und Ahab herrschten weiter über die Israeliten, die nie den Mut finden würden, sich gänzlich von Baal loszusagen.

Gott gönnte Elia Ruhe in der Höhle auf dem Berg Horeb, der auch der Sinai genannt wurde. Schließlich aber sprach er zu dem Propheten. Ein furchtbarer Sturm erhob sich, der die Felsen zerschmetterte – doch Gott sprach nicht durch den Sturm. Dann erschütterte ein Erdbeben den Boden unter Elias Füßen, doch der Herr war nicht im Grollen des Erdbebens. Darauf fegte ein Feuer durch die Bäume und hinterließ einen Streifen verbrannter Stämme; doch der Herr war nicht im Knistern und Krachen der Flammen. Dann war eine stille, leise Stimme zu hören, die Elia aus der Höhle rief. Und Elia bedeckte sein Gesicht mit dem rauhen Stoff seines Mantels, weil er nicht wagte, Gottes Herrlichkeit zu sehen. Am Höhleneingang blieb er stehen, um Gottes Auftrag zu hören.

»Elia! Was tust du hier? Warum versteckst du dich?«

»Ich liebe den Herrn, den Gott Israel, und habe gehorsam alles getan, was er forderte«, antwortete Elia niedergeschlagen. »Doch jetzt bin ich traurig und mutlos, denn die Nachkommen Israels haben den Bund mit dir aufgegeben, haben deine Altäre niedergerissen und deine Propheten umgebracht. Nur ich allein, in bin übriggeblieben, und jetzt wollen sie mir ans Leben.«

»Du bist nicht allein«, sagte Gottes Stimme. »Ich habe noch siebentausend Menschen in Israel, die sich niemals Baal gebeugt haben. Deshalb faß dir ein Herz, geh fort von hier! Syrien will Krieg mit Israel beginnen. Ahab wird nicht immer König bleiben. Später einmal soll Jehu das Land beherrschen. Du aber sollst Elisa, den Sohn Schaphats, aufsuchen und ihm ankündigen, daß er an deiner Statt mein Prophet sein soll, wenn du nicht mehr auf der Erde bist, denn es wird auch dann noch gute Menschen in Israel geben.«

Mit neuem Mut verließ Elia seine Höhle auf dem Horeb. Er fand Elisa auf dem Feld seinen Vaters, wo er mit zwölf Ochsengespannen pflügte. Elia trat zu ihm und legte ihm den eigenen Mantel über die Schultern, ein Zeichen, das der junge Mann sofort verstand: Er wußte, daß er das Werk des Propheten fortsetzen solle, wenn der Tag dafür gekommen sei. So nahm er Abschied von den Seinen, schlachtete aber vorher noch die Ochsen, um seinen Freunden ein Festmahl zu geben, und folgte dem Propheten, dem er treu diente, solange Elia noch zu leben hatte.

Weil sich Ahab ein wenig besserte, gab ihm Gott der Herr den Sieg über die Syrer, die Nachbarn Israels im Norden, die ihre Macht stetig erweitert hatten, seit Israel in zwei Reiche zerfiel. Solange Ahab herrschte, blieb Israel von dem Unheil verschont, das dem Lande drohte.

Isebel hatte sich allerdings in keiner Weise gebessert und gerade jetzt einen Plan ausgeheckt, der ihre Gier und ihre Bedenkenlosigkeit enthüllte.

In der Nähe von Ahabs Palast besaß ein Mann namens Naboth einen Weingarten, den der König gern für sich haben wollte, um einen Gemüsegarten daraus zu machen. Er bot Naboth Geld an, war auch bereit, ihm einen anderen, besseren Garten zu geben, doch Naboth lehnte es rundheraus ab, das ererbte Stück Land fortzugeben.

In kindischem Ärger ging Ahab heim, legte sich auf sein Bett, drehte das Gesicht zur Wand und weigerte sich zu essen. Als ihn Isebel

nach dem Grund seiner schlechten Laune fragte, berichtete er ihr von Naboths Weigerung, den Weinberg herzugeben.
»Ach, wenn es nur das ist!« sagte Isebel. »Das ist leicht zu machen. Bist du denn nicht der König? Steh wieder auf, sei vergnügt! Naboths Weinberg wirst du bald haben.«
Und er bekam ihn. Die bösartige Königin bestach zwei Männer, die so bedenkenlos waren wie sie selbst. Sie klagten Naboth an, daß er Gott und den König gelästert habe. Wie die Königin erwartet hatte, holten daraufhin die Ältesten und Oberen der Stadt den unschuldigen Mann aus seinem Haus, führten ihn vor die Stadt und steinigten ihn zu Tode.
»Nun kannst du in den Weinberg gehen, den Naboth dir nicht verkaufen wollte. Er lebt nicht mehr, und ein Toter braucht keinen Weinberg!« sagte Isebel, und Ahab ging zufrieden in den Weinberg und überlegte, wie er ihn umgestalten wollte.
Da tauchte Elia auf.
»Hast du mich hier gefunden, mein Feind!« rief Ahab entsetzt aus; in Elias tiefliegenden Augen brannte der Zorn.
»Ja, ich habe dich gefunden. Ich will dir sagen, welches Unheil ich über dich und dein Haus verhängen will: Deine Söhne sollen sterben, ein anderes Haus wird herrschen. Isebel ist ein schreckliches Ende beschieden!« Und der Prophet fuhr fort, Ahab das drohende Verhängnis in allen Einzelheiten zu schildern.
Alles traf ein. Ahab wurde bald darauf in einer Schlacht gegen die Syrer tödlich verwundet, so daß er auf dem Felde verblutete. Zwei Söhne, die ihm nacheinander auf den Thron folgten, fanden ein gewaltsames Ende. Und wirklich kam der Nachfolger, Jehu, nicht aus Ahabs Haus, denn ein Aufstand machte ihn zum König. Jehu tötete nicht nur die jüngsten Söhne Ahabs, sondern auch dessen Gefolgsleute, Verwandte und Baalspriester. Als Jehu sein Morden einstellte, lebte niemand mehr, der zum Hause Ahabs gehörte.
Doch das alles ereignete sich erst viele Jahre nach Elias Prophezeiung; er selbst erlebte die Erfüllung seiner Voraussagen nicht mehr. Seine letzte wichtige Aufgabe war es, seinen Nachfolger in seine Berufung einzuweihen, und der treue Elisa ging überall mit ihm, lernte von ihm und hielt sich an den Willen Gottes.

Während sich Elia und Elisa gemeinsam in Gilgal aufhielten, kündigte Gott der Herr an, daß er Elia durch einen Wirbelwind zu sich entrücken werde. Sie waren unterwegs nach Bethel und Jericho, wo junge Priester im Dienst für den Herrn erzogen wurden, da sagte Elia: »Bleib du hier, Elisa, denn der Herr hat mich nach Bethel geschickt.«

Doch Elisa antwortete: »So wahr der Herr lebt und deine Seele lebt, will ich dich nicht verlassen.« Als sie sich Bethel näherten, kamen ihnen Prophetenschüler entgegen. Sie fragten Elisa: »Weißt du, daß der Herr deinen Meister heute von dir nehmen will?«

»Ich weiß es. Seid still.«

Elia sagte: »Elisa, bleib hier, ich bitte dich, denn der Herr schickt mich nach Jericho.« Und Elisa sagte: »So wahr der Herr lebt und deine Seele lebt, ich verlasse dich nicht.« Und auch vor Jericho kamen ihnen die Prophetenjünger entgegen, um Elisa zu fragen: »Weißt du, daß der Herr heute deinen Meister von dir nehmen will?« Und wieder antwortete Elisa: »Ich weiß es, seid still.«

Noch einmal bat Elia, daß Elisa zurückbleibe: »Der Herr hat mich an den Jordan geschickt«, und noch einmal weigerte sich der Jüngere: »So wahr der Herr lebt und deine Seele lebt, will ich dich nicht verlassen.« Er wollte ihn bis zum letzten Augenblick begleiten. So gingen sie gemeinsam zum Jordan, und hinter ihnen zogen in einiger Entfernung fünfzig Jünger des Propheten, um alles zu beobachten, was sich jetzt ereignen sollte. Elia und Elisa blieben am Ufer des rasch dahinfließenden Stromes stehen. Der alte Prophet faltete seinen Mantel zusammen und schlug damit ins Wasser; da teilte es sich und ließ einen trockenen Pfad frei, auf dem die beiden Männer das andere Flußufer sicher erreichten. Danach schloß sich das Wasser wieder.

Am anderen Ufer sagte Elia: »Gibt es etwas, das ich für dich tun kann, bevor ich dir genommen werde?«

»Ich bitte dich um zwei Anteile deines Geistes.«

»Du hast etwas sehr Schwieriges erbeten«, antwortete Elia, »denn das gibt nur Gott. Doch wenn du mich sehen kannst, während ich entrückt werde, ist dein Wunsch erfüllt. Kannst du mich nicht sehen, wird er sich nicht erfüllen.«

Sie gingen langsam weiter. Und plötzlich fuhr ein Wagen mit feuerschnaubenden Pferden vom Himmel herab und hielt zwischen ihnen. Ein starker Wirbelwind hob den alten Propheten und führte ihn im feurigen Wagen himmelwärts.

Elisa sah es: »Mein Vater! Mein Vater! Es ist der Wagen Israels und sein Gespann!« Schon war der Himmel wieder leer, nur Elias Mantel flatterte zur Erde; der Prophet war fort und wurde nie mehr gesehen. Vor Schmerz zerriß Elisa sein Gewand, betete und weinte. Dann erhob er sich und trat an den Fluß, Elias Mantel in der Hand.

Die Prophetenjünger am anderen Ufer sahen ihn mit dem Mantel ins Wasser schlagen und hörten ihn rufen: »Wo ist nun der Herr, der Gott Elias?« Und sie erkannten, daß der Herr bei Elisa war, denn das Wasser teilte sich noch einmal, und Israels neuer Prophet schritt auf sicherem Grund ans andere Ufer.

»Jetzt hat sich Elias Geist auf Elisa niedergelassen«, sagten die Jünger und verbeugten sich bis zur Erde.

Bald erkannte ganz Israel, daß Elisa ein würdiger Nachfolger seines entrückten Herrn war, denn auch er konnte leere Ölkrüge füllen, Kinder vom Tode zurückrufen, viele Menschen mit wenig Nahrung sättigen. Einmal heilte er sogar einen Feind Israels; es ereignete sich während einer kurzen Waffenruhe in dem immer aufs neue aufflackernden Krieg mit den Syrern, Israels Nachbarn im Norden, die in das Land einfielen, Städte plünderten und die Einwohner in die Sklaverei führten.

Der syrische Hauptmann Naëman war bei seinem König und seinen Mitbürgern hoch angesehen, denn der Herr hatte ihm oft Erfolg im Kampf gewährt, und Syriens Freiheit war ihm zu verdanken. Naëman war reich und mächtig, aber aussätzig. Unter seiner kühnen Führung hatten die Syrer viele Israeliten in die Gefangenschaft verschleppt, darunter auch ein junges Mädchen, das nun Naëmans Frau diente. Da Herr und Herrin freundlich zu ihr waren, liebte sie die beiden bald wie eigene Verwandte, und Naëmans schreckliche Krankheit machte ihr viel Kummer; ihr war das Herz schwer, wenn sie daran dachte, daß er auf elende Weise sterben werde, falls nicht ein Wunder geschähe.

So sagte sie zu ihrer Herrin: »Ich wünschte zu Gott, daß mein Herr den Propheten in Samaria aufsuchte! Denn dieser Mann Elisa würde meinen Herrn sicher vom Aussatz befreien.«
Die Frau berichtete ihrem Mann davon, und Naëman fühlte neue Hoffnung. Er fragte seinen König, ob er zu diesem heilsmächtigen Mann reisen dürfe.
»Geh hin, geh hin!« antwortete der König, der seinen Hauptmann sehr schätzte. »Ich werde dir einen Brief an den König von Israel mitgeben und ihn bitten, dir den Weg zu ebnen.«
Naëman nahm außer diesem Brief zehn Zentner Silber, sechstausend Goldstücke und prächtige Kleidung für zehn Männer mit; das alles wollte er dem König von Israel und dem Propheten als Geschenk bringen.
Der König von Israel, dem er den Brief aushändigte, wußte wenig von Gott und noch weniger vom Propheten Elisa. Als er las, daß der syrische Herrscher schrieb: »Ich sende dir meinen angesehenen Diener Naëman, damit du ihn vom Aussatz heilst«, zerriß er aufgeregt sein Gewand: »Was soll das heißen? Bin ich Gott? Kann ich töten und lebendig machen, daß dieser Syrer mir einen Mann schickt, den ich vom Aussatz heilen soll? Seien wir auf der Hut – man sucht Streit mit mir!«
Nicht einen Augenblick dachte der König daran, den Propheten Elisa kommen zu lassen, doch Elisa erfuhr, daß der Herrscher durch einen Besuch aus Syrien aufgestört worden sei. Deshalb ließ er ihm ausrichten: »Warum hast du deine Kleider in Bedrängnis zerrissen? Schick mir den Mann, damit er wenigstens erfährt, daß es in Israel einen Propheten gibt!«
Sofort ließ der König den Fremden zu Elisa führen, und mit Pferden und Wagen hielt der Syrer vor der Unterkunft des Propheten. Er wartete, daß Elisa zu ihm käme.
Doch Elisa ließ sich nicht blicken, sondern schickte nur einen Boten hinaus: »Geh, wasch dich siebenmal im Jordan, dann wird dein Leib geheilt und du wirst vom Aussatz genesen sein.«
Der reiche, mächtige Mann ärgerte sich: »Ich habe geglaubt, daß er zu mir herauskomme, den Namen seines Herrn und Gottes ausrufe und mit der Hand über die kranken Stellen streiche. Aber

nein – er erscheint nicht, er rät, daß ich mich mit diesem trüben Jordanwasser waschen soll! Sind denn nicht die Flüsse von Damaskus, Amana und Parpar, viel besser als sämtliche Gewässer Israels? Soll ich mich denn nicht lieber in ihnen waschen, um vom Aussatz befreit zu werden?«

Ärgerlich machte er sich auf die Rückreise.

Doch seine Diener wußten, daß es nicht um das Baden in einem Fluß ging, sie wußten, daß es auf den Gehorsam ankam, und drangen in Naëman: »Lieber Herr, wenn der Prophet etwas Ungewöhnliches und Schwieriges von dir verlangen würde, damit du geheilt wirst, würdest du es dann nicht tun?« Naëman schwieg, dann nickte er. »Warum willst du dann nicht eine so einfache Sache tun? Ist das nicht viel leichter? Du brauchst ja nur zu gehorchen, wenn er dir sagt, was du tun sollst!«

Naëman überlegte und zog alles in Betracht, was er über den Propheten gehört hatte. Dann ging er zum Jordan, legte die Kleider ab und tauchte siebenmal in das Wasser. Jedesmal warf er nur einen Blick auf seinen vom Aussatz vereiterten, kranken Körper – doch als er zum siebten Male aus dem Wasser stieg, war seine Haut frisch und heil wie die eines kleinen Kindes; sein Körper war gesund, der Aussatz verschwunden.

Naëman zog mit seiner ganzen Begleitung wieder vor das Haus des Propheten und stand dankerfüllt vor Elisa: »Jetzt weiß ich, daß es in aller Welt keinen Gott gibt als Israels Gott! Ich bitte dich, nimm ein Geschenk von mir, deinem dankbaren Knecht!«

Doch Elisa schüttelte den Kopf: »So wahr der Herr lebt, unter dessen Segen ich hier stehe, so will ich nichts von dir nehmen für das, was der Herr selbst getan hat!«

»Dann erlaube du mir, etwas zu nehmen«, sagte der Syrer. »Gib mir zwei Maultierlasten Erde. Denn fern von israelitischem Boden will ich dem Gott Israels einen Altar errichten. Und nie wieder werde ich einem anderen Gott als Israels Herrn ein Opfer darbringen.«

Elisa war einverstanden: »Nimm so viel Erde, wie du willst, und geh in Frieden.«

So nahm der syrische Hauptmann Abschied.

JONAS GESCHICHTE

Sooft Elisa den Hebräern auch half, die Angriffe der Syrer abzuschlagen – er erntete nur Undank und Ungläubigkeit. Allmählich verfiel aber die Macht der Syrer; die hebräischen Königreiche fürchteten den Nachbarn im Norden nicht mehr und hatten die Hände frei, einander zu bekriegen. Zu den letzten kriegerischen Unternehmungen der Syrer gehörte die Plünderung Jerusalems, die zu einer schrecklichen Niederlage für Juda wurde. Israel nützte die Lage aus, um selbst in Juda einzufallen, die Tempelschätze zu rauben und hebräische Brüder als Geiseln mit in das eigene Reich zu verschleppen.

So standen die Dinge, als sich das große Reich Assyrien wie ein erwachender Riese zu rühren begann; Assyrien war einst nur ein kleiner Teil jenes Babylonien gewesen, aus dem Abraham von Ur stammte. Nun warfen die Assyrer begehrliche Blicke auf die Gebiete ihrer Nachbarn, und zu ihren ersten kriegerischen Unternehmungen gehörte ein Angriff auf Israel, der dazu führte, daß König und Volk von Israel dem assyrischen König Pul große Tribute zu zahlen hatten. Bald darauf griffen die Assyrer auch Syrien an, besetzten die Hauptstadt Damaskus, töteten den König und führten die Bevölkerung fort in Gefangenschaft. Die Assyrer, deren Hauptstadt Ninive hieß, glaubten nicht an Gott und sündigten auf vielerlei Weise.

In dieser Zeit, in der Jerobeam II. über Israel herrschte, lebte dort der Prophet Jona, der ein so glühender Hebräer war, daß ihn das Schicksal anderer Völker nicht kümmerte. Doch gerade ihm gab Gott einen Auftrag: »Zieh in die große assyrische Stadt Ninive und predige dort laut und vernehmlich den Leuten, denn ihre Sündhaftigkeit ist bis zu mir gedrungen.« Gott der Herr wollte seine Botschaft den Völkern anderer Länder bringen lassen. Auch sie waren seine Kinder.

Doch Jona hatte nicht die geringste Lust, nach Ninive zu reisen

und das Volk dort von seinen Sünden zu bekehren; schließlich waren es ja nur Assyrer und keine Hebräer – und außerdem handelte es sich um Feinde Israels; Jona fand es sehr viel besser, das Volk von Ninive für seine Sünden leiden, falsche Götter anbeten und immer sündhafter werden zu lassen, statt es zu seiner Rettung zu bekehren und es zu lehren, den wahren Gott anzubeten.
Statt nach Ninive zu reisen, begab er sich in den Seehafen Japho, wo er ein nach Tarsis bestimmtes Schiff bestieg; er fuhr also genau in die entgegengesetzte Richtung und doppelt so weit weg. In Tarsis wollte er an Land gehen und sich vor Gott verstecken.
Doch es war nicht möglich, dem Herrn zu entfliehen; Gott sah ihn an Bord gehen und sah die Auflehnung in Jonas Herzen. Das Schiff legte ab, Jona ging unter Deck, um sich auszuruhen, und als sich Wind erhob, schlief er bereits so fest, daß er nichts davon merkte. Doch Gott der Herr hatte den Wind geschickt. Er ließ ihn zu einem starken Sturm anschwellen, der die Wellen hoch auftürmte und gegen das Schiff schleuderte, bis die Planken ächzten und weißen Gischt über das Deck spritzte. Wie ein Spielzeug taumelte das kleine Schiff über das Wasser, als sollte es im nächsten Augenblick auseinanderbrechen und alle Menschen mit sich auf den Grund des Meeres reißen. Nie im Leben hatten die entsetzten Seeleute einen solchen Sturm erlebt, und jeder von ihnen betete voller Angst zu dem Gott, an den gerade er glaubte. Doch kein Gott besänftigte den Sturm. Verzweifelt versuchten sie, das Schiff leichter zu machen, indem sie Ladung über Bord warfen. Nur Jona schlief fest und merkte nichts vom Heulen des Sturmes und vom Stampfen des Schiffes.
Doch schließlich ging der Schiffsführer zu ihm hinunter: »Wie kannst du nur bei solchem Wetter schlafen? Ruf deinen Gott an, damit er sich an uns erinnert und uns rettet!«
Zwar erhob sich Jona, rief aber nicht wie die anderen seinen Gott an, denn er floh ja vor dem Herrn und hatte kein Verlangen, mit ihm zu reden. Deshalb wütete der Sturm weiter, bis das Schiff fast nur noch ein Wrack war.
Die Seeleute besprachen sich voll böser Ahnungen: »Wir wollen losen, wer die Ursache dieses Unheils ist.« Sie glaubten nämlich –

und hatten auch recht damit –, daß irgendein Mensch an Bord schuld an dem Unwetter sei.

Sie warfen das Los, und es traf Jona.

Da sagten sie zu ihm: »Du, der du das Unheil über uns gebracht hast, sollst uns nun die Ursache dafür sagen. Welchen Beruf hast du? Woher kommst du? Wie heißt dein Heimatland? Welchem Volk gehörst du an? Und womit hast du uns in diese Not gebracht?«

»Ich bin ein Hebräer aus dem Lande Israel«, antwortete Jona. »Ich diene Gott, dem Herrn des Himmels, der das Meer und das feste Land geschaffen hat.« Und aufrichtig erzählte er ihnen, warum er sich bei ihnen eingeschifft hatte.

Da fürchteten sich die Männer noch mehr, weil sie nun wußten, daß er vor Gott floh und von Gott verfolgt wurde: »Warum hast du uns das angetan? Was sollen wir nun mit dir anfangen, damit der Sturm nachläßt?« Noch immer wuchs die Gewalt des Windes, immer höher rollten die Wellen auf das Schiff zu.

»Ihr müßt mich packen und ins Meer werfen«, sagte Jona. »Dann wird es sich sofort beruhigen, denn dieser schreckliche Sturm ist ja nur meinetwegen entstanden.«

Wenn die Seeleute auch nicht Jonas Gott verehrten, waren sie doch nicht so roh, daß sie ihn dem Tod ausliefern wollten. Sie setzten alle Kräfte ein, um an Land zu rudern, doch es gelang ihnen nicht. Haushoch türmten sich die Wellen auf, um das kleine Schiff zu zermalmen, und es schien keine Rettung mehr zu geben, für das Schiff nicht, für die Menschen nicht.

In ihrer verzweifelten Angst wandten sie sich an den Herrn, an Jonas Gott: »Wir beten zu dir, o Herr! Wir flehen, uns nicht wegen dieses Mannes umkommen zu lassen. Wir bitten dich, Gott: Laß nicht Unschuldige unseretwillen sterben und wirf uns ihr Blut nicht vor, denn du, Herr, hast das getan, was dir gefiel.«

Als aber Rudern und Beten nicht halfen, nahmen sie den Propheten Jona und schleuderten ihn ins Meer. Sofort legte sich der Wind, die See wurde ruhig.

Die plötzliche Stille war kaum weniger erschreckend als der Sturm, und voller Entsetzen spürten die Seeleute den Herrn und seine

Macht. Sie versprachen, ihm zu dienen und Opfer zu bringen: Auf diese Weise bekehrte Jona eine ganze Schiffsmannschaft zu Gott, ohne ihr zu predigen.

Der Herr hatte aber schon einen großen Fisch in die Nähe geschickt, der Jona verschluckte. Unbeschädigt, doch voller Angst saß Jona drei Tage und drei Nächte im Bauch des Fisches. Er betete zum Herrn:

Ich rief in meiner Angst zum Herrn,
Und er hörte mich.
Aus dem Bauch der Hölle schrie ich,
Und du hörtest meine Stimme.
Denn du hast mich in die Tiefe geschleudert,
Auf den Grund der See,
Und die Fluten umschlossen mich,
All deine Wellen und Wogen gingen über mich weg.
Da sagte ich: »Aus deinen Augen bin ich verstoßen,
Und dennoch will ich deinem heiligen Tempel entgegensehen.«
Die Tiefen schlossen sich um mich,
Der Tang umwand meinen Kopf,
Ich sank an den Fuß der Gebirge.
Als meine Seele verzagte, dachte ich an den Herrn,
Und mein Gebet drang zu dir,
In deinen heiligen Tempel.
Ich will dir opfern mit Dank und Gesang,
Ich werde tun, was ich dir versprach.
Rettung kommt nur vom Herrn!

Und der Herr sprach mit dem Fisch, so daß er sein Maul öffnete und Jona an Land spuckte.

Es dauerte eine ganze Weile, bis Jona zu den Wagnissen neuer Reisen bereit war, doch der Herr befahl ihm: »Mach dich auf die Reise nach der großen Stadt Ninive und predige dort so, wie ich es dir auftrage.«

Diesmal reiste Jona wirklich nach Ninive, wohin er wenigstens nicht über See zu fahren brauchte. Aber in seinem Herzen lebte der Groll gegen Ninive und ganz Assyrien: Er wünschte nicht, daß die Assyrer bereuen und dadurch dem Zorn des Herrn entgehen sollten. Doch der Herr hatte befohlen, und Jona hatte die bösen Folgen seines Ungehorsams noch nicht vergessen. Er bereute aufrichtig.

In der riesigen Stadt Ninive lebten viele Menschen, die nichts taugten. Jona begab sich mitten in die Stadt und rief seine Botschaft aus: »Laßt ab von eurem bösen Tun! Nach vierzig Tagen soll Ninive zerstört werden! Wendet euch von euren falschen Göttern ab und glaubt an den Herrn, den einen wahren Gott!« Die Assyrer sammelten sich um ihn, während er die Straßen entlangwanderte; sie blieben stehen und hörten ihm erschrocken zu, wenn er auf Marktplätzen und an Straßenecken predigte, sie scharten sich um ihn, um seine wilden Warnungen zu hören.

Sein Predigen war so mitreißend, seine Warnung vor der Zerstörung so überzeugend, daß sie an Gott zu glauben begannen und ihre Sünden bereuten. Vom Geringsten bis zum Mächtigsten, vom Bettler auf der Gasse bis zum König in seinem prächtigen Palast wandten sie sich von ihren heidnischen Göttern ab, um den Herrn anzubeten.

Der König stieg vom Thron, legte die kostbaren Gewänder beiseite und hüllte sich, damit jedermann seine Reue sähe, in Sacktuch; er setzte sich demütig mitten in die Asche. Gemeinsam mit den Großen des Landes richtete er einen Befehl an das Volk von Ninive:

»Weder Mensch noch Tier, weder Schafe noch Rinder dürfen Nahrung anrühren und auch nur einen Tropfen Wasser trinken! Allesamt, Mensch und Tier, sollen sich in Sacktuch hüllen und den Herrn um Verzeihung anflehen. Jedermann muß seinen sündigen Lebenswandel ändern und Gewalt unterlassen. Wenn wir bereuen, werden wir vielleicht gerettet. Wer kann denn wissen, ob nicht Gott den großen Zorn über uns aufgibt und uns nicht vernichtet, wie es der Prophet androht?«

Und jeder Mensch in Ninive betete, hüllte sich in Sacktuch und hielt die Fastentage inne. Aus Tagen wurden Wochen, und sie dienten immer noch Gott aus ganzem Herzen.

Gott sah es und erkannte, daß sie ihre Sündhaftigkeit aufgegeben hatten. Er verzieh ihnen. Jona betrachtete Ninive, sah, was das reuige Volk unternahm, und erkannte keinerlei Vorzeichen einer kommenden Zerstörung.

Doch Gottes Güte mißfiel ihm, er war voller Ärger. Daß der Herr im Sinn haben könnte, Israels Feinde zu verschonen, so daß sie sein Land aufs neue angreifen könnten, hielt er für einen großen Fehler. Und schließlich hatte er doch den Menschen von Ninive die Zerstörung nach vierzig Tagen angekündigt – sollte er nun als ein Prophet dastehen, dessen Voraussagen sich nicht erfüllten?

Jona beklagte sich bitter bei Gott: »Ich bitte dich, o Herr, ist nun nicht alles so gekommen, wie ich es mir schon zu Hause vorgestellt habe? Deshalb floh ich ja nach Tarsis, denn ich weiß, daß du ein gütiger und gnädiger Gott bist, geduldig im Zorn und von großer Barmherzigkeit, schnell zum Verzeihen bereit, wenn die Menschen nur zu bereuen scheinen! Und nun diese Assyrer! Es ist nicht recht, daß sie verschont werden!« Vor allem wurmte es Jona, daß seine eigene Beredsamkeit das Volk von Ninive bekehrt und von seinen bösen Wegen abgehalten hatte, so daß es Gottes Verzeihung erlangte. »Deshalb bitte ich dich jetzt, Gott, nimm mir das Leben, denn für mich ist es besser zu sterben, als am Leben zu bleiben.«

Der Herr fragte nur: »Hast du ein Recht, so erzürnt zu sein?« Dann blieb alles still.

Jona verließ die Stadt und machte sich vor ihren Toren eine dürftige Unterkunft, in der es zwar heiß und unbequem war, die aber ein wenig Schatten gab, so daß er glaubte, das Ende der vierzig Tage abwarten zu können. Er wollte wissen, was aus der Stadt würde.

Der Stadt geschah nichts, Jona war von bitterem Zorn erfüllt.

Dann ließ der Herr über Nacht eine Kürbispflanze wachsen, die stark und hoch wurde und Jona mit großen Blättern vor der sengenden Sonne schützte. Jona freute sich, doch in der nächsten Nacht schickte der Herr einen Wurm, der die Wurzeln der Pflanze benagte, so daß die großen schönen Blätter welkten. Bei Sonnenaufgang war nur noch ein schwächlicher Stengel übrig, und als die Sonne höher stieg, schickte der Herr einen heftigen Ostwind, der sengende Hitze mit sich brachte. Die Sonne schien Jona so brennend auf den Kopf, daß er ohnmächtig wurde, und als er wieder zur Besinnung kam, wünschte er nichts weiter, als zu sterben. »Es ist besser für mich, tot zu sein.«

Gott fragte ihn: »Hast du ein Recht, wegen des Kürbisses so erbittert zu sein?«

»Ja, mit Recht bin ich zornig, bis an meinen Tod!« antwortete Jona. »Denn warum mußte diese Pflanze mit den grünen Blättern sterben? Was hat sie getan? Und warum darf diese schlimme Stadt dort drüben verschont bleiben?«

Da sagte der Herr: »Mit dem Kürbis, der dir nützlich war, hast du Mitleid, obwohl du ihn weder gepflanzt noch aufgezogen hast. Er kam in einer Nacht auf und verging in der nächsten, eine bloße Pflanze, die nichts weiß und nichts ist. Doch du wolltest, daß sie verschont bleibe. Und ich sollte nicht Ninive verschonen, diese große Stadt, in der hundertzwanzigtausend Menschen leben, darunter viele kleine Kinder, viele Schafe, viele Rinder? Die Leute wußten nicht, was gut und was böse ist, bis es ihnen gesagt wurde!«

So mußte Jona von einer eingegangenen Pflanze und einer am Leben gebliebenen Stadt lernen: Alle Männer, Frauen und Kinder sind Gott lieb, seien sie Hebräer oder nicht, wenn sie nur auf sein Wort hören und seinen Willen befolgen.

AN DEN FLÜSSEN BABYLONS

Das Volk von Assyrien hatte aus dem ganzen Vorgang seine Lehre gezogen, und zwar so gründlich, daß es groß und mächtig wurde, während Israel verfiel.

Unter dem König Hosea brachen die Israeliten alle Gebote des Herrn und dienten Göttern aller Art. Um dieser Sünden willen erlaubte der Herr dem König Sargon von Assyrien, einen erfolgreichen Angriff gegen Israel zu führen, seine Hauptstadt Samaria zu erobern und Israel als Staat völlig zu vernichten. Damit sich das besiegte Volk niemals wieder erheben könne, schleppte er Tausende und Abertausende in Gefangenschaft nach Assyrien; alle führenden Männer, alle Vornehmen, die wenigen noch übriggebliebenen Weisen, alle Leute, die ihre Landsleute zum Aufruhr gegen die assyrischen Herren sammeln konnten, wurden aus Israel vertrieben und mußten in Assyrien bleiben, wo sie sich wie trockene Blätter im Wind verstreuten.

Nur eine Handvoll Israeliten, und zwar die ärmsten und geringsten, die am wenigsten kenntnisreichen, durften in dem zerstörten Land zurückbleiben. Der siegreiche Sargon hielt es für unklug, die Städte leer und die Felder in Israel unbestellt zu lassen; deshalb schickte er babylonische und andere heidnische Ansiedler an den Platz der Vertriebenen. Sie vermischten sich im Laufe der Zeit mit den wenigen zurückgebliebenen Hebräern, so daß eine ganz neue Bevölkerung entstand, die zu Gott, aber daneben auch zu heidnischen Götzen betete. Man nannte sie Samariter, und sie wurden als Mischlingsvolk mit Verachtung von manchen anderen Völkern beurteilt, die selbst kaum Grund hatten, sich überlegen zu fühlen.

Den nach Assyrien verschleppten Israeliten wurde mehr Freiheit im fremden Lande eingeräumt, als sie vertragen konnten, denn statt sich zusammenzuschließen, trennten sie sich; statt eine geschlossene Gruppe zu bilden, zerstreuten sie sich über das weite Reich der Assyrer. Niemals wieder fanden sie sich als Volk zusammen, niemals kehrten sie in das Land ihrer Väter zurück. Vom Tage ihrer Verbannung an bis heute hat man sie nur als die Zehn Verlorenen Stämme Israels bezeichnet. Und sie sind verloren: Niemand weiß, was aus ihnen geworden ist.

Abgesehen von der Handvoll Israeliten, die in und um Samaria geblieben waren, gab es nur noch die Bewohner Judas, nur sie waren übrig von den zwölf Stämmen, die einst das große Volk der Israeliten gebildet hatten.

Das zusammengeschrumpfte kleine Juda kämpfte nach dem Fall Israels Jahrhunderte hindurch um seine Selbständigkeit. Ringsum von Feinden bedroht, verlor es zuweilen viel Land an fremde Heere, doch manchmal konnte es sich rächen und einen Teil des Verlorenen zurückgewinnen. Ein oder zwei der Herrscher Judas waren aufrechte, gottesfürchtige Männer, die ihr Volk auf den Wegen des Herrn zu leiten versuchten, und wenn sie auf den Rat der Propheten hörten, verlangten sie auch von ihren Untertanen, sich dem Willen des Herrn zu beugen; in solchen Zeiten erlebte Juda Sieg und Wohlstand. Doch zu selten gab es einen wirklich gottesfürchtigen Herrscher.

Als König Hezekia in Juda herrschte, starb Sargon von Assyrien. Sein Nachfolger Sanherib griff Jerusalem mit großer Streitmacht an, doch mit Gottes Hilfe konnte der Prophet Jesaja verhindern, daß die Stadt fiel. Sanherib starb besiegt an einer seltsamen Krankheit, die seine Kräfte lähmte.

Judas Glück schwankte weiter. Die Zeit verging, und große Veränderungen ereigneten sich in jenem Land, das erst als Mesopotamien, dann als Babylonien und schließlich unter Sargon und Sanherib als Assyrien bezeichnet wurde. Hier kämpften zwei starke Mächte um die Vorherrschaft: die Babylonier, die auch Chaldäer genannt wurden, und die Assyrer. Unter Sargon und seinen nächsten Nachfolgern erreichte das assyrische Reich einen Gipfel an Macht und Glanz, doch schließlich gewannen die Babylonier die Vorherrschaft zurück, die sie Jahrhunderte zuvor schon einmal besessen hatten, schüttelten die assyrische Herrschaft ab, zerstörten Ninive und errichteten ein neues, größeres Babylon. Ihr König Nebukadnezar, ein machtvoller Mann, vollendete die Niederwerfung der Assyrer, und dann begannen sich die Babylonier oder Chaldäer nach neuen Taten umzusehen.

Im Lande Juda waren auf die guten Könige wieder schwache und sündige gefolgt. Propheten kamen und gingen, Micha, Habakuk, Zephanja, Jeremia, Hesekiel. Ihre Prophezeiungen konnten das launische Volk nicht davon überzeugen, daß es ins Unglück steuerte. Manchmal halfen die Propheten, unmittelbar bevorstehendes Unheil abzuwenden, manchmal sagten sie den unausweichlichen Untergang voraus, doch Juda lernte nichts. Nur wenige Leute hörten überhaupt auf sie.

Und nun kam das Ende für das Reich Juda.

König Nebukadnezar von Babylonien griff Jerusalem mit einer großen Streitmacht chaldäischer Soldaten an. Sie plünderten die Stadt, brannten sie nieder, schleppten die Tempelschätze mit sich und ließen den Tempel selbst in Trümmern liegen. Und sie führten den König von Juda in Ketten nach Babylon und trieben seine Untertanen hinter ihm her in die Gefangenschaft. Nur wenige konnten noch bleiben und zwischen den Trümmern hausen, die einst Jerusalem waren. Alle anderen, die Königsfamilie, die Fürsten und Vornehmen, die Weisen, alle vielversprechenden jungen Männer, alles, worin die Zukunft eines Landes beschlossen liegt, wurden zu Gefangenen in der Stadt Babylon. Die Chaldäer nannten ihre Sklaven Juden, weil sie aus dem Reich Juda kamen, und seitdem werden die Menschen hebräischer Rasse, werden alle Nachkommen von Abraham, Isaak und Jakob, der Israel war, als Juden bezeichnet.

In der Gefangenschaft trauerten die Juden um ihre verlorene Stadt Jerusalem:

Wie einsam liegt die Stadt, die so voller Leben war!
Wie gleicht sie der Witwe, sie, die groß unter den Völkern war,
Eine Fürstin unter den Ländern.
Nun muß sie dienen.
Traurig weint sie bei Nacht, von Tränen naß das Gesicht,
Und kein Geliebter kommt, sie zu trösten.

Sie sangen Klagelieder auch über ihr eigenes Los als Gefangene in der schönen Stadt Babylon:

An den Flüssen Babylons
Saßen wir, ach, und weinten,
Wenn wir Zions gedachten.

Doch Nebukadnezar war im Vergleich mit anderen Herrschern seiner Zeit kein grausamer Mann, und er behandelte das gefangene Volk gut. Sobald die Eroberung Judas endgültig abgeschlossen war, befahl er seinem Kämmerer, die begabtesten jungen Leute unter den Gefangenen herauszusuchen, damit sie in der Sprache und der Wissenschaft der Chaldäer unterrichtet würden: »Wählt sie aus der Familie des Königs und unter den Fürsten aus. Achtet darauf, daß es gesunde, gutaussehende junge Männer sind, verständig, klug und lernbereit.«

Sein Kämmerer wählte sorgsam aus, und unter den Bevorzugten waren vier junge Männer, die nicht nur begabt, sondern auch ihrem Gott treu waren: Daniel, Schadrach, Meschach und Abed-Nego. Der König ließ die Auserwählten großzügig mit Speisen und Wein von seinem eigenen Tisch versorgen, damit sie ihm als kräftige Männer dienen konnten. Doch Daniel und seinen Freunden verbot es ihr Glaube, solche Nahrung zu sich zu nehmen, und deshalb bat Daniel den Kämmerer um einfacheres Essen.

Der Kämmerer empfand große Zuneigung für Daniel, meinte aber: »Ich fürchte, daß mein Herr und König sehr ungehalten sein wird, wenn wir seine Befehle mißachten. Wenn du mit den anderen Jungen vor ihm stehst, wird er sich über deine Blässe und dein ungesundes Aussehen ärgern. Und der König wird meinen Kopf fordern! Du mußt so stark und gesund wie alle anderen aussehen.«

»Laß uns zehn Tage lang einen Versuch machen«, bat Daniel. »Gib uns Bohnen und Linsen und zum Trinken Wasser. Dann vergleich unser Aussehen mit dem der anderen, die vom Tisch des Königs essen, und behandle uns danach, wie es dir richtig erscheint.«

Dem Kämmerer war es recht. Die jungen Juden durften zehn Tage lang das erbetene einfache Essen zu sich nehmen, und als die Frist vorüber war, sah er, daß sie schöner von Gesicht und gesunder waren als die jungen Männer, die vom Tisch des Königs aßen und Wein von der königlichen Tafel erhielten. Deshalb ließ er nun

Fleisch und Wein fort und ließ sie das essen, was Daniel vorschlug. Gott gab den vier jungen Männern Kenntnisse und Geschick für jede Art von Lernen und Wissen, so daß sie sich rasch die Wissenschaft der Chaldäer aneigneten und deren Sprache beherrschten. Und Gott verlieh Daniel auch die Gabe, Träume und Gesichte zu deuten.

Als sie drei Jahre lang gelernt hatten, wurden die auserwählten jungen Männer vor den König gerufen, der sich viele Stunden mit ihnen unterhielt und bald feststellte, daß Daniel, Schadrach, Meschach und Abed-Nego die anderen weit überragten und mehr leisteten als die Gelehrten und Astrologen im Dienste des Königs.

Nun geschah es nach einiger Zeit, daß Nebukadnezar seltsame Dinge träumte, so daß er verstört aufwachte. Er ließ sie alle holen, die Astrologen, die Traumdeuter, die Zauberer: »Ich habe einen beunruhigenden Traum gehabt, doch ich kann mich nicht mehr an ihn erinnern. Ihr seid ja Magier. Also sagt mir, was ich geträumt habe und was es bedeutet.«

»O König«, riefen sie, »wir können dir doch die Bedeutung nicht erklären, solange wir nicht wissen, was du denn geträumt hast!«

Der König runzelte die Stirn. »Habe ich euch nicht gesagt, daß ich mich nicht an den Traum erinnern kann? Antwortet mir, dann werdet ihr belohnt! Wenn ihr nicht antwortet, laß ich euch in Stücke hauen!«

»Aber wir können nicht Auskunft geben! Der König braucht seinen Knechten ja nur den Traum zu erzählen, dann werden wir ihn schon deuten!«

Der König geriet in Zorn: »Wie wollt ihr denn imstande sein, einen Traum zu deuten, wenn ihr mir nicht einmal sagen könnt, was ich geträumt habe? Wenn ihr mir das angeben könnt, glaube ich auch eurer Deutung. Aber wenn ihr mir nichts sagen könnt, gibt es nur einen Urteilsspruch für euch alle!«

Die chaldäischen Traumdeuter schüttelten den Kopf: »Kein Mensch auf der Welt, weder Magier noch Astrologe, kann darauf eine Antwort geben. Es gibt auch keinen anderen Herrscher der Erde, keinen König, keinen Fürsten, der das von seinen Magiern verlangen würde. Nur die Götter können dir antworten!«

Jetzt schäumte der König vor Wut: »Ihr werdet sterben. Jeder Weise in diesem Land wird jetzt sterben!«

Auch Daniel gehörte zu den Weisen und war in Gefahr, obwohl ihn der König in dieser Sache nicht zu Rate gezogen hatte. Als er das Urteil des Königs vernahm, bat er um Aufschub und betete mit seinen Freunden zu Gott um Hilfe. Und in einem nächtlichen Gesicht wurde Daniel das Geheimnis des Traumes offenbart. Rasch begab er sich zum König, bevor noch die Gelehrten und Traumdeuter des Reiches hingerichtet werden konnten.

»Und du bist imstande, mir den Traum zu sagen?« fragte der König. »Ja. Zuerst mußt du aber wissen, o König, daß kein Gelehrter, kein Astrologe oder Magier oder Wahrsager dir das Geheimnis nennen kann, das du wissen willst. Doch im Himmel ist ein Gott, der die Geheimnisse offenbart. Er wollte dich wissen lassen, was in Zukunft geschehen wird. Und davon hast du geträumt, o König.«

Der König hörte aufmerksam zu, um kein Wort zu verlieren. »Der Gott meiner Väter«, begann Daniel, »hat mir enthüllt, daß du in deinem Traum ein großes Bildwerk gesehen hast, das wunderbar strahlte, aber schrecklich anzusehen war. Der Kopf bestand aus feinem Gold, Brust und Arme aus Silber, Leib und Schenkel waren aus Kupfer, die Füße zusammengesetzt aus Eisen und aus Lehm. Du sahst, wie ein großer Stein gegen das schreckliche Bildwerk rollte und die Füße aus Eisen und Lehm zerschmetterte, und du sahst, wie dann das ganze Bildwerk zersprang. Gold und Silber, Kupfer und Eisen wurden zu Staub, den der Wind fortblies, so daß man keine Spur davon sah. Doch der Stein, der das Bildwerk zerschlug, blieb liegen. Er wuchs zu einem großen Berg an, der die ganze Welt ausfüllte.«

Nun endlich erinnerte sich der König – ja, das war sein Traum. »Und nun die Deutung«, verlangte er.

»Die Deutung lautet so: Du bist der Kopf von Gold, ein König von Macht und Kraft und Herrlichkeit, Beherrscher des größten Reiches der Welt. Nach dir aber wird ein geringeres Reich kommen, eines aus Silber; dann wird ein drittes, kupfernes, die Welt beherrschen; ein viertes, aus Eisen, wird im Anfang stark sein, dann aber wie Lehm zerfallen.

Und in jenen Tagen wird Gott im Himmel ein Königreich gründen, das nie zerstört werden kann. Es wird die ganze Erde erfassen, alle anderen Königreiche zerstören und in Ewigkeit bestehen. O König – das ist der Traum, den Gott selbst dir gesandt hat, und das ist sein Sinn.«

Der König war sehr verwundert, glaubte Daniel aber: »Ganz gewiß ist dein Gott ein Gott über alle Götter, ein Herr der Könige, ein Offenbarer von Geheimnissen, so wie nur du die Kraft hast, sein Geheimnis zu enthüllen.«

Der König gab Daniel große Geschenke und erhob ihn zu einem mächtigen Mann, zum Statthalter der Provinz Babylon und Obersten aller Gelehrten. Auf Daniels Wunsch gab der König auch Schadrach, Meschach und Abed-Nego großen Einfluß auf die Angelegenheiten des Königreiches.

Viele Jahre vergingen, in denen Nebukadnezar durch Eroberungen immer mächtiger wurde. Sein Reichtum wuchs, seine Macht wuchs, und sein Stolz wuchs auch.

Er hatte längst vergessen, was er über den Gott der Götter und den Herrn der Könige gehört hatte, und jetzt ließ er ein großes Bildwerk aus purem Gold machen. Alle Statthalter, Richter, Schatzmeister, Räte, Befehlshaber, alle Mächtigen im Lande sollten zur Feier der Einweihung erscheinen und sich vor dem goldenen Götzenbild verneigen. Ein Herold rief aus: »Völker aller Länder und aller Sprachen, für jedes von euch gilt der Befehl: Wenn ihr den Klang von Trompeten und Flöten, von Harfen und Lauten und von Musik aller Art hört, sollt ihr euch zu Boden werfen und das goldene Bildwerk anbeten, das König Nebukadnezar aufgestellt hat. Wer sich aber nicht beugt und es nicht anbetet, wird in einen glühenden Ofen geworfen.«

Als die Musik erklang, fielen alle Machthaber und alles Volk, gleich welcher Sprache, zur Erde und beteten das goldene Götzenbild des Königs an. Daniel war nicht dabei, denn er hatte an einem anderen Ort sein Amt zu verwalten. Seine drei Freunde sahen das große Bildwerk auf der Ebene aufragen, doch ihr eigenes Herz, und nicht Herold oder König, sagte ihnen, was sie zu tun hätten. Dann aber suchten einige Chaldäer den König auf, um die Juden anzuklagen: »Ewig lebe der König! Du, o König, hast einen Befehl erlassen, daß sich beim Klang der Musik jedermann verneigen und dein goldenes Bildwerk anbeten oder, wenn er den Befehl verweigert, in einen glühenden Ofen geworfen werden soll. Da sind aber ein paar Juden, denen du die Leitung der Provinz Babylon anvertraut hast – Schadrach, Meschach und Abed-Nego –, und diese Männer, o König, haben dir nicht gehorcht. Sie dienen deinen Göttern nicht, und sie wollen das goldene Bild nicht anbeten.«

Aufgebracht befahl Nebukadnezar, die drei Juden zu holen. Als er ihre gelassenen, klugen Gesichter sah, kühlte sich sein Zorn so weit ab, daß er ruhig mit ihnen sprach.

»Trifft es zu, Schadrach, Meschach und Abed-Nego, daß ihr nicht meinen Göttern dient und nicht das goldene Bild anbetet, das ich aufgestellt habe? Habt ihr denn meinen Befehl nicht gehört? Ich will euch noch einmal eine Gelegenheit geben, und diesmal, wenn ihr den Klang der Musik hört, werdet ihr auf euer Gesicht fallen und das von mir gemachte Bildwerk anbeten. Tut ihr das, ist alles gut. Wenn ihr es aber verweigert, werdet ihr noch zur selben Stunde in den glühenden Ofen geworfen. Und wo ist der Gott, der euch dann befreit?«

Die drei Männer antworteten ohne Zögern: »O Nebukadnezar, wir können dir jetzt schon unsere Antwort geben: Wir wollen keine zweite Frist, denn du sollst wissen, daß wir deinen Göttern nicht dienen und dein goldenes Bild nicht anbeten werden. Unser Gott hat die Macht, uns aus dem glühenden Ofen zu retten, wenn er es will. Will er es aber nicht, werden wir lieber sterben, als deinen Göttern zu dienen oder uns dem Bild zu beugen.«

Nebukadnezars Gesicht verzerrte sich, und er war nicht länger der überlegene Mann, der sich mit ungehorsamen Juden unterhielt. Er schrie: »Der Ofen soll aufgeheizt werden, bis er siebenmal so heiß ist wie sonst!«

Er ließ die stärksten Männer seines Heeres holen, die Schadrach, Meschach und Abed-Nego binden und in das lohende Feuer schleudern sollten. Die drei Männer wehrten sich nicht. Sie wurden vor den Ofen geführt, der wie nie zuvor hochauf loderte. Doch die starken Männer, die sie hergeführt hatten, wollten ihrem Herrn

allzu eifrig dienen: Als sie die drei Juden in das Feuer warfen, achteten sie nicht darauf, daß der Ofen viel heißer als sonst war, kamen ihm zu nahe und wurden von den Flammen erfaßt, so daß sie auf der Stelle umkamen.
Die drei Männer waren, immer noch gefesselt, in die Mitte des Feuers gefallen.
Doch sie brannten nicht.
Aus sicherer Entfernung sah Nebukadnezar, wie sie sich im Feuer erhoben und ihren Gott zu loben und zu preisen begannen:
Sei gepriesen, o Herr, Gott unserer Väter,
Sei gelobt und ewig gerühmt.
O ihr Himmel, lobt den Herrn,
Preist und rühmt ihn ewig.
O Sonne und Mond, lobt den Herrn,
Preist und rühmt ihn ewig.
O Feuer und Hitze, lobt den Herrn,
Preist und rühmt ihn ewig.
O Israel, lobe den Herrn,
Preise und rühme ihn ewig.
O ihr alle, die ihr zum Herrn betet, lobt den Gott aller Götter,
Preist ihn und dankt ihm,
Denn seine Güte dauert ewig.
Erstaunt und entsetzt sprang der König auf: Nicht nur waren die drei Männer im Ofen unversehrt, sondern irgend etwas Besonderes, Ungewohntes war um das Feuer. Er fragte seine Ratgeber: »Waren es denn nicht drei Männer, die wir in den Ofen geworfen haben?«
»Gewiß, o König«, antworteten sie.
»Warum sehe ich aber vier Männer? Seht doch hin – sie gehen mitten in den Flammen umher, und der vierte scheint ein Sohn von Göttern zu sein!«
Er trat an die Öffnung des Ofens und rief: »Kommt heraus, Schadrach, Meschach, Abed-Nego, kommt her zu mir!«
Die drei Männer kamen, und im Ofen war nun keine Gestalt mehr zu erkennen. Fürsten und Statthalter, Befehlshaber und Räte scharten sich um diese Männer, die Gottesmänner, über die das Feuer keine Gewalt hatte, denn nicht ein Haar war ihnen versengt,

ihre Kleidung wies keinen Brandfleck auf, sie rochen nicht einmal nach Feuer und Rauch. Nur das Tau, das sie vorher gefesselt hatte, war weggebrannt.

Da sagte Nebukadnezar zu all seinen Würdenträgern, die ihn umstanden: »Gelobt sei der Gott von Schadrach, Meschach und Abed-Nego, der seinen Engel geschickt und seine gläubigen Diener gerettet hat. Gesegnet seien diese Männer, die das Wort ihres Königs mißachteten und ihren eigenen Körper opfern wollten, um nicht einen anderen Gott als den ihren anbeten und ihm dienen zu müssen! Nun befehle ich, daß ein Mensch – gleich, welchem Volk er angehört und welche Sprache er spricht –, der ein Wort gegen den Gott von Schadrach, Meschach und Abed-Nego sagt, in Stücke gehauen und daß sein Haus dem Erdboden gleichgemacht werden soll. Denn es gibt keinen anderen Gott, der solche Macht zur Rettung hat.«

Er berief die Juden in noch höhere Ämter der Provinz Babylon, und bis ans Ende ihrer Tage wurden sie von jedermann geachtet.

DANIEL

Nach Nebukadnezars Tod wurde sein Sohn Belsazar König von Babylon, ein törichter und ausschweifender Mann, der nur an sein Vergnügen dachte. Obwohl die starke Streitmacht der Meder und Perser sein Land bedrohte, traf er keinerlei Vorbereitungen zur Verteidigung seines Reiches. In seinem Hochmut glaubte er, Babylon werde jedem Angriff standhalten.

Der König Belsazar lud tausend mächtige Männer seines Landes zu einem großen Festmahl ein, bei dem er selbst viel trank und sich den Becher immer neu füllen ließ. Schließlich stand er schwankend auf und befahl, daß man ihm die goldenen und silbernen Gefäße, die sein Vater aus dem Tempel von Jerusalem geraubt hatte, bringe: »Ich will daraus trinken, mit meinen Prinzen und Frauen und Nebenfrauen will ich aus den heiligen Gefäßen der Juden trinken!«

So geschah es, und jedermann trank daraus, und alle rühmten laut die goldenen und silbernen, die kupfernen und eisernen, die hölzernen und steinernen Götter, alle die Götzen, die von den wahren Gläubigen verachtet wurden.

Doch plötzlich verstummte der fröhliche Lärm. Jeder Mann, jede Frau sah, wie der König auf die Wand des Festsaals starrte. Sie folgten seinem Blick und stöhnten auf vor Entsetzen.

Neben dem großen Leuchter, der die Wand grell beleuchtete, erschienen die Finger einer Männerhand, bewegten sich und schrieben seltsame Zeichen. Der König sah nur die schreibende Hand, sonst nichts, nichts von dem Menschen, zu dem sie gehörte. Die Hand bewegte sich, die Finger schrieben Zeichen, und der König wurde bleich vor Schrecken, und seine Knie schlotterten. Die Finger schrieben und verschwanden. An der Wand standen geheimnisvolle Wörter in Zeichen, die kein Mensch lesen und viel weniger verstehen konnte.

Laut schrie der König nach seinen Astrologen und Wahrsagern. Sie

kamen eilig, und er rief: »Wer immer diese Schrift lesen und mir ihre Bedeutung erklären kann, soll in Purpur gekleidet und mit einer goldenen Halskette behängt werden. Und er soll der dritte Mann im Lande sein!«
Die weisen Männer betrachteten die Schrift, aber sie ahnten nicht einmal, was sie bedeuten könne. Belsazar und seine Mächtigen standen vor der Wand und wußten nicht, was sie tun und an wen sie sich um Hilfe wenden sollten.
Da erschien die Königinmutter in dem totenstillen Saal, der eben noch von Festfreude überschäumte; sie sprach beruhigend auf ihren Sohn ein:
»O König, ewig sollst du leben! Laß dich nicht von düsteren Gedanken bedrängen, sei nicht so blaß vor Angst! In deinem Königreich gibt es einen Mann, der den Geist der heiligen Götter in sich hat. Zur Zeit deines Vaters hat er bewiesen, daß er klug und einsichtig wie die Götter ist, und Nebukadnezar hat ihn zum Obersten aller Wahrsager, Astrologen und Magier gemacht. Weil dein Vater die außerordentliche Klugheit, die Einsicht, das Können dieses Daniel, der alle Geheimnisse offenbaren kann, so bewundert hat, solltest du ihn jetzt auch holen lassen – er wird dir den Sinn dieser Zeichen erklären.«
Daniel wurde geholt. Der König sagte: »Bist du jener Daniel, der zu den Gefangenen aus Juda gehört? Man hat mir berichtet, daß in dir der Geist von Göttern wirksam ist und daß du klug, verständig, weise bist. Alle meine weisen Männer können diese Zeichen nicht lesen, und nun sage ich dir: Wenn du es kannst, will ich dich in Purpur kleiden, dir eine goldene Kette umhängen und dich zum dritten Mann in meinem Reich machen.«
»Behalt deine Gaben«, antwortete Daniel. »Anderen kannst du Belohnungen geben. Ich werde die Schrift lesen und deuten. Doch zuerst denk daran, o König, daß der höchste Gott es war, der deinem Vater das Königtum, die Majestät, Herrlichkeit und Macht gegeben hat. Um dieser von Gott verliehenen Majestät willen fürchteten die Menschen aller Völker und aller Sprachen seine Macht. Doch als sich sein Stolz erhob und sich sein Herz in Hochmut verhärtete, verlor er den Thron. Seine Herrlichkeit wurde ihm

genommen. Er mußte erkennen, daß der höchste Gott das Königtum der Menschen in seiner Hand hält und es dem gibt, den er erwählt. Dann aber hat König Nebukadnezar den höchsten Herrn gepriesen und gelobt.

Doch du, sein Sohn, König Belsazar, du hast dein Herz nicht gedemütigt, obwohl dir dies alles bekannt war. Du hast dich gegen den Herrn des Himmels erhoben und dir seine heiligen Gefäße holen lassen. Mit deinen Mächtigen, deinen Frauen und Nebenfrauen hast du Wein daraus getrunken. Ihr habt die goldenen und silbernen, die kupfernen und die eisernen, die hölzernen und die steinernen Götter gepriesen, als ihr aus Gottes heiligen Gefäßen trankt. Doch den Herrn selbst, der euer aller Leben in der Hand hat, habt ihr nicht gelobt.

Es war Gottes Hand, die ihr hier gesehen habt, es war seine Hand, die jene Worte auf die Wand schrieb. Sie lauten:

»Mene mene tekel u-parsin, und das bedeutet: mene – Gott hat die Tages deines Königtums *gezählt* und ihnen ein Ende gesetzt. Tekel – du bist auf der Waagschale *gewogen* und zu leicht befunden worden. U-parsin – dein Reich wird *geteilt* und den Medern und *Persern* gegeben werden.«

Trotz dieser unheilvollen Deutung ließ der König Daniel den Purpur und die goldene Kette umlegen und ihn als den dritten Mann im ganzen Reich ausrufen.

Doch das plötzliche Vertrauen in Gottes Diener auf Erden kam zu spät, zu spät auch die verschwenderische Belohnung – und viel zu spät war es für eine Umkehr: Noch in dieser Nacht wurde Babylon angegriffen, und Belsazar, König der Chaldäer, wurde von Soldaten erschlagen, die über die Stadtmauer geklettert waren, als der Herrscher mit seinen Großen tafelte. Die vereinten Heere der Meder und Perser schwärmten durch Stadt und Land Babylon und eroberten alles. Und Darius, der König der Perser, nahm den Thron ein. Im Gegensatz zu Belsazar wandte er sich sogleich an Daniel. Er setzte hundertzwanzig Statthalter ein, die er drei Fürsten unterstellte, und zum ersten dieser Fürsten erhob er Daniel, der ein Jude war, Angehöriger eines gefangenen Volkes; so sehr schätzte Darius die Weisheit Daniels.

Doch die anderen Fürsten und die Statthalter gönnten Daniel nicht die Bevorzugung und suchten nach Gründen, ihn beim König anzuschwärzen, fanden aber nichts, keinen Fehler, keinen Irrtum. Da überlegten sie sich gemeinsam einen hinterhältigen Plan: »Es gibt nur einen Weg, Daniel die Gunst des Königs zu entwenden, den bietet das Gesetz des Gottes, an den er glaubt.« Sie hatten recht, und sie fanden rasch eine Möglichkeit, ihm zu schaden, denn sie stellten fest, daß Daniel dreimal täglich in seinem Haus betete, mit dem Gesicht zum Fenster, das in Richtung auf das ferne zerstörte Jerusalem zu lag. Mehr brauchten sie nicht, um ihn zu Fall zu bringen. Sie versammelten sich beim König, verbeugten sich untertänig und sagten: »Ewig lebe König Darius! Alle Fürsten, Statthalter, Prinzen, Räte und Befehlshaber sind übereingekommen, dir ein neues Gesetz zu empfehlen: Befiehl, daß jeder Mensch in deinem Reich dich, und nur dich, als das höchste Wesen anerkennt.«

Der Gedanke gefiel Darius. Er ließ den Sprecher fortfahren, der listig vorschlug: »Du solltest ein Gesetz einführen, daß von heute ab dreißig Tage lang niemand etwas von einem Gott oder einem Menschen erbitten darf, sondern nur von dir, o König. Alle Gebete, alle Bittschriften, alle Anträge dürfen nur an dich gerichtet sein. Wer es wagen sollte, diesem königlichen Befehl nicht zu gehorchen, soll sofort zu den Löwen in die Grube geworfen werden. O König, gib dieses Gesetz bekannt, schreib deinen Namen unter den Erlaß, damit es nie geändert werden kann. Alle Menschen in deinem Reich wissen, daß ein Gesetz der Meder oder der Perser niemals wieder aufgehoben werden kann.«

Darius hatte nichts einzuwenden; das Gesetz schmeichelte seiner Eitelkeit, denn er war ja der König des großen Reichs, das die Vorherrschaft des mächtigen Babylon gebrochen hatte. Es fiel ihm auch nicht auf, daß sein höchster Stellvertreter, der Jude Daniel, bei der Abordnung fehlte. Darius unterschrieb den Wortlaut des Gesetzes, das die Männer schon vorbereitet hatten.

Als Daniel von dem strengen Befehl erfuhr, änderte er seinen Gottesdienst trotzdem nicht: Dreimal am Tage kniete er betend vor dem offenen Fenster; wenn er auch das zerstörte Jerusalem und den vernichteten Tempel nicht erblicken konnte, kannte er doch die

Richtung, in der sie lagen. Und trotz dem Gebot des Königs betete er zu Gott und dankte ihm, wie er es immer getan hatte.
Die neidischen Fürsten und Statthalter beobachteten ihn, wie er am offenen Fenster betend kniete und um Gottes Führung bat. Da liefen sie eilig zu Darius, um den König an sein Gesetz zu erinnern. Unverhohlene Schadenfreude klang aus ihren Worten: »O König! Hast du nicht das Gesetz erlassen, daß jeder Mensch, der in diesen dreißig Tagen von einem Gott oder von einem anderen Menschen als dir selbst irgend etwas erbittet, zu den Löwen in die Grube geworfen werden soll?«
Der König nickte. »Gewiß. Und ich habe es als Gesetz der Meder und der Perser erlassen, so daß es nicht aufgehoben werden kann.«
»Und nun sieh, o König! Daniel, der zu den Gefangenen von Juda gehört, ehrt weder dich noch das Gesetz, das du erlassen hast. Er gehorcht dir nicht, sondern betet täglich dreimal zu seinem Gott, statt dich zu bitten.«
Nun war König Darius in die Falle gestolpert, die sie ihm gestellt hatten, und er zürnte sich selbst, weil er nicht an den weisen alten Daniel gedacht hatte, als er das törichte Gesetz erließ. Er versuchte alles, um Daniel zu retten, und grübelte bis Sonnenuntergang darüber nach, wie er Daniel das schreckliche Schicksal ersparen könne, das ihn erwartete. Doch er fand keinen Ausweg, denn die strengen Gesetze der Meder und der Perser ließen keine Ausnahme zu, auch nicht dann, wenn es um den vornehmsten und verdienstvollsten Mann ging. Bei Sonnenuntergang erschienen die eifersüchtigen Fürsten und Statthalter wieder im Palast, um den König zu mahnen: »Denke daran, o König, daß kein Gesetz der Meder und der Perser aufgehoben werden kann, auf keine Weise, für keinen Menschen.«
Das traf zu. Zögernd ließ der König Daniel holen und ihn in die Grube zu den Löwen werfen. Dann rief er hinunter in die tiefe Grube, wo der unschuldige Daniel furchtlos zwischen den brüllenden Raubtieren stand: »Sicherlich wird dich dein Gott, dem du so treu gedient hast, vom Tode retten.«
Ein großer Stein wurde vor den Eingang der Höhle gewälzt, damit niemand hineinblicken oder auch hinausklettern konnte, und der

König siegelte den Stein mit seinem eigenen Siegel, damit niemand ihn wegwälzen könne.
Von Trauer und Angst gemartert verbrachte der König Darius die Nacht in seinem Palast; er mochte nicht essen und konnte nicht schlafen, und auch die Musik besänftigte ihn nicht. Jeder Gedanke galt Daniel, der sich in einer Grube mit grollenden Löwen befand.
Nach einer Nacht voller Gewissensbisse und Sorge stand der König früh auf und ging eilig zur Löwengrube. Er rief in die Stille hinab: »O Daniel! Du Diener des lebendigen Gottes! Konnte dich dein Gott, dem du immer mit treuem Herzen gedient hast, vor den Löwen bewahren?«
Zu seiner großen Erleichterung hörte er Daniels Stimme: »O König, lebe ewig! Mein Gott hat seinen Engel gesandt und den Löwen den Rachen zugehalten, so daß sie mir nichts tun konnten. Denn in den Augen des Herrn bin ich unschuldig – ich bin es aber auch vor dir, denn ich habe dir, o König, nie geschadet und nichts Böses zugefügt.«
Der König war überaus froh, und mit fröhlichem Herzen ließ er Daniel aus der Grube holen. Er sah – und alle Männer ringsum sahen es –, daß Daniel nicht ein Haar gekrümmt worden war.
Der König war dankbar für Daniels Rettung, aber zornig auf die Männer, die ihn angeklagt hatten. Sie wurden auf seinen Befehl geholt und mit ihren ganzen Familien den Löwen vorgeworfen. Und diesmal verschonten die Raubtiere ihre Beute nicht.
Dann erließ König Darius eine neue Verfügung, die für alle Menschen und Völker der Welt galt. Sie unterschied sich sehr von dem ersten Gesetz:
»Vielfach sei euer Friede! Ich erlasse ein Gesetz: In jedem Gebiet meines Reiches sollen die Menschen den Gott Daniels fürchten und vor ihm erbeben, denn er ist der lebendige und unvergängliche Gott. Sein Reich hat keine Grenzen, und in Ewigkeit wird er herrschen. Er befreit und rettet, er tut Zeichen und Wunder im Himmel und auf der Erde, er, der Daniel aus der Gewalt der Löwen befreit hat.«
Von nun an ging es Daniel in Darius' Reich sehr gut, und auch der nächste König, Cyrus, behandelte nicht nur Daniel, sondern alle Gefangenen aus Juda mit Gerechtigkeit und Milde.

Schon viele Jahre zuvor, als der Prophet Jesaja Gottes Wort im Lande Juda verkündet hatte, war von Cyrus die Rede gewesen. Jesaja hatte vorausgesagt, daß Gott den König zu großen Dingen ausersehen habe:

Ich bin der Herr, der von Cyrus sagt: Er ist mein Hirte,
meinen Willen soll er tun.
Er soll zu Jerusalem sagen: Werde du wieder erbaut,
Und zum Tempel: Du sollst neu gegründet werden.

Daniel kannte die Prophezeiungen und auch die Worte des Propheten Jeremia, der Gottes Worte niedergeschrieben hatte, damit ganz Juda wisse und nie vergesse, daß es nicht vom Herrn verlassen war. So lautete das, was Jeremia geschrieben hatte:

»Der Tag wird kommen, so sagt der Herr, wo ich die Gefangenschaft meines Volkes beenden will. Sie sollen heimkehren in das Land, das ich ihren Vätern gab, und es soll ihnen gehören. Ich will freundlich auf ihre Wohnungen sehen, und die Stadt soll wieder auf ihrem Hügel erbaut werden und die Burg, wo sie vordem lag. Jubel und Dank sollen aus ihnen aufsteigen. Ich will das Volk zahlreich machen, es soll kein kleines Volk sein; ich will es ruhmreich machen, es soll kein geringes Volk sein. Die Nachkommen sollen den Männern von einst gleichen und die Gemeinde fest geschlossen vor mir stehen. Alle, die das Volk unterdrücken, werde ich strafen. Ihr sollt mein Volk sein, und ich will euer Gott sein.«

Daniel glaubte an Gott, den Herrn Israels, und kannte die Prophezeiungen; deshalb wußte er, daß die Zeit der Gefangenschaft zu Ende ging. Er selbst war allerdings alt und dem Tode nahe und lebte zufrieden unter Cyrus' Herrschaft. Doch wenn er auch ahnte, daß er selbst wohl Jerusalem nicht sehen werde, wußte er doch, daß die Juden heimkehren durften.

DIE HEIMKEHR DER JUDEN

Im ersten Jahr, als Cyrus über Babylonien und Persien herrschte, gab ihm Gott der Herr den Gedanken ein, Jeremias Prophezeiung zu erfüllen, und Cyrus ließ im ganzen Reich durch Wort und Schrift verkünden:

»So spricht Cyrus, der König von Persien: Der Herr Gott im Himmel, der höchste Herr, hat mir alle Königreiche der Erde gegeben und mir befohlen, in Juda zu Jerusalem einen Tempel zu errichten. Wenn hier Angehörige seines Volkes leben, möge der Herr, euer Gott, mit euch sein. Ihr dürft nach Jerusalem in Juda ziehen und dort das Haus für Israels Gott bauen: Denn er ist der Herr, der in Jerusalem wohnt. Und wer heimkehrt nach Juda, soll von denen, die seine Nachbarn sind, unterstützt werden. Man gebe den Juden Silber, Gold, allerlei Güter und Tiere und darüber hinaus auch das, was jeder dem Hause Gottes in Jerusalem spenden möchte.«

Überglücklich erfuhr das gefangene Volk von dieser Verfügung, die alle Voraussagen der Propheten bestätigte. Aber nicht alle Juden wollten heimkehren, denn in den siebzig Jahren zu Babylon hatten sie sich dort eingelebt, und die meisten hatten die Heimat der Väter nie kennengelernt; so mancher war auch im Lande seiner Gefangenschaft zu Wohlstand gekommen. Aber viele jubelten laut beim Gedanken an die Heimkehr.

Der erste, der sich voller Freude zur Rückkehr bereit fand, war der oberste Führer der Stämme Benjamin und Juda. Dann meldeten sich die Priester und die Leviten, die noch vom zersprengten Stamm Levi übrig waren; schließlich kamen alle die anderen, in deren Herzen der Herr den Wunsch zur Heimkehr und zum Neubau des Tempels geweckt hatte. Sie begannen eilig mit den Vorbereitungen für die Rückkehr.

Ihre Landsleute, die in Babylon blieben, und ihre Freunde und Nachbarn schenkten ihnen Gold und Silber, nützliche Dinge aller Art, Schafe, Vieh, Esel, Pferde, Gefäße für den Tempel, Kostbarkeiten und andere Opfergaben für das Haus Gottes in Jerusalem. Cyrus gab die heiligen Gefäße zurück, die einst den Tempel schmückten, dann von Nebukadnezar geraubt und in die Tempel seiner eigenen Götter gestellt worden waren. Diese unschätzbaren Kostbarkeiten wurden den Juden wiedergegeben, fünftausendvierhundert goldene und silberne Gefäße.

Ein langer, fröhlicher Zug von Männern, Frauen, Kindern und Haustieren brach in Babylon auf und nahm seinen gewundenen Weg durch Bergland und Ebenen bis zum Lande Juda. Mehr als vierzigtausend Menschen kehrten in eine Heimat zurück, die den meisten von ihnen unbekannt war, darunter auch die Mägde und Knechte und zweihundert Sänger und Sängerinnen. Über achttausend Pferde, Maultiere, Kamele und Esel führten die Familien mit sich, und unzählbar waren die Tempelschätze, die von den vornehmsten Angehörigen der Stämme Juda und Benjamin unterwegs getragen wurden.

Der alte Daniel blieb in Babylon zurück. Er ließ sein Volk davonziehen, hörte dessen Gesang in der Ferne verklingen und sah, wie sich die Staubwolken, die unter den Füßen der Tiere hochwirbelten, wieder senkten. Da wandte er sich um und dankte dem Herrn für die Befreiung seines Volkes.

Serubabel aus dem Hause David und der Priester Jeschua führten den Zug auf der langen Reise an, die fröhlich verlief, wie sie begonnen hatte, weil die Juden nicht nur heimkehren durften, sondern ja auch die geraubten Tempelschätze zurückbrachten, dazu Maultierlasten mit Geschenken ihrer Freunde. Damit konnte es ihnen nicht schwerfallen, das Leben in der Stadt ihrer Väter neu zu erwecken.

Und schließlich standen sie traurig und dankbar zugleich vor den Trümmern Jerusalems; manchem sank das Herz, andere waren voller Tatendurst, doch allen stiegen Tränen in die Augen bei dem Anblick. Die wenigen Bewohner der Stadt, die heidnischen und jüdischen Glauben miteinander vermengten, und die Fremden, die in der Nähe wohnten, hatten nichts getan, um die Stadt aufzubauen; was Nebukadnezars Eroberung in Trümmer gelegt hatte, war von der langen Zeit in Schutt verwandelt worden. Die Mauern lagen verwittert und zerschmettert, vom Tempel war nur ein Haufen Gerümpel übrig, und Unkraut wuchs hoch zwischen den Trümmern des einst so strahlenden Palastes. Wer die Stadt in ihrer Herrlichkeit gesehen hatte oder wer nur das schöne Babylon kannte, war entsetzt und schmerzlich bewegt.

Doch zum Trauern war keine Zeit, Häuser mußten gebaut, die Straßen aufgeräumt, die Mauern wiederhergestellt werden. Vor allem aber sollte Gott wieder ein Haus haben, das seiner würdig war und mit den ihm geweihten Kostbarkeiten angefüllt werden konnte.

Die Juden bauten sich zuerst in der Stadt und in den kleinen Orten ringsum ihre Wohnungen. Serubabel und die Priester errichteten dem Herrn einen Brandaltar, auf dem sie jeden Morgen und jeden Abend ihre Opfer darbrachten. Und als jeder ein Dach über dem Kopf hatte, begann die wichtigste Arbeit, der Tempelbau. Für Zedern vom Libanon schickten die Juden Fleisch, Wein und Öl nach Tyrus und Sidon. Dann suchten sie Maurer und Zimmerleute für den Tempelbau aus.

Als der Grund gelegt werden sollte, kamen die Priester in ihren priesterlichen Gewändern und mit ihren Trompeten, die Leviten, die den Dienst im Tempel taten, mit Zimbeln, um Gott den Herrn zu preisen. Wie einst David sangen sie, lobten Gott und dankten ihm für seinen Segen. »Denn der Herr ist gut, und seine Güte gegen Israel dauert ewig!«

Als sie so den Herrn priesen, jubelte alles Volk laut auf. Doch bei den Priestern, den Leviten und den Anführern der Stämme waren sehr alte Männer, die schon den ersten Tempel in Jerusalem gesehen und bewundert hatten; als sie nun den Grund des neuen vor ihren altersschwachen Augen hatten, weinten sie laut auf. Und wer von fern den großen Lärm hörte, konnte die Jubelrufe nicht von dem bitteren Weinen unterscheiden.

Der Bau ging rasch fort, die Zedern und die Steinblöcke wurden behauen. Doch den Samaritern und den anderen, die in dem Land der Heimgekehrten lebten, gefiel es weder, daß die Juden zurückgekommen waren, noch, daß sie den Tempel wieder aufbauten. Sie taten alles, um den Bau zu stören, und holten Berater heran, die ihre Ansichten beim König vertreten sollten. Nach kurzer Zeit schon waren die Verhältnisse beim Tempelbau so unerträglich geworden, daß die Juden damit aufhörten; der Nachfolger von König Cyrus hatte den Vorstellungen ihrer Gegner nachgegeben und gegen die Juden entschieden.

Doch nach einiger Zeit kam ein neuer König, der wieder Darius hieß, auf den Thron von Persien, und als er feststellte, daß man trotz Cyrus' Erlaubnis zum Tempelbau die Juden daran hinderte, gab er einen neuen, strengen Erlaß bekannt:

»Die Arbeit am Hause Gottes darf nicht behindert werden. Der Statthalter der Juden und ihre Ältesten sollen Gottes Haus am richtigen Platz wieder errichten. Ich will noch mehr: Ich verfüge, daß die Waren und die Gelder, die sonst als Tribut an den König gelangen, jetzt diesen Leuten für den Bau ihres Gotteshauses gegeben werden. Und was die Priester für ihre täglichen Brandopfer brauchen, soll ihnen pünktlich geliefert werden, junge Stiere und Widder, Lämmer, Weizen und Salz, Wein und Öl. Wer aber diese Verfügung mißachtet und den Bau des Gotteshauses behindert, der soll an einem Balken seines eigenen, niedergerissenen Hauses sterben! Das habe ich, Darius, angeordnet. Und alles soll eilig geschehen.«

Und es geschah eilig. Die Juden gingen wieder eifrig an die Arbeit, nun nicht mehr von ihren Gegnern belästigt. Im sechsten Jahr der Herrschaft von König Darius wurde der Bau vollendet, und die Nachkommen Israels, die Priester und die Leviten, die Tempeldiener und alles Volk, das aus der Gefangenschaft heimgekehrt war, feierten ein Dankfest und sangen dem Herrn, dem Gott Israels.

Doch für die Stadt mußte noch viel getan werden, obwohl nach der Vollendung des Tempels nur wenig Gold und Silber dafür übriggeblieben waren. Außerdem mußten sich die Bewohner jetzt mehr um ihre Äcker und ihr Vieh kümmern, damit es ausreichend Nahrung für alle gab. Die Samariter und andere neidische Leute begannen wieder, die Juden in Jerusalem zu stören und zu belästigen, bis die Nachkommen Israels verzagt und müde alles liegenließen, wie es war, in Trümmern.

Dann wurde Artaxerxes König von Persien und seinen vielen Nebenländern, zu denen auch das Land Juda gehörte. Artaxerxes herrschte in seiner Hauptstadt Susa in Persien. In seinem Palast diente der Mundschenk Nehemia, ein edler junger Jude.

Viele Jahre hatte Nehemia nichts aus dem weit entfernten Juda gehört, doch eines Tages kamen sein Verwandter Hanani und andere Juden nach Susa. Nehemia fragte sie dringlich aus, wie es den aus der Gefangenschaft Heimgekehrten ginge und ob Jerusalem aufgebaut sei. »Geht alles gut?« fragte er.

Bekümmert schüttelten sie den Kopf: »Die Leute sind bedrückt und beschämt, denn sie sind arm und werden von ihren Gegnern belästigt. Manche von ihnen haben sogar in heidnische Familien eingeheiratet. Zwar ist der Tempel fertig, doch die Mauern der Stadt liegen noch in Trümmern, und die Tore sind verbrannt wie seit Jahrzehnten.«

Da weinte Nehemia und grämte sich tagelang. Dann fastete er und betete zu Gott im Himmel: »Vergib uns, Herr, unsere vielen Sünden, hör meine Bitte! O Herr, ich bitte dich, wende mir die Gnade meines Herrn und Königs zu, damit ich meinem Volk helfen kann!«

Artaxerxes herrschte im zwanzigsten Jahr über Persien. Eines Tages fiel ihm auf, daß sein Mundschenk Nehemia sein Amt zum erstenmal traurig und stumm verrichtete.

»Warum siehst du so elend aus?« fragte der König mit durchdringendem Blick. »Mir scheint nicht, daß du krank bist, also kann es sich nur um Kummer handeln.«

Nehemia fürchtete, mit seinem düsteren Wesen den König verärgert zu haben, sagte jedoch: »Ewig lebe der König! Ich bin traurig, weil die Stadt meiner Väter verwüstet und ihre Tore vom Feuer vernichtet sind. Wie sollte ich nicht trauern, wenn der Ort, an dem meine Vorfahren begraben sind, noch immer in Trümmern liegt?«

Der König warf ihm einen scharfen Blick zu: »Was also ist es, das du von mir verlangst?«

Nehemia bat Gott um solche Worte, die den König nicht erzürnten, und sagte: »Wenn es dem König so gefällt und ich sein Wohl-

wollen gewonnen habe, bitte ich dich, mich nach Jerusalem in Juda zu schicken, wo meine Väter begraben sind, damit ich beim Aufbau der Stadt helfen kann.«
Der König fragte: »Wie lange willst du fortbleiben?«
Die Frage war kaum zu beantworten, denn Nehemia wußte nicht, wieviel Zeit der Wiederaufbau der Stadt kosten werde, die er noch nie gesehen hatte, doch er nannte eine Frist, und der Herrscher gewährte ihm die Bitte.
»Und wenn es dem König so gefällt, gebe er mir ein Schreiben an die Statthalter jenseits des Stromes, damit sie mich unbehelligt durch ihr Gebiet ziehen lassen. Ich möchte auch einen Brief an Asaph haben, dem die Aufseher aller Wälder im Reich unterstehen, denn von ihm brauche ich Holz zu Pfosten für die Tore der Burg und der Stadtmauer.«
Der König gewährte ihm alles, denn Gottes schützende Hand half Nehemia.
Mit einer kleinen Schar von Hauptleuten und Reitknechten, die ihm der König mitgab, machte sich Nehemia auf die lange Reise von Persien nach Juda. Er kam ohne Schaden in Jerusalem an, verbarg sich aber zuerst, weil er wußte, daß ringsum Gegner der Juden wohnten, die den Wiederaufbau der Mauer und der befestigten Burg verhindern wollten.
Drei Tage lang ruhte er sich von der Reise aus und überlegte, wie er vorgehen wolle. Bei Nacht verließ er heimlich das Haus, um die Stadt im Mondschein zu betrachten, doch immer noch schwieg er über das Vorhaben, das ihm Gott eingegeben hatte. In Gesellschaft einiger beherzter Männer ritt er auf einem zuverlässigen Esel durch die Stadt, die er durch das Taltor verließ; der einst so wehrhafte Torturm war zu Schutt zerfallen. Schweigend ritt Nehemia bis hinter den Drachenbrunnen, um die Stadt von außen zu betrachten.
So weit er sehen konnte, lagen die Mauern in Trümmern, und fast jedes Tor war vom Feuer geschwärzt und unbrauchbar geworden. Haufen von zerbrochenen Steinblöcken versperrten den Weg. Er ritt an das Quelltor und auf den Königsteich zu, um von dort aus wieder in die Stadt zu gelangen, doch der Schutt lag so hoch, daß

der Esel keinen Durchlaß fand. Aber einem Feind wäre es nicht schwergefallen, zu Fuß über die Steine in die Stadt zu kommen. Nehemia ritt zum Bach Kidron und untersuchte den Teil der Mauer, der sich an ihm entlangzog, wandte sich dann um und gelangte wieder durch das Taltor in die Stadt. Was er gesehen hatte, schien entmutigend, doch Nehemia ließ den Kopf nicht sinken.

Am Morgen suchte er die Priester und die Vornehmen der Stadt auf, um ihnen zu berichten, weshalb er gekommen sei und was er gesehen hatte. »Ihr kennt das Elend, in dem wir leben«, sagte er dringlich. »Ihr seht doch, daß Jerusalem in Trümmern liegt und seine Tore vom Feuer vernichtet sind. Nun wollen wir die Mauer gemeinsam wieder aufbauen, damit wir uns nicht schämen müssen, sondern den Kopf wieder hoch tragen können!« Er berichtete von Gottes Antwort auf seine Gebete und von der Unterstützung durch den König von Persien. Seine Zuhörer atmeten auf: »Laßt uns sofort beginnen!« riefen sie.

Unter Nehemias Führung begannen sie, Schutt und Trümmer fortzuräumen. Jeder Mann, der arbeiten konnte, und sogar die Frauen stellten sich zum Helfen ein, und Nehemia teilte ihnen die Arbeit nach Sippen und Familien zu. Einige Leute arbeiteten an den Mauerteilen, die ihrer Wohnung am nächsten lagen, andere in Gruppen an langen Mauerstrecken, und wieder andere beschäftigten sich mit den vielen Toren.

Der Hohepriester Eljaschib arbeitete mit anderen Priestern gemeinsam am Schaftor, durch das die zum Opfer bestimmten Schafe getrieben wurden. Die Söhne Senaas errichteten das Fischtor mit seinen großen Pfosten, festen Türflügeln und schweren Riegeln. Daneben arbeitete Meremoth an der Mauer, neben ihm Meschullam; sein Nachbar war Zadok. An die Männer aus Gibeon schloß sich der Goldschmied Usiël an, und dann kam Hananja, dessen Vater zu den Salbenbereitern gehörte. So reihten sie sich aneinander rund um die lange Mauer. Hanum und die Bewohner von Sanoach stellten das Taltor wieder her und mauerten auch noch fünfhundert Meter an der Stadtmauer; Schallum, der Vorsteher des Bezirks Mizpa, errichtete das Quelltor und die Mauer um den Teich Siloah beim Garten des Königs. Priester und Kaufleute,

Vornehme und Arme, alle Bewohner Jerusalems bauten gemeinsam an der Stadtmauer und besserten die Tore aus.

Samariter und andere Gegner spotteten zuerst über solche Anstrengungen: »Was haben sich diese armseligen Juden da vorgenommen? Wollen sie die Mauer an einem Tag ausbessern? Wollen sie neue Steine aus Schutt machen? Welch kümmerliche Mauer! Wenn ein Fuchs hinaufspringt, bricht sie zusammen!«

Aber sie mußten rasch einsehen, daß die Lücken ausgefüllt und die Mauern hochgezogen wurden, und nun beunruhigten sie sich sehr: Eine solche Mauer stürzte nicht ein, sondern konnte von Tag zu Tag gewaltiger werden. Und nun verbündeten sich die Feinde der Juden, um Jerusalem anzugreifen, ehe die Mauer ganz fertig war, denn sie wußten, daß sie sonst nie wieder in die Stadt eindringen konnten.

Nehemia hörte aber rechtzeitig von solchen Plänen der Feinde und bereitete sich darauf vor. Tag und Nacht mußte eine Wache die Umgebung beobachten. An Werktagen arbeitete die eine Hälfte der Leute, während die andere mit Spießen, Schilden und Bogen bereitstand.

Die Maurer und ihre Handlanger, die Steine und Holz heranbrachten, mußten in jedem Augenblick bereit sein, das Schwert zu ergreifen, das jeder von ihnen umgegürtet hatte. Nehemia selbst hielt unausgesetzt Wache, spornte die Leute zu immer größerer Leistung an und gestattete sich selbst keinen lässigen Augenblick. Immer hielt sich ein Trompeter an seiner Seite, um Alarm zu blasen, wenn ein Angriff unternommen werde.

Doch niemals griffen die Feinde an, denn sie erkannten, daß es keine Möglichkeit gab, das große Werk der Juden zu stören oder gar zu verhindern. Weder Nehemia noch seine Verwandten, kein Maurer und kein Handlanger ruhte länger, als es nötig war; niemand legte die Kleider ab, solange an der Mauer gebaut wurde.

Nach zweiundfünfzig Tagen unablässiger Arbeit und nie nachlassender Wachsamkeit war die Stadtmauer von Jerusalem fertig, und mit Nehemia feierten alle Einwohner und alle Priester ein fröhliches Einweihungsfest. Sie kamen mit Zimbeln und Harfen aller Art und sangen zum Lobe Gottes.

Ihre Stadt mit den Ländereien ringsum und den Orten in der Ebene machte nun das ganze Land Juda aus; die Nachkommen Israels waren längst nicht mehr so zahlreich wie früher. Und sogar dieses kleine Land stand unter der Herrschaft eines fremden Königs, der die Juden als seine Untertanen behandelte.
Dennoch gab es Grund zur Freude, denn die Stämme Benjamin und Juda waren in die heilige Stadt Jerusalem heimgekehrt, hatten viele zerstörte Häuser und die Mauern der Stadt wieder aufgebaut und einen neuen großen Tempel errichtet. Sie erinnerten sich an diesem Freudentag an das, was der Prophet Jeremia vorausgesagt hatte: »So sagt der Herr: Der Tag wird kommen, wo ich die Gefangenschaft meines Volkes beenden will. Sie sollen in das Land heimkehren, das ich ihren Vätern gab, und es soll ihnen gehören. Ich will freundlich auf ihre Wohnungen sehen, und die Stadt soll wieder auf ihrem Hügel erbaut werden und die Burg dort, wo sie einst lag. Jubel und Dank sollen aus ihnen aufsteigen. Ich will das Volk zahlreich machen, es soll kein kleines Volk sein; ich will es ruhmreich machen, es soll kein geringes Volk sein. Die Nachkommen sollen den Männern von einst gleichen und die Gemeinde fest geschlossen vor mir stehen. Alle, die das Volk unterdrücken, werde ich strafen. Ihr sollt mein Volk sein, und ich will euer Herr sein.«
Für die Gefangenen aus Juda hatte sich die Prophezeiung erfüllt. Doch es gab noch eine zweite Verheißung Gottes: Eines Tages sollte aus dem Hause Davids, den Nachkommen Isais vom Stamme Juda, ein Erlöser kommen und sein Licht in der Welt verbreiten.
An der fertigen Stadtmauer brachten sie Opfer dar und feierten, die Priester und alle anderen Menschen, die so fleißig gearbeitet hatten, die Frauen, die Kinder, Esra, der Schriftgelehrte, und der Mundschenk Nehemia, die Sänger, die Musikanten mit Zimbeln und Harfen. Sie priesen Gott und dankten ihm mit ihrer Liebe. Und Jerusalems Freude klang weit über die Ebene und die Weiden des Landes Juda.

GOTTES VERHEISSUNG AN ISRAEL

Jahre verrannen zu Jahrzehnten und Jahrhunderten. Das Land der Juden wurde nun Palästina genannt. Könige vieler Länder bekämpften einander, und Palästina ging als Kriegsbeute von einer Hand in die andere. Die Juden blieben. Manchmal litten sie unter der Unterdrückung, manchmal ging es ihnen dabei gut. Immer aber klammerten sie sich an Jerusalem, ihre heilige Stadt. Die Verheißungen und Prophezeiungen waren nicht vergessen, vor allem nicht die begeisternden Worte des Propheten Jesaja:

Das Volk, das im Finstern wanderte,
Hat ein starkes Licht erblickt:
Denen, die im Schatten des Todes lebten,
Leuchtet das Licht.
Du vermehrst das Volk und steigerst die Freude.
Sie freuen sich vor dir wie zur Erntezeit,
Wie sich Männer vergnügen, wenn sie die Beute teilen.
Denn du hast das schwere Joch zerbrochen
Und die Jochstange auf der Schulter
Und die Rute des Unterdrückers,
Wie in den Tagen von Midian.
Denn jede Schlacht der Krieger ist voll von verworrenem Getöse,
Und die Kleider werden im Blut geschleift.
Doch das alles wird verbrannt und vom Feuer verzehrt werden.
Denn ein Kind ist uns geboren, ein Sohn ist uns gegeben.
Und die Herrschaft wird auf seiner Schulter liegen,
Und er hat viele Namen: Wunderbar,
Rat, Gott-Held, Ewiger Vater, Friedensfürst.
Seine Herrschaft und sein Frieden wachsen ohne Ende,
Auf Davids Thron, in seinem Reich,
Damit es kraftvoll und stark sei
In Recht und Gerechtigkeit von heute an bis in Ewigkeit.
Das wird vollbringen

Der Eifer des Herrn der Heerscharen.
Und Jesaja hatte auch gesagt:
Und es wird ein Sproß aus dem Stamm Isai hervorbrechen
Und ein Zweig aus seiner Wurzel kommen,
Und der Geist des Herrn wird darauf ruhen,
Der Geist der Weisheit und der Einsicht,
Der Geist des Rates und der Stärke,
Der Geist der Erkenntnis und der Gottesfurcht.
So wird er richten in der Furcht Gottes:
Und er wird nicht nach dem richten, was er sieht,
Und nicht nach dem, was seine Ohren vernehmen.
Doch mit Gerechtigkeit wird er die Armen richten
Und die Schwachen der Welt gerecht behandeln.
Und wird die Erde mit der Rute seines Mundes schlagen
Und mit dem Atem seiner Lippen die Gottlosen töten.
Und Gerechtigkeit wird seine Lenden gürten
Und Treue seine Hüften.
Der Wolf wird bei dem Lamm wohnen
Und der Panther sich zum Ziegenlamm legen.
Kalb und junger Löwe und Mastvieh
Wird ein Kind gemeinsam hüten.
Und die Kuh wird neben dem Bären weiden,
Ihre Jungen werden beieinander liegen.
Der Löwe wird Stroh fressen wie das Rind.
Auf meinem ganzen heiligen Berg
Wird niemand Unrecht tun oder freveln:
Denn die Erde wird voll sein von der Erkenntnis des Herrn
Wie das Meer vom Wasser.
Und dann wird ein Sproß aus dem Haus Isais
Als Zeichen für die Völker dastehen.
Die Heiden sollen es suchen,
Und sein Ruheort soll voll Herrlichkeit sein.

Und die Juden von Jerusalem warteten – sie warteten auf das Kind aus dem Hause Isais und Davids, ein Kind, das in Weisheit und Erkenntnis aufwachsen sollte, bis es vor aller Welt als Fürst des Friedens dastehe.

DER ENGEL GABRIEL

Zur Zeit des Königs Herodes von Judäa lebte ein Priester Zacharias, der wie seine Frau Elisabeth von Moses Bruder Aaron abstammte; beide kamen aus Priesterfamilien. Zacharias war an der Reihe, im Tempel von Jerusalem den Gottesdienst zu versehen.
Es war nicht mehr der alte, von Salomo erbaute, von Nebukadnezar zerstörte und von den aus Babylon heimgekehrten Juden wiedererrichtete Tempel, sondern ein neuer, größerer und kunstvollerer. Herodes der Große hatte ihn gebaut, um den Juden zu gefallen und einem Aufstand vorzubeugen, denn er herrschte mit harter Hand. Herodes' Nachfolger war nicht mehr der König aller Juden, sondern Statthalter der Provinz Juda oder Judäa, die nur den vierten Teil von Palästina umfaßte. Jeder Teil hatte seinen eigenen König oder Statthalter, und alle vier unterstanden dem Kaiser Augustus in Rom, dem mächtigen Herrscher über die Länder am Mittelmeer. Das kleine Palästina war des Kaisers kleinste Provinz, aber trotzdem größer und dichter besiedelt als in den Tagen von Nehemia; es war ein fortschrittliches Land, denn die Juden hatten viel von den gelehrten Griechen und den erobernden Römern gelernt. Doch eines hatten sie nicht gelernt: sich von der Fremdherrschaft zu befreien. Sie hofften zuversichtlich auf einen Führer, der eines Tages aus ihrer Mitte geboren werden sollte, einen Gottesmann, der sie von ihren Sünden und aus der Abhängigkeit zugleich erlösen sollte, er, der einzige wahre König der Juden, der Messias, der Christus, der von Gott Gesalbte. Die Propheten hatten vor langer Zeit geweissagt, daß ein solcher Mann kommen werde.
Und die Juden warteten auf ihn.
Sie waren fromm und beteten, und diejenigen, die sich dem Gott Israels besonders tief verpflichtet fühlten, unternahmen oft Pilgerreisen nach Jerusalem, um Feste und geheiligte Tage mit den Priestern und Weisen des Tempels zusammen zu feiern. Die Bewohner

Jerusalems gingen in den Tempel, wann ihnen danach zumute war, denn immer tat ein Priester Dienst am Altar.
Zacharias und seine Frau Elisabeth dienten dem Herrn und liebten ihn von ganzem Herzen, hatten aber wie so viele aufrechte und fromme Menschen vor ihnen einen großen Kummer: Sie waren schon recht alt und immer noch kinderlos; um ein Kind beteten sie öfter als um irgend etwas anderes.
Eines Tages ging Zacharias, während er sein Priesteramt ausübte, in das Tempelinnere, wie sonst auch, während die Menge der Gläubigen im Tempelhof betete. Er zündete die kleine Flamme auf dem Räucheraltar an, und der süße Duft des Weihrauchs breitete sich rasch im ganzen Raum aus. Plötzlich erschien rechts vom Altar ein Engel des Herrn. Zacharias war sehr erschrocken, er senkte den Kopf. »Hab keine Angst«, sagte der Engel. »Dein Gebet wird erhört. Deine Frau Elisabeth bekommt einen Sohn, den ihr Johannes nennen sollt. Er wird euch Freude machen, und viele Menschen werden seine Geburt preisen, denn er wird groß sein durch den Herrn. Er wird keinen Wein und kein anderes berauschendes Getränk zu sich nehmen, er wird vom Heiligen Geist erfüllt sein und viele Nachkommen Israels wieder zu ihrem Herrn führen. Sein Geist und seine Kraft werden die des Elia sein. Und so wird er vor dem Herrn hergehen und die Herzen der Väter den schuldlosen Kindern zuwenden und die Ungehorsamen der Weisheit der Gerechten zuführen, damit das Volk auf die Begegnung mit dem Herrn vorbereitet wird.«
Zacharias sagte verwirrt: »Wie könnte das sein? Und woher soll ich wissen, daß es wirklich so kommen wird? Denn meine Frau und ich sind alt, jedenfalls zu alt, um noch Kinder zu bekommen.«
Der Engel antwortete: »Ich bin Gabriel, der vor Gott steht. Der Herr hat mich geschickt, dir diese frohe Nachricht zu bringen. Doch weil du mir nicht glauben willst, sollst du stumm sein und nicht sprechen können bis zu der Zeit, wo die Verheißung erfüllt wird. Das kann dir ein Zeichen sein, daß ich die Wahrheit spreche.«
Zacharias blickte auf, doch der Engel war fort. Die Leute im Tempelhof wunderten sich, daß ihr Priester so lange im Tempel blieb; und als er dann herauskam, seine Lippen sich unhörbar bewegten

und seine Hände Zeichen zu geben versuchten, glaubten sie, er sei plötzlich krank geworden. Verwundert starrten sie ihn an, dann merkten sie, daß etwas Seltsames, aber Herrliches geschehen sein mußte. Denn wenn er ihnen auch nur mit Gesten erklären konnte, daß er die Sprache verloren habe, leuchtete sein Gesicht doch, wie sie es vorher nie bemerkt hatten. Sie ahnten, daß Zacharias im Tempel eine Erscheinung gesehen hatte, und wichen zurück. Sie warteten noch eine Weile auf eine Erklärung und glaubten, er werde gleich wieder sprechen können, doch der alte Mann blieb stumm. Da gingen sie schließlich fort und vergaßen, was sie erlebt hatten.

Als Zacharias während der vorgeschriebenen Zeit im Tempel zu Jerusalem den Gottesdienst versehen hatte, kehrte er in sein Haus mitten im wogenden Bergland von Judäa zurück. Sprechen konnte er noch immer nicht, die Stummheit hielt an. Doch als er zu Hause ankam, berichtete ihm Elisabeth, daß sie ein Kind erwarte.

»So erfüllt mir der Herr meinen Wunsch nach so vielen Jahren!« sagte sie glücklich; schweigend dankte der alte Mann seinem Gott.

Sechs Monate danach erschien der Engel Gabriel wieder, und diesmal kam er in die Stadt Nazareth in Galiläa, in die Landschaft nördlich von Judäa. Hier erschien er einer Jungfrau, Maria, die mit dem Zimmermann Joseph verlobt und eine Base von Elisabeth war, aber nichts von Zacharias' Erlebnis im Tempel gehört hatte. Maria hatte nicht im Sinn, in der nächsten Zeit schon zu heiraten, obwohl Nachbarn und Verwandte sie und Joseph für ein gutes Paar hielten, zumal beide aus dem Hause Davids stammten, jenes Davids, der einst König von ganz Israel gewesen war.

In Marias stilles Dasein in Nazareth trat der Engel wie aus dem Nichts hervor; sie sah erstaunt in sein ruhevolles Gesicht. »Sei gegrüßt, Maria, du Hochbegnadete! Der Herr ist mit dir. Unter allen Frauen bist du gesegnet!«

Maria war sehr verwirrt, sie verstand die Bedeutung des Grußes nicht und erbebte nur.

»Hab keine Angst, Maria«, fuhr der Engel fort. »Du hast die Gnade unseres Herrn und Gottes gefunden. Du wirst einen Sohn haben und wirst ihn Jesus nennen. Er wird groß sein und Sohn des Höchsten genannt werden. Gott der Herr will ihm den Thron seines Vorfahren David geben, und er wird für alle Zeit über das Haus Israel herrschen. Sein Reich wird nie ein Ende haben.«

Marias Verwirrung wuchs, denn ihr Hochzeitstag war noch nicht einmal bestimmt, und Joseph war kein König – wie sollte er also Vater eines Königs sein können? »Wie ist das möglich?« fragte Maria den Engel. »Ich bin nicht verheiratet, und der Mann, den ich heiraten werde, ist gewiß gut, aber er ist nur ein Zimmermann. Wie könnte unser Sohn also ein König sein?«

»Der Heilige Geist wird dich erfüllen, die Kraft des Höchsten wird dich überschatten. Deshalb wird das heilige Kind, das du zur Welt bringst, Gottes Sohn genannt werden. Auch deine Base Elisabeth wird einen Sohn haben, in ihrem Alter.«

Da glaubte Maria und fürchtete sich nicht mehr. »Ich bin Gottes Magd, es möge geschehen, was du gesagt hast.«

Und der Engel verschwand plötzlich, wie er gekommen war.

Seine Botschaft erregte Maria so tief, daß sie es nicht über sich brachte, mit ihren Eltern oder ihrem künftigen Mann darüber zu sprechen. Sie machte sich aber eilig auf die Reise ins Bergland von Judäa zu ihrer Base Elisabeth.

Ihre Verwandte wunderte sich nicht über den Besuch, denn der Heilige Geist beseelte sie und schenkte ihr tiefe Einsichten. So rief sie voller Freude: »Unter allen Frauen bist du die Gesegnete, Maria! Und gesegnet bin ich, daß die Mutter meines Herrn zu mir kommt! Gesegnet ist, wer glaubt, denn was der Herr versprochen hat, wird ganz gewiß geschehen!«

Elisabeth kannte die Botschaft schon! Und Maria sang:

O wie meine Seele den Herrn preist
Und mein Geist in meinem Gott und Heiland glücklich ist!
Denn er hat seine Magd in ihrem niederen Stande erkannt,
Und Kindeskinder noch werden mich die Gesegnete nennen.
Denn der Mächtige hat große Dinge an mir getan,
Und heilig ist sein Name.
Und seine Güte ist mit denen, die ihn lieben, für alle Zeit.
Sein Arm ist voller Kraft.
Er hat die zerstreut, die im Herzen voll Hochmut sind,

Er hat die Mächtigen von ihrem Thron gewiesen
Und die Geringsten erhoben.
Er hat die Hungrigen mit Gütern beschenkt
Und die Reichen leer fortgeschickt.
Er hat seinem Knecht Israel geholfen,
Wie seine Güte es verhieß,
Als er zu unseren Vätern sprach,
Zu Abraham und seinen Kindern.

Drei Monate blieb Maria bei Elisabeth, um ihr zu helfen, als der älteren Frau die Schwangerschaft beschwerlich wurde. Erst nach der Geburt des Kindes kehrte sie nach Nazareth zurück in der Gewißheit, daß sie selbst auch ein Kind haben werde.

Verwandte und Freunde versammelten sich bei Elisabeth, um sich über die Geburt des Sohnes mit ihr zu freuen. Der Herr hatte Zacharias' Frau große Gnade erwiesen! Am achten Tag nach der Geburt sollte das Kind beschnitten werden, und die Nachbarn machten Vorschläge für seinen Namen: »Nennt ihn Zacharias nach seinem Vater!« Doch Elisabeth schüttelte den Kopf: »Nein. Er soll Johannes heißen.« Das kam allen sehr überraschend: »In eurer Familie heißt niemand so, warum soll er nicht den Namen deines Mannes tragen?« Sie wandten sich an den Vater, der immer noch nicht sprechen konnte. Zacharias nahm eine Schreibtafel und schrieb darauf: »Er heißt Johannes.«

Alle wunderten sich sehr, waren aber noch viel erstaunter, als Zacharias plötzlich den Mund öffnete und wieder sprechen konnte. Als ihm die Sprache zurückgegeben war, pries er Gott in neuer Beredsamkeit, denn der Heilige Geist erfüllte ihn und gab ihm die Gabe der Prophezeiung:

Gelobt sei der Herr, Israels Gott!
Denn er hat sein Volk
Aufgesucht und erlöst,
Wie er es versprach durch den Mund seiner heiligen Propheten,
Seit die Welt begann:
Daß wir vor unseren Feinden gerettet werden sollen
Und aus der Hand derer, die uns hassen.
Denn er wird uns die Gnade erweisen,

Die er unseren Vätern versprochen hat,
Er wird sich an den heiligen Bund erinnern,
Den Eid, den er unserem Vater Abraham geschworen!

Die Leute, die ihm zuhörten, und alle, denen diese Worte berichtet wurden, befiel ein Schauder. »Was für ein Kind ist das?« fragten sie und dachten noch lange nach über das, was Zacharias gesagt hatte.

Er selbst wußte, daß der Herr ihn und seinen Sohn leitete. Zu Johannes sagte er, wenn es das Kind auch noch nicht verstand:

Und du, mein Kind, sollst Prophet des Höchsten genannt werden.
Denn du wirst vor dem Höchsten gehen, seinen Weg bereiten
Und seinem Volk sagen, daß es gerettet wird,
Weil Gottes herzliche Güte
Ihm die Sünden vergibt
Und denen das Licht bringt,
Die im Dunkel und im Schatten des Todes sind,
Und unseren Fuß auf den Weg des Friedens führt.

Johannes wuchs heran, kräftig an Körper und Geist. Als er so alt war, daß er sein Elternhaus verlassen konnte, ging er in die Wüste. Dort fastete er, las die heiligen Schriften und betete bis zu dem Tag, an dem er den Nachkommen Israels predigen sollte.

Maria sollte nun Joseph angetraut werden. Für ihn war es nicht leicht, zu verstehen, daß sie ein Kind erwartete, obwohl sie eine Jungfrau geblieben war. Sie berichtete ihm alles, was sich ereignet hatte.

Eines Nachts, als Joseph über diese seltsamen Dinge grübelte, fiel er in ruhelosen Schlaf, in dem ihm ein Engel des Herrn erschien: »Joseph, Sohn Davids! Marias wegen sollst du dir keine Gedanken machen, aber auch deinetwegen nicht. Denn der Heilige Geist, der Geist des Höchsten, ist zu ihr gekommen. Sie wird einen Sohn gebären, den du Jesus nennen sollst, denn er wird der Erlöser seines Volkes sein.«

Joseph erwachte beruhigt und mit neuem Mut. Bald darauf nahm er die Jungfrau Maria zur Frau. Sie lebten in Nazareth und warteten auf die Geburt des Kindes, das Jesus genannt werden sollte.

Elisabeth und Zacharias wußten, daß ihr Sohn Johannes ein Prophet des Größeren sein sollte, der nach ihm kam. Und Maria und Joseph war gesagt worden, daß der Knabe Jesus seinem Volk gehöre. Das junge und das alte Paar warteten auf das, was sich ereignen sollte.

JESU GEBURT

Eines Tages wurde in Palästina wie in den anderen Gebieten des großen Römischen Reiches ein Erlaß des Kaisers bekanntgegeben: »Kaiser Augustus will, daß die Bevölkerung seiner Länder in Listen erfaßt wird, damit er die Abgaben festsetzen kann. Jedermann hat sich in die Steuerliste in der Stadt seiner Vorfahren einzutragen.«

Und jeder Hebräer – römischer Untertan wie Hunderttausende der damaligen Welt – wanderte in seine Heimatstadt, um seinen Namen auf die Liste zu setzen und seine Steuern zu bezahlen.

Das bedeutete für Maria und Joseph, die aus dem Haus Davids stammten, eine Reise nach Bethlehem, denn dort war David geboren worden. Die Reise von Nazareth ins südliche Judäa war weit mehr als hundert Kilometer lang, und Joseph machte sich große Sorgen, weil Maria kurz vor der Geburt ihres Kindes stand. Sie mußten aber nach Bethlehem reisen, ob sie wollten oder nicht, und es gab keinen Aufschub.

Ohne zu klagen machte sich Maria auf die beschwerliche Reise. Sie ritt auf dem gemächlich schaukelnden Maultier, während Joseph auf der unebenen Straße nach Süden neben ihr herging. Die Reise war lang und erschöpfend, doch als sie Bethlehem erreichten, das zehn Kilometer von Jerusalem entfernt liegt, fanden sie den Ort überfüllt von Landsleuten, die ebenfalls zur Eintragung in die Steuerlisten angereist waren. In den engen Gassen drängten sich die Menschen auf der Suche nach einer Unterkunft für die Nacht; die einzige Herberge des Ortes war längst überfüllt, und jeder versuchte, bei den Bewohnern der Stadt unterzukommen. Niemand achtete auf die Not des Zimmermanns aus Nazareth, dessen Frau so sichtlich kurz vor der Entbindung stand.

Weil es für sie in der Herberge keine Unterkunft gab, suchten sie schließlich in einem Stall ein Obdach. Aus süßduftendem Heu machte Joseph ein weiches Lager für Maria in einem von den

Viehständen abgetrennten Teil des Stalles. Er suchte aber auch gleich nach einem Bett für das kommende Kind und entdeckte schließlich eine Krippe, aus der sonst das Vieh fraß. Sorgfältig reinigte er sie, so daß ein Kind darin gut liegen konnte.
Und hier in Bethlehem, wohin sie auf den Befehl des Kaisers im fernen Rom gekommen waren, gebar Maria ihr Kind. Hier im Stall kam ihr Erstgeborener zur Welt. Sie wickelte ihn zärtlich in Windeln, und Joseph legte ihn sanft in die liebevoll vorbereitete Krippe.
Seit Stunden schon war die Sonne untergegangen, und die kleine Stadt schlief. Strahlende Sterne standen am Himmel über den Schlafenden in Bethlehem, und auf den Feldern ringsum wachten nur noch die Hirten, die ihre Herden auch nachts vor Wölfen oder Dieben schützen mußten. Manchmal schwiegen sie, manchmal unterhielten sie sich, immer aber behielten sie vor allem die zartesten Tiere ihrer Herde im Auge. Die Nacht war sehr hell, ruhig und friedlich, und nichts gefährdete die Schafe und ihre Lämmer.
Aber die Nacht wurde heller, strahlendes Licht füllte den Raum, und die Herrlichkeit des Herrn leuchtete plötzlich so überwältigend, daß die Hirten vor Schrecken erbebten. Und vor ihnen stand ein Engel in schimmernder Helligkeit. Sie fielen auf die Knie. Der Engel rief ihnen zu:
»Fürchtet euch nicht, denn ich bringe euch eine Botschaft, die allen Menschen gilt. Euch ist heute in der Stadt Davids der Erlöser geboren, Christus, der Herr. Und ich sage euch, woran ihr ihn erkennen könnt: Das Kind liegt in Windeln gewickelt in einer Krippe.«
Das vom Himmel strömende Licht wurde noch strahlender, und der Engel war plötzlich von einer großen Schar himmlischer Wesen umringt. Sie leuchteten und schimmerten über die Felder hin, und die Hirten hörten erschauernd, wie der himmlische Chor Gott pries und sang:
»Ehre sei Gott in der Höhe und Frieden auf Erden, Wohlwollen für die Menschen.«
Dann verschwand alles, die übergroße Helligkeit verblaßte zum Licht einer wolkenlosen Sternennacht. Die Hirten erhoben sich

und starrten einander an: »Laßt uns jetzt gleich nach Bethlehem gehen und das Ereignis mit eigenen Augen sehen, das uns der Herr verkünden ließ.«

Voller Erwartung und Verwunderung liefen sie in die Stadt, suchten und fanden den Stall in der Nähe der Herberge. Da trafen sie auf Maria und Joseph und das Neugeborene, das in seiner Krippe schlief. Sie knieten vor dem wunderbaren Kind nieder, von dem die Engel gesungen hatten, und berichteten Maria von der himmlischen Erscheinung. Dann gingen sie wieder zu ihren Herden und erzählten jedem, den sie trafen, von den wunderbaren Vorgängen dieser Nacht. Alle Leute, die ihren Bericht hörten, wunderten sich sehr und sprachen darüber. Maria aber behielt alles, was sie wußte und was sie jetzt gehört hatte, tief im Herzen und dachte darüber nach, während sie zärtlich ihr Kind in der Krippe betrachtete. Die Hirten priesen und rühmten Gott und alles, was er sie in dieser Nacht hatte hören und sehen lassen. Sie dankten ihm, daß er ihnen den Erlöser sandte, Christus den Herrn.

Am achten Tag nach der Geburt des Kindes wurde es beschnitten und erhielt einen Namen. Wie es der Engel schon lange vorher verkündet hatte, wurde Marias und Josephs Sohn Jesus genannt, das heißt »Rettung«.

In diesen Tagen, als Jesus im jüdischen Bethlehem zur Zeit des Königs Herodes geboren wurde, lebten in einem fernen östlichen Land einige kluge und vornehme Männer, die sich mit Sternkunde befaßten. Eines Nachts sahen sie einen großen neuen Stern am östlichen Himmel aufgehen und eine lange, strahlende Bahn quer über den Himmel in Richtung auf das Königreich Judäa werfen. Über Judäa verschwand sie aus der Sicht. Die gelehrten Männer kannten die Prophezeiungen, die vor langer Zeit den Juden mitgeteilt worden waren, und als sie diesen neuen Stern erblickten, ahnten sie, daß der große König im jüdischen Land geboren worden sei.

»Laßt uns sofort zu ihm ziehen«, riefen sie. Sie beluden ihre Kamele mit Geschenken für das wunderbare Kind und machten sich auf die lange Reise. Jerusalem war ihnen als die heilige Stadt der Juden bekannt, und deshalb reisten die Männer aus dem Osten

in die berühmte Königsstadt, wo sie das Kind in einem königlichen Palast zu finden erwarteten.
Doch als sie in Jerusalem fragten: »Wo ist der neugeborene König der Juden? Wir haben fern im Osten seinen Stern gesehen und sind gekommen, um ihm zu huldigen«, da wußte niemand in Jerusalem etwas von einem neugeborenen »König«.
König Herodes hörte von ihnen. Er wurde unruhig und mit ihm ganz Jerusalem. War denn nicht Herodes König der Juden? Welches Kind wollte ihm den Titel streitig machen? Auch er kannte die alten Prophezeiungen und schickte sofort nach den wichtigsten Priestern und Gelehrten, deren Aufgabe es war, die alten Schriften und Überlieferungen auszulegen.
»Sagt mir, wo dieser Christus, dieser neue König Israels, geboren werden soll.«
»O König – in Judäa, in Bethlehem«, antworteten sie. »Denn der Prophet hat gesagt:
Und du, Bethlehem in Juda,
Bist nicht die Geringste im jüdischen Lande,
Denn aus dir wird ein Statthalter kommen,
Der über mein Volk Israel herrschen soll.«
Herodes schickte Priester und Gelehrte fort, um allein über den Sinn der Botschaft zu grübeln. Sie mißfiel ihm, denn er war König und wollte es bleiben, ganz gleich, welches Kind auch immer in Bethlehem oder anderswo geboren sein sollte. Er bat die Gelehrten aus dem Osten schließlich zu sich, und zwar in aller Heimlichkeit, weil er nicht wünschte, daß seine Priester und Gelehrten hörten, was die Fremden zu berichten hatten. Die Männer aus dem Osten kamen sofort in der Hoffnung, er werde ihnen ihre Fragen beantworten können.
Herodes aber stellte die erste Frage: »Sagt mir doch, zu welcher Zeit dieser neue Stern am Osthimmel aufgetaucht ist?«
Sie gaben Auskunft.
»Und wo ist er nun?« fragte Herodes hinterhältig.
Doch das wußten sie nicht.
»Dann geht nach Bethlehem und fragt nach dem Kind, denn nach der Meinung meiner Gelehrten müßte es dort gefunden werden.

Doch da niemand weiß, wo es in jener Stadt lebt, bitte ich euch, mir dann auch Nachricht zu geben, damit ich selbst hingehen und dem Kind huldigen kann.«

Die weisen Männer machten sich auf den Weg von Jerusalem nach Bethlehem, während Herodes zurückblieb, um seine Pläne zu überlegen. Natürlich lag ihm viel daran, den Aufenthalt des Kindes zu erfahren, aber gewiß nicht, um ihm zu huldigen. Er dachte an seinen Thron.

Der Stern, den die weisen Männer im Osten gesehen hatten, erschien jetzt aufs neue und führte sie nach Bethlehem; sie waren glücklich, weil sie wußten, daß sie nun das wunderbare Kind sehen sollten. Als der Stern über einer schlichten Unterkunft stehenblieb, gingen sie hinein, fanden nichts weiter als einen einfachen Zimmermann, seine Frau und ein Kind auf ihrem Arm und fielen auf die Knie. Sie wußten, daß dieses Kind Jesus, der neugeborene König, war, zu dem sie von weit her kamen. Der Stern stand noch immer über diesem Haus. Dankbar und voller Freude beteten sie das Kind an, das nicht nur König, sondern der Erlöser werden sollte. Dann öffneten sie Säcke und Schatzkisten und schenkten dem Kind Gaben, die eines Königs würdig waren: Gold für sein irdisches Gedeihen, süßen Weihrauch und Myrrhen zu Opfergaben für Gott, den Herrn im Himmel; sie überreichten ihre Geschenke mit bewegtem Herzen und voller Dankbarkeit.

Als sie das Kind gesegnet hatten, wollten sie nach Jerusalem zurückkehren, um König Herodes zu melden, wo das wunderbare Kind gefunden und vom ganzen Land verehrt werden könne. Doch im Traum erschien ihnen der Engel des Herrn, um sie zu warnen: sie sollten König Herodes nichts mitteilen. Deshalb vermieden sie nach ihrem Aufbruch von Bethlehem die Stadt Jerusalem und reisten auf anderen Straßen heim.

Bald nachdem die Weisen aufgebrochen waren, erschien der Engel des Herrn auch Joseph im Traum. »Mach dich auf, bring das Kind und seine Mutter eilig nach Ägypten, wo ihr sicher seid, denn Herodes wird das Neugeborene suchen, um es zu töten.«

Joseph stand sofort auf, packte den geringen Besitz der kleinen Familie und die Geschenke der Weisen zusammen und wanderte mit Mutter und Kind rasch und schweigend aus der Stadt. Sie erreichten Ägypten und waren in Sicherheit, denn Herodes wütete während seiner letzten Lebensmonate furchtbar im Lande Judäa. Er wartete auf die Gelehrten, doch sie kamen nicht, trotz seiner wachsenden Ungeduld. Es trieb ihn um, er mußte wissen, wo er das Kind finden konnte, um die Gefahr für sein Herrscheramt zu beseitigen. Als er dann schließlich vernahm, daß die Männer aus dem Osten längst in ihre Heimat zurückgekehrt waren, kannte seine Wut keine Grenzen. Er wußte, daß er ihnen nichts anhaben konnte – doch er konnte etwas anderes tun: Er konnte das Kind töten.

In schrecklicher Grausamkeit, die man an ihm schon kannte, schickte er Soldaten nach Bethlehem und in die Umgebung des Ortes. Sie hatten Befehl, jedes Kind zu töten, das nicht älter als zwei Jahre war. Er glaubte, daß dann auch das eine Kind, auf das es ihm ankam, mit all den anderen umkommen werde – mit allen, die geboren worden waren, seit die Männer aus dem Osten den Stern zuerst gesehen hatten.

Seine Soldaten führten den furchtbaren Befehl aus, und damit wurde eine andere Prophezeiung von Jeremias erfüllt:

Zu Rama hat man Schluchzen gehört,
Klagen und Weinen und großes Trauern,
Rahel weinte um ihre Kinder
Und ließ sich nicht trösten,
Denn sie leben nicht mehr.

Sie lebten nicht mehr, alle Kinder Bethlehems, die nicht älter als zwei Jahre waren. Nur das Kind Jesus blieb von Herodes' sinnlosem Morden verschont. So hatte dieses Kind, das der Christus, der Erlöser, der Messias des jüdischen Volkes werden sollte, sein Dasein in einem schlichten Stall in Bethlehem begonnen und verbarg sich jetzt mit seinen Eltern im Lande Ägypten.

JESU KINDHEIT

Das Kind Jesus lebte, und Herodes starb – alt, an Körper und Seele krank, grausam bis zum letzten Tag.

Wieder erschien Joseph im Traum der Engel des Herrn und befahl ihm: »Mach dich wieder auf die Reise, bring das Kind und seine Mutter aus Ägypten heim nach Israel, denn der Mann, der dem Kind ans Leben wollte, ist tot.«

Joseph führte die Seinen in die Heimat; Ägypten hatte sie so freundlich aufgenommen wie einst Abraham und Joseph, doch der künftige König der Juden sollte nicht in der Fremde aufwachsen. Die Familie wollte sich in Bethlehem niederlassen.

Aber in Israel vernahm Joseph, daß Herodes' Sohn Archelaus ebenso grausam wie sein Vater herrschte, so daß es nicht ratsam schien, in Judäa zu bleiben. Gott gab Joseph den Befehl, nach Norden, in das Seegebiet von Galiläa, zu ziehen. Dort herrschte auch ein Herodes, der Tetrarch oder Vierfürst Herodes Antipas, der keineswegs ein guter und aufrechter Mensch war, sich aber nicht so unbarmherzig betrug wie die anderen Mitglieder seiner Familie. Joseph ließ sich wieder in Nazareth nieder und blieb dort, während sein Sohn aufwuchs. Damit erfüllte sich eine andere Prophezeiung: »Er, der Messias, wird Nazarener heißen.«

Maria schuf der Familie ein neues Zuhause, Josephs Zimmermannsarbeit brachte ihr den Lebensunterhalt ein. Jesus wuchs heran, ein kluges, verständiges Kind, und Gottes Gnade lag auf ihm.

Als die Zeit verging und ihr Kind nicht anders als seine Altersgenossen zu sein schien, dachten Maria und Joseph immer seltener an die seltsamen Ereignisse bei seiner Geburt; sie vergaßen sie nicht, doch der Sohn gab ihnen keinen Anlaß, ihn anders zu behandeln als die Jungen, deren Interessen er offenbar teilte.

Doch er war viel einsichtiger und verständiger, als sie wußten, und nichts entging seinem Blick. Als er herangewachsen war, kannte er die ganze Stadt und alles, was mit ihr zusammenhing, das Gute wie das Böse. Er kannte ihre Menschen, die alten und die jungen, die reichen, die armen, die gütigen und die herrschsüchtigen, die Händler wie die Bettler. In seines Vaters Werkstatt lernte er, mit Werkzeug umzugehen und die Holzarten voneinander zu unterscheiden, er sah, wie sein Vater Möbel anfertigte und auch Häuser baute. Beim Hausbau merkte er, daß es auf einen zuverlässigen Grund, auf gutes Material und anständige Arbeit ankommt.

Weil Nazareth keine große Stadt war, lernte Jesus auch das Land ringsum kennen wie seinen eigenen Garten. Er kannte die Ufer von Galiläa und die Fischer, die ihre Netze auswarfen; ihm waren die Hirten auf der Weide vertraut, und er teilte ihre Sorge um jedes Lamm der Herde. Die Bauern sah er pflügen und ernten. Er wußte, wie jedes Ding ringsum hieß, das auf den Hügeln und in den Tälern wuchs und gedieh, das Getreide, die Bäume, die Senfkörner und das Unkraut. Die Vögel kannte er bei Namen, die wilden Tiere, die Blumen, Dorn und Distel und das Gras auf den Weiden.

Er lernte auch die Geschichte seines Volkes und die Gebote kennen, die Mose vom Gipfel des Sinai gebracht hatte. Der Tempel lag in Jerusalem, und fromme Juden feierten dort die Festtage und brachten im Tempel ihre besonderen Anliegen vor Gott. Doch in Nazareth gab es eine Synagoge, in der sich die Menschen zum Gottesdienst versammelten und Lesungen aus den Schriften der hebräischen Propheten und Dichter alter Zeit anhörten. Hier in der Synagoge pries Jesus an Feiertagen Gott den Herrn, hier lernte er auch lesen und schreiben. In der Synagoge studierte er an Werktagen die Psalmen und Schriften, bis er lange Abschnitte auswendig kannte, und hier lernte er von seinen Lehrern das rechte Verständnis der alten überlieferten Schriften. Immer wieder hörte er die hoffnungsvolle Prophezeiung, daß eines Tages der Messias kommen werde, um sein Volk aus dem Dickicht seiner Sünden und vom Joch des Unterdrückers zugleich zu befreien. Er begann sich nach mehr Wissen und mehr Erkenntnis zu sehnen.

Wie es Sitte des jüdischen Volkes war, feierten Maria und Joseph alljährlich das Passahfest in Jerusalem, und als Jesus zwölf Jahre alt war, nahmen sie ihn zum ersten Mal auf die weite Reise mit. Unterwegs gab es viel zu sehen, vor allem aber in der großen Stadt selbst, in der die Pilgerscharen von allen Seiten zusammenströmten. Doch stärker als alles andere zog ihn der Tempel an – mehr als die königliche Burg, die Märkte mit der Fülle von Handelswaren, die Vornehmen in ihrer prächtigen Kleidung und die stattlichen Soldaten des Königs. Statt mit anderen Jungen durch die Gassen zu streifen, ging Jesus jeden Tag in den Tempel, hörte zu, wenn die Priester lehrten, und nahm abends mit seinen Eltern am Gottesdienst teil, dankte dem Höchsten und pries ihn. Ihn zogen der Altar an mit dem süßen Weihrauchduft, die gelassenen Mienen der Priester in den wallenden Gewändern und die eindringlichen Worte der Lehrer im Tempelhof.

Das Fest des Lammes und des ungesäuerten Brotes wurde gefeiert, und viel zu rasch gingen die Tage des Fastens und des Feierns und der besonderen Gebete zu Ende. Die Pilger, die nach Nazareth heimreisen wollten, sammelten sich, um die lange Strecke gemeinsam zu wandern; ein langer, ungeordneter Zug von Menschen setzte sich in Bewegung.

Doch das Kind Jesus blieb in Jerusalem zurück; er konnte sich nicht losreißen und merkte nicht, daß seine Eltern schon aufgebrochen waren, während er immer noch zuhörend und fragend im Tempel saß. Seltsame neue Gedanken bewegten ihn. Er kannte die Geschichte seiner Geburt und dachte mehr als einmal an die Worte des frühesten unter den Propheten:

Es wird ein Stern aus Jakob kommen
Und ein Zepter aus Israel.

War er dieser Stern? Er wußte es nicht, doch im Herzen fühlte er, daß der Gott Israels sein Vater war und daß er, der Sohn, noch viel zu lernen hatte.

Joseph und Maria sahen ihren Sohn beim Aufbruch zwar nicht, doch die Pilgergruppe zog sich lang hin, und sie vermuteten ihn bei seinen Freunden und Verwandten. Als sie aber den ganzen Tag gewandert waren und sich einen Platz für die Nacht aussuchten, merkten sie, daß Jesus nicht bei ihnen war. Mit wachsender Angst suchten sie ihn bei allen Verwandten und Nachbarn, doch niemand konnte ihnen sagen, wo ihr Sohn war. Sie mußten annehmen, daß er in Jerusalem geblieben sei.

Nun gingen sie eilig den ganzen Weg zurück und suchten die Stadt nach ihm ab; sie suchten an allen Plätzen, wo sich seine Altersgenossen gern aufhielten, doch niemand hatte ihn gesehen, niemand wußte eine Antwort auf ihre verzweifelten Fragen.

Drei Tage nach ihrem Aufbruch aus Jerusalem gingen sie noch einmal in den Tempel, und hier fanden sie ihr Kind mitten zwischen den Gelehrten und Priestern. Jesus hörte zu und stellte Fragen von einem so tiefen Verständnis, daß sich alle Umstehenden wunderten. Seine Fragen und seine Antworten zeigten Erkenntnisse, die weit über sein Alter hinausgingen, und die Gelehrten redeten fast mit ihm, als sei er einer der Ihren.

Joseph und Maria erschraken, als sie ihren Sohn hier fanden und hörten, was er sagte; sie waren aber nicht dazu aufgelegt, ihn jetzt zu loben.

Seine Mutter fragte: »Warum hast du uns das angetan, mein Sohn? Weißt du gar nicht, daß wir alle miteinander längst aufgebrochen sind? Dein Vater und ich haben dich voller Sorgen gesucht; wir fürchteten schon, dich nie wiederzufinden.«

Jesus sah sie verwundert an: »Ich bin ja im Hause meines Vaters. Warum habt ihr mich gesucht? Wußtet ihr denn nicht, daß ich in meines Vaters Haus sein muß?«

Seine Eltern verstanden ihn nicht – seines Vaters Haus? Was konnte er damit meinen?

Als Jesus sie so bedrückt vor sich stehen sah, erhob er sich sofort und verließ den Tempel mit ihnen. Maria blieb während der ganzen Heimreise tief in Gedanken; zwar war die Erinnerung an die Ereignisse bei Jesu Geburt schon ein wenig verblaßt, aber daß ihr Sohn kein Junge wie alle anderen war, hatte sie immer gewußt. Er reiste mit seinen Eltern zurück nach Nazareth, und von nun an, während seiner Kindheit, Jugend und frühen Mannesjahre, gehorchte er ihnen in allen Dingen und gab ihnen nie wieder Anlaß, besorgt oder gekränkt zu sein.

Maria aber fielen oft seine Worte ein: »Warum habt ihr mich gesucht? Wußtet ihr nicht, daß ich im Haus meines Vaters sein muß?«

Er reifte heran, und sein Verständnis vertiefte und erweiterte sich. Die Menschen liebten ihn, Gott liebte ihn. Er lebte ruhig in Nazareth, und nichts wies darauf hin, daß er etwas anderes sei als der Sohn eines fleißig arbeitenden Zimmermannes; freilich war er sanfter und versöhnlicher als die meisten Menschen und auch weiser als sie alle. In den Augen seiner Umgebung war er damals ein freundlicher, unauffälliger Einwohner von Nazareth. Seine Zeit sollte erst kommen.

JOHANNES DER TÄUFER

Die Vettern Jesus und Johannes wuchsen heran, Jesus in Galiläa, Johannes in Judäa. In Rom starb Kaiser Augustus, und in Jerusalem folgte auf den grausamen König Archelaus jetzt ein römischer Statthalter, der Prokurator Pontius Pilatus. Galiläa wurde von dem Vierfürsten Herodes Antipas verwaltet; Hohepriester am Tempel zu Jerusalem waren Annas und Kaiphas. Als Kaiser Tiberius im fünfzehnten Jahr an der Macht und Johannes und Jesus dreißig Jahre alt waren, zog Johannes in die Wüste, um dort zu predigen. Er erhielt Gottes Auftrag im wilden Bergland von Judäa, und er erfuhr, daß er nun allen Menschen, die er erreichen konnte, Gottes Botschaft bringen sollte.

In Palästina gab es damals vor allem zwei jüdische Glaubensrichtungen, die den Gott Israels mit einem großen Aufwand an Äußerlichkeiten anbeteten, die Pharisäer und die Sadduzäer, die sich in vielem ähnelten. Sie unterschieden sich hauptsächlich darin, daß die Pharisäer nicht nur an die schriftlich niedergelegten Gesetze von Mose glaubten, sondern auch an Vorschriften und Überlieferungen, die mündlich weitergegeben worden waren. Die Sadduzäer, denen vor allem die Vornehmen der Stadt anhingen, wiesen dagegen alles zurück, was nicht zum geschriebenen Gesetz gehörte. Beide Gruppen waren mächtig, beide befaßten sich gründlich mit der Gottesdienstordnung und den Bräuchen, und beide beschäftigten sich mehr mit dem Buchstaben des mosaischen Gesetzes als mit dessen Geist. Sie widmeten sich mit äußerster Sorgfalt den Vorschriften für den Gottesdienst und beteten die festgelegten Gebete mit peinlicher Genauigkeit; und sie glaubten damit ihre Pflicht gegen Gott zu erfüllen. Doch sie waren in diesem Netz der Äußerlichkeiten wie gefangen und hatten vergessen, daß es vor allem auf Liebe und Brüderlichkeit im täglichen Leben ankommt. In ihnen lebte mehr Stolz als Glaube, mehr Kenntnis äußerer Formen als Verständnis für den Sinn ihrer Frömmigkeit.

Johannes gehörte keiner dieser beiden Gruppen an und kümmerte sich auch nicht um Formen und vorgeschriebene Gebete. Er wollte dem kommenden Messias den Weg bereiten, wer dieser Messias auch immer sein und wann er auch kommen werde: Die Menschen sollten vorher ihr Unrecht bereuen und Gott ihr Herz zuwenden. Predigend zog Johannes durch die Landschaft am Jordan, drängte die Menschen zur Taufe, zur Beichte, zur Buße, sprach zu ihnen von der Rettung durch aufrichtige Reue, weil Gott sie eines Tages nach ihren Taten auf der Erde richten werde. Johannes' Wirken erinnert an das Wort des Propheten Jesaja:

Ich sende meinen Boten vor dir her,
Der dir deine Straße bereiten soll,
Die Stimme eines Rufers in der Wüste:
Bereitet dem Herrn seine Straße!
Macht seine Wege eben,
Füllt die Täler auf,
Erniedrigt die Berge,
Und das Krumme macht grade,
Und den rauhen Weg macht glatt.
Denn alles Fleisch soll Gottes Rettungstat sehen.

Von weit her strömten die Leute heran, um diesen Mann zu hören und zu sehen, der da im Jordan taufte. Einfache Landbewohner kamen, aber auch wohlhabende Städter und Gelehrte aus Jerusalem. Mit einem Eifer, der den Tempelpriestern ganz fremd war, mahnte Johannes zur Reue, ließ seine Zuhörer beichten und taufte sie zum Zeichen ihrer Reinigung im Jordan. Sie starrten ihn an und fragten sich, wer er wohl sei.

Er war anders als alle Menschen, die sie kannten; seine Kleidung aus Kamelhaar gürtete er mit einem Lederriemen, er aß nur Heuschrecken und wilden Honig. Niemals erwähnte er die ausgeklügelten Feinheiten des Gesetzes, die den Tempelpriestern so wichtig waren, er sprach nicht einmal von Altären, Weihrauch und Brandopfern. Aus seinen Augen leuchtete beharrlicher, tiefer Ernst, wenn er von seltsamen Dingen sprach, von einem großen Licht, einem Menschen, der denen, die auf ihn hörten, Gnade und Wahrheit und Hoffnung bringen werde, von einem Christus, der schon auf der Welt sei.

Was Johannes predigte, verbreitete sich durch das ganze Land, und man sprach von ihm als einem neuen Propheten, einem Elia sogar; mancher fragte sich, ob er der lang ersehnte Messias sei.

Die Pharisäer schickten Priester und Leviten aus Jerusalem, um Johannes ausfragen zu lassen. Auch diese Zuhörer wunderten sich über sein seltsames Wesen und seine Worte.

»Wer bist du? Bist du der Christus?«

»Ich bin es nicht«, antwortete er.

»Wer aber bist du? Bist du Elia und zu Israel zurückgekommen?«

»Nein«, sagte er.

»Bist du ein anderer Prophet? Sag uns, wer du bist, damit wir unseren Auftraggebern Auskunft geben können. Was sagst du über dich selbst?«

Und er antwortete: »Ich bin die Stimme eines Rufers in der Wüste, der, von dem Jesaja gesprochen hat.«

»Warum aber taufst du, wenn du weder ein Prophet noch der Christus bist?«

»Um einem anderen, der nach mir kommt, den Weg zu bereiten. Denn es kommt einer, der ist stärker als ich, und ich bin nicht wert, ihm kniend die Schuhriemen zu lösen. Ich taufe mit Wasser, doch er wird mit dem Heiligen Geist und mit Feuer taufen!«

Immer mehr Menschen strömten heran, bekannten ihr Unrecht und ließen sich im Jordan taufen. Johannes freute sich über ihr Kommen, geriet aber in Zorn, sobald er Pharisäer und Sadduzäer in der Menschenmenge erblickte, denn er hielt sie allesamt für Heuchler, für selbstgerechte, eifernde Männer, die nach außen hin bescheiden taten, doch im Herzen voller Hochmut glaubten, daß sie weder Beichte noch Taufe brauchten.

Er schrie sie an: »Ihr Schlangenbrut! Wer hat euch geraten, zu mir zu kommen, um dem unausweichlichen Zorn zu entgehen? Beweist eure Reue mit Taten! Was hat es für einen Sinn, wenn ihr euch rühmt: ›Unser Vater war Abraham‹? Glaubt ihr, das genüge schon, euch zu retten? Ich sage euch: Gott ist imstande, aus diesen Steinen hier Nachkommen Abrahams zu erwecken! Was also seid ihr? Und ich sage euch auch: Die Axt zielt schon auf die Wurzel der Bäume, um die umzuhauen, die keine guten Früchte tragen. Sie werden gefällt und ins Feuer geworfen! Bereut, tut Gutes, solange es noch Zeit dazu ist!«

Die Priester und die Gelehrten, die Pharisäer und die Sadduzäer empörten sich über Johannes, doch vielen anderen bewegte er das Herz, so daß sie ihn fragten, wie sie denn wahre Reue zeigen sollten.

»Schenkt«, sagte er. »Wer zwei Mäntel hat, soll dem Mann, der keinen hat, einen geben. Und wer mehr zu essen hat, als er braucht, soll davon abgeben.«

Auch »Zöllner« kamen, Steuerbeamte, die sich von Johannes taufen lassen wollten. Sie waren überall verhaßt, denn das Gesetz gestattete ihnen, so viel Geld von ihren Mitbürgern einzuziehen, wie sie nur konnten; den Betrag, den sie nicht an den Kaiser in Rom abliefern mußten, durften sie für sich behalten. Viele dieser Leute waren wirklich gierig und unbarmherzig; die Juden betrachteten sie allesamt als die schlimmsten aller Sünder.

Als die Steuerbeamten zu Johannes kamen, sagten sie: »Meister, was sollen wir tun, damit wir Verzeihung verdienen?«

»Treibt nicht mehr Geld ein, als ihr unbedingt müßt«, antwortete er.

»Und was können wir tun?« wollten die Soldaten wissen.

»Seid nicht gewalttätig gegen irgendeinen Menschen, schuldigt niemanden zu Unrecht an. Und begnügt euch mit eurem Sold, statt Geld zu erpressen.«

So predigte und taufte Johannes und beantwortete alle Fragen. Seine Anhänger, erst nur ein paar Dutzend, wurden bald zu Hunderten, und doch wußten sie immer noch nicht, was sie eigentlich von ihm selbst halten sollten. Immer wieder kam ihnen der Gedanke, daß er vielleicht doch der Christus sei. Sie fragten ihn schließlich noch einmal.

Er antwortete wieder: »Nein! Doch unter euch lebt schon einer, dem ihr nicht anseht, wer er ist. Er ist der eine, der nach mir kommt und doch vor mir steht. Er ist es, der euch mit Feuer taufen wird. Die Schaufel zum Worfeln hat er in der Hand, und er wird sich die Tenne vornehmen. Den Weizen wird er in seine Speicher tragen,

doch die Spreu mit nie verlöschendem Feuer verbrennen. Wollt ihr Weizen sein? Wollt ihr Spreu sein? Tut Buße, sage ich!«
Er warnte alle Leute, die zu ihm kamen, mit immer neuen Worten, und niemand entging seinem Zorn und seiner scharfen Zunge. Wo er Böses entdeckte, wies er darauf hin, ganz gleich, was für ihn daraus entstehen mochte. Nicht einmal Herodes Antipas, der Vierfürst von Galiläa, entging seinem Tadel, denn er hatte die Frau seines Bruders geheiratet. Kein gewöhnlicher Bürger hätte sich das ungestraft erlauben dürfen, doch dem König einen Vorwurf zu machen, wagte niemand, nur Johannes. Er äußerte, was ihm gerade in den Sinn kam, über Herodes' Verbrechen, vor allem über seine gesetzwidrige Ehe.
Herodes im weit entfernten Galiläa wurde berichtet, was dieser Mann gegen ihn vorbrachte, der Johannes der Täufer genannt wurde.
Auch Jesus hörte vom Wirken seines Vetters und verließ Galiläa, um sich von Johannes taufen zu lassen. Er hatte noch nicht zu predigen begonnen, doch seine Zeit war gekommen, und er war bereit.
Johannes erlebte nach Jesu Ankunft etwas, das kein anderer Mensch sah und das viele auch nie glauben wollten:
Als Jesus ihn bat, ihn wie all die anderen zu taufen, weigerte sich Johannes: »Ich bin es, der von dir getauft werden sollte. Und du kommst zu mir?«
Jesus antwortete: »Wir müssen alles tun, was geschehen soll.« Darauf ließ ihn Johannes in den Fluß steigen und taufte ihn. Als Jesus aus dem Wasser stieg, öffnete sich über ihm der Himmel, und er sah Gottes Geist wie eine Taube herniederkommen und über sich schweben, und er hörte eine Stimme vom Himmel: »Das ist mein lieber Sohn, an dem ich Wohlgefallen habe.«
Und auch Johannes sah den Geist wie eine Taube vom Himmel kommen und über Jesus schweben. Er wußte jetzt, daß Jesus Gottes Sohn war.
Jesus selbst wußte, daß Gott ihn auf die Welt geschickt hatte mit der Sendung, der Retter seines Volkes zu sein.

JESUS IN DER WÜSTE

Nach seiner Taufe verließ Jesus den Jordan. Gottes Geist sandte ihn in die Wüste, wo ihn der Teufel in Versuchung führte. Jesus wußte, daß er seine letzte Lebenszeit an die Sendung hingeben wollte, die ihm Gott übertragen hatte, doch er empfand das Bedürfnis, mit seinen Gedanken allein zu sein und seinen Entschluß zu prüfen. Vieles war zu bedenken, und er wollte in aller Stille beten und nachdenken, ehe er zu lehren begann.

Vierzig Tage und Nächte fastete er in der Wüste, und als die lange Zeit vorbei war, fühlte er sich schwach vor Hunger. Da flüsterte in ihm die Stimme des Teufels:

»Wenn du wirklich der Sohn Gottes bist, warum befiehlst du dann nicht, daß diese Steine hier in Brot verwandelt werden?«

Jesus wußte, daß er die Steine, die auf dem Berg lagen, in Brot verwandeln konnte, wenn er es wollte. Doch ihm stand die göttliche Macht nicht zu Gebote, damit er seine eigenen Bedürfnisse befriedigte, so wie auch die Beschaffung von Nahrung für die Hungrigen nicht der wichtigste Teil seiner irdischen Sendung war.

»Es steht geschrieben«, sagte er, »daß der Mensch nicht nur vom Brot lebt, sondern von Gottes Wort.«

Und dann war es, als habe ihn der Teufel in die heilige Stadt gebracht, hoch auf die Zinne des Tempels. Verführerisch flüsterte die Stimme: »Wenn du wirklich Gottes Sohn bist, wird Gott es nicht zulassen, daß du zu Schaden kommst. Wirf dich hier von der Höhe des Tempels in die Tiefe und setzt damit ein Zeichen, so daß alle an dich glauben. Denn es steht geschrieben, daß Gott dich in die Obhut seiner Engel nehmen wird, damit dir kein Schaden geschieht. In ihren Händen wirst du hochgehoben werden und wirst nicht einmal deinen Fuß an einen Stein stoßen.«

Gewiß, das wäre für alle Welt ein großartiges Zeichen gewesen, das jedermann aufhorchen ließe; man hätte nicht daran gezweifelt, daß Jesus von Gott gesandt war. Doch es war nicht Gottes und nicht Jesu Art und Weise, die Menschen mit verblüffenden Wundern zu überzeugen. Sie sollten ihn annehmen, weil sie Gott liebten und an ihn glaubten, nicht aber, weil Wundertaten ihnen Eindruck gemacht hatten.

»So steht es geschrieben«, gab Jesus zu. »Und es heißt weiter: ›Du sollst Gott den Herrn nicht auf die Probe stellen.‹«

Nun führte ihn der Teufel auf einen hohen Berg, um ihm alle Königreiche der Welt in ihrer ganzen Pracht zu zeigen.

»Das alles will ich dir geben«, sagte der Versucher, »mit aller Pracht und Macht. Denn es gehört mir, alles, und ich kann es jedem geben, den ich mir auswähle. Wenn du auf die Knie fällst und mich anbetest, soll dies alles dein sein.«

Jesus verlangte es nicht nach irdischer Macht und Herrlichkeit, denn ihm gehörte das himmlische Reich. Gewiß hätte er mit seiner großen Macht die ganze Welt in Besitz nehmen können, doch Gottes Reich konnte dem Volk nicht auf die Art offenbart werden, wie es der Versucher vorschlug, sondern nur dadurch, daß man es lehrte, zu lieben, zu dienen und anzubeten.

Jesus antwortete: »Fort mit dir, Satan! Denn es heißt: Du sollst Gott den Herrn anbeten, und nur ihm darfst du dienen.« Da endlich verließ ihn der Teufel. Und nach diesen vierzig Tagen und Nächten in der Wüste, allein mit den Tieren der Wildnis und vom Satan in Versuchung geführt, beendete Jesus die Zeit des einsamen Nachdenkens. Engel kamen, um ihm zu dienen.

Johannes der Täufer hielt sich noch taufend am Jordan auf. Jesus suchte ihn wieder auf und ging am Flußufer entlang auf den Täufer zu. Johannes sah ihn kommen: »Seht, das Lamm Gottes! Das ist er, von dem ich gesagt habe: Nach mir wird einer kommen, der größer ist als ich!«

Zwei seiner Schüler, die ihn diese Worte ausrufen hörten, verließen ihn und folgten Jesus. Jesus fragte sie: »Wen sucht ihr?«

»Dich, Meister. Sag uns, wo deine Wohnung ist.«

»Kommt, ihr werdet es sehen.«

Sie gingen mit ihm und verbrachten viele Stunden damit, ihm zuzuhören. Sie fragten, er antwortete, und sie fragten ohne Ende. Er sprach von Frieden und Liebe, von Reue und Rettung; und je länger sie ihm zuhörten, um so fester waren sie überzeugt, daß er der Mann war, auf den Israel so lange gewartet hatte. Er sah nicht wie ein König aus, doch er sprach wie ein Messias.

Einer der beiden, die Johannes verlassen hatten, um Jesus zu folgen, war der Fischer Andreas. Er wurde von den Worten des Mannes aus Nazareth so hingerissen, daß er fortging, um seinen Bruder Simon zu holen.

»Wir haben den Messias gefunden! Komm mit mir, hör ihn selbst.«

Simon hatte in der letzten Zeit viel über den Messias gehört, denn alle Juden waren von unruhiger Erwartung erfüllt. Wie so viele von ihnen hatte er oft angenommen, Johannes sei der Langerwartete, doch Johannes hatte es verneint. Wie viele andere auch hatte sich Simon den König der Juden in herrscherlichem Glanz vorgestellt, als einen Mann, der die römischen Herren mit Macht aus dem Lande treiben werde. Doch ein solcher Mann war noch nicht erschienen, und Simon wußte nicht mehr, was er glauben oder hoffen durfte.

»Komm, wir haben den Christus gefunden!« drängte Andreas.

»Es kann ja sein«, antwortete Simon. Er war ein kräftiger Mann, stark wie ein Felsen, ein Mann des Meeres, und er ließ sich nicht leicht überzeugen. Doch schließlich folgte er Andreas zu Jesus.

Jesus sah ihn kommen. Niemand hatte ihm gesagt, daß dieser kräftige Mann Andreas' Bruder sei, doch er wußte es, und er wußte auch, was Simon bewirken sollte. Er sah auf und grüßte ihn.

»Du bist Simon, Jonas Sohn, doch du sollst Petrus, der Felsen, genannt werden, denn du wirst der Felsen meiner Kraft sein.«

Simon wunderte sich, daß Jesus seinen Namen kannte. Er setzte sich, begann zu fragen und überzeugte sich immer mehr davon, daß dieser weise und sanfte Mann der von den Propheten angekündigte Messias sei. Wie sein Bruder und dessen Freund beschloß er, Jesus zu folgen.

Am nächsten Tag brach Jesus in seine Heimat Galiläa auf. Unterwegs begegnete ihm ein Mann, der wie Andreas und Simon Petrus aus Bethsaida stammte; er hieß Philippus.

»Folge mir«, sagte Jesus zu ihm, und Philippus gehorchte.

Als sie weiterzogen, hörte Philippus den Mann, der nur der versprochene Messias sein konnte, so überzeugend reden, daß er sich von den anderen entfernte, um seinen Freund Nathanael aufzusuchen: »Wir haben ihn gefunden! Wir haben den Einen gefunden, von dem Mose und die Propheten gesprochen haben. Es ist Jesus aus Nazareth, Josephs Sohn.«

Nathanael zweifelte, und die Nazarener liebte er nicht: »Was kann denn aus Nazareth Gutes kommen?« sagte er verächtlich.

»Komm mit, sieh selbst«, drängte ihn Philippus.

Aus weiter Ferne sah Jesus Nathanael herankommen, und als er bei ihnen angelangt war, sagte er: »Sieh da, Nathanael! Ein rechter Israelit, an dem nichts Falsches ist!«

»Woher kennst du mich?« fragte der andere verwundert.

»Ich habe dich unter dem Feigenbaum gesehen. Ehe Philippus dich anrief, sah ich dich.«

Nathanael war sehr erstaunt, denn der Feigenbaum, unter dem er sich ausgeruht hatte, war so weit entfernt, daß ein gewöhnlicher Mensch ihn unmöglich von hier aus sehen konnte.

»Meister, du bist Gottes Sohn«, sagte er ehrfürchtig, »du bist Israels König!«

»Glaubst du das nur, weil ich sagte, ich habe dich unter dem Feigenbaum gesehen?« fragte Jesus. »Du wirst viel größere Dinge sehen, du wirst den Himmel offen sehen und Gottes Engel, wie sie herauf- und herabsteigen zum Menschensohn.«

Sie rätselten über seine Worte, doch wenn sie nur ihre Arbeit an den galiläischen Küsten verlassen konnten, gaben die Männer, die Jesus folgen wollten, alles auf, um bei ihm zu bleiben.

DER BEGINN DER SENDUNG

Einige Tage nachdem Jesus seine neuen Freunde gefunden hatte, wurde in der galiläischen Stadt Kana eine Hochzeit gefeiert, zu der Jesus, seine Mutter Maria und die Jünger eingeladen waren. Der feierlichen Eheschließung folgte ein großes Fest, und viele Gäste blieben tagelang dort und feierten bei gutem Essen und Trinken. Doch der Wein ging aus, bevor die Gäste aufbrachen. Maria, die mit den Gastgebern befreundet war und ihnen bei der Versorgung der Gäste half, bemerkte zuerst, daß die Weinkrüge leer waren. Unbemerkt zog sie ihren Sohn beiseite, weil sie wußte, er werde ihr auf die eine oder andere Weise helfen, den Gastgebern eine unangenehme Lage zu ersparen.

»Es ist kein Wein mehr da«, sagte sie.

»Was möchtest du von mir? Meine Stunde ist noch nicht gekommen.«

Er hatte noch nicht begonnen, der Welt seine außergewöhnliche Macht zu zeigen, und er wußte, daß er sie nicht erhalten hatte, um durstige Gäste zufriedenzustellen.

Doch Maria vertraute so fest auf seine Hilfe, daß sie den Dienern befahl: »Tut alles, was mein Sohn euch aufträgt.«

Nun standen da sechs Steinkrüge für das Wasser, das zur vorgeschriebenen Reinigung gebraucht wurde. Jeder faßte zwischen achtzig und hundertzwanzig Liter.

Jesus sagte zu den Dienern: »Füllt die Krüge mit Wasser.« Er hatte beschlossen, seinen Freunden an diesem Tag gefällig zu sein; und irgendwie mußte er selbst ja einen Beginn seines Wirkens setzen.

Die Diener füllten die Krüge bis zum Rand.

»Jetzt schöpft etwas heraus und bringt es dem Speisenmeister.«

Es war nämlich Sitte, daß der Speisenmeister jedes Gericht und jeden neuen Weinkrug kostete, bevor die Gäste davon erhielten.

Die Diener taten, was Jesus wollte, und der Speisenmeister trank mit großem Behagen. Er wunderte sich über den guten Wein, und die Diener wunderten sich, weil aus dem Wasser Wein geworden war. Der Speisenmeister rief den Bräutigam zu sich: »Jeder bringt den besten Wein zu Anfang eines Festes auf den Tisch und den weniger guten, wenn die Gäste schon viel genossen haben. Aber du hast deinen guten Wein bis zum Schluß zurückgehalten!«

Das Fest endete fröhlich. Für die meisten Gäste war es nur ein gut gelungenes Hochzeitsfest, und doch bedeutete es viel mehr, denn mit der Verwandlung von Wasser in Wein hatte Jesus zum erstenmal seine besondere Kraft enthüllt, etwas zu tun, was als Wunder bezeichnet wird. Es war der Anfang einer Kette ungewöhnlicher Zeichen, die ihn im ganzen Land bekannt machten. Dieses erste Wunder allerdings sollte Jesu Besonderheit und Macht vor allem den Anhängern vor Augen führen, die gern an ihn glauben wollten: Als sie erlebten, was er tun konnte, glaubten sie wirklich.

Danach begab sich Jesus mit seiner Mutter, seinen Brüdern und Anhängern nach Kapernaum an der Küste des Sees Genezareth. Sie blieben dort einige Tage, dann wanderte Jesus mit seinen Freunden nach Jerusalem zum Passahfest. Sie gingen zusammen zum Gottesdienst in den Tempel.

Doch was er dort sah, entsetzte Jesus – der Tempelhof war fast zum Marktplatz geworden. Lebendige Ochsen, Schafe, Geflügel wurden hier an die Frommen für das Brandopfer verkauft. Tauben flatterten herum, das Vieh brüllte in den Ständen; Händler und Kunden feilschten miteinander innerhalb des heiligen Bezirks. Die Geldwechsler an ihren Tischen klirrten mit den Münzen; sie wechselten fremdes Geld in einheimisches und große Münzen in die silbernen Münzen, die den Priestern im Tempel gezahlt werden mußten. Der Ort, der dem Gebet und der Besinnung gewidmet war, bildete ein Durcheinander von mißtönenden Geräuschen und Gerüchen; er war halb ein Viehhof und halb eine Bank.

Jesus empörte sich über die Entweihung eines heiligen Ortes, des heiligsten, den ganz Palästina hatte. Er sah sich um, fand allerlei Tauwerk und flocht es zu einer kleinen Peitsche oder Geißel zusammen. Gegen eine solche dichtgedrängte Menge konnte sie kaum etwas ausrichten, aber sie war auch nicht als Waffe gedacht: Jesus wußte jedoch, wie man Schaf- oder Rinderherden treibt.

Er hob die Peitsche und holte aus gegen Menschen und Vieh. Die Ochsen begannen schwerfällig gegen das Tempeltor zu drängen, die Schafe folgten ihnen. Die kleine Peitsche pfiff durch die Luft, und Jesus ging mit ihr durch den ganzen Tempelhof. Wütend wandten sich die Leute gegen ihn, wichen aber vor dem wortlosen Zorn und der Entschlossenheit seines Gesichts zurück. Geldwechsler, Händler und ihre Kunden, Ochsen und Schafe und allerlei Müßiggänger flohen schließlich vor der schonungslosen kleinen Peitsche. Sie bewegten sich aber nicht rasch genug. Jesus warf die Tische der Geldwechsler um, so daß ihr Silber über den Boden rollte. »Hinaus!« befahl er mit sausendem Peitschenhieb. »Macht eure Geschäfte, wo ihr wollt, aber nicht im Tempel!« Und zu den Taubenhändlern sagte er: »Schafft sie fort! Macht nicht das Haus meines Vaters zu einem Krämerladen!« Die verdutzten Händler packten ihre Ware zusammen, steckten den Gewinn in die Taschen, ergriffen die Tauben und verließen rasch den Tempel.

Viele Juden ärgerten sich über Jesu Vorgehen, denn es war seit langem Sitte, im Tempelhof zu handeln; schließlich fanden es die Gläubigen bequem, die Opfertiere an Ort und Stelle auszusuchen und bei den Geldwechslern die vorgeschriebenen Münzen zu erhalten. Für sie lag nichts Unpassendes darin – und wer war schließlich dieser Mann, der sie aus dem Tempel getrieben hatte? Ein Fremder. Was maßte er sich an? Niemand hatte eine Antwort darauf, so daß sie sich an Jesus selbst wandten: »Mit welchem Zeichen willst du uns beweisen, daß du das Recht zu solchem Vorgehen hast?«

»Ich will euch ein Zeichen nennen: Zerstört diesen Tempel, und ich werde ihn in drei Tagen wieder errichten!«

»Drei Tage!« antworteten sie verächtlich. »Es hat sechsundvierzig Jahre gedauert, bis der Tempel fertig war, und du willst ihn in drei Tagen bauen!« Sie gingen spottend davon. Doch Jesus hatte nicht den Tempel von Jerusalem gemeint, sondern seinen eigenen Körper. Er hatte auf seinen Tod und seine Auferstehung hingedeutet, doch das verstanden und beachteten die Juden nicht.

Während des Passahfestes begann Jesus zu lehren und Dinge zu tun, die den Menschen bewiesen, daß er wirklich Gottes Sohn war.

Unter denen, die an ihn glaubten, waren keine Pharisäer, denn die meisten von ihnen, hochmütig und eigensinnig, waren tief davon überzeugt, daß nur sie und ihre eigenen Schriftgelehrten imstande wären, Gottes Gesetz zu verstehen und zu erklären. Sie wollten nicht einsehen, daß Johannes und Jesus von Gott gesandt sein konnten, um nicht nur der breiten Masse, sondern auch ihnen selbst ihre Irrwege aufzuzeigen. Für sie waren Jesu Lehren falsch, und seine Anhänger hatten sich von ihm verführen lassen.

Nur ein Pharisäer, der wohlhabende und einflußreiche Nikodemus, kam heimlich im Dunkeln zu Jesus, um ein Gespräch mit ihm zu führen. »Meister, wir wissen, daß du ein von Gott gesandter Lehrer bist, denn niemand könnte solche Wunder tun, wenn nicht Gott bei ihm wäre.« Er schilderte Jesus, wie sehr er sich wünschte, wirklich fromm zu sein und in Gottes Reich aufgenommen zu werden.

»Wenn ein Mensch nicht wiedergeboren wird«, antwortete Jesus, »kann er das Reich Gottes nicht sehen.«

»Ich verstehe dich nicht«, sagte Nikodemus. »Wie kann ein Mensch wiedergeboren werden, wenn er schon alt ist? Kann er zum zweitenmal ein Säugling sein, kann ihn seine Mutter ein zweites Mal auf die Welt bringen?«

Das hatte Jesus nicht gemeint. »Wiedergeboren werden heißt, rein wie ein Kind zu werden. Es geht um den Geist, nicht um den Körper. Der Geist muß neu geboren werden. Was vom Fleisch geboren wird, bleibt immer nur Fleisch; doch was vom Geist geboren wird, ist Geist. Ich sage dir, wenn ein Mensch nicht aus Wasser und Geist geboren wird, kann er nicht in Gottes Reich kommen; doch wer glaubt und getauft ist, wird wiedergeboren. Dann wird Gottes Geist in seinem Herzen sein, dann wird er imstande sein, Gottes Reich zu betreten. Und ich sage dir auch: Gott hat die Welt so geliebt, daß er seinen eigenen Sohn gab, damit jeder, der an ihn glaubt, nicht umkommt, sondern das ewige Leben im Reich Gottes erwirbt.«

Sie sprachen bis tief in die Nacht hinein miteinander, und der Pharisäer Nikodemus verließ Jesus in tiefen Gedanken. Ihm schien der gütige Jesus Gottes Sohn zu sein, und für ihn klang die Botschaft von Liebe und Erlösung viel mehr nach der Wahrheit als die starren äußeren Formen betonenden Lehren von Pharisäern und Sadduzäern. Jesus begab sich nun mit seinen Anhängern nach Judäa, wo er den Leuten auf dem Lande predigte und sie taufen ließ; seine Anhänger tauften wie Johannes – er selbst nicht. Jesus predigte aber den Menschen, die zur Taufe kamen.

Nicht weit davon entfernt, in einer besonders wasserreichen Landschaft, hielt sich Johannes predigend und taufend auf. Einige seiner Schüler gerieten mit einem Mann aus Judäa in eine Auseinandersetzung über die Bedeutung der Reinigung; das wiederum führte zu einem Gespräch über die Taufe, die Jesu Jünger anwandten. Johannes' Schüler berichteten ihrem Meister: »Der Mann, der mit dir jenseits des Jordans war, der eine, für den du selbst sprichst, dieser Mann tauft jetzt auch, und alle laufen ihm zu.«

Zwar traf es nicht zu, daß Jesus taufte, doch es stimmte, daß sich die Menschen, die zur Taufe kamen, um ihn sammelten und sich von ihm belehren ließen; sie traten mit der Taufe in die Reihe der Anhänger Jesu ein. Johannes wußte es und fühlte keine Eifersucht – er hatte gewußt, daß es so kommen werde.

»Ein Mann kann nichts nehmen, wenn es ihm nicht vom Himmel gegeben wird«, antwortete er seinen Schülern. »Mir ist nicht das gegeben, was Jesus hat. Ihr selbst wißt ja, daß ich gesagt habe: ›Ich bin nicht der Christus, sondern der, der ihm vorausgeschickt wird.‹ Er hat, was ich nicht habe, doch so war es beschlossen, und ich bin zufrieden. Mein Glück ist vollkommen, denn er wird größer und größer, und ich werde immer weniger und weniger.«

Wirklich, Johannes hatte seine Sendung fast vollendet. Er predigte immer noch gegen den Vierfürsten Herodes Antipas, vor allem, weil er Herodias, die Witwe seines Bruders, geheiratet hatte; zwar kümmerte sich Herodes selbst wenig um solche Vorwürfe, doch Herodias ärgerte sich, und ihr Ärger wurde zu Wut und Haß. Von Galiläa erging ein Ersuchen an Judäa, Johannes sofort ausfindig zu machen und zu verhaften.

Jesus hatte inzwischen Judäa verlassen und hielt sich auf der Heimreise nach Galiläa eine Weile in Samaria auf. Seit langem haßten die Juden und die Bewohner von Samaria einander, doch Jesus sprach zu den Samaritern wie zu allen anderen; sie hörten ihm zu, wenn er ihnen erklärte, wie sie Gott, den Vater, lieben und verehren sollten. Als er Samaria verließ, glaubten viele Bewohner des Landes, er sei der Messias, der Erlöser der Welt.

Zu dieser Zeit wurde Johannes verhaftet und kam ins Gefängnis, als er noch einmal Herodes Antipas seine Vergehen vorhielt und die Vorwürfe steigerte: »Es ist gegen das Gesetz, daß du deines Bruders Frau hast!« Herodias schäumte vor Wut: »Tötet ihn!«

Herodes wollte Johannes nicht töten. Er wußte, daß er ein rechtschaffener Mensch war, vor allem aber, daß er eine große Anhängerschaft besaß, die Herodes ungern gegen sich aufbringen wollte. Ihm genügte, daß Johannes im Gefängnis saß.

Doch Herodias biß sich auf die Lippen. Ihr genügte es nicht; aber sie konnte ihre Stunde abwarten.

JESUS IN GALILÄA

Jesus kam wieder nach Kana in Galiläa, wo er Wasser in Wein verwandelt hatte. Man erwartete ihn mit hochgespannten Hoffnungen, denn man hatte viel gehört über ihn und die Wunderzeichen, die er während des Passahfestes in Jerusalem getan hatte: Nun wollte jedermann selbst solche Wundertaten erleben.
In Kapernaum wohnte ein Hauptmann des Vierfürsten Herodes Antipas. Er machte sich sofort auf den Weg zu Jesus: Sein kleiner Sohn war sehr krank, und im ganzen Land konnte kein Arzt das Fieber heilen, so daß der Junge dem Tode nahe war.
Der Hauptmann kam endlich in Kana an, suchte nach Jesus, fand ihn inmitten der großen Menschenmenge, die ihn überall umgab, und flehte ihn an, mit ihm nach Kapernaum zu kommen.
»Ich bitte dich, komm mit mir, heile meinen Sohn«, bat er, »der Junge liegt schon im Sterben.«
Jesus schüttelte langsam den Kopf. Viele Leute suchten ihn auf, um irgendein Wunder zu erleben, das seine Macht bewies. Doch er war nicht auf die Welt gekommen, um sie als Magier zu verblüffen: Er wollte sein Volk in das Reich Gottes führen, und er verlangte Glauben, bevor ein Wunder ihn bestätigte. Wenn dieser Hauptmann nicht anders war als die meisten Menschen, wollte auch er nichts weiter als einen Anhalt für seinen Glauben. Deshalb zögerte Jesus. »Wenn du nicht Zeichen und Wunder siehst, wirst du nicht glauben«, sagte er zu ihm.
»Herr, ich bitte dich inständig, komm mit mir, ehe mein Kind tot ist!« Jesus sah ihn forschend an und erkannte, daß der Mann in großer Not war.
»Geh heim«, sagte er, »dein Kind wird leben.«
Der Mann glaubte ihm. Er wandte sich um, fragte nichts, zweifelte nicht, reiste den langen Weg zurück nach Kapernaum. Er hatte die Stadt noch nicht erreicht, als ihm seine Diener entgegenliefen. Er sah die Freude auf ihren Gesichtern.

»Dein Sohn lebt! Es geht ihm gut!«
»Ich wußte es«, gab er ruhig zurück. »Seit wann geht es ihm besser?«
»Gestern um die siebte Stunde fiel das Fieber«, antworteten sie. Der Hauptmann wußte, daß es der Augenblick war, in dem Jesus gesagt hatte: »Dein Sohn wird leben.« Er berichtete den Seinen, was er erlebt hatte, und nicht nur er und seine Familie, sondern auch die anderen Angehörigen seines Haushalts glaubten von nun an, daß Jesus von Gott gesandt war.
Dieses zweite Wunder, das Jesus in Galiläa tat, wirkte noch viel tiefer als das erste: Der Mann, der so sanft und so voll klarer Weisheit sprach, war nicht nur ein großer Prediger, nicht nur ein Wundertäter, sondern auch ein Heilender.
Jesus zog durch Galiläa, sprach mit den Leuten, die er unterwegs traf, und lehrte an Feiertagen in den Synagogen. Schließlich kam er auch in den Ort seiner Jugend, nach Nazareth, wo er nach seiner Gewohnheit am Sabbat in die Synagoge ging. Die Nazarener hatten viel von dem gehört, was Jesus anderswo gesagt und getan hatte, und warteten voller Spannung auf das, was er wohl in Nazareth zeigen werde; die Synagoge war gedrängt voll von Frommen und Neugierigen. Als Jesus aufstand, um das vor langer Zeit geschriebene Buch Jesajas zu öffnen, herrschte Stille. Er begann zu lesen:
Der Geist des Herrn ist bei mir,
Er hat mich erwählt, die zu heilen, die gebrochenen Herzens sind,
Den Gefangenen Freiheit,
Den Blinden das Augenlicht,
Den Zerschlagenen ihre Freilassung
Und allen das Gnadenjahr des Herrn zu verkünden.
Jesus schloß das Buch, gab es dem Synagogendiener zurück und setzte sich, um über diese Worte zu sprechen, die alle so gut kannten. Jeder wußte, daß sie sich auf den Messias bezogen, von dem aber keiner ahnte, wann und in welcher Gestalt er kommen werde; doch jeder dachte ihn sich als König und Eroberer.
Alle Augen richteten sich auf Jesus, alle Freunde, alle Nachbarn erwarteten gespannt, was Jesus zu sagen hatte; er war freilich ein Wunderheiler, und von seiner Weisheit wurde überall gesprochen,

doch im übrigen, so schien es ihnen, war er kaum anders als sie alle. Sie verstanden zuerst nicht, was er meinte, als er sagte: »Heute sind diese Worte der Schrift vor euren Ohren erfüllt worden.« Dann aber fuhren sie hoch, sie flüsterten, sie wunderten sich: Er hatte ja nichts anderes gesagt, als daß er dieser eine sei, der, von dem der Prophet geschrieben hatte, er sei Gottes Sohn!
»Das ist doch Josephs Sohn?« sagten sie. »Heißt seine Mutter nicht Maria? Wer ist er denn, daß er so etwas zu behaupten wagt?«
Sie sahen auf ihn, und ihre Aufregung wuchs – mochte er ein Wunderheiler und Lehrer sein, vielleicht sogar ein Prophet, er war immer noch ihr Mitbürger, der Sohn eines Zimmermannes, auf der Erde geboren wie sie alle, ein Mensch wie alle, die sie da saßen! Nun mutete er ihnen zu, ihn für den Messias zu halten, für den König und Heiland der Juden! Wo blieb denn all die Macht und der Glanz, die jeder von dem göttlichen Herrscher erwartete?
Jesus hatte gewußt, daß sie ihm nicht glauben, daß sie verlangen würden, er solle vor ihrer aller Augen ein Wunder tun, damit sie an ihn glaubten. Doch das war nicht der Sinn seines Lehrens: Nur wer an Jesus glaubte, erfuhr seine heilsame Kraft. Der römische Hauptmann des Herodes hatte es verstanden, doch die Juden von Nazareth begriffen es nicht.
Deshalb sagte er zu ihnen: »Ihr werdet nun wohl sagen: ›Arzt, hilf dir selbst! Wir haben gehört, was du in Kapernaum getan hast, nun tu hier etwas Ähnliches!‹ Doch ich sage euch, kein Prophet gilt etwas in seinem Vaterland oder bei seinem eigenen Volk. In Elias Tagen lebten viele Witwen in Israel, und der Himmel blieb dreieinhalb Jahre verschlossen, so daß es nicht regnete und die Hungersnot groß war. Aber sie glaubten nicht an Elia, niemand hielt ihn für einen Gottgesandten. Nur in Phönizien, in der Stadt Sidon, glaubte eine Witwe an ihn. Sie sorgte für ihn, und durch Elia sorgte Gott für sie. Und in Elias Zeit gab es in Israel viele Aussätzige, doch keiner von ihnen wurde geheilt, denn sie alle glaubten nicht. Nur der Syrer Naëman wurde vom Aussatz geheilt, denn er glaubte an Elia und suchte seine Hilfe. Und so wie das Volk von Israel damals, so glaubt auch ihr nicht!«
Als die Menschen in der Synagoge diese Worte hörten, waren sie

plötzlich verärgert, ihre Bewunderung schlug um in Haß. Sie schrien auf vor Wut: Von einem Mitbürger aus Nazareth wollten sie sich solche Lehre, solche Rede ganz und gar nicht gefallen lassen! Grobe Hände packten Jesus, sie zerrten ihn aus der Synagoge und aus der Stadt. Vom Gipfel des schroffen Berges, auf dem Nazareth lag, wollten sie ihn hinabstürzen. Doch er entkam ihnen, und sie merkten es erst, als sie oben auf dem Berg standen. Er war ruhig aus dem Gedränge heraus fortgegangen.

Jesus wandte sich nach Kapernaum und ließ sich dort nieder. Seine Anhänger fuhren in ihrem Tagewerk fort, und Jesus lehrte am Sabbat in den Synagogen und predigte das Evangelium vom Reich Gottes allen Leuten, die an der Küste des Binnenmeeres von Galiläa lebten. »Bereut!« sagte er. »Die Zeit ist erfüllt, Gottes Reich steht bevor. Bereut und glaubt an die Botschaft!«

Dann hörte er von Johannes' Gefangennahme und sagte sich, daß es noch größerer Anstrengungen bedurfte, um dem Volk die Rettung zu bringen; sein Wort mußte noch so viele Menschen erreichen, daß er nicht mehr allein wirken konnte. Er hatte Anhänger, die sich selbst seine Schüler nannten, weil sie seiner Lehre glaubten, doch Jesus hatte noch nicht diejenigen von ihnen ausgesucht, die würdig waren, seine Lehre selbst zu verbreiten. Nun kam die Zeit, sie auszuwählen.

Eines Morgens, als er am Ufer des Sees Genezareth lehrte und sich die Leute von allen Seiten herandrängten, um ihn zu hören und seine heilsame Berührung zu erlangen, sah Jesus zwei Fischerboote, die ans Ufer gezogen waren. Die Fischer arbeiteten daneben an ihren Netzen nach langer nächtlicher Arbeit.

Jesus predigte, und die Menge der Zuhörer wuchs so an, daß nur noch die nächsten ihn hören und sehen konnten. Deshalb ging er zu Simon Petrus, dem eines der beiden Boote gehörte, und bestieg das Boot.

»Bring mich ein Stück hinaus aufs Wasser«, bat er seinen Freund. Simon Petrus tat es. Das Boot blieb im flachen Wasser liegen, Jesus setzte sich und unterrichtete die Zuhörer vom Boot aus. Als er geendet hatte, wandte er sich an Petrus:

»Bring mich hinaus ins tiefe Wasser, und dort wirf deine Netze aus.«

Nun war es heller Tag, an dem die galiläischen Fischer niemals zum Fischen fuhren. Das wußte Jesus so gut wie sie.
»Meister«, begann Petrus, »wir haben die ganze Nacht hindurch gefischt und überhaupt nichts gefangen.« Auch das wußte Jesus, er hatte die Boote mit leeren Netzen heimkommen sehen. Nach einem Blick in Jesu Gesicht fuhr Petrus fort: »Auf dein Wort hin will ich die Netze ins Wasser lassen.« Er rief seinen Bruder Andreas, der die in der Sonne trocknenden Netze brachte, und die Brüder ruderten hinaus, wie Jesus es wollte.
Schließlich warfen sie die Netze aus, und in wenigen Minuten füllten sie sich mit zappelnden, glitzernden Fischen – ein Fang, wie ihn Petrus in all den Jahren niemals gesehen hatte. Weit und breit sah man nur schimmernde Leiber aufblitzen. Simon und Andreas holten die Netze mit Aufwand aller Kraft ein, doch der Schwarm war so groß, der kostbare Fang so schwer, daß die dicken Taue der Netze zu reißen begannen. Simon rief Johannes und Jakob zu Hilfe, die neben dem anderen Boot arbeiteten und nun rasch herausruderten. Als schließlich der ganze Fang in die Boote geholt war, brachte sein Gewicht sie zum Sinken. Da fiel Simon Petrus Jesus zu Füßen: »Verlaß mich, Herr, denn ich bin ein sündiger Mensch!« Es war zuviel für ihn, er war entsetzt über den großen Fang, und ebenso erschrocken waren die anderen Fischer, die in der vergangenen Nacht vergebens gefischt hatten.
»Hab keine Angst«, sagte Jesus zu Simon, »von jetzt an wirst du Menschen statt der Fische fangen.«
Am anderen Tag, als Simon und Andreas wieder zum Fischen hinausfuhren, sagte Jesus zu ihnen: »Kommt, folgt mir, ich will euch zu Menschenfischern machen.« Sie folgten ihm.
Bald darauf begegneten sie Jakobus und Johannes an ihrem Boot, wo sie mit ihrem Vater Zebedäus die Netze flickten. Jesus rief Johannes und Jakobus zu sich: »Kommt, folgt mir.«
Sofort verließen die beiden Brüder das Boot und folgten Jesus mit ihrem Vater und seinen Dienern.
So wählte Jesus die ersten vier Jünger aus, mit denen er dann ganz Galiläa durchwanderte, in den Synagogen lehrte und das Evangelium vom Reiche Gottes predigte.

JESU WUNDERTATEN

Jesus kam mit seinen Jüngern nach Kapernaum und predigte am Sabbat in der Synagoge. Seine Zuhörer empfanden die Macht seiner Worte, sie spürten, daß sie von Gott kamen; sie klangen anders als die Reden der Schriftgelehrten, die meistens nur wiederholten, was sie gelesen hatten.

In der Synagoge war ein Mann, den ein böser Geist plagte. Er schrie plötzlich auf: »Laß uns in Ruhe! Was haben wir mit dir zu schaffen, Jesus von Nazareth? Willst du uns vernichten? Ich weiß, wer du bist – Gottes Heiliger!«

Jesus befahl dem bösen Geist: »Sei still und fahr aus diesem Mann heraus!« Da schüttelte und rüttelte der Geist den Mann, bis er zu Boden stürzte, tat einen lauten Schrei und war fort. Der Kranke erhob sich gesund und ruhig.

Die Umstehenden wunderten sich sehr: »Was war das? Was für eine Kunst kann das sein? Wer gibt ihm die Macht, den bösen Geistern zu befehlen, so daß sie ihm gehorchen?«

Die Nachricht von diesem Ereignis verbreitete sich rasch im ganzen Land.

Jesus ging mit einigen Jüngern in das Haus von Petrus und Andreas, wo Petrus' Schwiegermutter an einem heftigen Fieber erkrankt lag. Jesus trat an ihr Bett, faßte freundlich ihre Hand und richtete sie auf. Da war das Fieber verschwunden, die Frau stand auf und kümmerte sich um ihren Haushalt.

Als die Sonne am Abend dieses Sabbattages unterging, brachte man die körperlich und geistig kranken Menschen der ganzen Gegend zu Jesus, und so viel Lahme, Blinde, Kranke, Verwirrte drängten sich um Petrus' Haus, als habe sich die ganze Stadt eingefunden. Jesus legte allen die Hand auf, und jeder ging geheilt davon.

Es wurde spät, bis die letzten das Haus verließen und Jesus sich schlafen legen konnte. Er stand sehr früh wieder auf und ging allein in die Wüste, um in der Stille zu beten. Doch bald wurde er gestört, denn die Leute suchten nach ihm. Petrus kam: »Alle suchen dich. Sie möchten, daß du hier bei ihnen bleibst, und sie fürchten, du könntest fortgehen.«

»Sie haben recht«, antwortete Jesus. »Ich muß weiterziehen. Komm mit mir, du und deine Gefährten. Wir besuchen die Städte ringsum, denn ich bin ja gekommen, um die gute Botschaft vom Reich Gottes überall zu verkünden.«

Von Kapernaum aus durchwanderten sie ganz Galiläa. Jesus predigte in den Synagogen und trieb Wahnsinnigen den bösen Geist aus; er heilte Epileptiker und Gelähmte, Kranke und Verwirrte. Bis Syrien hin erzählte man sich von seinem Wirken, und aus Galiläa und Dekapolis, aus Jerusalem, Judäa und vom anderen Jordanufer strömten die Menschen ihm zu.

Einmal kam ein Aussätziger, ließ sich auf die Knie nieder und senkte den Kopf. Er wußte aus langen bitteren Jahren, daß niemand einen Aussätzigen berühren wollte; wo immer er auftauchte, wandten sich die Leute ab. Nun kniete er hier zu Jesu Füßen, und Jesus wandte sich nicht ab.

»Wenn du es willst, kannst du mich gesund machen«, bat der Mann. Jesus legte ihm mitleidig die Hand auf die Schulter: »Ich will es. Du bist gesund.«

Im selben Augenblick war der Aussatz verschwunden, ein gesunder Mann erhob sich von den Knien. Doch Jesus befahl ihm: »Behalt für dich, was hier geschehen ist. Du sollst aber zu den Priestern gehen, dich ihnen zeigen und für deine Heilung das Opfer bringen, das Mose festgesetzt hat. Dann wird dich der Priester für gesund erklären. Doch schweig von mir.«

Der Mann dankte und ging davon, gehorchte aber nicht Jesu Wunsch, sondern berichtete immer wieder von dem großen Wunder, das an ihm geschehen war, und immer mehr Menschen strömten zusammen, um Jesus zu hören und sich heilen zu lassen. Schließlich bedrängten ihn die Leute so sehr, daß er nicht mehr in die Orte hineinging, sondern sich in der Wüste aufhielt, weil er glaubte, sich hier freier bewegen zu können. Aber sie folgten ihm auch hierhin, so daß es ihm schwer wurde, seinen göttlichen Auftrag zu erfüllen.

Doch schließlich gelangte er wieder nach Kapernaum, wo er wohnte, seit ihn die Nazarener vertrieben hatten. Die Nachricht von seiner Ankunft verbreitete sich schnell, und sofort strömten die Leute in das Haus, in dem er lebte. Freunde und Neugierige kamen, Elende und Kranke, und alle wollten ihn hören und von seiner heilenden Hand berührt werden. Sogar Pharisäer, Schriftgelehrte und Gesetzkundige aus ganz Galiläa und Judäa waren gekommen, um Jesus zu hören. Das Haus war voll, vor der offenen Tür staute sich die Menge, und ihnen allen verkündete Jesus Gottes Wort.

Ein gelähmter und verkrüppelter Mann war darunter, der seine ganze Hoffnung auf Jesus gesetzt hatte, aber nun, da ihn seine Freunde auf der Tragbahre zu Jesus gebracht hatten, erkennen mußte, daß er in dem Menschengedränge keine Aussicht hatte, in Jesu Nähe zu gelangen. Doch seine Freunde wußten einen Weg: Sie kletterten mit der Bahre auf das Haus, hoben die Dachziegel an einer Stelle ab und ließen die Trage mit dem Gelähmten durch das Dach hinunter, Jesus zu Füßen.

Jesus sah auf den Mann und die Freunde auf dem Dach, erkannte ihren Glauben und sagte zu dem Gelähmten: »Sei zuversichtlich, Sohn. Deine Sünden sind dir vergeben.«

Dem Gelähmten wurde das Herz leichter. Doch einige der Pharisäer und Schriftgelehrten horchten auf: Hatte Jesus das Recht, so zu einem Menschen zu sprechen? Er hatte eine Gotteslästerung begangen! Wer war er denn eigentlich, daß er sich das anzumaßen wagte? Warum sagte er das? Wer außer Gott kann Sünden vergeben? Sie sprachen ihre Vorwürfe nicht aus, aber sie waren empört; sie wollten Jesus nicht für einen Gottgesandten halten, der die Macht der Sündenvergebung hatte; für sie war er ein Mensch wie alle, und er versündigte sich an Gott.

Jesus wußte, was sie dachten, und beantwortete ihre unausgesprochenen Vorwürfe: »Warum denkt ihr so gering von mir? Was grübelt ihr? Ob es leichter sei, zu einem Gelähmten zu sagen: ›Deine Sünden sind dir vergeben‹ oder ›Steh auf, nimmt deine Bahre auf und geh‹? Gewiß ist es einfach, Macht vorzuspiegeln, zu reden, statt zu handeln. Glaubt ihr, Verzeihung könne nicht sichtbar gemacht werden? Ich will euch zeigen, daß der Menschensohn die Vollmacht hat, auf der Erde Sünden zu vergeben.« Jesus wandte sich zu dem Gelähmten auf der Bahre, und alle starrten ihn an. Er sagte: »Steh jetzt auf, nimm die Trage und geh nach Haus.« Der Mann erhob sich, ergriff die Trage, bahnte sich einen Weg durch die Menge und ging mit seinen vier treuen Freunden heim. Sie priesen und dankten dem Herrn in überschwenglicher Freude. Alle anderen, die das Wunder miterlebt hatten, erschauerten und sagten: »Heute haben wir seltsame Dinge gesehen.«

Noch seltsamere geschahen.

Jesus wanderte an der Küste entlang, wie immer von einer Menschenmenge umgeben, die er unterwegs lehrte. Dabei kam er an einem Gebäude vorbei, in dem die Steuern eingezogen wurden. Der Steuereintreiber Matthäus saß davor, gewohnt, mit Verachtung behandelt zu werden. Steuereintreiber im Dienste der Römer waren den Juden verhaßt, ob sie gerecht vorgingen oder nicht; die Juden hatten während der römischen Herrschaft zu lange unter der Unehrlichkeit und der Gier von Steuereintreibern gelitten.

Zu diesem verachteten Mann sprach Jesus zwei Worte: »Folg mir.« Matthäus erhob sich und schloß sich Jesus an. Bald darauf veranstaltete er ein Festmahl für Jesus und seine Jünger und lud dazu auch befreundete Steuereintreiber und andere Leute ein, die von den Pharisäern als unpassender Umgang angesehen wurden. Als sie merkten, daß Jesus und seine Jünger mit Matthäus und seinen Freunden zusammen aßen, hatten sie wieder einen Grund zu Verwunderung und Geringschätzung.

»Warum setzt ihr euch mit Steuereintreibern und Sündern zu Tisch?« fragten sie Jesu Jünger.

Jesus hörte die Frage und belehrte die Nörgler: »Die Gesunden brauchen keinen Arzt, sondern die Kranken. Und die Rechtschaffenen brauchen mich nicht. Ich bin nicht zu den Gerechten gekommen, sondern um die Verworfenen zur Reue zu bewegen.«

Der Steuereinnehmer Matthäus hatte sich nicht für makellos gehalten, er wußte, daß er oft Unrecht getan hatte, und war voller Demut zur Buße bereit. Doch die hochmütigen Pharisäer erkannten ihr eigenes Unrecht nicht, und so entging ihnen auch die Einsicht, daß ihnen das Bereuen nötiger war als Matthäus, der seine Fehler zugab.

Eine Weile begnügten sich die Pharisäer mit Jesu Antwort, dann fanden sie neue Gründe, um sich zu beschweren. Sie fragten Jesus: »Warum fasten und beten die Anhänger von Johannes oft, wie es unsere Schüler ja auch tun, während deine Jünger nicht fasten und immer nur essen und trinken?«

»Glaubt ihr, Hochzeitsgäste sollten fasten und trauern, wenn der Bräutigam bei ihnen ist?« fragte Jesus dagegen. »Solange der Bräutigam bei ihnen ist, können und dürfen sie nicht fasten. Der Tag kommt aber, wo ihnen der Bräutigam entrissen wird, und dann werden sie fasten.«

Darauf konnten sich die Pharisäer keinen Reim machen. Sie gingen davon und grübelten weiter über Jesus und seine Jünger. Was er gemeint hatte, deutete darauf hin, daß er eines Tages nicht mehr bei seinen Jüngern sein werde und daß sie dann fasten und beten würden.

Außerdem traf es nicht zu, daß Jesu Jünger fortwährend aßen und tranken, denn schließlich waren sie einfache Leute mit wenig Geld; sie blieben bei ihren Wanderungen über Land oft genug hungrig; es kam nur selten vor, daß ein Steuereintreiber sie zum Essen einlud, und in der Wüste, wo sie oft lehrten, gab es keine Gasthäuser. Einmal führte sie ihr Weg durch Kornfelder. Die Jünger hatten lange nichts gegessen und waren hungrig. Deshalb rissen sie im Vorbeigehen reife Ähren ab, rieben die Körner aus und aßen sie. Die Pharisäer, die ja immer dabei waren, beobachteten sie und hatten nun wieder einen Grund zur Beschwerde.

»Hast du das gesehen?« fragten sie Jesus. »Was deine Jünger da tun, ist am Sabbat verboten!« Es war in ihren Augen ein Verbrechen, nämlich eine Entweihung des Sabbats.

Jesus fand die Art, in der die Pharisäer mit dem Sabbat, dem Ruhetag, umgingen, ein wenig lächerlich; sie hatten ihn in ein so dichtes Netz aus Vorschriften und Verboten eingesponnen, daß er für die Menschen eher zur Qual als ein Tag zum Ausruhen geworden war. Doch Jesus antwortete ihnen geduldig und gelassen: »Habt ihr nicht in der Schrift gelesen, was David tat, als er und seine Begleitung einmal sehr hungrig waren? Zur Zeit des Hohenpriesters Abiathar ging er in den Tempel und aß mit seiner Begleitung von dem geweihten Brot, von dem nur die Priester essen dürfen. Und verrichten die Priester nicht schließlich auch eine Arbeit, wenn sie am Sabbat morgens und abends die Opfer darbringen? Aber das haltet ihr doch für richtig? Ich sage euch: Hier ist etwas Erhabeneres als der Tempel und etwas Wichtigeres als der Sabbat. Der Herr verlangt menschliche Güte und nicht Brandopfer. Wenn ihr es nur einsehen wolltet! Der Sabbat ist für die Menschen eingesetzt worden, und nicht der Mensch für den Sabbat. Und der Menschensohn ist der Herr auch des Sabbats.«

Sie verstanden ihn nicht. Daß Jesus der Herr auf der Erde sei, also auch der Herr über den Sabbat, ging über ihr Verständnis hinaus, in diesem Augenblick und auch später. Für sie blieb Jesus von Nazareth ein Mensch.

Jesus und seine Jünger gingen in die Stadt zurück und begaben sich in die Synagoge, wo ein Mann mit einer verkrüppelten Hand auf sie wartete, umgeben von Schriftgelehrten und Pharisäern, die beobachten wollten, ob Jesus den Mann am Sabbat heilen werde, so daß sie ihm wieder etwas vorwerfen konnten.

Und Jesus wußte, was sie dachten. Er rief den Mann mit der verkrüppelten Hand: »Komm her, stell dich hier vor die anderen hin.« Der Mann erhob sich und stand Jesus gegenüber, vor der schweigend wartenden Menschenmenge.

Nach Ansicht der Pharisäer war auch das Heilen eine Arbeit, und zwar eine, die Jesus nicht durch den Hinweis auf die Heilige Schrift oder auf die Tätigkeit der Priester rechtfertigen konnte. Gespannt warteten sie, was Jesus an diesem Sabbat mit dem Mann anfangen werde, dessen Hand verkrüppelt war.

»Beantwortet mir eine Frage«, sagte Jesus. »Soll man am Sabbat Gutes oder Böses tun? Und was ist gut: Leben zu retten oder zu töten?«

Sie wußten keine Antwort. Sie blieben stumm und warteten. Jesus fuhr fort: »Was wäre das für ein Mensch, der sein Schaf, wenn es am Sabbat in ein Wasserloch fällt, nicht herausholte! Und wieviel wichtiger ist ein Mensch als ein Schaf! Deshalb ist es Rechtens, am

Sabbat Gutes zu tun. – Streck deine Hand aus!«

Er sah um sich, und ihm wurde das Herz schwer über der Unbarmherzigkeit der Pharisäer. Doch der Mann streckte ihm gläubig die Hand hin: Da war sie im selben Augenblick so gesund, als sei sie nie verkrüppelt gewesen.

Die Pharisäer schäumten vor Wut. Sie verließen sofort die Synagoge, um untereinander und mit Hofleuten des Herodes zu beraten, was sie gegen diesen gefährlichen Gesetzesbrecher unternehmen könnten. Sie hätten ihn am liebsten umgebracht, doch das schien nicht ratsam zu sein.

Jesus verließ die Stadt und begab sich mit seinen Jüngern an die Küste von Galiläa.

Bald darauf fand ein jüdisches Fest statt, das Jesus in Jerusalem feiern wollte. Dort fand er an dem uralten Teich Bethesda, der nahe beim Schaftor lag, eine Menge elender Menschen gelagert, Blinde und Lahme, Verkrüppelte und Sieche. Es hieß, daß an einem bestimmten Tag ein Engel des Herrn das Wasser im Teich bewege; wer danach als erster Kranker in das Wasser tauchte, solle von jedem Übel geheilt werden. Und deshalb lagen sie alle da, beteten und hofften, als erster von allen das Wasser zu berühren.

Einige von ihnen konnten sich nur mit Mühe bewegen, so daß sie kaum hoffen durften, als erster den Teich zu erreichen. So ging es auch einem Mann, der seit achtunddreißig Jahren krank war, sich in jedem Jahr an den Teich geschleppt, aber niemals als erster das Wasser erreicht hatte; immer waren andere vor ihm dagewesen.

Jesus sah ihn dort liegen. Er kannte sein Schicksal und trat zu ihm: »Möchtest du wieder gesund werden?«

»Ja, Herr, aber niemand hilft mir ins Wasser, wenn es der Engel bewegt hat. Immer, wenn ich es versuche, steigt ein anderer vor mir hinein.«

»Steh auf, nimm deine Trage und geh«, sagte Jesus zu ihm. Während er noch sprach, stand der Mann gesund auf, ergriff die Trage und ging mit einem Herzen voller Dankbarkeit.

Es war ein Sabbattag, und Leute, die ihn mit seiner Trage gehen sahen, hielten ihn an: »Heute ist doch Sabbat. Du darfst keine Bahre tragen.«

Der geheilte Mann, der zum erstenmal seit achtunddreißig Jahren glücklich war, antwortete: »Der Mann, der mich gesund machte, hat gesagt: Steh auf, nimm deine Trage und geh. Und das habe ich getan.«

Die Schriftgelehrten und die Pharisäer hörten davon und wußten sofort, wer das gesagt hatte, und nun kannte ihre Wut keine Grenzen mehr: Wieder hatte Jesus am Sabbat geheilt, und diesmal hatte er einen anderen sogar verleitet, am Sabbat eine Arbeit zu tun, nämlich seine Bahre zu tragen – an dem Tag, den Gott zur Ruhe bestimmt hatte!

Sie hielten es Jesus vor. Er antwortete gelassen: »Mein Vater arbeitet immer, auch am Sabbat. Und auch ich arbeite.«

Von nun an verfolgten ihn die Pharisäer unbarmherzig. Er hatte nicht nur ihr Gesetz gebrochen, als er solche Dinge an Sabbattagen unternahm, sondern er hatte auch behauptet, er sei Gottes Sohn. Er hatte sich Gott gleichgestellt.

Deshalb beschlossen sie, ihn umzubringen, sobald sich eine Gelegenheit dazu bot.

DIE BERGPREDIGT

Es gab Menschen, die den Buchstaben des Gesetzes erfüllten, und andere, die sich nach seinem Sinn richteten, wie ihn Jesus auslegte. Als Jesus wieder an die Küste von Galiläa kam, drängten sich Leute aus Jerusalem und Judäa hinter ihm her; sie kamen aus den Städten und vom Lande, sie kamen von jenseits des Jordans. In Tyrus, in Sidon und in Syrien wurde von ihm gesprochen, und von überallher brachte man die Kranken und die Siechen und die geistig Verwirrten zu ihm.

Jesus heilte alle, er nahm ihnen die Schmerzen, er vertrieb Dämonen und sogar den Tod, und immer mehr Menschen kamen. Schließlich bat er seine Jünger, am Ufer immer ein Boot für ihn bereitzuhalten, damit er vom Wasser aus predigen konnte, wenn das Gedränge ringsum zu groß wurde. Und täglich wuchs die Schar der Menschen, die ihn hören und von ihm geheilt werden wollten.

Jesus erkannte, daß er seine Sendung nur erfüllen konnte, wenn andere einen Teil seines Wirkens übernahmen, und zwar nicht nur lehrend, sondern auch heilend. Unter den vielen, die sich ihm angeschlossen hatten und ihm immer noch folgten, die sich auch als seine Schüler bezeichneten, weil sie an ihn glaubten und ihn liebten, hatte er bisher nur vier beauftragt, ihn in seiner Tätigkeit zu unterstützen. Aber es mußten mehr sein. Deshalb betete er eine ganze Nacht hindurch in der Einsamkeit eines Berggipfels zu Gott, seinem Vater.

Am anderen Morgen rief er seine Schüler zu sich und ernannte die zwölf, die er zu seinen Aposteln ausersehen hatte; sie sollten künftig neben ihm wirken, wenn sich das als nützlich erwies, sollten aber auch allein in die Orte gehen, die Jesus nicht selbst erreichen konnte. Er gab diesen zwölf Männern die Macht, Krankheiten aller Art zu heilen, und auch die Vollmacht, Dämonen zu vertreiben.

Und dies waren die zwölf: Simon, dem Jesus den Namen Petrus gegeben hatte; sein Bruder Andreas; die Söhne des Zebedäus, Jakobus und Johannes; Philippus und sein Freund Nathanael, der auch Bartholomäus genannt wurde; Thomas; Matthäus, der einstige Steuereintreiber; ein zweiter Jakobus, Sohn von Alphäus; ein zweiter Simon, ein Kanaaniter; Judas, der auch Thaddäus genannt wurde, und schließlich Judas Ischariot, der zum Verräter wurde. Mit diesen zwölf Männern kam Jesus den Berg hinunter und sah eine große Menschenmenge warten. Seine Güte überströmte sie, als sie sich um ihn drängten und ihn berührten; er heilte alle, die krank oder besessen waren. Als er aber sah, wie viele es waren und daß die Menge immer noch anwuchs, beschloß er, seine Jünger sogleich alles zu lehren, was er ihnen für ihre Tätigkeit mit auf den Weg geben mußte. Er stieg mit den auserwählten zwölfen wieder auf den Berg, setzte sich und begann, sie zu lehren. Die Menge drängte schweigend nach und hörte zu.

»Ihr sollt wissen und nie vergessen:

Glücklich sind die Menschen mit einfachem Gemüt, die nach Erkenntnis verlangen, denn ihnen soll das himmlische Reich gehören.

Glücklich sind die Trauernden, denn sie sollen getröstet werden.

Glücklich sind die Sanften, denn sie werden die Erde besitzen.

Glücklich sind, die nach Gerechtigkeit hungern und dürsten, denn sie sollen satt werden.

Glücklich sind die Gütigen, denn sie sollen Güte erfahren.

Glücklich sind die, deren Herz rein ist, denn sie werden Gott sehen.

Glücklich sind, die Frieden schließen, denn sie werden Gottes Kinder sein.

Glücklich sind, die wegen ihrer Rechtschaffenheit verfolgt werden, denn ihnen gehört das himmlische Reich.

Glücklich seid ihr, wenn euch die Menschen meinetwegen verachten und verfolgen und euch zu Unrecht anklagen:

Freut euch, seid fröhlich! Im Himmel werdet ihr belohnt. Denn so hat man auch vor euch die Propheten verfolgt.«

Die Menschenmenge verhielt sich still, als Jesus weitersprach, um seine zwölf Jünger zu lehren, wie sie sein und handeln müßten – um seinetwillen, aber auch um ihrer selbst willen.

»Ihr seid das Salz der Erde. Wenn Salz aber kraftlos wird, kann man es nicht wieder salzig machen. Man kann es nur noch fortwerfen und zertreten lassen.

Ihr seid das Licht der Welt. Doch wie man eine Stadt, die man auf einem Berg angelegt hat, nicht verstecken kann, so zündet man ein Licht auch nicht an, um es unter einer Schüssel zu verbergen, sondern damit es für jeden im Haus hell wird. Deshalb laßt euer Licht vor den Menschen leuchten; sie müssen sehen, daß ihr Gutes tut, und euren Vater im Himmel preisen.

Ihr dürft nicht glauben, daß ich das Gesetz oder die Propheten für nichtig erklären will: Ich bin nicht zum Auflösen, sondern zum Erfüllen gekommen. Wer auch das unwichtigste der Gebote übertritt oder andere dazu verleitet, wird im himmlischen Reich der letzte sein. Doch wer sie hält und sie anderen lehrt, wird groß sein im himmlischen Reich. Ich sage euch: Wenn ihr nicht besser handelt als Schriftgelehrte und Pharisäer, werdet ihr niemals in das himmlische Reich kommen.

Ihr wißt ja, was früher einmal galt: Wer verletzt oder kränkt, soll wieder verletzt werden – Auge um Auge, ein Zahn für einen Zahn! Aber wir leben nicht mehr in jener alten Zeit. Ich sage euch heute: Wehrt euch nicht gegen das Unrecht, vergeltet es nicht mit Bösem! Wenn euch jemand auf die rechte Wange schlägt, haltet ihm auch die linke hin; wenn jemand euch vor Gericht ziehen und euren Mantel haben will, gebt ihm auch den Rock. Und wenn euch jemand zwingt, eine Meile mit ihm zu gehen, begleitet ihn zwei Meilen. Helft dem, der euch darum bittet. Wenn jemand etwas von euch leihen möchte, weist ihn nicht ab: Ihr müßt überhaupt die Menschen so behandeln, wie ihr selbst behandelt werden wollt.

Ihr wißt, daß es früher hieß: Liebt eure Nachbarn und haßt euren Feind. Aber ich sage euch: Liebt auch eure Feinde, betet für eure Verfolger. Dann seid ihr die echten Kinder des Vaters im Himmel, denn er läßt die Sonne für die Bösen genauso scheinen wie für die Guten, und er schickt den Gerechten und den Ungerechten gleicherweise Regen. Er behandelt die Undankbaren und Bösartigen so gütig wie die Dankbaren und Guten. Deshalb sollt auch ihr gütig sein wie euer Vater.

Denn wenn ihr nur die lieben wollt, die ihr gern habt, was ist daran Besonderes? Das tun ja auch die Steuereintreiber! Und wenn ihr nur denen Gutes erweist, die euch gefällig sind, wie wollt ihr das dankenswert finden? Auch die Sünder verhalten sich ja nicht anders. Und wenn ihr denen etwas leiht, von denen ihr etwas erhofft, glaubt ihr dann, Dank zu verdienen? Sogar die Verbrecher leihen anderen Verbrechern, weil sie ebensoviel zurückerwarten.

Ich sage euch: Ihr sollt eure Feinde lieben! Segnet diejenigen, die euch fluchen. Tut denen Gutes, die euch hassen. Betet für eure Beleidiger. Leiht denen, die es nötig haben, und erwartet nichts dafür. Ihr werdet im Himmel reich belohnt werden.

Ihr sollt vollkommen sein, denn euer Vater im Himmel ist vollkommen.

Und achtet darauf, daß ihr gute Taten nicht in aller Öffentlichkeit tut, um von anderen gesehen zu werden; dafür wird euch der Vater im Himmel nicht belohnen. Wenn ihr also etwas zu spenden habt, blast nicht vorher die Trompete, wie es Heuchler in Synagogen und auf den Gassen tun, damit sie beobachtet und gepriesen werden: Ich versichere euch, mehr als das Lob der Menschen werden sie nie erhalten! Doch wenn ihr etwas verschenkt, darf eure linke Hand nicht wissen, was die rechte tut. Laßt eure Mildtätigkeit geheim bleiben. Euer Vater sieht ja, was ihr im stillen wirkt, und er wird euch dafür belohnen.

Und wenn ihr fastet, setzt dazu keine Leidensmiene auf, wie die Heuchler es tun; sie verziehen das Gesicht und sehen so betrübt aus, daß jedermann sie als Fastende erkennen muß. Das ist dann aber auch ihr ganzer Lohn. Doch wenn ihr fastet, pflegt das Haar und wascht das Gesicht, damit man euch das Fasten nicht anmerkt und nur euer unsichtbarer Vater es sieht. Denn euer Vater, der sieht, was im Verborgenen getan wird, vergilt es euch. Und wenn ihr betet, macht es nicht wie die Heuchler, die so gern in Synagogen und an Straßenecken stehen, damit jedermann sie beim Beten beobachten kann. Ich versichere euch: Das Lob der Menschen ist ihr einziger Lohn. Wenn ihr betet, geht in ein stilles Zimmer, schließt die Tür hinter euch und betet zu eurem unsichtbaren Vater. Denn euer Vater, der euch im Verborgenen sieht, wird euch belohnen.

Wenn ihr betet, sollt ihr nicht immer dasselbe wiederholen und keine leeren Redewendungen plappern, wie andere es tun, weil sie glauben, es käme auf möglichst viele Worte an. Das sollt ihr nicht, denn euer Vater kennt eure Wünsche, ehe ihr ihn darum bittet. Deshalb sollt ihr so beten:
Unser Vater im Himmel,
Dein Name werde geheiligt,
Dein Reich komme.
Dein Wille geschehe auf Erden wie im Himmel.
Unser täglich Brot gib uns heute.
Und vergib uns unsere Schuld,
Wie wir vergeben unseren Schuldigern.
Und führe uns nicht in Versuchung,
Sondern erlöse uns von dem Bösen.
Denn dein ist das Reich
Und die Kraft und die Herrlichkeit
In Ewigkeit. Amen!«
Die Menschenmenge verhielt sich ganz still. Aber die Leute wunderten sich über vieles, was sie gehört hatten.
»Wenn ihr anderen das Unrecht verzeiht, das sie getan haben«, fuhr Jesus fort, »wird euer Vater im Himmel euch auch verzeihen. Doch wenn ihr den anderen nicht ihre Fehler verzeiht, wird euch euer Vater auch nicht vergeben.
Sammelt nicht irdische Schätze an, statt euch um geistigen Reichtum zu bemühen. Strebt nach dem Reich Gottes, dann werden euch alle anderen Dinge, die ihr braucht, gegeben. Ich sage euch auch: Sorgt euch nicht um die täglichen Bedürfnisse: ›Was soll ich essen? Was trinken? Was anziehen?‹ Ist denn das Leben nicht viel mehr als nur Essen, und ist der Körper selbst nicht viel wichtiger als seine Kleidung? Seht doch auf die Vögel unter dem Himmel: Sie säen nicht, sie ernten nicht, sie sammeln nichts in Scheunen, doch euer himmlischer Vater ernährt sie. Und seid ihr nicht wichtiger als sie? Wer von euch, der sich soviel Sorgen macht, kann denn seiner Körpergröße eine Handbreit oder seiner Lebensdauer eine Minute hinzufügen? Und warum wollt ihr euch denn soviel Gedanken um die Kleidung machen! Seht doch auf die Lilien auf dem Felde, wie

sie dastehen: Sie arbeiten nicht, sie spinnen nicht – doch selbst Salomo in all seiner Pracht war nicht so prächtig wie eine von ihnen. Und wenn Gott die wilden Gewächse des Feldes so schön macht – die heute blühen und morgen in den Ofen geworfen werden –, wird er doch wohl auch euch bekleiden, ihr Sorgenvollen!

Ihr sollt euch nicht so viel sorgen, nicht immer sagen: ›Was sollen wir denn essen?‹ oder ›was sollen wir trinken?‹, ›was sollen wir anziehen?‹ Euer himmlischer Vater weiß ja, daß ihr das alles braucht. Kümmert euch inständig um das Reich Gottes, um das, was er von euch will, dann werden euch all die anderen Dinge gegeben werden. Sorgt euch nicht um den nächsten Tag, der wird für sich selbst sorgen. Die Last des heutigen Tages genügt.

Bittet, dann wird euch gegeben. Sucht, dann werdet ihr finden. Klopft an, dann wird euch die Tür geöffnet. Denn wer Gott bittet, findet Gehör; wer sucht, soll finden; wer an die Tür klopft, dem wird geöffnet. Und wie ihr von den Menschen behandelt werden möchtet, so behandelt sie selbst.

Wir erkennen den Baum an seinen Früchten: Ein guter Baum trägt keine schlechten Früchte und ein schlechter Baum keine guten. Deshalb sollt ihr auch die Menschen an ihren Früchten erkennen.«

So lehrte Jesus seine Jünger an jenem Tag auf dem Berg. Zum Schluß sagte er:

»Nicht jeder, der mich ›Herr, Herr!‹ nennt, wird in Gottes Reich kommen, sondern nur, wer auf meine Worte hört und nach dem Willen meines Vaters im Himmel lebt. Ich sage euch: Seid vorbereitet auf den Tag, an dem ihr zu Gott gerufen werdet! Wer auf meine Worte hört und danach handelt, verhält sich wie der Mann, der für sein Haus eine tiefe Grube aushob, bis er auf Felsen stieß: Regen kam, das Wasser stieg, der Sturm heulte um das Haus, doch es stand fest und stürzte nicht, weil es auf Felsgrund gebaut war. Doch wer meine Worte hört und nicht danach lebt, handelt so töricht wie der Mann, der sein Haus auf Sandboden baute: Der Regen fiel, das Wasser stieg, und der Sturm brauste gegen das Haus. Da fiel es in sich zusammen.

Doch wenn ihr euer Leben so führt, wie ich es euch lehre, habt ihr euer Haus auf Felsengrund gesetzt.«

Die Zuhörer waren von Jesu Worten tief bewegt, denn er sprach wie ein Mann, der eine Vollmacht dazu hat – und nicht wie die Schriftgelehrten, die immer nur die alten Gesetze wiederholten. Von ihnen war keine Lehre zu hören, die solche Gebote enthielt: »Liebt eure Feinde, segnet, die euch fluchen. Tut denen Gutes, die euch hassen. Haltet auch die andere Wange hin.«

Das alles war neu und klang ganz anders als das, was die Pharisäer predigten. Für die Nachdenklichen in der großen Menschenmenge war es eine glaubwürdige Lehre, Worte eines gütigen und liebenden Gottes.

JESUS UND DER TÄUFER JOHANNES

Jesus kehrte nach Kapernaum zurück. Er wurde hier sehnsüchtig erwartet von einem römischen Hauptmann, denn einer seiner Diener, ein junger Mann, den er besonders gern hatte, war schwer erkrankt, konnte sich nicht mehr bewegen und schien dem Tode nahe.

Als der Hauptmann hörte, daß Jesus wieder in Kapernaum sei, wandte er sich an die Ältesten der Juden mit der Bitte um Hilfe; er war, obwohl ein römischer Offizier, zu bescheiden, um sich selbst an Jesus zu wenden. »Zu Hause liegt mein Diener mit großen Schmerzen. Ich bitte euch, geht zu diesem heilsmächtigen Mann, fleht ihn an, meinem Diener zu helfen.«

Die Ältesten begaben sich zu Jesus und baten inständig um Hilfe für den Diener des Römers: »Der Hauptmann ist ein anständiger Mann, der Hilfe verdient. Er achtet unser Volk und hat selbst eine Synagoge bauen lassen.«

Jesus ging mit ihnen, doch unterwegs kamen ihm schon Freunde des Römers entgegen: »Unser Freund meint, du solltest dir nicht die Mühe machen, ihn selbst aufzusuchen. Er glaubt, er sei es nicht wert, daß du sein Haus betrittst, und er hält sich nicht für würdig, selbst zu dir zu kommen. Sprich nur ein Wort – dann wird sein Diener gesund werden.«

Jesus wunderte sich. Er sagte zu seinen Begleitern: »Solchen Glauben habe ich in Israel bei den Juden noch nicht erlebt, nur bei diesem Römer!« Und den Freunden des Hauptmanns sagte er: »Geht heim. Was der Mann glaubt, wird geschehen.«

Und als sie wieder im Haus des Hauptmanns ankamen, war der junge Mann gesund.

Am Tage darauf wanderte Jesus mit vielen Anhängern und seinen Jüngern nach Nain. In der Nähe des Stadttores kam ihnen ein Trauerzug entgegen: Eine große Menschenmenge trug einen jungen Mann, den einzigen Sohn einer Witwe, zu Grabe. Weinend

und laut klagend ging die Mutter neben der Totenbahre.
Die beiden Gruppen begegneten sich am Tor von Nain. Jesus sah die Frau an, die so bitterlich weinte, weil sie alles verloren hatte, was sie liebte. Er sagte mitleidig: »Wein nicht mehr«, trat an die Bahre und legte die Hand darauf. Die Träger setzten sie ab, Jesus blickte in das tote Gesicht. »Junger Mann, ich sage dir: Steh auf!« Der junge Mann, der tot gewesen war, setzte sich auf und sprach. Seine Mutter lief auf ihn zu und umarmte ihn, aus ihrem bitteren Weinen wurden Freudentränen. Überall verstummte das laute Klagen, erschrocken und erstarrt standen die Menschen. Doch dann priesen sie Gott: »Ein großer Prophet ist zu uns gekommen, Gott ist zu seinem Volk gekommen!«
Das Ereignis wurde bald überall im südlichen Galiläa und in Judäa bekannt.
Jesus setzte seine Tätigkeit in diesem Teil Galiläas fort, predigte über das wahre Heil des Menschen und heilte die Kranken. Die Berichte von seinen Wundertaten erreichten auch die Schüler von Johannes. Sie besuchten ihren Meister, der immer noch in Herodes' Gefängnis saß und ab und zu, wenn es dem Fürsten gefiel, Besuch empfangen durfte. Als der Täufer hörte, was Jesus rings im Lande vollbrachte, konnte er sich nicht gegen den Gedanken wehren, daß Jesus seine wunderbare Macht doch auch zu seiner, Johannes', Befreiung nutzen könne. Wie war es denn überhaupt? Jesus hatte sich zwar als der »Menschensohn« und der Sohn Gottes bezeichnet, aber er hatte nie gesagt, daß er der Christus sei. War er nun der so lange ersehnte Messias und König der Juden? War er es vielleicht doch nicht?
Johannes' Glauben geriet ins Wanken, als er im Gefängnis saß. Er hatte als erster den Gesalbten des Herrn angekündigt, doch nun kamen ihm Zweifel.
Er dachte lange darüber nach, dann beauftragte er zwei seiner Schüler: »Geht zu Jesus und stellt ihm diese Frage: ›Bist du es, der uns versprochen wurde, oder müssen wir auf einen anderen warten?‹ «
Jesus verstand, daß er Johannes' Glauben zu Hilfe kommen mußte, doch er durfte sich nicht selbst als Messias bezeichnen, weil

dann nicht nur die Priester und die Pharisäer, sondern auch Herodes einen Grund gehabt hätten, gegen ihn vorzugehen. Aus demselben Grund konnte er auch nicht seine Macht zur Befreiung von Johannes aus dem Gefängnis einsetzen: Er hatte vieles zu tun und durfte die kurze Zeit seines Wirkens nicht noch verkürzen. Deshalb mußte er Johannes eine Botschaft schicken, die ihn davon überzeugte, daß Jesus wirklich der Messias sei.

Während Johannes' Schüler auf Antwort warteten, erlebten sie, daß Jesus viele Leute von körperlichen oder seelischen Übeln heilte, daß er Blinde sehend machte, daß Aussätzige gesund wurden, Krüppel gehen konnten. Sie hörten Jesu sanften Zuspruch für alle, die Kummer hatten. Schließlich wandte er sich auch ihnen zu:

»Geht zu Johannes und berichtet ihm, was ihr gesehen und gehört habt. Erzählt ihm, daß die Blinden sehen, die Gelähmten gehen können, daß die Aussätzigen frei von ihrer Krankheit sind, daß die Tauben hören können und die Toten sich erheben. Erzählt, daß den Armen die gute Botschaft vom Reich Gottes verkündet wird.«

Jesus wußte, daß Johannes diese Berichte verstehen werde, denn er kannte die Worte, die einst Jesaja über den Einen, den Messias, gesagt hatte:

Sagt den Verzagten:
Seid mutig, fürchtet euch nicht.
Seht, euer Gott kommt zur Rache,
Gott selbst übernimmt die Vergeltung
Und kommt, um euch zu retten.
Dann werden den Blinden die Augen geöffnet
Und die Ohren den Tauben.
Dann wird der Lahme springen wie der Hirsch,
Und der Stumme wird singen.
Denn in der Wüste brechen die Quellen auf,
Und Ströme im dürren Land.

In der Übereinstimmung mit dieser Prophezeiung mußte Johannes die Antwort auf seine Frage erkennen. Denn so sehr Jesus mit dem Täufer fühlte, konnte er doch nichts anderes für ihn tun, als seinen Glauben zu bestätigen; und er wußte, daß ihm das nötiger war als die Befreiung durch ein Wunder. »Dies also sollt ihr ihm berichten«, sagte er den Schülern. »Und fügt hinzu: Glücklich, wer niemals an mir zweifelt!«

Jesus sprach auch zu der umstehenden Menge über den Täufer: »Als ihr in die Wüste gegangen seid, um Johannes anzuhören, was habt ihr da erwartet? Ein Schilfrohr, das im Winde schwankt? Ganz gewiß nicht. Einen Mann in prachtvoller Kleidung? Nein, denn Leute mit kostbaren Gewändern leben in der Umgebung von Königen. Was also habt ihr erwartet? Einen Propheten? Ja! Und ihr habt einen Propheten gefunden, und mehr als das. Denn über ihn sagen die alten Schriften:

Ich sende meinen Boten vor dir her,
Der dir den Weg bereiten soll.

Johannes ist dieser Bote, und ich versichere euch: Unter allen von einer Mutter geborenen Menschen gibt es keinen größeren Propheten als ihn – und doch ist im Reich Gottes noch der Geringste größer als er. Wer auf ihn gehört hat und sich taufen ließ, wurde vor Gott von seinen Sünden freigesprochen. Die Pharisäer und die Schriftgelehrten haben es abgelehnt, Gottes Güte anzunehmen, und haben sich nicht taufen lassen. Ich sage euch aber: Wer Ohren hat, der höre. Glaubt und handelt danach!«

Johannes der Täufer erhielt den Bericht über Jesu Wirken und auch über das, was Jesus über ihn selbst gesagt hatte. Er zweifelte nicht mehr daran, daß Jesus der Messias war. Eine weitere Nachricht von ihm oder über ihn erhielt er nicht.

Während der Zeit, in der Johannes im Gefängnis saß, hielt Herodes seine Hand über ihn, so daß Herodias ihren Haß gegen den Täufer nicht auslassen konnte. Herodes schätzte den frommen und aufrechten Mann immer mehr, besuchte ihn im Gefängnis, unterhielt sich lange mit ihm und lernte dabei so viel, daß sich sogar sein Wesen und sein Lebenswandel besserten.

Herodias aber wartete auf die Stunde der Rache. Sie sah sie gekommen, als Herodes ein Fest für ihre Tochter veranstaltete; das Mädchen, das aus der ersten Ehe von Herodias mit Herodes' Bruder stammte, hatte Geburtstag, und der Vierfürst lud seine Hofleute, die hohen Offiziere und die vornehmsten Juden von Galiläa dazu ein. Auf dem Höhepunkt des Festes tanzte das Mädchen, und es tanzte wunderbar, voller Anmut und Kunst. Vom Wein angefeuert, rief Herodes das Mädchen zu sich: »Erbitte dir von mir, was du willst, ich werde es dir geben. Das schwöre ich! Was immer du erbittest, und sei es mein halbes Reich, du sollst es von mir bekommen!«

Das Mädchen antwortete nicht gleich, sondern eilte zur Mutter, die nicht unter den Festgästen saß: »Was soll ich mir wünschen?« fragte es. Die Frau versuchte nicht erst, ihre Gier zu bezwingen: »Den Kopf Johannes des Täufers!« rief sie triumphierend.

Das Mädchen ging zurück zum König: »Ich möchte, daß mir der Kopf von Johannes dem Täufer auf einem Tablett überreicht wird.«

Herodes wurde plötzlich nüchtern. Nun hatte er diesen albernen Eid geleistet, vor allen Leuten in diesem überfüllten Festsaal – es blieb ihm nichts anderes übrig, er mußte ihn halten. Das Herz wurde ihm schwer, und er bereute sein Versprechen, denn er wünschte dem Täufer, der ihn so vieles gelehrt hatte, nicht den Tod. Doch er hatte geschworen. Alle Anwesenden starrten ihn erwartungsvoll an. Herodes winkte einen Boten herbei: »Sag dem Scharfrichter, er soll den Kopf des Täufers bringen.«

Der Scharfrichter ging in den Kerker und führte den grausigen Auftrag aus. Dann brachte er den Kopf auf einem Tablett in den Saal. Er überreichte ihn dem Mädchen, das ihn an die Mutter weitergab. Die Frau lächelte zufrieden: Diese Zunge hier würde nie wieder ein böses Wort gegen Herodias äußern!

Als Johannes' Schüler die schreckliche Nachricht erfuhren, holten sie den Körper aus dem Gefängnis und bestatteten ihn würdig. Dann suchten sie Jesus auf, um ihm alles zu berichten.

Jesus war betrübt über den Tod seines Vetters, des Propheten, der ihm den Weg bereitet hatte. Für ihn selbst war dieses Ende ein Ansporn, seiner eigenen Sendung noch dringlicher, noch erschöpfender nachzugehen. Er rief seine zwölf Jünger, lehrte sie alles, was sie wissen mußten, bat sie, ihre Anstrengungen zu verdoppeln, und nutzte seine ganze Kraft und seine ganze Zeit, um zu predigen und zu heilen, bevor seine Frist ablief.

Er sah die Gefahr für sich selbst täglich wachsen und wußte, daß es nicht mehr lange dauern konnte, bis sich Herodes auch mit ihm befaßte, und gewiß nicht auf wohlwollende Weise. Den Schriftgelehrten und den Pharisäern wurde Jesu Lehre immer verhaßter; schon berieten sie mit den Leuten des Herodes, wie sie diese »Gotteslästerung«, diese »Ketzerei« für immer zum Schweigen bringen könnten. Doch obwohl Jesus das wußte, setzte er nur noch mehr Kraft ein und sprach immer dringlicher zu den Menschen.

Er ging in Städte und Dörfer, um die Botschaft vom Reich Gottes zu verkünden. Ihm halfen die zwölf Jünger und auch einige Frauen, die er von Krankheit oder Besessenheit geheilt hatte. Darunter war Maria aus Magdala, die Maria Magdalena genannt wurde und der Jesus sieben Teufel austreiben mußte; eine andere Frau war Johanna, deren Mann den Besitz von Herodes verwaltete; eine dritte Frau hieß Susanna. Diese Frauen wanderten mit den Männern und kümmerten sich um ihr leibliches Wohl. Sie durchzogen miteinander Galiläa, um das Evangelium zu verkünden.

GLEICHNISSE UND WUNDERTATEN

Wieder hielt sich Jesus zum Predigen und Lehren am Ufer von Galiläa auf, wieder drängte sich so viel Volk um ihn her, daß ihn nicht alle hören konnten. Da bestieg er wie schon öfter ein Boot und lehrte vom Wasser aus, während die Menschenmenge am Ufer zuhörte.

Diesmal sprach er nicht mit unmittelbaren Worten vom Reich Gottes und von der Notwendigkeit des Menschen, sein Leben zu ändern, sondern wählte Vergleiche, kurze Erzählungen, die den Sinn seiner Lehre verdeutlichen sollten; alle diese Gleichnisse handelten vom Reich Gottes.

»Hört zu. Ein Bauer ging aufs Feld, um Korn zu säen. Während er die Furchen auf und ab ging, fiel etwas Saatgut auf den Weg, wo die Vögel es rasch aufpickten. Andere Saatkörner fielen auf steinigen Boden, wo sie zwar rasch aufkeimten, wo aber ihre Wurzeln nicht tief genug eindringen konnten, so daß sie in der Sonnenhitze rasch verwelkten. Ein Teil der Saat fiel in Dornendickicht, ging zwar auf, doch das Gestrüpp wuchs rascher und erstickte die zarten Pflanzen.

Doch es fiel auch Saatkorn auf guten Boden. Es keimte, schlug Wurzeln und wuchs zu hohen, gesunden Pflanzen, die hundertmal mehr Körner als die anderen brachten. Und ich sage euch: Wer Ohren hat, der höre!«

Weder die Jünger noch die anderen Zuhörer verstanden den Sinn dieses Gleichnisses, wenn sie auch wußten, daß Saatkorn in gutem Boden bessere Ernten bringt. Jesus erklärte ihnen den Sinn des Vergleichs: »Die Saat ist die Botschaft vom Reich Gottes, der Sämann der, der sie verkündet, und der Boden das Volk, das die Botschaft hört. Und wie manches Saatkorn auf den Weg fällt, wo es die Vögel aufpicken, hören auch viele die Botschaft, richten sich aber nicht danach; der Böse kommt und nimmt sie aus ihrem Herzen.

Der steinige Boden, auf den die Saat fällt und in dem sie rasch keimt, gleich den Leuten, die das Wort Gottes freudig aufnehmen, wenn sie es hören, doch weil sie so flach sind wie der Ackerboden über dem felsigen Grund, wurzelt es nicht tief; sie glauben eine Zeitlang, doch sie geben den Glauben rasch auf, wenn Zweifel und Versuchung kommen.

Das Dornendickicht erinnert an die Menschen, die das Wort Gottes hören und auch glauben, aber zulassen, daß es von den täglichen Sorgen und Ablenkungen und Wünschen überwuchert wird, so daß es nicht reifen kann und keine Frucht bringt.

Und der gute Boden, der die Saat annimmt, stellt die Menschen dar, die Gottes Wort hören, verstehen und sich danach richten. Wenn es in willige Herzen fällt, geht es auf, reift, und der Glaube bringt Frucht wie die Ernte von gutem Boden.«

Dann erzählte er ihnen ein Gleichnis von guter und schlechter Saat. »Das Reich im Himmel kann mit einem Mann verglichen werden, der gutes Saatkorn nahm und aussäte. Doch als er schlief, erschien heimlich ein Feind, säte Unkraut in die Furchen und machte sich wieder davon. Als die Weizenhalme sproßten, wuchs Unkraut dazwischen.

Die Knechte des Bauern machten ihn darauf aufmerksam: ›Herr, hast du nicht gutes Saatkorn genommen? Woher kommt denn aber all das Unkraut?‹

›Ein Feind hat es gesät‹, antwortete er.

›Dann sollen wir wohl aufs Feld gehen, um es auszureißen?‹

›Nein‹, sagte der Bauer. ›Wenn ihr jetzt das Unkraut entfernt, könntet ihr leicht auch Weizenhalme ausreißen. Laßt Unkraut und Weizen zusammen wachsen und reifen, dann sollen meine Leute in der Erntezeit zuerst nur das Unkraut ausreißen und zum Verbrennen bündeln. Der Weizen wird danach geerntet und in die Scheune gebracht.‹«

Diese Erzählung verwirrte ebenfalls nicht nur die Menge der Zuhörer, sondern auch die Jünger, obwohl sie mehr verstanden als die übrigen. Sie baten Jesus, den Vergleich zu erklären.

»Der Sämann der guten Saat ist der Menschensohn«, sagte Jesus. »Sein Feind ist die Welt, und die gute Saat ist Gottes Volk, dem

Gott sein Reich zugedacht hat. Das Unkraut bedeutet die Verdorbenen, die der Teufel aussät, und die Erntearbeiter sind die Engel. Zur Ernte wird Gott die Guten von den Bösen trennen, so wie der Bauer das Unkraut verbrennt und nur den Weizen heimbringt. Die Scheune ist das Reich Gottes.«

Und Jesus fuhr fort: »Ihr könnt das Reich Gottes auch mit dem Senfkorn vergleichen, das ja das kleinste Saatkorn ist. Doch in der Erde keimt und wächst es und wird zu einer Pflanze, die noch die Sträucher überragt und so kräftige Zweige bildet, daß die Vögel darin nisten und Schatten finden. So verhält es sich auch mit dem Reich Gottes als Saat: Zuerst ist es sehr klein, doch aus dem winzigen Korn wächst das größte alles Denkbaren hervor.

Und das Reich Gottes ist auch wie eine Perle. Wenn ein Mensch nichts so sehr liebt wie Perlen und dann eine von ganz großem Wert sieht, wird er alles verkaufen, um die vollkommene Perle erwerben zu können. Wie der Perlenliebhaber gibt auch der Mensch, der nach Gottes Reich strebt, alles andere für dieses Wichtigste auf.«

Am Abend dieses Tages, an dem Jesus am See Genezareth in Gleichnissen sprach, ließ er seine Jünger das Boot bringen, um mit ihnen an das andere Ufer zu fahren. Die Jünger wollten die Menschenmenge heimschicken, doch viele Leute bestiegen ihre eigenen Boote und versuchten, Jesus aufs Wasser zu folgen.

Jesus war sehr müde und schlief bald ein im sanft schaukelnden Boot. Doch als sie auf den See hinausgerudert waren, kam ein Sturm auf, der das Wasser peitschte. Das Boot kämpfte gegen Wind und Seegang, Wasserschauer stürzten über Bord, als wollten sie den Meister und seine Jünger ertränken, und allmählich sank das kleine Fahrzeug tiefer. Der Sturm wütete, doch Jesus schlief. Die Männer ruderten mit aller Kraft, aber sie kamen gegen Wind und Seegang nicht voran, und die Gefahr für das Boot wuchs. Schließlich war ihre Angst so groß, daß sie Jesus weckten: »Meister, merkst du denn nicht, daß wir untergehen?«

Jesus erhob sich gelassen. Er gebot dem Wind zu schweigen und sprach zum Wasser: »Gib Ruhe, sei friedlich.« Schon legte sich der Wind, glatt lag der See da.

»Warum fürchtet ihr euch so sehr?« fragte Jesus seine Jünger. »Habt ihr immer noch keinen zuversichtlichen Glauben?«
Doch sie fürchteten sich jetzt aus einem anderen Grund; bisher hatten sie Jesus Kranke heilen und Dämonen vertreiben sehen, aber die wunderbare Beruhigung des Unwetters war etwas, das sie noch nicht erlebt hatten. Es erfüllte sie mit Scheu und Angst: »Was für ein Mensch ist er? Wind und Wasser gehorchen ihm!«
Jesus und seine Jünger verbrachten eine Zeit heilend und lehrend in Gadara am anderen Seeufer und fuhren dann nach Kapernaum zurück, wo sie von einer großen Menschenmenge erwartet wurden. Darunter war auch Jaïrus, der zu den Leitern der Synagoge von Kapernaum gehörte und dessen zwölfjährige Tochter lebensgefährlich erkrankt war. Er warf sich Jesus zu Füßen: »Ich bitte dich, komm mit mir! Das Kind liegt im Sterben! Ich flehe dich an, leg ihm nur die Hand auf, dann ist es gesund!«
Jesus wollte ihm gleich folgen, aber die Menge umdrängte ihn von allen Seiten so dicht, daß er fast keinen Schritt tun konnte und Jaïrus voller Angst merkte, daß sie kaum vorankamen. »Nur schnell, nur schnell! Sonst ist es vielleicht zu spät, vielleicht ist sie tot, ehe wir kommen!« Doch diese Worte wagte Jaïrus nicht laut auszusprechen.
Während sich Jesus und die Jünger in den engen Gassen einen Weg zu bahnen versuchten, gab es eine unerwartete Verzögerung, denn eine Frau, die seit zwölf Jahren an verschiedenen Krankheiten litt und vergebens den Ärzten ihr ganzes Vermögen geopfert hatte, folgte Jesus und drängte sich durch die Menge, um an ihn heranzukommen. »Wenn ich nur seine Kleidung berühren kann«, dachte sie, »werde ich ja gesund.«
Daran zweifelte sie keinen Augenblick. Schließlich kam sie ihm so nahe, daß sie den Saum seines Mantels leicht berühren konnte, und sofort spürte sie, daß alle Krankheiten verschwanden, daß sie völlig gesund war.
Jesus sah sich um: »Wer hat meinen Mantel berührt?«
»Das können wir dir nicht sagen«, antworteten die Jünger. »Die Leute drängen sich ja von allen Seiten an dich heran. Wie kannst du da fragen, wer dich berührt hat?«

»Ich weiß, daß mich jemand berührt hat, zu dem meine heilende Kraft hinübergeflossen ist«, sagte Jesus. Er suchte nach dem Menschen, der geheilt worden war.

Als die Frau merkte, daß sie nicht unentdeckt davongehen konnte, drängte sie sich noch einmal zu Jesus durch und warf sich ihm zu Füßen. Mit angstvollen Augen erzählte sie ihm, wie sie seinen Mantel berührt hatte und sofort gesund geworden war.

»Tochter, dein Glaube hat dich gesund gemacht. Geh in Frieden«, sagte Jesus freundlich.

In diesem Augenblick bahnte sich ein Bote aus dem Hause des Jaïrus den Weg zu seinem Herrn: »Deine Tochter ist tot«, meldete er. »Behellige den Meister nicht länger, es ist zu spät.« Jaïrus schrie laut auf. Doch Jesus hatte die Worte des Boten gehört und sagte: »Hab doch keine Angst – glaube nur, dann wird sie leben.«

Vor dem Haus des Jaïrus gebot Jesus den vielen Leuten, draußen zu warten, und ging mit Petrus, Jakobus und Johannes hinein. Die Trauernden hatten sich schon eingefunden, im Haus herrschte ein unbeschreibliches Jammern und Weinen. Jesus sah auf die Klagenden: »Warum weint ihr, warum macht ihr so viel Lärm? Hört auf damit, die Kleine ist nicht tot, sie schläft nur!«

Die Klagenden unterbrachen ihr Jammern nur, um höhnisch aufzulachen, denn sie hatten ja den leblosen Körper selbst gesehen. Doch Jesus wies sie aus dem Haus und betrat mit den Eltern und den drei Jüngern das Zimmer des Kindes.

Er sah das Mädchen an und nahm seine Hand: »Kind, ich sage dir: Steh auf!«

Es öffnete die Augen und sah in Jesu lächelndes Gesicht, stand auf und ging durch das Zimmer.

»Jetzt laßt sie essen«, sagte Jesus. Die Eltern nickten nur; Staunen und Dankbarkeit hatten ihnen die Worte genommen. Jesus ging zu den wartenden Menschen zurück.

Und wieder wurde er überall auf seinen Wanderungen von so vielen Leuten erwartet, daß er eines Tages zu seinen Jüngern sagte: »Sie sind elend und verwirrt wie Schafe ohne Hirten. Ihr seht, die Ernte ist groß, doch es gibt wenig Schnitter.« Deshalb sollten von nun an die Jünger selbständig seine Arbeit fortsetzen, sollten zu zweit durch das Land ziehen und lehren und heilen; Jesus erteilte ihnen allen die Kraft, Kranke und Besessene gesund zu machen. »Nun geht, verkündet, daß Gottes Reich kommen wird. Heilt Kranke, erweckt Tote, reinigt Aussätzige, treibt Dämonen aus. Nehmt mit Dank und schenkt aus vollem Herzen. Ihr sollt nichts mitnehmen als das Kleid und die Sandalen, die ihr tragt, ihr braucht weder Tasche noch Gold und Silber, und auch kein zweites Gewand. Bleibt dort, wo ihr willkommen seid, segnet das Haus, das würdig ist und euch gern aufnimmt. Wo man euch nicht willkommen heißt und eure Worte nicht hören will, verlaßt das Haus und die Stadt und schüttelt ihren Staub von den Schuhen! Glaubt zuversichtlich, fürchtet nichts, doch hütet euch vor den Menschen, denn sie werden euch vor Gericht ziehen und euch in den Synagogen angreifen.«

Er setzte seine Wanderung allein fort, und die Jünger nahmen zu zweit ihre eigene Sendung auf, predigten und heilten auf dem Lande und in den Dörfern.

Auch der Tetrarch Herodes hörte von den Dingen, die Jesus und seine zwölf Jünger taten, und er wunderte sich sehr; auch er kannte die Geschichte von dem »König der Juden« und fragte sich, ob vielleicht Jesus dieser verheißene Mann sei. Andere Leute hielten ihn für den wiedererstandenen Johannes, manche auch für Elia oder einen Propheten aus noch älterer Zeit.

Herodes dachte lange und gründlich nach und kam schließlich zu dem Ergebnis: »Es ist Johannes, den ich enthaupten ließ – er ist wiedergekommen!« Doch er war seiner Sache nicht sicher und fragte immer aufs neue: »Wer ist dieser Mann, von dem so viel gesprochen wird?«

Immer dringlicher verlangte er danach, diesen Menschen zu sehen, von dem er so seltsame und wunderbare Dinge gehört hatte.

DIE SPEISUNG DER GROSSEN MENGE

Nach diesen Ereignissen und vielen anderen sammelten sich die Jünger wieder und kehrten zu Jesus zurück; sie berichteten ihm von ihrer Tätigkeit, und er war zufrieden.

»Wir wollen uns in die Wüste zurückziehen, um Besinnung und Ruhe zu finden«, sagte er; sie fuhren wieder über den See zu einem Platz, an dem sie ungestört auszuruhen hofften. Doch die Leute entdeckten, wohin sich Jesus gewandt hatte, folgten ihm in Booten über das Wasser oder strömten aus Dörfern und Städten an seinem Landeplatz zusammen, so daß er wieder eine große Menschenmenge vorfand, als er das Boot verließ.

Sie taten ihm leid, und er hieß sie willkommen. Er sprach zu ihnen vom Reich Gottes, antwortete auf ihre Fragen und machte alle gesund, die krank waren; er lehrte sie vieles. Darüber wurde es Nachmittag, und die Leute blieben und wichen nicht von der Stelle, Hunderte, ja Tausende hatten sich versammelt.

Als es Abend werden wollte, kamen die Jünger zu Jesus: »Hier in dieser Einöde gibt es nichts zu essen, und es ist schon spät. Schick doch die Leute fort, damit sie sich bei den Bauern oder in den Dörfern etwas zum Essen kaufen können.«

»Das ist nicht notwendig«, sagte Jesus. »Wir geben ihnen zu essen.« Er wandte sich an Philippus: »Wo können wir denn Brot für all diese Menschen bekommen?« Mit dieser Frage stellte er Philippus auf die Probe, denn er wußte, was er tun wollte.

Philippus schüttelte den Kopf. Die Jünger hatten ja kein Geld, und die Menschenmenge zählte nach Tausenden. »Selbst wenn wir für zweihundert Silbergroschen Brot kaufen könnten, würde es nicht reichen, auch wenn jeder nur einen Bissen bekäme.«

»Dann stellt fest, wieviel Brot die Leute bei sich haben.« Die Jünger gingen durch die Menge und fragten nach Brot, und schließlich berichtete Andreas, der Bruder von Petrus: »Ein Junge ist da, der hat fünf Gerstenbrote und zwei Fische. Aber was ist das schon!«

»Bringt Brot und Fisch hierher«, gebot Jesus. »Die Leute sollen sich in Gruppen von fünfzig und hundert zusammensetzen.«
Andreas brachte ihm den Korb mit Brot und Fischen. Alle Anwesenden, an die fünftausend, setzten sich in Gruppen. Jesus nahm Brot und Fische, blickte zum Himmel auf und segnete die Nahrung. Er teilte erst das Brot, dann die Fische in kleine Stücke, die er durch die Jünger an das Volk austeilen ließ. Alle aßen, alle wurden satt. Brotbrocken und Fischstücke schienen kein Ende zu nehmen.
Als jedermann satt war, gebot Jesus den Jüngern, die Reste einzusammeln, damit nichts umkomme. Und mit den nicht gegessenen Resten füllten sie noch zwölf Körbe – zwölf Körbe von dem, was fünftausend Frauen, Kinder und Männer übriggelassen hatten.
Die Menge geriet in große Aufregung, als sie das Wunder erkannte. Viele Leute sagten: »Wirklich, es ist der Prophet, der kommen soll! Er ist es, der unser König wird!« Und Jesus sah sie an und las ihre Gedanken. Er wußte, daß sie ihn auf die Schultern heben und zu ihrem König auf Erden machen wollten. Doch sein Reich war nicht von dieser Welt, und sie durften ihrer Regung nicht folgen. Deshalb ließ er seine Jünger in das Boot steigen und nach Kapernaum fahren, während er selbst die Leute heimschickte.
Als sie dann alle verschwunden waren und der Platz verlassen dalag, stieg Jesus auf den Berg, um in der Einsamkeit zu beten.
Hier oben auf dem Berg betete er noch, als die Nacht einbrach. Seine Jünger ruderten über den See, doch mit der Dunkelheit kam heftiger Wind auf, und bald geriet das kleine Schiff in Seenot. Jesus stieg vom Berg herab, stand am Ufer und erkannte in weiter Ferne seine Jünger, die mit Wind und Wellen kämpften. Da ging er über das Wasser auf sie zu – über das Wasser, als sei es festes Land unter seinen Füßen.
Die Jünger sahen eine schattenhafte Gestalt über das Wasser auf sich zukommen und ließen vor Entsetzen fast die Ruder fahren. Sie hatten so viele seltsame Dinge erlebt, doch dies noch nicht. Zuerst merkten sie nicht, daß es ihr Meister war, der dort über das Wasser kam.
»Ein Gespenst!« riefen sie entsetzt.
»Seid ruhig, ich bin es«, sagte Jesus. »Habt keine Angst.«

»Wirklich, Herr, du bist es! Laß mich über das Wasser zu dir kommen!« bat Petrus.

»Komm.«

Tapfer stieg Petrus aus dem schaukelnden Boot auf das Wasser und begann Jesus entgegenzugehen. Doch als ihn der Wind fast umwarf und unter seinen Füßen schäumende Wellenkämme rollten, wurde er ängstlich, fühlte das Wasser seine Füße benetzen und seinen großen, kräftigen Körper ins Wasser tauchen. »Herr, rette mich!« schrie er.

Jesus streckte ihm die Hand entgegen und hielt ihn fest. »Ach, ihr mit eurem schwächlichen Glauben! Warum hast du gezweifelt?« Und Jesus brachte seinen Jünger sicher über die schäumenden Wellen in das Boot.

Der Wind legte sich in diesem Augenblick, und sie ruderten weiter. Wieder erschauerten die Jünger über die ungewöhnliche Macht ihres Meisters; selbst das Wunder der Brote und Fische hatte ihnen nicht die Augen über sein wahres Wesen geöffnet. Nun aber beteten sie ihn an: »Du bist in Wahrheit Gottes Sohn!«

Doch das sagten sie eher aus Angst als wirklich überzeugt. Die Frage, wer Jesus sei, beschäftigte sie, während sie ans Ufer ruderten und wieder ihre Tätigkeit aufnahmen; sie ließ sie auch nicht los, als sie mit Jesus von Galiläa nach Phönizien reisten und dann wieder nach Palästina zurückkamen. Vor allem war Simon Petrus sehr nachdenklich geworden. Als sie auf die Stadt Caesarea Philippi am Fuß des hohen Hermon-Berges zu wanderten, fragte Jesus seine Jünger: »Für wen halten mich die Leute?«

»Manche meinen, du seist Johannes der Täufer, andere halten dich für Elia oder gar für Jeremia oder einen anderen der alten Propheten, der wiedererstanden sei.«

»Und was sagt ihr denn, wer ich bin?«

Da antwortete Simon Petrus: »Du bist Christus, der Sohn des lebendigen Gottes!«

Jesus freute sich über die Antwort: »Sei gesegnet, Simon, Jonas Sohn! Denn eine irdische Stimme hat dir das nicht gesagt, sondern mein Vater, der im Himmel ist. Und ich sage dir: Du bist Petrus, der Felsen, auf den ich meine Kirche bauen will.«

Er sah nun, daß wenigstens einer seiner Jünger in ihm den versprochenen Heilsbringer erkannt hatte, wußte aber, daß andere noch nicht an ihn glaubten. Sie mußten es aber selbst erkennen. Deshalb befahl er seinen Jüngern, nicht davon zu reden, daß er der Christus war.

Dann deutete er ihnen an, was die Zukunft bringen sollte. »Ich werde nach Jerusalem ziehen und viel leiden durch die Ältesten, die Hohenpriester und die Schriftgelehrten. Sie alle werden mich ablehnen und verhöhnen. Und ich werde getötet werden, doch nach drei Tagen wieder auferstehen.«

Seine Jünger erschraken. Petrus zog den Meister beiseite und machte ihm Vorwürfe, daß er solche Dinge sage; er war davon überzeugt, daß Jesus die Macht habe, ein solches Schicksal von sich abzuwenden. Und Petrus hatte recht: Jesus konnte abwenden, was vor ihm lag. Doch es war Gottes Plan, daß sein Sohn die Last des menschlichen Unrechts tragen solle.

»Das kann doch nicht sein, Herr! Solche Dinge dürfen dir nicht zustoßen!«

»Du redest wie Satan, wie der Versucher«, antwortete Jesus. »Es wird so kommen, wie ich gesagt habe, und du sollst kein Hindernis auf dem Weg sein, den ich gehen muß. Du verstehst immer noch nicht. Du denkst, wie Menschen eben denken, aber nicht in Gottes Gedankenwegen.«

Schweigend zogen sie weiter. Dann sagte Jesus zu seinen Jüngern: »Wer mir folgen möchte, muß seine irdischen Wünsche aufgeben, muß sein Kreuz auf sich nehmen und mir folgen. Er darf nicht an sich denken, sondern muß für Gott den Herrn leben. Denn wer sein Leben festzuhalten versucht, wird es verlieren, doch wer es meinetwillen und für das Evangelium hingibt, wird es behalten. Was würde es dem Menschen nützen, wenn er die ganze Welt gewinnt und dafür sein Leben verliert? Oder was könnte der Mensch für sein Leben eintauschen? Gibt es denn irgend etwas von gleichem Wert? Ich sage euch: nein! Doch Gott wird jeden Menschen nach seinem Tun und Lassen behandeln.«

Sechs Tage später stieg er mit Petrus, Jakobus und Johannes auf den Berg Hermon, um dort zu beten. Und als er betete, änderte sich der Ausdruck seines Gesichts, seine Gestalt leuchtete, er strahlte wie die Sonne, seine Kleider wurden weiß wie schimmernder Schnee. Und unirdisch leuchtend erschienen neben ihm Mose und Elia. Sie sprachen mit Jesus über seinen Tod, der ihn in Jerusalem erwartete.

Petrus und seine Gefährten schliefen so fest, daß sie nichts von dem Gespräch hörten. Doch als sie erwachten, sahen sie noch die leuchtenden Erscheinungen, und Petrus rief: »Meister, hier ist ein guter Platz! Wenn es dir gefällt, bauen wir hier drei Zelte, für dich, für Mose und für Elia!« Doch er war so sehr verwirrt durch die Erscheinung, daß er kaum wußte, was er sagte.

Eine helle Wolke senkte sich auf sie herab, und aus der Wolke klang eine Stimme: »Das ist mein lieber Sohn, an dem ich Freude habe. Auf ihn sollt ihr hören!«

Die Jünger warfen sich auf die Erde. Doch Jesus trat aus der hellen Wolke zu ihnen, legte ihnen die Hand auf die Schulter und sagte: »Steht auf, ihr braucht keine Angst zu haben!« Als sie aufzusehen wagten, war die Wolke verschwunden, und Jesus stand allein bei ihnen auf dem Berg. Von den unirdischen Gestalten war nichts mehr zu sehen.

Als sie vom Berg herabstiegen, trug Jesus ihnen auf, niemandem von dieser Erscheinung zu erzählen, bevor er selbst von den Toten erweckt sei. Sie behielten es für sich, sprachen aber noch oft untereinander davon, was Jesus mit »von den Toten erweckt« gemeint haben könne.

Er hatte es schon einmal erwähnt, und er tat es noch öfter, doch der Tag kam erst später, an dem sie ihn verstanden.

STREITGESPRÄCHE IM TEMPEL

Jesus und die Jünger verließen Caesarea Philippi, um nach Kapernaum in Galiläa zurückzukehren. Unterwegs versuchte er, sie auf das Kommende vorzubereiten und ihnen zu erklären, was auf dem Berg gesprochen wurde, als Petrus, Jakobus und Johannes im tiefen Schlaf lagen.

»Denkt an meine Worte: Der Menschensohn soll Menschen ausgeliefert werden, und sie werden ihn töten. Doch am dritten Tag nach seinem Tod wird er auferstehen.«

Aber sie begriffen nicht, wie bedeutsam diese Worte waren, weil sie nicht glauben konnten, daß sich Jesus töten lassen werde – bei seiner Macht, zu retten und zu heilen! Deshalb nahmen an, daß er in Gleichnissen rede, wagten aber nicht, ihn nach dem Sinn zu fragen. Während sie wanderten, war Jesus in Gedanken versunken. Die Jünger hielten sich abseits und stritten miteinander, aber nicht über das, was er gemeint haben könnte, nicht über die Erscheinung auf dem Berg, auch nicht darüber, wie es möglich sein sollte, daß ein Toter nach drei Tagen wieder auferstehe: Sie redeten über sich selbst.

In Kapernaum gingen sie in Petrus' Haus, in dem Jesus seit seiner Vertreibung aus Nazareth sein Zuhause hatte. Er rief sie zu sich, denn er wußte, obwohl er ihnen nicht zugehört hatte, woran sie unterwegs gedacht hatten. Die zwölf setzten sich um ihn her.

»Worüber habt ihr euch heute auf dem Weg nach Kapernaum unterhalten?« fragte er sie. Sie schämten sich, zu antworten, denn sie hatten darüber gestritten, wer von ihnen im Reich Gottes der Größte sein werde. Immer noch stellten sie sich das Reich Gottes wie ein irdisches Land vor, in dem Jesus jedem von ihnen ein hohes Amt anvertrauen werde. Jetzt schwiegen sie. Denn wenn sie auch falsche Vorstellungen über das Reich Gottes hatten, so wußten sie doch, daß Jesus weltlichen Ehrgeiz ablehnte.

Er wartete auf Antwort. Dann sagte er: »Wenn ein Mensch im

Reich Gottes der Erste sein will, muß er sich zum Geringsten machen, das heißt, er muß allen dienen. Denn wer dort groß sein will, darf nicht sich selbst, sondern muß allen dienen.«

Er rief eines der Kinder zu sich, die zu dem Haushalt gehörten. Es kam fröhlich angelaufen, und er nahm es in den Arm. Zu den Jüngern sagte er: »Wenn ihr euch nicht so ohne Berechnung verhaltet wie dieses Kind, kommt ihr nie in das himmlische Reich. Doch wer wie ein Kind ist, wird im Reiche Gottes der Größte sein. Und ich sage euch: Wer ein solches Kind meinetwegen freundlich aufnimmt, nimmt auch mich auf; und wer mich willkommen heißt, nimmt nicht nur mich, sondern auch den Vater auf, der mich gesandt hat. Doch wer einen kindlichen Menschen, der an mich glaubt, in seinem Glauben unsicher macht, so daß er ihn vielleicht verliert, der soll sich in acht nehmen: Für ihn wäre es besser, mit einem Mühlstein um den Hals ins tiefe Wasser geworfen zu werden, als Gottes Zorn zu begegnen! Mißachtet auch nicht ein einziges Kind! Denn unser Vater im Himmel will nicht, daß ein einziger einfacher Mensch verlorengeht, weil er sich verirrt!«

Jesus liebte kleine Kinder und ihre Unbefangenheit. Er holte sie zu sich, sprach mit ihnen, und sie waren ihm zu jeder Zeit willkommen. Später in Jerusalem umdrängten ihn so viele Kinder, daß er kaum zu ihren Eltern sprechen konnte, als habe jede Mutter in der Stadt ihre kleinen und größeren Kinder zu Jesus gebracht, damit er sie anrühren und segnen solle. Die Jünger gerieten einmal fast außer sich über den endlosen Zug eifriger Kinder und wollten die Leute vertreiben, die immer neue Scharen brachten. Sie meinten, Jesus habe Wichtigeres zu tun. Doch sie irrten sich, denn Jesus war nie zu beschäftigt, um nicht Kinder willkommen zu heißen. Es war ihm nicht recht, daß seine Jünger die Mütter fernhalten wollten und ihnen Vorwürfe machten. Er sagte: »Laßt doch die Kinder zu mir kommen! Ihr sollt es ihnen nicht verbieten, denn das Reich Gottes gehört Geschöpfen wie ihnen. Ich sage es euch noch einmal: Wer nicht Gottes Reich wie ein kleines Kind hinnimmt, der wird auch nicht hineinkommen. Und nun bringt sie her.« Er legte den Arm um die Kinder und segnete sie.

Aber das geschah erst später in Jerusalem.

Das jüdische Laubhüttenfest stand bevor, und Jesus wollte im Tempel beten und lehren. Um kein Aufsehen zu erregen, schickte er die Jünger voraus und blieb selbst bei seinen Freunden Maria, Martha und Lazarus in Bethanien, einem Dorf am Rande Jerusalems. In die Stadt selbst ging er spät und unbemerkt.
Doch die Juden suchten ihn beim Fest, und überall hörte man: »Wo ist er denn?« Niemand wußte es, aber man raunte sich Nachrichten über ihn zu. Manche Leute erklärten: »Er ist ein guter Mensch«, doch andere widersprachen: »Nein, nein! Er verführt die Massen.« Und aus Angst vor den Führern der Judenschaft wagte niemand aus dem Volk, offen über Jesus zu sprechen.
Um die Mitte des Festes suchte Jesus den Tempel auf, um dort zu lehren. Er sprach mit der Überzeugungskraft, die ihn so von allen anderen Lehrern unterschied, und die Juden wunderten sich über die Autorität, die aus seinen Worten klang: »Woher ist dieser Mann so gelehrt? Er hat doch keinen Unterricht gehabt?«
Jesus hörte sie reden und gab die Antwort:
»Die Lehre ist nicht meine eigene, sondern die Lehre dessen, der mich geschickt hat. Wer sich aufrichtig danach sehnt, Gottes Willen zu erfüllen, kann erkennen, ob meine Lehre von Gott oder nur von mir selbst stammt.«
Seine Zuhörer staunten über die Klarheit und die Wahrheiten, die er aussprach.
»Ist das nicht der Mann, den die Oberen töten wollen?« hieß es. »Er spricht ja ganz offen, und sie wenden nichts ein. Vielleicht wissen sie, daß er wirklich der Christus ist? Aber nein, er kann es ja nicht sein. Wir kennen ihn doch, er stammt aus Nazareth. Wenn der Christus erscheint, wird niemand wissen, woher er kommt.«
Viele Menschen aber glaubten an ihn und wiesen immer auf eines hin: »Könnte der Christus, wenn er kommt, denn mehr Beweise geben, als dieser Mann sie schon gegeben hat?«
Diese Ansicht der Masse kam den Pharisäern zu Ohren, und sie sahen darin einen Anlaß, den Mann zu fassen, der so wenig schmeichelhaft über sie selbst und ihre strenge Befolgung des Gesetzes sprach. Das, was Jesus über ihre zur Schau gestellte Demut und ihre geheimen Sünden gesagt hatte, lag ihnen noch in den

Ohren. Sie beschlossen mit den Hohenpriestern, ihn sofort zu verhaften.

Ein Trupp Soldaten kam in den Tempel, um Jesus gefangenzunehmen. Sie fanden aber statt eines wilden Redners einen gelassenen Mann, der mit ruhiger, überzeugender Stimme zu einer gebannt zuhörenden Menschenmenge sprach. Jesus sagte: »Ich werde noch eine Weile bei euch sein, und wenn ich fortgehe, dann kehre ich zu ihm zurück, der mich gesandt hat. Ihr werdet mich dann suchen, aber nicht finden. Wo ich dann bin, könnt ihr nicht hinkommen.«

Die Zuhörer griffen die Worte auf: Wohin wollte er denn gehen, ohne daß sie ihm folgen konnten? Vielleicht in ein fremdes Land? Die Wache, die ihn gefangennehmen sollte, blieb stehen und hörte zu, was die Leute und was dieser ungewöhnliche Mann dort sprachen. Sie hörten ihn sagen: »Wer durstig ist, soll zu mir kommen und trinken«, oder: »Ich bin das Licht der Welt. Wer mir folgt, braucht nicht im Dunkeln zu tasten, sondern lebt im Licht.«

Die Soldaten sahen, wie eifrig die Leute zuhörten, und sie merkten sich ihre Reden: »Es muß der Prophet sein!« sagten manche, und andere: »Er ist der Christus!« Doch es gab auch Stimmen wie: »Das ist nicht der Christus, denn dieser Mann stammt ja aus Nazareth, und der Christus soll in Bethlehem geboren werden.« So geteilt wie die Ansicht der Zuhörer war auch das Urteil der Wachsoldaten; sie wußten nicht, was sie von alldem halten sollten. Zwar waren sie bereit, ihren Auftrag auszuführen, aber irgend etwas hinderte sie, Hand an Jesus zu legen, und sie spürten selbst, daß sie sich von seinen Worten immer mehr fortreißen ließen. Da gingen sie schließlich ohne ihn zu ihren Herren zurück, die sie ärgerlich empfingen: »Warum bringt ihr ihn denn nicht?« »Noch nie hat ein Mensch so gesprochen wie er!« antworteten sie. »So habt ihr euch auch verführen lassen? Glaubt ihr jetzt etwa auch an ihn? Sagt selbst: Hat irgendein maßgebender Mann an ihn geglaubt? Irgendein Pharisäer? Nein! Nur das einfache Volk glaubt an ihn, nur die Masse, die das Gesetz ja nicht kennt. Deshalb ist sie auch verflucht! Und ihr könnt uns glauben: Dieser Mann wird noch für seine ketzerische Lehre bestraft werden!«

Bei den Pharisäern saß auch Nikodemus, der Mann, der Jesus insgeheim aufgesucht und einen so tiefen Eindruck von ihm erhalten hatte. Ihm gefiel nicht, was hier über Jesus gesprochen wurde.

»Verurteilt unser Gesetz einen Menschen, bevor man ihn angehört hat?« »Angehört?« sagten sie verächtlich. »Wir wissen doch, was er getan hat. Was sagst du denn da? Bist du auch aus Galiläa? Schlag in den Schriften nach, dann wirst du feststellen, daß aus Galiläa kein Prophet kommen soll!«

Und sie waren fester als je entschlossen, Jesus eine Falle zu stellen, damit er zugeben müsse, das Gesetz gebrochen zu haben.

Jesus wußte, daß seine Zeit zu Ende ging, doch er kam und ging, wie er wollte, er predigte, was er predigen mußte, er tat das, was er tun mußte.

An einem Sabbat begegneten Jesus und die Jünger in Jerusalems Gassen einem Bettler, der von Geburt an blind war. Die Jünger fragten: »Meister, wer hat gesündigt, so daß dieser Mann blind ist? Hat er selbst gesündigt – oder seine Eltern?« Denn nach jüdischer Ansicht war Unglück immer eine Folge von Sünde.

»Er hat kein Unrecht getan, und seine Eltern auch nicht«, antwortete Jesus. Der Blinde hob den Kopf, um die freundliche Stimme besser zu hören. »Er ist blind zur Welt gekommen, damit Gottes Macht durch ihn sichtbar werde. Wir müssen diese Macht gebrauchen und Gottes Werk tun, solange es noch Tag ist. Denn es kommt die Nacht, in der niemand wirken kann. Solange ich auf der Erde gehe, bin ich das Licht der Welt.«

Jesus spuckte auf den Boden und verrührte den Speichel mit Erde zu Lehm, den er auf die Augen des Blinden strich. Dann sagte er zu ihm: »Nun geh, wasch deine Augen im Teich Siloah.«

Der Blinde erhob sich und tastete sich seinen Weg durch die Straßen und durch das Stadttor, bis er an den Teich Siloah kam. Er kannte den Weg, wenn er ihn auch nie gesehen hatte. Er tastete sich zum Wasser und wusch die Augen, wie Jesus es befohlen hatte. Er wusch den Lehm fort. Er öffnete die Augen. Und zum erstenmal im Leben konnte er sehen. Ungläubig, verwirrt rannte er vom Teich den Hügel hinauf, um seinen Eltern von der wunderbaren Heilung zu berichten. Sein Herz sang, seine Augen blickten entzückt auf alles ringsum.

Der Blinde war in Jerusalem sehr bekannt, weil er Tag für Tag auf den Straßen bettelte. Als ihn seine Nachbarn und andere Leute, die ihn nur mit ausgestreckter Hand am Wegrand sitzend kannten, nun mit weit geöffneten Augen und strahlendem Lachen laufen sahen, wunderten sie sich sehr: »Ist das denn nicht der Mann, der immer gebettelt hat?«

»Ja, das ist er!«

Doch einige Leute meinten: »Er kann es ja gar nicht sein. Er sieht ihm nur ähnlich.«

Doch der Blinde beteuerte: »Ich bin es wirklich.«

»Wieso kannst du denn jetzt sehen?«

»Der Mann, der Jesus heißt, machte Lehm und legte ihn mir auf die Augen. Dann habe ich sie, wie er befahl, im Teich Siloah gewaschen, und plötzlich konnte ich sehen!«

Die erstaunten Nachbarn begleiteten ihn zu den Pharisäern, die ihn verhörten und wieder sehr aufgebracht waren, weil die Heilung an einem Sabbat stattgefunden hatte. Es hieß sofort wieder: »Wer so etwas tut, kann kein Mann Gottes sein, denn er hält den Sabbat nicht ein!«

Andere meinten dagegen: »Glaubt ihr, ein sündiger Mensch könnte solche Wunder vollbringen?«

Auch unter den Leuten, die von der Sache hörten, war die Meinung geteilt, und immer wieder fragten sie den Geheilten, was er selbst von dem Mann halte, der ihm die Fähigkeit zu sehen gegeben hatte.

»Er ist ein Prophet!« sagte er.

Nun kamen die Juden, die ihn verhörten, auf den Gedanken, daß er vielleicht gar nicht blind gewesen sei. Sie ließen deshalb seine Eltern kommen, um sie zu verhören: »Ist dieser Mann euer Sohn, und ist er wirklich blind geboren worden? Und wenn es so war: Wieso kann er jetzt sehen?«

»Er ist unser Sohn«, antworteten sie, »und wir wissen, daß er blind zur Welt kam. Doch woher es kommt, daß er jetzt sehen kann, wissen wir nicht.« Sie wußten es in Wahrheit genau, denn ihr Sohn hatte es ihnen erzählt, und sie glaubten ihm; doch sie fürchteten die

Leiter der Gemeinde, die bereits angekündigt hatten, daß sie alle Leute aus der Synagoge weisen würden, die Jesus als Christus anerkannten. Deshalb sagten sie schließlich: »Fragt doch unseren Sohn, er ist alt genug, um selbst Auskunft zu geben.«
Also verhörten die Pharisäer noch einmal den Mann, der von der Blindheit geheilt worden war.
»Gib Gott die Ehre für das, was dir geschehen ist. Wir wissen, daß dieser Mann, der dich nach deiner Aussage geheilt hat, ein Sünder ist«, sagten sie zu ihm.
»Ich weiß nicht, ob er ein Sünder ist oder nicht – doch eines weiß ich: Ich weiß, daß ich blind war und nun sehen kann.«
Die Antwort gefiel ihnen nicht: »Was hat er mit dir gemacht? Auf welche Weise hat er dir das Augenlicht gegeben?«
»Ich habe es euch schon erzählt, aber ihr wolltet nichts davon wissen. Warum soll ich es euch nun noch einmal berichten? Wollt ihr seine Jünger werden?«
»Sei still! Du bist sein Jünger«, sagten sie verärgert. »Wir sind Moses Jünger. Wir wissen, daß Gott zu Mose sprach, aber wir wissen nicht, ob er mit diesem Mann da gesprochen hat. Wir wissen nicht, woher er kommt.«
»Das ist doch sonderbar«, meinte der Geheilte. »Ihr wißt doch so vieles, wie kann es denn sein, daß ihr nichts von dem Mann wißt, der mich sehend gemacht hat? Wir alle wissen, daß Gott die Sünder nicht anhört, wohl aber die Frommen, die ihn ehren und ihm gehorchen. Es ist aber doch, seit die Welt besteht, das erste Mal, daß ein Blindgeborener sein Augenlicht erhielt. Wer nicht Gott auf seiner Seite hat, könnte solche Wunder nicht vollbringen.«
Nun wandte sich der ganze Ärger der Pharisäer gegen ihn: »Du bist in Sünde geboren worden, und sündig bist du immer noch – und du willst versuchen, du Sünder, uns zu belehren?« Sie wiesen ihn aus der Synagoge und verboten ihm, sie jemals wieder zu betreten, so daß er seine Pflicht als gläubiger Mensch nicht erfüllen konnte.
Doch er brauchte seinen Gott nicht in der Synagoge zu verehren, denn Jesus, der gehört hatte, wie die Pharisäer mit ihm umgegangen waren, suchte ihn auf. Er sagte: »Glaubst du an Gottes Sohn?«

»Wo ist er, damit ich an ihn glauben kann?« fragte er zurück.

»Du kennst ihn, er ist es, der jetzt mit dir spricht«, antwortete Jesus.

»Herr, ich glaube!« Der Mann war glücklich. Er kniete nieder. Und wenn er von nun an auch nicht mehr am Gottesdienst in der Synagoge teilnehmen durfte, so betete er doch für sich und wußte, daß Gott seine Gebete hörte.

LETZTE GLEICHNISSE

Haß und Verfolgungspläne der Pharisäer steigerten sich, doch Jesus fuhr in seiner Arbeit ruhig fort. Bald nach der Heilung des Blinden sprach er wieder in Gleichnissen; er wandte sich an die Leute aus Jerusalem und der Umgebung der Stadt.

Er begann mit dem Hinweis auf den guten Hirten:

»Ich sage euch, und es ist so: Wenn jemand die Schafhürde nicht durch das Tor betritt, sondern über den Zaun zu klettern versucht, ist er ein Dieb oder ein Räuber. Der wahre Hirte der Schafe geht durch das Tor. Der Wächter öffnet ihm, und die Schafe hören auf seine Stimme. Der Hirte ruft seine Tiere bei Namen, denn er kennt jedes von ihnen, und führt sie hinaus auf die Weiden. Er geht vor ihnen her, um sie zu führen. Sie gehorchen und folgen ihm, weil sie seine Stimme kennen. Einem Fremden würden sie nicht folgen – nein, sie laufen vor ihm davon, weil ihnen seine Stimme nicht vertraut ist.«

Die Zuhörer verstanden den Sinn des Gleichnisses nicht, deshalb begann Jesus noch einmal:

»Das Tor der Hürde bin ich, und ihr, die Menschen, seid die Schafe. Alle, die in die Hürde gelangen wollen, ohne darauf zu warten, daß ihnen der Wächter das Tor öffnet, sind Diebe und Räuber: So handeln die Leute, die falsche Lehren verbreiten und meine Schafe verlocken wollen. Doch da die Schafe ihre Stimme nicht kennen, werden sie auch nicht auf die falschen Lehrer hören. Ja, ich bin das Tor, das einzige Tor. Wer durch mich eintritt, wird gerettet werden, wird ein- und ausgehen und üppige Weide finden. Der Dieb kommt, um zu stehlen, zu töten, zu vernichten. Doch ich bin gekommen, damit meine Schafe ihr Leben behalten, die Fülle des Lebens.

Wir können auch sagen, ich sei der gute Hirte. Der gute Hirte opfert sein Leben für seine Tiere. Wer als Schafhirte nur in Dienst genommen, wer nicht der Besitzer der Schafe ist, wird sein Leben nicht für die Tiere einsetzen, sondern, wenn der Wolf kommt, die Herde verlassen und fliehen. Der Wolf fährt unter die Tiere, und sie laufen in alle Richtungen davon.

Der falsche Lehrer ist der in Dienst genommene Hirte, dem nichts an den Schafen liegt. Doch ich bin der gute Hirte: Ich kenne meine Schafe, und sie kennen mich, so wie der Vater mich kennt und ich den Vater. Ich werde meine Schafe zusammenhalten und jedes einzelne bewachen. Doch ich habe auch Schafe aus einer anderen Herde – das sind die Nichtjuden, und auch für sie bin ich da. Sie werden meine Stimme hören und sich in die Herde einreihen. Es soll eine einzige Herde unter einem einzigen Hirten sein. Und für diese Herde werde ich mein Leben lassen.

Mein Vater liebt mich, weil ich bereit bin, mein Leben hinzugeben, um es aufs neue zu erhalten. Niemand nimmt es mir, ich gebe es freiwillig. Ich habe die Macht, es zu opfern, und die Macht, es wieder an mich zu nehmen, denn das ist die Vollmacht, die mein Vater mir verliehen hat.«

Wieder waren sich seine Zuhörer uneinig über das, was Jesus gesagt hatte. Sie verstanden nicht alles, was er sagte, begriffen aber, daß er von Gott als von seinem Vater sprach, und daraufhin meinten viele von ihnen: »Er ist von einem Dämon besessen! Er ist ja wahnsinnig! Warum hören wir überhaupt auf ihn!«

Doch andere wandten ein: »Er spricht nicht wie ein Besessener. Und kann ein Irrer einen Blinden sehend machen?«

Jesus überließ sie ihren Auseinandersetzungen.

Eines Tages versuchte ihm ein Schriftgelehrter mit Fragen zuzusetzen, in der Hoffnung, Jesus zu einem Ausspruch zu verleiten, der den Pharisäern Grund zum Einschreiten geben konnte. Er sagte: »Meister, was soll ich tun, um das ewige Leben zu erwerben?«

»Kannst du das nicht selbst beantworten?« fragte Jesus dagegen. »Du kennst doch das Gesetz. Was steht darin? Was findest du dort?« Der Gelehrte antwortete:

»In Moses Gesetz steht geschrieben: ›Du sollst Gott deinen Herrn lieben, aus ganzer Seele, mit ganzem Herzen und aller Kraft und deinem ganzen Wesen. Und du sollst deinen Nächsten lieben wie dich selbst.‹«

»Du hast recht«, sagte Jesus. »Das sind die wichtigsten Gebote – handle danach, dann wirst du das ewige Leben haben.«
Seine Antwort zeigte, daß er das Gesetz erfüllen und nicht etwa auflösen wollte, doch der Mann war noch nicht zufrieden.
»Wer ist denn mein Nächster?« fragte er.
Jesus antwortete mit einem Gleichnis.
»Ein Mann reiste von Jerusalem nach Jericho. Unterwegs wurde er von Räubern überfallen, die ihm alles nahmen, was er besaß. Sie zogen ihm die Kleider aus, schlugen ihn halb tot und ließen ihn auf der Straße liegen. Da lag er, blutend, zerschlagen, kaum fähig, sich zu bewegen. Er betete um Hilfe.
Zufällig kam ein Priester des Wegs. Er sah den verwundeten Mann, und der sah ihn und atmete auf: Hier kam ein Mensch, der ihm helfen würde! Doch der Priester ging auf die andere Straßenseite und setzte seinen Weg fort, ohne stehenzubleiben.
Auch ein Levit verhielt sich nicht anders, sah den zerschlagenen Mann, hörte sein Stöhnen und ging auf die andere Straßenseite.
Schließlich kam ein Mann aus Samaria.«
Als Jesus das Wort aussprach, lächelten seine Zuhörer voller Spott: Von Samaritern hielten sie nichts. Jesus fuhr fort: »Der Samariter erkannte die elende Lage des Überfallenen, und sein Herz war voller Mitleid. Er stieg vom Maultier und beugte sich über den Verwundeten; wer der Verwundete war und woher er kam, war ihm gleich. Er sah, daß ein Mensch schrecklich litt und seine Hilfe brauchte, daß er ohne Hilfe sterben würde. Der Samariter wusch die Wunden mit Wein und Öl aus und verband sie, so gut es ging. Behutsam hob er den Mann auf sein eigenes Maultier und führte es vorsichtig nach Jericho. In einem Gasthaus ließ er ihm ein Lager bereiten und sorgte selbst die ganze Nacht hindurch für ihn. Als er morgens weiterritt, gab er dem Wirt Geld aus seiner eigenen Tasche und sagte: ›Sorg für den Mann, bis er sich selbst helfen kann. Wenn das Geld nicht reicht, gebe ich dir mehr bei meiner Rückkehr.‹ Dann setzte er seinen Weg fort.
Und nun sag mir«, schloß Jesus, »was glaubst du, wer hat sich als der eigentliche Nachbar, als der Nächste, bewiesen – der Priester, der Levit oder der Samariter?«

»Der Mann, der barmherzig handelte«, antwortete der Gelehrte zögernd.

»Ja. Und du geh und handle ebenso.«

Der Mann ging davon, ein wenig bescheidener, ein wenig weiser als zuvor.

Bald darauf – es war im Winter – wurde das Fest der Tempelweihe gefeiert, und Jesus nahm daran teil. Als er sich in Salomos Halle aufhielt, umringten ihn die Leute und bedrängten ihn mit ihren Forderungen: »Wie lange willst du uns noch hinhalten? Wenn du wirklich der Christus bist, sag es uns endlich in klaren Worten!«

»Ich habe es euch ja gesagt«, antwortete Jesus, »aber ihr wolltet mir nicht glauben. Was ich im Namen meines Vaters getan habe, bekräftigte meine Worte, doch ihr hört nicht auf mich und glaubt mir nicht, denn ihr seid nicht meine Schafe. Meine Schafe hören auf meine Stimme: Ich kenne sie, und sie folgen mir. Ich gebe ihnen ewiges Leben, sie werden nicht sterben oder meiner Hand entrissen werden. Mein Vater, der sie mir anvertraut hat, ist größer als alle, und niemand kann sie meinem Vater aus der Hand reißen. Und mein Vater und ich sind eins.«

Jetzt hatte er es gesagt! Jetzt hatte er ja behauptet, daß er der Vater selbst sei! Die Juden waren empört, sie schrien, sie hoben Steine auf, um Jesus zu Tode zu steinigen. Doch er blieb ruhig vor ihnen stehen, ohne die geringste Furcht.

»Warum tut ihr das? Ich habe euch viele gute Taten des Vaters gezeigt. Für welche dieser Taten steinigt ihr mich nun?«

»Wir steinigen dich nicht wegen einer guten Tat«, schrien sie grob, »sondern weil du Gott lästerst! Du, ein Mensch, hast dich selbst zum Gott erhoben! Das ist Gotteslästerung!«

»Wie könnt ihr sagen, ich lästere Gott, wenn mich mein Vater mit Vollmacht versehen und als seinen Boten auf die Erde gesandt hat? Wenn ich nicht die Taten meines Vaters tun würde, würdet ihr mir nicht glauben; da ich sie aber ausführe und ihr trotzdem nicht an mich glaubt, müßt ihr doch wenigstens diese Taten anerkennen. Und aus ihnen solltet ihr erkennen und verstehen, daß der Vater in mir ist und ich im Vater bin.«

Seine Worte beruhigten sie nicht. Sie stürzten auf ihn zu, um ihn zu packen, doch er entzog sich ihnen und ging davon.
Er begab sich wieder an das andere Jordanufer, dorthin, wo Johannes mit Taufen begonnen hatte. Viele Leute suchten ihn auf, um ihn zu hören und Wundertaten zu sehen, und bei vielen festigte sich der Glauben an ihn.
Die Pharisäer ließen ihn nicht aus den Augen, achteten genau auf seine Worte und verurteilten sie. Doch solange er sich nicht in Judäa und jenseits des Flusses aufhielt, wagten sie nichts gegen ihn zu unternehmen. Viele Steuereintreiber und viele Leute, die Vergehen begangen hatten, fanden sich bei Jesus ein, und Pharisäer und Schriftgelehrte murrten verärgert: »Dieser Mann heißt die Sünder ja geradezu willkommen! Er ißt sogar mit ihnen zusammen!«
»Ja, ich heiße die Sünder willkommen«, antwortete Jesus. »Die Sünder brauchen mich, jeder einzelne von ihnen. Und die Sünder sollen empfangen werden, wann immer sie mich suchen.« Er brachte es ihnen wieder mit einem Gleichnis nahe:
»Wer von euch, der hundert Schafe besäße, wäre denn zufrieden, wenn sich ein einziges verirrte und er noch immer neunundneunzig behielte? Wenn eines verlorengeht, würdet ihr es in der Wildnis sich selbst überlassen, oder würdet ihr ihm nachgehen und es suchen, bis ihr es gefunden habt? Ihr sucht danach, ich weiß es. Ihr laßt es nicht allein, und wenn ihr es findet, legt ihr es euch über die Schultern und tragt es fröhlich zur Herde zurück. Zu Hause ruft ihr Freunde und Nachbarn zusammen: ›Freut euch mit mir, denn ich habe mein verlorenes Schaf wiedergefunden!‹ Und ich versichere euch: Im Himmel herrscht mehr Freude über einen Sünder, der bereut, als über neunundneunzig gerechte Menschen, die keine Reue nötig haben.«
Er brachte ihnen einen zweiten Vergleich: »Welche Frau, die zehn Silberstücke hat und eines davon verliert, zündet nicht eine Lampe an, fegt nicht das Haus und sucht, bis sie es gefunden hat? Und wenn sie es gefunden hat, ruft sie Nachbarn und Freunden zu: ›Freut euch mit mir, ich habe die verlorene Münze wiedergefunden!‹ Ich sage euch: Genauso herrscht bei Gottes Engeln Freude

über einen einzigen Sünder, der sein Unrecht bereut.«

Und Jesus begann noch einmal: »Ein Mann hatte zwei Söhne. Der ältere war rechtschaffen und ernsthaft, der jüngere aber sorglos und unruhig, voller Ungeduld, alle Freuden zu genießen, die ihm sein Erbe einst verschaffen sollte. Als er nicht länger darauf warten mochte, sagte er: ›Vater, ich bitte dich, gib mir jetzt schon meinen Anteil an deinem Besitz. Laß mich ihn jetzt genießen.‹ Seinem Vater gefiel es nicht, doch er teilte seinen Besitz in zwei Hälften und gab dem jüngeren Sohn seinen Anteil.

Nach einigen Tagen packte der junge Mensch sein Hab und Gut zusammen und fuhr damit in ein fremdes Land. Da führte er freigebig und verschwenderisch ein liederliches Leben mit habgierigen neuen Freunden und Mädchen. Es dauerte auch nicht lange, bis sein Geld zu Ende war, und nun verließen ihn alle, die Freunde und die Mädchen. Niemand half ihm.

Eine schlimme Hungersnot kam hinzu, und der junge Mann geriet in große Not. Er, der einst im Überfluß gelebt und alles verschwendet hatte, mußte nun die einzige Arbeit annehmen, die er fand: Er wurde Tagelöhner bei einem Bauern in jenem fremden Land. Sein Herr schickte ihn zum Schweinehüten.

Der neue Schweinehirt versah seine Arbeit, doch man gab ihm nichts dafür. Schließlich wurde der Hunger so unerträglich, daß er froh war, ihn mit den Abfällen stillen zu können, die man den Schweinen zu fressen gab.

Da ging er in sich. ›Wie viele Tagelöhner hat mein Vater, und alle haben übergenug zu essen! Und ich sterbe hier vor Hunger!‹ Er dachte immer häufiger an sein Zuhause, das von Tag zu Tag verlockender vor seinen Augen stand. Doch konnte er denn eingestehen, daß er falsch gehandelt hatte? Konnte er zu seinem Vater zurückkehren? Er wollte es; in seiner Lage bleibt dem Menschen nicht viel Stolz. Und er bereute aufrichtig die Dummheiten, die er begangen hatte. ›Ich will hier fort und zu meinem Vater zurückkehren. Ich will sagen, Vater, ich habe gegen Gott und gegen dich gesündigt. Ich bin es nicht mehr wert, dein Sohn zu heißen. Behandle mich, wenn du willst, wie einen deiner Tagelöhner – nur laß mich wieder heimkommen dürfen.‹

So machte er sich denn auf die Heimreise und kam endlich auch in die Nähe seines Vaterhauses. Während der ganzen Reise fragte er sich immer wieder, wie er wohl empfangen werde, und er bereute seine Torheit.

Der Vater, der seinen Sohn sehr entbehrt und sich nach ihm gesehnt hatte, sah ihn schon von weitem kommen und erkannte bald, wie zerlumpt und schmutzig, wie armselig und gedemütigt der Sohn kam. Da wurde er so von Liebe und Mitleid ergriffen, daß er hinauslief, den Sohn in die Arme nahm und ihn küßte – küßte wie ein glücklicher Vater.

Der Junge schämte sich und machte sich frei: ›Vater, ich habe gesündigt gegen Gott und gegen dich, und ich verdiene es nicht, daß ich als dein Sohn behandelt werde. Laß mich einer der Tagelöhner sein.‹ Doch der Vater ließ ihn nicht ausreden. ›Bringt die beste Kleidung für meinen Sohn‹, rief er den Knechten zu, ›zieht sie ihm an, steckt einen Ring an seinen Finger, holt Schuhe für ihn! Schlachtet das Mastkalb und bereitet alles für ein Fest! Wir wollen essen und vergnügt sein, denn mein Sohn war wie ein Verstorbener, und nun lebt er wieder! Er war verloren und er ist wiedergefunden!‹

Der ganze Haushalt geriet in Aufruhr, der junge Mann erhielt neue Kleidung, die schönste, die zu finden war, das Kalb wurde zubereitet, man öffnete die Weinkrüge. Und während das alles geschah, arbeitete der ältere Sohn fleißig auf dem Feld. Als er nach der langen Tagesarbeit heimkam, hörte er die Musik und sah er die Tanzenden im Haus. Er rief einen der Knechte heran: ›Was bedeutet das alles?‹ ›Dein Bruder ist heimgekehrt‹, sagte der Knecht fröhlich, ›und dein Vater hat das Mastkalb schlachten lassen, weil der Junge heil und gesund wiedergekommen ist!‹

Doch der Bruder ärgerte sich und war nicht fröhlich, er wollte nicht ins Haus gehen und nicht am Fest teilnehmen. Da kam sein Vater zu ihm heraus und drängte ihn, ins Haus zu kommen, den Heimgekehrten zu begrüßen und mit den anderen zu feiern. Doch der ältere Sohn konnte die Freude des Vaters nicht teilen.

›Da hab' ich dir all die Jahre gedient‹, sagte er verdrossen, ›und niemals habe ich dir nicht gehorcht oder Geld unnötig ausgegeben. Und du hast mir niemals auch nur ein ungemästetes Ziegenlamm

geschenkt, mit dem ich meine Freunde bewirten konnte. Nein, du hast dich über mich nie gefreut! Doch sobald dein anderer Sohn heimkommt, nachdem er alles Geld mit leichtfertigen Mädchen vertan hat, da läßt du das Kalb schlachten, das du gemästet hast! Ist das gerecht? Ist das angebracht?‹
Der Vater erkannte die Eifersucht und sagte freundlich: ›Sohn, du bist immer bei mir. Du warst nicht fort, ich hatte dich nicht verloren. Alles, was ich habe, gehört ja dir. Doch es ist richtig und angebracht, fröhlich zu feiern, denn dein Bruder, der tot war, ist ins Leben zurückgekehrt. Er war verloren, und er ist wiedergefunden. Komm, sei mit uns fröhlich!‹« Jesus schloß: »So nimmt mein Vater auch jeden Sünder auf, der Reue empfindet und zu ihm kommt. Und so nehme ich alle Sünder auf, die bereuen und zu mir kommen.«

LAZARUS' ERWECKUNG

Während sich Jesus noch am anderen Jordanufer aufhielt, erreichte ihn ein Hilferuf seiner Freunde in Bethanien. Maria, Martha und ihr Bruder Lazarus liebten Jesus innig, und er erwiderte ihre Freundschaft. Wenn er in die Nähe von Jerusalem kam, besuchte er sie und fand in ihrem Haus gleichbleibend Freundschaft, Gastlichkeit und wahren Glauben.
Nun ließen Maria und Martha ihm ausrichten: »Herr! Lazarus, den du liebst, ist schwer erkrankt!«
Jesus war weit von Bethanien entfernt, und der Bote hatte so lange gebraucht, daß Lazarus schon im Sterben lag, als Jesus die Nachricht erhielt. Doch auch da machte er sich nicht eilig auf die Reise. Er sagte nur: »Diese Krankheit führt nicht zum Tode. Um der Herrlichkeit Gottes willen soll hier die Herrlichkeit des Sohnes erwiesen werden.«
Der Bote kehrte zurück, und Jesus fuhr mit seiner Tätigkeit fort. Die Jünger waren darüber froh, denn Bethanien war wie ganz Judäa zu gefährlich für Jesus geworden. Deshalb wandten sie nichts ein, als er mit Predigen und Heilen im Land jenseits des Jordans fortfuhr.
Unterdessen wachten und beteten in Bethanien die Schwestern am Bett ihres Bruders, doch Lazarus starb.
Nach zwei Tagen sagte Jesus zu seinen Jüngern, daß er mit ihnen nach Judäa zurückkehren wolle. Sie rieten ihm dringend ab: »Meister, erst vor kurzem wollten dich die Juden steinigen, und trotzdem willst du nach Judäa gehen?«
»Ja«, sagte er. »Unser Freund Lazarus schläft, und ich will hin, um ihn zu wecken.«
»Herr«, antworteten sie, »wenn er schläft, wird er sicher bald gesund sein.«
Doch Jesus hatte nicht, wie die Jünger glaubten, von einem natürlichen Schlaf gesprochen, und weil sie ihn nicht verstanden, sagte

er jetzt: »Lazarus ist tot. Und euretwegen ist es mir recht, daß ich nicht dort war, denn so wird euer Glaube gestärkt werden. Kommt, wir gehen zu ihm.«

Zwei Tage später erreichten sie Bethanien und erfuhren, daß Lazarus bereits vier Tage im Grabe lag und daß sich viele Juden aus Jerusalem eingefunden hatten, die mit den Schwestern trauern und sie trösten wollten. Jesus machte vor der Stadt halt, und bald erfuhr Martha, daß er gekommen sei. Sie verließ das Haus, ging ihm entgegen und rief weinend und fast vorwurfsvoll: »Herr! Wärst du nur hier gewesen, dann wäre mein Bruder nicht gestorben.« Und sie fügte hinzu: »Aber ich weiß ja, daß Gott dir alles erfüllt, was du von ihm erbittest.«

»Dein Bruder wird wieder leben«, tröstete Jesus sie.

Sie antwortete traurig: »Ja, ich weiß: Am Jüngsten Tag wird er ins Leben zurückkehren.«

Doch Jesus belehrte sie freundlich: »Die Auferstehung und das Leben bin ich, wer an mich glaubt, wird leben, auch wenn er stirbt. Und wer noch lebt und an mich glaubt, wird nicht sterben. Glaubst du das, Martha?«

»Ja, Meister. Ich habe es geglaubt und glaube es auch jetzt, daß du der Christus bist, der Sohn Gottes, der auf die Erde kommen sollte.«

Martha ging zurück ins Haus, wo Maria weinend unter den Trauergästen saß, und zog die Schwester beiseite: »Maria, der Meister ist da und fragt nach dir.«

Sofort eilte Maria aus dem Haus, Jesus entgegen. Sie fiel ihm zu Füßen: »Ach Meister, wärst du hier gewesen! Dann wäre mein Bruder nicht gestorben!« Obwohl sie dieselben Worte wie ihre Schwester gebrauchte, klang bei ihr kein Vorwurf mit, nur tiefer Glaube, der durch des Bruders Tod nicht berührt worden war. Martha hatte trotz Jesu Erklärung nicht verstanden, was es hieß, daß Lazarus wieder lebendig werde; Maria aber wußte unbeirrt, daß Jesus ihnen auch jetzt helfen konnte. Nur eines wußte sie nicht: ob es Gottes Wille war, Lazarus wieder leben zu lassen.

Deshalb weinte und klagte sie, und alle Juden, die sie begleiteten, weinten und klagten mit ihr. Auch Jesus wurde von Trauer ergriffen im Gedanken an die vielen Menschen, die nicht Marias

Glauben hatten und nicht am letzten aller Tage zum ewigen Leben erweckt werden konnten.

Jetzt aber ging es nicht um das ewige Leben, sondern um das irdische Sterben eines Mannes, der an Gott den Vater und an Jesus als Gottes Sohn geglaubt hatte. Jesus war von Trauer und Mitleid bewegt, doch was er jetzt zu tun hatte, machte ihm keine Sorgen.

»Wohin habt ihr ihn gelegt?« fragte er die weinende Maria.

»Komm mit mir, ich zeige es dir«, bat sie.

Sie gingen zur Grabstätte, und alle Trauernden schlossen sich an, auch Martha, die sie vom Haus aus vorüberziehen sah. Jesus weinte. Er weinte um Maria und Martha in ihrem Kummer, um die trauernden Freunde von Lazarus, und er weinte um alle, die nie wieder ins Leben zurückkehrten. Die Trauernden sahen seine Tränen und flüsterten: »Seht doch, wie er Lazarus geliebt hat!«

Aber andere meinten: »Dieser Mann, der den Blinden die Augen geöffnet und viele andere wunderbare Dinge getan hat, hätte wohl verhindern können, daß Lazarus sterben mußte!«

Von seinen schmerzlichen Gedanken bewegt, ging Jesus auf die Grabstätte zu, eine Höhle, vor der ein schwerer Stein lag. Er sagte: »Nehmt den Stein fort.«

»Aber Meister!« jammerte Martha. »Er ist doch schon vier Tage tot, sein Körper zerfällt ja schon!«

Jesus wandte sich ihr zu: »Habe ich dir nicht gesagt, daß du glauben mußt? Dann wirst du Gottes Herrlichkeit erleben.«

Sie nickte stumm. Maria, deren Glauben so unbeirrbar war, gab ein Zeichen, den Stein wegzuwälzen.

Jesus blickte zum Himmel auf und sagte: »Vater, ich danke dir, daß du mich anhörst. Ich weiß, daß du mich immer anhörst, aber jetzt sage ich es laut vor allen diesen Menschen, damit sie daran glauben, daß du mich geschickt hast.«

Er blickte in das offene Grab:

»Lazarus, komm heraus!«

Drinnen gab es eine leise Bewegung. Die Trauernden standen starr und entsetzt.

Schattenhaft erhob sich drinnen eine Gestalt. Und Lazarus, der tot gewesen war, kam heraus. Leichentücher waren um ihn ge-

wickelt, sein Gesicht bedeckt. Doch er bewegte sich, er ging. Maria schrie auf in Dankbarkeit. Die Umstehenden starrten hin und wurden bleich vor Schrecken.
»Befreit ihn von den Tüchern«, sagte Jesus, »dann laßt ihn gehen.« Sie nahmen Lazarus die Binden ab. Er lebte. Er lebte wirklich. Er war verwirrt, aber ganz gesund. Die Leute fielen auf die Knie in Ehrfurcht und Dankbarkeit. Maria und Martha weinten vor Freude und gingen mit dem geliebten Bruder heim.
Viele Juden, die zum Klagen und Trauern gekommen waren, glaubten jetzt an Jesus, weil er vor ihren Augen so Ungeheures vollbracht hatte. Doch andere begaben sich sofort zu den Pharisäern, um ihnen von dem Ereignis zu berichten.
Die Hohenpriester und Pharisäer beriefen ihren Rat ein, der über die Befolgung des mosaischen Gesetzes wachte und die Strafen – bis auf die Todesstrafe – aussprach.
»Was sollen wir denn tun?« seufzten sie. »Dieser Mann gibt wirklich viele Beweise seines wahren Wesens, oder er scheint es doch zu tun. Wenn wir ihn gewähren lassen, wird allmählich das ganze Volk an ihn glauben. Dann aber schreiten die Römer ein und zerstören unser Heiligtum und vernichten schließlich das ganze Volk.«
Der Hohenpriester Kaiphas lachte verächtlich auf. »Braucht euren Verstand«, sagte er scharf. »Denkt doch daran, daß es besser ist, wenn ein einzelner Mann für das ganze Volk stirbt, als wenn das ganze Volk seinetwegen untergeht.«
Das leuchtete den Pharisäern und Priestern ein; von jetzt an schmiedeten sie immer neue Pläne, Jesus zu verhaften und hinrichten zu lassen.
Jesus wußte es. Er verließ Bethanien und Judäa und ging mit den Jüngern in die Stadt Ephraim, die am Rande der Wüste lag. Hier blieb er, bis wieder ein großes Fest in Jerusalem bevorstand, an dem er teilnehmen wollte. Er zog mit den Jüngern langsam zurück, wie immer von einer großen Menschenmenge begleitet, die sich kein Wort von ihm entgehen lassen wollte; es gab unterwegs viel zu lehren und viel zu tun.
Jesus sprach mit den Menschen vom Beten und machte ihnen mit

einem Gleichnis deutlich, daß sie niemals die Hoffnung aufgeben und nie im Gebet nachlassen sollten.

»Es war einmal ein Richter, der Gott nicht liebte und die Menschen nicht achtete. In seiner Stadt lebte eine arme Witwe, der ein Mann ein Unrecht zugefügt hatte. Sie suchte deshalb den Richter auf und bat: ›Verschaff mir Gerechtigkeit, hilf mir gegen diesen Mann.‹ Doch ihre Angelegenheit war dem Richter gleichgültig, er wies sie kurzerhand ab. Die Witwe ging wieder zu ihm, wieder und wieder, er hörte sie nie an. Aber sie ließ nicht ab, ihn aufzusuchen und um ihr Recht zu bitten. Schließlich wurde es dem Richter zuviel. Er sagte sich: ›Warum sollte ich ihr helfen? Mir sind Gott und Menschen völlig gleichgültig. Aber sie wird mir allmählich lästig mit ihren ständigen Besuchen. Ich muß wohl dafür sorgen, daß sie ihr Recht erhält und ich Ruhe vor ihr habe.‹ So half er ihr denn schließlich doch.

Aus dieser Geschichte sollt ihr etwas lernen«, schloß Jesus. »Der Richter erfüllte der Witwe endlich ihren Wunsch, weil sie so hartnäckig war. Sollte nicht Gott, der gerecht ist und euch bereitwillig anhört, noch viel eher bereit sein, sein auserwähltes Volk zu schützen, wenn es Tag und Nacht zu ihm fleht? Ich versichere euch: Er wird euch rasch euer Recht verschaffen! Betet also oft und betet dringlich!«

Manche seiner Zuhörer hielten sich für gerecht und erhaben über andere, die in ihren Augen schlechte Menschen waren. Sie zweifelten nicht daran, daß sie richtig zu beten verstanden.

Ihnen hielt Jesus diese Geschichte vor: »Zwei Männer gingen zum Beten in den Tempel, ein Pharisäer und ein Steuereintreiber. Der Pharisäer stand aufrecht da und betete bei sich selbst: ›Ich danke dir, Herr, daß ich nicht so wie die anderen bin, diese Habgierigen und Unehrlichen, die Ungerechten und Lasterhaften, oder so wie dieser Steuereintreiber dort. Zweimal wöchentlich faste ich, und ich gebe dem Tempel ein Zehntel all meiner Einkünfte.‹ Der Steuereintreiber, der sich abseits hielt, war dagegen so bescheiden, daß er nicht zum Himmel aufzublicken wagte, sondern mit tief gesenktem Kopf betete: ›Gott, sei gnädig gegen mich, ich bin ein sündiger Mensch.‹

Ich sage euch: Es war der Steuereintreiber, der mit dem Segen Gottes nach Hause ging. Denn jeder, der sich vor Gott rühmt, wird gedemütigt werden, doch wer sich gering fühlt, soll groß werden.«
Ein reicher junger Mann fragte Jesus, was er tun solle, um das ewige Leben zu erwerben. Als er dann aber hörte, daß er seinen ganzen Besitz verkaufen und den Erlös den Armen geben sollte, ging der junge Mann traurig davon. Er hätte alles andere tun können, aber dies nicht, denn er hatte zuviel Freude an seinem irdischen Besitz.
Als er gegangen war, wandte sich Jesus zu seinen Jüngern: »Ich sage euch: Für einen Reichen ist es sehr schwer, in das Reich Gottes zu kommen.« Die zwölf wunderten sich, denn als arme Leute meinten sie, daß Wohlhabenden alles leichter gelingen müsse als den Besitzlosen. Doch Jesus fügte hinzu: »Es wäre sogar für ein Kamel einfacher, durch ein Nadelöhr zu gehen, als für einen Reichen, in Gottes Reich zu gelangen. Wie schwer wird es für die sein, die sich auf Besitz verlassen!«
»Wer kann gerettet werden, wenn nicht die Reichen?« fragten die Jünger. »Diejenigen, die fest glauben. Nichts ist für Gott unmöglich, auch das nicht, was Menschen unmöglich ist.«
In der Nähe der Grenze von Judäa sprach Jesus wieder von seinem irdischen Schicksal. Er zog die Jünger beiseite, so daß die umgebende Menge nicht hörte, als er sagte: »Seht, nun kommen wir nach Jerusalem, und alles, was in den Schriften der Propheten über den Menschensohn steht, wird sich erfüllen. Er wird den Hohenpriestern und Schriftgelehrten ausgeliefert werden. Sie werden ihn zum Tode verurteilen und ihn den Nichtjuden überantworten. Und sie werden ihn verhöhnen und ihn anspucken. Sie werden ihn peitschen. Sie werden ihn kreuzigen. Und am dritten Tage wird er auferstehen.«
In diesem Wissen zog Jesus nach Jerusalem.

DER WEG ZUM KREUZ

Als sie sich der Stadt näherten, spürten auch die Jünger, daß große Ereignisse geschehen sollten. Sie waren tief erregt über Jesu Worte von Tod und Auferstehung, meinten aber immer noch, daß er von der Auferstehung am letzten aller Tage spräche, und schlossen daraus, daß der Anbruch von Gottes Reich unmittelbar bevorstehe. Und immer noch stellten sie es sich wie ein irdisches Reich vor, in dem jedem von ihnen ein hohes Amt übertragen werde.

Doch Jesus machte ihnen ihren Irrtum jetzt nachdrücklich klar, so daß sie in voller Verwirrung weiterzogen. Und dazu hatten sie allen Grund.

Das jüdische Passahfest stand bevor; viele Leute strömten schon in die Stadt, um sich vorher zu reinigen. Sie suchten nach Jesus und fragten im Tempel nach ihm: »Ob er wohl kommt? Oder ob er diesmal fernbleibt?« Denn alle wußten, daß die Hohenpriester und die Rechtskundigen befohlen hatten, Jesu Aufenthalt sofort zu melden, damit er verhaftet werden könne.

Sechs Tage vor dem Passahfest kam Jesus in Bethanien an, wo er bis zum Fest bei Lazarus und seinen Schwestern blieb. Am Tag seiner Ankunft bereitete ihm Simon, der aussätzig gewesen war, ein Festessen. Lazarus saß neben Jesus, und Martha bediente die Gäste. Maria war ganz von dem Wunsch erfüllt, Jesus ihre Liebe und ihren Glauben zu zeigen.

Sie holte einen Alabasterkrug mit Lavendelöl, einem sehr kostbaren Salböl. Damit strich sie zuerst über Jesu Kopf, dann kniete sie nieder und salbte seine Füße mit der liebenden Sorgfalt, die man einem Wanderer nach langer Reise zuwendet. Sie trocknete seine Füße mit ihrem eigenen Haar, ein Zeichen der Zuneigung und Dankbarkeit, voll geheimer Bedeutung, die von den anderen nicht verstanden wurde. So murrten sie denn auch entrüstet: »Warum wird hier denn so kostbares Öl verschwendet?«

Judas Ischariot, der Jüngste, der für sie alle das Geld verwaltete, fuhr Maria scharf an: »Warum hat man dieses Öl nicht für viel Geld verkauft? Das Geld hätte man den Armen geben können! Was soll solche Verschwendung?« Er sagte es aber nicht, weil ihn die Armen kümmerten, sondern weil er ein Dieb war, der sich bei jeder Gelegenheit aus dem von ihm verwalteten Geldbeutel selbst bediente.

»Laßt sie in Ruhe«, sagte Jesus. »Warum macht ihr Maria Vorwürfe? Als sie das Öl auf meinen Körper goß, hat sie es getan, um mich für mein Begräbnis vorzubereiten. Ihr werdet immer Arme um euch haben, aber mich werdet ihr nicht immer bei euch haben. Sie hat etwas Gutes getan. Ich sage euch: Wo man das Evangelium in der Welt predigt, wird man auch dieser Frau gedenken, und was sie getan hat, wird immer wieder erwähnt werden.«

Judas hörte den Vorwurf und ärgerte sich darüber; er zweifelte bereits daran, daß er in dem Reich, von dem Jesus sprach, zu Ehren kommen werde, und ihm lag nur an irdischen Gütern. Bisher hatte er nichts erhalten als das, was er sich eigenmächtig aus dem allgemeinen Besitz genommen hatte. Er war wütend, sagte aber nichts.

Die Leute hatten inzwischen gehört, daß sich Jesus in Simons Haus aufhielt, und wollten ihn dort aufsuchen, wollten aber auch Lazarus sehen, der von den Toten erweckt worden war. Sie sahen Jesus, sie sahen Lazarus, sie sahen, was Maria tat. Sie wunderten sich über alles.

Doch die Pharisäer, die davon hörten, trieb das alles zu noch stärkerem Haß; sie überlegten schon, ob sie nicht auch Lazarus hinrichten lassen konnten, denn schließlich hatte er ja viel dazu getan, daß Jesus Glauben fand. Judas Ischariot hatte eigene Pläne.

Jesus verlebte den Sabbat mit den Freunden in Bethanien und brach dann auf nach Jerusalem. Bei Bethphage, einem Dorf in der Nähe des Ölbergs, schickte er zwei Jünger voraus: »Geht in das Dorf da drüben. Ihr findet neben einer Eselin, die an eine Tür gebunden ist, einen jungen Esel, auf dem noch nie jemand geritten hat. Den bindet los und bringt ihn zu mir. Wenn euch irgend jemand fragt, warum ihr das tut, antwortet ihr, daß der Herr diesen jungen Esel braucht und ihn bald zurückschicken wird. Dann wird der Mann euch gewähren lassen.«

Die beiden Jünger kamen in das Dorf, fanden den Esel, banden ihn los und antworteten dem Besitzer auf die Frage: »Warum tut ihr das?«: »Der Herr braucht ihn.« Der Mann nickte, als habe er die Antwort erwartet. Sie brachten den Esel und legten ihm ihre Mäntel als eine Art Sattel auf, damit Jesus darauf reiten konnte. Er ritt nach Jerusalem und erfüllte damit die alte Prophezeiung:

Sagt der Tochter Zion:
Sieh, nun kommt dein König,
Er kommt freundlich, auf einem Esel,
Auf einem jungen Esel, einem Füllen reitet er.

Viele Pilger, die das Passahfest in Jerusalem verbringen wollten, schlossen sich Jesus an, und als die Städter den Zug kommen sahen, gingen sie ihm entgegen, um Jesus in die Stadt zu geleiten. Manche breiteten ihre Kleidung auf der Straße aus, um das holprige Pflaster ebener zu machen, andere schnitten Palmzweige von den Bäumen und legten sie über den Weg wie den Teppich für einen Fürsten. Und als sich der Zug der Stadt näherte, begannen die Jünger und mit ihnen die ganze Menschenmenge Gott jubelnd für die wunderbaren Taten zu danken, die sie erlebt hatten.

»Hosianna!« riefen sie und schwenkten die Palmzweige. »Hosianna dem Sohn Davids! Gepriesen sei der König Israels, der im Namen des Herrn kommt! Gepriesen sei das Reich des Herrn! Frieden im Himmel und Hosianna in der Höhe!« Und die zwölf Jünger freuten sich so sehr, daß sie am lautesten und aufgeregtesten riefen und sangen.

Die Pharisäer sahen ratlos zu, denn solange die Menge Jesus umringte und ihm zujubelte, konnten sie ihm nichts anhaben. Doch sie drängten sich so nahe an ihn, daß er verstehen konnte, was sie ihm grob zuriefen: »Ruf deine Schüler zur Ordnung! Sie sollen hier nicht so laut solche Dinge rufen!«

»Nein, ich werde sie nicht zur Ruhe zwingen«, antwortete Jesus. »Und wenn sie schwiegen, würden die Steine schreien!«

Er ritt hinein nach Jerusalem; die ganze Stadt war aufgestört. Die Leute kamen aus den Häusern, fragten: »Wer ist denn das?« und erhielten die Antwort: »Das ist der Prophet Jesus aus Nazareth in Galiläa.« Denn wenn es auch schien, als ob sich ganz Jerusalem ihm angeschlossen habe und »Hosianna dem Sohn Davids!« schrie, so waren es doch nur wenige, die Jesus wirklich für den Christus hielten. Jesus aber wußte, daß der Tag kommen werde, an dem die Stadt Jerusalem für Unrecht und Unglauben büßen sollte, und ihretwegen weinte er. Nach einem kurzen Besuch im Tempel kehrte er nach Bethanien zurück.

Am nächsten Morgen ging er wieder nach Jerusalem und in den Tempel, wo er die Geldwechsler und die Händler mit Opfertieren bei ihren Geschäften sah. Wie schon einmal trieb er sie alle davon, die da im Hause Gottes feilschten; die Tische der Geldwechsler warf er um: »In den Schriften heißt es: ›Mein Haus soll ein Haus zum Beten sein!‹ Was habt ihr daraus gemacht? Ein Diebesnest!« Schäumend vor Wut machten sich die Händler und Geldwechsler davon, und statt dessen strömten Blinde und Lahme heran, die Jesus alle heilte.

Schriftgelehrte und Pharisäer sahen die Wundertaten mit an und hörten die Kinder singen: »Hosianna dem Sohn Davids!« Da taten sie noch empörter als sonst: »Hast du gehört, was die Kinder da rufen?«

»Ja, ich höre sie«, antwortete Jesus. »Kennt ihr denn nicht das Wort ›Aus dem Mund der kleinen Kinder klingt dir das schönste Lob‹?«

Seine Gegner sahen ein, daß sie ihn sofort vernichten mußten, ehe das Volk so viel Lärm um diesen Mann machte, daß die Römer davon hörten und sich beunruhigten. Doch wegen der vielen Menschen wußten sie nicht, wie sie es anstellen sollten: Alles Volk schien an Jesus zu hängen, auf ihn zu hören und jedes seiner Worte aufzunehmen.

Die Ratlosigkeit seiner Feinde ermöglichte es Jesus, die Stadt unbehelligt zu verlassen und wieder in Bethanien zu übernachten.

Am nächsten Morgen kam er zurück, und die Menschen fanden sich früh ein, um ihn zu hören. Auch Priester und Älteste der Gemeinde erschienen. Sie unterbrachen ihn: »Welche Vollmacht hast du, um das alles zu tun? Und wer hat dir diese Macht gegeben?«

Jesus beantwortete ihr Fragen mit Gegenfragen, auf die sie keine Antwort wußten, so daß sie sich eine Weile lang ruhig verhielten.

Aber sie ließen ihn nicht aus den Augen und berieten untereinander, wie sie seine Worte gegen ihn verwenden und ihn dann den fremden Beherrschern ausliefern könnten. Sie schickten Leute, die sich harmlos aufführten und Jesus ausfragen und seine Antworten verdrehen sollten: Eine einzige verdächtige Antwort – und sie würden ihn Pilatus, dem römischen Statthalter in Judäa, übergeben! Wenn man ihn nur dazu bringen konnte, sich als König der Juden zu bezeichnen oder irgend etwas gegen die römischen Herren zu äußern, hätte man gewonnenes Spiel.

Einer dieser Männer kam lächelnd und mit den freundlichsten Worten auf Jesus zu: »Meister, wir wissen, daß du die Wahrheit sprichst und lehrst, ganz gleich, was man von dir denken mag; und wir wissen, daß du wirklich Gottes Willen verkündest. Nun sag uns aber auch, wie denkst du hierüber: Ist es nach unserem Gesetz richtig, dem Kaiser Steuern zu bezahlen oder nicht?«

Hätte Jesus nun gesagt, es sei gesetzlich, dann hätte er damit behauptet, daß der römische Kaiser der rechtmäßige König der Juden sei; sagte er aber, es sei dem Gesetz nach falsch, dann hätte seine Antwort von den Römern als Hochverrat ausgelegt werden können.

Jesus durchschaute die Absicht des Mannes: »Warum stellt ihr mich auf die Probe, ihr Heuchler? Zeigt mir eine Steuermünze!«

Sie zeigten ihm einen römischen Denar, und er fragte: »Wer ist denn hier abgebildet? Wessen Name steht auf der Münze?«

Sie antworteten: »Des Kaisers.«

»Dann gebt dem Kaiser, was sein ist, und gebt Gott, was Gottes ist.«

Sie wunderten sich über die Antwort, mit der sie nichts anfangen konnten, gingen davon und dachten über neue Fallen nach. Sie verabscheuten alles, was er sagte, das, was sie Gotteslästerung nannten, und das, was für sie Hochverrat war. Doch das Volk hörte ihm gern zu.

»Hütet euch vor den Schriftgelehrten«, sagte Jesus, obwohl unter den Zuhörern auch manche von ihnen standen. »Hütet euch vor ihnen und den Phärisäern! Sie sind imstande, den Witwen ihr Hab und Gut wegzunehmen, aber sie sprechen lange Gebete und halten sich für die gerechtesten aller Menschen. Dafür werden sie einst ein hartes Urteil erhalten. Sie reden viel und handeln nicht. Sie legen den Menschen schwere Lasten auf, rühren aber selbst keinen Finger. Alles, was sie tun, geschieht, damit man sie beachtet und ehrt; sie beanspruchen in der Synagoge und auf jedem Fest die Ehrenplätze; sie tragen lange Quasten an ihrer Kleidung, um bewundert zu werden, und ihre Gebetsriemen sind doppelt so breit wie die anderer Leute. Sie möchten in langwallenden Gewändern gesehen werden, damit man sie ehrerbietig grüßt. Und doch sind ihre Gebete nichts als Heuchelei, denn was man ihnen ansieht und ansehen soll, ist ihnen viel wichtiger als das Gebet. Sie möchten vor allem wichtig genommen werden – sie sind aber nicht wichtig! Ich sage euch: Wer sich so erhebt, wird gedemütigt werden, und wer sich für gering hält, wird hoch geehrt werden.«

Und jetzt wandte er sich ausdrücklich an seine Gegner: »Ihr Schriftgelehrten und ihr Pharisäer – Heuchler allesamt! Ihr opfert peinlich genau euer Zehntel, sogar von den Küchenkräutern, und damit glaubt ihr eure Pflicht erfüllt zu haben. Aber die wichtigsten Gebote des Gesetzes vernachlässigt ihr: Gerechtigkeit, Barmherzigkeit, Glauben! Weh euch, ihr Heuchler! Ihr putzt Becher und Schüsseln von außen blank, aber was ist drinnen? Was eure Habgier und Verdorbenheit hineingetan haben! Blind seid ihr! Reinigt erst Becher und Schüsseln von innen, dann achtet auf die Außenseite. In eurem Innern sollt ihr rein sein, nicht nur äußerlich.

Ihr Schriftgelehrten, ihr Pharisäer, ihr Heuchler! Ihr seid wie die gut gepflegten Grabstätten, angenehm anzusehen, doch innen voller Moder und Verwesung. Ihr tut so gerecht, aber innerlich seid ihr voller Heuchelei und Sünde.

Schlangen seid ihr, Otterngezücht! Wie wollt ihr der ewigen Verdammung entgehen? Ich werde euch Propheten, weise Männer und Schriftgelehrte schicken, die euch helfen könnten. Doch einige von ihnen werdet ihr töten, ans Kreuz schlagen; andere werdet ihr in den Synagogen auspeitschen und von Stadt zu Stadt verfolgen. Aber die volle Schuld für die Leiden dieser Rechtschaffenen wird euch angerechnet werden!«

So geschah es denn auch in den folgenden Jahren: Jesu Apostel

wurden gesteinigt, ausgepeitscht, verfolgt und erbarmungslos von einem Ort zum anderen gejagt. Wieder war es die Masse, das einfache Volk, das sie willkommen hieß, wie es Jesus selbst aufgenommen hatte, doch die Leiter der Synagogen wiesen sie ab.
Jesus wußte, daß alles sich so ereignen werde.
Als er seine harten Worte gegen die Schriftgelehrten und Pharisäer gesprochen hatte, begann Jesus eine Klage über Jerusalem, das niemals wirklich hören und glauben wollte. Er wußte, daß in der großen Masse, die an ihn zu glauben behauptete, nur wenige Menschen wirklich mit ganzer Seele glaubten, daß sich viele noch vor seinem Tod von ihm abwenden, viele nach seinem Tod ihren Glauben wieder aufgeben würden. Und um ihres Unrechts willen sollte Jerusalem furchtbar leiden.
»Ach Jerusalem, Jerusalem!« rief er aus, in Mitleid mit der heiligen Stadt und ihren Bewohnern. »Du, die Propheten tötet und diejenigen steinigt, die zu dir gesandt werden! Wie oft habe ich gewünscht, deine Kinder zu sammeln, wie eine Henne ihre Küken um sich schart, aber du hast es nie zugelassen! Sieh, dein Haus wird veröden. Denn ich sage es dir: Du wirst mich von nun an nicht eher wiedersehen, bis du sagst: ›Gelobt sei, der im Namen des Herrn kommt!‹«
Nein, sie lernten es nie, am wenigsten die Dünkelhaften, die Macht und Einfluß besaßen, sie lernten es nicht, wenn Jesus noch so offen mit ihnen sprach und ihnen noch so viele wunderbare Zeichen gab. In diesem Augenblick waren sie sprachlos, die Schriftgelehrten und die Pharisäer, sprachlos vor Zorn über das, was Jesus ihnen vor aller Welt ins Gesicht gesagt hatte.

LETZTE STUNDEN IM TEMPEL

Wenn Jesus nicht zögerte, die Selbstgerechtigkeit und den Dünkel auch der Leute anzuprangern, die ihm schaden konnten, so war er doch immer bereit, Güte anzuerkennen und die Menschen zu loben, die Gutes taten.

Bald nach der Rede gegen die Schriftgelehrten und die Pharisäer hielt er sich beim Tempel in der Nähe des Opferstocks auf und beobachtete, wie die Tempelbesucher Geld hineinwarfen. Reiche Leute, die stattliche Beträge opferten, gaben sich keine Mühe, ihre Großzügigkeit vor den Umstehenden zu verbergen, und Jesus war bekümmert über ihre Eitelkeit. Dann opferte eine arme Witwe zwei ganz kleine Münzen, die zusammen noch nicht einen Pfennig wert waren, und über sie freute er sich.

Während sie noch dastand, rief er die Jünger zu sich, berichtete, was er gesehen hatte, und sagte so laut, daß jeder es hören konnte: »Seht ein, daß diese arme Frau in Wahrheit mehr als jeder andere gegeben hat! Alle anderen gaben, was sie von ihrem Überfluß leicht entbehren konnten, doch sie, eine arme Frau, hat gegeben, was sie hatte – aus Mangel und Elend heraus hat sie das geopfert, was sie selbst zum Leben brauchte.«

Jesus ging hinein in den Tempel, und viele Leute folgten ihm, um seine Lehre zu hören. Es waren Nichtjuden darunter, die ihn baten, ihre Heimatländer aufzusuchen und auch dort das zu lehren, was er jetzt die Juden lehrte. Doch in der kurzen Frist, die seinem Wirken gesetzt war, hatte er ja gleicherweise zu Juden und Nichtjuden gesprochen – und jetzt mußte er sie alle allein lassen. So war es bestimmt, und er wollte es nicht ändern.

Bevor er an diesem Tag den Tempel verließ, sagte er: »Für den Menschensohn ist jetzt die Stunde gekommen, in der er in die Herrlichkeit eintritt. Ich sage euch: Wenn das Weizenkorn nicht in die Erde fällt und sterbend neues Korn hervorbringt, bleibt es nur ein einzelnes Korn. Doch wenn es stirbt, bringt es neue Körner. Und wer am Leben hängt, wird es verlieren, wer es aber in dieser Welt aufgibt, wird das ewige Leben haben.

Wer mir dienen will, muß mir folgen. Wo ich bin, wird auch der sein, der mir dient, denn mein Vater wird den hochhalten, der mir folgt.«

Jesus schwieg. Er dachte an die kommenden Tage mit ihren Schmerzen und ihrem Schrecken.

»Meine Seele ist nun traurig«, sagte er schließlich. »Doch soll ich sagen: ›Mein Vater, erspare mir diese Stunde‹ ? Nein. Denn ihretwegen bin ich ja gekommen, um dieser Stunde willen kam ich in die Welt. Vater, verherrliche deinen Namen!« Er senkte den Kopf.

Da tönte es wie Donnergrollen vom Himmel herab: »Ich habe ihn verherrlicht, ich werde ihn wieder verherrlichen!«

In der Menschenmenge wurde geflüstert. Manche meinten nur: »Es hat gedonnert«, aber andere sagten: »Ein Engel hat zu ihm gesprochen.«

»Die Stimme sprach nicht meinetwegen«, sagte Jesus, »sie ließ sich vernehmen, damit ihr hört und glaubt. Es ist die Zeit, wo über die Welt Gericht gehalten wird. Mein Tod entthront den Herrscher der Welt, den Fürsten des Bösen. Und ich – vom Boden hochgehoben – will alle mit mir nehmen.« Diese Worte deuteten den Zuhörern nicht nur seinen Tod, sondern auch die Todesart: Zum Sterben hob man ihn hoch hinauf.

Aus der Menschenmenge heraus wurde gefragt: »Wir wissen aus den Schriften, daß der Christus immer bleiben wird. Wenn du der Menschensohn bist, wie kannst du dann sagen, daß du zum Sterben hoch hinaufgebracht werden wirst? Wer ist denn dann der Menschensohn?«

Jesus antwortete nicht unmittelbar, er sagte: »Das Licht wird nur noch kurze Zeit da sein. Macht euch auf den Weg, solange es noch hell ist, damit euch die Dunkelheit nicht überfällt. Denn wer im Dunkeln geht, sieht den Weg ja nicht. Glaubt an das Licht, solange ihr es noch vor Augen habt, damit auch ihr Kinder des Lichts werdet.«

Er verließ den Tempel, zum letztenmal, und ging mit den Jüngern zum Ölberg, wo sie sich hinsetzten und miteinander sprachen.

Jesus kündigte ihnen an, daß er ein zweites Mal auf die Erde kommen werde, nämlich am letzten Tag der Welt, wenn alle Menschen nach ihren Taten beurteilt werden.

»Niemand kennt den Tag und die Stunde, nicht einmal die Engel. Nur mein Vater kennt sie. Bleibt also wachsam, denn ihr wißt nicht, wann euer Herr kommt. Wenn der Hausherr wüßte, wann der Dieb kommt, würde er ja auf der Hut sein und den Diebstahl verhindern. Deshalb seid bereit: Tut Gutes; glaubt; seid in jedem Augenblick auf das Kommen des Herrn vorbereitet; betet oft; handelt nicht unbedacht, denn wenn der Herr kommt, will er wissen, ob ihr die Gaben benutzt habt, die er euch verliehen hat, und vor allem, ob ihr sie gut verwendet habt.«

Diese Mahnung machte er ihnen mit einem Gleichnis deutlich. »Der Anbruch des himmlischen Reiches kann mit einem Mann verglichen werden, der von einer Reise zurückkommt. Bevor er aufbrach, übergab er seinen Knechten seinen ganzen Besitz zum Verwalten, dem einen fünf Zentner Silber, dem anderen zwei, einem dritten nur einen Zentner, ganz nach ihren Fähigkeiten. Dann reiste er fort.

Der Knecht, der fünf Zentner zu verwalten hatte, begann sofort einen Handel, bei dem er fünf weitere hinzugewann; ebenso verdoppelte der Mann, der zwei Zentner verwalten sollte, die Summe. Nur derjenige, dem ein einziger anvertraut worden war, vergrub das Geld tief in der Erde, um es zu verstecken.

Als der Herr von der Reise zurückkam, rechnete er mit seinen Leuten ab. Da erschien der Knecht, dem er fünf Zentner anvertraut hatte: ›Hier, Herr, du hast mir fünf gegeben, und ich habe fünf hinzuverdient.‹ ›Gut, mein treuer und tüchtiger Knecht‹, sagte der Herr. ›Du hast eine geringe Summe gut verwaltet, deshalb soll dir viel mehr anvertraut werden. Du sollst mein Glück mit mir teilen.‹

Der zweite Mann kam: ›Herr, zwei Zentner hast du mir gegeben, und zwei habe ich hinzuverdient.‹

Und auch ihn lobte sein Herr: ›Gut, du bist ein treuer und tüchtiger Knecht und sollst mein Glück mit mir teilen!‹

Dann kam der dritte, der seinen Zentner in der Erde vergraben

hatte. ›Herr, ich weiß, daß du ein strenger Mann bist und von deinen Dienern viel verlangst. Ich hatte Angst davor, diese Summe einzubüßen, und deshalb habe ich sie gut in der Erde vergraben. Siehst du, hier ist das Geld, es fehlt nichts!‹
Doch sein Herr war sehr aufgebracht: ›Du bist untüchtig und schlecht! Du sagst, daß du mich als strengen Herrn kennst, der viel von seinen Leuten fordert. Warum hast du mein Geld dann nicht wenigstens zur Bank gebracht, damit ich Zinsen dafür bekäme? Du hast nichts daraus gemacht!‹ Er wandte sich zu den anderen: ›Nehmt ihm das Geld ab, gebt es dem, der schon zehn Zentner verwaltet. Denn jedem, der das Anvertraute gut nutzt, soll im Überfluß gegeben werden, und wer es nicht gut genutzt hat, wird es sogar noch verlieren. Nun werft diesen untüchtigen Mann aus dem Haus, mag er im Dunkeln weinen und mit den Zähnen knirschen!‹ Deshalb sage ich euch: Seid immer bereit! Denn der Menschensohn kehrt zu einer Stunde zurück, in der ihr seine Rückkehr nicht erwartet. Der Diener, der seine Pflicht erfüllt hat, wird gelobt, wenn der Herr kommt, und glücklich ist der Mann, der das Beste aus allem gemacht hat, was ihm an Gaben verliehen wurde, der also nicht jede Anstrengung vermieden und seine Pflicht vernachlässigt hat. Wer für den Meister arbeitet, wird gut belohnt werden.
Ich sage euch auch, wie ihr gerichtet werdet. Wenn der Menschensohn mit seinen Engeln in all seiner Herrlichkeit erscheint und auf dem königlichen Thron Platz nimmt, werden sich alle Menschen der Erde vor ihm versammeln. Dann wird er sie voneinander trennen, wie der Hirte die Schafe und die Ziegen trennt. Manche schickt er nach rechts, andere schickt er nach links.
Zu denen auf der rechten Seite wird der König sagen: ›Kommt, ihr, die mein Vater segnet, tretet ein in das für euch geschaffene Reich. Denn als ich hungrig war, habt ihr mir zu essen gegeben, als ich durstig war, gabt ihr mir zu trinken. Als ich ein Fremder war, nahmt ihr mich in euer Haus auf. Als ich nackt und bloß war, habt ihr mich gekleidet, als ich krank war, mich aufgesucht. Als ich im Gefängnis war, kamt ihr zu mir.‹
Dann werden alle, die der König willkommen heißt, sich wundern

und fragen: ›Herr, wann haben wir dich denn hungrig gesehen und dir zu essen gegeben? Wann warst du durstig, daß wir dir zu trinken gaben? Wann haben wir dich als Fremden in unser Haus aufgenommen? Wann warst du unbekleidet, und wir gaben dir Kleidung? Wann warst du krank oder im Gefängnis, daß wir dich aufgesucht haben? Wir gaben den Bettlern an der Tür und holten Wasser für durstige Wanderer, wir haben denen etwas gegeben, die in Not waren, und die Tür für die geöffnet, die kein Obdach hatten. Doch niemals haben wir so etwas für den Menschensohn getan.‹
Dann wird der König antworten: ›Ich sage euch: Das alles habt ihr für mich getan. Alle Güte, die ihr anderen erwiesen habt, auch dem allerärmsten meiner Brüder, habt ihr mir erwiesen!‹
Und der König wird denen, die auf der linken Seite stehen, sagen: ›Weg von mir, ihr, die ihr zu ewigem Feuer verurteilt seid! Ihr habt nicht versucht, mir zu helfen.‹ Und sie werden sagen: ›Herr, wir haben dich ja gar nicht gesehen!‹
Dann wird der Herr antworten: ›Ihr habt den allerärmsten meiner Brüder nicht geholfen. Wenn ihr die Hungrigen, die Durstigen, die Elenden, die Fremden in Not saht, habt ihr ihnen nichts gegeben. Wo Unbekleidete, Kranke, Gefangene waren, habt ihr euch abgewandt. Ihr habt ihnen nicht geholfen. Und was ihr den Allerärmsten verweigert habt, habt ihr auch mir verweigert.‹
Die Menschen auf der linken Seite«, so schloß Jesus, »gehen ewiger Strafe entgegen, doch die auf der rechten, die Güte und Rechtlichkeit bewiesen haben, gehen in das ewige Leben ein.«
Nach diesen Worten über den Tag des Gerichts und das Reich Gottes sagte Jesus: »Wenn in zwei Tagen das Passahfest begangen wird, ist die Zeit gekommen, wo der Menschensohn verraten und ans Kreuz geschlagen wird.«
Während er sich mit den Jüngern auf dem Ölberg aufhielt, berieten die Hohenpriester mit den Schriftgelehrten und den Ältesten der Gemeinde im Hause des Hohenpriesters Kaiphas, wie sie Jesus ohne Aufsehen verhaften und töten könnten. Alle waren der Meinung, daß es bald geschehen müsse, bevor Jesus Jerusalem wieder verlassen konnte; und alle waren sich einig, daß sie mit Vorsicht

und List zu Werke gehen mußten, damit er ihnen nicht entkommen konnte. »Aber wir dürfen es nicht während des Festes unternehmen, sonst gibt es Aufruhr im Volk.«
Während sie berieten, tauchte einer der Jünger auf, Judas Ischariot; er bot ihnen seine Dienste an.
»Was gebt ihr mir, wenn ich ihn in eure Hände überliefere?« sagte er. »Ich weiß, wie ich es anstellen könnte.«
Das war ihnen sehr recht; wenn sie unter Jesus eigenen Jüngern einen Mitverschworenen hatten, wurde ihr Vorhaben sehr erleichtert. Sie waren gern bereit, dem Verräter dreißig Silberstücke zu zahlen; dafür versprach ihnen Judas, Jesus so in ihre Hände zu spielen, daß sie keine Schwierigkeiten mit der Bevölkerung haben würden.
Er suchte von jetzt an nur noch nach dem richtigen Augenblick. Auf keinen Fall durfte Jesus von einer Menschenmenge umgeben sein, denn sonst konnte es zu einem Aufruhr kommen, der wiederum die römischen Herren beunruhigt hätte. Doch Judas glaubte, den richtigen Augenblick schon zu sehen.

DAS LETZTE ABENDMAHL

Es kam der erste Tag der ungesäuerten Brote, der Tag, an dem das geweihte Passahlamm mit bitteren Kräutern verzehrt werden mußte. Jesu Jünger fragten ihn: »Wo sollen wir unser Passahfest vorbereiten?« Sie hielten sich nämlich immer noch, wenn Jesus nicht im Tempel die Leute oder auf dem Ölberg seine Jünger lehrte, in Bethanien auf.

Nun beauftragte er Petrus und Johannes, nach Jerusalem zu gehen: »Wenn ihr in die Stadt kommt, werdet ihr einem Mann mit einem Wasserkrug begegnen. Ihr folgt ihm in das Haus, das er betritt, und sagt zum Hausherrn: ›Der Meister fragt: Wo ist der Raum, in dem ich mit meinen Jüngern das Passahmahl essen kann?‹ Dann wird er euch im Obergeschoß ein Zimmer zeigen, das für die Gäste vorbereitet ist, und ihr sorgt für alles, was wir brauchen.«

Petrus und Johannes gingen in die Stadt, trafen den Mann, fanden das Haus und das vorbereitete Zimmer. Sie beschafften alles für die Feier.

Abends kam Jesus. Er setzte sich mit den Jüngern zu Tisch: »Wie sehr habe ich gewünscht, dieses Passahlamm mit euch zu essen, ehe mein Leiden beginnt! Denn ich sage euch: Ich werde keines wieder essen, ehe es nicht im Reich Gottes seine eigentliche Bedeutung bestätigt.« Er nahm den Becher mit Wein, sprach das Dankgebet und sagte: »Nehmt diesen Becher, trinkt alle daraus. Denn ich sage euch: Ich werde nicht wieder Wein trinken, bis Gottes Reich angebrochen ist.« Der Becher wurde von Hand zu Hand gereicht, und jeder trank daraus wie bei einem Abschiedsmahl.

Dann aber entstand ein Streit unter den Jüngern, der sich wieder darum drehte, wer von ihnen im kommenden Königreich der Größte sein werde. Jesus hörte eine Weile schweigend zu, dann sagte er: »Wer der Größte von euch ist, soll auch der Geringste sein. Und der Herr soll der Diener aller sein.«

Er stand auf, legte seinen Mantel ab, band sich ein Tuch um, goß Wasser in eine Schüssel und begann, seinen Jüngern die Füße zu waschen. Mit dem Tuch trocknete er sie ab. Einen solchen Dienst pflegten sonst Diener den Gästen zu erweisen, doch die Jünger hatten keine Diener und hatten selbst auch nicht daran gedacht, nicht einmal daran, ihrem Meister diesen Liebesdienst zu erweisen. So saßen sie schweigend und beschämt, bis Jesus zu Petrus kam.
»Nein, Herr!« wehrte Petrus ab. »Warum willst du mir die Füße waschen?« »Du verstehst nicht, was ich jetzt tu, doch später wirst du es verstehen.« »Aber ganz gewiß sollst du mir nicht die Füße waschen!« sagte Petrus heftig und versuchte, sie wegzuziehen; es schien ihm unerträglich, sich vom Meister einen so demütigenden Dienst erweisen zu lassen.
»Wenn ich dich nicht waschen würde, kämst du nicht in mein Reich.« »Herr«, sagte Petrus da voller Eifer, »dann wasch mir doch auch die Hände und den Kopf!«
Jesus lächelte: »Wer gebadet hat, ist bis auf seine Füße rein. Du bist es auch. Aber nicht jeder von euch ist rein.« Er dachte an den Jünger, der ihn verraten würde, und er wußte, wer es war.
Nach der Fußwaschung setzte er sich wieder an den Tisch. »Versteht ihr, was ich getan habe? Ihr nennt mich Meister und Herr, und ihr habt recht damit: Ich bin es. Wie ich, euer Meister und Herr, euch die Füße gewaschen habe, solltet ihr auch einander die Füße waschen. Ich habe euch ein Beispiel gegeben, wie ihr als meine wahren Jünger euch verhalten sollt. Ich sage euch: Der Diener steht nicht über seinem Herrn, wie der Gesandte nicht über dem, der ihn gesandt hat! Wenn ihr meine Gebote kennt und versteht, müßt ihr sie halten, damit ihr gesegnet werdet. Aber ich weiß, daß ihr meinem Beispiel nicht folgen werdet.
Ich meine damit nicht jeden von euch, denn ich weiß ja, wen ich erwählt habe. Aber die alte Schrift wird sich bewahrheiten:
Der mit mir mein Brot ißt,
Tritt mich mit Füßen.«
Die Jünger sahen sich erschrocken an, ohne zu verstehen, was Jesus meinte. Jesus war von Trauer bewegt, denn er liebte alle zwölf, wußte aber, daß einer unter ihnen ihn nicht liebte. Er sah ihre fra-

genden Blicke und sagte traurig: »Ja, es ist so: Einer von euch wird mich verraten. Einer von euch, die ihr hier mit mir am Tisch sitzt.«

Sie sahen einander an, sie sahen sich um, sie waren voller Unruhe. Jeder wußte, daß er schwach war, jeder fürchtete, daß er einen schrecklichen Fehler machen könnte, der den Herrn seinen Feinden auslieferte. Und jeder fragte: »Bin ich es? Bin ich es?« Einer setzte dem anderen zu, jeder wollte wissen, wer solche furchtbare Tat begehen könnte.

»Sag uns, wer es ist!« drängte Simon Petrus.

Jesus sagte: »Wer die Hand mit mir in die Schüssel taucht, der ist es. Der wird mich verraten.« Nun hatten aber alle ihr Brot in dieselbe Schüssel getaucht, und ihre Frage war immer noch nicht beantwortet. Da tauchte Jesus ein Stück Brot in die Schüssel, die mitten auf dem Tisch stand, und reichte es Judas Ischariot. »Bin ich es, Herr?« flüsterte Judas.

Jesus nickte: »Du hast es gesagt. Was du tun willst, tu es rasch.«

Niemand außer Jesus und Judas verstand den Sinn dieser ruhig gesprochenen Worte, und die übrigen Jünger glaubten, Judas, der ja das Geld verwaltete, sollte rasch etwas besorgen, was zum Fest fehlte, oder sollte den Armen Geld bringen. Deshalb fiel es ihnen auch nicht auf, daß Judas das Brot an sich nahm und sofort das Zimmer verließ.

Vom Verrat war dann nicht mehr die Rede. Jesus sagte:

»Meine Kinder, ich werde nur noch ganz kurze Zeit bei euch sein. Ihr werdet mich suchen, wenn ich fort bin, doch dorthin, wo ich dann bin, könnt ihr mir nicht folgen. Ich gebe euch ein neues Gebot: Liebt einander, wie ich euch geliebt habe. Daran werden euch die Menschen als meine echten Schüler erkennen, an eurer Liebe füreinander.«

Sie setzten die Mahlzeit bekümmert fort, wie sonst nie.

Zum Schluß nahm Jesus Brot, segnete es und brach es in Stücke: »Nehmt, eßt«, sagte er den Jüngern. »Dies ist mein Körper, der für euch hingegeben wird. Eßt das Brot auch später zur Erinnerung an mich.« Sie nahmen ihren Anteil und aßen.

Danach hob er einen Becher Wein, dankte Gott und überreichte ihn den Schülern: »Trinkt daraus, jeder von euch, denn dies ist mein Blut und die neue Verheißung, die ich euch bringe. Das Blut wird für euch und für viele vergossen, wird vergossen für die vielen, zur Vergebung ihrer Sünden. Nehmt es, teilt es unter euch. Denn ich sage euch noch einmal: Ich werde nicht wieder Wein trinken bis zu dem Tag, an dem ich ihn im Reich meines Vaters trinke.« Schweigend tranken sie.

Dann stellte Simon Petrus eine Frage, die ihn beunruhigte: »Herr, wohin gehst du denn, daß wir dir nicht folgen können?«

»Ich habe euch gesagt, daß ihr mir jetzt nicht folgen könnt, aber später sollt ihr zu mir kommen«, antwortete Jesus.

»Doch warum können wir dir jetzt nicht folgen? Ich werde dich überallhin begleiten, ich will mein Leben für dich hingeben. Ich bin bereit, mit dir ins Gefängnis und in den Tod zu gehen.«

»Du willst dein Leben für mich geben?« sagte Jesus traurig. »Dann will ich dir sagen, Petrus: Ehe der Hahn heute nacht kräht, wirst du mich dreimal verleugnen.«

»O nein, selbst wenn ich sterben muß, werde ich dich nicht verleugnen!« rief Petrus ungestüm. Und alle anderen Jünger, außer Judas, der fehlte, sagten dasselbe.

Jesus ließ es auf sich beruhen. Er ermahnte sie: »Verzagt nicht. Ihr glaubt an Gott – glaubt auch an mich. Im Hause meines Vaters sind viele Wohnungen. Ich würde euch das nicht sagen, wenn es nicht wahr wäre. Jetzt gehe ich, um für euch einen Platz zu bereiten. Und wenn es auch so sein muß, daß ich jetzt gehe, um euch dort den Platz zu verschaffen, so komme ich doch wieder und nehme euch mit mir. Dann werdet ihr bei mir bleiben. Ihr kennt den Weg zu dem Ort, wo ich dann bin.«

»Aber Herr«, wandte Thomas ein, »wir wissen nicht, wohin du gehst, wie können wir dann den Weg kennen?«

»Ich bin der Weg«, antwortete Jesus. »Ich bin der Weg, die Wahrheit, das Leben. Niemand kommt zum Vater außer durch mich, wie ja auch niemand in die Schafhürde außer durch mich kommt. Und wer mich kennt, kennt auch den Vater, denn der Vater ist in mir.

Ich gehe bald zu meinem Vater. Es dauert nur noch eine kurze

Zeit, dann wird die Welt mich nicht mehr sehen. Doch ihr sollt nicht verlassen zurückbleiben: Der Heilige Geist wird bei euch sein. Und ich lasse euch Frieden. Ich gebe euch meinen Frieden, und es ist ein anderer Friede, als ihn die Welt gibt. Seid nicht betrübt, seid nicht verzagt. Ihr habt doch gehört, wie ich euch sagte, daß ich gehen und wieder zu euch kommen werde, aber immer noch macht ihr euch Sorgen, weil ich euch verlasse. Wenn ihr mich aber liebhabt, dann freut ihr euch auch mit mir, weil ich zum Vater gehe und der Vater größer ist, als ich es bin. Ich habe schon jetzt davon gesprochen, bevor es sich ereignet, damit ihr mir glaubt, wenn es geschieht.

Jetzt werde ich nicht mehr viel zu euch reden. Steht auf, laßt uns fortgehen.«

Sie sangen gemeinsam und gingen zum Ölberg, um im Garten Gethsemane Ruhe zu finden.

Judas beobachtete alles, was sie taten, und berichtete es den Hohenpriestern und Ältesten der Gemeinde.

Unterwegs, auf dem dunklen Weg, belehrte Jesus seine Jünger noch einmal mit einem Gleichnis: »Ich bin der echte Weinstock, und mein Vater ist der Weingärtner. Er schneidet jede meiner Reben fort, die keine Beeren trägt. Aber jede fruchtbare Rebe säubert er, damit sie noch mehr Frucht tragen kann.

Ihr seid die Reben, ich bin der Weinstock. Ihr seid schon ausgeschnitten, seid die Reben, die ich selbst mit meiner Lehre gesäubert habe. Bleibt in eurem Herzen bei mir, dann bleibe ich bei euch. Wie die Rebe, wenn sie vom Weinstock getrennt ist, nicht aus sich selbst heraus Frucht bringen kann, könnt ihr es auch nicht, wenn ihr im Herzen nicht mit mir vereint bleibt. Wer mit mir vereint bleibt, der wird viel Frucht bringen. Doch wenn ihr euch innerlich von mir trennt, wird euch nichts gelingen.

Wenn ihr meine Befehle befolgt, erhaltet ihr euch meine Liebe, so wie ich meines Vaters Befehlen gehorcht und seine Liebe behalten habe. Und jetzt hört meinen letzten Befehl: Liebt einander so, wie ich euch geliebt habe. Es gibt keine größere Liebe, als wenn ein Mensch sein Leben für seine Freunde hingibt. Ihr seid meine Freunde, wenn ihr so handelt, wie ich es von euch verlange. Jetzt will ich euch nicht mehr als meine Diener bezeichnen, denn ein Diener weiß nicht, was der Herr tut. Ich nenne euch jetzt Freunde, um all der Dinge wegen, die ich von meinem Vater weiß und an euch weitergegeben habe.

Bisher habt ihr Gott nicht in meinem Namen gebeten. Doch künftig sollt ihr es tun: Dann wird er euch das geben, was euer Glück ausmacht. Der Vater im Himmel liebt euch ja, weil ihr mich geliebt habt und weil ihr daran glaubt, daß ich vom Vater gekommen bin.

Ich sage euch das alles, damit ihr durch mich Frieden findet. Ihr werdet in der Welt verfolgt werden, doch habt Mut – ich habe die Welt überwunden.«

Er blickte zum Himmel: »Vater, die Stunde ist da. Gib deinem Sohn Herrlichkeit, damit der Sohn dich verherrlicht. Du hast ihm Macht über alle Menschen der Erde gegeben, damit er allen, die du ihm gegeben hast, das ewige Leben schenken kann. Und das ist das ewige Leben: daß sie dich als den einzigen wahren Gott erkennen und wissen, daß Jesus Christus der Eine ist, den du geschickt hast. Ich habe dich nun auf der Erde verherrlicht und den Auftrag erfüllt, den du mir gegeben hast.«

Sie standen am Bach Kidron, als Jesus zu den elf Jüngern sagte: »Heute nacht werdet ihr mich alle im Stich lassen, wie es geschrieben steht: ›Den Schafhirten werde ich erschlagen, die Herde zerstreuen.‹ Doch wenn ich wieder am Leben bin, will ich vor euch nach Galiläa kommen.«

Wieder wehrte sich Petrus und schwor: »Und wenn sie dich alle verlassen, werde ich dich nicht verlassen!«

Und wieder antwortete Jesus: »Petrus, ich sage es dir: Ehe der Hahn heute nacht kräht, wirst du mich dreimal verleugnen!«

Sie überquerten den Bach und kamen in den Garten Gethsemane, der ihnen vertraut war, weil Jesus oft mit seinen Jüngern hier gewesen war.

Und auch Judas kannte den Platz.

DER VERRAT

Im Garten wählte Jesus drei Jünger aus; den anderen sagte er: »Setzt euch hierher. Ich gehe weiter, um zu beten.«
Die acht Männer setzten sich am Garteneingang unter die Bäume, während Jesus mit Petrus, Jakobus und Johannes weiterging. Er dachte daran, wie er nun verraten werden sollte, wie man ihn gefangennehmen, schlagen und töten werde. Die Leidenszeit sollte nun beginnen. Und bei dem Gedanken an den Verrat und die Schmerzen wurde Jesus das Herz schwer. Er sagte zu den dreien, die ihn begleiteten: »Meine Seele ist traurig, todtraurig. Bleibt hier und wacht für mich, während ich bete.«
Er ging tiefer in das Gehölz. Die drei Jünger konnten ihn sehen, wie er zum Beten kniete: »Ach, mein Vater, wenn es sein kann, laß diesen bitteren Trank an mir vorübergehen, ohne daß ich ihn zu trinken brauche! Dir ist alles möglich. Erspare mir die Leiden, wenn du es willst. Doch nicht mein Wille möge geschehen, sondern deiner.«
Er betete, doch kein Zeichen sagte ihm, daß er verschont werde. Danach ging er zu den wartenden drei Jüngern zurück und fand sie in tiefem Schlaf. Er weckte sie und sagte zu Petrus: »Konntest du denn nicht einmal eine Stunde mit mir wach bleiben? Wach jetzt und bete, damit du nicht der Versuchung nachgibst. Ich weiß wohl, daß der Geist willig ist, doch der Körper ist voller Schwäche. Schlaf nicht.«
Er ging wieder von ihnen fort und betete noch einmal: »Mein Vater, wenn dieser Becher des Leidens nicht an mir vorübergehen kann, ohne daß ich ihn leer trinke, dann laß deinen Willen geschehen.«
Wieder ging er zu den dreien zurück, wieder fand er sie schlafend. Als er sie weckte, wußten sie nicht, was sie sagen sollten. Und doch hätte er jetzt ihre Liebe und ihr Verständnis nötig gehabt.
Er verließ sie, um ein drittes Mal zu beten, und Todesangst und

Verlassenheit ergriffen ihn so, daß der Schweiß von seinem Gesicht wie große Blutstropfen auf die Erde rann. Da erschien ein strahlender Engel vom Himmel und brachte ihm Trost und Kraft. Friede zog in Jesu Herz ein, und er erhob sich, bereit und stark für alles, was kommen sollte.

Zum dritten Mal weckte er die Jünger: »Es ist nicht mehr nötig, mit mir zu wachen. Die Stunde ist gekommen, der Menschensohn wird den Sündern ausgeliefert. Der Mann, der mich verrät, ist schon da.«

Und bevor er zu Ende gesprochen hatte, hörte man vom Garteneingang her Lärm und das erschrockene Rufen der acht Jünger, die dort zurückgeblieben waren. Waffen klirrten, schwere Schritte stapften durchs Dunkel. Dann fiel der Schein von Laternen und Fackeln durch das Gebüsch auf Jesus.

Im unruhigen Fackellicht sah er eine große Abteilung Soldaten, begleitet von Vertretern der Hohenpriester und der Pharisäer. Sie kamen näher. Sie waren mit Spießen und Schwertern bewaffnet. Ein Mann löste sich aus der Schar.

Und dieser eine, Jesu Verräter, gab den anderen ein Zeichen: »Der, den ich küsse, ist es. Den verhaftet!«

Judas trat mit falscher Freundlichkeit und mit ausgestreckten Händen auf Jesus zu: »Ich grüße dich, Meister!« Und er küßte Jesus auf die Wange.

»Warum bist du gekommen, mein Freund?« sagte Jesus. »Willst du den Menschensohn mit einem Kuß verraten?«

Die Soldaten rückten näher. Jesus ging auf sie zu: »Wen sucht ihr?«

»Jesus von Nazareth«, wiederholten sie.

»Der bin ich«, sagte er gelassen. Sie schraken zurück, die Soldaten, die Priester, die Pharisäer, verwirrt durch seine Ruhe.

Er fragte noch einmal: »Wen sucht ihr?«

»Jesus von Nazareth«, wiederholten sie.

»Ich habe euch gesagt, daß ich es bin. Wenn ihr mich sucht, laßt die anderen unbehelligt gehen.«

Als ob er selbst den Befehl gegeben hätte, stürzte sich die ganze Schar auf ihn und packte ihn mit groben Händen. Er stand unbe-

weglich in einem wilden Durcheinander klirrender Schwerter und Menschen. In dem Aufruhr griff Simon Petrus nach einem Schwert und holte gegen einen Knecht des Hohenpriesters aus. Der Hieb saß und schlug dem Mann das rechte Ohr ab, er schrie auf.
»Leg dein Schwert ab!« befahl Jesus, der schon mit festen Tauen gebunden worden war. »Alle, die das Schwert ziehen, werden durch das Schwert umkommen. Weißt du denn nicht, daß ich meinen Vater bitten kann, mich zu retten, und daß er dann mehr als zwölf Legionen Engel senden würde, um diese Schar hier zu überwältigen? Aber wie sollte sich dann das ereignen, was nach der Voraussage der Schrift geschehen muß?« Er wandte sich an den Mann, den Petrus getroffen hatte. »Laßt mich erst dies noch tun«, sagte er, berührte das Ohr des Mannes, und es war heil. Die Soldaten packten Jesus und rissen ihn mit sich, Hauptleute, Hohepriester und Älteste scharten sich lärmend um ihn, während die Soldaten drohend ihre Waffen gegen die Jünger erhoben, die nicht an Gegenwehr dachten.
Da sagte Jesus zu der lärmenden Menge:
»Ihr kommt mit Schwertern und Spießen zu meiner Verhaftung, als sei ich ein Räuber. Ich habe täglich bei euch im Tempel gesessen und gelehrt, und ihr habt nicht die Hand gegen mich erhoben. Doch diese Stunde gehört euch, die Stunde, in der die finsteren Mächte herrschen. Alles geschieht, wie es die Schriften der Propheten vorausgesagt haben.«
Die Schar drängte aus dem friedlichen Garten hinaus, auf Jerusalem zu. Und jeder Jünger wandte sich ab und lief davon, verließ seinen Herrn und floh. Judas war seiner Wege gegangen.
Jesu Feinde führten ihn zunächst in das Haus von Hannas, dem Schwiegervater des Hohenpriesters Kaiphas; Hannas, der selbst Hohenpriester gewesen war, hatte immer noch großen Einfluß auf die Priester und Pharisäer, die sich seinem Alter und seiner Erfahrung beugten und ihn oft um Rat fragten, wenn es sich um ein Vergehen gegen das mosaische Gesetz handelte. Und aus dieser kaum angebrachten Hochachtung heraus führten sie Jesus zuerst zum Verhör bei Hannas.
Er stand gefesselt vor dem alten Hohenpriester. Hannas hörte sich

die wütenden Beschuldigungen von Jesu Feinden an und verhörte ihn dann über seine Schüler und seine Lehre.
Jesus gab ihm keine Auskunft über die Jünger und war auch nicht bereit, seine Lehre darzulegen. Er sagte: »Warum hast du es nötig, mich darüber zu verhören? Ich habe offen zur Welt gesprochen. Ich habe in Synagogen und im Tempel gelehrt, wo die Juden zusammenkommen und mich gehört haben. Ich habe nichts im geheimen gelehrt. Warum also fragst du mich? Frag diejenigen, die mich angehört haben. Sie wissen, was ich gesagt habe.«
Ein Wachsoldat schlug Jesus auf den Mund: »Ist das die Art, dem Hohenpriester zu antworten?«
Jesus sagte: »Wenn ich etwas Falsches gesagt habe, laß mich wissen, was falsch war. Wenn ich aber die Wahrheit gesagt habe, warum schlägst du mich dann?«
Hannas versuchte noch einmal eine brauchbare Aussage zu erhalten, doch Jesus antwortete ihm nichts, was Hannas gegen ihn verwenden konnte. Deshalb schickte ihn der alte Priester gefesselt weiter zu Kaiphas, der bereits einige Männer des Rats zusammengerufen hatte. Da saßen sie, der engste Kreis der Priester, Ältesten und Schriftgelehrten, und warteten darauf, daß Jesus in Fesseln vor sie gebracht werde.
Simon Petrus, der mit den anderen geflohen war, kehrte um und folgte von fern dem Zug, der den gefesselten Jesus zu Kaiphas brachte. Die Nacht war kühl geworden, und einige Wachleute und Diener des Hohenpriesters hatten sich im Hof ein wärmendes Feuer gemacht. Petrus stellte sich in die Nähe, um sich zu wärmen, während er auf das Ende des Verhörs wartete.
Der Hohenpriester und die Ratsangehörigen brauchten Zeugenaussagen, nach denen sie Jesu Tod verlangen konnten, doch obwohl sich mehrere falsche Zeugen meldeten, eignete sich keine einzige Aussage dazu. Schließlich traten zwei Männer mit der Behauptung: »Wir haben gehört, wie er sagte: ›Ich werde diesen von Menschenhand errichteten Tempel abreißen und in drei Tagen ohne menschliche Arbeit einen neuen bauen.‹«
Doch das hatte Jesus nicht gesagt; außerdem war diese falsche Aussage immer noch nicht das, was der Rat zur Verurteilung brauchte.

Kaiphas trat vor Jesus: »Du willst nicht antworten? Wie steht es denn mit der Behauptung dieser Zeugen?«
Jesus gab keine Antwort. Es wäre sinnlos gewesen, hier zu erklären, was er wirklich gesagt, und noch unsinniger, was er gemeint hatte. Außerdem würde es sich ja schon bald zeigen, welcher Sinn in seinen Worten gelegen hatte.
Kaiphas begann noch einmal: »Ich fordere dich auf, sag uns und beschwör es beim lebendigen Gott, ob du der Christus, der Sohn Gottes, bist oder nicht.« Und Jesus sagte: »Ich bin es. Und ihr werdet den Menschensohn an der rechten Seite des Allmächtigen sehen, wie er auf den Wolken des Himmels kommt.«
Da zerriß der Hohenpriester in Wut und Triumph seine Kleidung: »Er hat Gott gelästert! Was brauchen wir noch Zeugen! Aus seinem eigenen Munde haben wir alle die Gotteslästerung gehört! Was sagt ihr dazu, Priester und Älteste?«
»Er verdient den Tod!« riefen einige rasch, und alle fielen ein: »Ja, er verdient den Tod!«
Dann begannen sie ihn anzuspucken und zu schlagen. Die Leute, die ihn festhielten, höhnten ihn und schlugen mit den Fäusten auf ihn ein: »Nun prophezei doch, du Christus!« Sie verbanden ihm die Augen, schlugen ihn wieder mit boshaftem Vergnügen und riefen: »Zeig uns, daß du ein Prophet bist! Wer war es, der dich jetzt geschlagen hat?« Und ohne Mitleid höhnten und schlugen sie.
Die Nacht dehnte sich hin, sie mißhandelten ihn unbarmherzig, ohne jeden menschlichen Anstand, in schauerlichem Triumph. Um die Morgendämmerung berieten sie abschließend und kamen überein, daß Jesus hingerichtet werden solle. Sie selbst konnten das Urteil aber nicht aussprechen und vollstrecken lassen, sie mußten den römischen Prokurator von der Notwendigkeit überzeugen.
Inzwischen saß Petrus draußen im Außenhof am Feuer und wärmte sich, während das kalte Morgenlicht dämmerte. Eine Dienerin ging am Tor vorbei, sah ihn dort sitzen und blickte genauer hin: Diesen Mann hatte sie schon gesehen! Und sie erkannte ihn! Sie trat an ihn heran und sagte: »Du warst doch auch bei diesem Jesus aus Nazareth. Bist du nicht einer seiner Schüler?«
Die Angst packte Petrus, wie im Garten Gethsemane. In seinen

Gedanken war nur noch die Vorstellung eines schrecklichen Endes, das ihm bevorstehen konnte, wenn er zugab, ein Anhänger von Jesus zu sein.
»Nein!« antwortete er. »Ich weiß nicht, wovon du sprichst.«
Voller Unruhe ging er vom Hof in die Vorhalle, wo ihn aber eine andere Frau entdeckte: »Dieser Mann da ist einer von denen, die zu Jesus aus Nazareth gehören«, sagte sie zu den Umstehenden mit einem vorwurfsvollen Blick auf Petrus.
Er leugnete wieder und schwor dabei: »Ich kenne diesen Mann gar nicht!« Dann erkannte ihn einer von den Knechten des Hohenpriesters, und zwar ein Verwandter des Soldaten, dem Petrus das Ohr abgeschlagen hatte. Er starrte ihn an: »Du! Du Galiläer! Du gehörst zu denen, ich höre es ja an deiner Aussprache. Und ich hab' dich auch im Garten bei ihm gesehen, als wir ihn verhaftet haben!«
»Nein!« Petrus begann sich zu verfluchen und schwor: »Ich kenne den Mann nicht, ich weiß wirklich nicht, wovon du redest!«
Und da krähte der Hahn.
In diesem Augenblick führte man Jesus aus dem Haus des Hohenpriesters. Er war mit starken Tauen gefesselt und wurde gezerrt und gestoßen. Er wandte sich im Vorbeigehen zu Petrus um und sah ihn mitleidig an. Petrus blickte fort. Jetzt fiel ihm ein, was Jesus gesagt hatte: »Bevor der Hahn kräht, wirst du mich dreimal verleugnen.«
Er hatte ihn dreimal verleugnet.
Petrus ging aus dem Hof und weinte bittere Tränen.

DAS GERICHTSVERFAHREN

Das Todesurteil war vom jüdischen Rat ausgesprochen worden, mußte aber noch vom römischen Statthalter bestätigt werden. Eine große Menschenmenge zog zum Haus von Pontius Pilatus, dem Prokurator für Judäa. Der Hohepriester und einflußreiche Pharisäer führten den Zug an, dann folgten die falschen Zeugen und viele Leute, die sie angestachelt hatten, den als »König der Juden« bezeichneten Jesus zu beschimpfen. Viele Menschen wußten nicht, um was es ging, schlossen sich aber neugierig der Menge an. In der Mitte wurde der gefesselte Jesus von Soldaten vorwärts gestoßen, denen es gleichgültig war, was der Mann getan hatte, wenn er ihnen nur nicht entkam.

Pontius Pilatus trat auf den Hof seines Palastes und starrte auf die Menge. Er erkannte die Hohenpriester und die Ältesten und sah viele Unbekannte. In der Mitte stand ein Gefangener. Seine Handgelenke waren zusammengebunden, seine einfache Kleidung war schmutzig, er war sichtlich gnadenlos geschlagen worden. Trotzdem wirkte er gelassen und furchtlos.

Obwohl es noch sehr früh am Tage war, wollte Pilatus die Sache anhören, weil sie offenbar wichtig war; ihm fiel auf, wie aufgeregt und triumphierend sich die Hohenpriester benahmen.

»Wie lautet die Anklage gegen den Mann?« fragte Pilatus.

Kaiphas und Hannas antworteten: »Er ist ein Verbrecher, sonst hätten wir ihn nicht vor dich gebracht. Er hat unser Volk verdorben, hat verboten, dem Kaiser Abgaben zu zahlen, und hat gesagt, er sei der Christus, der König der Juden.« Da sie wußten, daß sich Pontius Pilatus nicht für ihre religiösen Fragen interessierte, brachten sie die Gotteslästerung nicht vor, sondern das, was ihn als Römer anging: Da hatte ein Jude behauptet, König zu sein, und dem römischen Kaiser die Abgaben verweigert – Hochverrat in den Augen der römischen Herren.

Doch so rasch ließ sich Pilatus nicht überzeugen; er stutzte bei dem

Ausdruck »König der Juden«, aus dem er schloß, daß es sich wieder um eine religiöse Angelegenheit handle, die ihn nichts anging. »Haltet Gericht über ihn. Verurteilt ihn nach eurem Gesetz.«
»Das haben wir getan«, antworteten sie, »doch wir dürfen ja niemanden hinrichten.«
Das wußte Pilatus, aber er hatte nicht geahnt, daß es um ein Todesurteil ging.
Er sah den Gefangenen an, der in keiner Weise wie ein König, aber ebensowenig wie ein Verbrecher aussah. Und während Pilatus schwieg, schrien die Hohenpriester und die Ältesten ihre Anklagen gegen den Gefangenen hinaus. Soviel sie ihm auch vorwarfen, der Gefangene sagte nichts. Pilatus wunderte sich darüber, denn die Gefangenen, die sonst vor ihn gebracht wurden, versuchten immer heftig, sich zu verteidigen.
»Antwortest du ihnen nicht?« fragte er Jesus. »Hörst du denn nicht, was sie dir alles vorwerfen?«
Aber Jesus antwortete nicht auf die Beschuldigungen. Er stand nur ruhig da, so gelassen, daß Pilatus verwundert in seinen Palast zurückging. Er wußte nichts über diesen Gefangenen und merkte, daß er bei dem Toben der Menge auch nichts erfahren werde. Deshalb ließ er ihn zu sich in den Gerichtssaal bringen. Jesus stand vor Pilatus, gefesselt und furchtlos.
Der Statthalter fragte: »Bist du der König der Juden?«
Jesus sagte: »Warum fragst du? Bist du selbst darauf gekommen, oder hat man es dir gesagt?«
»Bin ich etwa ein Jude?« antwortete Pilatus. »Dein eigenes Volk und die Hohenpriester haben dich an mich ausgeliefert. Was hast du getan? Klagen sie dich zu Recht an?« Vor allem wollte Pilatus wissen, ob Jesus selbst behauptete, der König der Juden zu sein.
»Mein Reich gehört nicht zu dieser Welt«, sagte Jesus. »Wenn es das täte, hätten meine Männer für mich gekämpft und mich nicht den Juden in die Hände fallen lassen. Nein, mein Königreich liegt nicht auf der Erde.« »Doch ein König bist du?« wiederholte Pilatus. »Ja, ein König bin ich. Ich bin geboren worden und auf die Welt gekommen, um die Wahrheit sichtbar zu machen. Wem an der Wahrheit liegt, der hört auf mich.«

»Was ist Wahrheit?« fragte der Prokurator.
Er ging hinaus zu den Juden; was er wissen wollte, hatte er gehört: »Mein Reich liegt nicht auf der Erde« klang nicht nach Aufruhr gegen den römischen Kaiser.
»Der Mann hat nichts begangen«, sagte er zu den Priestern. Sie standen wie vom Donner gerührt: Jesus unschuldig befunden! Die Leute, die sie zusammengetrommelt hatten, um ihrer Sache mehr Nachdruck zu geben, begannen zu murren, und die Priester verdoppelten ihre Rufe: »Er wiegelt das Volk auf! Er hat in ganz Judäa seine Irrlehre verbreitet, er kam damit aus Galiläa, er hat überall im Lande gelehrt, sogar hier in Jerusalem!«
Pilatus fragte: »Aus Galiläa? Ist dieser Mann denn ein Galiläer?«
»Ja, er stammt aus Nazareth!«
Das kam Pilatus sehr gelegen, denn dann ging ihn die ganze Sache nichts an. Wenn dieser Jesus ein Galiläer war, hieß sein Gerichtsherr Herodes, und der Tetrarch sollte sich selbst mit ihm befassen. Pilatus schickte also Jesus und seine Ankläger zu Herodes Antipas, der sich des Festes wegen auch in Jerusalem aufhielt. Herodes war erfreut, denn seit langem hätte er diesen Mann gern gesehen. Zwar hatte er den Gedanken aufgegeben, Jesus durch Soldaten ergreifen zu lassen, seit er nicht mehr annahm, daß es sich um den wiedererstandenen Täufer Johannes handle, aber er hatte so viel Ungewöhnliches über diesen Nazarener gehört, daß er ihn gern sprechen und vor allem Wundertaten sehen wollte.
Er begrüßte Jesus zwar nicht wohlwollend, aber neugierig, und versuchte, ihn auszufragen. Doch Jesus gab keine Antwort und vollbrachte keine Wunder, so daß die Sache Herodes bald langweilig wurde. Er ließ Priester und Schriftgelehrte noch einmal zu Wort kommen, und sie beschuldigten den Gefangenen wütend, daß er das Volk zum Aufstand aufwiegele, dem Kaiser die Abgaben verweigere und sich zum Messias, zum König der Juden, erklärt habe. Herodes hörte sie gleichgültig an – er hatte Wundertaten sehen wollen und hatte keine gesehen. Für einen Verrat gab es keine Anzeichen, und dieser Gefangene bildete offensichtlich weder für ihn noch für die Römer eine Gefahr.
Allerdings schien es dem Tetrarchen nicht unwichtig zu sein, daß

sich ein Mann offenbar für den König von Israel oder für den König der Juden hielt, aber das ging nur Judäa an, nicht ihn, den Herrscher von Galiläa. Er lächelte bei dem Gedanken, einen König vor sich zu haben, und er lachte laut auf, als ihm ein Einfall kam – seinen Spaß wollte er haben.

»Bringt Prunkgewänder«, befahl er. »Wenn dieser Mann ein König ist, soll er auch wie ein König aussehen.«

Lachend legten sie Jesus königliche Kleidung an, sie lachten über ihren witzigen Einfall, sie lachten über den Mann in dem Prunk, den sie ihm aufgezwungen hatten.

Doch es wurde ihnen bald langweilig, denn Jesus schien von ihrem Hohn nicht berührt zu werden. Da schickten sie ihn zu Pilatus zurück.

Der Statthalter war nicht erfreut, als die Juden ihren Gefangenen zu ihm zurückbrachten. Er wandte sich an die Leute, die da standen und verlangten, daß er ein Todesurteil spreche, die Hohenpriester, die Ratsmitglieder, die Menschenmenge:

»Ihr habt mir diesen Mann gebracht, weil er angeblich das Volk mit falschen Behauptungen aufwiegelt. Ich habe ihn hier in eurem Beisein verhört, aber ich habe nichts gefunden, was eure Anklage bestätigt. Auch Herodes hat ihn nicht für schuldig befunden, sonst hätte er ihn mir nicht zurückgeschickt. Dieser Mann hat nichts getan, was mit dem Tode bestraft werden muß. Deshalb lasse ich ihn geißeln und werde ihn danach freilassen.«

Die Menschenmenge geriet wieder in Unruhe: Geißeln mit der metallbewehrten Peitsche war zwar eine furchtbare Strafe führte aber nicht zum Tod. Doch sie wollten den Tod! Und auf gar keinen Fall wollten sie, daß Jesus freigelassen werde.

Nun war es Sitte, daß der Statthalter zum jüdischen Fest einen seiner Gefangenen freigab, und zwar einen Mann, den sich das Volk selbst aussuchte. Zu dieser Zeit hielt er den Aufrührer Barabbas gefangen, der aber auch ein Räuber und Mörder war. Pilatus hätte einen solchen Verbrecher lieber für alle Zeiten im Gefängnis gesehen, und den Leuten war Barabbas gleichgültig. Doch nun stellte ihn Pilatus zur Wahl:

»Wenn ich euch eurer Sitte entsprechend einen Gefangenen freigebe

– wen wollt ihr dann haben? Den ›König der Juden‹ oder Barabbas?« Er hoffte, daß sich die Leute bei diesen beiden doch für Jesus entscheiden würden, denn er wollte den Nazarener ungern zum Tode verurteilen, weil er längst gemerkt hatte, daß ihn die Hohenpriester nur aus Neid und Haß verfolgten. »Wollt ihr Jesus, der Christus genannt wird?« Doch die Leute schrien – und am lautesten Hohepriester und Pharisäer: »Nein! Den nicht! Fort mit Jesus! Barabbas sollst du freilassen!«
Pilatus war ratlos. Während er noch zögerte, ein Urteil zu fällen, erhielt er eine Nachricht von seiner Frau: »Halt du dich frei von dem Unrecht, das man diesem guten Menschen antut, denn ich habe heute nacht im Traum seinetwegen viel durchgemacht.« Nun war Pilatus noch verwirrter. Doch während er überlegte, feuerten draußen die Hohenpriester und die Ältesten die Menschenmenge an, nach Barabbas zu schreien. Trotzdem fragte sie Pilatus noch einmal: »Welchen von den beiden soll ich freilassen?«
»Barabbas! Barabbas!« schrie es ihm entgegen.
»Was soll ich mit Jesus tun, den sie den Christus nennen?«
»Kreuzigen! Kreuzigen!«
»Warum? Was hat er Böses getan? Ich habe nichts gefunden, was den Tod verdient. Er soll gegeißelt und dann freigelassen werden!«
»Nein! Kreuzigen! Kreuzigen!« heulte die Menge.
»Gib uns Barabbas!«
Doch Pilatus ließ Jesus von den Wachsoldaten geißeln, weil er hoffte, der Anblick dieser schrecklichen Strafe werde die Menge einlenken lassen, so daß sie nicht mehr Jesu Tod fordere. Die Soldaten peitschten ihn erbarmungslos. Dann brachten sie ihn in die Halle, scharten sich grinsend um ihn, legten ihm einen Purpur um, wie ihn Könige trugen, drehten aus Dornengestrüpp eine Art Krone zusammen, drückten sie ihm auf den Kopf und zwangen ihm einen langen Stock wie ein Zepter in die Hand. Und dann verneigten sie sich und knieten wie vor einem großen Herrscher.
»Heil dir! Heil dem König der Juden!« höhnten sie.
Als sie davon genug hatten, nahmen sie ihm den Stock aus der Hand und schlugen ihn damit. Sie spuckten ihm ins Gesicht. Dann führten sie ihn wieder vor Pilatus.

Der Statthalter stellte sich noch einmal vor die Menge: »Seht, ich bringe ihn jetzt heraus, damit ihr alle seht, daß er in meinen Augen unschuldig ist.« Er glaubte, der Rat und das Volk würden endlich doch zufrieden sein.
Jesus wurde herausgeführt. Er trug den Purpurmantel und die Dornenkrone. Er war blutüberströmt und bleich. Doch er hielt sich aufrecht und bewegte sich mit ruhiger Würde.
Pilatus wies auf ihn hin: »Seht diesen Mann an!«
Sie schrien: »Kreuzige ihn! Kreuzige ihn!«
»Nehmt ihn mit, kreuzigt ihn selbst«, antwortete Pilatus, erschreckt durch die Wut der Menge. »Für mich ist er kein Verbrecher.«
Doch unter römischer Herrschaft hatten die Juden nicht das Recht, Hinrichtungen selbst vorzunehmen – das war den Römern vorbehalten. Und die Hohenpriester und Pharisäer hatten längst erkannt, daß sich Pilatus bemühte, ein rechtskräftiges Todesurteil zu umgehen.
»Wir haben ein Gesetz!« schrien sie ihm entgegen. »Und nach unserem Gesetz verdient er den Tod, denn er hat sich als Sohn Gottes bezeichnet!« Das Geschrei der Menge klang drohend.
Pilatus merkte es und wurde immer unsicherer. Er zog Jesus beiseite und fragte ihn fast verzweifelt: »Wer bist du?« Jesus sagte nichts.
»Willst du mir nicht antworten? Weißt du denn nicht, daß ich die Macht habe, dich freizulassen oder dich ans Kreuz zu schlagen?«
»Du hast nur so viel Macht über mich, wie Gott sie dir verliehen hat. Der Mann, der mich an dich ausgeliefert hat, beging ein viel größeres Unrecht.«
Pilatus versuchte noch einmal, Jesus freizulassen, doch nun schrien die Juden: »Wenn du diesen Mann freiläßt, bist du kein Freund des Kaisers! Wer behauptet, ein König zu sein, begeht Verrat am Kaiser!«
»Ich soll also euren König ans Kreuz schlagen lassen?« fragte Pilatus.
»Er ist nicht unser König! Wir haben keinen König, nur einen Kaiser. Bist du kein Freund des Kaisers?«

Die Drohung war unverhüllt, und Pilatus fürchtete sich nun wirklich. Wenn das dem Kaiser zu Ohren kam, war er selbst nicht mehr sicher, und es lag auch schon wie Aufruhr in der Luft – bereits das konnte ihn sein Amt kosten.

Er ließ sich eine Schüssel Wasser bringen und wusch sich die Hände, so daß alle es sahen: »Ich bin unschuldig am Tod dieses Mannes. Ihr allein habt ihn zu verantworten.«

Und sie schrien: »Ja! Sein Blut komme über uns! Über uns und unsere Kinder!«

Pilatus sprach sein Urteil, er ließ Barabbas frei. Seine Soldaten nahmen Jesus den Purpurmantel ab, ließen die Dornenkrone auf seinem Kopf und führten ihn aus dem Palast, um ihn ans Kreuz zu schlagen.

Pilatus hatte seine Hände gewaschen, ihn ging die Sache nichts mehr an.

Judas Ischariot, der Verräter, hielt sich am Rande der Menge, die zum Stadttor strömte. Er erkannte jetzt, daß Jesus hingerichtet werden sollte, und ihn packte entsetzliche Reue. Er rannte zurück zu den Hohenpriestern und Ältesten, die dreißig Silberstücke in der Hand.

»Ich habe ein Verbrechen begangen, ich habe einen Unschuldigen verraten!« schrie er sie an.

Sie zuckten verächtlich die Achseln: »Was geht es uns an? Das ist ganz allein deine Sache.« Von Reue gepeinigt warf der Verräter das Geld auf den Boden und stürzte davon.

Die Hohenpriester hoben das Geld auf und fühlten etwas wie Scham. »Das Gesetz verbietet uns, das Geld in den Tempelschatz zu legen, denn es klebt Blut daran.«

Sie berieten und entschlossen sich endlich, für das Geld den Töpfersacker zu kaufen, um dort mittellose Fremde begraben zu können. Das Feld, das dann mit dem Blutgeld gekauft wurde, hieß für alle Zeiten der Blutacker.

Die Menschenmenge, die Jesus zum Tode führte, drängte aus dem Stadttor im Norden hinaus.

Judas erhängte sich an einem Baum.

DIE KREUZIGUNG

Es war noch früh am Tag, als Jesus nach Gerichtsverhandlung und Urteilsspruch seinen letzten, schmerzvollen Weg antrat. Die römischen Soldaten führten ihn durch das nördliche Stadttor zu dem Hügel, auf dem die Hinrichtungen stattfanden; hebräisch hieß er »Golgatha«, was »Schädelplatz« bedeutet. Auch die Bezeichnung »Kalvarienberg«, die aus dem Lateinischen kommt, hängt mit »Schädel« zusammen. Jesus ging mühsam unter dem schweren Kreuz, an das er genagelt werden sollte und das er nach römischem Brauch selbst zur Hinrichtung tragen mußte.

Sein Rücken bog sich tief unter dem Gewicht der schweren Balken, seine Füße stolperten auf dem unebenen Weg. Eine große Menschenmenge zog mit ihm hinaus, Gegner, die ihn verhöhnten, Fremde, die sich dem Zug aus Neugierde angeschlossen hatten, und Freunde, die ihm gern helfen wollten, aber nichts tun konnten. Darunter waren auch Frauen, die laut jammerten und weinten: Sie sahen Jesu Schmerzen und wußten, daß ihm das Schlimmste noch bevorstand.

Doch trotz der Last, trotz der Schmerzen sah Jesus ihren Kummer. Er wandte sich zu ihnen und sagte: »Ihr Töchter Jerusalems, weint nicht um mich. Weint lieber um euch selbst und um eure Kinder, denn die Zeit kommt, in der sich die Kinderlosen für glücklich halten dürfen, weil ihnen kein Kind erschlagen werden kann. Wenn Jerusalem für seine Sünden büßen muß, werden auch die kleinsten Kinder nicht verschont werden. Dann werden die Bewohner der Stadt zu den Bergen sagen: ›Fallt über uns zusammen‹ und zu den Hügeln: ›Deckt uns zu!‹, damit sie ihrem Schicksal entgehen. Doch es wird kein Entrinnen geben. Denn wenn sie jetzt, wo ich noch bei euch bin, schon so handeln, was werden sie erst tun, wenn ich nicht mehr hier bin?«

Er stolperte unter dem schweren Kreuz, das auf seine zerschlagenen Schultern drückte. Die Auspeitschung hatte ihm alle Kraft ge-

nommen, und schließlich fiel er hin und konnte sich nicht mehr aufrichten. Die fluchenden Soldaten stießen ihn umsonst an, Jesus konnte sich mit dem Kreuz auf den Schultern nicht mehr erheben. Da griffen sich die Soldaten einen Mann aus der Menge: »Komm her!« Er hieß Simon, kam aus Kyrene und wußte nicht, was hier vor sich ging. Ihm legten sie das Kreuz auf und zwangen ihn, es hinter Jesus herzutragen. Jesus erhob sich und ging langsam weiter. Zwei andere Verurteilte, beides Verbrecher, wurden herangebracht; sie sollten mit Jesus gekreuzigt werden. Auf der Höhe von Golgatha mußte Simon das Kreuz flach auf die Erde legen. Die Soldaten nahmen Jesus die Kleidung ab. Sie legten ihn auf das Kreuz und nagelten seine Hände und Füße auf den Balken fest. Sie richteten das Kreuz auf und pflanzten es fest in die Erde.
Andere Soldaten schlugen die beiden Verbrecher ans Kreuz und stellten sie links und rechts von Jesu Kreuz auf.
Die Soldaten reichten Jesus ein Getränk aus saurem Wein und gallenbitterem Zusatz, doch er wies es zurück. Als er aber am Kreuz hing und den Tod erwartete, rief er: »Vater, verzeih ihnen, denn sie wissen nicht, was sie tun.«
Es blieb nur noch das Warten auf den Tod. Die Soldaten beschäftigten sich damit, Jesu Kleider zu verteilen, jeder der vier erhielt einen Teil, doch dann sahen sie, daß der Überwurf nicht zusammengenäht, sondern in einem Stück gewebt war, und beschlossen, ihn nicht zu zerreißen, sondern darum zu würfeln. Sie handelten so, wie es schon im Psalm heißt: »Sie haben meine Kleidung unter sich verteilt und um meinen Überwurf gewürfelt.«
Pilatus hatte ein Schild anfertigen lassen, auf dem in hebräischen, lateinischen und griechischen Buchstaben stand: »Jesus aus Nazareth, König der Juden.« Das Schild brachten die Soldaten oben am Kreuz an, dann setzten sie sich und beobachteten, wie er starb.
Die ganze Menschenmenge sah zu. Einige Leute höhnten: »Du wolltest doch den Tempel zerstören und in drei Tagen aufbauen! Warum rettest du dich nicht? Wenn du Gottes Sohn bist, rette dich doch und komm herunter vom Kreuz!« Die Hohenpriester, die Schriftgelehrten, die Ältesten spotteten alle: »Anderen soll er geholfen haben, aber sich selbst kann er nicht helfen. Das ist nun der

Christus, der König von Israel, der Auserwählte Gottes! Soll er doch vom Kreuz heruntersteigen, damit wir an ihn glauben! Warum wird er nicht von Gott befreit? Er hat doch immer behauptet: ›Ich bin Gottes Sohn.‹«

Sogar die Verbrecher, die neben ihm hingerichtet wurden, verspotteten ihn, und einer der beiden fluchte und höhnte: »Bist du nicht dieser Christus? Dann rette dich doch und uns auch!«

Doch als Jesus keine Antwort gab, wurde der andere nachdenklich. Da rief er dem anderen zu: »Fürchtest du nicht Gott, wenn du mit diesem Mann zusammen am Kreuz stirbst? Wir beide haben die Strafe verdient, doch der Mann da hat kein Unrecht begangen.«

Er wandte den Kopf zu Jesus: »Herr! Denk an mich, wenn du in deinem Königreich bist. Ich glaube an dich!«

Und Jesus antwortete: »Ich sage dir: Heute noch wirst du mit mir im Paradies sein.«

Er sah herab auf die Menschen unter dem Kreuz, seine Mutter, die Schwester seiner Mutter, Maria Magdalena, und nur einen seiner Jünger. Lazarus, den er vom Tod erweckt hatte, und die zehn Jünger waren aus Angst vor der Rache der Hohenpriester und Pharisäer ferngeblieben; sie wagten nicht, als seine Anhänger neben dem Kreuz zu stehen. Nur Johannes, den Jesus sehr liebte, stand bei den weinenden Frauen.

Als Jesus sah, daß Johannes seine Mutter zu trösten versuchte, sagte er zu ihr: »Das ist jetzt dein Sohn!« Und zu dem Jünger sagte er: »Johannes, sie ist jetzt deine Mutter, sorg für sie.«

Johannes nahm Maria zu sich und sorgte wie ein Sohn für sie.

Die Stunden voller Qual dehnten sich hin. Es wurde Mittag, die Sonne brannte. Doch plötzlich verschwand sie in schwarzen Wolken, und eine unnatürliche Dunkelheit lag über dem ganzen Land. Ein heftiger Wind stürmte über den Hügel mit den Kreuzen, ein seltsamer Ton in der sonderbaren Dunkelheit. Die Leute erschraken, viele verließen den Hinrichtungsplatz und versuchten, ihre Angst abzuschütteln. Aber viele andere, Freunde und Feinde, blieben stehen, um das Ende zu erleben.

Nach drei Stunden, in denen es immer noch unheimlich dunkel war, schrie Jesus auf: »Mein Gott, mein Gott, warum hast du mich

verlassen!« Die Umstehenden, die sich in den Schriften auskannten, wußten, daß er in Psalmworten sprach. Eine kurze Stille trat ein, dann hellte sich der Himmel auf.
Jesus sprach wieder, wie es im Psalm heißt: »Ich habe Durst.« Ein Wächter tauchte einen Schwamm in eine Schüssel mit saurem Wein, steckte ihn auf ein Schilfrohr und hielt ihn Jesus an den Mund.
Jesus hatte seine Sendung erfüllt. Er konnte nun seinem Geist die Freiheit geben, und mit klarer Stimme rief er: »Es ist erfüllt!«
Es klang nicht wie ein Verzweiflungsschrei, eher wie ein Siegesruf.
Jesus sprach seine letzten Worte am Kreuz: »Vater, ich lege meinen Geist in deine Hände.«
Dann senkte er den Kopf und starb.
In diesem Augenblick, in dem er starb, zerriß der Vorhang vor dem heiligsten Raum im Tempel von oben bis unten. Die Erde bebte, große Felsen wurden erschüttert, Gräber öffneten sich, und heilige Tote standen aus ihnen auf.
Der römische Hauptmann, der die Wache befehligte, sah Jesus sterben; er sah die Erde beben, als Jesus starb. Erschrocken und verwundert pries er Gott und rief: »Wirklich, dieser Mann ist unschuldig gewesen! Er war Gottes Sohn!« Und andere sprachen es ihm nach.
Doch nun war alles vorbei. Die Scharen, die das Schauspiel bis zum Ende angesehen hatten, verliefen sich, viele Leute waren sehr betroffen. Jesu Freunde, seine Mutter und andere Frauen, die ihm aus Galiläa gefolgt waren, blieben in einiger Entfernung vom Kreuz wartend stehen. Maria Magdalena war dabei und Salome, die Frau von Zebedäus und Mutter des anderen Jakobus. Sie alle hatten ihn sehr geliebt und waren voller Schmerz um ihren Meister und seine weinende Mutter.
Es war mitten am Nachmittag, und mit Sonnenuntergang begann der Sabbat, an dem keine Leichen am Kreuz hängen, aber auch nicht vom Kreuz abgenommen werden durften, schon gar nicht während des Passahfestes. Deshalb begaben sich die Juden zu Pilatus und erwirkten die Erlaubnis, die Leichen gleich abnehmen zu dürfen. Pilatus schickte Soldaten zurück nach Golgatha.
Sie überzeugten sich zuerst vom Tod der beiden Verbrecher und

gingen dann zu Jesus. Zwar erkannten sie, daß er tot war, aber einer der Soldaten stieß ihm dennoch einen Speer in die Seite. Aus der Wunde floß Blut und Wasser. Die Soldaten starrten auf den hageren Körper am Kreuz, wie es in den alten Schriften auch schon hieß: »Sie werden den Mann ansehen, dem sie die Seite durchstoßen haben.«

Gegen Abend ging der wohlhabende Joseph aus Arimathia zu Pilatus und bat ihn, ihm Jesu Leiche zu überlassen. Joseph war ein Pharisäer und ein angesehener Mann im Rat, aber ein anständiger Mann, der sich der Verfolgung von Jesus heftig widersetzt hatte. Genau wie Nikodemus hatte man auch ihn nicht zu der eiligen Ratsversammlung vor Morgengrauen geholt, denn man kannte seine Vorliebe für den Nazarener. Was die Pharisäer aber nicht wußten, war, daß Nikodemus und Joseph beide Schüler von Jesus geworden waren und durch ihn auf das Reich Gottes warteten.

Und jetzt holte sich Joseph von Pilatus die Erlaubnis, Jesu Leiche zu bergen und zu beerdigen. Pilatus war einverstanden.

Von Nikodemus begleitet, ging Joseph nach Golgatha. Sie hatten alles mit sich, was nach jüdischer Sitte zur Beerdigung gehörte, feines Leinen für Grabbinden und ein Gemisch aus Myrrhe und Aloe, mit dem die Grabtücher getränkt wurden. Den Leichnam sorgfältig zu waschen und einzubalsamieren, wie es sonst üblich war, blieb diesmal keine Zeit. Sie nahmen ihn vom Kreuz, umwickelten ihn mit den Tüchern und trugen ihn mit Hilfe einiger Freunde vorsichtig zur Grabstätte in einem nahe gelegenen Garten. Joseph hatte das Grab für sich selbst gekauft und im Felsen aushauen lassen; bisher hatte niemand darin gelegen. Nun schenkte Joseph es dem Meister, damit er vor Sonnenuntergang beerdigt werden konnte, an einem Platz, wo niemand seine Grabesruhe stören oder entweihen konnte.

Die elf Jünger hielten sich in Jerusalem versteckt, doch die Frauen, die aus Galiläa gekommen waren, folgten dem kleinen Trauerzug. Joseph verschloß das Grab mit einem großen, schweren Stein. Er ging heim, und auch die Frauen verließen unter bitteren Tränen den Platz. Sie hielten, wie es in den Geboten verlangt wird, die Sabbatruhe ein.

Eine Nacht verging. Dann erschienen in aller Frühe plötzlich wieder die Hohenpriester und Pharisäer mit einer neuen Forderung bei Pilatus; ihnen war eingefallen, daß Jesu Jünger noch frei waren. »Herr«, sagten sie zu Pilatus, »wir wissen ja, daß dieser Schwindler Jesus gesagt hat: ›In drei Tagen werde ich wieder leben.‹ Deshalb bitten wir dich, das Grab streng bewachen zu lassen, damit die Schüler nicht nachts den Leichnam stehlen und später behaupten können, Jesus sei erstanden.«

»Nehmt euch die Wache und sichert das Grab so gut wie möglich«, antwortete Pilatus.

Und sie zogen mit der Wache an die Grabstätte und versiegelten den Stein und stellten eine Wache davor.

Das war der zweite Tag nach Jesu Tod.

Als bei Sonnenuntergang der Sabbat beendet war, besorgten Maria Magdalena und die anderen Frauen, die Jesus aus Galiläa gefolgt waren, duftende Kräuter und Salben zur Einbalsamierung von Jesu Leiche, wozu wegen des Sabbats keine Zeit gewesen war. Sie wollten früh am anderen Morgen zum Grab hinausgehen.

Die elf Jünger kamen hinter den Haustüren nicht hervor, besorgt um sich selbst, voller Trauer um ihren Meister. Sie hatten sich einen König gewünscht und von Herrlichkeit geträumt, und nun war mit Jesu Tod der Traum vorbei. Sie hatten ihn geliebt; sie hatten viel von ihm gelernt; doch sie hatten niemals wirklich begriffen, was er ihnen über das Wesen des Gottesreiches gesagt hatte oder was er mit seiner Auferstehung meinte. Nun saßen sie da, ohne Hoffnung, schweigend, und merkten nicht, wie die Tage vergingen.

Eine neue Woche brach an, es war der dritte Tag nach Jesu Tod. Die römischen Soldaten hielten Wache vor der Grabstätte. Da begann bei Tagesanbruch die Erde zu beben, und ein heftiger Stoß erschütterte den Garten, in dem Joseph aus Arimathia Jesus beerdigt hatte. Ein Engel kam vom Himmel, schob den Stein beiseite und setzte sich still darauf; sein Gesicht leuchtete hell wie Blitze, sein Gewand war schneeweiß. Und die Soldaten wurden bleich vor Schrecken. Sie taumelten und fielen wie tot zur Erde.

Sobald sie wieder zu sich kamen, stürzten sie davon, in die Stadt,

um das Ereignis zu melden. Sie rannten wie um ihr Leben und blickten sich nicht ein einziges Mal um.
Es war immer noch sehr früh, als Maria Magdalena und die anderen Frauen zum Grab kamen. Daß keine Wache zu sehen war, wunderte sie nicht, denn sie wußten nicht, daß man das Grab bewachen ließ. Aber sie sagten sich besorgt: »Wer wird uns den Stein wegwälzen?« Doch als sie an das Grab kamen, wunderten sie sich sehr:
Der Stein war schon von der Öffnung der Grabstätte weggeschoben worden. Und als sie hineinblickten, sahen sie, daß Jesu Leichnam nicht mehr dort lag.

ER IST ERSTANDEN!

Die Frauen wollten ihren Augen nicht trauen, denn sie hatten selbst gesehen, wie Joseph Jesu Leichnam vorsichtig in das Grab gelegt hatte. Doch es gab keinen Zweifel: Er war nicht mehr hier.

Maria Magdalena rang nach Atem, denn sie glaubte, daß Jesu Feinde ihn geholt und fortgebracht hätten. Deshalb lief sie sofort in die Stadt zurück, um Johannes und Petrus zu berichten: »Sie haben den Herrn aus dem Grab geholt, und wir wissen nicht, wohin sie ihn gebracht haben!«

Die Jünger waren völlig verstört – sie wußten nicht, was man nun tun konnte. Und deshalb taten sie gar nichts. Maria Magdalena ging langsam zurück zu dem Garten.

Die römischen Soldaten, die am Grab Wache gehalten hatten, als die Erde bebte und der Engel kam, hatten inzwischen den Priestern davon berichtet. Sie wußten nicht, daß die Frauen jetzt draußen am Grab standen, sie wußten nur, daß Jesu Leichnam fort war.

Darüber gerieten die Priester in Wut und Aufregung. Nach rascher Beratung mit den Ältesten beschlossen sie, alles abzustreiten. Den Soldaten boten sie reichlich Geld, damit sie nichts vom wahren Hergang erzählten: »Wir werden nicht zulassen, daß es heißt, dieser Jesus sei erstanden. Sagt den Leuten, bei Nacht seien seine Schüler gekommen und hätten den Leichnam fortgeholt, während ihr schlieft. Wenn Pontius Pilatus davon erfährt und euch Pflichtvergessenheit vorwirft, kommen wir euch zu Hilfe und sorgen dafür, daß ihr keinen Ärger habt.« Die Soldaten nahmen das Geld und erzählten überall diese erlogene Geschichte, die von vielen Leuten geglaubt wurde.

Die Frauen, die mit Maria Magdalena zum Grab gekommen waren, standen noch im Gewölbe und sahen sich um. Da bemerkten sie plötzlich, daß sie nicht allein waren, sondern daß an der rechten Seite ein junger Mann in strahlendweißer Kleidung saß, von einem Leuchten umgeben, das die Frauen erschreckte.

»Habt keine Angst«, sagte der Engel. »Ich weiß, ihr sucht Jesus aus Nazareth, der ans Kreuz geschlagen wurde. Er ist nicht mehr hier, denn er ist erstanden. Denkt an sein Wort, er werde gekreuzigt werden und am dritten Tag wieder leben.« Und sie erinnerten sich, und ihnen wurde das Herz leichter.
»Seht hierher«, sagte der Engel, »hier hat er gelegen.«
Da lagen die Leinentücher, in die sein Körper gewickelt worden war, und sie erkannten, daß er nicht geraubt sein konnte, wie es Maria Magdalena angenommen hatte.
»Geht zu Petrus und Johannes und berichtet allen Jüngern, daß Jesus erstanden ist. Sagt ihnen: ›Er geht vor euch allen nach Galiläa, und dort werdet ihr ihn sehen, wie er es euch gesagt hat.‹«
Verwirrt und eingeschüchtert, aber glücklich gingen die Frauen, um den ratlos beieinander sitzenden Jüngern zu berichten: »Er ist erstanden!« Die Männer starrten sie sprachlos an – diese Frauen! Erst redete Maria Magdalena wirres Zeug, nun auch die anderen! Sie glaubten ihnen kein Wort, obwohl die Frauen jede Einzelheit berichteten. Doch als sie fort waren, sprang Petrus auf und lief mit Johannes zum Grab. Und wirklich: Da lag keine Leiche, aber auch kein junger Mann in schimmerndweißer Kleidung ließ sich blicken. Nur die Leinentücher waren noch vorhanden, und das Tuch, das Jesu Gesicht bedeckt hatte, lag sorgfältig gefaltet daneben. Das alles sah nicht nach dem Werk von Grabschändern aus. Doch was war denn eigentlich geschehen? Die beiden Jünger gingen zurück, voller Verwirrung und ohne zu begreifen, was sich ereignet hatte. Maria Magdalena kam zurück und stand weinend neben dem Grab. Als sie noch einmal hineinblickte, sah sie durch ihre Tränen hindurch einen hellen Schein im Innern: Zwei Engel in leuchtendweißer Kleidung saßen im Grab, dort, wo Jesu Kopf und wo seine Füße gelegen hatten.
Die Engel sagten: »Warum weinst du, Frau?«
»Weil sie meinen Herrn fortgeholt und ich nicht weiß, wohin sie ihn gebracht haben.«
Der Schmerz hatte sie so verstört, daß sie die Engel nicht erkannte. Durch ihre Tränen sah sie draußen vor dem Grab eine Gestalt stehen.

Es war Jesus, doch sie erkannte auch ihn nicht.
»Warum weinst du?« fragte Jesus sanft. »Wen suchst du?«
Maria Magdalenas tränenverhangene Augen erkannten ihn nicht; sie hielt ihn für einen Gärtner in Josephs Diensten und sagte: »Herr, wenn du ihn fortgebracht hast, sag mir, wo er jetzt ist, damit ich ihn an einem anderen Platz begraben kann.«
Jesus sah sie liebevoll an: »Maria!«
Sie sah ihn an – sie erkannte die Stimme, das Gesicht. Es war Jesu Gesicht und war es doch auch nicht. Aber Maria wußte, daß Jesus vor ihr stand.
»Meister!« Sie streckte die Arme nach ihm aus.
»Nein, berühre mich nicht«, sagte Jesus freundlich. »Ich bin noch nicht zu meinem Vater aufgestiegen. Geh zu meinen Brüdern, meinen Freunden, und sag ihnen, daß ich bei ihm sein werde, bei meinem und eurem Vater, meinem und eurem Gott. Doch vorher werden sie mich sehen.«
Er war schon verschwunden, als Maria ihn wieder voll anzusehen wagte.
Sie berichtete sofort den Jüngern, daß sie den Herrn gesehen hatte, sagte ihnen, daß er lebe, erzählte jede Einzelheit. Doch die Männer, verzweifelt über den Tod des Meisters, verwirrt durch das Verschwinden seiner Leiche, glaubten ihr nicht: Die Frau hatte sich von ihrer Sehnsucht fortreißen lassen und glaubte an das, was sie sich so sehr wünschte.
Doch sie, die Männer, konnten nicht daran glauben.
An diesem Tag gingen zwei Anhänger von Jesus nach Emmaus, einem Dorf in einiger Entfernung von Jerusalem. Sie sprachen bekümmert über die seltsamen und schrecklichen Ereignisse der letzten Tage; daß Jesus erstanden sein könne, glaubten sie nicht einen Augenblick lang. Alle herrlichen Hoffnungen auf den Messias, der Israel retten sollte, waren zerstört, es blieb nur Elend und Verzweiflung.
Unterwegs schloß sich Jesus ihnen an, doch in fremder Gestalt, und sie erkannten ihn nicht. »Worüber sprecht ihr so betrübt? Warum seid ihr so traurig?« fragte er.
Sie blieben stehen. Einer der beiden, Kleophas, antwortete: »Bist

du denn fremd in Jerusalem? Denn sonst wärst du der einzige Mensch in der Stadt, der nicht weiß, was sich in den letzten Tagen zugetragen hat!«

»Was ist denn geschehen?« fragte Jesus.

»Es handelt sich um den Nazarener Jesus. Er war ein Prophet und hat vor Gott und den Menschen große Dinge gesagt und getan. Die Hohenpriester und unsere Oberen haben ihn zum Tode verurteilt, die Römer ihn ans Kreuz geschlagen. Wir haben gehofft und geglaubt, er sei der Christus, der Retter Israels! Nun aber ist er tot. Und wir sind sehr bestürzt, denn Frauen aus unserer Gemeinschaft haben uns etwas Unbegreifliches erzählt: Als sie heute, am dritten Tag nach der Hinrichtung, zum Grab kamen, war die Leiche verschwunden. Sie behaupten, Engel seien ihnen erschienen, um ihnen zu sagen, daß Jesus lebe. Daraufhin sind einige von uns zum Grab gegangen; sie fanden es wirklich leer. Nirgends haben sie unseren Herrn gesehen.«

»Wie töricht ihr doch seid«, sagte Jesus, »und wie schwerfällig, wenn ihr das erkennen sollt, was doch die Propheten längst vorausgesagt haben! Hättet ihr darauf geachtet, dann wüßtet ihr, daß sich diese Dinge ereignen mußten. Erinnert ihr euch denn nicht mehr daran, daß der Christus all dies erdulden muß, ehe er in seine Herrlichkeit eintritt?« Und Jesus begann, ihnen die Hinweise auf sich selbst zu deuten, die in den alten Schriften, von Mose bis zu den jüngeren Propheten hin, enthalten sind. Sie hörten aufmerksam zu und verstanden jetzt vieles, was ihnen früher unbegreiflich erschienen war.

In der Nähe von Emmaus, wo die beiden zu Hause waren, wollte Jesus Abschied nehmen, aber sie baten ihn, mit ihnen zu gehen: »Bleib bei uns, denn es ist bald Nacht, der Tag geht zu Ende.«

Er dankte ihnen und begleitete sie.

Sie betraten ihr Haus und setzten sich zum Essen. Jesus nahm das Brot, segnete es, brach es und gab es den beiden. In diesem Augenblick erkannten sie ihn – doch während sie ihn atemlos anstarrten, verschwand er.

Sie waren unaussprechlich glücklich, denn sie wußten nun, daß ihre Hoffnung auf den Retter nicht vergebens gewesen war – er lebte! Sie sagten zueinander: »Hat uns nicht das Herz gebrannt, als er unterwegs mit uns sprach und uns die alten Schriften deutete? Wir hätten erkennen müssen, daß es der Christus war!«

Noch in derselben Nacht eilten sie nach Jerusalem zurück und suchten das Haus auf, in dem sich die Jünger zu versammeln pflegten und in dem sie jetzt auch, bis auf einen, beieinandersaßen. Die beiden wurden eingelassen, dann verriegelte man das Haus wieder fest aus Furcht vor den Pharisäern. Die Männer berichteten, was sie auf dem Weg nach Emmaus erlebt hatten.

»Der Herr ist wirklich erstanden!« sagten sie. »Wir haben ihn mit eigenen Augen gesehen.« Sie erzählten, wie sie unterwegs dem Fremden begegnet waren, was sie miteinander gesprochen hatten und wie sie ihn plötzlich erkannten, als er das Brot brach.

Und in diesem Augenblick, als sie ihren Bericht beendet hatten, stand Jesus plötzlich zwischen ihnen und grüßte sie: »Friede sei mit euch!«

Doch die Jünger fühlten nichts von Frieden, sondern waren nur entsetzt von der Erscheinung: Die Tür war doch so fest verriegelt, daß nichts und niemand ins Haus dringen konnte – der plötzlich aufgetauchte Besucher mußte ein Geist sein! Sie zitterten vor Angst.

»Warum seid ihr so unruhig?« fragte Jesus. »Und warum werdet ihr von Unsicherheit und Zweifeln geplagt? Ich bin kein Gespenst. Seht meine Hände und Füße – ich bin es, ich selbst! Faßt mich an und seht, fühlt und erkennt, daß ich lebendig und wirklich bin. Ein Geist hat weder Fleisch noch Knochen, aber ihr seht doch, daß ich sie habe!« Er zeigte ihnen die Male an Händen und Füßen und die große Wunde, die der Soldat in seine Seite gerissen hatte.

Sie glaubten und glaubten doch nicht, denn es war zu herrlich, es konnte nicht wahr sein! Ungläubig starrten sie auf den lebendigen Körper und die tiefen, schwärzlichen Male. Er war doch gestorben! Wie konnte er dann jetzt wieder hier sein!

Sie wagten nicht, an ihre Freude zu glauben. Während sie so verwirrt dasaßen, fragte Jesus: »Habt ihr etwas zu essen?«

Einer nahm sich zusammen und holte etwas. Jesus setzte sich an den Tisch und ließ sich gebratenen Fisch und ein Stück Honigwabe vorlegen. Vor ihrer aller Augen nahm er es und aß es, und sie beobachteten ihn, als hätten sie noch nie einen Menschen essen sehen. Und jetzt endlich waren sie davon überzeugt, daß er kein Gespenst, sondern ein lebendiger Mensch war.

Noch einmal sagte er: »Friede sei mit euch! Nun seht ihr, daß alles, was in den alten Schriften von Mose und den Propheten und in den Psalmen über mich gesagt wird, eingetroffen ist.« Er weckte in ihnen ein neues Verständnis der alten Überlieferungen und schloß: »Dort steht, daß der Christus leiden und am dritten Tag von den Toten wieder erstehen soll. Dort steht aber auch, daß alle Menschen der Welt die Mahnung hören sollen: Geht in euch, damit eure Sünden vergeben werden. Und wie mein Vater mich beauftragt hatte, sende ich jetzt euch.«

Er hauchte sie an und sprach: »Ihr empfangt den Heiligen Geist. Wenn ihr einem Menschen seine Sünden vergebt, sind sie ihm verziehen; wenn ihr einen Menschen nicht von seinem Unrecht lossprecht, bleibt es bestehen.«

Sie hörten ihm zu, wie sie ihm in den Jahren vor seinem Tode immer zugehört hatten, und sie wußten, daß er der zurückgekehrte Christus war. Als er sie wieder verlassen hatte, fühlten sie nur noch das Glück, daß er wirklich erstanden und ihnen erschienen war. Nur Thomas, den sie den Zwilling nannten, war nicht bei den anderen Jüngern gewesen, als Jesus kam, und als sie ihm berichteten: »Wir haben den Herrn gesehen!«, schüttelte er nur den Kopf. Thomas war ein Zweifler, und er glaubte kein Wort von dem, was die anderen ihm erzählten: »Wenn ich nicht selbst die Wundmale in Jesu Händen und Füßen sehe, glaube ich euch nicht. Ich werde erst glauben, wenn ich meinen Finger in die Nägelmale und in die Wunde an seiner Seite legen kann.« Er war nicht davon zu überzeugen, daß Jesus lebte.

Doch als sie acht Tage danach wieder alle zusammen in dem fest verschlossenen Haus saßen, erschien Jesus noch einmal; genauso unerwartet wie beim erstenmal stand er zwischen ihnen: »Friede sei mit euch!«

Thomas sah ihn zweifelnd an.

»Thomas, komm zu mir!« sagte Jesus, und Thomas trat neben ihn. »Streck deinen Finger aus, sieh meine Hände an und berühre die

Nägelmale.« Thomas tat es, und sein Gesicht hellte sich auf. »Jetzt leg deine Hand in meine Seite.« Thomas fühlte die Wunde. »Hab Vertrauen, glaube!« sagte Jesus.

»Mein Herr und mein Gott! Ich glaube!« rief Thomas selig.

Jesus sagte: »Du glaubst, weil du mich gesehen hast. Aber glücklich sind die Menschen, die mich nicht sehen und doch glauben.«

JESUS GEHT IN DEN HIMMEL EIN

Nach einiger Zeit zeigte sich Jesus den Jüngern noch einmal, wie er versprochen hatte, in Galiläa. Das ging so zu: Am Ufer des Sees Genezareth saßen Petrus, Thomas der Zwilling, Nathanael aus Kana und die Zebedäus-Söhne Jakobus und Johannes. Es wurde Abend, und Petrus wollte fischen. Die anderen begleiteten ihn. Sie fuhren mit dem Boot weit auf den See hinaus und warfen die Netze aus, wieder und wieder, doch sie fingen nichts. Gegen Morgen kehrten sie zurück ohne einen einzigen Fisch als Lohn für die lange nächtliche Arbeit.

Bei Tagesanbruch stand Jesus am Ufer, und sie sahen seine Gestalt im ungewissen Morgenlicht, erkannten ihn aber nicht. Er rief ihnen zu: »Kinder, habt ihr etwas gefangen?«

»Nein«, antworteten sie niedergeschlagen.

»Werft eure Netze an der rechten Seite vom Boot aus, dann werdet ihr einen Fang machen«, sagte Jesus.

Sie meinten, es sei ein Fischer, der ihnen einen guten Rat gebe, warfen die Netze noch einmal aus und konnten sie nicht mehr ins Boot ziehen, so schwer von Fischen waren sie.

In diesem Augenblick erkannte Johannes die Gestalt am Ufer: »Es ist der Herr!« rief er Petrus zu.

Da zog Petrus seine Kleidung wieder an, die er beim Fischen abgelegt hatte, und sprang ins Wasser, um schnell zu Jesus zu gelangen. Die anderen folgten ihm rudernd, schleppten das schwere Netz hinter sich her und zogen das Boot schließlich auf das Ufer. Als sie landeten, sahen sie ein Holzkohlenfeuer brennen, auf dem schon ein Fisch briet; Brot lag daneben. Doch der Mann, den Johannes für den Herrn gehalten hatte, sah nicht aus wie Jesus; sie waren verwirrt, aber sie gingen auf ihn zu.

»Bringt mir einige der Fische, die ihr eben gefangen habt«, sagte Jesus. Petrus ging zum Boot zurück und holte das schwere Netz an Land, in dem hundertdreiundfünfzig Fische zappelten.

»Nun kommt und eßt«, sagte Jesus. Sein Aussehen war sehr verändert, doch wagten sie nicht, ihn zu fragen, wer er sei, und nach dem Wunder mit dem Fischfang waren sie auch sicher, den Herrn vor sich zu haben.

Sie traten zu ihm ans Feuer, und er verteilte Brot und Fisch. Nach dem Essen wandte er sich zu Simon Petrus: »Simon, Sohn des Jona, liebst du mich?«

»Ja, Herr, du weißt, daß ich dich liebe.«

»Dann hüte meine Lämmer für mich.« Und Jesus fragte ihn ein zweites Mal: »Simon, Sohn des Jona, liebst du mich?«

»Ja, Herr«, antwortete Petrus wieder, »du weißt, daß ich dich liebe.«

»Dann sorg für meine Schafe«, sagte Jesus. Und er fragte zum drittenmal: »Simon, Sohn des Jona, liebst du mich?«

Petrus war betroffen und traurig, weil ihn Jesus dreimal fragte; er dachte nicht daran, daß er ihn dreimal verraten hatte und Verzeihung brauchte. »Herr«, antwortete er, »du weißt doch alles. Du weißt auch, daß ich dich liebe.« Er verstand aber nicht, daß Jesus eine übermenschliche Liebe meinte, die alles für den Herrn opfert.

»Dann sei mein Hirt und hüte meine Schafe«, sagte Jesus, und diese Worte enthielten die Verzeihung und den Auftrag, Jesu Werk fortzusetzen. »Und denk daran«, fuhr Jesus fort, »als du jung warst, hast du dir den Gürtel umgelegt und bist gegangen, wohin immer du wolltest. Doch ich sage dir: Wenn du alt bist, wirst du deine Hände nach Hilfe ausstrecken, ein anderer wird dich auf andere Weise kleiden und dorthin bringen, wohin du nicht gehen willst.« Mit diesen Worten gab er Petrus zu verstehen, daß sein Tod anders sein werde, als Petrus es sich wünschte, daß er sterbend aber Gott verherrlichen werde.

Damit endete diese Begegnung, bei der Jesus seinen Jüngern zum drittenmal erschienen war.

In den vierzig Tagen nach seiner Erweckung vom Tode erschien er ihnen viele Male, um ihnen zu beweisen, daß er wirklich lebte, und um mit ihnen über das Reich Gottes zu sprechen. Er sagte ihnen: »Mir ist alle Macht gegeben, im Himmel und auf der Erde. Deshalb geht und macht alle Völker zu meinen Jüngern. Tauft sie im Namen des Vaters, des Sohnes und des Heiligen Geistes. Bringt der ganzen Welt die Nachricht, daß jeder, der glaubt und getauft ist, gerettet wird. Doch wer nicht glaubt, wird verurteilt werden. Und ich sage euch: Ich werde immer bei euch sein, bis an das Ende der Welt.«

Er befahl ihnen, in Jerusalem zu bleiben, bis Gott ihnen durch das Erscheinen des Heiligen Geistes ein Zeichen geben werde. Dann aber, sagte Jesus, sollten sie bereit sein, in die Welt zu ziehen und das Evangelium zu verkünden.

»Johannes hat mit Wasser getauft, doch ihr sollt in kurzer Zeit mit dem Heiligen Geist getauft werden. Der Heilige Geist wird euch mit Kraft erfüllen, und ihr werdet als meine Zeugen die Wahrheit verbreiten, zuerst in Jerusalem, dann in ganz Judäa, in Samaria und in den fernsten Ländern der Welt. Verlaßt Jerusalem nicht, bevor euch der Heilige Geist gegeben worden ist, denn erst dann seid ihr zu eurem Werk bereit. Ich führe euch jetzt nach Bethanien, dann kehrt aber zurück nach Jerusalem.«

Und Jesus der Herr führte sie nach Bethanien. An einem stillen Platz, draußen vor dem Dorf, hob er die Hände und segnete sie. Sein Gesicht leuchtete voller Frieden.

Der Himmel strahlte immer heller. Und während er sie segnete, wurde er aufgehoben und verschwand vor ihren Augen. Eine weiße Wolke verbarg ihn.

Und er setzte sich an Gottes rechte Seite.

Die Jünger standen still und sahen nach oben. Sie rührten sich nicht. Endlich merkten sie, daß zwei Männer in weißen Gewändern neben ihnen standen. »Ihr Männer aus Galiläa«, sagten die Fremden, »warum steht ihr hier und starrt in den Himmel? Dieser Jesus, der vor euren Augen zum Himmel aufgehoben wurde, wird so wiederkommen, wie ihr ihn verschwinden saht.«

Da beugten sie sich diesem wunderbaren Ereignis und beteten Jesus an. Voller Freude kehrten sie nach Jerusalem zurück, wo sie viele Stunden im Tempel verbrachten, um Gott zu preisen.

Jesus hatte Abschied genommen, aber es war nicht das Ende seiner Geschichte und nicht das Ende seiner Sendung in die Welt. Seinen

Jüngern und jedem Menschen auf der Erde hinterließ er seine Lehre von der Liebe und das Versprechen, wiederzukommen. Seinen Aposteln hatte er genaue Anweisungen für ihre eigene Tätigkeit gegeben, mit der sie warten sollten, bis ihnen der Vater das Zeichen gab, in die Welt zu ziehen und das zu lehren, was sie selbst gelernt hatten.

Sie warteten gemeinsam mit den Frauen, bei denen auch Maria, Jesu Mutter, war. Für Judas Ischariot wählten sie einen neuen zwölften Jünger; er hieß Matthias. Es kamen aber auch viele andere Anhänger Jesu zu ihnen, und alle waren bereit, Gottes Wort zu verbreiten. Insgesamt waren sie fast hundertzwanzig Menschen.

Sie hatten sich während des Pfingstfestes, des jüdischen Erntefestes, versammelt, um gemeinsam zu feiern. Da ging es plötzlich wie ein Brausen durch das ganze Haus. Und dann erschien ein Feuer, eine Flamme, die sich in viele kleine Feuerzungen teilte. Und auf jedem von ihnen ließ sich ein solches Feuerzeichen nieder, und jeden von ihnen erfüllte der Heilige Geist mit neuer Kraft und Macht. Sie begannen, in fremden Sprachen zu reden, wie es ihnen Jesus schon gesagt hatte.

Sie begannen, im Tempel und auf den Straßen mit Jesu Worten zu predigen, und bald wurde es im ganzen Land bekannt, so daß die Leute zusammenströmten, um sie zu hören. Erschrocken hörte jeder die Jünger in der Sprache predigen, die er selbst verstand: »Sind denn diese Leute nicht alle Galiläer? Wie kommt es, daß sie nun sämtliche Sprachen der Welt sprechen?«

Die Jünger sprachen in vielen Sprachen und wurden in aller Welt verstanden. Mit neuem Mut und mit neuer Kraft erfüllt, begannen sie ihr Werk in Jerusalem und fürchteten sich nicht mehr vor den Priestern und Pharisäern. Sie waren entschlossen, als Jesu Zeugen die Wahrheit zu verkünden, wohin sie auch immer kamen. Denn Jesu Tod war kein Ende, sondern erst der Anfang.

Die Apostel des Herrn verbreiteten das Evangelium von Jerusalem bis in die fernsten Länder der Welt, lehrend, heilend und leidend; sie stießen auf Feindschaft, aber konnten viele Menschen bekehren. Da war Petrus, der Felsen, auf den sich die christliche Kirche gründete; Johannes, der das Evangelium über das Meer brachte; Stephan, der wegen seines Glaubens zu Tode gesteinigt wurde und sterbend seinen Mördern vergab; da war Philippus, der in der Stadt Samaria predigte und heilte; und Paulus, ein Pharisäer, der sich zu Jesus bekehrte und den Nichtjuden in Ost und West das Evangelium von der Rettung des Menschen brachte. Im Laufe der Zeit traten immer neue Zeugen auf, die Jesu Geschichte der ganzen Welt bekanntmachten. Durch sie alle wurde die Botschaft von der Liebe und Brüderlichkeit zur neuen Hoffnung der Völker.

Und diese Hoffnung wird niemals vergehen.